중학생 독후감 따라잡기 111

중학생이 보는
데카메론 1

연세대 · 고려대 추천도서

G. 보카치오 지음 | 허 인(전 한국외국어대학교 교수) 옮김
성낙수(한국교원대 교수) · 오은주(서울여고 교사) · 김선화(홍천여고 교사) 엮음

좋은 책 좋은 독자를 만드는 —
(주)신원문화사

책 머리에

더 이상 언급할 필요도 없지만 요즘은 독서의 중요성이 더욱 강조되는 시대입니다. 첨단과학으로 이루어진 대중매체 덕분에 눈으로 읽는 것보다는 말초신경을 자극하는 동영상 쪽으로 관심이 모아지는 데 대한 우려 때문일 것입니다. 꿈과 희망을 가지고 자라나는 학생들에게는 올바른 사고력과 분별력을 키워 주어야 합니다. 그런 점에서 다른 사람들의 생각과 철학, 인생관과 세계관이 들어 있는 명작들을 많이 읽는 것이야말로 바람직한 학습 효과를 거둘 수 있는 지름길이라 생각합니다.

명작은 오랜 세월에 걸쳐 많은 사람들이 읽고 크게 감동을 받은 인정된 작품들로서, 청소년들의 삶에 지침이 되어 주고 인생관에 변화를 주게 될 것입니다.

이번에 중학생들에게 꼭 읽히고 싶은 명작들을 선정하여, 작품을 바르게 감상하고 독후감을 쓰는 데 도움을 주고자 이 시리즈를 기획하게 되었습니다. 작품들은 동서고금에 걸쳐 객관적으로 인정받은, 훌륭한 대상만을 선정하였습니다. 그리고 책의 구성을 다음과 같이 하여, 읽고 쓰는 데 도움이 되도록 하였습니다.

하나, 삶에 대한 지혜와 용기를 주고 중학생이라면 꼭 읽어야 할 명작만을 골랐습니다.

둘, 명작을 읽고 난 후의 솔직한 느낌을 논리적 · 체계적으로 쓸 수 있도록 중학생들의 독후감 작성에 따르는 부담을 덜어 주도록 구성하였습니다.

셋, 작품 알고 들어가기, 내용 훑어보기, 작품 분석하기, 등장인물 알기를 통해 작품을 분석하는 힘을 기를 수 있도록 하였습니다.

넷, 작가 들여다보기, 시대와 연관 짓기, 작품 토론하기 등을 통해 작가의 일생을 알고 시대의 흐름을 파악하여 상상력과 창의력을 키워 주도록 하였습니다.

다섯, 독후감 예시하기와 독후감 제대로 쓰기에서는 책을 읽는 방법과 독후감 모범답안 실례를 제시함으로써 문장력을 길러 주는 한편 독후감 쓰기의 충실한 길라잡이가 되도록 했습니다.

아무쪼록 이 책들이 중학생들의 학습 능력 향상에 큰 도움이 되길 빌어 마지 않습니다.

엮은이 성 낙 수

차 례

작품 알고 들어가기

'아라비안나이트'라는 이야기를 들어본 적이 있을 겁니다. 이것은 중동 지역에서 구비되어 내려오는 여러 이야기들을 많은 사람들이 긴 시간에 걸쳐 묶은 것입니다. 중동에 아라비안나이트가 있다면 유럽 쪽에는 《데카메론》이 있다고 할 수 있습니다. 《데카메론》도 아라비안나이트처럼 수많은 이야기들이 등장인물들의 입을 통해 전개됩니다. 《데카메론》에는 전해 내려오는 이야기, 작가의 창작 등 무려 100여 개의 이야기가 실려 있습니다.

《데카메론》은 우리가 잘 알고 있는 단테의 《신곡》과도 비교되곤 합니다. 단테의 《신곡》이 인간이 아닌 하느님의 관점에서 바라본 인간 세상에 대한 훈계를 담고 있는 신성한 것이라면, 《데카메론》은 인간의 관점에서 그 당시의 세태를 그려 이를 풍자한 '인곡'이라는 것이지요.

내용을 보면, 근엄한 수녀원장이 정부의 팬티를 모자로 잘못 알고 머리에 쓰고 나와 수녀들에게 "육체의 자극은 좀처럼 억제할 수가 없다."라고 설교해 폭소를 자아낸 이야기 등 수도사, 종교인, 귀족층 들이 갖고 있는 이중적인 생활에 대한 통렬한 비판과 함께 종교적 억압에서 벗어나 자유스런 욕망대로 육체적인 열망을 풀어 가자는 주장을 담아내고 있습니다. 이처럼 《데카메론》은 당대 사회를 풍자함으로써 엄격한 도덕적 규율에서 탈피하자는 메시지를 담아 신의 속박에서 벗어나 근대적인 시민 사회로 접근하려는 움직임을 시도했던 14~16세기 유럽의 르네상스 운동을 촉진시켰다는 평가를 받고 있습니다.

이 책의 분량은 청소년이 읽기에는 조금 많다고 생각될 수도 있습니다. 그러나 막상 읽어 보면 수많은 이야기의 즐거움에 빠져들어 쉽사리 책을 손에서 놓을 수 없을 것입니다. 마치 아라비안나이트에서 왕이 다음 이야기가 궁금해 다음 날을 기다리는 것처럼 말이죠.

자, 르네상스가 싹트던 14세기, 그 시대 사람들의 이야기에 귀 기울일 준비가 되었나요? 책에 나타난 당대의 사회상을 살펴보고 각각의 이야기들에서 드러나는 시대에 대한 보카치오의 생각을 찾아보며 읽어 봅시다.

데카메론 1

머리말

괴로워하는 사람을 위로해 주는 것은 인정상 흔히 있는 일입니다. 그것이 그들에게 얼마나 반가운 것인가는, 이미 위로가 필요했던 사람이나 타인에게서 위로를 얻은 사람 모두가 공감하는 일입니다. 만일 그들 가운데 위로가 필요했거나 위로를 받았거나 혹은 기쁨을 느낀 자가 있었다면 저도 그중 한 사람입니다. 저처럼 신분이 낮은 사람이 고백한다는 것은 그다지 어울리지 않는다고 생각합니다만, 실은 철이 든 뒤부터 지금까지 신분이 매우 다른 한 고귀한 분과의 사랑에 가슴을 태워 왔습니다.

비록 분별이 있는 분들에게는(더욱이 여러 모로 소식통인 분들에게는) 제가 매우 칭찬받고 유명해졌다고는 하지만, 저로서는 연모하는 사람이 애를 태워서라기보다 비길 데 없는 미칠 것 같은 사랑의 불길이 제 마음속에 타올랐기 때문에 녹초가 되도록 번민하고 괴로워했습니다. 정말 그 사랑의 불길은 잠시도 쉬지 않고 타올라서 때때로 필요 이상의 괴로움을 느껴야 했습니다.

이토록 한창 괴로워하고 있을 때 몇몇 친구들은 즐거운 세상 이야기를 들려주기도 하고, 더없는 위로의 말을 건네주기도 했습니다. 이러한 위로 덕분에 저는 죽지 않고 견딜 수 있었다고 믿습니다.

그러나 전지전능한 하느님은 인간 세상의 모든 것에 대한 불변의 법칙대로 당신의 뜻대로, 다른 그 무엇보다도 뜨겁게 타오르고 있던 저의 사랑에 종말을 고하게 하셨습니다. 이렇게 어떤 결의도, 충고도, 심한 모욕으로도, 혹은 위험하다는 것을 알면서도 단념이나 좌절을 몰랐던 그 사랑의 불길은 드디어 잦아들기 시작했습니다. 이리하여 세상을 살아가는 데 있어서 극히 위험한 장소에 가까이 가지 않는 자에게 언제나 신이 베풀어 주시는 이 기쁨을 지금 내 마음속에 간직하고 있습니다.

그러므로 지금의 저는 그토록 끊임없이 괴로워했음에도 불구하고 모든 고뇌에서 해방되어 즐거운 추억으로 느끼게 되었습니다.

그러나 고뇌는 사라졌어도 저에게 베풀어진 갖가지 은혜에 대한 기억은 사라지지 않았습니다. 그 호의에 대하여 저는 깊이 생각하고 있으므로 제가 죽지 않는 한, 그 은혜는 결코 잊지 않을 것입니다.

뿐만 아니라 저의 신념에 따르면, 보은이란 미덕의 하나이며 가장 칭찬받아야 할 일이고, 반대로 망은이란 가장 추악한 일이므로 은혜를 모른다는 소리를 듣고 싶지 않은 저는 사랑의 고뇌에서 해방된 지금, 그 은혜에 대한 보답으로 저의 기분을 이야기하고 표현하고자 합니다. 그것은 저를 구해 주신 분들에게가 아니라, 사리 분별이 있거나 혹은 우연히 행운의 덕을 입어 위로 따위가 필요 없는 사람들에게도 아니고, 적어도 구원이 필요한 사람들에게 제 기분을 전해 드리고 싶습니다.

이제 제가 할 수 있는 원조, 혹은 위로는 그것을 바라고 있는 사람들에게는 극히 사소한 것이겠지만 그 필요성은 매우 클 것이므로, 조금이라도 빨리 구원의 손길을 보내야 한다고 생각합니다. 그것은 매우 뜻있는 일이며, 또 기뻐해 주시리라 생각하기 때문입니다.

그러나 이 위로는 그것이 아무리 사소한 것일지라도 남성보다는 여성에게 주어져야 한다고 누구나 생각하지 않을까요? 여성들은 부끄러워하고 떨면서, 가슴속에서만 은밀히 사랑의 불길을 태우고 있으니 말입니다. 그것이 얼마나 격렬한가는 경험해 본 분들은 잘 알고 계시리라 믿습니다. 더욱이 여성들은 부모, 형제, 또는 지아비의 기분과 분부에 묶여 하루 종일 좁은 방 안에 갇혀서 지내야 합니다. 그리고 아무것도 하지 않을 때는 앉아서 이런저런 생각에 잠기며 반드시 즐겁다고만은 할 수 없는 상념에 잠겨 있습니다.

이렇게 갈망으로 인한 우울의 포로가 되면, 무엇인가 새로운 원인이 일어나서 그것을 제거하지 않는 한, 가슴속에 응어리져 무거운 고뇌가 자리 잡게 됩니다. 그렇게 되면 남성보다도 여성이 더 견디기 어려운 것은 두말할 나위도 없습니다.

그렇습니다. 우리가 잘 알고 있듯이 사랑에 빠졌다 해도 남성들에게는 그런 일이 일어나지 않습니다. 남성들에게는 좀 우울해지거나 생각에 잠기게 되더라도 그것을 가볍게 제거할 수 있는 여러 가지 방법이 있습니다. 즉 하려고만 들면 근처를 산보한다든가, 새그물을 치러 간다든가, 사냥을 한다든가, 낚시를 한다든가, 말을 타고 달린다든가, 노름을 한다든가, 장사에 더욱 열을 올린다든가 하는 등의 여러 가지 방법이 있습니다.

이렇게 남성들은 완전히 또는 다소라도 자신의 기분을 풀 수가 있고 잠시나마 슬픈 생각에서 빠져나올 수가 있습니다. 그래서 또 다른 방법도 나올 수 있고 위로도 생길 것이며, 혹은 괴로움을 덜 수도 있는 것입니다.

이렇게 남자인 저로서는 운명의 신이 저지른 그릇된 과실을 바로잡을 수가 있어 괴로움을 덜 수 있지만, 마음이 여린 여성들은 마음의 위로가 될 수 있는 것이 참으로 적기 때문에 여러 가지 문제가 발생할 수 있습니다. 그래서 사랑을 하고 있는 여성들에게 도움이 되고 위로가 되는(사랑을 하고 있지 않는 분들은 바느질이나 수놓기, 물레질로 충분하겠지만) 백 편의 이야기를 하려고 합니다.

그 가운데는 옛날이야기, 예화, 역사 이야기 등 여러 가지가 있습니다. 무서운 죽음의 페스트가 거리마다 만연했을 때 점잖은 일곱 명의 부인과 세 명의 젊은 남성이 한자리에 모여 열흘 동안에 이야기한 내용입니다.

이 속에는 예전 이야기도 있고 요즘 이야기도 있으며, 슬픈 사랑의 이야기나 즐거운 이야기도 있습니다. 앞에서도 말씀드린 우울의 포로가 된 여성들이 이 이야기를 읽는다면, 그 속에 들어 있는 우스운 이야기에 즐거워질 뿐만 아니라, 도움이 되는 충고도 얻을 수가 있습니다. 또 이런 점들이 참고가 되어 피해야 하는 것들, 따라야 하는 일들도 알게 될 것입니다. 그렇게 해서 여성들은 고뇌에서 해방될 수 있으리라 굳게 믿습니다.

만일 신이 원한다면 사랑의 속박에서 나를 해방시켜 주었고, 여성들에게 기쁨을 찾을 수 있게 하는 힘을 나에게 베풀어 주신 사랑의 신에게 깊은 감사를 바쳐 주시길 부탁드립니다.

첫째 날

첫째 날은 작가가 어떤 연유로 이 이야기를 시작하게 되었는가를 밝히면서, 이야기의 구성과 그 주변 상황들을 보여 주고 있습니다.

1348년 이탈리아 피렌체에서는 흑사병이 만연하여 거리마다 시체가 산을 이루고 악취가 가득했으며, 의사의 진단이나 어떠한 약도 소용없이 이삼일이면 사람들이 죽어 나갔습니다. 이웃은 물론 가족과 친척을 버리거나 멀리하고 오가지 않았을 뿐만 아니라 간병은 기대할 수조차 없는 형편이었습니다. 민심은 흉흉하고 도덕은 땅에 떨어졌으며, 사람의 그림자도 찾아볼 수 없이 씨가 말라 버리고 마치 인류의 종말이 온 듯 여겨졌습니다. 장례식에 수도사가 한 명도 오지 못할 때도 있었고, 심지어 관을 맬 사람이 없어서 파진 구덩이가 있으면 즉각 묻어 버리거나 관도 없이 한 구덩이에 몇 명씩을 묻는 경우도 흔했습니다. 또한 집 안이나 밭에 짐승처럼 방치된 채 밤낮없이 죽음이 이어지고 있었습니다.

이러한 참사로 온 시내의 백성이 죽어갈 무렵, 성 산타 마리아 노벨라 성당에 검은 상복을 입은 젊은 여인 일곱 명이 찾아왔는데 모두 아름답고 정숙하며 기품 있는 귀족 가문으로 총명한 사람들이었습니다. 작가의 임의대로 그들의 이름을 차례대로 팜피네아, 피암메타, 필로메나, 에밀리아, 라우레타, 네이필레, 엘리사라고 하였습니다. 그러나 전혀 관련이 없는 것은 아니지만, 부인의 정숙함에 손상이 가지 않도록 본명은 말씀드리지 않기로 하고, 그에 알맞은 이름을 붙였습니다.

그들은 우연히 성당 한편에 둘러앉게 되었고 여러 가지 상황과 사건을 얘기하게 되었습니다. 그러다가 팜피네아가 말하길, 많은 사람들이 선악의 구분도 없이 충동적이고 밤낮으로 쾌락에 젖어 있으며 심지어 수도사들마저 계율을 어기고 육체를 탐하는 음탕한 생활에 젖어 있다고 하면서, 우리도 이 재앙으로부터 예외일 수 없고 게다가 홀로 있는 여인들이니 이 도시를 떠나 죽음을 피하고 목숨을 구하는 동시에, 무절제하고 난잡한 이 도시를 벗어나 시골의 농장에서 깨끗하고 조용한 생활을 하는 것이 어떨까 하고 제안하였습니다. 그 말에 여인들은 모두 찬성하였습니다.

좀 더 구체적인 논의가 오가는 가운데 필로메나는 겁 많고 의심 많고 변덕이 심한 우리 여인들끼리는 통제가 되지 않으므로 남자의 지도를 받도록 하자는 의견을 내었으며, 엘리사가 이에 동의하였습니다. 그녀는 남자들은 우리의 두뇌이면서 또한 우리에게 불명예가 발생하지 않도록 하기 위해 좋은 수를 찾아야 한다고 말했습니다. 그때

세 명의 사나이가 성당 안으로 들어왔는데, 이들은 모두 혈기왕성하고 건장하였으며, 슬픔이나 공포 따위는 근처에 갈 수도 없을 것 같은 스물다섯을 넘지 않은 젊은이들이었습니다. 그들은 팜필로, 필로스트라토, 디오네오라고 하였습니다. 이 세 사람은 일곱 명의 부인들 가운데 이미 마음에 두고 있는 사람이 있었고, 다른 부인들 역시 친척 관계였으므로 아무런 반대 의견 없이 그들을 부르기로 결정하였습니다. 친척인 팜피네아가 그들 쪽으로 가 자신들의 계획을 이야기하고 승낙을 받았습니다.

약간의 준비를 마친 후, 일곱 명의 부인과 세 명의 젊은이는 하인과 하녀들을 데리고 도시를 벗어났으며, 관목과 푸른 나무가 무성한 아름답고 넓은 정원이 있는 별장에 다다랐습니다. 안에는 넓은 홀과 수많은 아름다운 방이 있고, 훌륭한 정원에는 맑은 물이 솟는 분수대와 끝없이 펼쳐진 초원과 맛있는 포도주 창고도 있었습니다.

일행이 도착하여 자리에 앉았을 때, 디오네오가 품위를 손상하지 않는다면 아무 거리낌 없이 행동할 것을 제의하였고, 팜피네아가 그러자고 하였습니다. 그녀는 지도자를 정하여 모든 일을 관장하고 주재하게 하여 절도를 잃지 않고 오래도록 즐거움이 계속되도록 하자고 하였습니다. 또한 첫 번째 주재자는 만장일치로 선출하고 각기 하루씩 그 명예와 함께 무거운 짐을 지도록 하였습니다. 그 다음 주재자는 지명을 하여 정하도록 하였는데 첫 번째 주재자로 팜피네아가 선출되었고, 필로메나는 명예를 상징하는 월계관을 만들어 주재자의 머리에 씌워 주었습니다.

여왕이 된 팜피네아는 하녀들과 하인들을 불러 모든 가사와 회계, 식사, 정리정돈 등 안팎의 일을 분담시켰습니다. 그리고 일행은 휴식과 담소를 즐긴 후 화려하게 장식된 홀에서 훌륭한 식사를 하고, 여러 가지 악기가 아름다운 무곡을 연주하는 가운데 여왕과 다른 부인들과 젊은이들은 원을 지어 춤을 추었으며, 흥겨운 칸초네도 불렀습니다. 오래도록 즐거운 여흥을 가졌으며, 낮잠 잘 시간이 되자 여왕은 해산을 알리고 각자의 방에서 낮잠을 잤습니다.

오후 3시가 되어 모두 파란 잔디밭에 둘러앉았을 때 여왕은, 더위가 가실 때까지 약간의 놀이를 즐기다가 오늘은 첫날이므로 각자 저마다 좋아하는 이야기를 하자고 제의하였습니다. 모두 찬성했으므로 여왕은 팜필로에게 이야기하기를 명하였고 그는 즉각 이야기를 시작했습니다.

첫 번째 이야기

차페렐로는 거짓 참회를 하여, 성인으로 이름 높았던 노신부를 속이고 죽는다. 그래서 살아 있을 때 극악무도한 자였음에도 불구하고 성 차펠레토라 불리게 된다.

여러분, 무슨 일이나 시작할 때는 만물의 창조주이신 거룩하신 하느님의 이름에서부터 시작하는 것이 누구에게나 좋은 일이라 생각합니다. 제가 제일 먼저 이야기를 시작하게 되었으므로, 영험이 뚜렷하신 하느님 이야기부터 시작하려 합니다. 즉, 여러분께서 이 이야기를 들으시면, 하느님에 대한 우리의 희망이 언제나 변함없으며, 항상 하느님을 찬송하지 않을 수 없게 되리라 생각하기 때문입니다.

모름지기 세상일은 변하고 죽어 없어지는 것이므로 몸도 마음도 고민하고 슬퍼하며, 무한한 위험 앞에 늘 놓이게 됨은 분명한 일입니다. 그런 소용돌이에 휘말리며 그 일부로서 살아가고 있는 우리는 하느님의 끝없는 베풂과 가르침이 없으면 도저히 견디어 나가기가 어려우리라 생각됩니다. 그러나 우리에게 주어지는 하느님의 은총이 공적이 있는 사람에게만 주어지는 것이라 믿으면 안 됩니다. 그것은 하느님 스스로의 관대함과 지난날에는 우리와 마찬가지로 평범한 사람이었으며, 살아 있을 때는 갖가지로 즐기다가 지금은 축복을 받아 하느님과 함께 영원한 자가 된 성인들의 기도와 소원에 의한 것입니다.

우리는 이러한 분들에게 즉, 우리의 허약함을 친히 겪으신 성인(보호자)들에게(우리는 최고의 심판자 앞에 소원을 말씀드릴 용기가 없으므로) 기회를 보아 소원을 말씀드리는 것입니다. 그래서 더욱 우리는 하느님의 관대한 자비에 대하여 충분히 인식하여야 합니다. 왜냐하면 우리들 육신을 가진 인간의 눈으로는 아무리 애써도 하느님의 깊고 깊은 마음을 알 수가 없으므로, 때로는 천벌을 받아 지옥으로 쫓겨 가야 할 자임에도 성인으로 만들어 버리는 일이 일어나기 때문입니다.

그럼에도 불구하고 모든 일을 소상히 알고 계시는 하느님께서는 당신 스스로가 축복된 자의 가슴속에 계시듯이 기도를 올리는 자의 무지나, 또는 잘못을 탓하기보다 그 순수함에 대하여 그들의 기구(祈求)를 받아들여 주십니다. 이것은 이제부터 말씀드리는 제 이야기 속에서 분명히 알게 될 것입니다. '분명히'라고 하는 것은 하느님의 판단에서가 아니라 인간적 판단에서 말씀드리는 것이긴 하지만…….

자, 제 이야기는 이렇습니다. 프랑스에서 부자가 되어 대상인으로서 기사의 칭호까지 받은 무샤토 프랑수아(프랑스에서 큰 부자가 되었던 실재 인물)란 사람이, 프랑스 왕의 동생인 샤를르 생자테라(센차테르라고 불린 샤를르 드 발로아)가 교황 보니파치오의 부름을 받아 길을 떠날 때 그를 따라 토스카나로 가게 되었습니다. 이런 대상인에게는 흔히 있는 일로 여러 가지 곧바로 처리할 수 없는 장사 일이 있어 그 처리를 몇 사람에게 일러둔 후 떠나려고 하였습니다.

다른 일은 별 어려움 없이 해결될 것 같았지만 다만 한 가지, 부르고뉴(프랑스 동남부에 있는 유명한 포도주 생산지)의 사람들에게 빚을 받는 일이 어려울 것 같았습니다. 그가 왜 이런 의문을 품게 되었는가 하면 부르고뉴의 사람들은 싸우려 들기가 일쑤였고 질이 나쁘며 신용할 수 없는 패들이었기 때문입니다. 그래서 그런 질 나쁜 패들과 능히 맞설 만한 아니, 그 이상으로 악질인 사람이 쉽게 생각나지 않았습니다. 오랫동안 골치를 앓고 있다가 겨우 그의 파리에 있는 저택에 드나들던 차페렐로 다 프라토라는 사나이를 생각해 냈습니다.

이 사나이는 키가 작은데다 매우 사치스러웠고, 프랑스 사람들은 차페렐로의 뜻을 몰랐으므로 프랑스 말의 속어대로 샤프레, 즉 화환이란 뜻으로 알았으며 앞에서도 말씀드린 바와 같이 키가 작은 사나이였으므로 차페렐로라 부르지 않고 차펠레토라 불렀습니다. 그런 탓으로 그는 누구에게나 차펠레토로 통했으며 차페렐로라 부르는 사람은 극히 드물었습니다.

그런데 이 차펠레토는 이런 생활을 하고 있었습니다. 그는 자기 서류 중의 하나가 만일 진짜(그것이 매우 적었음은 말할 필요도 없습니다만)라고 하면 매우 부끄럽게 생각하는 그런 어처구니없는 공증인이었습니다. 또 누가 부탁을 하거나 하지 않거나 간에 기꺼이 위증을 하곤 했습니다. 당시 프랑스에서는 선서를 매우 신뢰하고 있었고, 또 그가 위증하리라고는 아무도 생각지 못했으므로 부름을 받아 선서하고 진실을 말한다고 하는 이상, 그의 선서는 신용을 받아 어떤 소송에도 이겼습니다. 뿐만 아니라 그는 친구나 친척, 그 누구를 막론하고 사람들 사이에 악의와 적의와 스캔들이 생기는 것을 극히 좋아했고, 또 그런 일들을 잘 조사해 놓고 있었습니다. 그리고는 사태가 점점 악화되어 가는 것을 가만히 지켜보고 있었습니다.

살인 사건이나 부정한 사건에 부름을 받아도 거절하는 일 없이 스스로 나서곤 했습니다. 또 때로는 자기 손으로 사람을 찌른다든가, 죽인다든가 하는 경우에도 기꺼이 달려갔습니다. 또한 하느님이나 성인(聖人)에 대하여 불경(不敬)한 말도 서슴지 않고 내뱉었으며, 남보다 훨씬 화를 잘 내는 기질이었으므로 매우 작은 일에도 발끈하곤 했습니다.

교회에는 간 일이 없으며 교회 의식은 모두 천한 것이라 생각하고 더러운 말로 욕을 퍼부었습니다. 그렇기 때문에 선술집이라든가 좋지 않은 곳에 즐겨 다녔고 이용도 잘했습니다. 그 외에 대식가로 술도 많이 마셨으므로 때로는 지저분하게 앓기도 했습니다. 더욱이 그는 노름꾼에다 사기 도박꾼이기도 했습니다.

제가 왜 이렇게 수다스럽게 악평을 늘어놓는가 하면 그는 이 세상에 존재하지도 못할 극악무도한 사람이었기 때문입니다. 그는 이렇게 오랫동안 악한 일만 저질렀으나, 무샤토 덕분에 때때로 모욕을 가한 일반 사람들한테서, 혹은 마찬가지로 모욕을 가한 재판소 사람들로부터도 인정을 받고 있었습니다.

어쨌든 이런 그의 생활을 잘 알고 있는 무샤토의 머리에 차펠레토가 떠올랐으므로, 그자라면 부르고뉴 사람들의 악의에 대항할 수 있다고 생각한 그는 차펠레토를 부르기로 했습니다. 차펠레토가 불려오자 그는 이렇게 말했습니다.

"차펠레토 씨, 당신도 알다시피 나는 한동안 이곳을 떠나 있게 되었소. 그런데 거래 가운데 거짓말쟁이인 부르고뉴 사람들에 대한 문제가 있어서 여러 가지로 생각해 보았는데, 당신 말고는 그 돈을 받아올 만한 사람이 없단 말씀이야. 내가 보기에 현재 당신에게 별로 일도 없을 것 같으니 만일 이 일을 하고 싶은 의사가 있으면 재판소 사람들에게도 잘 주선해 줄 것이고, 당신이 받아올 돈 중에서 상당 금액을 떼어 주려고 생각하고 있는데……."

차펠레토는 당장 할 일도 없었고 경기도 좋지 않았으며 더욱이 자신의 보호자였던 사람이 오랫동안 떠나 있게 된 것을 알았을 뿐 아니라 다시 생각할 필요도 없었으므로 아무런 주저함도 없이 기쁜 마음으로 빚을 받아 오겠노라고 대답했습니다.

두 사람은 곧 이것저것 합의를 보았습니다. 차펠레토는 위임장과 왕의 추천서를 받은 후, 무샤토가 출발하자 곧바로 아는 사람 하나 없는 부르고뉴로 떠났습니다. 그리고 그곳에 도착하자마자, 그의 성질에는 맞지 않았지만 그곳에 간 목적을 이루기 위해 친절하고도 정중하게 최후까지 성을 내지 않도록 하며 빚을 거둬들이기 시작했습니다.

이 일을 하면서 그는 이 고장에서 고리대금업을 하고 있는 플로렌스(피렌체) 태생인 두 형제의 집에 묵고 있었습니다. 형제는 무샤토에 대한 존경하는 마음으로 그에게도 매우 깊은 호의를 가졌지만, 어쩌다가 차펠레토는 갑자기 병이 들고 말았습니다. 형제는 곧 의사를 부르고 하인을 옆에 두어 간호하게 하였으며 모든 수단을 다하여 병이 낫도록 애써 주었습니다. 그러나 이런 극진한 간호도 소용이 없었습니다. 의사의 말에 의하면 이 몹쓸 녀석은 나이가 많고 지금까지 무질서한 생활을 해왔으므로, 병세가 하루하루 악화될 수밖에 없는 죽을병에 걸렸다는 것이었습니다. 형제는 매우 난처했습니다. 그래서 어느 날, 두 사람은 차펠레토가 누워 있는 방 바로 옆에서 이런 의논을 했습니다.

"저 사나이를 어떻게 하면 좋을까?"
라고 한 사람이 말했습니다.

"정말 대단한 놈을 끌어들인 셈이군. 이런 중환자를 내쫓으면 우리가 흔쾌히 맞아들여서 간호하고 친절하게 의사까지 불러 치료한 것을 알고 있는 세상 사람들에게 인정머리 없다는 증거를 보여 주는 셈이 되어 심한 비난을 받게 될 것이고……. 그러니 이제 곧 죽어가고 있는 환자를 내쫓으려면 그가 무언가 우리 마음에 들지 않는 일을 했다고 할 수밖에는 없겠군. 하지만 저 녀석이야말로 정말 손댈 수 없는 악당이란 말이야. 그러니 참회도 하지 않을 것이고, 또 교회의 성례도 받지 않으려 하겠지. 만일 참회를 하지 않고 죽는다면 어느 교회에서도 시체를 받아 주지 않을 테고, 교회 묘지에 묻게 해 주지도 않을 거야. 설사 참회를 했다손 치더라도 그가 지은 죄업이 너무 많고 눈 밖에 날 일뿐이니 결과는 마찬가지일 테고 어떤 수도사든, 신부든 어떻게 할 도리가 없을 거란 말이야. 그러니 그렇게 된다면 이 고장 녀석들은 우리가 장사 잘되는 것을 배 아프게 여기고, 평소에 좋지 않게 말해 왔으니 그런 꼴을 보게 되면 우리 재물을 약탈하려 들지도 몰라. 떠들면서 이렇게 소리 지를 거야. '이 짐승 같은 이탈리아 녀석들아, 교회에서조차 안 받아들이잖아? 이제 너희의 하는 꼴을 더는 참을 수 없어.' 이렇게 소란을 피우며 집 안까지 몰려와 우리 물건을 빼앗아 갈 뿐만 아니라 목숨까지 앗을는지도 몰라. 아무튼 저 녀석이 죽으면 큰일 나겠어."

이때 차펠레토는 아까도 말한 것처럼 두 사람이 이야기하는 바로 옆 방에 누워 있었고, 또 환자에게 흔히 있는 일로 귀가 민감해져 있었으므로 두 사람의 이야기를 모두 듣고 말았습니다. 그래서 두 사람을 불러 이렇게 말했습니다.

"당신들은 내 일로 여러 가지 신경을 쓰고 있는 모양이지만 나는 그런 걱정을 끼쳐 드리고 싶지 않으며, 나로 인해 손해를 볼 거라는 생각은 아예 버려 주시오. 나는 당신들의 이야기를 모두 들었소. 정녕 당신들이 이야기한 대로의 일이 일어날 것이고 그렇게 될 것이 틀림없소. 하지만 일은 반대의 결과가 될 것이오. 나는 지금까지 하느님께 나쁜 일을 몹시 많이 해 왔으므로 임종을 당하여 한 가지 정도 나쁜 일을 더 해 보려고 생각하오. 그러니 어떻게든지 덕이 높은 수도사나 훌륭한 신부님을 이리로 불러 주시오. 만일 그런 분이 계셔서 이리로 오시게 되면 뒷일은 나에게 맡겨 주시오. 그렇게만 되면 당신들이 만족할 만한 방법으로 당신들의 일도 내 일도 틀림없이 잘되도록 할 테니 말이오."

형제는 이 일에 그다지 큰 기대를 걸지 않았지만 아무튼 수도원으로 갔습니다. 그리고 우리 집에 병들어 누워 있는 한 이탈리아 사람의 참회를 들어 주실 훌륭하신 분이 와 주십사 하고 부탁을 했습니다.

그리하여 오신 분이 성인이라고 할 만큼 덕 높은 생활을 하고 성서에도 정통한 존경받는 노신부였습니다. 정말 이 사람에 대하여는 온 시민이 절대적으로 특별한 존경심을 갖고 있었습니다. 결국 이렇게 훌륭한 분이 형제의 집에 안내되어 왔습니다.

노신부는 차펠레토가 누워 있는 방 안에 들어섰습니다. 그리고 머리맡에 앉아 우선 부드럽게 위로의 말을 건네면서 이전에 참회한 지 얼마나 시일이 지났는가 하고 물었습니다. 그러자 지금까지 참회 같은 것은 단 한 번도 해본 일이 없는 차펠레토는 이렇게 대답했습니다.

"신부님, 적어도 매주 한 번은 참회를 하는 것이 제 습관입니다. 물론 그보다 더 많이 참회한 일도 여러 번 있습니다. 그렇지만 병이 들어 누운 지 8일이 지났으므로 그동안은 참회를 못했습니다. 그만큼 병이 무거웠습니다."

그러자 노신부는 말했습니다.

"내 아들아, 그것은 매우 훌륭한 일이다. 앞으로도 그렇게 해 주기 바란다. 그런데 그렇게 여러 번 참회를 해 왔다면 묻는 데 대답하기가 그리 힘들진 않으리라고 생각하는데 어떤가?"

차펠레토가 대답했습니다.

"신부님, 그런 말씀은 하지 마십시오. 저는 찔끔찔끔 참회를 해 왔지만 결코 자주 참회했다고 할 수는 없습니다. 저는 태어나면서부터 참회를 한 날까지, 제가 생각나는 죄를 깨끗이 고백했다고 생각했던 적은 없으니까요. 그래서 신부님께 부탁드리는데 부디 아직 한 번도 참회한 일이 없는 녀석이라고 여기시고 무엇이든지 질문해 주십시오. 제가 환자라는 것은 잊어 주시기 바랍니다. 제 육신을 아끼고자 구세주께서 그 거룩한 피로 대속해 주신 제 영혼을 지옥에 떨어뜨리는 짓을 하는 것보다는 오히려 이 육신을 괴롭히는 편이 낫다고 생각하기 때문입니다."

이 말은 노신부를 아주 기쁘게 했습니다. 그리고 충분히 각오가 된 뒤의 말이라 생각되었습니다. 그리하여 차펠레토에 대하여 이런 참회의 습관을 칭찬하면서 먼저 여자에 대하여 호색의 죄를 범한 일이 없느냐고 물었습니다. 차펠레토는 한숨을 지으며 대답했습니다.

"신부님, 그 일에 대하여는 허영의 죄를 범하는 것 같아 사실대로 말씀드리기가 부끄럽습니다."

그러자 노신부는 이렇게 말했습니다.

"분명히 고백하는 게 좋아. 사실대로 말하는 것은 참회의 경우에나 다른 일의 경우에나 결코 죄가 되지는 않으니."

그 말을 듣자 차펠레토는 말했습니다.

"그 말씀을 들으니 안심입니다. 그렇다면 말씀드리지만 사실 저는 어머니 뱃속에서 나온 대로 동정입니다."

신부는 말했습니다.

"오오, 주여. 축복을 내려 주소서. 이렇게 훌륭할 수가 있을까! 당신네들은 하려고만 한다면 우리에게 허락되지 않은, 또 다른 사람들은 규칙에 얽매여 어쩔 수 없이 지키고 있는 동정을 깨뜨릴 수 있는 자유의사를 지니고 있는데도……. 참으로 훌륭한 일이야."

다시 신부는 하느님의 뜻을 어기고 폭음, 폭식의 죄를 범한 일은 없느냐고 물었습니다. 차펠레토는 깊은 한숨을 쉬며, "있습니다. 많이 있습니다."라고 대답했습니다. 즉, 믿음이 깊은 사람들이 1년에 한 번 행하는 사순절(四旬節) 단식하는 동안, 매주 3일은 굶주린 듯이 빵을 먹어댔고, 물을 퍼마셨다고 하였습니다. 그리고 순례를 떠나 기도를 드리고 조금 고단해지면 술꾼이 포도주를 마시듯 물을 마셨다는 것이었습니다. 또 여자들이 시골에 갔을 때처럼 무엇인가 야채샐러드를 먹고 싶다고 몇 번이나 생각했는지 모르겠으며, 자기처럼 신앙

을 위해 단식하고 있는 자가 그다지 맛있지도 않은 음식을 자기로서는 최상으로 맛있다고 생각한 일도 몇 번인가 있다고 말했습니다. 그 이야기를 듣자 신부는 말했습니다.

"내 아들아, 그런 죄는 극히 당연한 것으로 사소한 것이다. 그러니 필요 이상으로 그대의 양심을 괴롭힐 것은 없다. 어떤 사람이든 가령 그가 성인일지라도 긴 단식 뒤에는 먹는 것이 맛있다고 느낄 것이고, 고단할 때는 마시는 것도 맛있다고 느끼는 법이지."

차펠레토가 말했습니다.

"아아, 신부님. 저를 위로하려고 그런 말씀하지는 말아 주십시오. 아시는 바와 같이 하느님을 섬기는 이상 무슨 일이든지 정결해야 하며 조금이라도 마음이 녹슬어서는 안 된다고 생각합니다. 그렇지 않으면 누구나 죄를 짓고 있는 셈이 됩니다."

신부는 극히 만족해하며 말했습니다.

"그대가 그렇게 생각하다니 매우 기쁘다. 그 안에 들어 있는 그대의 순수하고 선량한 양심은 지극히 내 마음에 들었다. 그러나 이 점은 어떤가. 즉 필요 이상의 것을 원하거나 가져서는 안 되는 것을 가지고 싶어하는 탐욕의 죄에 대하여는?"

그 말에 차펠레토는 이렇게 대답했습니다.

"신부님, 제가 이렇게 고리대금업을 하는 집에 신세를 지고 있다해서 그런 눈으로 보시면 곤란합니다. 저는 이 집과는 아무 관계가 없습니다. 오히려 그들을 타이르고 징계할 뿐만 아니라 그들의 가증스러운 돈벌이를 중지시키러 온 사람입니다. 만일 하느님께서 제가 이런 병에 걸리게 하시지 않았더라면 저는 이미 그 일을 끝냈으리라고 생각합니다. 그러나 신부님께서 알아두셔야 할 것은 부친이 저에게 막대한 재산을 남겨 주었지만 저는 부친이 돌아가신 뒤, 그 대부분을 가난한 사람들에게 나누어 주었습니다. 그래서 그 뒤로는 생활을 유지하고 가난한 하느님의 아들들을 돕기 위해서 조그마한 장사를 시작했습니다. 물론 장사를 벌였으니만큼 돈을 벌려고 했습니다. 그리고 언제나 가난한 사람들의 일을 생각하여 번 돈을 둘로 나누어 한쪽은 제 생활비로 하고, 다른 한쪽은 그들의 비용으로 하여 그들에게 주었습니다. 그렇기 때문에 하느님께서도 저를 도와주셨나 봅니다. 제 장사는 더욱 번창했습니다."

노신부는 말했습니다.

"그거 아주 훌륭한 일을 했군. 그렇지만 때때로 성을 낸 일은 있었겠지?"

"오오! 그런 일이라면 여러 번 있었습니다. 다른 사람들이 나쁜 짓을 하거나 하느님의 분부를 따르지 않고 심판을 두려워하지 않으며 지내고 있는 것을 매일 보고 어찌 성을 내지 않을 수가 있겠습니까? 젊은 녀석이 허영에 빠져 있거나, 술집에 들어앉았거나, 교회에는 가려고도 하지 않고 신앙의 길보다는 세상일에만 골똘하고 있는 것을 보느니, 살아 있는 것보다 차라리 죽어 버리는 것이 낫겠다고 생각했던 날이 얼마나 많았는지 모릅니다."

그랬더니 노신부는 이렇게 말했습니다.

"내 아들아, 그것은 당연한 일이란다. 아무리 성인이라도 그런 것으로 그대의 회개를 구할 수는 없다. 하지만 어떤 계기로 화가 난 김에 저 녀석을 죽이고 싶다든가, 남을 욕했다든가, 모욕을 주었다든가 그런 일은 없었는가?"

차펠레토는 그 말에 이렇게 대답했습니다.

"아아, 신부님. 신부님은 하느님 같은 분이라고 생각되는데 어째서 그런 말씀을 하십니까? 지금 신부님이 말씀하신 일 같은 것을 한 가지라도 제가 하려고 생각했다면 어째서 하느님이 지금껏 저를 지켜 주셨을까요? 그런 짓은 살인자나 악인이 하는 것입니다. 그런 작자들을 만날 때마다 저는 언제나 '하느님께서 바르게 인도해 주소서!' 라고 말해 왔습니다."

그러자 노신부는 말했습니다.

"내 아들아, 하느님의 축복이 있기를 빈다. 그러면 남을 함정에 빠뜨리기 위해 위증을 하거나, 또는 남의 흉을 보거나, 주인이 싫어하는데도 남의 것을 빼앗거나 한 일은 없었는가?"

"예, 신부님. 제가 남을 좋지 않게 욕한 일이 있는 것은 의심할 여지가 없습니다. 그전에 집 가까이에 자기 아내를 잘 때리는 아마도 이 세상에서 가장 나쁜 녀석이 살고 있었습니다. 그래서 저는 아내의 친척에게 한 번 그 사나이의 욕을 한 일이 있습니다. 하느님 말씀을 빌면, 그 사나이는 술에 만취할 때마다 '아내를 학대하므로' 불행한 그 아내가 불쌍해서 견딜 수가 없었습니다."

그 이야기를 듣고 노신부는 이렇게 말했습니다.

"좋아요. 그렇다면 묻겠는데 그대는 상인이라고 했는데 장사를 하면서 남을 속인 일은 없었는가?"

"분명히 있었습니다, 신부님. 누구였는지 모르지만 어떤 사람이 제가 판 옷감의 대금을 가져온 일이 있었습니다. 저는 세어 보지도 않고 돈궤에 넣어 두었는데, 한 달 가량 지난 뒤, 4피초로가 더 지불된 것을 알았습니다. 그래서 돌려주려고 생각했는데 그 사람을 다시 만나지 못한 채 1년 정도 보관하고 있다가 하느님을 위해 그 돈을 기부했습니다."

그러자 신부는 대답했습니다.

"그런 일은 사소한 일이나, 그대가 한 일은 훌륭한 일이었어."

그 외에 신부는 여러 가지를 물었지만 그는 모두 이런 투로 대답했습니다. 그리하여 신부가 면죄를 선언하려 하자, 차펠레토는 이렇게 말을 꺼냈습니다.

"신부님, 아직 말씀드리지 않은 죄가 몇 가지 있습니다."

신부가 어떤 것인가 하고 묻자 그는 이렇게 대답했습니다.

"잊히지도 않습니다. 저는 하인들에게 토요일 오후 3시에 기도(옛날에는 토요일 오후 기도가 끝나면 일요일의 휴식이 시작된다고 여겼음)를 올린 뒤 집안 청소를 시킨 일이 있습니다. 당연히 드려야 할 거룩한 일요일에의 경의를 드리지 않은 것입니다."

"오오! 하지만 내 아들아, 그것은 대수로운 일이 아니다."

"아닙니다. 대수로운 일이 아니라고 말씀하지 마십시오. 주일이야말로 거룩한 날이라 생각해야 합니다. 예수님께서 죽음에서 부활하신 날이니까요."

그 뒤에 신부가 물었습니다.

“그럼 또 다른 일은?”

“예, 신부님. 한 번 교회에서 별로 악의는 없이 침을 뱉은 일이 있습니다.”

신부는 웃음을 터뜨리며 말했습니다.

“내 아들아, 그런 것은 생각할 필요조차 없는 일이다. 우리들 성직에 종사하는 사람들조차 하루 종일 침을 뱉고 있으니까.”

그 이야기를 듣자 차펠레토가 말했습니다.

“그건 심한 일을 하시는군요. 하느님께 기도를 드리고 성의를 바치는 신성한 교회야말로 깨끗하게 해두어야 하는 곳인데도…….”

이리하여 그는 짧은 시간에 자신의 행동에 대한 몇 가지를 고백했습니다. 그리고 마지막에는 깊은 한숨을 내쉬며 와아 하고 울음을 터뜨렸습니다. 그는 울려고만 하면 언제든지 마음대로 울 수 있는 사나이였습니다. 그러자 신부가 물었습니다.

“내 아들아, 어찌된 일인가?”

“아아, 신부님. 아직 말씀드리지 못한 죄가 하나 있기 때문입니다. 그것을 말씀드리는 것은 견딜 수 없이 부끄러운 일이어서 그것을 생각할 때마다 이렇게 울게 됩니다. 이 죄에 대하여는 하느님께서 절대로 저를 불쌍히 여겨 주시지 않으리라고 생각됩니다.”

“괜찮아. 마음에 꺼릴 것 없이 말해라. 그게 무엇인가? 모든 사람은 저지른 죄가 있어. 이 세상이 계속되는 한 모든 사람이 범할 것임에 틀림없는 모든 죄가 어느 한 인간 안에 있다고 해도 그 인간이 지금 내가 그대에게서 보듯이 후회하고 회개한다면, 주저 없이 용서해 주실 만큼 신의 자비함과 관대함은 엄청나게 큰 것이다. 그러니 안심하고 말하라."

그러자 차펠레토는 더욱 심하게 흐느끼면서 대답했습니다.

"아아, 신부님. 제 죄는 너무나 큽니다. 만일 신부님께서 기도해 주시지 않는다면 하느님께서 저를 용서해 주시리라고는 도저히 생각되지 않습니다."

"안심하고 말해도 괜찮다. 그대를 위하여 하느님께 기도할 것을 서약할 테니."

차펠레토가 여전히 울면서 아무 말도 하지 않으므로 신부는 고백할 것을 격려했습니다. 차펠레토는 오랫동안 흐느껴 울다가 이윽고 입을 열었습니다.

"신부님, 신부님께서 저를 위해 기도해 주신다고 약속해 주셨으니 말씀드리겠습니다. 실은 아주 어렸을 때 꼭 한 번 어머니를 욕한 일이 있습니다."

이렇게 말한 후 차펠레토는 또 울기 시작했습니다. 신부는 말했습니다.

"오오, 내 아들아. 그런 것이 그토록 중대한 죄라고 생각되는가? 아아, 많은 사람들이 매일같이 하느님을 욕되게 하느니라. 그러나 하느님을 욕되게 한 것을 후회하고 있는 자라면 기꺼이 용서해 주고 있다. 그대는 그런 일로 해서 하느님이 그대를 용서해 주시지 않으리라고 생각하는가? 자, 울지 말고 위로를 받아라. 설사 그대가 주님을 십

자가에 못 박은 자 중의 한 사람이라 하더라도 지금 그대처럼 깊이 후회하고 있다면 주님께서는 반드시 용서해 주실 테니."

차펠레토는 대답했습니다.

"아아, 신부님. 무슨 말씀을 하시는 겁니까? 저를 밤낮없이 아홉 달이나 품어 주고 태어난 뒤로도 몇 백 번이나 안아 주신 착한 어머니를 모욕하다니 정말 큰 죄라 생각합니다. 만일 신부님께서 저를 위해 기도해 주시지 않는다면 도저히 하느님은 용서해 주시지 않을 겁니다."

신부는 차펠레토가 더 이상 아무것도 이야기할 것이 없음을 알고 면죄를 해 주었습니다. 그리고 그의 이야기를 모두 곧이들었으므로 이 사람이야말로 최고의 덕을 갖춘 사람으로서 축복을 주었습니다. 임종할 때에 이와 같은 참회를 믿지 않을 사람이 어디 있겠습니까? 그리하여 모든 것이 끝나자, 신부는 이렇게 말했습니다.

"차펠레토 씨, 하느님의 도우심을 받아 그대는 곧 병이 나을 것이라 믿는다. 그러나 만일 하느님이 축복하시고 영혼을 구원하신 그대를 하느님 앞으로 부르신다면 그대를 성당 묘지에 장사 지내도 이의가 없겠는가?"

이에 대하여 차펠레토는 이렇게 대답했습니다.

"신부님, 신부님께서 저를 위해 하느님께 기도해 주시겠다고 약속한 이상 어찌 다른 곳에 묻히기를 원하겠습니까? 저는 평소에 신부님의 종파를 특히 믿어 왔기 때문에 부탁이 하나 있습니다. 신부님께서 교회에 돌아가시게 되면 오늘 아침에 신부님께서 성단에 모신 예수님의 성체를 저에게 보내 주시겠습니까? 저는(그만한 자격이 있을 수 없는 몸이지만) 신부님의 허락을 받아서 배수(拜受)하고 싶습니다. 그리고 성스러운 임종의 도유식(塗油式)을 받고 싶습니다. 저는 죄인으로 일생을 끝냈다 하더라도 기독교인으로서 죽고 싶습니다."

이때 두 고리대금업자 형제는 행여나 차펠레토가 자기들을 배신하지 않을까 걱정하여, 그가 누워 있는 방과 판자벽 한 장을 사이에 두고 귀 기울여 듣고 있었습니다. 그곳에서는 그가 신부에게 하는 말이 아주 또렷이 들렸습니다. 그들은 차펠레토가 참회하는 소리를 듣고 있자니 그만 웃음이 터져 나올 것 같았습니다.

"뭐 저런 녀석이 다 있을까? 어쩜 늙은이나 환자도 아니고 막 눈앞에 다가오고 있는 죽음의 공포도 없는 것 같잖아? 이제 곧 하느님 앞에 서서 자신의 사악한 마음을 없애고 심판을 받아 올바른 사람이 되기를 원하는 것이 상식인데, 그대로 죽고 싶은 모양이지."

그러나 그가 수도원의 묘지에 매장해 달라고 말하는 것을 듣자, 그 다음은 어떻게 되든 모르겠다고 생각했습니다.

차펠레토는 성체 배수 후, 곧 어떻게 손쓸 수 없을 정도로 악화되었으므로 최후의 도유식을 받았습니다. 그리고 엉터리 참회를 한 날 밤 기도가 끝나자 얼마 뒤에 숨을 거두고 말았습니다.

두 형제는 그의 유산으로 훌륭한 장례식이 되도록 준비를 하고, 수도원에 심부름꾼을 보내 관습대로 경야(經夜, 장사를 지내기 전에 관 옆에서 밤을 지샘 : 옮긴이)를 와 달라고 부탁하면서 이튿날 아침에 시신을 받아 가도록 만반의 준비를 마쳤습니다.

그의 고해를 들었던 노신부는 그가 죽었다는 소식을 듣자 수도원장과 의논하여 종을 쳐서 수도사들을 총회에 모이도록 했습니다. 노신부는 총회에서 차펠레토의 고해로 미루어 보건대 참으로 성자였다고 설명했습니다. 하느님은 그를 위해 갖가지 기적을 나타내시리라 생각되므로 최대의 경의와 헌신으로 그의 시신을 다루도록 했고, 그의 이야기에 감동된 원장과 수도사들은 곧 그의 의견에 동의했습니다. 그날 밤, 그들은 모두 차펠레토의 시신이 있는 집으로 가서 성대하고도 엄숙한 의식을 거행했습니다.

이튿날 아침, 성의를 두르고 손에 성서를 든 수도사들은 십자가를 든 자를 앞세우고 성가를 부르면서 시신을 모시러 갔습니다. 돌아오는 행렬은 엄숙하고도 성대했으며, 거리의 남녀노소가 모두 나와 행렬 뒤를 따랐습니다. 시신이 성당 안에 안치되자 연단에 오른 노신부는 고인의 단식 이야기며 동정에 관한 이야기, 그리고 그 순박함과 나쁜 짓은 전혀 모르던 일이며 덕이 얼마나 높았던가를 차례차례 설교하였습니다. 노신부는 차펠레토가 최대의 죄라면서 눈물로 고해한 내용을 들려주고, 그가 너무나 탄식하며 괴로워했기 때문에, 하느님께서 반드시 그 죄를 용서해 주신다는 것을 납득시키기 위해 온갖 노력을 다했다고 덧붙였습니다. 그리고 청중을 향하여 이렇게 말했습니다.

"그러나 여러분, 하느님의 저주를 받은 분들이여. 여러분은 짚 한 오라기가 발목에 달라붙었다고 해서 하느님과 성모와 모든 성인들에게 욕을 퍼붓고 있는 것입니다."

그 밖에도 노신부는 그의 성실함과 순종에 대하여 설명했습니다. 노신부의 이야기는 그 고장 사람들의 가슴에 깊은 감동을 주었습니다. 그들은 차펠레토의 덕이 높음을 믿었으며 경건한 기분에 잠겼습니다. 기도가 끝나자 사람들은 서로 밀고 헤치며 앞다투어 시신 앞으로 몰려가 그 손과 발에 입을 맞추었습니다. 그리고 차펠레토가 걸친 옷 한 조각만이라도 얻으면 더없는 행운이라고 여기는 사람들에게 옷을 모두 뜯기고 말았으며, 결국 차펠레토의 시신에 참배하려는 사람들 때문에 그날 하루 종일 그대로 두어야 했습니다.

이윽고 밤이 되어, 시신은 교회 안에 있는 대리석으로 된 관 속에 입관되었습니다. 다음 날에는 더 많은 사람들이 몰려와 촛불을 올리고 기도를 드렸습니다. 소원을 비는 사람도 있었고 소원의 내용에 따라서 초로 만든 상(像)을 걸기도 했습니다.

그동안 그의 덕에 대한 소문은 더욱더 널리 퍼지고 그를 두텁게 신앙하는 사람이 늘어나 어떤 불행이 닥치면 모두 그에게 가서 빌 뿐 다른 성자에게 기도하는 일은 거의 없었습니다. 사람들은 그를 성 차펠레토 님이라 부르게 되었고 지금도 그렇게 부르고 있습니다. 그를 통해 하느님께서 많은 기적을 나타내셨다고 굳게 믿고 있으며, 그에게 진심으로 기원하는 자에게는 매일같이 기적을 내리고 있다고 모두 믿고 있는 것입니다.

자, 차페렐로 다 프라토는 그렇게 살다가, 죽어서는 들으신 바와 같이 성인이 되었습니다. 저는 이런 사람이 하느님 앞에 축복받을 수 없다고는 생각지 않습니다만, 비록 그의 생애는 극악무도했을지라도 하느님께서 우연히 그를 불쌍히 여기시고 천국에 맞아들인 것은 그가 임종할 때에 회개하는 마음을 가졌기 때문일 것입니다. 그러나 이것은 추측해 본 것일 뿐 그 내용을 확실히 알 수 없으므로 이런 사나이야말로 천국보다는 지옥의 악마에게 인계해야 한다고 생각합니다.

그러나 만일 그가 천국에 맞아들여졌다면, 하느님의 자비야말로 우리의 과실에는 눈 돌리지 않으시고 언제나 신앙의 순수함을 보고 계시며, 우리가 하느님의 적을 중개자로 내세워도 그를 친구처럼 믿으시며, 하느님의 은총에 대한 중개자로서 참다운 성인으로 인정해 주시는 것입니다.

그러니 지금 우리가 재난의 한가운데에 있더라도 하느님의 거룩한 이름을 찬송할 때, 우리는 건강하며 구원을 받을 수 있는 것입니다. 이렇게 우리가 고난에 빠졌을 때 하느님께서 반드시 우리를 구해 주시고 우리의 소원을 들어 주심에 의지할 수가 있으므로 먼저 하느님을 숭배하는 이야기부터 시작했던 것입니다.

여기서 이야기는 끝났습니다.

두 번째 이야기

유대인인 아브라함은 잔노토 디 세비니가 기독교로 개종할 것을 권유하자 로마 교황청에 간다. 그곳에서 성직자들의 악덕함을 본 후 파리로 돌아와 오히려 기독교인이 된다.

팜필로가 이야기를 마치자 여왕은 그의 곁에 앉아 있던 아름답고 기품 있는 네이필레에게 이야기를 하도록 명령을 내렸으며, 그녀는 기쁜 마음으로 이야기를 시작했습니다.

하느님의 자비로움은 끝이 없으므로 우리의 과오를 탓하지 않으실 뿐만 아니라 크나큰 당신의 진실을 보여 주신다는 이야기를 여러분께 해드릴 것입니다.

여러분, 이것은 제가 이전에 들은 이야기입니다만, 옛날 파리에 부호 상인으로서 마음씨가 착한 잔노토 디 세비니라는 사람이 있었습니다. 그는 정직하고 성실하며 옷감 장사를 크게 벌여 놓고 있었습니다. 그는 같은 옷감 장수이며 매우 성실하고 정직한 아브라함과 매우 가까이 지내고 있었는데, 아브라함은 유대인으로 큰 부자였습니다. 잔노토는 이 사람이 정직하고 성실한 사나이임을 알고 있었으므로 이렇게 훌륭하고 현명하며 선량한 사나이가 기독교를 믿지 않음으로써 자신의 파멸을 초래하지나 않을까 하여 매우 걱정되기 시작했습니다. 그래서 우정에서 우러나는 마음으로 유대교의 과오를 버리고 기독교의 진리로 개종하도록 부탁하기 시작했습니다. 기독교는 신성하고 선한 종교이므로 보시는 바와 같이 신도가 많아져서 번영하고 있는 것이 뚜렷하지만, 반대로 유대교는 신도의 수가 줄고 있어 멸망에 직면해 있지 않느냐고 말했습니다.

이 유대인은 유대교 이외에 이만큼 신성하고 선한 것은 없다고 생각하며, 자기는 이 종교 안에서 태어났기 때문에 이 종교 안에서 살고 그 안에서 죽어갈 작정이라고 대답했습니다. 어떤 일이 있어도 결코 종교를 바꿀 수는 없다고 했습니다.

며칠 뒤, 잔노토는 여러 가지 이유를 들어 기독교가 유대교보다 뛰어남을 말하고 상인 특유의 거친 말투로 같은 말을 되풀이했습니다. 아브라함은 유대교에 대해서 조예가 깊었지만 잔노토와의 깊은 우정 때문에 마음이 움직였는지, 또는 성령이 이 무식한 사나이의 입에 옮아 이야기한 것이 효과를 거두었는지, 아무튼 아브라함은 잔노토의 말에 흥미를 갖기 시작했습니다. 그러나 자기의 신념이 확고하여 유대교를 버리려 하지는 않았습니다. 그는 달팽이처럼 자기의 세계에 충실하였고, 잔노토 역시 끝까지 설득을 계속했으므로 마침내 아브라함도 그 집요함에 못 이겨 이렇게 말했습니다.

"그렇다면 잔노토, 내가 기독교도가 되면 좋겠다 그 말씀이죠? 그렇게 하지요. 하지만 그 약속은 내가 로마에 가서 당신이 말하는 이 땅의 하느님 대리란 분을 만나고 그분의 형제인 추기경이라는 분들의 풍습, 예의범절을 관찰한 다음에 합시다. 당신이 말한 대로 그런 것들이 우리보다 뛰어났음이 밝혀지면 지금 당신에게 말한 대로 기독교도가 되겠습니다. 만일 그렇지 않다면 나는 지금까지 믿었던 유대교를 계속 믿겠습니다."

잔노토는 이 소리를 듣고 몹시 맥이 빠져 입에 올리지는 않았지만 이렇게 생각했습니다.

'이 사나이를 개종시킨다면 애쓴 보람이 있겠지만 헛수고가 되고 말았군. 녀석이 로마 교황청에 간다면 악덕하고 더러운 성직자들의 생활을 보고 기독교도가 되기는커녕 그가 기독교도였다면 틀림없이

유대교 신자가 되고 말 텐데…….'

그래서 아브라함에게 말했습니다.

"아니, 왜 그렇게 고생스럽고 큰돈이 드는 로마까지 가려고 그러나? 어디 그뿐인가. 바다나 육지를 오랫동안 여행하다 보면 특히 자네 같은 부자는 곳곳에 위험이 도사리고 있지 않겠나? 여기에는 세례를 줄 분이 없다는 말인가? 그래, 만일 내가 말한 신앙에 작은 의문이라도 있다면 자네에게 명쾌하게 설명해 줄 훌륭한 선생님들이 이 고장에도 얼마든지 있지 않은가. 그러니 내가 보건대 자네의 여행은 아무 쓸모가 없는 일일세. 그곳에 있는 훌륭한 신부들도 이곳에 있는 분들과 마찬가지지만, 교황 가까이에 있다는 것이 다를 뿐일세. 자, 그러니 내 말대로 언젠가 면죄를 받으러 갈 때까지 그런 고생일랑 덮어 두세. 그때는 나도 동행하겠네."

그러자 유대인은 말했습니다.

"잔노토, 당신이 말씀하시는 대로일 것입니다. 그러나 한 마디로 말하면 어떻게 해서든지 가보려고 결심했습니다. 그렇지 않으면 결코 개종은 못하니까요."

그의 확고한 결심을 알고 난 잔노토는 말했습니다.

"정 그렇다면 무사히 다녀오길 바라네."

이렇게 말했지만 그는 유대인이 로마 교황청을 본 연후에는 결코 기독교도가 되는 일은 없으리라 생각했습니다. 그러나 어쩔 수가 없어서 그대로 두고 볼 수밖에 없었습니다.

아브라함은 말을 타고 길을 재촉하여 로마 교황청에 이르렀습니다. 그가 도착하자 그를 아는 유대인들이 정중하게 영접했습니다. 그는 그곳에 머물면서 그곳에 온 까닭을 아무에게도 밝히지 않고 은밀하게 교황을 비롯하여 추기경과 다른 성직자들을 관찰했습니다. 그는 관찰력이 예리한 사람이었으므로 자기 눈으로 보고 남에게 듣기도 하여, 로마에서는 신분이 높은 성직자나 낮은 성직자나 사치스럽고, 여색(女色)과 남색(男色)에 빠져 더럽고 음탕한 생활을 한다는 것을 알았으며, 그로 인해 어떤 큰 행사라도 있는 날이면 창녀와 미소년들까지도 크게 행세를 하고 있음을 알았습니다. 더욱이 신부들은 대식가로 술도 많이 마셨으며, 굶주린 동물처럼 위장(胃腸)과 색정(色情)이 왕성하다는 것을 알았습니다.

더욱 잘 관찰해 보았더니 누구나 돈에 눈이 어두워 탐욕스러웠고, 사람의 피라기보다 오히려 소중한 기독교도의 피로 대속(代贖)된 재물이든 신성한 것이든 교회에 바쳐진 것이든 그것이 무엇이든지 간에 돈으로 바꾸어 사고팔고 한다는 것을 알았습니다. 그것은 파리에서 옷감이나 다른 상품의 매매가 이루어지고 있는 이상으로 대규모였으며, 성물(聖物) 매매를 '공급'이라 불렀고, 이익에 대하여는 탐욕스럽게 취하는 것을 '알선료'라 부르며, 말의 뜻 따위에는 관심도 없고 마치 하느님께서 악당들의 의도를 전혀 모른다는 듯 행동하고 있었습니다. 이런 일들과 그 밖에 차마 입으로 말할 수 없는 일들이 한데 어울려 온건하고 절도 있는 유대인을 몹시 불쾌하게 했습니다. 그는 더 이상 알아야 할 것이 없다고 판단하고 파리로 돌아왔습니다.

잔노토는 그가 돌아온 것을 알자, 그가 기독교도가 되리라고는 조금도 생각지 않고 그를 찾아가 매우 반가워했습니다. 그로부터 며칠이 지난 뒤, 잔노토는 교황의 일이며 추기경의 일, 그 밖에 교황청 사람들의 일에 대하여 어떻더냐고 질문했습니다. 이에 대하여 아브라함은 즉각 이렇게 대답했습니다.

"나쁜 인상입니다. 하느님께서 반드시 저주하실 정도입니다. 그곳에는 어느 신부를 보더라도 신성함이나 하느님께 봉사하는 마음이나 선행함도 없고, 인생과 그 밖의 모범이 될 만한 것이 하나도 없었습니다. 더욱이 사치, 탐욕, 심한 질투심, 거만함이 활개를 치고 있었습니다. 그리고 그와 비슷한 일과 더 심한 악행이(만일 더 심한 악행이 있다면) 활보하고 있어서 그곳은 마치 하느님의 작업장이라기보다는 악마의 소행을 만들어 내는 공장이라는 느낌이었습니다. 그리고 내가 생각하는 바로는, 기독교의 주춧돌과 기둥이 되어야 할 교황과 성직자들이 너도나도 모든 지혜를 짜내어 기독교를 파괴하고 세계에서 추방하기 위해 급히 서두르고 있는 것처럼 생각되었습니다. 그러나 그 사람들이 추방하려는 일은 일어나지 않고, 반대로 당신네 종교는 신도가 점점 늘어나고 눈부시게 빛나며 번영하고 있으니, 다른 종교보다 거룩하고 참된 것으로서의 그 성령은 다른 어느 종교의 성령보다 훌륭하다고 인정할 수 있을 것 같습니다. 따라서 나는 당신의 권고에도 완고하게 반대하고 기독교도가 되는 것을 원하지 않았지만, 지금은 내가 기독교도가 되는 일에 아무 장애도 없는 것 같습니다. 그럼 함께 교회로 갑시다. 교회에서 신성한 절차에 따라 세례를 받게 해 주십시오."

잔노토는 전혀 반대의 결과를 예견했으므로 아브라함의 말을 듣자 더할 수 없을 정도로 기뻤습니다. 두 사람은 함께 파리의 노트르담 사원으로 가서 신부들에게 아브라함이 세례를 받게 해 달라고 부탁했습니다.

신부들은 곧 세례 의식을 행했고, 잔노토는 신성한 물을 높이 들어 올렸으며(보카치오의 시대에는 물에 들어가서 세례를 받지 않고 이런 방법을 취했다) 조반니라는 이름을 붙여 주었습니다. 그는 그 뒤, 훌륭한 수도사들에게 가르침을 받아 기독교의에 완전히 통하였으며 조예가 깊어졌습니다. 그는 기독교도가 되는 데 매우 빠르게 익숙해졌으며, 이윽고 선량하고도 값어치 있는 사람이 되어 신앙이 충만한 거룩한 생애를 보냈습니다.

세 번째 이야기

유대인 멜기세덱은 세 개의 반지 이야기를 하여 살라디노가 그에게 꾸민 커다란 위기를 벗어난다.

하느님의 자비로움을 이야기한 네이필레의 이야기가 끝나자 일동은 환호를 보냈으며, 여왕의 명에 따라 필로메나의 이야기가 시작되었습니다.

네이필레의 이야기를 듣고 저는 어느 유대인이 당했던 위험한 사건이 생각났습니다. 하느님의 이야기나 우리 신앙의 진실성에 대하여는 이미 좋은 말씀이 있었으므로, 이번에는 인간 세상에서 일어난 일이나 인간 행위의 논평에 관한 이야기를 하겠습니다. 이야기를 들으시면 남의 질문을 받았을 경우 부디 조심스럽게 대답해야겠다고 생각할 것입니다.

여러분, 사람들은 어리석기 때문에 때때로 행복한 순간에 가장 비참한 불행의 밑바닥으로 떨어질 때가 있습니다만, 또한 영리함과 지혜로써 위험하기 짝이 없는 재난을 피하고 안전한 휴식을 얻을 수도 있는 것입니다.

실지로 어리석음 때문에 행복한 순간에 최악의 비참한 상태로 추락하는 예는 얼마든지 있으며, 하나하나 말할 것까지도 없이 매일매일 일어나고 목격되고 있습니다. 그러나 현명하다면 그것을 구할 수 있다는 이야기를 약속대로 짤막하게 말씀드리려고 합니다.

살라디노는 대단히 용감한 사람으로 낮은 신분에서 바빌로니아의 왕이 되었을 뿐만 아니라 사라센이나 기독교 국가의 왕과도 수없이 싸워 이기기도 했습니다. 그러나 여러 번에 걸친 싸움과 사치스런 생활 태도로 인해 온 재산을 탕진하고 말았는데 또 새로운 사건이 일어나 많은 돈이 필요하게 되었습니다. 그는 필요한 돈을 별안간 어디서 마련해야 할지 고민하던 차에 멜기세덱이란 유대인 부자가 생각났습니다.

그 사나이는 알렉산드리아에서 고리대금업을 하고 있었으므로 그 정도의 돈은 빌려 줄 수 있겠지만, 매우 구두쇠였으므로 쉽게 빌려 줄 것 같지는 않았습니다. 그렇다고 권력을 빙자하여 빌리고 싶지는 않았습니다. 그런데 돈이 필요한 시기가 임박해 오자 이리저리 궁리한 끝에 그가 거절하지 못하게끔 구실과 이유를 붙여야겠다고 생각했습니다. 왕은 멜기세덱을 불러 친절하게 맞이하여 의자에 앉게 한 다음 곧 이야기를 꺼냈습니다.

"자, 훌륭한 분이여. 그대는 매우 총명하고 하느님의 일에 관해서도 풍부한 지식을 가졌다 들었소. 그래서 묻는데 유대교와 이슬람교, 기독교 셋 중에서 어느 것이 가장 훌륭한 종교인지 말해 주게."

그 유대인은 참으로 현명한 사나이였으므로 살라디노가 그에게 꼬투리를 잡아 무엇인가 트집을 잡으려 한다고 간파하였습니다. 그는 살라디노가 트집을 잡지 못하도록 세 종교 중에서 어느 하나라도 칭찬해서는 안 되리라 생각했습니다. 그래서 하나의 지혜를 짜냈습니다.

"왕이시여, 참으로 훌륭하신 질문입니다. 제 생각을 말씀드리기 전에 먼저 간단한 이야기를 하나 들려드리고 싶습니다. 제발 들어 주십시오. 만일 저의 기억이 틀림없다면, 옛날 훌륭하고 큰 부자가 한 사람 있었는데, 그는 많은 보석 가운데서도 가장 소중히 여기는 것으로 값지고 눈부시게 찬란한 반지를 하나 가지고 있었습니다. 그 아름다움이나 가치로 보아 소중하게 간직하여 영구히 자손에게 남겨 줄 만하다고 여겼으므로, 아들 중에서 이 반지를 받은 사람은 그 집의 상속자가 되며 집안의 가장으로서 영예와 존경을 받게 될 것이라고 선언했습니다. 이리하여 그로부터 반지를 물려받은 아들은 똑같은 말을

아들들에게 전하고 아버지가 했던 일을 본받았으므로 이 반지는 몇 대에 이르도록 상속자의 손에서 손으로 전해져 왔습니다. 그러다가 마지막으로 모두 미남이면서 성격도 훌륭한 세 명의 아들을 가진 아버지의 손에 전해졌습니다. 아버지는 세 아들을 모두 한결같이 사랑했습니다. 아들들은 반지를 대대로 물려받는다는 것을 알고 있었으므로 자신이야말로 최고의 영예를 얻을 자격이 있다고 여겨 각각 아버지가 돌아가시게 되면 자기에게 물려 달라고 하였습니다. 이 훌륭한 아버지는 나이도 매우 많았으며, 세 아들을 모두 똑같이 사랑했으므로 자기로서는 누구를 선뜻 선택할 수가 없어 세 아들 모두가 기쁘도록 똑같은 약속을 하였습니다. 그래서 솜씨 좋은 기술자를 불러 지금 있는 것과 똑같은 반지 두 개를 더 만들었습니다. 그것은 자신도 진짜와 분간하기 어려웠습니다. 마침내 죽음이 임박하자 아버지는 세 아들에게 각각 반지를 하나씩 주었습니다. 아버지가 돌아가신 뒤 아들들은 자기가 후계자로서 집안을 통솔하겠다며, 정당한 권리의 증거로써 반지를 내놓고 서로 상대방의 권리를 부정했습니다. 그러나 세 개가 모두 똑같아 누가 아버지의 상속인이 될지 아직까지 결정하지 못하고 있습니다. 그러니 왕이시여, 왕께서 질문하신 아버지이신 하느님이 세 백성에게 내려주신 세 종교에 대하여도 마찬가지의 생각이 듭니다. 세 종교는 서로 각각의 유산을 가지고 있으며 참된 계율을 갖추고 그 가르치는 바를 대대로 전하고 있습니다. 아까 말씀드린 반지 이야기처럼 어느 민족이 참된 유산을 상속하게 될는지는 아직 해결을 못 본 채 남아 있는 것입니다."

살라디노는 유대인이 발 앞에 파놓은 함정에서 멋지게 빠져나갔음을 알았습니다. 그리고 자기의 절박한 사정을 고백하고 요청에 응해 줄 수 있는가를 물었습니다. 뿐만 아니라 자기의 질문에 대답하지 못할 경우 어떻게 할 작정이었는지도 털어놓았습니다.

그런데 유대인은 선뜻 살라디노가 요구한 금액의 돈을 빌려 주었습니다. 그 뒤 살라디노는 빌렸던 돈을 모두 갚았을 뿐만 아니라 유대인에게 많은 선물을 보냈으며, 친구로서 그를 대우하고 측근자로서의 명예로운 지위를 주었다고 합니다.

네 번째 이야기

어느 수도사가 엄벌을 받아 마땅한 죄를 저질렀으나, 같은 죄를 저지른 수도원장을 교묘하게 몰아세워 벌을 면한다.

필로메나의 이야기가 끝나자 자기 차례를 알아차린 디오네오가 입을 열었습니다.

우리가 여기까지 온 것은 즐거워지기 위해서이며, 그 목적에 합당하도록 저마다 그러한 이야기를 하여 여러분을 기쁘게 해드려야 한다고 생각합니다. 그래서 저는 사악한 수도사가 얼마나 교묘하게 엄벌에서 벗어날 수 있었는지를 간단히 들려드리겠습니다.

이곳에서 그리 멀지 않은 곳에 지금은 없어졌지만 아주 신성한 수도원이 하나 있었습니다. 그곳에는 많은 수도사들이 살고 있었는데, 그중 한 젊은 수도사는 나이가 젊은 탓인지 단식을 하거나 밤샘 경야를 해도 정력이 소모되지 않았습니다.

이 젊은 수도사가 어느 날, 다른 수도사들이 낮잠을 자고 있는 정오 무렵에 어쩌다가 수도원 근처를 한가롭게 거닐고 있었습니다. 그 근처는 매우 외진 곳이었지만 때마침 그는 매우 아름다운 아가씨와 마주쳤습니다. 근처에 사는 농부의 딸인 모양인데 밭에 채소를 가지러 왔던 참이었습니다. 그는 첫눈에 격렬한 욕정에 사로잡혔습니다.

그래서 아가씨에게 다가가 말을 붙였습니다. 그러다가 이럭저럭 뜻이 통해 아무도 모르게 그녀를 자기 방으로 끌어들였습니다. 그리고 불타는 욕정에 못 이겨 남이 듣든 말든 그녀와 장난을 하고 있노라니, 낮잠에서 깨어난 원장이 수도사의 방 앞을 지나다가 두 사람의 소리를 듣고 말았습니다. 원장은 소리를 더 잘 들으려고 가만히 문 앞에 다가가 귀를 기울였습니다. 그랬더니 안에서 틀림없는 여자의 목소리가 들리지 않겠습니까? 그는 문을 홱 열어젖히고 들어가 꾸짖으려다가 '아니야. 다른 방법을 취하는 것이 좋을 거야.' 라고 생각하고 자기 방으로 돌아와 젊은 수도사가 나오기만을 기다렸습니다.

젊은 수도사는 어딘가 불안함을 느끼면서도 아가씨와 함께 더욱 심한 애욕의 장난에 열중하고 있었습니다. 그런데 수면실 쪽에서 발소리 같은 것이 들리는 것 같아 좁은 틈으로 내다보니 원장이 귀를 기울이며 엿듣고 있었습니다. 그는 젊은 여자가 자기 방에 있는 것이 원장에게 발각되었음을 직감했습니다.

이렇게 된 이상 무거운 형벌을 받을 것이 크게 걱정되었지만, 아가씨에게는 조금도 그런 눈치를 보이지 않고 형벌을 면할 좋을 방법이 없을까 하고 이리저리 잔머리를 짜다가 마침내 교묘하고 간사한 꾀를 생각해 냈습니다. 그는 아가씨에게 이 이상 함께 있을 수가 없다는 눈치를 보이며 이렇게 말했습니다.

"어떻게 하면 당신이 남의 눈에 띄지 않고 나갈 수 있는지 좋은 방법을 연구해 가지고 올 테니 내가 돌아올 때까지 꼼짝 말고 있어요."

그렇게 말한 젊은 수도사는 방에 자물쇠를 잠그고는 곧바로 원장이 있는 방으로 갔습니다. 그리고 외출할 때 누구나 그렇게 하듯이 열쇠를 내밀면서 모른 척하고 이렇게 말했습니다.

"원장님, 제가 패야 할 장작을 오늘 아침에 전부 운반하지 못했습니다. 허락해 주신다면 이제라도 숲에 가서 가져오려고 하는데요."

원장은 젊은 수도사가 자기에게 발각된 것을 아직 모르고 있다고 생각하여 그가 저지른 잘못을 충분히 벌할 수 있는 절호의 기회라 여기고 얼씨구나 하며 열쇠를 받아든 다음, 웃는 낯으로 허락했습니다.

그가 나가는 것을 보자, 그를 벌할 때 나중에라도 불평불만이 없도록 하기 위해서는 수도사가 있는 앞에서 그의 방문을 열어 그가 저지른 잘못을 보여 주는 것이 좋을지, 아니면 먼저 여자에게 어째서 이렇게 되었는지 그 사실부터 들어야 하는 것이 좋을지, 어느 쪽을 먼저 해야 할지 생각하기 시작했습니다. 그러다가 만일 여자가 수도사 앞에서 창피를 당하게 해서는 안 될 만한 지체 있는 부인이거나, 또는 지체 있는 집안의 딸이면 안 되겠다는 데에 생각이 미치자 먼저 어떤 여자인가를 알아본 후에 처리를 해야겠다고 생각했습니다. 원장은 가만히 수도사의 방으로 가서 문을 열고 안으로 들어가 문을 닫았습니다.

아가씨는 원장이 들어서는 것을 보자 몹시 당황하여 부끄러운 나머지 울기 시작했습니다. 원장은 그녀를 보자 너무나 아름답고 젊은 아가씨였으므로, 이미 나이가 많은 몸이긴 했지만 곧 젊은 수도사가 느낀 것과 같은 육신의 욕망을 느끼지 않을 수가 없었습니다. 그래서 자기도 모르게 혼잣말처럼 중얼거렸습니다.

‘아아, 눈앞에 이렇게 아름다운 음식이 차려져 있는데 왜 나는 먹으려 하지 않을까? 불쾌한 일이나 번거로운 일은 언제나 하면서도……. 이건 정말 귀여운 아가씨군. 더구나 이렇게 귀여운 아가씨가 여기에 있으리라고는 아무도 모른다. 내 마음대로 즐거움을 맛볼 수 있는데도 가만히 보고만 있으란 법이 어디 있어? 누가 아나? 아무도 모를 거야. 모르는 죄는 절반은 용서받은 거나 다름없어. 이런 좋은 기회는 다시는 없을 거야. 하느님이 복을 주실 때 고맙게 받아들이는 자를 나는 존경한다.’

원장은 처음 방 안에 들어올 때와는 전혀 반대의 마음이 되어 그녀에게 가까이 다가가 다정한 말로 달래기 시작했습니다. 그는 울지 말라고 몇 번이나 달래면서 재빨리 자기의 소원을 하소연했습니다.

아가씨는 쇠나 금강석으로 만들어지지는 않았기 때문에 이윽고 마음이 움직여 원장이 원하는 대로 몸을 내맡겼습니다. 원장은 침대에 드러눕더니 그녀를 몇 번이나 포옹하며 입을 맞추었습니다. 자신의

위엄의 무게와 아가씨의 젊음을 염려해서인지 또는 자신의 체중이 너무나 무거워 아가씨의 기분을 상하게 할까 봐 꺼려했는지 아무튼 아가씨 위로 올라가지 않고 자기의 가슴 위에 그녀를 태운 채 오랫동안 즐거움에 빠졌습니다.

젊은 수도사는 숲으로 가는 척하다 돌아서 수면실에 숨어 원장이 그의 방에 들어간 것을 확인하고는 아주 마음을 놓고, 자기의 교활한 꾀가 들어맞았음을 기뻐했습니다. 그리고 숨어 있던 곳에서 나와 문틈으로 살살 다가가서 원장이 하고 있는 짓과 말을 눈으로 보고 귀로 들었습니다.

원장은 그녀와 충분한 시간을 보내고는 그녀를 방에 놓아 둔 채 자기 방으로 돌아왔습니다. 잠시 뒤 젊은 수도사의 목소리가 들려오자 그가 숲에서 돌아온 줄로 안 원장은 아가씨를 혼자 차지할 속셈으로 그를 몹시 꾸짖은 뒤 감금시켜 놓아야겠다고 생각했습니다. 그래서 수도사를 불러다가 엄격한 표정으로 준열하게 꾸짖고는 감금 처분을 한다고 명령했습니다. 그러자 젊은 수도사는 기다렸다는 듯이 이렇게 말했습니다.

"원장님, 저는 아직 성 베네딕트파의 교단에 들어온 지가 얼마 되지 않아, 이 교단의 특수한 점을 배워 익히지 못했습니다. 더욱이 원장님은 단식이나 밤샘 추도와 마찬가지로 수도사는 여자에 대한 수업을 해야 한다고 가르쳐 주시질 않았습니다. 그러나 지금 원장님이 모범을 보여 주셨으므로, 만일 용서해 주신다면 이제부터는 과오를 범하는 일이 없이 제가 본 원장님의 행동처럼 하려고 합니다."

원장은 현명한 사람이었으므로 이 수도사가 자기보다 더 영리한 녀석일 뿐만 아니라 자기가 한 짓을 엿본 것을 알아챘습니다. 그는 자기가 지은 죄의 가책을 받으며, 자기와 같은 죄에 대하여 그를 벌하려 했던 것이 부끄러웠습니다. 그리하여 원장은 젊은 수도사를 용서해 주고 그가 본 것을 남에게 말하지 않도록 이른 다음, 둘이서 그녀를 몰래 밖으로 내보냈습니다. 그 뒤로 그들이 가끔 그녀를 방 안으로 끌어들였음은 두말할 나위도 없습니다.

다섯 번째 이야기

몬페르라토 후작 부인은 암탉 요리와 우아한 경구(사상진리를 간결하고 날카롭게 나타낸 문구)로 프랑스 왕의 부질없는 연모를 훈계한다.

디오네오의 이야기에 부인들은 얼굴을 붉혔고, 모두 웃음 지으며 귀 기울여 들었습니다. 그리고 그런 이야기는 부인들 앞에서 삼가야 한다며 부드럽게 핀잔을 주었습니다. 여왕은 다음 이야기를 하도록 디오네오 옆에 앉은 피암메타에게 지시하였고, 그녀는 이야기를 시작했습니다.

지금까지의 이야기는 임기응변의 교묘한 대답이 얼마나 효과가 있는가 하는 것이었습니다만, 저는 매우 흥미 있게 들었습니다. 그런데 신사분들 중에는 자기보다 신분이 높은 부인을 사랑하려고 항상 지혜를 짜내고 있는 사람이 얼마나 많은지 모릅니다만, 그와 마찬가지로 부인들 쪽에서는 자기보다 신분이 높은 남성을 받아들일 경우에 여간 조심하지 않으면 안 된다고 생각합니다. 아름다운 나의 친구분들, 제 차례가 되어 문득 생각이 났습니다만, 어느 귀족 부인이 어떻게 책략을 써서 교묘한 말투로 상대편의 기분을 다른 데로 돌렸나 하는 얘기를 해볼까 합니다.

로마 가톨릭 교회의 호위장관 몬페르라토 후작은, 기독교도가 무기를 들고 결성한 십자군에 참가하여 해외에 원정한 적이 있는, 매우 용맹하며 이름이 널리 알려진 분이었습니다. 후작의 무용에 대해서는 '사팔뜨기 임금님'이라고도 하는 프랑스 왕 필립(프랑스 왕 필립 오귀스트(1163~1223), 제3차 십자군 전쟁에 참가했다)의 궁전에까지 소문이 날 정도였는데, 몬페르라토 후작과 그 부인처럼 훌륭한 내외는 이 세상에 둘도 없을 것이라고들 했습니다. 기사들 가운데 후작만큼 덕을 갖춘 분은 없으며, 그와 마찬가지로 부인들 중에서 후작 부인만큼 아름답고 훌륭한 여성은 없을 거라고 했습니다.

프랑스 왕은 이 말에 매우 마음이 끌려서 아직 한 번도 부인을 본 적이 없으면서도 이내 사랑에 사로잡히고 말았답니다. 그래서 십자군이 원정할 때 제노바 이외의 항구에서는 바다를 건너지 않도록 하자, 거기까지 육지로 가게 되어 후작 부인과 만날 좋은 구실이 생길 것이라고 생각했습니다. 마침 후작은 원정에 나가 집에 없을 테니, 소망을 이룰 수 있을지도 모른다고요.

이렇게 해서 왕은 자기 생각대로 실행에 옮겼습니다. 그러기 위해 부하들을 먼저 출발시키고, 자기는 몇몇 수행원과 귀족 부하들을 거느리고 출발했습니다. 후작의 영지가 가까워지자 도착 하루 전, 부인에게 신하를 보내어 내일 아침 자기 식사의 시중을 들어 달라고 전했습니다.

현명하고 영리한 부인은, '그것은 참으로 영광스러운 일이며, 기꺼이 맞이하겠습니다.'라고 방긋이 웃으면서 대답했습니다. 곧 부인은, 그 같은 대국의 왕이 남편의 부재를 알면서도 찾아오겠다니 어찌된 일일까 하는 의문이 생겼습니다. 그러나 금세 자기의 미모에 관한 소문이 왕의 마음을 끈 것이 틀림없다는 생각이 들었습니다.

하지만 부인은 훌륭한 기품을 가진 분이었으므로, 예를 갖춰 왕을 맞이할 생각으로 남아 있던 귀족들을 불러 그들의 의견에 따라 고루 준비를 시켰습니다. 그러나 식사와 요리에 관해서만은 자기가 직접 지시할 생각을 했습니다. 그래서 즉각 영내의 암탉이라는 암탉은 모조리 모아 왕을 대접하는 식탁에 암탉으로만 만든 각종 요리를 차려 내게 했습니다.

이윽고 약속된 날 아침, 왕이 도착하자 부인은 화려하게 그리고 예를 다하여 왕을 맞이했습니다. 왕은 부인을 한 번 보자 듣던 것보다 더 미인인 데다 기품 있는 자태에 은근히 놀랐습니다. 그리고 자기가 상상한 이상의 아름다운 미모를 보고는 더더욱 욕망이 타오르는 것을 느꼈습니다.

아무튼, 왕이 격식에 맞춰 장식된 방에서 잠시 쉬고 있는 동안에 식사 시간이 되었으므로, 왕과 후작 부인은 같은 식탁에 앉았습니다.

신하들도 신분에 따라 각기 다른 식탁에 앉았습니다.

왕은 연거푸 여러 가지 음식과 값비싼 술을 들었으며, 이런 절세의 미인인 후작 부인을 가까이에서 바라볼 수 있어서 여간 흡족하지 않은 눈치였습니다.

그런데, 잇따라 요리가 나오면서 쟁반은 바뀌어도 암탉 요리 이외에는 아무것도 없다는 것을 깨닫고 좀 이상한 생각이 들었습니다. 게다가 왕은 이 근처의 산야에 다른 여러 가지 짐승이 많다는 것을 알고 있었고, 또 방문한다는 것을 미리 알렸으니 사냥할 시간은 충분했을 것이기 때문입니다.

왕은 황당하여 그 이유가 적잖이 궁금한 동시에 암탉 요리만 내놓는 것에 대한 설명을 들어 볼 까닭이 충분히 있다고 생각했습니다. 그래서 부인을 돌아보고 웃으면서 말했습니다.

"부인, 이 근처에는 암탉만 나고 수탉은 한 마리도 나지 않습니까?"

부인은 이 질문의 뜻을 훤히 알고 있었으므로, 하느님이 자기의 소원을 받아들여 가슴속의 생각을 분명하게 털어놓을 기회를 주셨다고 생각하고, 왕을 돌아보며 참으로 명쾌하게 대답했습니다.

"아닙니다, 폐하. 그렇지 않습니다. 하지만 여자라는 것은 복장이나 신분에 여러 가지 변화는 있어도, 속은 다 같은 법입니다."

이 말을 듣자 왕은 곧 암탉만으로 마련된 식사의 뜻과 말 속에 감추어진 교훈을 깨달았습니다. 그래서 이런 부인은 아무리 설득해 봐야 헛일이며, 권력을 휘두를 일도 아니라고 생각했습니다. 이 부인을 연모한다는 것이 얼마나 철없는 짓인가, 그리고 그런 사련(邪戀)은 자기의 명예를 위해서도 버려야 함을 깨달았습니다.

왕은 부인의 대답이 두려워 농담 한 마디 하지 않고 모든 소망을 단념한 채 식사를 했습니다. 식사가 끝나자 빨리 출발해야 한다는 구실을 들어 이 은밀히 의도된 방문을 적당히 끝맺기로 하고 그녀에게 받은 환대에 감사했습니다. 그리고 부인에게서 하느님의 축복이 있기를 빈다는 인사말을 들으며 제노바로 떠났습니다.

여섯 번째 이야기

신부들의 악질적 위선을 기지에 넘치는 사나이가 재치 있는 말로 폭로하고 골탕을 먹인다.

피암메타가 들려준 이야기는 일동을 즐겁게 했으며 박수를 받았습니다. 다음은 에밀리아의 차례가 되어 이야기를 시작했습니다.

친애하는 여러분, 그리 먼 옛날은 아닙니다. 우리가 사는 도시에 이교도의 악행을 재판하는 성 프란체스코파의 신부가 있었습니다. 이 사람은 그리스도의 성스러운 애호자로 인정받기 위해 부단히 노력해 왔지만, 누구나 그렇듯이 그리스도 신앙이 부족한 사람보다는 돈을 엄청 많이 가지고 있는 사람을 더욱 열심히 조사하고 다녔습니다. 그렇게 조사하고 있던 중, 지혜보다는 돈이 더 풍부한 마음씨 좋은 인물을 우연히 발견했습니다.

그 사람은 포도주를 지나치게 마신 탓인지, 또는 기분이 들떠 있었던 때문인지, 어느 날 친구들과 한껏 어울려 노는 자리에서, 자기 집에는 예수님께서도 마실 수 있는 좋은 포도주가 있다고 얼떨결에 말했습니다. 물론 이 말은 신앙과는 전혀 무관한 말이었지만, 이 말은 곧바로 종교 심문관인 그 신부에게 전달되었습니다. 신부는 전부터 사나이의 소유지가 넓고 돈이 많다는 것을 알고 있었으므로, 권력을 빙자하여 중대한 고발을 해야 마땅한 일이라고 선언했습니다. 물론 심문할 때는 종교심의 결여 같은 것은 언급하지 않고, 지금까지 자기가 해온 대로 자기 수중에 많은 돈이 쥐어지도록 심문해야겠다고 생각했습니다.

신부는 그를 심문소로 소환하여 먼저 네가 말한 것이 사실인지 따져 물었습니다. 그는 "예." 하고 대답하고는 그 경위를 설명했습니다. 그랬더니 신성하기 이를 데 없는 심문관이자 성 조반니 바르바토레(성 조반니 바르바토레는 그 초상이 금화에 새겨져 있어 돈에 눈먼 사람을 비유하거나 돈 그 자체를 의미한다)의 숭배자인 그는 이렇게 말했습니다.

"그렇다면 너는 예수님을 술꾼으로 만들어 버렸단 말이냐? 마치 친칠리오네(당시의 유명한 술꾼의 이름. 그래서 주정뱅이의 대명사로 쓰였다)와 같이 술을 좋아하는 친구나, 너희들 패거리인 술집 단골의 주정뱅이로 만들어 버렸다는 말인가? 지금 너는 천한 술집 안주인처럼 그런 일을 경솔하게 지껄이고 있지만, 이건 네가 생각하고 있는 것처럼 가벼운 문제가 아니야. 우리가 으레 취해야 할 조치를 한다면 너는 화형에 처할 만한 일을 저지른 거야."

그러고는 무서운 표정으로 상대방이 영혼의 불멸을 믿지 않는 쾌락주의자나 되는 양 갖가지 협박을 했습니다. 사람 좋은 그는 대번에 잔뜩 겁에 질려 되도록 가벼운 처분을 받으려고 여러 가지 수단으로 성 조반니 바르바토레의 금화를 그의 손에 산더미처럼 쥐어 주었습니다(돈은 욕심 많은 성직자의 질적인 탐욕병, 특히 돈을 만져 본 일이 없는 신분이 낮은 신부들에게는 매우 효과적입니다).

이 약은 다른 많은 미덕과 마찬가지로 그 효과가 대단하여 갈리에노(그리스의 유명한 의사)의 의학서에는 그런 말이 쓰여 있지는 않지만, 어쨌든 그는 화형 대신에 십자가를 옷에 꿰매 붙이는 것으로 끝낼 수가 있었습니다. 옛날에 십자군이 바다를 건너 원정할 때 깃발을 아름답게 하기 위해 깃발의 검은 바탕에 황금빛 십자가를 달았듯이 말입니다.

심문관은 돈을 받았으므로 며칠 동안 자기 집에 묵게 하면서 벌 받는 고행으로써 아침에 산타 크로체 사원의 미사에 참석할 것과, 식사할 때 자기에게 인사드리러 올 것 이외에는 마음대로 해도 좋다고 선고했습니다. 사나이는 선고된 대로 실행하고 있었는데, 어느 날 아침 미사에서 성경에 있는 '너희는 하나에 대하여 백을 얻어 영원한 생명을 얻을지니라.'라는 구절이 암송되는 것을 들었습니다.

그는 이 구절을 잘 기억해 두었습니다. 그리고 선고받은 대로 식사 시간에 심문관에게 갔더니 심문관은 마침 식사를 하고 있었습니다. 심문관은 오늘 아침 미사에 갔었느냐고 물었습니다.

"예, 신부님."

그는 즉각 대답했습니다.

"그럼, 미사에서 무엇인가 의문을 느꼈다든가 묻고 싶은 것은 없었는가?" 하고 심문관이 물었습니다.

"예, 들은 것 중에는 무엇 하나 의문 나는 점이 없었습니다. 오히려 모두 진실이었다고 생각됩니다. 다만 하나, 심문관님이나 다른 신부님들에 대하여 동정을 느꼈습니다. 즉, 여러분은 저세상에 가셔서 비참하게 되는 것이 아닌가 하고 생각했기 때문입니다."

"네가 우리에게 동정을 느꼈다는 말이 무엇이었나?"

심문관이 묻자 사나이는 이렇게 대답했습니다.

"신부님, 그것은 성경에 있는 '너희는 하나에 대하여 백을 얻을지니라.'라는 말씀입니다."

심문관이 다시 물었습니다.

"그 말씀에 어째서 우리를 동정했지?"

"신부님, 그럼 사실을 말씀드리겠습니다. 저는 이곳에 온 뒤로 매일 거리의 가난한 사람들에게 수프를 한두 솥씩 나누어 주는 것을 보았습니다. 신부님들에게는 너무나 많이 남아돌기 때문이지요. 그러니 여러분이 저세상에 가셔서 하나에 대해 백씩이나 갚음을 받는다면 여러분은 수프 속에 빠져서 꼼짝 못하게 될 것 같아서요."

심문관과 함께 식사를 하고 있던 다른 신부들은 모두 '와아' 하고 웃었습니다. 그러나 심문관은 자기들의 위선적인 행위를 비꼬고 있는 것을 느꼈으므로 매우 당황했습니다. 그리고 자신의 행위로 인해 이러한 비난을 받은 것이 아니었다면, 틀림없이 한 번 더 그를 재판에

회부했을 것입니다. 그는 이런 우스운 격언으로 그와 또 다른 게으름뱅이 신부들을 모욕하고 골렸기 때문입니다. 심문관은 화가 머리끝까지 치밀어 큰 소리로 명령을 내렸습니다.

"이젠 이리로 오지 마라. 네 마음대로 해라."

일곱 번째 이야기

베르가미노는 갑자기 구두쇠로 변해 버린 카네 델라 스칼라를 보고 프리마소와, 클뤼니에 있는 수도원장의 이야기를 들려주며 스칼라를 풍자한다.

위선적인 신부를 골려준 에밀리아의 이야기는 일동을 한바탕 웃음으로 통쾌한 기분을 느끼게 해 주었습니다. 웃음이 그치고 다시 조용한 분위기가 되자 필로스트라토의 이야기가 시작되었습니다.

여러분, 움직이지 않는 표적을 쏘아 맞히는 것도 훌륭한 일이지만, 갑자기 어떤 뜻밖의 표적이 나타났을 때, 즉시 사수가 그것을 쏘아 맞혔다면 이렇게 멋진 일은 없으리라고 생각합니다.

여러 가지 악행 속에서 더럽고 악덕한 생활을 하고 있는 신부들을 풍자하거나, 꾸짖거나 입에 올리는 일은 누구나 쉽게 할 수 있을 정도로 움직이지 않는 뚜렷한 표적입니다. 그래서 돼지에게 주든가, 버리는 편이 더 좋을 것을 가난한 사람들에게 나누어 주는, 신부들의 위선을 비꼬아 심문관으로 하여금 궁지에 몰리게 한 그 재치 있는 사나이의 이야기에서, 그 사나이보다 더 칭찬하고 싶은 사람이 생각났기에 말씀드리려 합니다. 그 사람은 훌륭한 명사였던 카네 델라 스칼라(《Dialogus Creaturarum》을 쓴 니콜라 베르가미노를 가리킨다)가 갑작스럽게 구두쇠로 변해 버린 일에 대하여, 다른 사람의 이야기에 결부시켜 자기와 그와의 사이에 있었던 사건을 풍자했던 것입니다. 즉, 이런 이야기입니다.

카네 델라 스칼라의 명성은 거의 온 세계에 알려져 있었지만, 여러 가지 점에서 행운마저도 타고나 황제 페데리고 2세 이래 이탈리아에서 가장 유명하고도 훌륭한 귀족 중 한 사람이었습니다.

이 사람이 한번은 베로나에서 아주 호화로운 축하 연회를 계획하고 각계의 많은 명사를 초대하기로 했습니다. 그런데 어떻게 된 일인지 갑자기 계획을 변경하여 궁정에 출입하는 갖가지 예능인들의 공연을 거절하고 이미 와 있던 사람들에게는 응분의 보상을 하여 모두 돌려보내고 말았습니다.

그런데 말 잘하는 베르가미노란 사나이만은 아무런 선물도 받지 못하였으며, 돌아가라고도 하지 않으니 이제 틀림없이 무엇인가 수지맞는 일이 일어날 거라 기대하며 베로나에 그대로 남아 있었습니다. 그가 이야기를 얼마나 잘하는가는 그의 이야기를 들어 본 사람이 아니면 도저히 믿어지지 않을 만큼 얘기를 잘했습니다. 한편 카네는 그에게 무엇을 준다는 것은 그 물건을 불에다 넣어 버리는 것과 같다고 여기고 있었으므로, 자기 쪽에서 먼저 말을 꺼내지도 않았고 사람을 시켜 전하지도 않았습니다.

베르가미노는 며칠이 지나도 부르러 오지도 않을 뿐더러, 자기가 자랑하는 재주를 보여 달라는 부탁도 없는데다가, 몇 마리의 말과 하인을 데려왔기 때문에 여관 비용이 많이 들게 되자 아주 우울해졌습니다. 하지만 그 거리를 떠날 생각도 나지 않아 그대로 기다리고 있었습니다.

그러나 여관 주인이 숙박비를 자꾸 독촉하는 바람에 다른 고장 영주에게 받은 세 벌의 아름다운 의상 중에서 한 벌을 주고 말았습니다. 그는 이 축하연에 특별히 훌륭한 옷차림으로 출석하려고 준비했던 것입니다. 그 뒤에도 참다가 계속하여 그곳에 머물러 있고 싶었기 때문에 그는 또 다른 한 벌을 내주었습니다. 그리고 마지막 남은 한 벌을 담보로 식사를 하며, 그것으로 견딜 수 있는 만큼 기다려 보다가 그 후에 출발하려고 생각했습니다.

이렇게 마지막 한 벌을 담보로 식비를 충당하며 지내고 있던 어느 날, 그는 카네가 식사를 하고 있는 곳에 아주 우울한 표정으로 나타났습니다. 카네는 그가 나타난 것을 보자, 무엇인가 재미있는 이야기를 시켜 즐기려 하기보다는 그를 골려 주어야겠다고 생각하며 이렇게 말했습니다.

"베르가미노, 어떻게 된 건가? 상당히 우울한 얼굴을 하고 있는데, 뭐 무슨 이야기라도 해 보시지?"

베르가미노는 기다렸다는 듯이 마치 오랫동안 생각해온 것처럼 지금의 자기 신세에 꼭 들어맞는 이야기를 즉시 시작했습니다.

"나리, 프리마소(위고 드 오를레앙. 1300년대에 생존했던 역사적 인물로 고로냐의 교회당 참사회원이며 즉흥시인)를 아시겠지만, 그는 프랑스어에 정통할 뿐만 아니라 누구에게도 뒤지지 않을 만큼 뛰어난 즉흥시인이었습니다. 그로 인해 그는 대단히 유명해졌습니다. 아직 어디에 나타나든 한눈에 그 사람이라고 알아볼 수 있을 정도는 되지 않았지만, 그 명성과 평판으로 프리마소가 어떤 인물인지 모르는 사람이 없을 정도였습니다.

그런데 이 사람이 한때 파리에서 가난하게 지냈던 때가 있었습니다. 그렇습니다. 부자들에게 기꺼이 영접받는 일이 없었기 때문에 오랫동안 가난하게 지내왔습니다만, 어쩌다가 클뤼니에 있는 수도원장의 소문을 들었습니다. 이분은 교회를 맡고 있는 높은 성직자들 중에서도 교황 다음으로 수입이 많은 돈 많은 성직자라고들 했습니다. 더욱이 훌륭한 것은 언제나 사람들을 초대하고, 그가 있는 곳에 갔을 때 마침 식사 중이었다면 먹고 싶다고 부탁하면 누구에게나 먹고 마시는 것을 거절하지 않는다는 소문이었습니다. 프리마소는 이 소문을 듣자, 누구나 명사라든가 귀족을 만나는 것이 싫지 않으므로, 한번 이 멋진 성직자를 만나 보아야겠다고 생각했습니다. 그래서 그가 파리에서 몇 마일이나 떨어진 곳에 살고 있는가를 사람들에게 물어 보았더니 마침 그 신부는 6마일 가량 떨어진 별장에서 살고 있다고 했습니다.

프리마소는 아침 일찍 일어나면, 마침 알맞은 식사 시간에 닿을 수 있다고 속으로 생각했습니다. 그는 미리 가는 길을 알아두기는 했지만, 만일에 길을 잘못 들어 운 사납게 길을 잃을지도 모르고, 엉뚱한 곳에 다다라 먹을 것도 못 먹게 되면 큰일이라고 생각했으므로, 굶지 않도록 빵을 세 개 갖고 갔습니다. 하지만 물은(그는 물을 그다지 마시지 않음) 어디에나 있으리라 생각했습니다. 이리하여 빵 세 개를 주머니에 넣고 떠났는데, 운 좋게 식사 시간 전에 수도원장 집에 다다를 수가 있었습니다. 그는 집 안에 들어가면 내부를 두루 살펴보아야겠다고 생각했습니다. 모든 준비가 마련된 테이블이 줄지어 놓여 있고 조리장의 훌륭한 설비, 그리고 식사를 위해 준비된 여러 가지 것들을 넋 놓고 보고 있는데, 수도원장의 집사가(식사 시간이 되었으므로) 손 씻을 물을 준비하도록 하인에게 지시했습니다. 물이 준비되자 손님들은 각자 식탁에 앉았습니다. 그런데 우연히 프리마소는 수도원장이 드나드는 출입문의 정문에 앉게 되었습니다.

이곳에서는 수도원장이 식탁에 앉지 않으면 누구든지 식탁 위의 포도주나 빵, 그 밖의 어떤 것이든 절대로 마시거나 먹거나 하지 못하는 관례가 있었습니다. 집사는 준비가 끝났으므로 언제든지 식사를 하실 수 있다고 수도원장에게 알리러 갔습니다. 수도원장은 자기 방에서 식당으로 들어가는 문을 열게 하고 앞을 내다보니 초라한 차림새에 한 번도 본 일이 없는 한 남자가 보였습니다. 그를 본 순간, 수도원장은 지금까지 느껴보지 못했던 심술궂은 생각이 들어, "도대체 나는 누구를 대접하고 있는 것인가!" 라고 중얼거렸습니다. 그러고는 몸을 돌려 방문을 닫도록 이르고, 옆에 있는 자들에게 문에서 정면으로 보이는 자리에 앉은 초라한 차림새의 사나이가 누군지 아느냐고

물었습니다. 모두 모른다고 했습니다.

프리마소는 먼 길을 걸어왔고 단식에 익숙하지도 못했으므로 어서 식사를 했으면 했습니다. 그래도 잠시 동안 참고 기다렸지만 수도원장이 오지 않으므로 가져온 세 개의 빵 중에서 하나를 꺼내어 마구 먹기 시작했습니다. 잠시 뒤, 수도원장은 그 남자가 갔는지 어쨌는지 보고 오도록 하인에게 분부했습니다. 하인은 돌아와, "아닙니다, 신부님. 자기가 가져온 빵을 먹고 있습니다."라고 대답했습니다. 수도원장은 "그렇다면 자기 빵을 먹도록 내버려두어라. 오늘은 이쪽에서 대접하지 않을 테니까."라고 말했습니다. 수도원장은 그를 내쫓기보다는 스스로 돌아가 주기를 바랐던 것이지요.

프리마소는 빵 하나를 다 먹었는데도 수도원장이 나타나지 않자 두 개째를 먹기 시작했습니다. 그 일 역시 그가 돌아갔는지 어쨌는지 보러 온 자를 통해서 수도원장에게 보고되었습니다. 수도원장은 생각했습니다. '이런, 내가 오늘 이런 생각을 하다니 어찌 된 영문일까? 이 무슨 염치없는! 왜 이런 일을 했을까? 나는 오랫동안 내 대접을 받고자 하는 자에게는 누구에게나 대접을 해 주었다. 그가 신사든 사나운 놈이든, 부자든 가난뱅이든, 대상인이든 소상인이든……. 그뿐인가. 거지같은 녀석들이 마구 먹어대는 것을 이 눈으로 보았어도 오늘 저자를 보며 느꼈던 것 같은 인색한 생각은 조금도 일어나지 않았는데……. 시시한 자에게 대해서도 멸시하지 않았단 말이다. 그런데 저 부랑자 같은 녀석은 내게 이런 경멸스런 생각을 품게 했으니 대단한 녀석임에 틀림없어…….'

수도원장은 그가 누구인지 몹시 궁금했습니다. 그리고 자기의 너그러운 마음씨를 소문으로 듣고, 눈으로 확인하려고 찾아온 프리마소임을 알게 되었습니다. 수도원장은 진작부터 그가 재능 있는 자임을 들어 알고 있었으므로 아주 부끄러워졌습니다. 그래서 그 보상을 하고 또 그를 존경하기 때문에 모든 방법을 다하여 그를 환대했습니다. 식사가 끝나자, 프리마소의 인격에 어울리도록 훌륭한 의복을 입히고, 많은 돈과 여행에 필요한 말도 주었습니다. 그리고는 더 묵든지, 떠나든지 뜻대로 하라고 말했습니다. 프리마소는 매우 기뻐하며 최대의 감사를 표시하고 올 때는 걸어왔지만 파리로 돌아갈 때는 말을 타고 갔다는 이야기입니다."

카네는 분별이 있는 사람이었으므로 더 이상의 설명을 들을 것도 없이 베르가미노가 말하는 의미를 이해하고 웃으며 말했습니다.

"베르가미노, 자네는 자신의 손해나 능력을 확실히 말해 주었고, 내가 인색하게 한 일이나, 자네가 나한테 바라고 있는 바를 명백하게 해 주었다. 정말이지 내가 이번에 자네에게 한 것과 같은 일은 지금까지 한 번도 없었네. 하지만 자네가 이야기해 준 교훈의 채찍으로 내 시시한 근성을 쫓아 버리도록 하겠네."

이렇게 말한 다음, 베르가미노의 여관비를 지불해 주고, 그에게 자기의 훌륭한 옷을 입히고, 많은 돈과 여행에 필요한 말을 준 다음 더 묵든지, 떠나든지 마음대로 하라고 말했습니다.

여덟 번째 이야기

굴리엘모 보르시에레는 경묘한 말로써 에르미노 데 그리말디의 탐욕스러움을 호되게 골려 준다.

필로스트라토가 시기적절한 풍자 이야기를 통해 일동의 감탄을 자아내자, 다음 차례인 라우레타는 서둘러 이야기를 시작했습니다.

저는 방금 이 얘기를 듣고 역시 어느 훌륭한 궁정인이 한 부자 상인의 탐욕스러움을 꼬집은 통쾌한 얘기를 해볼까 합니다. 이건 앞의 얘기와 주제가 비슷합니다만, 끝이 매우 좋게 끝난 것을 생각하면 아마도 여러분의 마음에 드실 줄 믿습니다.

꽤 오래 전 일입니다만, 제노바에 에르미노 데 그리말디라는 귀족이 살고 있었습니다. 이 사람은(당시에는 모두가 그렇게 생각하고 있었습니다만) 그 무렵의 이탈리아에서 알려진 모든 부자들을 훨씬 능가하는 광대한 토지와 막대한 재산을 갖고 있었습니다.

재물에 있어서 당시의 어느 이탈리아인에게도 뒤지지 않았듯이, 인색함이나 욕심 부분에서도 이 세상의 어느 욕심꾸러기나 구두쇠에게 한 치의 양보도 없었습니다. 그런 까닭으로 사람을 대접할 때에도 돈주머니를 꼭꼭 묶어 놓고 있었을 뿐 아니라, 복장을 고상하게 갖춰 입는 것이 제노바 사람의 풍습임에도 불구하고 이 사람은 반대로 돈 쓰기가 싫어서 최대의 궁핍한 생활을 견뎠으며, 마찬가지로 먹고 마시는 것마저도 극단적으로 절약하고 있었습니다. 그래서 당연한 일이지만, 그리말디라는 성을 부르는 사람은 없었으며, 모두 '욕심쟁이 에르미노'라고 불렀습니다.

그가 돈을 아껴 쓰고 모으던 당시의 일입니다만, 굴리엘모 보르시에레(보카치오는 단테의 《신곡》에서 '그는 예의범절과 거동이 훌륭하며, 귀족들이나 신사들 사이를 중개하기도 하고, 중매를 서기도 하고, 친척 간의 분규를 화해시키기도 하는 사람으로 묘사하고 있다)라는 품행 좋고 말도 잘하는 훌륭한 궁정인이 제노바에 온 적이 있었습니다. 이분은 요즘 주변에서 흔히 보는 궁정인과는 달랐습니다. 워낙 요즘의 궁정인들은 귀족이나 귀한 신사로 불리길 원하고 이름이 나기를 바라는 사람들뿐이며, 썩을 대로 썩은 부도덕한 생활을 부끄러워하지도 않고, 궁정에서 자랐다기보다는 아주 천한 인간들로 보기 흉한 거지 같은 생활 속에서 자란 당나귀라고 말하는 편이 어울리는 인간들뿐이니까요.

당시의 궁정인들은 귀족들 사이에 분쟁이나 증오가 생기면 화해시키기 위해서 애를 쓰고, 결혼이라든가 친척 간에 일어난 문제라든가 우정을 맺어 주기 위한 주선을 해 주는 것을 직무로, 혹은 관례로 생각하고 있었습니다. 또 괴로워하는 사람에게 훌륭한 경구나 우스갯소리로 마음을 달래 주고, 궁정인들에게는 심심풀이를 해 주었으며, 사악한 자의 과오에 대해서는 마치 아버지처럼 엄하게 꾸짖곤 했지만, 그렇다고 그런 일에 보상 같은 걸 바라거나 하지는 않았습니다.

그런데 오늘날에는 서로 욕을 퍼붓고, 불화의 씨를 뿌리고, 남에게 욕설이나 혹은 불행을 지껄여대고, 더 나쁜 것은 남의 면전에서 그런 것을 예사로 폭로하여 사실이든 아니든 서로 악행을 따지고, 창피한 일을 공표하고, 슬픔을 건드리고 있습니다. 게다가 마음에도 없는 아첨을 늘어놓고, 선량한 사람들을 천박한 악행에 끌어들이는 일로 생활을 하고 있습니다. 그리고 이 같은 자가 오히려 존중되고, 업신여기며 내뱉는 언동이 찬양되고, 최대의 보수를 받으면서 예의범절을 모르는 가엾은 인간들로부터 존경을 받고 있습니다. 이것은 바로 현 사회의 최대의 치욕이자 비난받아 마땅한 점으로써, 오늘날 가엾은 인간들이 악의 구렁텅이 속에 미덕을 내동댕이쳐 버렸다는 분명한 증거라고 할 수 있습니다.

제 뜻과 어긋나게 얘기가 빗나가고 말았습니다만, 본론으로 돌아가서, 이미 말씀드린 그 굴리엘모는 제노바의 귀족들이 모두 환영하고 기꺼이 맞이했습니다. 그런데 잠시 이 도시에 묵고 있는 동안에, 그는 에르미노가 얼마나 인색하고 욕심이 많은가 하는 말을 끊임없이 듣게 되어 한번 만나 보자는 생각이 들었습니다.

에르미노 쪽에서도 굴리엘모 보르시에레가 훌륭한 인물이라는 말을 듣고 있었으므로, 욕심꾸러기이기는 하지만 귀족의 말석을 차지하는 인간이기도 해서, 매우 우정 어린 말투와 밝게 웃는 얼굴로 그를 맞이했습니다. 그리고 여러 가지 화제로 얘기를 나누면서 다른 제노바 사람들과 함께 얼마 전에 지은 매우 아름다운 자기 집으로 그를 안내했습니다. 그리고 집 안을 구석구석 보여 준 다음 말했습니다.

"그런데 굴리엘모 씨, 당신은 만사에 매우 견문이 넓은 분이라고 들었습니다. 그러니 이 새 응접실에 무엇을 그리게 하면 좋겠는지,

여태까지 아무도 본 적이 없는 그런 것이 있으면 가르쳐 주시지 않겠습니까?"

굴리엘모는 이런 짓궂은 말을 듣고는 이렇게 대답했습니다.

"글쎄요. 여태까지 사람들이 본 적이 없는 물건이라면, 이를테면 재채기라든가 뭐 그런 것밖에 가르쳐 드릴 수가 없군요. 하지만 굳이 바라신다면, 당신이 본 일이 없었을 것 같은 것을 하나 가르쳐 드리지요."

"호오, 그럼 부탁합니다. 무언지 말씀해 주십시오."

라고 에르미노는 말했지만, 그런 게 있을 까닭이 없다고 생각했습니다. 그러자 굴리엘모는 서슴지 않고 말했습니다.

"호기로운 기품을 그리게 하시오."

에르미노는 이 말을 듣고 금세 매우 부끄러운 생각이 들었습니다. 그래서 조금 전과는 아주 판이하게 마음을 고쳐먹었습니다.

"굴리엘모 씨, 꼭 그것을 그리게 하겠습니다. 당신에게나 다른 사람에게나 내가 그런 것을 전혀 몰랐다는 말을 듣고 싶지는 않으니까요."

그 후부터 굴리엘모의 신랄한 그 한마디는 매우 효과가 있어, 그는 아주 호기롭고 아량 있는 귀족이 되었으며, 당시의 제노바 사람 가운데 누구보다도 타국 사람이나 시민들을 융숭히 대접하게 되었다고 합니다.

아홉 번째 이야기

키프로스의 왕은 가스코뉴의 한 부인에게 모욕을 당한 이후, 겁쟁이에서 일약 용감한 왕이 된다.

여왕이 지명을 하지 않더라도 이제 마지막으로 이야기할 차례가 된 엘리사가 곧 이야기를 시작했습니다.

여러분, 사람들한테서 실컷 비난을 받고 아무리 심한 짓을 당해도 별 효과가 없었는데, 우연한 기회에 무심코 들은 한마디가 그 사람을 움직였다는 예는 지금까지 흔히 있는 일이에요. 그것은 라우레타의 얘기에도 나와 있어요. 그래서 저는 또 한 가지 짤막한 얘기를 해 볼까 합니다. 좋은 얘기라는 것은 말하는 사람이 누구든 간에 사람을 기쁘게 하고 감명을 준다고 생각하기 때문이에요.

고티프레 드 불리옹(제1차 십자군을 이끌고 예루살렘을 탈환한 것으로 유명하다(1099))이 성지를 탈환한 후의 키프로스 초대 국왕(1192년부터 1194년까지 키프로스의 왕이었던 귀도 디 루지냐도) 시대의 이야기입니다. 가스코뉴의 어느 귀족 부인이 그리스도의 묘지를 참배하고 돌아오다가 키프로스 섬에서 몇 명의 불한당들에게 심한 모욕을 당했습니다.

부인은 너무나 분해서 국왕에게 호소할까 생각했습니다. 그런데 어떤 사람이 그런 짓을 해 봐야 헛일이라는 것이었습니다. 왕이 너무 무기력해서 어떤 일을 한다는 것은 생각지도 못할 뿐더러 정의를 내

세우고 처벌해 주기는커녕 자기가 받은 모욕조차 보기 흉하도록 비굴하게 참고 있는 인물이라는 겁니다. 그래서 모두 왕을 업신여기고, 욕설을 퍼부을 정도라는 것이었습니다.

이 말을 듣자 부인은 처벌을 호소하는 건 단념하고 다소나마 화나 풀려고 왕의 무기력함을 비난해 주자고 생각했습니다. 그래서 눈물을 흘리며 왕 앞에 나아가 말했습니다.

"폐하, 저는 제가 받은 모욕에 대해서 상대편을 처벌해 주십사고 이렇게 뵈러 나온 것은 아닙니다. 하지만 하다못해 조그만 위안이라도 삼도록, 폐하께서도 당하고 계신다는 그 갖가지 수모를 어떻게 참고 견디는가를 좀 들려주셨으면 고맙겠습니다. 그러면 저도 왕을 본받아 제가 당한 모욕을 참을 수 있을 것 같으니까요. 실은 가능하다면 참을성 많으신 폐하께 제가 먹은 모욕을 드리고 싶습니다만……."

바로 그 순간, 느림보에다 게으름뱅이였던 왕은 깊은 잠에서 홀연히 깬 듯, 가장 먼저 그 부인을 모욕한 자들을 엄벌에 처했으며, 그 후부터는 왕의 명예를 조금이라도 더럽히는 자가 있으면 용서 없이 엄하게 처벌했다고 합니다.

열번째 이야기

볼로냐의 알베르토 선생은 사모하는 여성한테서 수치를 당하게 되자 역으로 그녀를 모욕한다. 그는 기지로써 역습하여 창피를 모면하고 오히려 존경을 받게 된다.

엘리사의 이야기가 끝나자 마지막 차례인 여왕은 우아하고 기품 있게 이야기를 시작했습니다.

젊고 훌륭하신 여러분, 별은 맑게 갠 밤하늘의 장식이고, 푸른 들판의 꽃은 봄의 장식이듯, 경묘(輕妙)한 경구는 칭찬할 만한 교양의 꽃이며, 즐거운 화제의 근원이라고 생각합니다.

이런 경구는 간결한 것이므로 신사보다 오히려 여성들이 더 좋아하죠. 그것은 긴 얘기가 간결하게 다루어졌을 때, 남자보다 여자들이 더 좋아하는 것을 보아도 알 수 있어요. 하기야 요즈음은 경구를 알 만한 여성이 매우 적고, 아니 적다기보다 거의 없는 형편이며, 그 진의를 모를 뿐 아니라 알아도 거침없이 대답할 수 있는 사람이 극히 드물어요. 이것은 우리나 여성 전부의 수치라고 생각해요.

옛날 여성들은 마음속에 미덕을 간직하고 있었지만, 지금 사람들은 옷을 차려입는 데 정신을 쏟고 있어요. 흔히 여성들이 색색가지 무늬 옷을 입고, 화려한 장식품으로 치장하고 있는 것을 봅니다만, 그것은 당연한 일이요, 남에게 존경받는 원인이 된다고 믿고 있단 말입니다.

이런 말을 하는 것을 저는 정말 부끄럽게 생각해요. 제 자신은 모르고 남의 욕을 하고 있는 꼴이거든요. 하지만 감히 말씀드린다면, 그와 같이 화려하게 차려입고 치장한 여성들을 보면 마치 대리석상처럼 감동도 없고 의견이나 견해도 없으며, 누가 무엇을 물으면 대답은 하지만 오히려 잠자코 있는 편이 더 좋을 성싶은 사람들만 우글우글 하단 말이에요.

뿐만 아니라 자기들의 어리석음에 기품이라는 너울을 씌우고, 세상에 마치 그런 기품 있는 여성은 없는 것처럼 생각하고, 그러면서도 하녀나 빨래하는 여자나 빵 굽는 여자와 서슴지 않고 재잘대고 있지요. 그네들이 생각하고 있는 것처럼 그게 자연의 섭리라면 다른 방법으로 그런 수다스러움은 제한되어야 하지 않겠어요.

물론 다른 경우와 마찬가지로 언제 어디서 누구와 얘기하고 있는가, 그걸 염두에 두는 것은 당연한 일이죠. 그래서 남자든 여자든 경묘한 말로 상대편의 얼굴을 붉혀 주려고 할 경우에는 자기 힘과 상대편의 힘을 잘 분간하지 않은 탓으로 상대편에게 주려고 했던 모욕이 오히려 자기에게 돌아오는 일이 흔하답니다.

그러니 여러분도 조심하시고, 아니 그 이상으로 세상에서 흔히 말하듯 '여자는 언제나 손해만 본다.'는 속담이 여러분께는 해당되지 않도록, 오늘 제가 마지막으로 얘기하게 되었으므로 지금부터 제가 하는 얘기를 여러분 스스로 귀감으로 삼아 주시면 좋겠어요. 여러분은 다른 사람들과 달라서 고상한 마음을 가진 분들이니까, 다른 사람들과는 교양의 깊이가 다르다는 것을 보여 주셨으면 해요.

그다지 먼 옛날은 아닙니다만, 볼로냐에 아주 유명한 의사가 살고 있었어요. 그 명성을 온 세계에 떨치고 있었지요. 아마 아직 살아 계신 줄 압니다만, 이름은 알베르토(볼로냐의 유명한 의사 알베르토 창갈리를 가리키는 것으로 추정. 1300년대 전반의 사람으로 당시 저작자들에게 찬사를

받았다)라고 하지요.

이분은 벌써 칠십이 다 되어 가는 나이여서 이미 육체의 힘은 거의 쇠퇴하고 있었지만, 마음은 아직 젊음을 잃지 않았으므로 사랑의 불길이 이따금 타오르곤 했답니다.

몇 사람의 얘기를 들어 보면, 이 의사는 어느 제삿날 말게리다 데기솔리에리라는 미망인을 만났는데, 유례없는 미인이라 첫눈에 그만 마음을 고스란히 빼앗기고 말았답니다. 낮에 그 아름다운 부인의 매우 우아하고 사랑스런 얼굴을 한 번이라도 보지 않고는 그날 밤 제대로 잠을 이룰 수 없을 만큼 마치 젊은 사내처럼 사랑의 불길을 태웠어요. 그래서 이 의사는 기회만 있으면 그 미망인의 집 앞을 말을 타거나 혹은 걸어서 줄곧 왔다 갔다 하곤 했습니다. 그런 일로 해서 그 미망인은 물론 다른 아낙네들까지도 그 까닭을 알게 되었지요.

사람들은 그 같은 사랑의 정열이란 젊은 사내의 어리석은 마음에나 솟을 일이지 그 외의 자리에 솟을 일은 아니라고 믿고 있는 것처럼, 그를 볼 때마다 분별력이 있음직한 저런 늙은이도 사랑에 빠지는 수가 있을까, 하고 서로 비웃으며 지껄여대곤 했습니다.

이처럼 알베르토 선생이 여전히 미망인의 집 앞을 왔다 갔다 하고 있던 어느 축제날, 많은 부인네들과 함께 문 앞에 앉아 있는 그녀와 맞부딪쳤습니다. 사람들은 알베르토 선생이 저쪽에서 가까이 오는 것을 보자 미망인과 의논하고는, 의사 선생을 맞아들여 환대한 후 그의 사랑을 놀려 주자고 했습니다. 다들 그렇게 하기로 하고 준비를 했지요.

사람들은 모두 일어나 의사 선생을 시원한 안마당으로 안내하고는 고급 포도주며 달콤한 과자를 대접했어요. 그러다가 어지간히 흥이 났을 무렵 의사에게, 이 아름다운 부인을 미남에다 쾌활한 귀족 청년들이 사모하고 있다는 것을 잘 아실 텐데 어째서 선생이 연모하게 되었느냐고 물었어요. 알베르토 선생은 가볍게 비꼬는 말투를 깨닫고는 상냥하게 웃으면서 대답했답니다.

"부인 여러분, 내가 사랑을 하고 있다는 이 문제에 대해서 총명한 부인이라면 별로 놀라지 않으실 줄 압니다. 물론 늙은이에게는 사랑을 완수할 체력은 없지만, 그렇다고 사랑하는 마음을 눌러 버려야 한다거나, 사랑을 받을 가치가 있는 것을 잊어야 하는 법은 없소. 더욱이 늙은이는 그 나이 탓으로 젊은이보다 훨씬 사물을 분별할 줄 아는 힘을 갖추고 있으니 말입니다. 젊은이들한테 사랑을 받고 있는 부인을 늙은 내가 사랑하게 된 동기는, 부인네들이 자주 루핀 콩이나 파부초(뿌리줄기는 짧고 구근이며, 줄기는 처음엔 곧고 연하며 자라면서 덩굴로 변함:옮긴이) 같은 것을 간식으로 먹는 자리에 마침 있다가 그것을 목격했기 때문이라오. 그런데 파부초는 조금도 맛있는 것이 아니지만 뿌리 쪽은 별로 해롭지도 않고 입안의 감촉도 좋지요. 그런데 당신들은 그걸 먹는 방법이 틀려서, 구근 쪽은 손에 들고 잎을 먹고 있더군요. 잎은 전혀 영양이 없을 뿐더러 맛도 나쁜데 말이오. 그런데, 부인은 연인을 고르실 때 그런 식으로 하고 계시지는 않은지요? 만일 그러시다면, 부인이 골라야 할 사람은 바로 나며, 다른 자들은 버려야 하지 않겠소?"

그러자 이 귀부인은 다른 부인들과 함께 약간 부끄러운 듯이 대답했어요.

“선생님은 매우 교묘히, 그리고 은근히 저희의 무례한 행동을 꾸짖으셨어요. 정말 선생님은 총명하고 훌륭한 분이라고 생각해요. 이렇게 되면 선생님의 사랑을 받지 않을 수가 없네요. 그러니, 부디 제 명예를 더럽히지 않게 하셔서 선생님의 희망대로 저를 사랑해 주세요.”

의사는 다른 사람들과 함께 자리에서 일어나 부인에게 깊이 감사하고, 매우 쾌활하게 싱글벙글 웃으면서 작별 인사를 하고는 그 집을 떠났습니다. 그래서 부인은 놀릴 상대를 얕보았기 때문에 오히려 부끄러움을 당하게 된 거예요. 부디 여러분도 현명하시다면 충분히 조심하시도록 부탁드리겠어요.

일동이 모두 이야기를 끝냈을 때는 더위도 물러가고 해도 기울었으므로 여왕은 기분 좋게 말했습니다.

“내가 주재한 오늘의 일은 모두 끝났으며, 새로운 왕을 선출해야겠어요. 내일도 하느님을 찬양하고 우리를 즐겁게 다스릴 젊고 사려 깊은 필로메나가 여왕이 되어 우리를 주재해 주시길 바랍니다.”

그녀는 월계관을 벗어 필로메나에게 씌워 주었습니다. 필로메나는 왕위에 올라 팜피네아가 했던 대로 모두의 역할을 재확인한 후 말했습니다.

“오늘 팜피네아의 공덕은 즐겁고 찬양할 만한 것이었으며, 내일부터는 미리 주제의 범위를 정해 재미나는 이야기를 생각할 수 있는 시간을 드리겠어요. 이의가 없으시다면 내일은 초반에 여러 가지 괴로운 일을 겪게 되지만 뜻밖에 행복한 결말을 맞게 되는 사람들의 이야기로 그 범위를 한정할까 합니다."

모두 찬성하고 그렇게 하자고 말했습니다. 그러나 디오네오는 자신에게는 주제나 의도에 얽매이지 않고 얘기할 수 있는 특전을 내려주신다면 즐겁게 이야기할 것이라고 하면서 자신은 마지막 차례라도 상관없다고 말했습니다. 여왕은 활달한 청년인 그가 사람들이 혹여 따분하다거나 우울한 기분을 가지게 되면 모두의 동의하에 우스운 이야기라도 하겠다는 뜻임을 알아채고 기꺼이 허락했습니다.

여왕과 일동은 시냇가로 자리를 옮겨 아이들처럼 신나고 흥겹게 놀았으며, 저녁 식사 시간이 되자 맛있는 식사를 한 후, 악기 연주와 함께 라우레타는 춤을 추고 에밀리아는 디오네오의 기타 반주에 맞춰 칸초네를 불렀습니다.

다 함께 춤추고 노래를 따라하는 동안에 밤이 깊었으므로 여왕은 첫째 날의 끝을 알린 후, 내일 아침까지 저마다의 방으로 물러가 자도록 지시하였습니다.

둘째 날

새로 둘째 날이 밝았습니다. 새들은 노래하고 부인과 남자들은 정원을 거닐며 즐거운 시간을 보냈으며, 오늘도 어제처럼 날이 더워지기 전에 식사를 하고 여흥을 즐기다가 낮잠을 잔 후, 오후 3시에 일어나 시원한 푸른 잔디밭에 둘러앉았습니다. 둘째 날의 아름다운 여왕이 주재하는 가운데 가장 먼저 네이필레가 이야기를 시작했습니다.

첫 번째 이야기

마르텔리노는 손발이 불편한 불구자로 가장하고 성 아르리고의 시신 위에 놓여진 후 곧 불구가 나은 것처럼 꾸민다. 그러나 속임수가 탄로나 몰매를 맞았을 뿐만 아니라 체포되어 교수형에 처해질 뻔했지만 막판에 겨우 그 위기에서 빠져나온다.

저는 여왕님이 정하신 주제대로 처음에는 여러 가지 괴로운 일을 겪게 되지만 뜻밖에 행복한 결말을 맞는 우리 고장 사람의 이야기를 하려고 합니다.

그리 먼 옛날은 아닙니다만, 트레비소라는 거리에 아르리고(1325년경에 죽은 아르리고 다 트레비소)란 독일 사람이 살고 있었습니다. 그는 가난했으므로 남의 부탁을 받아 짐을 날라 주고 그 삯을 받아서 살았습니다. 비록 하찮은 배달꾼에 지나지 않았지만 선량하고 종교심이 매우 두터운 사람이었습니다. 그리하여 트레비소 사람들에 의하면 그가 임종을 맞이하였을 때, 사실 여부는 잘 모르지만 거리에 있는 대교회의 종이 모두 저절로 울렸다고 합니다.

이런 기적이 있었으므로 사람들은 아르리고를 성인이라고 말하며 그의 유해가 있는 집에 몰려가 마치 성체(聖體)를 모시듯이 대교회로 옮겼습니다. 그리고 절름발이와 손발을 쓰지 못하는 불구자와 소경, 그 밖에 무슨 병이나 신체에 장애가 있는 자들이 그 유해에 닿으면 낫게 될 것이라고 믿으며 줄줄이 그 뒤를 따라갔습니다.

이렇게 거리의 사람들이 왁자지껄하며 오가고 있을 때, 우리와 같은 세 명의 피렌체 사람이 이 도시를 찾아왔습니다. 한 사람은 스테키라 하며, 또 한 사람은 마르텔리노, 세 번째 사람은 마르케제라고 했습니다. 이들은 귀족이나 영주들의 저택을 찾아다니며 갖가지 얼굴로 변장을 해 보이기도 하고 남의 흉내를 내기도 하며 사람들을 즐겁게 해 주는 광대들이었습니다.

그들은 이 고장이 처음이었으므로 사람들이 분주히 오가는 것을 보고 놀랐습니다. 그리고 그 이유를 알고 나자 자신들도 가보고 싶어졌습니다. 여관에 짐을 푼 후, 마르케제가 말했습니다.

"어때, 우리도 그 성인을 배알하러 갈까? 하지만 내가 보기엔 그 옆에 가기조차 힘들겠어. 듣자니 광장에는 독일인 용병들과 무장한 사람들로 가득 찼다니 말일세. 이곳 영주께서 소동이 나지 않도록 그렇게 했다는군. 더욱이 교회는 이제 어린아이 하나도 들어갈 수 없을 만큼 꽉 찼다는데."

그러자 마르텔리노가 대꾸했습니다.

"그렇다고 그만둘 수야 없지. 그 유해까지 갈 수 있도록 내가 좋은 방법을 찾아보지."

"어떻게?" 하고 마르케제가 물었습니다.

"이를테면 말이야. 내가 손발이 부자유한 불구자가 되는 거지. 스테키가 이쪽, 네가 이쪽에서 나를 부축해서 마치 내가 걷지 못하는 사나이인 것처럼 하여 유해 옆에 가려는 것으로 꾸미잔 말이야. 죽은 성인님에게 고쳐 달라는 거지. 그걸 보고 길을 안 비킬 사람은 아무도 없을걸. 그러면 쉽게 가볼 수 있지 않은가."

마르케제와 스테키는 그것 참 재미있겠다고 맞장구를 치며, 곧바로 여관을 나와 사람들이 없는 곳으로 갔습니다. 마르텔리노는 양손을 비롯하여 발은 물론 손가락에 이르기까지 뒤틀고, 거기에다 눈과 입과 온 얼굴을 보기에도 끔찍하게 비틀었습니다. 이렇게 달라진 모습을 보고 그를 알아볼 사람은 아무도 없었을 것입니다.

이렇게 해서 그는 마르케제와 스테키의 부축을 받으며 믿음이 깊은 사람인 양 앞사람에게 부디 지나가게 해 주십사고 부탁하며 교회를 향해 나아갔습니다. 그들의 부탁을 받은 사람들은 곧 친절하게 대하며 모두들 "비키시오, 들여보내 주시오, 들여보내요."라고 외쳤으므로 세 사람은 성 아르리고의 유해가 안치되어 있는 곳에 쉽사리 다가갈 수 있었습니다. 그리고 주위에 있던 신분이 높은 사람들의 부축을 받아 마르텔리노는 쾌유의 혜택을 입도록 유해 위에 놓여졌습니다.

사람들은 일이 어떻게 될까 기대하며 침을 삼키며 바라보았습니다. 마르텔리노는 잠시 뒤, 그런 일을 잘 알고 있는 듯, 먼저 손가락 하나를 펴더니, 이어 손을 펴고, 다시 팔이 펴진 것처럼 하여 드디어 온몸을 반듯하게 쭉 폈습니다.

이것을 본 사람들은 성 아르리고의 덕을 찬양하며 '와아' 하고 외쳤습니다. 그 들끓는 소리에 천둥치는 소리도 들리지 않을 정도였습니다.

그러나 운수 사납게도 어쩌다가 그 자리에 마르텔리노를 아주 잘 알고 있는 피렌체 사람이 있었습니다. 하지만 처음 그가 부축되어 왔을 때는 모습이 아주 달라져 있었으므로 알아보지 못하다가 온몸을 펴고 일어나자, 이내 알아보고는 낄낄거리며 웃어댔습니다. 그리고 혼잣말로 중얼거렸습니다.

"주여, 그를 벌하옵소서! 잘도 병신으로 둔갑했군. 정말 속지 않을 사람이 없을 정도였어."

이 소리를 들은 몇몇 트레비소 사람들이 그에게 물었습니다.

"뭐라고요! 저 사람은 병신이 아니었나요?"

피렌체 사람은 대답했습니다.

"천만에요! 저 녀석은 우리처럼 아주 멀쩡한 사나이입니다. 하지만 보시는 바와 같이 얼굴 모습을 바꾸어 딴사람이 되는 속임수는 식은 죽 먹기지요."

사람들은 이 말만 들어도 더 이상 무슨 말이 필요 없었습니다. 사람들 틈을 비집고 앞으로 나오자 큰 소리로 외쳐댔습니다.

"이 배신자를 잡아라. 이 녀석은 하느님과 성인을 우롱했어. 병신도 아닌 녀석이 병신 흉내를 내어 성인과 우리를 바보로 만들었단 말이야."

이렇게 외치면서 그를 잡아 끌어내리더니 머리카락을 휘어잡고, 옷을 벗기고, 주먹세례를 퍼부으면서 걷어찼습니다. 모두 달려들어 이에 가담하지 않는 사람은 한 사람도 없는 것 같았습니다. 마르텔리노는 "용서하십쇼, 용서하십쇼." 하며 몸을 방어해 보았지만 아무 소용 없었습니다. 시간이 흐름에 따라 점점 때리고 걷어차는 정도가 심해졌습니다.

이 모양을 본 마르케제와 스테키는 서로 "이거 큰일났다." 라고 말하면서도 자신들도 위태로워졌기 때문에 감히 그를 구하려 하지 못했습니다. 오히려 사람들과 함께 죽여 버리라고 외치고 있었지만, 속으로는 어떻게 하면 이 군중 속에서 구해낼 수 있을까 궁리했습니다. 이때 마르케제가 얼른 생각해 낸 묘안이 없었다면 마르텔리노는 아마 맞아 죽었을 겁니다. 마르케제는 시장의 대리로 나와 있는 사람들에게 가서 이렇게 말했습니다.

“부탁입니다. 저 녀석은 금화가 백 개나 들어 있던 제 지갑을 소매치기한 고약한 녀석입니다. 제발 저 녀석을 붙잡아 금화를 도로 찾게 해 주십시오.”

이 소리를 듣고 곧 열두 명 정도의 관리가 달려와 얻어맞고 밟히고 채이고 있는 그를 끌고 나와 시장이 있는 관아로 데려왔습니다. 그에게 희롱당했다고 생각한 사람들은 줄지어 뒤따라오며 그가 소매치기란 말을 듣자, 그를 혼내 주기 위해 모두 함께 자기들도 지갑을 소매치기 당했다고 말하기 시작했습니다. 거리의 재판관은 본래 난폭한 사람이었으므로 여러 사람의 이야기를 듣자, 곧 그를 심문하기 시작했습니다.

그러나 마르텔리노는 체포된 것 따위는 아무것도 아니라는 듯이 장난삼아 대답했습니다. 재판관은 아주 화가 나서 고문용 밧줄을 목에 걸고 나중에 진짜로 교수형에 처하기 위해 사실을 자백시켜야겠다고 생각했으며, 마르텔리노의 목에 건 밧줄을 몇 번인가 적당히 잡아당기게 했습니다. 마르텔리노는 여럿이 하는 이야기가 사실이 아니라고 말해봤자 아무 소용이 없음을 알고 이렇게 말했습니다.

“재판관님, 곧 사실대로 말씀드리겠습니다. 그러나 저를 고발한 사람 각자에게 언제 어디서 제가 그들의 지갑을 소매치기했는지 말하게 해 주십시오. 그러면 제가 소매치기를 한 것과 안한 것을 말씀 올리겠습니다.”

“좋아.” 하고 재판관은 그중 몇 사람을 불러 말하게 했습니다. 그

런데 한 사람은 8일 전에 당했다 하고, 다른 한 사람은 6일 전, 그리고 어떤 사람은 4일 전이라고 했습니다. 이 소리를 듣자 마르텔리노는 말했습니다.

"재판관님, 이 사람들은 모두 제멋대로 입에서 나오는 대로 말하고 있습니다. 제가 사실을 고백하겠습니다. 그 증거도 보여드리겠습니다. 저는 이 거리에 막 도착했기 때문에 그 날짜에는 이 고장에 있지 않았습니다. 도착하자마자 운 나쁘게 성체를 뵈러 갔다가 보시는 바와 같이 혼이 났습니다. 제가 말씀드리는 것이 사실인가는 외국인 출입 관리를 하시는 분께서 밝히실 수 있고 또 그 대장(臺帳)과 여관 주인이 증명할 수 있습니다. 그러니 제가 말씀드리는 대로 알아보신 다음, 이 나쁜 인간들의 소원대로 저를 고문하거나 죽여 주십시오."

사태가 이렇게 되어 가는 동안, 마르케제와 스테키는 재판관이 가혹한 재판으로 그를 교수형에 처하려 한다는 이야기를 듣고 크게 겁을 내었습니다.

"우리가 공연한 짓을 해서 봉변을 당하는군. 이건 마치 냄비에서 꺼낸 다음 불 속에 넣은 거나 마찬가지 아닌가."

그리고는 급히 달려서 여관으로 돌아와 여관 주인에게 일의 자초지종을 이야기했습니다. 여관 주인은 두 사람의 이야기를 듣고 웃으면서 오랫동안 트레비소에 살았고 시장도 중요하게 여기고 있는 산드로 아골란티라는 사람에게 두 사람을 데리고 갔습니다. 그리고 일의 경위를 상세히 말한 다음, 마르텔리노의 문제를 해결해 주도록 부탁했습니다. 산드로는 크게 웃고는 시장에게 갔습니다. 그리고 마르텔리노를 돌려보내 주기를 청하고 허가를 받았습니다.

그들이 마르텔리노에게 갔을 때 그는 셔츠 하나만 입은 채로 재판관 앞에서 겁에 질려 떨고 있었습니다. 재판관이 그의 변명을 하나도 인정하려 들지 않았기 때문입니다. 뿐만 아니라 재판관은 마침 피렌체 사람에게 반감을 가지고 있었으므로 어떻게 해서든지 그를 교수형에 처하려고 생각하고 있었습니다. 그래서 처음에는 좀처럼 마르텔리노를 시장에게 돌려보내려 하지 않았지만 나중에는 억지로 석방하지 않을 수 없었습니다.

시장 앞에 온 마르텔리노는 처음부터 끝까지 일의 경위를 차근차근 말한 다음, 피렌체로 돌아가지 않으면 아직도 목에 밧줄이 걸려 있는 듯싶어 마음이 놓이지 않으니 제발 떠나가게 해 달라고 애원했습니다. 시장은 배를 움켜쥐고 크게 웃었습니다. 그리고 옷 한 벌을 선사받은 후, 세 사람은 원하던 대로 최대의 재난을 피해 무사히 집으로 돌아갔습니다.

두번째 이야기

리날도 다스티는 집으로 돌아가는 길에 도둑을 만나 가진 것을 모두 빼앗긴다. 그러다가 어떤 미망인의 집에 묵게 되어 융숭한 대접을 받는다. 그리고 잃었던 물건을 되찾고 무사히 집으로 돌아온다.

첫 번째 네이필레의 이야기에 일동은 한바탕 웃었습니다. 특히 필로스트라토는 파안대소했는데 여왕으로부터 다음 이야기를 명받고 이야기를 시작했습니다.

여러분, 저는 종교심과 재난과 사랑이 뒤섞인 이야기를 하겠습니다. 이야기를 들어 두시면 언젠가 도움이 되리라 생각합니다. 특히 낯선 고장을 여행하다가 사랑의 위험한 다리를 건너게 되는 분들에게는……. 그런 나라에서는 성 줄리아노(성 줄리아노는 구호소가 달린 수도원의 신부로서 여행자의 보호자였다. 사랑의 모험에도 성 줄리아노에게 기도하면 효과가 있다고 알려져 있다)의 기도를 외지 않는 사람은 훌륭한 침대에서 자게 될 수는 있어도 좋은 숙소에 머물지는 못하는 법입니다.

아초 다 페르다라 공(1308년에 죽은 아초 다스테)의 시대에 리날도 다스티라는 상인이 상업적인 용무로 볼로냐에 갔습니다. 볼일이 끝나 집으로 돌아가려고 페르다라의 거리를 나와 베로나를 향해 말을 몰고 가던 중 몇 사람의 사나이를 만났습니다. 이 패거리는 얼른 보기에는 장사꾼 같았지만 실은 도둑으로 날강도 짓을 하며 살아가는 녀석들이었습니다. 그것도 모르고 그는 부주의하게도 세상 이야기를 나누며 그들과 동행하게 되었습니다.

그들은 리날도가 상인이라는 것을 알아차리고 돈을 많이 가졌으리라 짐작했으므로 기회만 있으면 빼앗아야겠다고 생각했습니다. 그래서 날강도들은 의심받지 않기 위해 일부러 그에게 겸손한 태도로 신중하게 정직한 이야기를 하면서, 착하고 넉넉한 사람들인 것처럼 보이도록 노력했습니다. 그들과 함께 말을 타고 가며 리날도 역시 하인을 한 명만 데리고 떠났을 뿐이었으므로 그들과 동행하게 된 것을 운 좋게 생각했습니다.

길을 가다 보면 흔히 있는 일이지만, 여러 가지 이야기 끝에 하느님께 드리는 기도에 대한 이야기가 나왔습니다. 그러자 세 날강도 중 한 사람이 리날도를 보며 말했습니다.

"그런데 선생님께서는 여행을 하실 때 어떤 기도를 드리십니까?"

리날도는 이렇게 대답했습니다.

"사실을 말씀드리면, 저는 그런 일에는 상당히 서투른 사람으로 구식 생활을 하고 있기 때문에 기도의 종류도 몇 가지 없습니다. 돈만 해도 24푼을 들여야 할 때도 10푼으로 겨우 때우고 있는 사람입니다. 하지만 여행을 할 때에는 아침에 여관을 나올 때, 성 줄리아노 님의 부모님을 위해 기도를 올리고 아베 마리아의 기도를 드립니다. 저녁에는 좋은 여관을 내려 주십사 하고 하느님과 줄리아노 님에게 기도합니다. 지금껏 여행을 다니면서 커다란 재난을 여러 번 당했지만, 그때마다 잘 모면하여 저녁에도 좋은 여관에 들곤 했습니다. 제가 성 줄리아노 님을 존경하고 굳게 믿고 있기 때문에 하느님께서 은혜를 베풀어 주시는 것이리라 생각하고 있습니다. 저는 아침에 기도를 드리지 않으면 그날을 무사히 지내고 저녁에 좋은 여관을 찾아들 수가 없을 것 같은 기분을 느낍니다."

그러자 그에게 질문한 사나이가 또 물었습니다.

"그럼, 오늘 아침에도 기도를 드렸겠군요?"

"예, 물론이지요."

리날도가 대답했습니다. 그러자 지금부터 어떤 일이 일어나게 될지를 알고 있는 그 사나이는 마음속으로 '정말 기도인지 뭔지가 필요할 게다. 우리가 실수만 하지 않는다면 너는 오늘 변변한 여관에 묵을 수가 없을걸.'이라고 생각하면서 입으로는 이렇게 말했습니다.

"저도 지금까지 퍽 많은 곳을 여행해 왔습니다. 그리고 기도가 매우 좋은 일이라고 많은 사람들에게 듣기는 했지만, 저로서는 한 번도 행한 적이 없습니다. 그래도 나쁜 여관에 들게 된 일은 없었습니다. 그래서 오늘 저녁에는 기도를 올린 선생님과 올리지 않은 저와 누가 더 좋은 여관에 들게 될는지 이제 알게 되겠군요. 실은 저희 할머니가 언제나 외고 있는 '디루피스티'라든가, '인테메라타'라든가, '데 프로푼디'(모두 라틴어로 된 기도문의 첫 구절)라는 말을 외고 있는데 이건 퍽 효험이 있지요."

이런 잡담 속에 길을 재촉하면서 그들은 날강도 모의를 실천에 옮길 장소를 물색하고 있었습니다. 해질 무렵이 되어 카스텔 굴리엘모를 지나자 어느 강가에 닿아 강을 건너게 되었습니다. 그들은 마침 시각도 알맞고 사람의 그림자도 안 보이고 어디서도 눈에 띄지 않을 장소였기에 리날도에게 덤벼들어 가진 것을 모두 빼앗고 말에서 끌어내린 다음, 셔츠 하나만을 남겨 놓은 채 입은 옷까지 벗겨 빼앗아 버렸습니다. 그리고 그 자리를 떠날 때, 이런 말을 남겼습니다.

"네놈의 성 줄리아노 님인지 무엇인지가 오늘 저녁에 좋은 여관을 마련해 줄는지 시험해 보지 그래? 우리에게는 이미 좋은 여관이 기다리고 있을 테니까 말이야."

이렇게 말한 다음 강을 건너 달아나 버렸습니다.

한편, 리날도의 하인은 비겁한 녀석으로 주인을 구할 생각은 조금도 하지 않고, 말머리를 돌리더니 카스텔 굴리엘모에 닿을 때까지 뒤도 안 돌아보고 말을 몰았습니다. 그리고 해가 저물고 있었으므로 아무런 거리낌 없이 마을의 여관에 찾아들었습니다.

리날도는 구두마저도 빼앗기고 속옷 하나만 걸친 채 때마침 세차게 몰아쳐 오기 시작한 눈을 맞으며, 덜덜 떨리는 몸으로 어떻게 해야 좋을지 몰랐습니다. 그러나 이미 날은 어두워 오고 딱딱 마주치는 이를 악물면서 얼어 죽지 않기 위해 하룻밤을 지낼 만한 피난 장소가 없을까 하고 둘레를 살펴보았습니다. 그러나 이 일대는(최근에 전쟁이 있었기 때문에 들판에는 불탄 자국뿐이었으므로) 피난 장소 같은 것은 어디를 보아도 눈에 띄지 않았습니다. 하는 수 없이 그는 추위에 쫓기듯이 카스텔 굴리엘모를 향해 비틀거리며 걸어갔습니다. 그러나 하인이 어디 있는지, 어디로 도망을 쳤는지 도무지 짐작할 수도 없어 아무튼 마을에 가면 하느님의 구원이 있을 것이라고만 생각했습니다.

그러나 마을 성벽까지 1마일을 남겨 놓고 그만 캄캄한 밤이 되고 말았습니다. 늦게 도착한 탓에 성문은 닫히고 다리도 올려진 뒤라 성 안으로 들어갈 도리가 없었습니다. 속수무책으로 울고 싶은 심정이 된 그는 하다못해 눈이라도 피할 장소가 없을까 하여 주위를 둘러보았습니다. 마침 성벽 위에 밖으로 처마가 조금 튀어나온 집이 한 채 있는 것이 보였습니다. 그는 그 처마 밑에서 하룻밤을 지새우리라 생

각하고 다가가 보니 처마 밑에 닫혀 있긴 했지만 문이 하나 있었습니다. 그는 주변에 흩어져 있는 지푸라기들을 주워 모아 쌓고는, 슬프고 비참한 기분으로 앉았습니다. 자신은 성 줄리아노 님을 깊이 믿고 있었는데 돌보아 주지 않는 것이 불만스럽고 원망스러웠습니다. 그러나 성 줄리아노 님은 그를 염려하여 주셨고 곧 좋은 숙소를 마련하여 주셨던 것입니다.

이 마을에는 세상에 보기 드물게 미인인 미망인이 살고 있었는데 아초 공이 목숨을 걸고 그녀를 사랑하고 있었습니다. 그 집은 바로 미망인을 숨겨 놓은 집이었습니다. 그러니까 리날도가 하룻밤을 지새우려 찾아든 처마 밑이 부인이 사는 집이었던 것입니다.

그런데 마침 그날 아초 공이 마을에 와 있었는데, 밤이 되면 이 집으로 와서 그녀와 즐기려고 목욕물을 준비해 놓았는가 하면 호화로운 만찬도 준비해 놓으란 분부가 있었습니다. 그러나 그녀가 모든 준비를 끝내 놓았을 때 공에게 일이 생겼다는 전갈이 왔습니다. 공은 곧 말을 타고 떠나야만 했습니다. 마초 공은 그녀더러 기다리지 말라는 전갈을 보내고는 즉시 마을을 떠났습니다. 미망인은 약간 맥이 풀렸지만 공을 위해 준비했던 목욕물에 목욕을 한 다음 식사를 해야겠다고 생각하고 우선 목욕을 하고 있었습니다.

그런데 그 목욕탕은 불쌍한 리날도가 밖에서 몸을 기대고 있던 문 바로 옆에 있었습니다. 그래서 목욕을 하던 미망인은 리날도가 투덜거리며 덜덜 떨고 있는 소리를 들었습니다. 그녀는 몸종을 불러 이렇게 말했습니다.

"밖에 나가서 문밖에 누가 있는지, 무엇을 하고 있는지 보고 오너라."

몸종이 밖에 나가 보니 달빛이 어렴풋한 가운데 어떤 사나이가 속옷 바람에 구두도 신지 않은 채 떨고 있었습니다. 몸종이 누구냐고 묻자 리날도는 덜덜 떨리는 음성으로 겨우 자기가 누구이며 왜 이곳에 있는가를 짧게 말했습니다. 그리고 부디 오늘 저녁 이곳에서 얼어 죽지 않게 해달라고 애원했습니다.

몸종은 가엾게 생각하여 여주인에게 돌아와 사실대로 자세히 말했습니다. 미망인 역시 불쌍히 생각하고 공이 때때로 몰래 찾아올 때 쓰곤 하던 그 문의 열쇠가 있는 것을 머릿속에 떠올렸습니다.

"가서 가만히 열어 주어라. 우리 집엔 산해진미가 가득하지만 먹을 사람이 없고, 잠잘 방도 넉넉하게 있으니."

몸종은 여주인의 이런 따뜻한 인정을 칭찬한 다음 문을 열어 주었습니다. 안에 들어온 사나이를 보니 금방 얼어 죽을 것 같았으므로 그에게 말했습니다.

"어서 이 목욕물 속에 들어가세요. 물이 아직 식지 않았으니까."

그는 안내를 기다릴 사이도 없이 얼른 통 속으로 들어갔습니다. 뜨거운 물속에 몸을 담그니 몸도 완전히 따뜻해지고 마치 되살아난 기분이었습니다. 미망인은 얼마 전에 죽은 남편의 옷을 입히기로 했습니다. 그 옷은 마치 그를 위해 만든 것처럼 안성맞춤이었습니다.

리날도는 여주인으로부터 무슨 말이 있기를 기다리며 하느님과 성 줄리아노에게 이토록 저주스런 밤에서 자신을 구원해 주시고, 예비한 대로 훌륭한 숙소로 인도해 주신 데 대해 감사의 기도를 했습니다.

잠시 몸을 쉬고 난 미망인은 커다란 난로가 있는 자기 방에 불을 지피게 하고는 그분은 무엇을 하고 계시냐고 몸종에게 물었습니다.

"마님, 그분은 옷을 입으셨습니다. 상당한 미남이신데 돈도 많고 예의바른 분 같습니다."

"그럼 모시고 오너라. 이쪽으로 오셔서 불을 쬐시도록 해 드려라. 그리고 아직 저녁 전이실 테니 식사를 하시게 하고."

리날도는 거실에 들어와 미망인을 보자, 부인의 신분이 상당히 높은 분이라고 생각했으므로 정중하게 인사를 했습니다. 그리고 자기에게 베풀어 준 호의에 깊이 감사의 말을 했습니다.

미망인은 리날도를 직접 보고, 또 그의 말을 듣고는 몸종이 말한 대로 훌륭한 사람이라고 생각되었으므로 미소를 띠며 가까이 난로 옆으로 와서 앉도록 권하고 사건에 대하여 이것저것 물었습니다. 리날도는 순서대로 일의 자초지종을 모두 말했습니다.

미망인은 리날도의 하인이 이 마을에 도망쳐 온 일을 어느 정도 들어서 알고 있었으므로 그의 말을 모두 믿었습니다. 그리고 자기가 알고 있는 일에 대하여 그에게 이야기해 주고 내일 아침 쉽게 찾을 수 있을 것이라고 했습니다. 이윽고 식사가 준비되자 그는 그녀가 권하는 대로 손을 씻고 함께 식사를 했습니다.

리날도는 체격도 좋고 미남인데다 누구에게나 호감을 주는 인상이었고, 행동은 부드러웠으며 한창 나이의 신사였습니다. 부인은 몇 번씩이나 그를 응시하며 자꾸 칭찬의 말을 늘어놓았습니다. 그녀는 아초 공과 하룻밤을 지내기로 되어 있었던 탓에 이미 벌써부터 음란한 정욕에 몸이 근질거리고 있었습니다. 그래서 식사가 끝나자, 아초 공이 약속을 어겼으니 눈앞에 주어진 행운을 놓치지 않는 게 좋지 않겠느냐고 몸종에게 의견을 물었습니다.

몸종은 자기 주인의 소원을 알자, 되도록 그렇게 하시라고 대답했습니다. 미망인은 리날도가 동그마니 혼자 앉아 있는 난롯가로 돌아와 정욕이 넘치는 눈빛으로 바라보면서 이렇게 말했습니다.

"저런, 리날도 님. 무얼 그렇게 골똘하게 생각하세요? 빼앗긴 의복이나 말이 아쉬워서인가요? 기운을 내세요. 내 집이라 생각하시고 편안히 앉으세요. 아니에요. 저는 그 이상의 것을 말씀드리고 싶습니다. 그렇게 돌아가신 주인의 옷을 입고 계신 것을 보니 마치 주인이 돌아온 것 같은 생각이 드는군요. 그래서 아까부터 몇 번이고 입 맞추며 안기고 싶어졌어요. 혹시 그런 것을 싫어하실는지 모르겠다는 염려만 없었다면 진작 그렇게 했을 정도예요."

리날도는 이런 말을 들으며 미망인의 눈이 정욕에 불타고 있는 것을 보자, 본래 신체 건강한 사나이였으므로 양팔을 벌리고 미망인 앞으로 서슴없이 다가섰습니다.

"부인, 제가 살아난 것은 오직 부인 덕분입니다. 이 고마움은 아무리 말해도 모자랄 정도입니다. 부인께서 저에게 베풀어 주신 것을 생각하면 부인이 기뻐하시는 일이라면 무엇이든지 하겠습니다. 그렇지 않다면 저는 배은망덕한 사람이 되고 맙니다. 그러니 부인께서 좋으시다면 안아 주시든, 입을 맞추시든 마음대로 하십시오. 저도 기꺼이 부인을 안아 드리고 또 입 맞추겠습니다."

이 이상 더 무슨 말이 필요하겠습니까. 욕망에 불타고 있던 미망인은 즉시 그의 품안으로 뛰어들었습니다. 그리고 몇 번씩 정열적으로 끌어안으며 입을 맞추었습니다. 그도 마찬가지로 했습니다. 그러고 나서 두 사람은 일어나 침실로 갔습니다. 그들은 침대에 눕자 밤이 새도록 몇 번씩이나 실컷 욕정을 만족시켰습니다.

이윽고 먼동이 훤히 밝아오고, 미망인도 아주 만족했으므로 그들은 침대에서 일어났습니다. 미망인은 이 일을 아무에게도 알려지게 하고 싶지 않았으므로, 그에게 더러운 옷을 입히고 지갑에는 돈을 듬뿍 넣어 준 다음, 하인을 만날 수 있는 길목을 가르쳐 주면서 그를 끌어들였던 문으로 다시 내보냈습니다.

날이 아주 밝자, 그는 정말 먼 곳에서 온 것처럼 성문이 열림과 동시에 마을 안으로 들어갔습니다. 그는 곧 하인을 만났으므로 여행 가방에 넣어 두었던 자기 옷으로 갈아입고 막 하인의 말을 타려는데, 전날 밤 자기 것을 몽땅 털어간 세 명의 도둑들이 또 다른 나쁜 짓이 발각되어 끌려오는 중이었습니다. 도둑들은 어제 빼앗은 것도 자백하였으므로 그는 말과 옷과 돈을 도로 찾았습니다. 도로 찾지 못한 것이라면 빼앗겼는지 어쨌는지 알 수도 없는 양말 몇 켤레 정도였습니다.

이렇게 되어 리날도는 하느님과 성 줄리아노에게, "덕분에, 덕분에."라고 감사하며 무사히 집으로 돌아왔습니다. 그리고 세 도둑은 이튿날 교수형에 처해졌다고 합니다.

세 번째 이야기

세 젊은이가 자업자득으로 재산을 탕진하고 가난해진다. 그들의 조카는 절망하여 고향으로 돌아가는 길에 어느 수도원장과 친해지는데 놀랍게도 수도원장은 영국 왕의 왕녀였다. 그녀는 그를 남편으로 맞아들이고 삼촌들이 저지른 손해를 보상해 주며 다시 본래의 좋은 신분으로 돌아가게 해 준다.

필로스트라토의 이야기에 부인들은 탄성을 질렀습니다. 주인공의 깊은 신앙에 감탄하며 구원의 하느님과 성 줄리아노를 찬양하고 감사의 기도를 올렸습니다. 여왕의 명령이 내려지자 이번에는 팜피네아가 기꺼이 이야기를 시작했습니다.

여러분, 우리의 신변에 일어나는 일들을 관찰해 볼수록 우리가 얼마나 운명의 여신에게 희롱당하고 있는지 알 수 있다고 합니다. 그러나 모든 일을 신중히 생각하면 그것은 별로 놀랄 일은 아닙니다. 다시 말하면, 우리가 어리석게도 스스로 자신이 일으켰다고 여기는 모든 일들은, 사실 운명의 여신의 손에 의해 좌우되었기 때문이며, 보이지 않는 운명의 신이 판단하는 대로 끊임없이 연결되고 변하면서 상상도 할 수 없는 단계에 이르는 결과인 것입니다. 다만, 그녀에 의하여 조종된 사실을 모르고 있을 뿐입니다.

이와 같은 일은 도처에서 매일 나타나고 있으며 지금까지의 이야기

속에서도 입증되고 있습니다. 그러나 오늘의 주재자이신 여왕님의 분부가 이런 이야기를 하라는 것이었고, 또 들으시는 분들에게도 어느 정도 도움이 되리라 생각하여 제 이야기도 덧붙일 수 있도록 부탁드립니다. 반드시 여러분의 마음에 드시리라 생각됩니다.

옛날 이 도시에 테달도라는 기사가 살고 있었습니다. 이분을 가리켜 람베르티 집안의 사람이라는 이도 있고, 또 아골란테 집안 출신이라는 이도 있습니다(람베르티, 아골란테 모두 피렌체의 명문가). 어쨌든 이것은 아마 그의 아들들의 직업이 아골란테 집안사람들이 대대로 해오고, 또 하고 있는 직업과 같다는 이유 하나 때문인 것 같습니다.

아무튼, 어느 가계(家系)의 사람인가는 제쳐 놓고, 그는 당시 가장 돈이 많은 기사였으며 세 명의 아들이 있었습니다. 장남은 람베르토라 하고, 둘째는 테달도, 셋째는 아골란테라 했습니다. 부유한 테달도(아버지)가 세상을 떠나자, 정당한 상속인으로서 동산과 부동산 등 전 재산이 남겨졌으며, 이때 장남은 아직 열여덟 살이 되진 않았지만, 세 사람 모두 한결같이 쾌활한 미남 청년들이었습니다.

세 아들들은 자기들이 돈도 있고 토지도 있는 큰 부자가 된 것을 알았습니다. 그들은 얼씨구나 하여 노는 일만 생각하고 많은 하인을 부리면서 많은 값비싼 말과 개와 매를 기르게 하고, 누구에게나 겸손하려 하지 않고 돈을 물 쓰듯 낭비하기 시작했습니다. 그리고 매일같이 손님을 청하여 호화스런 연회를 벌이며 분에 넘치는 선물을 하기도 하고, 마상(馬上) 창 시합을 하는가 하면 노름에 빠지기도 하고 여색을 탐하는 등 제 마음대로였습니다.

머지않아 아버지가 남겨 준 유산도 눈에 띄게 사라져 버려 그런 생활을 계속할 수 없게 되었습니다. 그들의 수입으로는 이런 터무니없는 낭비를 감당할 수가 없었으므로 나중에는 토지를 팔거나 저당을 잡히기 시작했습니다. 그리고 오늘은 이곳, 내일은 저곳을 팔다 보니 재산도 바닥이 드러나고 말았습니다. 엄청난 재산이 있을 때는 보이지 않던 눈이 가난해져서야 뜨이게 되었던 것입니다.

그리하여 람베르토는 어느 날 두 동생을 불렀습니다. 아버지께서 상속한 재산이 엄청 막대한 것이었음에도 우리가 물 쓰듯 낭비하였기 때문에 모두 없어지고 마침내 가난해졌으니, 이제 남은 최상의 방법은 더 가난해지기 전에 아직 남아 있는 약간의 재산이라도 처분하여 이 도시를 떠나는 것이라 말하고, 세 사람은 그렇게 하기로 했습니다.

그들은 누구에게 특별히 인사드릴 것도 없고 화려한 작별 인사도 하지 않고, 조용히 피렌체를 출발하여 곧바로 영국으로 갔습니다. 그리고 런던에서 자그마한 집을 한 채 장만하여 생활비를 극도로 절약하며, 거칠게 돈놀이를 시작했습니다. 그러는 사이 다시 운이 돌아와 불과 몇 년 만에 막대한 돈을 모을 수가 있었습니다.

세 사람은 차례로 피렌체에 되돌아와 팔았던 땅의 대부분과 다른 토지들까지도 사들였으며 각자 아내를 맞았습니다. 한편으로는 알렉산드로라는 조카뻘의 젊은이를 영국에 파견하여 고리대금업을 계속하고 있었습니다. 피렌체로 돌아온 세 사람은 지난날 자기들의 소행이 어떤 결과를 초래했는지 까맣게 잊어버리고 또다시 낭비하기 시작했습니다. 세 사람 모두 가족이 있었음에도 불구하고 지금까지

보다 더 돈을 함부로 썼고 다른 상인에게서 막대한 돈을 빌려서까지 낭비하고 있었습니다.

다만 이러한 생활이 몇 년 동안 유지될 수 있었던 것은 런던에 있는 알렉산드로가 성을 저당 잡고 귀족에게 돈을 빌려 주기도 하고, 그 밖의 수입을 올리기도 하여 매우 많은 수익을 올리고 있었던 덕분이었습니다. 한편, 세 형제는 여전히 낭비를 계속하며 돈이 궁해지면 빚지기를 거듭하고, 영국에 있는 조카의 송금에 희망을 거는 상태였습니다. 그러던 중 마침 여러 신하들의 의사와는 반대로, 영국의 국왕과 왕자 사이에 전쟁이 일어나 온 나라가 둘로 갈라져서 왕을 지지하는 쪽과 왕자를 지지하는 쪽으로 나누어져 버렸습니다. 이 때문에 귀족의 성이란 성은 모두 몰수당하여 알렉산드로에게서 귀족의 손으로 넘어가고, 성을 기반으로 하던 그의 수입도 거의 없어지게 되었습니다.

알렉산드로는 매일 같이 왕과 왕자 사이에 평화가 되돌아올 것을 손꼽아 기다렸습니다. 평화가 되돌아오면 마침내 예전의 것이 모두 자기에게 다시 돌아오고 원금과 이자도 함께 되돌아오리라 생각하여 영국을 떠나려 하지 않았습니다. 한편 피렌체에 있던 세 형제는 낭비를 중지하고 절약하기는커녕 매일 돈을 빌리러 다니고 있었습니다.

그러나 몇 해가 바뀌어도 사정은 호전되지 않았고 세 사람은 아주 신용을 잃었을 뿐더러, 채권자들은 빚 갚기를 강력히 요구하여 형제를 잡아들였습니다. 그리고 그들의 재산으로는 도저히 갚을 수가 없음이 밝혀지자, 결국 남은 빚의 대가로 감옥에 들어가고 말았습니다.

그들의 아내와 어린 자식들은 초라한 모습으로 이곳저곳 흩어지게 되었고 희망도 없이 비참한 생활을 계속해야 했습니다.

다른 한편, 알렉산드로는 몇 년씩이나 영국에 평화가 오기를 기다렸지만, 전혀 징조가 보이지 않으므로 이런 곳에서 공연히 세월만 보내다가는 자기 목숨조차 위태로워질 것이라 생각하고, 이탈리아로 돌아가기를 결심하여 홀로 길을 떠났습니다. 그가 프랑드르의 브뤼제를 지날 때, 흰옷을 걸친 수도원장이 많은 수행 신부와 하인들을 거느리고 짐을 실은 마차와 함께 그와 같은 방향으로 도시를 떠나는 것을 보았습니다. 그리고 그 옆에는 왕의 친척인 늙은 기사 두 사람이 따라가고 있었는데 알렉산드로는 다행히 그와 아는 사이여서 그는 한결 기쁜 마음으로 일행에 넣어 줄 것을 부탁했습니다. 그리하여 그는 그들 일행과 함께 길을 가게 되었습니다.

길을 가면서 알렉산드로는 두 사람의 기사에게, 많은 수행원을 데리고 말을 타고 가는 성직자들은 누구이며 어디로 가는지 정중하게 물었습니다. 그 물음에 대하여 한 기사가 대답했습니다.

"맨 앞에서 말을 타고 가시는 분은 우리 친척으로 이번에 영국 최대의 수도원장으로 선출된 분입니다. 그러나 여러 가지 법률로 그런 높은 자리에 정식으로 오르기에는 나이가 너무 젊기 때문에 로마 교황에게 재가(裁可)를 받으러 가는 길입니다. 즉 나이가 너무 젊다고 하여 금지된 것을 교황의 권위로 허락해 주시도록 우리와 함께 부탁드리려는 것입니다. 그러나 이 이야기는 아무에게도 말씀하시면 안 됩니다."

이런 귀족들의 여행에서는 흔히 볼 수 있는 일이지만, 이 젊은 수도원장은 수행원들과 앞서거니 뒤서거니 길을 가면서 어떤 미모의 청년이 자기 옆을 걷고 있는 것을 보았습니다. 이 청년은 매우 젊었고 체격도 좋았으며, 옷차림도 흐트러진 데가 없었습니다. 또 유머가 있을 뿐 아니라 몸가짐에 품위가 있는 점에서는 누구에게도 지지 않았습니다.

수도원장은 지금까지 이토록 마음에 든 사람이 없을 만큼 첫눈에 이 청년이 마음에 들었습니다. 그래서 그를 가까이 불러 다정하게 말을 걸며 그대는 어떤 사람이며 어디서 어디로 가는 길이냐고 물었습니다. 알렉산드로는 자기의 형편을 숨김없이 말하고 질문에 대하여 충분한 대답을 했습니다. 그리고 별로 힘이 되어 드리지는 못하겠지만 무슨 일이든 분부하여 주십사고 했습니다.

수도원장은 알렉산드로가 순서 바르게 차근히 이야기하는 훌륭한 말솜씨를 듣고, 특히 그 차림새의 단정함으로 인해 더욱 호감이 갔습니다. 그래서 그의 불운함에 크게 동정하고 친히 위로하며, 그대는 훌륭한 사람이니 하느님께서 반드시 잃은 재산도 되찾아 주시고 절망의 처지를 벗어나 그보다 더 높은 지위와 더 많은 것을 주실 테니 희망을 잃지 말라고 했습니다. 그리고 자기네가 가는 곳인 이탈리아의 토스카나와 방향이 같다면 함께하면 기쁘겠다고 말했습니다.

알렉산드로는 위로에 대하여 깊은 감사의 말씀을 드리면서 어떤 분부에라도 따를 것이라고 대답했습니다.

수도원장은 알렉산드로를 만난 뒤, 묘하게 가슴이 두근거리는 것을 느끼며 여행을 계속했으며, 며칠 뒤 일행은 변변한 여관도 없는 어느 거리에 닿았습니다. 수도원장이 그 거리에 묵고 싶어했으므로 알렉산드로는 전부터 주인과 잘 알고 지내던 어느 여관으로 수도원장을 안내했습니다. 그리고 말에서 내려 주고 제일 좋은 방으로 안내하도록 했습니다.

알렉산드로는 매우 실행력이 있는 사나이였으므로 이미 수도원장의 집사와 같은 역할을 하고 있었습니다. 그는 되도록 재빨리 움직여 거리의 여관에 수행원들이 모두 묵을 수 있도록 하고, 수도원장이 식사를 할 수 있도록 했습니다. 그러는 사이에 밤이 깊어 수행원들도 모두 잠자리에 들었으므로 알렉산드로는 자신이 잘 곳이 어디냐고 여관 주인에게 물었습니다. 그러자 여관 주인은 이렇게 대답했습니다.

"사실은 저도 어떻게 해야 좋을지 모르겠습니다. 보시는 바와 같이 방마다 꽉 찼기 때문에 저나 가족들은 의자 위에서 자야 할 형편입니다. 다만 수도원장님 방에 곡물 상자가 몇 개 있으니, 그곳에 침대 비슷하게 만들어 드리지요. 괜찮으시다면 오늘 밤은 거기서 주무십시오."

이에 대하여 알렉산드로는 이렇게 대답했습니다.

"어떻게 감히 제가 원장님 침실에 갈 수가 있나요. 방이 좁아 수행하시는 신부님들도 한방에서 자지 못했잖습니까? 커튼을 치기 전에 그것을 알았다면 신부님들을 곡물 상자 위에서 주무시게 하고 제가 신부님들 방에서 잤을 텐데요."

그러자 주인이 대답했습니다.

"그건 그렇지만 웬만하면 거기서 주무세요. 그런 대로 주무시기에는 아주 좋은 곳입니다. 괜찮으시다면 제가 가만히 이불을 가져갈 테니 그렇게 하십시오."

알렉산드로는 그렇게 하면 수도원장에게 별로 폐가 되지는 않으리라 생각했습니다. 그리하여 되도록 조용히 소리를 내지 않고 그곳에 가 누웠습니다.

그러나 아직 잠들고 있지 않았던 수도원장은 잠들기는커녕 오히려 갑자기 뛰기 시작한 가슴의 고동에 정신이 더욱 맑아졌기 때문에 알렉산드로가 어디서 자게 되었는지를 다 듣고 말았습니다. 수도원장은 크게 기뻐하며 이렇게 혼잣말을 했습니다.

"하느님께서 저의 소원에 대하여 절호의 기회를 주셨다. 지금 이 기회를 놓친다면 이런 기회는 다시 오지 않으리라."

수도원장은 이 기회를 놓치지 않으려고 모두가 잠든 뒤, 작은 목소리로 알렉산드로를 불러 자기 옆에 와서 자도록 분부했습니다. 그는 여러 번 사양하다가 마침내 옷을 벗고 수도원장이 누운 옆자리에 가 몸을 뉘었습니다.

수도원장은 마치 사랑하는 여인이 애인에게 하듯이 그의 가슴에 손을 대고 어루만지기 시작했습니다. 알렉산드로는 깜짝 놀라 수도원장이 불결한 동성애에 사로잡혀 이런 애무를 하는 것이 아닌가 의심하며 그 손길을 피했습니다. 수도원장은 직감으로, 또는 알렉산드로의 동작에서 알았는지, 그가 의심하고 있음을 알고 조용히 미소 지으며 곧 자기가 입고 있는 속옷을 벗었습니다. 그리고 알렉산드로의 손을 자기 가슴 위로 가져가며 말했습니다.

"알렉산드로 님, 공연한 생각은 하지 마세요. 제 가슴을 만져 보면 제가 숨기고 있는 것이 무엇인지 알 거예요."

알렉산드로가 수도원장의 가슴에 손을 대어 보니 그곳에는 부드럽게 부풀어 오른 유방이 있는 것이 아니겠습니까? 그것은 마치 상아빛 같았습니다. 그는 수도원장이 여성임을 알았으며, 더 이상 유혹을 기다리지 않고 그녀 옆으로 가까이 가려 했습니다.

그러자 그녀가 말했습니다.

"옆으로 오시기 전에 제 말을 들으세요. 이제 아셨겠지만 저는 남자가 아니고 여자입니다. 저는 미혼의 여성으로서 집을 떠나 교황에게 결혼의 상대를 골라 주십사고 가는 길입니다. 그런데 당신을 만나고 나서 그것이 당신에게 행복한 일인지, 저에게 불행한 일인지 알 수 없습니다만, 어떤 남성에게서도 느껴 보지 못한 사랑을 느꼈습니다. 그래서 저는 다른 남성이 나타나기 전에 당신을 남편으로 정하려고 마음먹었습니다. 만일 당신이 저를 아내로 맞기 싫으시면 곧 제 옆을 떠나 당신의 침대로 돌아가 주십시오."

알렉산드로는 그녀가 어떤 사람인지 알 수가 없었지만 많은 수행원이 따르는 것으로 보아 유복하고 고귀한 신분의 사람이 틀림없다고 생각했고, 더욱이 매우 아름다운 분이라고 느꼈습니다. 그는 길게 생각할 것도 없이 당신만 좋다면 저로서도 기쁘게 생각한다고 대답했습니다.

그러자 그녀는 침대 위에 일어나 앉더니 성화가 그려져 있는 작은

액자 앞에서 그의 손가락에 반지를 끼워 주며 결혼의 서약을 했습니다. 그리고 두 사람은 꼭 껴안고 그 밤의 시간이 허락하는 한, 서로 사랑의 기쁨을 나누었습니다. 날이 밝자, 두 사람은 이제부터의 일을 서로 의논한 다음 아무도 모르게 알렉산드로는 그 방을 나왔습니다. 그로부터 그는 한없는 기쁨 속에 수도원장과 수행원들과 더불어 여행을 계속하여 숱한 날을 거듭한 뒤, 로마에 이르렀습니다. 로마에 잠시 머무른 뒤, 수도원장은 두 명의 기사와 알렉산드로만을 데리고 교황청으로 교황을 알현하러 갔습니다. 수도원장은 공손히 인사를 드리고 나서 이렇게 이야기를 꺼냈습니다.

"교황님, 교황님께서는 잘 알고 계시리라 믿습니다. 누구나 순결을 제일로 삼고 행복하게 살아가려는 자는 그 반대 방향으로 자기를 이끌어 가는 모든 원인으로부터 빠져나가야 한다고 생각합니다. 저는 순결하게 살고 싶었으므로 이렇게 남자 복장을 하고 아버지인 영국 왕의 대부분의 재산을 가지고 몰래 빠져나올 수가 있었습니다. 아버지는 이렇게 젊은 저더러 스코틀랜드의 늙은 왕에게 시집가라고 권했던 것입니다. 그래서 교황님의 성덕에 힘입어 결혼의 상대를 정해 주십사고 먼 길을 찾아뵙게 된 것입니다. 제가 빠져나온 것은 스코틀랜드 왕이 나이를 먹었기 때문만은 아닙니다. 설사 제가 그분의 왕비가 되더라도 젊은 혈기에 못 이겨, 왕가인 아버지의 혈통이 지니고 있는 명예를 더럽히게 되지나 않을까 두려웠기 때문입니다. 이렇게 생각하고 있을 때, 각자에게 알맞은 것을 잘 알고 있는 하느님께서는 자비를 베풀어 제 마음에 드는 사람을 제 앞에 지아비로서 보내 주셨습니다. 그가 바로 이 청년입니다."

그녀는 알렉산드로를 가리키고 나서 다시 이야기를 계속했습니다.

"이분은 혈통의 고귀함에 있어서 왕가만큼 훌륭하지는 못합니다. 그러나 보시는 바와 같이 그 행동이며 높은 인격이 어떤 고귀한 분들에게도 뒤지지 않습니다. 따라서 저는 이분을 선택하여 지아비로 삼고 싶습니다. 아버님이나 다른 분들의 마음에 들지 않는다 해도 저는 이분 이외의 누구와도 절대로 결혼하지 않겠습니다. 이렇게 되어 제가 길을 떠나온 첫째 이유는 없어지고 말았습니다. 그래도 제가 이 여행을 끝까지 하려고 한 것은 이 도시에 있는 수많은 성자와 명소를 순례하고, 교황님께 경의를 표하기 위해서입니다. 또 알렉산드로와 제가 단둘이 결혼을 서약했기 때문에 그 사실을 하느님 앞에서 교황님과, 다른 많은 분들께 널리 공표하고 싶었기 때문입니다. 그러니 하느님께서 정해 주시고 제 마음에도 든 결혼을 교황님도 기뻐해 주시고 축복을 내려 주시도록 진심으로 부탁드립니다. 그렇게 되면 교황님께서 대리하시는 하느님의 기뻐하시는 바가 되어 저희 두 사람은 하느님과 교황님을 찬송하면서 일생을 보내게 될 것입니다."

알렉산드로는 자기 아내가 영국 왕의 딸임을 알고 놀랐지만 마음은 기쁨으로 터질 것 같았습니다. 그러나 두 기사의 놀라움 또한 그 이상이었으며 만일 교황 앞이 아니었다면 알렉산드로에 대해서도, 공주에 대해서도 무례한 행동을 했을지 모릅니다.

한편, 교황은 공주의 행색과 그녀가 선택한 일에 크게 놀랐지만, 이미 돌이킬 수 없는 문제임을 알고 그녀의 소원을 들어주기로 작정했

습니다. 그래서 우선 두 기사의 격앙된 마음을 진정시켜야겠다고 생각하고, 공주와 알렉산드로 사이의 중매인이 되어 앞으로의 일을 지시했습니다.

얼마 뒤, 교황이 몸소 정한 날이 되자 추기경들과 많은 고위 관직의 사람들이 초대된 성대한 결혼 피로연에 왕족답게 완전 성장한 공주를 출석케 했습니다. 그 자리는 교황이 친히 마련한 피로연이었으며, 사람들은 그녀의 아름다움과 사랑스러움을 입이 닳도록 칭찬했습니다. 알렉산드로도 품위 있는 성장을 하고 출석했는데, 그 풍채와 몸에 익은 예의범절은 돈놀이를 업으로 하던 청년으로는 보이지 않았습니다. 오히려 왕족과 같은 품위를 갖추고 있었습니다. 거기에는 두 기사도 경의를 표하지 않을 수가 없었습니다.

그 자리에서 교황은 지극히 엄숙한 결혼식을 거행하고 이어진 훌륭한 피로연에서 거룩한 축복을 내리고 결혼을 윤허했습니다.

알렉산드로와 신부는 행복해하며 로마를 떠나 돌아갈 때는 피렌체에 들릴 작정이었는데, 이미 소문은 전해졌습니다. 피렌체에서 두 사람은 전 시민으로부터 최고의 명예로운 환영을 받았습니다. 그녀는 세 형제를 교도소에서 나오게 한 뒤, 일체의 채무를 변제해 주고 부인들과 예전의 소유지에서 살도록 해 주었습니다.

한편 많은 사람들을 만난 후, 알렉산드로와 공주는 백부인 아골란테와 함께 파리로 향했으며, 파리에서도 경의를 다하여 두 사람을 맞았습니다. 그에 앞서 두 기사가 미리 영국에 돌아가 국왕에게 열심히 변호해 두었으므로 공주와 알렉산드로는 성대한 축하연으로 영접을 받았습니다. 국왕은 즉시 사위에게 기사의 영예를 내리고 콘월에 있는 백작령을 주었습니다. 알렉산드로는 재치 있고 활발한 수완가였으므로 국왕과 왕자 사이를 화해케 했습니다. 그로 인해 영국에는 행복한 평화가 다시 깃들게 되고 알렉산드로는 국민으로부터 많은 호의와 사랑을 받았습니다. 그리고 아골란테는 채권을 모두 회수하여 부자가 되었고, 알렉산드로 백작으로부터 기사의 칭호를 받고 피렌체로 돌아갔습니다.

그 후로도 백작은 부인과 함께 영광스러운 나날을 보냈는데 전해지는 말에 의하면, 그의 타고난 지혜와 용기, 그리고 장인인 국왕의 원조를 받아 스코틀랜드를 정복하고 왕위에 올랐다고 합니다.

네 번째 이야기

란돌포 루폴로는 몰락하여 해적이 되었다가 제노바 사람들에게 붙잡히는데, 그들의 배가 난파한다. 그래서 보석이 가득 든 조그마한 궤짝을 타고 그들에게서 달아난다. 그리고 코르퓨에 도착하여 어떤 여자의 구조를 받고 부자가 되어 돌아간다.

팜피네아가 행복하게 결말을 맺으며 이야기를 마치자 이어 라우레타가 이야기를 시작하도록 여왕이 지시하였습니다.

여러분, 방금 알렉산드로의 신상에 일어난 얘기에서 보았듯이 가난의 밑바닥에 떨어진 자가 일약 왕의 자리까지 올라간 것을 알게 되니, 인생이 얼마나 운명의 신에게 좌우되고 있는가를 여실히 보는 듯합니다.

그런데 지금부터는 주어진 주제로 얘기하게 되었으니 방금 들으신 결말처럼 되어야 한다고는 생각하지만, 유감스럽게도 제 얘기는 불행한 점에서는 아까보다 몇 배나 더하지만 끝은 그다지 축복할 만한 얘기라고는 할 수 없는 얘기예요. 하지만 저는 그것을 별로 부끄럽게 생각하진 않습니다. 다만 결말에만 관심을 가진 분은 제 얘기를 듣고 나면 흥이 나지 않겠지만, 다른 얘기로 바꿀 수도 없으니 용서하시길 바랍니다.

레지오에서 가에타에 이르는 해안은 이탈리아에서도 가장 아름다운 곳이라는 말을 듣고 있습니다만, 그곳 살레르노 가까운 곳에 바다를 내려다보는 해안이 있습니다. 그 지방 사람들은 그곳을 아말피 해안이라고 부르지요. 그 지방에는 조그만 도시라든가 샘이 솟는 정원 등이 많았고, 또 다른 고장에는 좀처럼 없는 장사에 열정적인 부자들이 많이 살고 있었습니다.

그런 도시 가운데 하나인 라벨로는 오늘날에도 부자가 많습니다만, 옛날 그곳에 란돌포라는 큰 부자가 살고 있었습니다. 그는 부자였지만 그 막대한 재산에 만족하지 않고, 더 늘리려다가 재산뿐만 아니라 자기 목숨마저 잃을 뻔했던 것입니다.

한번은 세상 상인들이 흔히 그렇듯이 그도 큰 배를 사서 온 재산을 다 쏟아 넣어 여러 가지 상품을 가득 싣고 키프로스 섬을 향해서 출범

했습니다. 그런데 그곳에 닿아 보니 자신과 똑같은 상품을 가득 실은 배가 몇 척이나 먼저 와 있다는 것을 알았습니다. 그 때문에 갖고 온 상품을 싼값으로라도 팔아치우지 않으면 안 되었을 뿐 아니라, 그것마저도 여의치 못하면 바다에라도 버려야 하는 궁지에 빠지고 말았습니다.

이 때문에 그는 어떻게 해야 좋을지 몰라서 그만 신경쇠약에 걸려 버렸습니다. 큰 부자가 하루아침에 거의 무일푼의 가난뱅이가 되어 버린 것을 생각하면 차라리 죽어 버릴까, 아니면 해적이라도 되어 손해를 되찾을까 하고 이 궁리 저 궁리로 골똘히 생각에 잠겼습니다. 왜냐하면, 출발할 때는 부자였지만 돌아갈 때는 무일푼이 되었으니 그대로 돌아갈 기분이 나지 않았기 때문이지요.

그래서 배를 살 사람을 수소문하고, 그 돈과 상품을 싼값으로 팔아 돈을 마련하여 해적들이 쓰는 속도가 빠른 조그만 배 한 척과 그 일에 필요한 모든 무기를 사들여 완전히 준비를 마쳤습니다. 그리고 남의 재산, 특히 터키 사람들의 재산을 약탈하려고 생각했습니다. 해적 일은 불운했던 무역업에 비하면 재수가 좋았습니다.

그는 한 1년 동안에 터키인들한테서 많은 배를 빼앗아 손에 넣었기 때문에 장사로 잃은 손해 이상의 액수를 되찾았을 뿐 아니라, 시일은 소비했지만 전 재산의 배 이상을 가질 수 있게 되었습니다.

그는 첫 손해의 슬픔에서 회복되자, 이제 재산도 충분히 손에 넣었으니 두 번 다시 실패하지 않기 위해서 이 이상의 욕심을 부려서는 안 된다고 스스로에게 타일렀습니다.

그래서 무역업은 지긋지긋해졌으므로 그 재산을 가지고 고향에 돌아갈 생각으로, 재산을 다른 데 투자하지 않고 약탈한 것을 산더미처럼 배에 싣고 귀로에 올랐습니다.

그러나 에게 해에 들어설 때쯤 밤에 심한 동남풍이 불어닥쳤습니다. 그 때문에 바다는 거칠 대로 거칠어지고 진로도 바뀌어, 작은 배로는 사나운 바다를 건널 수가 없게 되었으므로 조그만 섬 뒤로 바람을 피하여 날씨가 잠잠해지기를 기다려야 했습니다.

그런데 섬 그늘에 들어간 지 얼마 안 되어 콘스탄티노플에서 나온 제노바인의 커다란 상선 두 척이 란돌포와 마찬가지로 간신히 폭풍을 피해 들어왔습니다. 상선 사람들은 조그만 배를 보자 선주가 누구냐고 물어 보았고, 그가 큰 부자라는 것을 이미 알고 있었으므로 이들은 태어날 때부터 돈에 욕심이 많은 인간들이라 약탈할 생각에 작은 배가 떠나지 못하도록 진로를 막아 버렸습니다.

그러고는 석궁을 들고 완전 무장을 한 일부 승무원을 상륙시켜, 작은 배에 탄 사람들이 도망칠 만한 장소에 진을 친 후, 본선 사람들은 작은 배로 해류를 따라 란돌포의 배에 다가가서 힘들이지 않고 배와 승무원을 모두 차지해 버렸습니다. 그리고 짐을 다 옮겨 실은 다음 그 작은 배는 가라앉혀 버리고, 란돌포는 자기들 배로 옮겨 낡은 조끼만 입힌 채 포로로 만들어 버렸습니다.

다음 날, 풍향이 바뀌어 두 척의 상선은 서쪽을 향해 떠나갔습니다. 그날은 순조롭게 항해를 계속할 수가 있었는데 저녁때쯤 되자 폭풍이 불기 시작하고 파도가 높아져서 두 척의 배는 그만 따로따로 떨어지고 말았습니다. 그리고 세찬 바람에 가엾은 란돌포가 탄 배는 치팔로니아 섬의 암벽에 무서운 힘으로 부딪쳐, 마치 바위에 부딪힌 유리처럼 산산조각 나버리고 말았습니다.

배에 타고 있던 가련한 사람들은 캄캄한 밤이었지만 흔히 그렇듯이 궤짝이며 널빤지며 상품 등이 가득 떠 있는 바다를 헤엄쳐 갔습니다. 그들은 높은 파도가 치며 사나울 대로 사나워진 바다를 헤엄쳐 가다가 운이 좋으면 눈앞에 떠 있는 물건들을 발견하여 매달리곤 했습니다.

그 속에 끼인 란돌포는 한 푼 없이 고향으로 돌아가느니 차라리 죽는 편이 낫다고 몇 번이나 생각했지만, 막상 죽음 직전에 이르니 역시 무서웠습니다. 그래서 다른 사람들과 마찬가지로 손에 닿는 널빤지에 매달려서 죽지 않고 있으면 하느님이 도와주실지도 모른다는 생각을 하고 있었습니다. 그는 널빤지에 되도록 몸을 바싹 붙이고 높은 파도와 거센 바람에 이리저리 밀려가면서 날이 샐 때까지 몸을 지탱하고 있었습니다.

날이 샌 뒤 사방을 둘러보니 보이는 건 구름과 바다뿐이었습니다. 그런데 물에 떠서 표류하고 있는 궤짝 하나가 이따금 파도에 밀려 접근해 오자 무서워서 견딜 수가 없었습니다. 궤짝에 부딪쳐서 변을 당하지 않을까 걱정되었기 때문이었지요. 그래서 지칠 대로 지쳐 있었지만 옆으로 접근해 올 때마다 되도록 멀리 손으로 밀어내곤 했습니다.

그러나 염려한 대로 별안간 회오리바람이 일더니 바다 쪽으로 불어닥치고 궤짝이 널빤지에 부딪쳐 판자조각에 타고 있던 란돌포는 벌렁 뒤집혀지고 말았습니다. 그 바람에 그는 물속으로 가라앉기 시작했습니다. 그러나 자기의 힘이라기보다 공포 때문에 필사적으로 헤엄쳐 떠올라와 보니 널빤지는 멀리 흘러가고 없었습니다.

그는 판자가 있는 곳까지는 헤엄쳐 갈 수 없을 것 같아 바로 옆에 떠 있는 좀 전의 그 궤짝으로 다가가서 뚜껑 위에 가슴을 얹고 두 팔로 궤짝이 똑바로 있도록 잡았습니다. 이렇게 바다에 내동댕이쳐져서 이리저리 표류하는 동안, 아무것도 먹지 못한 채 굶으면서 소금물만 실컷 마시고 바다만 바라볼 뿐, 자기가 어디에 있는지 짐작조차 못하고 그날 온종일을 보내다가 밤이 되었습니다.

이튿날, 하느님의 뜻인지 어떻게 된 영문인지는 모르지만 녹초가 되어 있으면서도 물에 빠진 자는 지푸라기라도 잡는다는 속담대로 그는 궤짝 끝을 두 손으로 꽉 붙들고 떠돌다가 마침내 코르퓨 섬에 닿았습니다. 다행스럽게도 때마침 그곳에는 가난해 보이는 여자 하나가 모래와 소금물로 밥그릇을 씻고 있던 참이었습니다. 여자는 그가 가까이 다가오는 것을 보더니 사람인 줄도 모르고 외마디 소리를 지르면서 달아나려고 했습니다.

란돌포는 말도 할 수 없었고 눈도 잘 보이지 않아 아무 말도 하지 않았습니다. 하지만 파도가 그를 육지로 밀어내자, 그녀는 그것이 궤짝이라는 것을 깨닫고는 다시 잘 살펴보았습니다. 먼저 궤짝 위에 걸려 있는 두 손이 보이고 이어 얼굴이 보였으므로 간신히 그게 무엇인지 알게 되었습니다.

이미 바다는 잔잔해졌으므로 동정심이 우러난 그녀는 얕은 물속으로 들어가 그의 머리카락을 붙잡고 궤짝과 함께 물가로 끌어올렸습니다. 그리고 간신히 그의 손을 궤짝에서 떼어내 함께 있던 딸에게 업혀서 그를 어린애 부축하듯 마을로 데리고 갔습니다. 그리고 따뜻한 목욕통에 넣고 몸을 문지르고 더운물로 씻어 주자 싸늘하게 식었던 체온이 되살아나고 잃었던 체력도 얼마간 회복되었습니다.

이리하여 기력이 어지간히 회복되었다고 여겨지자, 좋은 포도주와 영양 많은 음식을 주어 원기를 북돋아 주었습니다. 이렇게 며칠 동안 최선의 간호를 다해 주었으므로, 그는 힘을 되찾게 되고 자기가 어디에 있는가도 깨닫게 되었습니다. 그래서 여자는 이제 괜찮아진 듯 생각되어 자기가 맡아 두었던 궤짝을 돌려주며 앞으로의 일은 자신이 알아서 처리하라고 말했습니다.

그는 궤짝에 대해서는 기억이 없었고, 어차피 2, 3일이면 다 써 버릴 별로 값어치 없는 물건이겠거니 생각하면서도 여자가 내주는 대로 받았습니다. 그러나 받아 보니 매우 가벼워서 그런 희망조차 사그라져 버렸습니다. 여자가 집에 없을 때 그는 대체 안에 무엇이 들어 있나 하고 뚜껑을 열어 보았습니다. 그러자 뜻밖에도 갖가지 보석들이 낱개로 혹은 꿴 채로 가득 들어 있었습니다.

그는 보석에 다소 지식이 있었으므로 매우 큰 값어치가 있다는 것을 알고, 신이 아직 자기를 버리지 않았구나 하고 하느님께 감사하면서 날 듯이 기뻐했습니다. 하지만 그는 짧은 기간에 두 번이나 악운을 겪었기 때문에 세 번째를 걱정하여, 이 보석을 집에 가지고 갈 수 있더라도 무척 조심해야겠구나 하고 생각했습니다. 그래서 몇 장의 누더기로 잘 싼 다음 궤짝은 필요 없다며 여자에게 주었습니다. 그 대신 자루를 하나 달라고 부탁했습니다.

친절한 여자는 얼마든지 드리지요, 하며 자루를 하나 내주었습니다. 그는 여자가 베풀어 준 여러 가지 호의에 진심으로 고마워하면서 자루를 목에 걸고 그녀의 집을 떠났습니다. 그리고 조그만 배를 타고 브린디지에 도착하여 거기서부터는 해안을 따라 트라니까지 갔습니다.

그곳에서 의복상을 하는 제노바 사람을 만났는데, 궤짝 이야기를 제외한 다른 일들을 상세하게 이야기해 주자 고맙게도 옷을 한 벌 내주었습니다. 게다가 말과 종자까지 빌려 주어 그가 어떻게든지 돌아가고 싶어하던 라벨로까지 보내 주었습니다.

여기까지 오면 이제 안심이라고 생각한 그는 무사히 돌아오게 해 주신 하느님께 감사하면서 자루를 열었습니다. 그리고 아직 잘 살펴보지 못했던 보석들을 다시 면밀히 조사해 보니 적당한 값으로 팔면, 아니 그 이하로 팔더라도 출발할 때의 곱이나 되는 부자가 될 만큼 값비싼 보석들이라는 것을 알았습니다.

그래서 보석을 팔아 자기를 바다에서 건져 준 친절한 여자에게 돌봐 준 사례로써 상당한 돈을 코르퓨에 보내고, 마찬가지로 자기에게 옷을 준 트라니의 상인에게도 사례금을 보내 주었습니다. 그리고 이제 장사할 생각이 없었으므로 남은 돈으로 여생을 안락하게 보냈다는 이야기입니다.

다섯 번째 이야기

페루지아의 안드레우치오는 나폴리에 말을 사러 갔다가 하룻밤 사이에 세 번이나 큰 변을 당하지만, 모두 잘 피하여 루비 반지를 손에 넣고 집으로 돌아간다.

라우레타가 여러 날에 걸쳐 위험을 극복한 이야기를 하였으므로, 다음 차례인 피암메타는 아주 짧은 하룻밤에 몇 번의 변을 모면하고 위험을 극복한 이야기를 시작했습니다.

란돌포가 보석을 손에 넣은 이야기는 제게 험한 재난을 교묘하게 벗어난 다른 얘기를 생각나도록 해 주었어요. 하지만 조금 다른 점은 아까 그 얘기는 몇 해에 걸친 것이지만 이것은 하룻밤 사이에 일어났다는 점이에요.

제가 전에 들은 얘깁니다만, 말을 중매(仲買)하는 안드레우치오 디 피에트로(안드레우치오라는 이름은 아데놀포 다쿠노의 한 통신문인 1313년의 기록에 나와 있다. 이 이야기의 배경이나 등장인물은 B. 크로체가 지은 《나폴리의 이야기와 전설》에 있는 이야기 그대로이고 보카치오가 창작한 것은 적다)라는 젊은이가 페루지아에 살고 있었습니다. 그는 나폴리에 좋은 말시장이 선다는 소식을 듣고 금화 5백 피오리니를 지갑에 넣고는 여태까지 한 번도 타향에 가본 적이 없었으므로 다른 상인들과 함께 길을 떠났습니다.

일요일 저녁때 나폴리에 도착한 그는 이튿날 아침, 여관 주인이 가르쳐 주는 대로 말시장이 서는 곳으로 나가 보았습니다. 거기서 많은 말을 보니 참으로 마음에 들었으므로 몇 번이나 흥정을 했습니다. 그런데 좀처럼 거래가 이루어지지 않자, 원래 주의력이 모자라는 좀 얼빠진 젊은이였으므로 오가는 사람들 앞에서 그것을 살 마음이 있다는 것을 과시하기 위해 금화가 들어 있는 지갑을 몇 번이나 슬쩍슬쩍 내보였습니다.

이렇게 흥정을 하면서 보란 듯이 지갑을 꺼내 보이곤 했는데, 젊고 매우 아름다운 시칠리아 여자 하나가(하기야 얼마 안 되는 돈에도 어떤 사나이에게나 몸을 맡기는 여자였습니다만) 옆을 지나다가 그 지갑을 보고, "아아, 저 돈이 내 것이라면 얼마나 좋을까."라고 혼잣말로 중얼거렸지만, 젊은이는 깨닫지 못했습니다. 이 젊은 여자는 시칠리아에서 온 할머니와 동행이었는데, 할머니는 안드레우치오를 보더니 무척 반가운 듯이 달려들어 그에게 매달렸습니다. 젊은 여자는 옆에서 그것을 말없이 지켜보았습니다. 안드레우치오가 뒤돌아보니 잘 아는 할머니였으므로 그도 여간 기뻐하지 않았습니다. 할머니는 나중에 여관으로 찾아가겠다고 약속하고 그 자리에서 긴 얘기는 하지 않고 헤어져 갔습니다.

안드레우치오는 다시 흥정을 시작했으나, 그날 아침에는 한 마리도 사지 못했습니다.

젊은 여자는 처음 안드레우치오의 묵직해 보이는 지갑에 눈독을 들였다가, 할머니가 그와 잘 아는 사이라는 것을 알자 어떻게든 그 돈을 전부 아니 절반이라도 좋으니 손에 넣을 방법이 없을까 생각하고, 그가 어떤 사람이냐, 어디서 왔느냐, 거기서 무엇을 하느냐, 어떻게 알게 되었느냐, 하고 할머니에게 슬쩍 물어 보았습니다.

할머니는 그의 부친과 시칠리아의 한 동네에서 오래 살았고, 페루지아에서도 살았으므로, 마치 안드레우치오 자신이 얘기하는 것처럼 그에 관한 일을 하나에서 열까지 죄다 들려주었습니다. 젊은 여자는 그의 친척들 이름까지 모두 알게 되었으므로 간사한 꾀를 내어 자기의 소망을 이루어야겠다고 계획을 짰습니다. 그래서 집에 돌아가자 할머니에게 온종일 걸리는 일을 시켜 그 때문에 안드레우치오를 찾아가지 못하게 만든 다음, 이런 일에는 안성맞춤인 하녀를 불러 저녁 때 안드레우치오가 들어올 시간을 기다렸다가 그 여관으로 찾아가게 했습니다.

하녀가 가보니 운 좋게도 그가 혼자 문간에 서 있었습니다. 하녀가 안드레우치오를 찾으니 자기가 바로 본인이라고 대답했으므로 하녀는 한쪽으로 데리고 가서, "도련님, 이 도시의 어떤 귀부인께서 상관없으시다면 뵙고 얘기를 좀 하고 싶다고 하십니다."라고 말했습니다.

이 말을 들은 그는 자기 자신을 훑어보고, 이만하면 자기도 미남이구나, 하고 우쭐해하면서 당시 나폴리에는 본인 외에는 미남 청년이 없기라도 한 것처럼 귀부인이 자기를 사랑하게 됐다고 생각했습니다. 그래서 곧 승낙한다고 대답하고는 그분이 언제 어디서 만나고 싶어하더냐고 하녀에게 물었습니다.

"도련님만 좋으시다면 부인 댁에서 기다리시도록 하겠어요."라고 하녀는 대답했습니다.

안드레우치오는 별 생각 없이, "그럼, 앞장서서 가거라. 나는 뒤에서 따라갈 테니까."라고 말했습니다.

그래서 하녀는 그를 안내해 갔습니다. 집은 말체를지오(악마의 굴)라고 부르는 이름만 들어도 얼마나 불결한 곳인가 알 수 있는 거리에 있었습니다. 그러나 그는 그런 것은 조금도 알지 못했고, 또 아무 의심도 없이 훌륭한 장소에 사랑하는 여자를 찾아간다는 생각으로 태평스럽게 하녀의 뒤를 따라 그 부인 집에 들어갔습니다. 층계를 올라가니 하녀는 벌써 부인을 불렀는지, "안드레우치오 님이 오셨습니다."라고 말하고 있었습니다. 위를 바라보니 층계 위에서 그를 기다리고 있는 부인의 모습이 보였습니다.

그녀는 아직도 매우 젊고 풍만한 몸집에 얼굴도 아름답고 매력이 넘쳤으며, 게다가 화려하게 차려입고 있었습니다. 안드레우치오가 가까이 가자, 그녀는 두 팔을 벌리고 층계를 세 층이나 내려와서 그를 맞이했습니다. 그리고 그의 목에 팔을 두르더니 가슴이 벅차 아무 말도 못하듯이 그대로 가만히 있었습니다. 그런 다음 눈물을 글썽거리며 이마에 입을 맞추고는 들뜬 소리로 말했습니다.

"아아, 나의 안드레우치오. 정말 잘 와 주었어요."

그는 이와 같은 정다운 사랑의 표현에 그만 얼떨떨해하며, 부인을 뵙게 돼서 기쁘게 생각한다고 대답했습니다.

그녀는 그의 손을 잡고 이층 방으로 데리고 가더니 아무 말 없이 장미와 오렌지꽃 향기가 그윽하게 풍기는 침실로 들어갔습니다. 그 방에는 장막이 쳐진 아름다운 침대가 하나 묵직하게 놓여 있고, 지방의 습관대로 옷걸이에는 아름다운 옷이 가득 화려하게 걸려 있었습니다. 그 밖에 아름답고 값이 비싼 가구류도 놓여 있었습니다.

그는 매우 단순한 사나이였으므로 이것을 보고 그녀가 신분 높은 귀부인이 틀림없다고 생각했습니다. 두 사람이 침대 발치에 있는 상자에 걸터앉자 그녀가 입을 열었습니다.

"안드레우치오, 아무것도 모르는 당신을 향해서 눈물을 흘리고 매달리고 했으니, 아마 무척 놀랐을 거예요. 그리고 비록 우연이라도 나에 관해서는 조금도 들은 적이 없을 거예요. 하지만 내가 당신의 손위 누이라는 것을 알면 더 놀랄 거예요. 정말 죽기 전에 동기간의 한 사람을 만날 수 있었다니(나는 형제 전부를 만나고 싶지만), 하느님의 대단한 자비가 틀림없다고 생각해요. 지금 죽는다 해도 기쁜 마음으로 죽을 수 있을 거예요. 그럼, 이런 얘기는 아직 들은 적이 없을 테니까 죄다 얘기할게요.

내 아버님이시고 당신 아버님이신 피에트로는 당신도 알다시피 오랫동안 팔레르모에 살고 있었어요. 그분은 호인이고 친절한 분이라서 아는 사람들은 모두 아버지를 사랑했어요. 더욱이 그중에서도 귀족 출신으로 당시 미망인이었던 우리 어머니께 가장 사랑을 받으셨죠. 어머니는 친정아버지와 형제들의 노여움도 아랑곳없이 또 명예도 돌보지 않고 나를 낳으셨어요. 지금 당신은 그런 나를 보고 있는 거예요. 아버지는 그 후 사정이 있어서 어머니와 어린 딸인 나를 남겨 두고 팔레르모를 떠나 페루지아로 가셨어요. 그 후 내가 아는 한,

나도 어머니도 두 번 다시 생각해 주지 않으셨어요. 그걸 생각하면 만일 우리 아버지가 아니었더라면(하녀나 천한 여자한테서 태어나지 않은 자기 딸에게 마땅히 베풀었어야 할 애정에 대해서는 지금 언급하지 않겠지만), 어머니에게 한 이 배은망덕한 행위를 몹시 비난했을 거예요. 어머니는 아버지가 어떤 분인지 자세한 것도 모르신 채, 진심으로 애정을 바치고 재산과 몸을 그 손에 맡겨 버렸으니까요.

그런데 어떻게 되었는지 알아요? 일단 행해진 나쁜 짓은 아무리 시간이 흘러도 보상되기보다 비난받는 쪽이 빠른 법이에요. 사실 그대로 되었죠. 아버지는 어릴 때 나를 팔레르모에 두고 떠나셨고 나는 팔레르모에서 자라 이렇게 어른이 되었어요. 어머니는 부자였기 때문에 제르젠티에 사는 훌륭한 인품을 가진 어느 귀족에게 나를 시집보냈어요. 그분은 어머니와 나를 위해서 팔레르모에서 살았죠. 그이는 열렬한 구엘피 당(교회당)의 당원이었는데, 샤를르 왕(안조 집안의 샤를르 2세, 나폴리의 왕이며 구엘피 당의 당수(1285~1309))과 무슨 교섭을 하기 시작했답니다. 그런데 조약이 발효되기 전에 어느새 그 사실이 페데리고 왕(시칠리아 왕이었던 아라고나 집안의 페데리고 2세(1296~1337))의 귀에 들어가 조금만 있었으면 나는 시칠리아에서 제일가는 기사의 부인이 될 참이었지만, 거기서 달아나지 않으면 안 되었지요. 그래서 얼마 되지 않는 쉽게 챙길 수 있는 것만 가지고(얼마 안 되는 것이라 한 것은, 당시 가지고 있던 많은 것에 비해서의 얘기지만) 땅과 큰 집 등은 버리고 달아나 이 도시로 온 거예요. 그 대신 샤를르 왕은 우리에게 매우 친절하게도 우리가 왕 때문에 입은 손해의 일부분을 보상해 주고, 땅과 집도 주고, 또 어차피 만나게 되겠지만 당신 자형인 내 남편에게 그 후로도 계속 여러 가지 수당을 보내 주고 계시지요. 이렇게 해서 나는 지금 여기서 살고 있는데, 내 그리운 동생을 만날 수 있게 된 것은 당신 덕분이 아니라 하느님의 은혜라고 생각하고 있어요."

이렇게 말하고 다시 그를 얼싸안고는 또 부드럽게 그의 이마에 입을 맞추었습니다.

안드레우치오는 주저함도 없이 조리 있게 교묘히 만들어 낸 그녀의 신상 이야기를 듣고, 사실상 아버지가 팔레르모에 있었다는 것과 자기 자신이 젊기 때문에 남자란 젊을 때 기꺼이 사랑을 하는 버릇이 있다는 것을 알고 있었으며, 또 그녀가 구슬피 눈물을 흘리며 정답게 안아 주고 다정한 입맞춤까지 해 주었으므로 그녀의 얘기를 사실이라고 곧이들었습니다. 그래서 그녀가 말을 그치고 이렇게 말했습니다.

"부인, 내가 너무 놀랐더라도 개의치 마십시오. 사실 아버지는 어떤 이유로도 부인의 어머니나 부인에 관한 얘기를 하신 적이 없습니다. 또 얘기했다 하더라도 내 귀에는 들어오지 않았을 것입니다. 그러니 부인과 같은 누님이 계시다는 것을 조금 전까지도 전혀 모르고 있었지요. 그러나 여기서 내 누님을 만날 수 있게 되다니 이렇게 기쁜 일은 없습니다. 나는 외롭고, 또 이런 것은 꿈에도 생각해 본 적이 없거든요. 정말 아무리 신분이 높은 남자라도 부인과 같은 분을 누님으로 두었다는 것을 기뻐하지 않을 자는 없다고 생각합니다. 하물며

저는 하찮은 일개 장사꾼에 지나지 않으니 더더욱 그렇지요. 그런데 한 가지 묻고 싶은 것이 있는데 내가 여기 온 것을 어떻게 아셨지요?"

그러자 그녀는 대답했습니다.

"오늘 아침에 우리 집에 자주 드나드는 가엾은 여자 하나가 나한테 일러 주었어요. 그 사람은 우리 아버지 밑에서(그 사람 말로 하자면) 오랫동안 일하면서 팔레르모와 페루지아에서 같이 살았답니다. 그리고 나는 아까 밖에서 한참 동안 당신을 보고 있었는데, 내가 당신을 찾아가기보다는 당신이 나한테 오도록 하는 게 낫다고 생각한 거예요."

이렇게 말하고 그녀는 그의 친척 전부의 이름을 들어가며 상세하게 묻기 시작했습니다. 안드레우치오는 일일이 대답해 주었습니다. 이렇게 해서 그는 믿어서는 안 될 것을 점점 더 믿고 말았습니다.

얘기가 길어지고 더위는 심했으므로 그녀는 키프로스 산 포도주와 달콤한 과자를 가져오게 하여 안드레우치오를 대접했습니다. 그는 포도주를 마신 후 식사 시간이 되었으므로 돌아가려 했지만 그녀는 그를 붙들고 놓아 주지 않았습니다. 그리고 매우 섭섭한 표정으로 그를 껴안으며 말했습니다.

"아아, 당신은 나를 조금도 반갑게 생각지 않네요. 당신은 전에 한 번도 만난 적이 없는 당신 누님과 지금 함께 있잖아요! 그 누님 집에 왔으면 여기서 묵어야 마땅한데, 여관에 돌아가서 저녁 먹을 생각을 하다니! 여기서 나와 식사하는 게 옳아요. 유감스럽게도 남편은 집에 없지만 나는 귀부인으로서 실례되지 않도록 할 수 있는 데까지 대접해 드리겠어요."

이 말에는 안드레우치오도 대답이 궁해져서 말했습니다.

"나도 부인을 누님으로서 반갑게 생각하고 있습니다만, 내가 돌아가지 않으면 나 때문에 모두 밤새도록 저녁을 못 먹습니다."

그러자 그녀가 말했습니다.

"이봐요, 조금만 생각해도 알 수 있잖아요. 우리 집에 그런 전갈을 보낼 만한 심부름꾼 하나 없을 줄 알아요? 전갈을 보낸다면 그 동행들도 여기 오게 해서 식사를 함께 하도록 권하는 것이 더욱 예의에 맞고 또 그게 당신의 의무가 아니겠어요? 그런 다음에 돌아가고 싶으면 여러분과 함께 돌아가면 되잖아요."

"오늘 밤에는 동행들을 부르고 싶지 않습니다. 하지만 누님이 원하신다면 기꺼이 식사 초대를 받지요."

라고 안드레우치오는 대답했습니다. 그러자 그녀는 오늘 밤 식사는 그를 기다리지 않아도 좋다는 전갈을 여관에다 보내는 척 꾸몄습니다.

그리고 여러 가지 얘기를 나누면서 두 사람은 식탁에 앉았습니다. 그리하여 훌륭한 음식을 차려 내고 밤이 깊어질 때까지 교묘하게 시간을 끌었습니다. 이윽고 식사도 끝났으므로 안드레우치오가 돌아가려고 하자, 그녀는 나폴리는 밤이 깊은 후에 더욱이 타지방 사람이 나다닐 곳이 못되니 지금 이 시간에 절대로 돌아가면 안 된다, 게다가 저녁 식사는 기다리지 않아도 된다고 하인을 보냈으니 여관에서도 돌아오지 않을 줄 알고 있을 것이라며 그를 붙잡았습니다.

안드레우치오는 이 말을 믿고 그 거짓말에 속아 기꺼이 그녀 집에서 묵기로 했습니다. 그런데 식사 후에도 여러 가지 말이 나와서 얘기가 길어졌습니다만, 여기에는 그럴 만한 까닭이 있었지요. 이렇게 밤이 깊어지자 그녀는 무슨 볼일이 있으면 시키라고 소년을 한 사람 붙여 놓고는 안드레우치오에게 잘 자라고 말하고 그를 그녀의 침실에 남겨 두었습니다. 그리고 그녀는 하녀와 다른 방으로 물러갔습니다.

그날 밤은 매우 무더웠습니다. 그래서 혼자 남게 된 안드레우치오는 곧 속옷 바람이 되어 긴 양말을 벗어 침대 머리맡에 놓았습니다. 그런데 배가 부르고 용변이 보고 싶어져서 소년에게 변소가 어디에 있느냐고 물었습니다. 소년은 방 한쪽 구석에 있는 문을 가리키면서, "저리 들어가십시오."라고 대답했습니다.

안드레우치오는 아무 생각 없이 문을 열고 나가 무심코 발을 내밀어 발판 위에 올라섰습니다. 그러자 널빤지 밑에 받쳐 놓은 한쪽 막대기가 빠지면서 뒤집어져 아래로 떨어지고 말았습니다. 그런데 무척 높은 데서 떨어졌는데도 상처 하나 입지 않은 것은 하느님 덕분이었습니다만, 그 대신 오물 속에 빠지고 말았습니다.

방금 말씀드린 것들과 지금부터 말씀드리는 것을 잘 이해할 수 있도록 그 화장실에 관해서 좀 더 상세히 설명하지요. 그것은(흔히 이층집에서 볼 수 있듯이) 좁은 골목을 사이에 두고 두 집 벽에 걸쳐 놓은 두 개의 막대기 위에 몇 장의 발판을 놓고, 거기에 걸터앉아 용변을 보는 것입니다. 그와 함께 떨어진 널빤지는 그런 발판 가운데 한 장이었던 것이지요.

골목에 떨어진 안드레우치오는 어처구니없는 일이 되었구나, 하고 생각하면서 소년을 불렀습니다. 그런데 그가 떨어지는 소리를 듣자마자 하녀는 부인에게 달려가 이 일을 알렸습니다. 그녀는 그의 침실로 가 얼른 옷을 살펴보았습니다. 그리고 옷과 함께 그가 사람을 믿지 않아 언제나 몸에 지니고 다니는 돈을 찾아냈습니다.

그녀는 이 돈 때문에 팔레르모에서 태어났으면서도 페루지아 태생인 안드레우치오의 누님이라고 속였으므로, 이제 돈을 손에 넣게 되자 그가 어떻게 되든 상관없다며 그가 나가떨어진 입구를 닫아 버렸습니다.

안드레우치오는 아무 대답이 없자 점점 더 큰 소리로 불러 댔지만 헛일이었습니다. 이상하다고 생각한 그는 그제야 보기 좋게 속았다는 것을 깨닫고 골목을 막아 둔 담에 기어 올라가서 집 앞 한길로 뛰어내려 눈에 익은 그 집 입구로 갔습니다. 오랫동안 두들기고 문을 밀어 보았지만 헛일이었습니다. 그는 자기의 꼴이 서글퍼져서 눈물을 글썽거리며 투덜거리기 시작했습니다.

"아아, 큰일났구나. 눈 깜짝할 사이에 5백 피오리니와 누님을 잃어버렸으니!"

그는 계속 푸념을 늘어놓다가 다시 문을 두들기며 큰 소리로 외치기 시작했습니다. 그러자 하도 오랫동안 시끄럽게 하는 바람에 이웃 사람들이 모두 깨어 일어나고 말았습니다. 그때 하녀 하나가 몹시 졸리는 듯한 거동으로 창문에 나타나더니 마치 노래라도 부르듯이 말했습니다.

"누구야, 문을 두들기는 건?"

"오오!" 하고 안드레우치오는 소리쳤습니다. "나를 모르느냐? 피오르달리조 부인의 동생 안드레우치오다."

그러자 하녀가 대답했습니다.

"당신, 너무 많이 마셨군요. 얼른 가서 자고 내일 아침에 다시 와요. 난 안드레우치오니 어쩌니 하는 사람 따위는 몰라. 농담일랑 그만하고 냉큼 돌아가요. 우리도 잠을 좀 자야지."

"뭐라고!"

안드레우치오는 소리쳤습니다.

"내 말을 못 알아듣겠느냐? 분명히 알고 있을 게 아니냐? 시칠리아의 친척은 그렇게 빨리 잊어버리게 되어 있나? 그러면 하다못해 내 옷쯤은 돌려줘야 하잖아? 거기 두고 왔으니. 그러면 기꺼이 돌아가겠다."

그러자 하녀는 웃음이라도 터뜨릴 듯이 대답했습니다.

"당신, 꿈이라도 꾸는 모양이군."

그러고는 뒤로 물러서서 창문을 탕 닫아 버렸습니다.

안드레우치오는 점점 더 자기가 속았다는 것이 뚜렷해졌으므로, 분한 생각이 노여움으로 변해서 말로 안 된다면 폭력으로라도 실력 행사를 해야겠다고 생각했습니다.

그래서 이번에는 큼직한 돌을 집어 들고 아까보다 더 심하게 문을 쾅쾅 두들기고 난폭하게 흔들어 대기 시작했습니다. 그 때문에 이미 잠이 깨어 일어난 이웃 사람들은 문 두들기는 소리가 하도 시끄러워 창문으로 얼굴을 내밀고는 선량한 여자를 난처하게 하려고 엉터리로 지껄이며 떼를 쓰고 있는 줄 알고, 온 마을의 개가 한 마리의 다른 마을 개에게 짖어 대듯이 큰 소리로 욕설을 퍼붓기 시작했습니다.

"이봐, 밤중에 이게 무슨 짓이야. 착한 여자만 사는 집에 그런 트집을 잡으러 오다니. 냉큼 꺼져라, 이놈아! 잠 좀 자자. 그 여자에게 원한이 있다면 내일 다시 찾아오면 되잖아. 이렇게 남의 집에까지 폐를 끼치다니, 오늘 밤엔 작작하란 말이야!"

이 말을 듣던, 그 여자에게 손님을 끌어다 주는 한 사나이(그는 본 적도 들은 적도 없는 녀석이었습니다만)가 창문으로 얼굴을 내밀고는 굵고 무시무시한 난폭한 목소리로 거만하게 물었습니다.

"거기 있는 자식은 어디서 온 누구야?"

안드레우치오는 그 소리에 고개를 쳐들고 그자를 바라보았습니다. 모습을 똑똑히 볼 수는 없었지만, 얼굴에 짙은 턱수염이 난 난폭해 보이는 사나이였습니다. 그는 단잠을 자다가 깬 듯이 하품을 하면서 눈을 비비고 있었습니다.

안드레우치오는 조금 기가 질리면서 대답했습니다.

"나는 이 집에 사는 여자의 동생입니다."

그런데 사나이는 대답이 채 끝나기도 전에 아까보다 더 거친 목소리로 소리쳤습니다.

"내가 어째서 뛰어 내려가지 않고 참는지 모르겠다. 내려가기만 하면 네놈을 실컷 두들겨 패주고 말테다. 이 바보 자식, 시끄러운 주정뱅이야! 잠 좀 자자."

이렇게 말하고 안으로 물러서더니 창문을 닫아 버렸습니다.

그의 정체를 잘 알고 있는 이웃 사람 몇이 친절하게도 안드레우치오에게 말했습니다.

"여보세요, 냉큼 돌아가시오. 그러고 있다간 언제 죽을지도 몰라요. 돌아가는 게 당신한테 이로울 거요."

사나이의 무서운 목소리며 얼굴을 보고 질려 있던 안드레우치오는, 동정심에서 말을 건네준 듯한 이웃 사람들의 위로에 마음을 바꿔 돈을 찾겠다는 희망을 버리고, 어떻게 돌아가야 할진 몰랐지만, 낮에 하녀가 안내해 온 길을 더듬어 가며 고개를 푹 숙인 채 여관으로 돌아가고 있었습니다.

그런데 자기 몸에서 나는 냄새가 도무지 견딜 수 없어 바다에 가서 몸이나 씻자는 생각에 왼쪽으로 꺾어 루가 카탈라나라는 거리로 나갔습니다. 그리하여 시내의 고지 쪽으로 걸어가는데, 마침 각등(角燈)을 든 두 사나이가 걸어오는 것이 보였습니다. 안드레우치오는 만일 경리(警吏 : 경찰행정에 종사하는 관리) 순찰이 아니라면 무언가 나쁜 짓을 하는 악당일지도 모른다는 생각이 들어 마침 눈에 띈 바로 옆에 있는 오두막 안으로 살며시 몸을 숨겼습니다.

그런데 두 사람은 초대받은 집에라도 들어오듯 곧장 오두막 안으로 들어왔습니다. 그러더니 그중 하나가 목에 걸렸던 쇠연장 같은 것을 내놓고, 다른 사람과 그 연장을 살피며 지껄이기 시작했습니다. 그러다가 한 사람이 말했습니다.

"아무래도 이상한데? 난 이렇게 지독한 구린내를 맡은 적이 없어."

이렇게 말하고 각등을 쳐들었으므로 비참한 꼬락서니의 안드레우치오는 금방 들키고 말았습니다. 사나이는 깜짝 놀라면서, "거기 어떤 놈이야?" 하고 소리쳤습니다.

안드레우치오가 잠자코 있자, 그들은 각등을 들고 다가오더니 도대체 그 지독한 냄새는 어떻게 된 거냐고 물었습니다. 그래서 안드레우치오는 자초지종을 이야기했습니다. 두 사람은 어디서 그런 변을 당했는지 대강 짐작이 갔으므로 서로 이런 말을 주고받았습니다.

"틀림없이 그 불한당 부타푸코(불한당의 두목인 시칠리아인 프란체스코 부타푸코. 안조 왕가를 충실히 섬기고 소금세를 징수했다) 집에서 일어난 일일 걸세."

그리고 한 사람이 안드레우치오를 돌아보고 말했습니다.

"당신은 큰돈을 잃었다고 했는데, 똥통에 떨어져서 두 번 다시 그 집에 들어가지 못하게 된 건 하느님 덕분인 줄 알아. 만일 떨어지지 않았더라면 잠들자마자 살해되어 돈은 말할 것도 없고 목숨까지 빼앗겼을 테니 말이야. 이제 와서 울고 짜면 뭐해? 그 돈 생각은 하늘의 별을 따려고 하는 거나 같아. 이젠 찾을 수 없어. 만일 그런 소릴 퍼뜨리고 돌아다니다가 그놈 귀에 들어가기라도 해봐. 목숨이 붙어 있지 못할 테니까 조심해야 해."

이렇게 말하고는 무언가 의논을 하더니 다시 덧붙였습니다.

"알겠어? 우린 당신한테 동정하고 있는 거야. 그러니 우리가 하는 일에 한몫 끼지 않겠나? 잃어버린 돈보다 몇 배나 되는 몫이 돌아갈 텐데. 어때?"

안드레우치오는 거의 자포자기 상태였으므로 하겠다고 대답했습니다.

마침 그날은 필리포 미누톨로(1301년 10월 24일에 죽은 나폴리의 대사교)라는 나폴리 대사교가 묻힌 날이었는데, 대사교는 매우 값비싼 장신구와 함께 손가락에 금화 5백 피오리니 이상의 값이 나가는 루비 반지를 낀 채 묻혔다는 것입니다. 그들은 무덤을 파헤쳐서 그것을 훔치자는 것이었고, 안드레우치오에게 이 계획을 털어놓았습니다. 그는 욕심에 눈이 어두워져서 그들과 함께 출발했습니다. 이렇게 대성당을 향해 걸어가는데 안드레우치오의 몸에서 견딜 수 없을 정도로 구린내가 났기 때문에 도둑 하나가 말했습니다.

"이렇게 구린내가 심해서야 어디 견딜 수가 있나. 몸을 좀 씻게 할 순 없을까?"

그러자 또 한 사람이 대답했습니다.

"응, 그게 좋겠군. 다행히 이 근처에 우물이 있을 거야. 우물에는 도르레와 두레박이 달려 있기 마련이지. 얼른 가서 씻어 주자고."

우물에 가 보니 밧줄은 있었으나 두레박이 없었습니다. 그래서 그들은 그를 밧줄에 묶어 우물 안에 내려 주기로 했습니다. 안에 내려가서 몸을 다 씻고 나면 밧줄을 흔들기로 하고, 그러면 끌어올리자고 의논이 되었습니다.

그런데 두 사람이 그를 우물 안에 내려놓았을 때, 마침 경리 몇 사람이 무더운 데다가 누군가를 쫓던 참에 목이 말라 물을 마시려고 찾아왔습니다. 도둑들은 재빨리 달아나 버렸으므로 물을 마시러 온 경리들은 그것을 깨닫지 못했습니다.

우물 밑에 도착한 안드레우치오는 몸을 다 씻고 나서 밧줄을 흔들었습니다. 목이 마른 경리들은 나무 방패와 무기, 윗도리를 한쪽 옆에 내려놓고, 물이 가득 든 두레박이 올라올 줄 알고 밧줄을 끌어당기기 시작했습니다. 안드레우치오는 거의 다 올라왔으므로 밧줄을 놓고 두 손으로 우물가에 매달렸습니다. 이것을 본 경리들은 깜짝 놀라며 아무 말도 하지 못하고 밧줄을 팽개친 채 달아나 버렸습니다. 그것을 본 안드레우치오도 까무러치게 놀랐습니다. 만일 꼭 잡고 있지 않았더라면 떨어져서 몹시 다쳤거나 죽었을지도 모릅니다.

우물에서 기어 올라와 보니 무기가 그대로 내동댕이쳐져 있었습니다. 이것은 자기 일행이 갖고 있던 게 아니라는 것을 알고 있었으므로 더더욱 놀라지 않을 수 없었습니다. 하지만 이상한 일이라고 생각하면서 무슨 일이 일어났는지 짐작이 안 가는 바도 아니어서 자기의 불운을 한탄하며, 무기 따위는 거들떠보지도 않고 그 자리를 떠나 어느 쪽으로 가야 좋을지도 모른 채 무턱대고 걷기 시작했습니다.

그러다가 두 도둑과 딱 마주쳤습니다. 그들은 그를 우물에서 끌어올려 주려고 되돌아오는 길이었습니다. 두 사람은 그를 보자 매우 놀라며 누가 끌어올려 주었냐고 물었습니다. 안드레우치오는 자기도 모르겠다고 대답하고는 어떤 일이 일어났으며 우물가에서 무엇을 발견했는지 차례로 얘기했습니다. 그러자 그들은 일의 경위가 짐작이 가서 자기들이 왜 달아났으며 그를 끌어올려 준 것이 누구였는지를 설명해 주었습니다.

그런데 벌써 한밤중도 지나 있었으므로 긴 얘기는 하지 않고 대성당으로 갔습니다. 성당 안으로는 쉽게 들어갈 수 있었고, 큰 대리석으로 되어 있는 무덤 앞에 이르렀습니다. 그들은 갖고 온 철봉을 지렛대 삼아 무거운 뚜껑을 사람이 하나 들어갈 만큼 들어 올린 후 막대로 괴었습니다. 도둑 하나가 말했습니다.

"누가 안에 들어가지?"

"나는 싫다." 하고 상대편이 말했습니다.

"나도 싫어. 안드레우치오가 들어가면 어떻겠나?" 하고 먼저 사나이가 말했습니다.

"나도 그런 일은 하고 싶지 않은걸."

안드레우치오가 말하자, 그들은 그를 돌아보며 덤벼들었습니다.

"왜 안 들어가? 들어가지 않겠다면 이 철봉으로 대갈통을 한 대 갈겨 죽일 테다."

안드레우치오는 무서워서 하는 수 없이 안으로 들어갔습니다. 무덤 안에 들어간 그는 생각했습니다.

'놈들은 나를 속여서 안에 들여보내려고 했구나. 내가 죄다 훔쳐내와서 놈들에게 건네주고, 막상 무덤에서 나오려고 하면 나 몰라라 하고 놈들은 달아나겠지. 나한테는 아무것도 주지 않고 내버려 둘 계략이군…….'

그는 자기 몫부터 미리 챙겨야 되겠다고 생각했습니다. 무덤 안에 내려가자 아까 들었던 값비싼 반지가 생각나서 대사교의 손가락에 끼어 있던 반지를 뽑아 자기 손가락에 끼었습니다. 그리고 홀(忽)이며 모자, 장갑 같은 것을 벗기고, 다시 속옷까지 벗겨서 그들에게 내주고는 이제 아무것도 남아 있지 않다고 말했습니다. 그들은 반지를 끼고 있을 테니 잘 살펴보라고 했습니다. 하지만 그는 보이지 않는다고 여전히 찾는 체하면서 그들을 기다리게 했습니다.

한편, 바깥에 있는 두 사람도 그에 못지않게 속이 검은 인간들이었으므로 더 잘 찾아보라고 말하면서 기회를 보아 무덤 뚜껑을 받쳐 놓은 막대기를 뽑아 버렸습니다. 그것을 알았을 때 안드레우치오의 기분이 어떠했겠는지 아마 누구나 상상할 수 있을 것입니다. 그는 머리와 어깨로 뚜껑을 들어 올리려고 몇 번이나 안간힘을 써 보았지만 힘만 빠질 뿐이었습니다. 그러다가 그만 대사교의 시체 위에 까무러치고 말았습니다.

만일 이때 그를 본 사람이 있었더라면 죽은 것이 대사교인지 아니면 안드레우치오인지 분간하기가 어려웠을 것입니다. 잠시 후 정신을 차린 그는 무덤 속에 갇힌 채 아무도 열어 주지 않는다면, 구더기가 몰려들고 굶주림과 악취 때문에 죽을 것이고, 혹 누군가 찾아와서 자기를 발견하더라도 도둑으로 체포되고 말 것이 틀림없다고 생각하고는 비통함에 자꾸만 눈물을 흘렸습니다.

이런저런 생각에 완전히 절망 상태에 빠져 비탄의 눈물에 젖어 있는데, 성당 쪽으로 오는 많은 사람들의 발자국 소리와 말소리가 들려왔습니다. 아까 자신이 생각한 대로 그와 그의 일당이 이미 한 것과 같은 짓을 하러 온 인간들이었습니다. 그는 점점 더 두려워졌습니다.

그런데 그들은 무덤 뚜껑을 열어 막대기를 괴고는 누가 안에 들어

가느냐 하는 문제를 놓고 실랑이하기 시작했고, 아무도 들어가려고 하는 자가 없었습니다. 그러다가 오랜 의논 끝에 한 수도사가 말했습니다.

"당신들, 뭘 무서워하는 거야? 누가 잡아먹을 줄 아나? 송장은 인간을 먹지 않아. 그럼 내가 들어가지."

이렇게 말하고는 가슴을 무덤가에 얹고 머리를 밖으로 하여 두 다리부터 안으로 들어가려고 했습니다. 이것을 본 안드레우치오는 일어서서 수도사의 한쪽 다리를 붙잡고 끌어들이듯이 획 잡아당겼습니다. 그러자 수도사는 꽥 소리를 지르며 무덤에서 밖으로 뛰쳐나갔습니다.

그것을 본 다른 사람들은 무덤을 열어 둔 채 악마의 무리가 쫓아오기라도 하듯 달아나 버리고 말았습니다. 이를 본 안드레우치오는 매우 잘됐다고 기뻐하면서 무덤 밖으로 나가 먼저 온 길을 따라 성당에서 나왔습니다.

벌써 날이 부옇게 밝아 오고 있었습니다. 그는 손가락에 반지를 낀 채 덮어놓고 걸어갔는데 운 좋게 바닷가에 이르렀고, 우연히 그의 여관 앞에 오게 되었습니다. 여관에서는 그의 일행들과 주인이 그가 어떻게 되었는지를 걱정하며 밤을 지새우고 앉아 있었습니다.

그는 자기가 겪은 사건을 죄다 얘기하고 여관 주인의 충고대로 한시바삐 나폴리를 떠나는 편이 낫겠다고 생각했습니다. 그래서 일찌감치 나폴리를 떠나 페루지아로 돌아갔지만, 생각해 보니 말을 사러 가서 반지를 한 손에 끼고 돌아온 셈이 되었습니다.

여섯 번째 이야기

베리톨라 부인의 두 아들이 행방불명된다. 두 아들을 찾아다니다가 어느 섬에서 사슴들과 함께 지내던 부인은 루니지아나에 가게 된다. 이곳에서 한 아들은 그녀가 섬기는 주인의 하인으로 일하다가 주인 딸과 관계한 죄로 감옥에 간다. 샤를르 왕에게 시칠리아가 반란을 일으켰을 때, 감옥에 들어가 있는 하인이 자기 아들임이 밝혀져 주인 딸과 결혼한다. 그리고 동생도 찾게 되어 본래의 신분으로 돌아온다.

말을 사러 갔다가 반지를 손에 끼고 돌아왔다는 피암메타의 이야기를 들으면서 일동은 아주 즐겁게 웃었습니다. 여왕의 명령에 따라 에밀리아의 차례가 되어 이야기를 시작했습니다.

인간의 운명이 변화무쌍하다는 것은 우리 인간들에게 분에 넘치는 행복에 대한 경고와 엄청난 고난 앞에 주어지는 위안 같은 것이므로 실제로 일어났던 심각한 얘기를 해드리겠어요.

여러분, 페데리고 2세가 세상을 떠나고 맨프레디가 시칠리아의 왕이 된 것은 잘 알고 계시리라 믿습니다. 왕 가까이 높은 지위에 아르리게토 카페체라는 귀족이 있었습니다. 그의 부인은 베리톨라 카라치올라(나폴리 역사가들은 시칠리아의 총통이었던 아르리게토 카페체의 아내였던 베리톨라 카라치올라라고 한다. 맨프레디 왕의 죽음(1266)과 베스프리의 반란(1282) 등 역사상의 사실은 이야기의 변경이다)라는 이름으로, 그녀는 나폴리 태생의 아름다운 귀부인이었습니다.

아르리게토는 시칠리아 섬을 통치하고 있었는데, 샤를르 1세가 베네벤토의 싸움에서 맨프레디 군을 격파하고 맨프레디마저 전사케 했다는 이야기를 들었습니다. 그러자 본래부터 정부에 대해 충성심이 없던 시칠리아 사람들인지라 온 섬의 시칠리아인이 그에게 반란을 일으키게 되었습니다. 아르리게토는 자기 국왕의 적들에게 새삼스럽게 봉사할 마음도 없던 터라 망명 준비를 하고 있었습니다.

그러나 시칠리아 사람들에게 이것이 알려져 그와 그의 친구, 맨프레디 왕의 신하들과 함께 붙잡혀 샤를르 왕 쪽에 넘겨졌으며 시칠리아 섬은 샤를르 왕 소유의 영지가 되어 버리고 말았습니다.

베리톨라 부인은 사태가 너무나 급작스럽게 변해 남편에게 무슨 일이 일어났는지 알 수 없었으며, 평상시 욕된 일을 당해서는 안 된다고 생각해 왔으므로 주스프레디라는 여덟 살짜리 사내아이만 데리고 모든 걸 버린 채 도망쳤습니다.

부인은 임신 중이었지만 가엾게도 작은 배를 타고 파리로 피난을 했던 것입니다. 그곳에서 부인은 아들을 하나 더 낳게 되어 스카차토라 이름을 지었습니다. 그리고 유모를 고용하여 나폴리에 있는 친정 부모에게 돌아가려고 다른 사람들과 함께 배를 탔습니다.

그러나 뜻밖에도 강풍을 만나 나폴리에 갈 예정이던 배가 표류하여 폰초(원서에는 폰초지만 카레타 만이 있는 현재의 폰차)라는 섬에 닿고 말았습니다. 그곳에서 날씨가 회복되기를 기다리고 있었습니다.

베리톨라 부인은 다른 사람들과 마찬가지로 섬에 상륙하여 다른 사람과 좀 떨어진 한적한 장소를 발견하고는 홀로 남편인 아르리게토의 걱정을 하고 있었습니다. 이렇게 매일 아무도 모르는 장소에서 슬픔에 빠져 지내고 있었는데, 해안에 있던 사람들을 해적선이 습격하여 한 사람도 남기지 않고 납치해 갔습니다.

그날도 베리톨라 부인은 남편을 그리며 슬픈 생각에 잠겨 있다가 해안으로 내려와 보니 아무도 보이지 않아 깜짝 놀랐습니다. 이상하게 생각하고 바다 한가운데를 바라보니 그리 멀지 않은 곳에 자신이 타고 있던 작은 배를 커다란 갤리선이 끌고 가는 것이 보였습니다. 이렇게 되어 부인은 남편과 마찬가지로 아이들마저 잃어버리는 아픔을 뼈저리게 겪게 되었습니다.

아무도 없는 바닷가에 홀로 남겨져, 어디로 가야 사람을 만날 수 있는지조차 모르는 가운데 남편과 아이들의 이름을 불러대며 마침내 정신을 잃은 부인은 바닷가 모래 위에 쓰러지고 말았습니다. 찬물로 머리를 식혀 줄 사람도, 어떻게든 실신한 기력을 회복시켜 줄 사람도 없는 가운데 부인의 영혼은 허공을 헤매고 있었습니다. 이윽고 비탄과 눈물 속에서 정신을 차린 부인은 혹시나 하는 마음에 아이들의 이름을 부르며 근처의 동굴이란 동굴은 모조리 찾아 헤맸습니다.

그러나 그것은 헛수고였고, 날도 저물어 왔습니다. 아직 희망을 버리지는 않았지만 어떻게 해야 할 바를 몰랐고, 자신의 일도 얼마간 걱정이 되었으므로 부인은 언제나처럼 비탄에 잠기곤 하던 동굴로 갔습니다. 불안과 슬픔의 하룻밤이 지나 아침이 되고 이미 아홉 시가 되어 있었습니다.

부인은 전날 밤에 아무것도 먹지 못했으므로 배고픔에 못 이겨 풀을 뜯어먹었습니다. 그리고 이제부터 나는 어떻게 될 것인가 하고 울먹이며 생각에 잠겼습니다.

그렇게 갖가지 생각에 잠겨 있으려니까, 문득 한 마리의 암사슴이 눈에 띄었습니다. 암사슴은 가까운 동굴로 들어가더니 잠시 후, 다시 나와서 숲 쪽으로 사라졌습니다. 그녀가 일어나 동굴에 들어가 보았더니 아마도 그날 낳은 듯한 두 마리의 새끼 사슴이 있었습니다.

그녀는 이 세상에 이토록 귀엽고 아름다운 것을 처음 보는 것 같았습니다. 그녀는 해산한 지 얼마 지나지 않아 아직 젖이 나왔으므로 새끼 사슴에게 가만히 가슴을 대어 보았습니다. 새끼 사슴은 그것을 싫어하지 않았습니다. 그녀는 마치 어미가 되는 것처럼 새끼 사슴에게 젖을 물렸고, 새끼 사슴은 어미 사슴과 그녀를 조금도 차별하지 않게 되었습니다.

그녀도 이렇게 인적도 없이 멀리 떨어진 곳에서 만난 사슴들인지라 친구를 만난 것 같은 기분으로 함께 풀을 뜯고 물을 마시며 지냈습니다. 물론 때때로 남편과 아이들, 그리고 지난날의 일들이 떠올랐지만, 새끼 사슴뿐 아니라 어미 사슴까지도 그녀를 따르게 되었으므로 일생을 여기서 보낼까 생각하기도 했습니다.

이렇게 지내는 동안 그토록 우아했던 귀부인도 야생의 동물처럼 되어 버렸습니다. 그렇게 몇 달이 지난 어느 날, 그녀가 탔던 배처럼 폭풍을 만나 밀려온 피사의 작은 배 한 척이 그곳에 왔습니다.

이 배엔 말레스피니 후작 집안의 쿠르라도(루니지아나의 귀족 혈통으로 단테의 《신곡》 중 〈연옥편〉에도 그 이름이 나온다)라는 귀족과 여자이지만 퍽 용감하고 신앙심도 두터운 그의 아내가 타고 있었습니다. 두 사람은 폴리아 왕국 내의 성지를 순례하고 집으로 돌아가던 중이었습니다.

어느 날 쿠르라도는 울적한 마음을 달래려고 아내와 함께 하인들과 개들을 데리고 섬 안쪽으로 산보를 나갔습니다. 그러다가 베리톨라 부인이 사는 동굴에서 그리 멀지 않은 곳에서 개들이 그동안 많이 자라서 풀을 먹고 있던 두 마리의 새끼 사슴을 발견하고는 쫓기 시작했습니다. 개들에게 쫓긴 새끼 사슴은 달리 달아날 곳이 없었으므로 베리톨라 부인이 있는 동굴로 도망쳐 들어왔습니다.

이것을 본 부인은 지팡이를 손에 들고 개들을 쫓아 버렸습니다. 그러자 개들을 뒤따라 왔던 쿠르라도 부부는 햇볕에 까맣게 타고 더부룩한 머리에 뼈만 남은 그녀를 보고 깜짝 놀랐습니다. 그보다도 더 놀란 것은 베리톨라 부인이었습니다.

쿠르라도는 부인의 간청으로 개들을 쫓아내고, 부인은 어떤 사람이며 왜 여기에 있는가를 정중하게 물었습니다. 그녀는 자기에게 닥쳤던 일이며, 자기가 누구라는 것, 그리고 자기는 이제 이곳에서 살기로 결심했다는 이야기를 했습니다.

쿠르라도는 아르리게토 카페체, 즉 그녀의 남편을 잘 알고 있었으며, 그녀의 이야기를 듣고 눈물을 흘리며 동정하였습니다. 그리고 결심을 바꾸어 자기 집으로 갈 것을 갖가지 말로 권했습니다. 그렇게만 하면 친동생처럼 대우하겠으며 하느님께서 행운을 내려 주시도록 모든 노력을 다하겠노라고 말했습니다. 그리고 그녀의 다 해진 옷을 아내의 좋은 옷과 바꾸어 입힌 뒤, 어떻게 해서라도 함께 오도록 설득하라고 일렀습니다.

본디 마음이 친절한 그의 아내는 베리톨라 부인과 단둘이 남게 되자 한동안 그녀의 불행을 함께 울며 한탄했습니다. 식사와 의복이 도착하자 매우 힘들게 옷을 갈아입히고 또 식사를 하는 데도 애를 먹었습니다.

그러나 아무리 설득해 보았지만 얼굴이 알려진 곳에는 가고 싶지 않으며, 아는 사람이 없는 이곳을 떠나고 싶지 않다는 것이었습니다. 하는 수 없이 쿠르라도 부인은 두 마리의 새끼 사슴과 어미 사슴까지 데리고 가면 어떻겠냐고 제의하여 겨우 납득시킬 수 있었습니다. 쿠르라도 부인이 그렇게 제의한 것은 설득을 하는 동안에 어미 사슴이 돌아와 놀랍게도 베리톨라 부인과 어리광을 부리며 장난치는 것을 보았기 때문이었습니다.

그동안 날씨도 회복되었으므로 베리톨라 부인은 쿠르라도 부부를 따라 배에 올랐습니다. 물론 어미 사슴과 두 마리의 새끼 사슴도 태웠습니다. 그런 일로 해서 그녀의 이름을 모르는 배의 선원들은 그녀의 이름을 카브리올라(암사슴)라고 지었습니다. 다행히도 때마침 순풍을 만난 배는 얼마 뒤 마그라 강어귀에 이르렀으므로 그곳에 상륙하여 모두 쿠르라도의 저택으로 갔습니다.

그 뒤, 베리톨라 부인은 미망인처럼 검은 옷을 몸에 걸치고 정직하고 온순하게 쿠르라도 부인을 모셨습니다. 낙이라면 다만 사슴들에게 먹이를 주며 귀여워하는 것뿐이었습니다.

한편, 폰초 섬에서 베리톨라 부인이 타고 있던 배를 약탈하여 달아난 해적들은 사로잡은 사람 모두를 데리고 제노바에 닿았습니다. 이곳에서 약탈품을 분배했는데, 우연하게도 다른 물품과 함께 베리톨라 부인의 유모와 두 아이는 과스파르리노 도리아라는 사람의 손에 넘어가게 되었고, 그는 노예처럼 부려먹으려고 그들을 자기 집으로 보냈습니다.

유모는 주인을 잃은 슬픔과 함께 자신과 두 아이가 당한 비참한 운명을 슬퍼하며 오랫동안 눈물을 흘렸지만 아무리 울어도 소용이 없음을 알고 정신을 차렸습니다.

그녀는 자기가 두 아이를 거느린 노예의 입장이 되었음을 깨달았습니다. 그녀는 가난한 집에서 자라기는 했지만 앞날을 염려할 줄 아는 현명한 여자였으므로 정신을 차리자, 곧 어떻게 하면 좋을지를 생각했습니다. 그녀는 자신의 입장을 생각하고 만일 두 아이의 근본이 발각되면 엄청나게 곤란을 당할 것으로 판단했습니다.

또, 어쩌면 운명이 바뀔지도 모르고 살아만 있으면 두 아이는 옛날의 신분으로 돌아가게 될지도 모른다는 희망을 품고, 그렇게 되기까지 그 누구에게도 근본을 밝히지 않는 것이 좋겠다고 생각했으므로 자신의 아이로 키웠습니다.

그래서 큰 아이의 이름을 잔노토 디 프로치다로 바꾸고, 밑의 아이는 이름을 바꿀 것까지는 없다고 생각했습니다. 그래도 조심하는 것이 좋겠다고 생각하여 큰 아이에게 이름을 바꾼 이유를 설명해 주고,

만일 출신이 발각되면 어떤 위험이 닥쳐올지 모르므로 몇 번이고 그 이름을 외도록 했습니다. 큰 아이는 매우 영리한 아이였으며 조심스러운 유모의 말대로 했습니다.

이렇게 되어 두 아이는 다 해진 신발을 신고 형편없는 옷을 입어야 했으며 하루 종일 잔심부름을 해야 했습니다. 그들 형제와 유모는 과스파르리노의 집에서 몇 년을 그렇게 참고 살았습니다. 그러나 잔노토는 열여섯 살이 되자 하인배에게는 볼 수 없는 높은 기품이 보이고 비천한 하인 노릇이 싫어져서, 결국 그 집을 떠나 알렉산드리아로 가는 갤리선을 타게 되었습니다. 그리고 여기저기 많은 곳을 돌아다녀 보았지만 환경이 조금도 나아지지는 않았습니다.

이렇게 과스파르리노의 밑을 떠나 3, 4년 지나자 그는 체격도 당당한 미남 청년이 되었습니다. 그는 죽은 줄만 알았던 아버지가 아직 살아 있으며, 샤를르 왕 때문에 감옥에서 비참한 생활을 하고 있다는 소식을 듣고 이 고장 저 고장 헤매 다니다가 마침내 루니지아나에 다다랐습니다.

그는 이곳에서 우연하게도 쿠르라도 말레스피니의 집에서 일하게 되어 매우 칭찬을 받으며 일하고 있었습니다. 즉, 그는 쿠르라도 부인 옆에 있는 자기 어머니와 가끔 얼굴을 마주 대했지만, 설마 어머니라고는 생각조차 하지 못했고 그녀도 그가 아들임을 알아보지 못했습니다. 두 사람이 헤어져 있던 세월은 서로의 얼굴을 그토록 바꾸어 놓았던 것입니다.

잔노토가 쿠르라도 집안에서 일하고 있을 때, 스피나란 이름의 이

집 딸이 남편과 사별하고 친정으로 돌아왔습니다. 그녀는 매우 귀여웠고 또 매우 아름다운 아가씨로 이제 열여섯을 조금 지난 나이였습니다. 그녀는 때때로 잔노토를 가만히 쳐다볼 때가 있었고 잔노토도 그녀의 시선을 마주 바라볼 때가 있었습니다. 이렇게 되어 두 사람은 깊은 사랑에 빠지게 되었습니다.

이런 사랑이 언제까지나 그 비밀을 유지할 수는 없습니다. 그러나 몇 달 동안은 아무도 몰랐습니다. 그러자 두 사람은 사랑에 뒤따라야 하는 조심성을 잊기가 일쑤였고, 어느 날 딸은 나무가 우거진 아름다운 숲으로 잔노토와 함께 갔습니다. 두 사람은 다른 사람들보다 앞서서 숲 속으로 깊숙이 들어갔습니다. 두 사람은 다른 사람과 아주 멀리 떨어졌다고 생각했으므로 나무에 둘러싸인 풀숲에 꽃이 만발한 곳을 골라 자리를 잡았습니다. 그리고 사랑의 즐거움에 빠졌습니다.

이렇게 오랜 시간을 보냈지만 너무나 즐거웠기 때문에 그리 많은 시간이 흐른 것 같지가 않았습니다. 그러다가 먼저 어머니에게 현장을 들키고, 이어 아버지도 그 장면을 목격하자 두 사람은 당황하여 어찌할 바를 몰랐습니다.

쿠르라도는 매우 슬퍼하며 세 명의 하인을 시켜 둘 다 밧줄로 묶어서 별관으로 데려가게 했습니다. 그는 노여움과 슬픔 때문에 몸을 부들부들 떨면서 두 사람에게 창피를 주고 사형에 처해야겠다고 생각했습니다.

그러자 부인은 매우 당황했습니다. 딸의 과실에 대하여는 무서운 형벌을 주어도 좋다고 생각했지만, 남편의 말투로 보아 비할 데 없이 엄한 벌을 줄 것이 틀림없음을 알고 본능적 모성으로 남편 곁으로 달려갔습니다. 그리고는 늙은 나이에 남들이 미쳤다고 손가락질하지 않도록, 딸을 죽이는 처참한 짓을 하지 말아 달라고, 하인의 피로 손을 더럽히는 일은 하지 말아 달라고 간곡히 부탁했습니다. 또한 그의 노여움을 가라앉히기 위해 그들을 따로 가두어 괴로움을 줌으로써 자신의 죄를 뉘우칠 수 있도록 다른 방법을 연구해 보라고 권했습니다. 참을 수 없도록 화가 났던 쿠르라도는 신앙이 두터운 아내가 조리 있게 설득하는 말을 듣고 마침내 마음을 돌렸습니다. 그리하여 두 사람을 따로따로 가두고 엄중히 감시토록 명령한 다음, 다른 명령이 있을 때까지는 먹을 것도 조금 주고 고생을 시키도록 분부를 내렸으며, 그 분부는 하인들에 의해서 철저히 시행되었습니다.

갇힌 두 사람의 생활이 얼마나 괴로웠으며, 눈물로 나날을 보내야 했고 여러 날 동안의 긴 단식에 괴로워하는 모습은 여러분께서도 짐작하시리라 믿습니다.

자, 이렇게 잔노토와 딸 스피나가 쿠르라도에게 생각도 없이 잊혀진 듯, 슬픈 생활을 거듭하는 가운데 1년이라는 세월이 지났습니다. 피에로 디 라오나 왕(피에트로 아라고나. 페스푸리의 반란(1282) 후 시칠리아의 왕이 되었다)이 잔 디 프로치다와 밀약하여 시칠리아 섬에서 반란을 일으켜 샤를르 왕으로부터 섬을 탈취한 일이 일어났습니다. 기벨리니 당(황제당)이었던 쿠르라도는 크게 기뻐했습니다.

하인으로부터 그 사실을 전해들은 잔노토는 크게 한숨을 지으며 말했습니다.

"아아, 슬프도다. 난 그렇게 되기만을 기다리며 비참한 생활 속에 여기저기 떠돌아다니며 14년이란 세월을 보냈다. 그러나 이제는 그런 것들이 아무 소용없게 되어 버렸구나. 이렇게 살아서는 나갈 수 없는 곳에 갇혀 있으니 말이야."

"뭐라고? 훌륭한 왕들이 하시는 일에 네가 무슨 관계가 있단 말이냐? 넌 시칠리아에서 뭐였어?"
라며 지키는 사람이 묻자, 잔노토는 이렇게 대답했습니다.

"아버지의 일을 생각하면 가슴이 찢어질 것 같습니다. 제가 시칠리아를 도망쳐온 것은 어렸을 때의 일이지만 맨프레디 왕이 살아 계실 때, 아버지께서 시칠리아를 통치하고 계시던 모습을 아직도 기억하고 있습니다."

그 이야기를 듣고 지키는 사람이 되물었습니다.

"도대체 네 아버지가 누군데?"

"저의 아버지는……." 하고 잔노토는 대답했습니다. "이제는 남에게도 밝힐 수가 있습니다. 지금까지는 그것이 밝혀지면 저에게 위험이 닥칠 것이므로 입을 다물고 있었지만. 아버지의 이름은 아르리게토 카페체, 만일 살아 계신다면 아직도 그렇게 불리실 겁니다. 제 이름은 잔노토가 아니라 주스프레디입니다. 제가 만일 이곳을 나가 시칠리아로 갈 수 있다면 높은 지위에 오르게 될 것이 틀림없습니다."

사나이는 그 이상 들으려고 하지도 않고 어물거려서는 안 되겠다고 느끼며 쿠르라도에게 그 이야기를 전했습니다. 쿠르라도는 사나이 앞에서는 무관심한 척했지만, 곧 베리톨라 부인을 찾아갔습니다.

그는 반가운 표정으로 웃으면서 부인과 아르리게토와의 사이에 주스프레디라는 이름의 사내아이가 있었느냐고 물었습니다.

부인은 눈물을 흘리면서 남편과의 사이에 있었던 두 아이 중 맏이의 이름이라고 대답하며, 살아 있다면 올해 스물네 살이 된다고 했습니다. 그 이야기를 듣고 쿠르라도는 그 청년이 틀림없다고 생각했습니다. 만일 그 청년을 딸과 결혼시킨다면 그들에게 크게 자비를 베풀게 될 뿐 아니라, 자신이나 딸의 수치도 함께 없어질 것이라고 생각했습니다.

그는 은밀히 잔노토를 불러다가 그의 과거를 낱낱이 캐어물었습니다. 마침내 그는 그 청년이 아르리게토 카페체의 아들인 주스프레디가 틀림없음을 알고 이렇게 말했습니다.

"잔노토, 네가 내 딸에게 한 짓이 나에게 얼마나 심한 모욕이었는지 알 것이다. 이 집에서 일하는 동안 나는 너를 특별히 사랑했고 친절하게 해 주었으니 너는 하인으로서의 직분을 지켜 내 명예를 중히 여기고 언제나 나를 위해 일해야 하지 않겠는가? 만일 네가 나 아닌 다른 사람에게 그런 짓을 했다면, 그 사람은 인정사정없이 너를 사형에 처했을 것이지만 나의 자비심이 허락하지 않았다. 자, 이제 네가 말하는 대로 고귀한 집안의 태생임을 알게 되었으니 네가 바라는 대로 네 괴로움을 끝내고, 현재의 비참한 환경에서 너를 구해 주려고 하며, 동시에 나와 너의 명예도 회복되었으면 한다. 그런데 네가 사랑한 스피나는 불행하게도 미망인이다. 하지만 막대한 지참금을 가지고 있다. 너는 딸의 인품이 어떤지, 또 그 부모에 대해서도 잘 알고 있을 것이다. 너의 현재 처지에 대해서는 아무 말도 하지 않겠다. 그러니 네가 그럴 생각이라면, 본디 너에게 남부럽기 짝이 없는 정부였던 내 딸을 떳떳한 아내로 맞도록 해 주고 싶다. 그렇게 너는 내 사위가 되어 나와 내 딸과 함께 살 수 있도록 해 주고 싶다."

잔노토는 갇힌 생활로 살이 마르긴 했지만 귀족의 피를 이어받은 그의 고상한 마음은 그녀에 대한 그리움을 조금도 덜지 않았을 뿐 아니라 오히려 더욱 사랑하고 있을 뿐이었습니다. 그는 쿠르라도가 말했던 대로 되기를 마음으로부터 원하고 있었으며, 지금은 비록 쿠르라도의 권력 앞에 쥐여 있지만, 할 말은 해야겠다는 높은 기품으로 아무런 거리낌 없이 이렇게 말했습니다.

"쿠르라도 님, 저는 지배욕이나 금전욕, 아니 그 어떤 이유에서도 당신의 목숨이나 재산을 노린 적은 없습니다. 저는 당신의 따님을 사랑했습니다. 지금도 사랑하고 있으며 언제까지나 사랑할 것입니다. 그것은 따님께서 과연 제가 사랑할 만한 분이었기 때문입니다. 설사 제가 무지한 세상 사람들이 흔히 말하듯이 젊음의 과오 때문에 저질렀다 해도 그 과오에는 언제나 청춘이 결부되어 있는 것입니다. 그 과오를 없애려고 하면 청춘을 없애는 것이 되어 버립니다. 나이가 많으신 분들이, 자신의 젊은 시절을 돌이켜 생각하고 다른 사람의 잘못을 자기 일처럼 생각하며, 자기의 잘못을 다른 사람의 입장에 놓고 생각하신다면, 그 과오가 그렇게 크다고 생각하지는 않을 것입니다. 제가 그런 과오를 범한 것은 당신을 적으로 삼아서가 아니고 친구처럼 가깝게 생각했기 때문입니다. 당신이 말씀하신 것은 제가 늘 원하던 바였습니다. 그런 허락을 얻을 수 있었다면 훨씬 전에 제가 말씀드렸을 겁니다. 그러나 그런 것을 바랄 수조차 없는 것으로 알고 있었던 만큼 제 기쁨은 더욱 큽니다. 만일 당신이 말씀하신 것에 성의가 없으시다면, 저에게 무의미한 희망을 안겨 주지 마시고 지금 바로 다시 감옥으로 보내 주십시오. 그리고 마음에 흡족하도록 저를 벌하여 주십시오. 저는 스피나를 매우 사랑하고 있으므로 그녀를 사랑할수록 언제까지나 당신을 사랑할 것입니다. 당신이 저에게 어떻게 하시든 저는 당신을 존경할 것입니다."

쿠르라도는 그의 훌륭한 이야기를 듣고 놀랐습니다. 그리고 그가 숭고한 정신과 딸에 대한 강한 애정을 품고 있는 것을 알고 더욱 친밀감을 느꼈습니다. 그는 일어나 주저 없이 그를 끌어안고 입을 맞추며 곧 스피나를 데려오도록 하인에게 명령했습니다.

그녀는 감금 생활에 파리한 얼굴이었고 몹시 야위어 있었습니다. 마치 전과는 다른 사람인 것처럼 보였습니다. 잔노토 역시 딴 사람 같았습니다. 두 사람은 쿠르라도 앞에서 그들의 관습대로 서로의 동의 아래 약혼을 했습니다.

이런 뒤 며칠이 지났습니다. 그 사이 아무에게도 알리지 않고 두 사람에게 필요한 것과 두 사람이 좋아하는 것들을 모두 준비했습니다. 그런 다음 이제는 두 사람의 어머니를 기쁘게 해 주어도 좋을 시기라고 생각하여 부인과 베리톨라 카라치올라를 불러 말했습니다.

"부인, 부인의 맏아드님을 돌려 드리고 우리 사위로 삼았으면 하는데 어떻습니까?"

카라치올라는 이렇게 대답했습니다.

"제가 분에 넘치는 신뢰를 받아 온 것만 해도 송구스럽게 생각하는데, 이제 저와 일심동체인 사람을 저에게 돌려주겠다고 하시니, 저로서는 더욱 신뢰를 받는 몸이 되었다고 말씀드릴 수밖에 없습니다. 정말 말씀하신 대로 돌려주신다면 벌써 잃어버린 지 오랜 희망을 소생시켜 주는 일입니다."

그러고는 복받치는 울음에 말을 잇지 못했습니다. 쿠르라도는 아내에게 물었습니다.

"당신은 어떻게 생각하오? 사위를 인사시킨다면?"

그러자 부인은 대답했습니다.

"그 사람이 신사가 아니라 천한 신분의 사람이라 해도 당신 마음에 들었다면 제 마음에도 들 것입니다."

"그렇다면 이삼일 안으로 두 분을 기쁘게 해 주겠소."

라고 쿠르라도는 말했습니다.

그 뒤, 쿠르라도는 딸과 사위의 건강이 회복된 것을 알자 훌륭한 의상을 주스프레디에게 입히고는 물었습니다.

"만일 자네가 여기서 어머님을 뵙게 된다면 지금의 자네 기쁨 위에 기쁨을 더하는 셈이 되겠군."

주스프레디는 이렇게 대답했습니다.

"그토록 슬프고 비참한 나날 속에 어머님께서 살아 계시리라고는 도저히 믿기지 않습니다. 하지만 만일 살아 계신다면 그 뜻에 따라 저는 시칠리아에서 본래의 지위를 되찾을 수가 있으니 이토록 기쁜 일은 없을 것입니다."

쿠르라도는 그 자리에 두 부인을 오게 했습니다. 두 부인은 진심으로 신부를 축하했지만, 어째서 그가 잔노토와 딸을 결혼시키도록 선한 생각을 갖게 되었는지 적잖이 놀랐습니다.

베리톨라 부인은 쿠르라도의 말을 생각하며 주스프레디를 가만히 쳐다보았습니다. 그러자 신비한 힘이 우러나며 어렸을 때의 아들 모습이 아무런 설명도 필요 없이 떠올랐습니다. 그녀는 두 팔을 벌리고 달려가 아들의 목을 끌어안았습니다.

그녀는 아무 말도 할 수가 없었다기보다는 어머니로서의 깊은 애정과 끓어오르는 기쁨에 오히려 모든 감각이 없어져 말을 못하게 된 것이었습니다. 그녀는 죽은 사람처럼 아들의 팔에 안긴 채 정신을 잃고 쓰러졌습니다.

한편, 아들은 이 저택 안에서 그녀를 몇 번인가 만났으면서도 전혀 어머니인 줄 몰랐던 것에 크게 놀라기도 했지만, 곧 자기의 바보스러움에 크게 자책감을 느꼈습니다. 그는 부드럽게 어머니를 안으며 눈물에 범벅이 된 얼굴로 어머니에게 입을 맞추었습니다.

베리톨라 부인은 쿠르라도 부인과 스피나가 찬물로 이마를 식혀 주고 온갖 정성으로 간호한 덕택에 간신히 정신을 차렸습니다. 그녀는 하염없이 눈물을 흘리면서 아들을 끌어안고 몇 번이나 키스를 퍼부으며, 어머니의 깊은 애정에서 우러나오는 말들을 들려주었습니다.

두 사람은 주위 사람도 잊고 즐거움과 반가움에 가득 찬 인사를 주고받았으며, 주위 사람들도 기쁨과 축하의 말을 해 주었습니다. 두 사람의 이야기는 지금까지 겪은 일들을 주고받느라 그칠 줄을 몰랐습니다. 쿠르라도는 자기가 맺어 준 이 새로운 혼인을 매우 기뻐하며 친구들에게도 알리고 성대한 피로연을 열기 위해 여러 가지 분부를 내렸습니다. 그러자 주스프레디는 쿠르라도에게 이렇게 이야기했습니다.

"쿠르라도 님, 여러 가지로 저를 기쁘게 해 주셨습니다. 그리고 오랫동안 저의 어머니를 돌보아 주셨습니다. 이제 저희가 무엇을 더 바라겠습니까마는, 한 가지 더 부탁드리고 싶은 것은 동생을 불러 주셔서 저의 어머님이나 저에게 다시없이 즐거운 피로연으로 만들어 주셨으면 합니다. 동생은 앞서 말씀드린 바와 같이 해적이자 우리를 납치했던 과스파르리노 도리아의 집에서 노예로 일하고 있습니다. 그리고 또 하나, 시칠리아에 사람을 보내어 그곳 상황을 자세히 알았으면 합니다. 저의 아버지가 아직 살아 계시는지 아니면 돌아가셨는지도 알았으면 합니다. 만일 살아 계신다면 어떤 처지가 되었는지, 그 밖에 자세한 것을 알 수 있도록 해 주시지 않겠습니까?"

쿠르라도는 주스프레디의 청을 흔쾌히 받아들였습니다. 그리고 즉시 믿을 만한 사람을 제노바와 시칠리아에 파견했습니다. 제노바에 간 사람은 과스파르리노를 만나, 쿠르라도가 주스프레디와 그 어머니를 위해 어떻게 했는가를 잘 설명하고 스카차토와 유모를 돌려보내 줄 것을 쿠르라도를 대신하여 부탁했습니다. 과스파르리노는 그 이야기를 듣자 매우 놀라면서 말했습니다.

"저는 쿠르라도 씨를 위해서라면 그가 기뻐하는 일은 무슨 일이든지 할 것을 맹세합니다. 찾으시는 그 아이와 유모를 집에 둔 지가 벌써 14년이 됩니다. 그러니 기꺼이 돌려드리겠습니다. 그러나 저로서는 그를 너무 신용하지 않도록, 즉 지금 주스프레디라고 하는 자의 지어낸 이야기를 너무 믿지 말 것을 말씀드리고 싶습니다. 그 녀석은 보기보다 훨씬 나쁜 녀석입니다."

이렇게 말하며 그들을 찾으러 온 사람을 대접하는 동안에 몰래 유모를 불러 사실 여부를 확인해 보았습니다. 유모 쪽에서는 이미 시칠리아에 반란이 일어난 것을 들어서 알고 있었으며 아르리게토가 살아 있다는 것도 알고 있었으므로, 지금까지의 경계심을 모두 풀고 차례차례 지금까지의 일에 대하여 설명하고, 이야기를 하는 김에 왜 신분을 숨겼는가에 대해서도 밝혔습니다.

과스파르리노는 유모의 말과 쿠르라도의 전갈을 가지고 온 사람의 말이 일치하므로 점점 그 말을 신용하기 시작했지만 그는 빈틈이 없는 사람이었으므로 사방에 손을 써서 그 사실을 알아보았습니다. 그가 조사하면 조사할수록 그 이야기는 신용할 수 있는 사실임을 알자, 그는 스카차토에게 엄청 대우가 나빴던 것을 부끄럽게 생각하고, 또 아르리게토가 어떤 사람인가를 알게 됨에 따라 마음이 점점 불안해졌습니다. 그는 생각 끝에 열한 살인 그의 아끼는 딸에게 막대한 지참금을 붙여 스카차토에게 시집보내기로 결심했습니다. 그 딸은 매우 아름다운 처녀였습니다. 과스파르리노는 호화로운 축하연을 베풀어 그들을 대접하고 스카차토와 유모, 자기 딸을 무장한 갤리선에 태워서 루니지아나로 보냈습니다. 그곳에서 그들은 쿠르라도의 영접을 받으며 쿠르라도의 저택에 다다랐습니다. 저택에서 멀지 않은 곳에는 이미 큰 피로연을 위한 잔치 준비가 완전히 갖추어져 있었습니다.

둘째 아들까지 다시 만나게 된 어머니의 기쁨이 얼마나 컸겠습니까? 또 두 형제의 기쁨, 충실한 유모에 대한 세 사람의 감사와 반가움, 그리고 염려해 준 모든 사람에 대한 고마움과 기쁨이 한데 엉켜, 어떤 잔치가 벌어졌을지는 여러분의 상상에 맡기겠습니다.

이렇게 모든 일이 너무나 순조롭고 기쁘기만 했습니다. 하느님께서는 한번 은총을 내리기 시작하면 아주 넘치도록 내려 주시는 분인지라, 아르리게토 카페체가 몸 성히 행복한 처지로 잘 있다는 더없이 반가운 소식이 전해져 왔습니다.

그 소식은 피로연이 막 시작되어 초대된 남녀 손님들이 테이블에 앉고, 최초의 요리에 손을 대려 할 때에 시칠리아에 파견되었던 사람이 도착하여 아르리게토에 대한 여러 가지 보고 가운데 다음과 같은 내용이 들어 있었던 것입니다.

아르리게토는 왕에 대한 반란이 일어나자, 샤를르 왕에 의해 카타니아의 감옥에 갇혀 있었으나 성난 파도처럼 궐기한 백성들이 감옥으로 몰려와 교도관을 죽이고 그를 구해 냈으며, 백성들은 그가 샤를르 왕의 최대 적으로 체포되었던 만큼, 이번에는 그를 지휘관으로 떠받들어 프랑스인 수배를 시작하고 프랑스인들을 모두 처치하였습니다. 그로 인해 그는 피에트로 왕의 신임을 얻게 되고, 자기의 전 재산과 명예를 되찾아 주었으므로 그곳에서 그는 훌륭한 지위와 환경에 놓여 있다는 것이었습니다.

그 소식에 덧붙여서 시칠리아에 갔던 사람은, 아르리게토가 자기가 체포된 이래 행방불명이던 부인과 아들들의 소식을 듣자, 자기를 정중하게 영접하여 환대해 주었을 뿐 아니라 아들과 부인을 데려오기 위해 귀족들을 태운 소형 쾌속선을 내어 주어 지금 이리로 오는 중이라고 했습니다.

사람들은 기쁨에 찬 목소리로 환성을 질렀습니다. 쿠르라도는 몇 명의 친구를 데리고 베리톨라 부인과 주스프레디를 마중 온 귀족들을 만나러 갔습니다. 그는 그들을 정중히 모시고 아직 잔치가 한창 무르익지 않은 피로연 장소로 안내했습니다. 부인을 비롯하여 다른 사람들은 매우 기뻐하며 그들을 맞았습니다. 그렇게 기뻐하는 모습은 아무도 본 일이 없을 정도였습니다.

귀족들은 식사를 하기 전, 아르리게토를 대신하여 정중한 인사를 드렸습니다. 쿠르라도와 그 부인이 아르리게토 부인과 그 아들에 대해 베푼 지극한 환대에 깊은 감사의 뜻을 표하고, 아르리게토가 할 수 있는 일이면 무슨 일이든지 사양하지 말고 말씀해 달라고 했습니다. 또한 과스파르리노에 대하여도 언급하여 지금까지 그 호의를 모르고 있기는 하지만, 스카차토에 대하여 베풀어 준 정성이 아르리게토에게 알려지면 역시 최대의 사의를 표할 것임에 틀림이 없다고 했습니다.

그러고 나서 그들은 두 신부에게 마음으로부터 우러나는 축하의 말을 하고, 신랑들과 함께 식사를 했습니다. 쿠르라도는 그날뿐만 아니라, 신랑과 다른 가족들, 친척, 그리고 친구들을 위해 잔치를 여러 날 계속했습니다. 또 주민들에게도 잔치를 베풀어 주었습니다.

이윽고 긴 축하 잔치가 끝나자, 베리톨라 부인과 주스프레디, 그리고 그 밖의 사람들이 출발해야 할 때가 왔습니다. 쿠르라도와 그의 부인, 과스파르리노 등 여러 사람들과 눈물겨운 이별 속에 두 신부와 일행을 태운 쾌속선은 닻을 올렸습니다. 배는 순풍을 만나 어느덧 시칠리아에 닿았습니다. 그곳 팔레르모에서 부인과 아들과 신부들은 아르리게토의 이루 말할 수 없는 큰 기쁨 속에 영접되었습니다. 그 모습은 도저히 말로 표현할 수가 없습니다. 그 뒤로 그들은 하느님의 충복으로서 은총에 감사하며 오래도록 행복하게 살았다고 합니다.

일곱 번째 이야기

바빌로니아의 술탄은 공주를 가르보의 왕에게 왕비로 보낸다. 그런데 공주는 온갖 재난을 만나 4년 동안 각지에서 아홉 남자의 손을 거친다. 그러나 결국 숫처녀로서 부친에게 돌아가 처음처럼 다시 가르보의 왕에게 출가하여 왕비가 된다.

부인들은 애처롭고 안타까운 심정으로 에밀리아의 슬프고도 긴 이야기를 들었으며, 이야기가 끝나자 여왕의 명에 따라 팜필로의 이야기가 시작되었습니다.

여러분, 우리는 무엇이 우리의 분수에 맞는지 좀처럼 알 수 없습니다. 그러므로 때때로 목격하는 일입니다만, 부자가 되면 아무 걱정 없이 안락한 생활을 할 수 있을 줄 알고, 하느님에게 넉살 좋은 기원을 드릴 뿐 아니라 어떤 고생이나 위험은 거들떠보지 않고 부자가 되려고 애를 쓰곤 합니다.

그런데 부자가 되기 전에는 자기가 사랑하던 사람들이, 일단 부자가 되고 나면 막대한 유산을 노리게 되고 그들에게 살해되는 궁지에 빠지고 마는 일이 이따금 일어납니다.

이 밖에도 낮은 지위에서 입신하여 위험한 온갖 싸움을 직접 겪고, 형제나 친구들의 피를 흘리면서까지 왕위라는 높은 지위에 앉아 다시없는 행복을 얻었다고 믿는 사람들도, 헤아릴 수 없는 근심에다가 왕의 식탁에 오른 황금 잔에 몰래 탄 독약에 의해 독살이란 쓰린 변을 당하는 것을 직접 보거나 들으면 공포에 사로잡히곤 합니다.

또 억지로 체력을 신장시키고 싶어하거나, 아름다워지고 싶어하거나, 장신구 같은 데 넋을 빼앗겨 갖고 싶어하거나, 가진 자들 가운데 많은 사람들은, 그런 것을 가졌다는 것이 오히려 자기들의 죽음이나 혹은 불행해진 원인이 되었다는 것을 알고 나서야 비로소 그 생각이 잘못되었다는 것을 깨닫습니다.

그래서 저는 인간의 모든 욕망에 대해서 일일이 말씀드릴 수는 없지만, 인간이 이것이야말로 절대로 행복한 상태라고 하여 골라낼 수 있는 전망이라는 것은 있을 수 없다고 단언하고 싶습니다. 그러므로 우리가 사려 깊게 생활하려면 우리가 필요한 것을 잘 아시고 또 주실 수도 있는 가장 거룩하신 유일한 하느님이 주시는 것이라는 마음가짐으로 자기 몸에 필요한 것을 얻고 또 간직해야 할 줄 압니다.

그런데 말씀드리고 싶은 것은 남자는 여러 가지 일에 욕망을 품고 죄를 짓지만 여성 여러분은 한 가지 일, 즉 아름답게 되고 싶은 나머지 큰 죄를 짓는 수가 있습니다. 그 소원을 들어보면 타고난 아름다움에 만족하지 않고, 더더욱 아름다워지려고 놀랄 만한 기교를 부립니다. 그래서 저는 어느 사라센 여자가 아름다웠기 때문에 얼마나 불행했던가, 다시 말해서 그 미모 때문에 4년 동안 아홉 번이나 다른 남자와 살아야만 했던 얘기를 해볼까 합니다.

벌써 오랜 옛날 얘깁니다만, 바빌로니아에 베미네다브라는 술탄(군주)이 있었습니다. 이분은 살아 있을 동안에 무슨 일이고 자기 뜻대로 되지 않은 일이 하나도 없었다는 왕이었습니다. 그에게는 많은 자녀들이 있었는데, 그중에서도 알라티엘이라는 공주는, 그녀를 본 일이 있는 사람들의 말을 들어보면 온 세계를 다 찾아봐도 그토록 아름다운 여성은 없다고 말할 만큼 절세의 미인이었습니다.

그런데 그 나라에 아라비아의 대군이 몰려온 적이 있었습니다. 그때 그 대군에게 패배의 고배를 마시게 한 것은 가르보의 왕이 보낸 훌륭한 응원군이 있었기 때문이었습니다. 그 왕이 술탄의 그 아름다운 공주를 왕비로 맞이하고 싶다는 간절한 소원을 일러 왔으므로, 술탄은 그에게 공주를 출가시키기로 했습니다.

그는 많은 남녀 신하를 딸려서 산더미 같은 값비싼 가구와 함께, 엄중히 무장하고 필요한 것을 모두 갖춘 한 척의 배에 공주를 태워 신의 가호를 빌면서 출범시켰습니다.

날씨도 가라앉아 조용했으므로 선원들은 순풍에 돛을 올리고 알렉산드리아의 항구를 떠나갔습니다. 그리하여 며칠 동안은 평온한 항해가 계속되었습니다. 그런데 사르데냐 섬을 지나 이제 긴 항해도 거의 끝나갈 무렵의 어느 날, 별안간 이상한 바람이 불기 시작했는데, 그 기세가 어찌나 사납던지 공주와 선원들을 태운 배를 마구 뒤흔들어 언제 가라앉을지 모를 지경이 되어 버렸습니다.

그러나 굳건한 선원들은 힘을 합쳐서 교묘히 배를 몰아 거칠어진 넓은 바다와 싸우며 이틀간은 버텨 나갔습니다.

사흘째가 되는 밤에도 바람은 잦기는커녕 점점 더 사나워져 갈 뿐이고, 이제 배의 위치도 알 수가 없고 캄캄한 밤인데다 하늘마저 흐려 시계가 꽉 막히게 되었으므로, 선원들의 경험에 의한 판단력조차 아무 소용이 없어졌습니다. 선원들은 배가 삐거덕삐거덕 부서지기 시작하는 것을 깨달았고, 그러는 동안 마조르카라는 섬 가까이 지나게 되었습니다. 선원들은 어떻게 되든 자기들만 살 궁리로 보트를 바다에 던져 내리고는, 부서진 모선에 남아 있느니보다 그쪽이 더 안전하다고 판단하여 앞다투어 보트에 옮겨 탔습니다. 그 뒤를 따라 모선에 남아 있던 몇몇 사람들도 먼저 보트에 올라탄 사람들이 칼을 휘두르며 막았지만 죽자 사자 기어 올라탔습니다. 이렇게 그들은 이제 죽음을 면했다고 믿었지만 오히려 위기에 빠져 버리고 말았습니다. 말하자면 조그마한 배에 너무 많이 올라탔기 때문에 사나운 파도를 받아

속수무책으로 뒤집혀 모두 물에 빠져 죽고 만 것입니다.

한편 모선은 강풍에 밀려 떠내려가는 동안 다 부서져서 물이 들어차게 되었지만(남아 있는 것은 공주와 시녀들뿐이었으며, 사나운 파도와 무서운 바람 때문에 거의 죽은 듯이 배 위에 쓰러져 있었지요), 강풍을 받아 굉장한 속력으로 떠밀려 마주르카 섬의 해안가로 밀려 올라가게 되었습니다. 배는 상당한 힘으로 떠밀려 해안에서 돌을 던질 정도의 거리에 있는 모래 틈 사이에 처박히고 말았습니다. 그 때문에 배는 밤새도록 파도에 시달리고 강풍을 맞았지만, 뒤집혀지지 않고 그대로 서 있었습니다.

이윽고 날이 새고 폭풍도 어지간히 가라앉았을 때, 공주는 거의 죽은 것처럼 기력도 없이 간신히 고개를 쳐들고 시녀들의 이름을 하나씩 부르기 시작했습니다. 하지만 아무리 불러도 헛일이었습니다. 시녀들은 너무나 멀리 떨어져 있었기 때문입니다.

공주는 아무리 불러도 대답하는 자가 없고, 모습을 보이는 자도 없었으므로 매우 놀라며 심한 공포에 사로잡히기 시작했습니다. 그래서 남은 힘을 다하여 간신히 일어나 보니, 수행해 온 귀부인들과 시녀들이 여기저기 쓰러져 있는 것이 눈에 띄었습니다. 그 가운데 한두 사람은 공주가 이름을 불러 대는 동안에 의식이 좀 남아 있는 것을 알았지만, 나머지 사람들은 위통과 공포로 거의 죽어 있었으므로, 그녀의 공포는 절정에 이르렀습니다. 그러나 어떻게든 대책을 강구하지 않으면 안 된다는 생각에 멀쩡한 사람은 자기 혼자뿐이고, 또 어느 곳에 와 있는지 짐작도 할 수 없었지만 살아 있는 사람들을 격려하여 일으켜 세웠습니다. 여자들은 남자들이 다 어디로 가버렸는지 보이지 않고, 더구나 배가 온통 물을 뒤집어 쓴 채 모래 틈에 쑤셔 박혀 있는 것을 보고 공주와 함께 목 놓아 울기만 할 뿐이었습니다.

시간은 벌써 정오가 되어 있었습니다. 그러나 그들을 구해 주러 올 만한 사람은 바닷가에도 그 근처에도 누구 하나 눈에 띄지 않았습니다. 마침 그때 우연히도 페리콘 다비살고라는 귀족이 말을 타고 자기 장원에서 돌아가는 길에 많은 하인들을 거느리고 그곳을 지나갔습니다. 그는 배를 보고는 금방 사정을 짐작하고, 얼른 하인을 보내 배에 올라가서 상황을 알아보게 했습니다.

간신히 배 위에 올라간 하인은 뱃머리에 몇 사람의 시녀들과 함께 한 젊은 귀부인이 공포에 떨고 있는 것을 보았습니다. 그녀들은 그를 보자 울면서 몇 번이나 살려 달라고 애원했지만, 서로 말이 통하지 않아 손짓으로 자기들의 불행한 조난을 알렸습니다.

하인은 배 위의 양상을 되도록 상세히 조사하여 페리콘에게 보고했습니다. 페리콘은 배에 있는 귀중품을 내릴 수 있는 만큼 내리게 한 뒤 여자들을 데리고 자기 성으로 돌아갔습니다. 거기서 여자들에게 음식을 주고 쉬게 하며 위로하는 동안, 그는 복장과 가구류로 미루어 그 젊은 여자가 매우 신분이 높은 귀족의 딸임에 틀림없다고 생각했습니다. 다른 여자들이 모두 깍듯이 그녀를 모시고 있는 것도 알았습니다.

그녀는 폭풍의 바다에 시달려 왔으므로 안색도 창백하고 건강도 좋지 않은 듯했지만, 페리콘은 그 아름다움이 어디에도 비할 수 없는 정도임을 깨달았습니다. 그래서 그녀에게 아직 남편이 없다면 자기 아내로 삼고 싶다고 생각했습니다. 아내로 삼을 수 없을 땐 애정만이라도 차지하고 싶다고 생각했습니다.

페리콘은 매우 다부진 용모에 체격도 무척 건장했습니다. 그는 며칠 동안 정성을 다해 모든 뒷바라지를 했기 때문에 그녀는 완전히 본래의 모습으로 건강해졌습니다. 그녀는 예상 이상으로 절세의 미인이었으며 오로지 서로 말이 통하지 않는 것이 원통해서 못 견딜 지경이었습니다. 그래서 그녀의 신분을 모른 채, 페리콘은 그 미모에 마음이 끌려 그녀의 마음에 들도록 사랑이 담긴 온갖 몸짓을 해 보이면서, 그녀가 저항하지 않고 자기 뜻을 받아들이도록 애썼으나 아무런 효과도 없었습니다. 그녀가 사랑을 거절하면 할수록, 페리콘의 정열은 그만큼 더 타오를 뿐이었습니다.

공주는 그것을 눈치챘지만 며칠 묵는 동안에 풍속과 습관 등으로 미루어 자기가 기독교도들 사이에 있다는 것을 깨달았습니다. 그리고 어느 정도 그들의 말을 알게 되면 자기 신분이 알려져서 덕 볼 것이 적을 것이고, 어차피 오랜 시간이 지나면 폭력이나 혹은 자기가 애정을 느끼거나 해서 페리콘의 뜻대로 되지나 않을까 생각하고, 대견스럽게도 지금의 불행한 처지에서 탈출할 결심을 했습니다.

그래서 공주는 살아남은 세 명의 시녀들에게 자기들이 확실히 살아날 수 있다는 확신이 다소라도 서기 전에는 결코 아무에게도 신분을 밝히지 말라고 엄명했습니다. 게다가 자기도 남편 이외에는 몸을 허락하지 않을 각오이니 너희들도 정조를 굳게 지키라고 일렀습니다.

시녀들은 공주의 각오가 대단한 것을 칭송하고, 최선을 다하여 그 명령을 지키겠다고 저마다 맹세했습니다.

한편, 페리콘의 가슴은 사랑의 불길로 사납게 타오르고, 가까이 가면 자기의 소망을 거절하기만 하는 그녀를 볼 때마다 연모의 정은 더해갈 뿐이었습니다. 그래서 아무리 설득해 봐야 헛일이라는 것을 깨닫고, 계책을 써서 내 것으로 만들자, 그래도 안 되면 폭력으로라도 뜻을 이루자고 결심하게 되었습니다.

그런데 공주는 종교상의 법도로 포도주를 마시진 않았지만, 매우 좋아하여 이따금 입에 대는 것을 보았으므로 페리콘은 사랑의 신을 앞세우고 술의 힘을 빌어서 그녀를 차지하려고 생각했습니다. 그래서 자기를 싫어하는 것쯤은 조금도 개의치 않는 듯, 어느 날 훌륭한 음식을 차려 성대한 연회를 베풀고 공주를 그 자리에 불렀습니다. 페리콘은 산해진미로 공주를 대접하며 그녀의 시중을 드는 자에게 갖가지 포도주를 섞은 강한 포도주를 내도록 일러 놓았습니다.

페리콘의 속셈을 꿈에도 알 리 없는 공주는 입에 달콤한 대로 평소의 조심성도 잊고 그만 도가 넘게 마셔 버렸습니다. 그러자 여태까지의 불행도 잊고 아주 명랑해져서, 여자 몇 사람이 마주르카 풍의 춤을 추는 것을 보더니 자기도 알렉산드리아 풍의 춤을 추었습니다.

그것을 본 페리콘은 이제 자기 희망이 이루어지게 되었다고 생각하고, 마실 것과 먹을 것을 잇따라 차려내어 밤이 깊어질 때까지 연회를 끌었습니다. 그리하여 마침내 초대 손님들도 모두 돌아갔으므로 공주와 함께 침실로 들어갔습니다. 그녀는 술 탓이라고는 하나 평소의 정숙함을 잊고 페리콘을 시녀인 줄 알았는지 조금도 부끄러워하는 기색 없이 그의 앞에서 옷을 훌훌 벗고 침대에 들어갔습니다. 페리콘도 곧 그 뒤를 따라 불을 다 끄고 반대쪽에서 그녀 곁으로 기어들어가 누웠습니다. 그리고 그녀를 껴안고는 아무런 저항도 받지 않고 사랑의 즐거움에 잠기기 시작했습니다. 그때까지 공주는 남자가 어떤 뿔로 여자를 찌른다는 것을 전연 몰랐으므로, 한번 그 즐거움을 맛보니 여태까지 페리콘에게 설득을 당하면서도 이렇게 달콤한 밤으로 유혹하는 것인 줄은 꿈에도 모르고 건성으로 듣고만 있었던 것이 후회되어, 말로 해봐야 알아듣지 못하므로 동작으로 자기 쪽에서 자진하여 적극적으로 나왔습니다.

이리하여 페리콘과 공주는 온갖 사랑의 환락을 즐기고 있었지만, 운명은 한 나라의 왕비가 될 그녀를 한낱 조그마한 성주의 정부로 그치게 하는 데 만족하지 않고, 더 참혹한 정사로서 물들였던 것입니다.

페리콘에게는 마라토라는 미남이자 장미처럼 젊은 스물다섯 살 난 동생이 있었습니다. 마라토는 공주를 보자 사랑의 포로가 되어 버렸습니다. 그리고 그녀의 몸짓에서 자기에게 매우 호의를 느끼고 있다고 혼자 판단해 버렸습니다. 그래서 페리콘만 그녀에 대한 감시의 눈을 번쩍이지 않는다면, 아무것도 자기의 사랑을 방해하는 것이 없다고 생각하고 아주 잔인한 계획을 생각했습니다. 그 결과 그만 무서운 사건이 일어나고 말았습니다.

때마침 이 항구 도시에 한 척의 배가 들어와 있었습니다. 상품을 싣고 로마냐(모레아에 있는 항구 도시, 옛날 사람들은 동로마 제국을 로마냐라고 불렀다)의 카렌차로 가는 길이었으며, 선주는 두 사람의 젊은 제노바 사람이었습니다. 마침 순풍이 불고 있어서 곧 돛을 올려 출발하도록 되어 있었습니다. 마라토는 그들과 의논해서 그날 밤 자기와 공주를 태워 달라고 부탁했습니다.

이렇게 약속이 되어 밤이 되자, 미리 의논해둔 대로 아무런 경계도 하지 않고 있는 페리콘의 집에 가장 믿을 만한 몇 명의 패거리들을 이끌고 몰래 기어 들어갔습니다. 그들은 계획을 다 듣고 있었으므로 집 안으로 들어가자마자 명령대로 저마다의 장소에 몸을 숨겼습니다.

그러는 동안에 밤도 차츰 깊어져서 마라토가 가르쳐 준 대로 그들은 페리콘과 공주가 자고 있는 방으로 들어갔습니다. 방문이 열리자마자 그들은 잠들어 있는 페리콘을 죽이고는 울부짖는 공주를 떠들면 죽인다고 협박하여 아무도 눈치채지 않도록 페리콘의 갖가지 귀중품까지 훔쳐 해안으로 달렸습니다. 그리고 마라토와 공주는 즉각 배에 오르고, 부하들은 되돌아갔습니다. 뱃사공들은 상쾌한 순풍에 돛을 달고 떠나갔습니다.

공주는 한 번이 아니라 두 번이나 이런 불행을 당하고 매우 슬퍼했습니다. 그러나 마라토는 하느님이 주신 성 크레시 님의 덕분에 온갖 노력으로 그녀를 달래기 시작했으므로, 공주는 차츰 그에게 친근감을 느끼게 되었습니다. 그리하여 어느새 페리콘을 잊어 갔습니다. 그리고 이 처지도 그리 나쁘지 않다고 생각하기 시작할 무렵, 운명은 여태까지의 불행으로도 모자랐는지 다시 새로운 슬픔을 공주에게 안겨 주었던 것입니다.

앞에서도 누차 말씀드렸듯이 그녀가 유례없이 미인인 데다가 예의범절이 바르고 행동거지가 우아했으므로, 이번에는 두 선주가 그만 홀딱 반하고 말았던 것입니다. 그래서 다른 것은 다 팽개치고 그녀에게만 봉사하여, 마라토가 눈치채지 않게 그녀의 마음을 사로잡으려고 안간힘을 썼습니다. 두 사람은 또 서로의 연모를 눈치채고, 사랑이 금전이나 상품의 거래와 마찬가지로 흥정을 할 수 있는 것처럼 그녀를 함께 손에 넣자고 몰래 의논했습니다.

그러나 두 사람은 마라토가 줄곧 감시의 눈을 번쩍이고 있어서 좀처럼 자기들의 속셈이 실현되지 않았으므로 어느 날 밤, 돛을 가득 펴서 배를 전속력으로 달리게 했습니다. 그때 마라토는 배 꽁무니에 서서 그들이 자기를 노리고 있다는 것도, 음모가 진행되고 있다는 것도 모르고 우두커니 바다를 바라보고 있었습니다. 그러다가 눈 깜짝할 사이에 그들에게 붙들려 바다에 던져지고 말았습니다. 그때 마라토가 바다에 떨어졌다는 것을 깨달은 자가 있었다 하더라도 배는 벌써 1마일이나 멀리 떠나와 있었을 것입니다.

공주는 그것을 알고 이제 그를 되찾을 수 없다는 생각에 배 위에서 다시 새로운 슬픔에 깊이 잠기기 시작했습니다. 그때를 놓치지 않고 두 선주가 달려와서 그녀를 위로하고 달랬습니다. 비록 뜻은 통하지 않았지만 달콤한 말을 속삭이고 호들갑스러운 언약의 표시를 하면서 마라토를 잃었을 뿐 아니라, 다시 자기에게 겹친 불행을 한탄하고 있는 그녀의 마음을 달래려고 무던히 노력을 기울였습니다.

그렇게 오래도록 위로하는 동안에 간신히 그녀의 기분이 가라앉기

시작한 것을 알았으므로, 두 사람은 누가 먼저 그녀와 자느냐 하는 문제를 의논하기 시작했습니다.

그런데 저마다 먼저 자고 싶어해서 아무리 해도 약속이 성립되지 않았습니다. 처음에는 말만 거칠게 오고 가다가 어느새 맞잡고 밀고 당기는 싸움으로 변하더니, 결국은 노여움이 절정에 이르러 칼을 빼들고 무서운 격투를 벌이기 시작했습니다. 이렇게 서로 찌르고 찔리고 하여(배에 탄 사람들은 두 사람을 갈라놓을 수가 없었으므로), 마침내 한 명이 살해되고 말았습니다. 그리고 나머지 한 명도 중상을 입었지만 겨우 목숨만은 건질 수 있었습니다.

이것을 본 공주는 배 위에는 누구 하나 자기에게 구원의 손길을 뻗쳐 줄 사람도 의논 상대가 되어 줄 사람도 없는 신세가 되었으므로, 다시 깊은 슬픔에 잠겼습니다. 그뿐 아니라 두 선주의 친척들과 친구들이 자기에게 앙갚음을 하지나 않을까 하고 두려워졌습니다. 그러나 중상을 입은 선주의 부탁으로 한시바삐 카렌차로 가게 되어 가까스로 죽음의 위기는 면했습니다.

카렌차에 도착하자 공주는 중상을 입은 선주와 상륙하여 어느 여관에 들어갔습니다. 그러자 순식간에 그녀의 아름다움이 온 마을의 화젯거리가 되었습니다. 그때 마침 그곳에 머물고 있던 모레아의 영주도 그녀의 아름다움에 대한 소문을 들었습니다. 영주는 그녀를 한 번 봐야겠다는 생각이 간절하던 차에 실제로 만나 보니 소문과 다름없는 절세의 미인이라, 금세 그녀에게 넋을 잃고 다른 것은 아무것도 머리에 들어오지 않게 되었습니다.

영주는 그녀가 이곳에 오게 된 까닭을 듣고는, 그렇다면 그녀를 손에 넣을 수 있겠다고 생각했습니다. 그래서 그 방법을 생각하고 있는데, 선주의 친척들이 영주의 뜻을 알고 즉각 그녀를 갖다 바쳤습니다. 영주가 무척 기뻐한 것은 물론이고, 공주도 큰 위난을 면하게 된 줄 알고 여간 기뻐하지 않았습니다.

영주가 그녀를 가만히 훑어보니 아름다울 뿐 아니라 왕가의 출신처럼 예의범절이 바르며, 신분을 알 수는 없었지만 귀부인이 틀림없다고 생각했습니다. 그래서 공주에 대한 연정이 점점 더해 갔습니다. 그런 까닭으로 영주는 그녀에게 크게 경의를 표하고, 정부로서가 아니라 마치 본처처럼 그녀를 대우했습니다. 공주도 과거의 불행을 돌이켜보고는 지금의 처지가 훨씬 다행이라 생각하고, 완전히 원기를 되찾아 명랑해지기까지 했습니다. 날이 갈수록 그녀는 더욱 꽃처럼 아름다워졌으므로 온 로마냐는 이 소문으로 들끓었습니다.

그런데 이 이야기를 들은 젊고 미남인 데다가 당당한 체구를 가진 아테네 공이 모레아 영주의 친척도 되고 친구 사이임을 빌미로 공주를 한번 보러 가야겠다고 생각하게 되었습니다. 그래서 전에도 여러 번 있었던 일이지만 그를 방문한다면서 많은 하인들을 거느리고 카렌차에 들이닥쳤습니다. 그리하여 성대한 환영과 환대도 받았습니다.

이윽고 며칠이 지나 얘기가 마침 공주의 아름다움으로 옮겨졌을 때, 공은 소문처럼 그렇게 아름다운가 하고 영주에게 물었습니다.

"소문 이상이지. 내 말보다 자네가 직접 확인해 보게나."

이렇게 대답하고 영주는 공을 재촉하여 함께 공주가 있는 곳으로 갔습니다. 그녀 쪽에서도 두 사람이 온다는 것을 미리 알고 있었으므로 복장을 갖추고 정숙한 모습으로 미소를 띠며 맞이했습니다. 그리하여 두 사람 사이에 앉게 되었지만 그들의 말을 도무지 알아들을 수 없어 공은 그녀와 즐겁게 얘기를 나눌 수가 없었습니다.

그래서 두 사람은 서로 이상한 것이라도 보듯이 쳐다보고만 있었습니다. 특히 아테네 공은 보면 볼수록 아름다운 그녀가 마치 이 세상 사람이 아니라는 생각이 들 정도였습니다. 그리하여 계속 바라보고 있는 동안에 자기의 눈이 독을 품은 사랑을 마시고 있다는 것을 깨닫지 못하고 그녀를 바라보고만 있으면 자기의 욕망이 채워질 줄 알았으나, 실은 그녀에 대한 사랑에 미쳐서 떳떳치 못한 사련(邪戀)의 함정에 점점 빠져 들어가고 있었습니다.

영주와 더불어 그녀 곁에서 물러난 공은 혼자 생각에 잠기게 되자, 그렇게 아름다운 사람을 자기의 즐거움으로 삼을 수 있는 영주는 더없이 행복한 인간이라는 생각을 했습니다. 그리고 이 궁리 저 궁리하는 동안에 자기의 결백한 사고방식보다 이 타오르는 사랑의 상념을 소중히 하는 편이 낫겠다고 생각하고, 나중에 어떻게 되든 그에게서 이 행복을 빼앗아 자신의 것으로 만들자고 결심했습니다. 그래서 일은 서두르는 편이 좋다고 여겨 일체의 이성도 정의도 내팽개치고는 자기의 생각을 오로지 흉한 책략을 세우는 데 집중했습니다.

그리하여 어느 날, 공이 꾸민 계책에 따라 영주의 신임이 가장 두터운 추리아치라는 하인을 한패로 끌어넣고는 언제라도 출발할 수 있도록 자기 말과 짐을 전부 챙겨 놓게 했습니다. 그런 다음 완전 무장한 공은 하인을 한 사람 데리고 추리아치의 뒤를 따라 영주의 침실로 들어갔습니다.

공주는 자고 있었으나 영주는 너무 더워서 발가벗은 채 바다 쪽으로 난 창가에 서서 불어오는 시원한 바람을 쏘이고 있었습니다. 자기가 할 일을 미리 알고 있는 하인은 침실을 가로질러 살며시 창가로 다가가 단도로 영주의 옆구리를 칼끝이 쑥 나올 만큼 힘껏 찔렀습니다. 그리고 그를 번쩍 들어 창밖으로 내던졌습니다. 영주의 저택은 바닷가의 높은 언덕 위에 있어서 영주가 기대어 섰던 창문 쪽에는 사람의 출입이 드물거나 혹은 전혀 없는 두세 채의 집이 보일 뿐이었습니다. 그런 까닭으로 공이 예상한 대로 영주의 시체가 던져진 것을 아무도 보지 못했고 소리조차 듣지 못했습니다.

하인은 일이 끝나자 추리아치 옆으로 친한 척 다가가더니, 들고 있던 밧줄로 느닷없이 그의 목을 감아 조르기 시작했습니다. 거기에 공까지 달려들어 둘이서 힘을 합해 그를 목 졸라 죽이고는 역시 영주를 내던진 창밖으로 집어던졌습니다.

그런 후에 공은 공주도 그 누구도 이 사실을 알지 못한다는 것을 알고, 등불을 손에 들고는 세상모르게 자고 있는 공주를 바라보다가 이불을 조심조심 걷어 보았습니다. 그 전라의 모습을 보고 공은 너무나 감탄하여 저도 모르게 신음 소리를 냈습니다. 실오라기 하나 걸치지 않은 아름다운 육체는 옷을 입었을 때 이상으로 그를 황홀경에 몰아넣었던 것입니다. 그리하여 욕정에 불이 붙어 방금 저지른 끔찍한 일

도 잊고 아직 피에 젖은 손으로 그녀 옆에 누웠습니다. 그리고 꿈결처럼 자기를 영주인 줄 알고 있는 그녀를 끌어안았습니다.

공은 잠시 그녀와 최고의 쾌락을 즐기다가 이윽고 일어나서 하인을 불러 그녀의 입을 막고, 들어왔던 비밀 문으로 그녀를 데리고 나갔습니다. 그리고 말에 태운 후 소리가 나지 않도록 주의시키면서 수행원들을 모두 거느리고 아테네로 떠났습니다.

그러나(그에게는 아내가 있었으므로) 아테네로 가지 않고 거기서 좀 떨어진 해변의 별장으로 갔습니다. 공주는 또다시 깊은 슬픔에 잠겼지만, 그곳에서 이루 말할 수 없는 극진한 대우를 받았습니다.

한편, 이튿날 아침 영주의 신하들은 영주가 일어나기를 기다렸으나 오후 3시가 되도록 기척을 보이지 않으므로 이상하게 생각하고 문을 열어 보았으나 아무도 없었습니다. 그러나 그 아름다운 여인과 몰래 며칠 동안 즐기러 어디로 떠났나 보다 하고 생각했을 뿐, 참혹한 사건이 일어났다고는 아예 생각도 하지 않았습니다.

그런데 다음 날, 미치광이 하나가 영주와 추리아치의 시체가 버려져 있는 폐허에 들어가서 밧줄로 목이 감긴 추리아치의 시체를 끌어내어 온 시내를 끌고 다니는 사태가 벌어졌습니다. 사람들은 몹시 놀라서 온갖 수단으로 미치광이를 살살 달래고 얼러 시체를 끌어낸 곳으로 안내하게 했습니다. 그리하여 영주의 시체를 발견한 시민들은 너무나 놀라 깊은 슬픔에 잠긴 채 고이 묻어 주었습니다.

관리들이 사건을 조사해 보니 아테네 공이 없어졌고 더욱이 밤중에 아무도 모르게 출발했다는 사실을 알게 되자, 틀림없이 그의 소행이며 공주를 납치한 것이라고 판단했습니다. 그래서 신하들은 죽은 영주의 아우에게 자리를 계승시키고, 자기들도 힘을 합할 테니 복수하자고 제의했습니다.

새 영주는 여러 가지 증거로써 추측한 대로의 일이 벌어진 것을 알았으므로, 각지에서 친구들과 친척들, 신하들을 불러 모아 강력한 군대를 조직하여 아테네 공과 일전을 계획하고 그 지휘를 직접 맡았습니다. 이것을 감지한 아테네 공도 역시 군대를 모았습니다. 응원군으로 많은 귀족들이 달려왔는데, 그 가운데는 콘스탄티노플의 동로마제국 황제가 파견한 왕자 콘스탄티누스와 조카 마노벨루스가 대군을 이끌고 참가했습니다. 이 사람들은 아테네 공 부처의 정중한 환영을 받았습니다. 공작 부인이 그들의 누님이었던 것입니다.

그러는 동안에 결전의 날은 하루하루 다가왔으므로, 공작 부인은 기회를 보아 두 사람을 자기 방으로 불러 눈물을 흘리면서 이 전쟁이 일어나게 된 경위를 자세하게 털어놓았습니다. 그리고 몰래 숨겨 놓고 있는 그 여자 때문에 자기는 남편에게 모욕당했다고 호소했습니다. 그러니 어떻게든 남편의 명예를 되찾고, 자기를 슬픔에서 구해 주도록 최선을 다해 달라고 부탁했습니다.

두 젊은 왕족은 이미 사실을 모두 알고 있었으므로 그 이상 이것저것 따져 묻지 않았습니다. 그래서 자기들은 할 수 있는 한 모든 힘을 다하겠다고 공작 부인을 위로하여 희망을 갖게 했습니다. 그러고는 그 여자의 거처를 알아 낸 다음 방을 나왔습니다.

두 사람은 진작부터 그 여자가 절세의 미인이라는 말을 듣고 있었

으므로, 한번 보고 싶은 생각이 들어 공에게 소개해 달라고 부탁했습니다. 아테네 공은 모레아의 영주가 그녀를 자기와 만나게 했기 때문에 그에게 불행한 사건이 일어난 사실을 잊고 만나게 해 주마고 약속했습니다. 그리고 공은 아름다운 정원에(그곳 별장에 그녀는 살고 있었지요) 훌륭한 음식을 차리게 하고, 다음 날 아침 신하들과 함께 이들을 초대했습니다.

그녀의 옆에 앉은 콘스탄티누스 왕자는 지금까지 이토록 아름다운 여성을 본 적이 없었으므로, 눈이 휘둥그레져서 줄곧 그녀만 바라보고 있었는데, 속으로 이와 같은 미녀이니 공이 그녀를 손에 넣기 위해 친구를 배신하고 그런 일을 저지를 만도 하다고 생각했습니다. 이렇게 그녀를 바라보며 그 아름다움에 경탄하고 있는 동안에 공에게 일어난 것과 마찬가지의 생각이 그에게도 일어나고 말았습니다. 그리하여 그 역시 그녀에 대한 사랑의 포로가 된 채 연회에서 물러났는데, 이제 전쟁 같은 것은 다 잊어버리고, 아무도 자기의 사랑을 눈치채지 못하게 하고 공에게서 그녀를 탈취할 수 없을까 하는 생각만이 머리에 가득 차 버렸습니다.

그러나 그가 이렇듯 사랑에 가슴을 태우고 있는 동안 벌써 모레아 영주의 군대가 공의 영지에 접근해 오고 있었으므로, 공의 진격 개시 시간도 시시각각으로 다가오고 있었습니다. 그래서 공과 콘스탄티누스 왕자와 다른 귀족들의 군대는 영주군의 진격을 막기 위해 미리 정해둔 대로 국경을 향해 출발했습니다.

그러나 잠시 국경에 주둔하고 있는 동안에도 콘스탄티누스 왕자의 머리와 마음속에는 줄곧 그녀에 대한 생각이 떠나지 않았습니다. 그리고 공도 그녀 곁에 없으니 지금이야말로 자기 뜻을 이룰 수 있는 절호의 기회라 생각하고, 아테네로 돌아갈 구실을 만들기 위해 꾀병을 앓기 시작했습니다.

그래서 공의 허락이 내렸으므로 왕자는 마노벨루스에게 군대의 지휘를 맡기고 아테네의 누이 댁으로 되돌아갔습니다. 그곳에 며칠 누워 있는 동안 왕자는 공이 그 여자를 데리고 살면서 누님이 받은 모욕에 대해 슬쩍 화제를 돌려, 희망한다면 그 여자를 다른 데로 끌어내어 누님의 기분을 풀어 드리겠다고 꾀었습니다.

공작 부인은 그 제안이 누님인 자기를 사랑하기 때문이며 그녀에 대한 연모 때문이라고는 생각지도 못했으므로, 자기가 동의한 것을 남편에게 비밀로만 해 준다면 더 바랄 것이 없다고 대답했습니다.

콘스탄티누스 왕자는 그렇게 하겠다고 약속했고, 부인도 잘해 달라고 부탁했습니다.

왕자는 몰래 조그마한 배 한 척을 무장시켜 어느 날 밤 그 여자가 살고 있는 별장의 정원 가까이에 갖다 대게 했습니다. 배에는 그의 지시를 상세히 받은 부하 몇 사람을 태워 놓았습니다. 이렇게 해놓고 왕자는 부하를 거느리고 그녀가 살고 있는 별장으로 갔습니다. 왕자는 공주와 하인들로부터 큰 환영을 받았습니다. 그리고 그녀는 왕자가 바라기도 전에 하인들과 왕자의 신하들을 거느리고 정원으로 내려갔습니다.

왕자는 공의 전갈이 있는 것처럼 바다가 있는 사립문 쪽으로 그녀를 데리고 갔습니다. 문은 이미 부하 한 사람이 열어 두었으므로 신호를 하여 조그마한 배를 가까이 오게 하고는, 재빨리 그녀를 붙잡아 강제로 배에 태운 다음 그녀의 하인들에게 소리쳤습니다.

"목숨이 아깝거든 떠들거나 움직이지 마라. 나는 공에게서 여자를 빼앗으려고 이러는 게 아니다. 공이 누님에게 주고 있는 모욕을 씻어 버리기 위해서이다."

이 말에 누구 하나 대답하는 자가 없었습니다.

왕자는 부하들과 더불어 배에 올라타 울고 있는 여자 옆에 앉았습니다. 그리고 곧 부하들에게 출발할 것을 명했습니다. 부하들은 노를 젓는다기보다 나는 듯이 배를 몰아갔으므로 다음 날 새벽에는 벌써 에지나에 도착해 있었습니다.

그곳에 상륙하여 쉬고 있는 동안 왕자는, 아름답기 때문에 일어난 공주의 불행한 한탄을 위로하며 사랑의 꿈에 잠겼습니다. 그리고 다시 배를 타고 며칠 후 키오스에 닿았습니다. 왕자는 아버지에게 꾸중을 들을 것이 무섭고, 누군가에게 그녀를 탈취당할 일이 염려되어 안전한 장소로써 이곳에 머물자고 생각한 것입니다.

아름다운 공주는 날마다 오로지 자기의 불행만 슬퍼하고 있었으나, 그러는 동안에 왕자의 위로를 받아 지금까지도 여러 번 그러했듯이 운명이 자기 앞에 마련해 준 것에 기쁨을 느끼기 시작했습니다.

이와 같은 사태가 벌어지고 있는 동안에 터키의 술탄 오스베크는 동로마 제국 황제와 줄곧 싸움을 계속하고 있었는데, 이 무렵 우연히 스미르나에 와 있었습니다. 여기서 왕자 콘스탄티누스가 아무런 방

비도 없이 탈취해 온 여자와 키오스에서 음란한 생활을 하고 있다는 소문을 듣고, 어느 날 밤 몇 척의 무장선을 타고 찾아갔습니다. 상륙 즉시 적의 내습을 모른 채 침상에서 자고 있던 왕자의 많은 부하들을 사로잡았으며, 깨어나 무기를 찾아들고 달려온 자들은 모두 죽임을 당했습니다. 그런 다음 그곳에 불을 지르고 전리품과 포로를 배에 싣고 스미르나로 돌아왔습니다.

전리품을 조사하던 오스베크는 한 아름다운 여자를 발견했습니다. 그는 이 여자가 침대에서 자다가 사로잡힌 콘스탄티누스 왕자의 그 소문난 미녀가 틀림없다고 생각하고, 그녀를 얻게 되어 여간 흐뭇하지 않았습니다. 그래서 아무런 주저 없이 그녀를 아내로 삼아 성대한 결혼식을 올렸으며 몇 달 동안 쾌락을 즐겼습니다.

한편, 이와 같은 사건이 일어나기 전, 황제는 카파도치아의 밧사노 왕과 양쪽에서 오스베크를 협공하자는 협정을 맺으려 하고 있었으나, 밧사노 왕이 낸 몇 가지 조건이 마음에 들지 않아 완전히 합의를 보는 데는 이르지 못하고 있었습니다. 그러다가 왕자에게 일어난 사건을 듣고 더없이 슬퍼한 황제는 카파도치아의 왕이 낸 조건을 주저 없이 들어주고, 강력하게 오스베크를 치도록 부추기고는 자기도 다른 방향에서 그를 습격할 준비를 진행시켰습니다.

오스베크는 이것을 알고 강력한 황제와 왕의 군대에게 협공을 당하기 전에 자기 군대를 집결시킨 다음, 스미르나에는 충실한 신하이자 친구이기도 한 사나이를 사랑하는 여자의 감시자로 남겨두고, 카파도치아의 밧사오 왕을 공격하기 위해 떠나갔습니다. 그러나 싸움을 계속하다가 격전 속에서 전사하고, 군대도 대패하여 사방으로 흩어지고 말았습니다. 이에 기세등등해진 밧사노 왕은 쉽게 스미르나로 진격해 갔으며, 주민들은 모두 그를 승리자로 맞이하여 항복했습니다.

아름다운 공주를 감시하기 위해서 뒤에 남은 안티오쿠스라는 오스베크의 충실한 신하는, 그녀의 아름다움을 보고는 나잇값도 못하고 주책없이 친구이자 주군인 오스베크에 대한 봉사와 신의를 잊고 그녀를 사모하게 되었습니다. 그리고 그녀의 말을 알아듣게 되자(그녀도 지난 몇 해 동안 남이 하는 말을 알아듣지 못하고 자기 말을 남이 알아주지 못해서 벙어리나 귀머거리 같은 생활을 해왔으므로 여간 기뻐하지 않았습니다만), 연정에 못 이겨 주군이 무기를 들고 싸우고 있는 것도 아랑곳없이 불과 2, 3일 동안에 아주 친절해져서 주군에 대한 우정을 잊었을 뿐 아니라 한 잠자리에서 쾌락에 잠기는 사랑을 나누게 되었습니다.

그러나 오스베크가 싸움에 져서 전사하고, 밧사노 왕이 인근 지방을 약탈하면서 이쪽으로 진격해 오고 있다는 소식을 듣자, 안티오쿠스는 이런 곳에서 멍청하게 그를 기다리고 있을 필요가 없다고 여기고 공주를 이끌고 도망가기로 하였습니다. 더군다나 오스베크가 이곳에 남기고 간 값진 물건들을 대부분 가로채어 둘이서 몰래 로데스로 달아났습니다.

그러나 둘이 로데스에서 살게 된 지 얼마 되지 않아 안티오쿠스는 죽을병에 걸리고 말았습니다. 마침 그곳에 키프로스 상인이 유숙하고 있었는데, 그는 그 상인을 무척 좋아했고 친구처럼 여기고 있었으므로 이윽고 죽을 때가 다가온 것을 깨닫고는 자기 애인과 귀중한 물건들을 그에게 남겨주려고 생각했습니다. 그리하여 임종이 가까워지자 두 사람을 불러 말했습니다.

"나는 이제 아무래도 살아날 가망이 없네. 나는 지금처럼 사는 보람을 느껴 본 적이 없으니 이렇게 즐거운 생을 떠나야 하는 게 원통하기 짝이 없지만, 만족하게 생각하고 죽어갈 수 있네. 그것은 이 세상의 그 누구보다도 사랑하는 두 사람의 팔에 안겨서, 말하자면 자네의 팔과 내 몸보다 더 사랑해 온 이 여자의 팔에 안겨 죽어갈 수 있기 때문이네. 그러나 내가 죽으면 이 여자는 타향에서 누구의 도움도 얻지 못하고 의논 상대도 없이 혼자 남게 될 것을 생각하니, 도무지 마음이 놓이지 않아 견딜 수 없네. 자네는 나를 사랑해 준 이상으로 나 대신 이 여자를 알뜰히 돌봐 주리라 믿네. 자네가 이곳에 없었더라면 나는 눈을 감을 수가 없었을 걸세. 자네에게 부탁하고 싶은 것은, 내가 죽거든 내 재산과 이 여자를 자네가 맡아 주게. 내 영혼의 평안을 위해서 그렇게 해 주기 바라네. 그리고 가장 사랑하는 당신에게 부탁하오만, 제발 나를 잊지 말아 주오. 그러면 나는 저세상에 가서 자연이 만들어 낸 최고의 미녀에게 사랑을 받았다고 스스로 자랑할 수 있을 테니까. 만일 당신들이 이 두 가지를 지켜 준다면 나는 아주 편안히 저세상에 갈 수 있을 걸세."

친구인 상인도 공주도 이 말을 들으면서 눈물을 흘렸습니다. 상인은 그가 말을 끝내자, 만일 자네가 죽으면 부탁받은 일은 모든 신념을 다하여 실행하겠다고 위로하며 굳게 약속했습니다. 곧 안티오쿠스는 숨을 거두었으므로 두 사람은 그를 고이 묻어 주었습니다.

그 후 며칠이 지나서 키프로스의 상인은 로데스에서의 일을 마치고, 마침 입항해 있던 카탈로니아의 화물선을 타고 키프로스 섬으로 돌아갈 생각을 했습니다. 그는 공주에게 자기는 키프로스로 돌아가려 하는데 부인은 어떻게 하겠는가고 물었습니다. 그녀는 안티오쿠스의 사랑을 받았으니 누이동생으로 알고 그렇게 대해 달라고 부탁하면서 상관없으니 함께 데려가 줄 수 없느냐고 말했습니다. 상인은 자기도 그것이 가장 좋은 길이라 생각한다고 대답했습니다. 그리고 키프로스에 닿을 때까지 부질없는 쑥덕공론으로부터 그녀를 지킬 양으로 다른 사람들에게는 부부라고 말해 두었습니다.

그리하여 뱃머리의 조그마한 침실이 주어졌는데 그들은 남이 이상하게 생각하지 않도록 좁은 침대에 함께 누웠습니다. 그 때문에 로데스를 떠날 땐 서로 생각지도 않던 일이 일어나고 말았습니다. 말하자면 주위는 어둡고 자신들도 모르게 마음을 놓은 상태에다 침대의 따뜻한 온기 때문에 그만 크게 자극을 받아 죽은 안티오쿠스의 우정도 잊어버리고, 상인이 태어난 고향 키프로스 섬의 바파에 도착하기 전에 정욕에 못 이겨 관계를 하고 말았던 것입니다. 그리하여 공주는 바파에 도착하여 잠시 이 상인과도 함께 살았습니다.

그 무렵 마침 안티고누스라는 귀족이 볼일이 있어 바파에 왔습니다. 그는 나이도 지긋하고 매우 사려 깊은 사람이었지만 부자는 아니었습니다. 그래서 키프로스 왕을 섬기며 여러 가지 바쁜 일에 종사하고 있었지만, 운이 따르질 않았습니다.

어느 날 그는 우연히 그녀가 살고 있는 집 앞을 지나가게 되었는데 마침 상인은 아르메니아에 가서 집에 없었습니다. 그녀는 창가에 나와 있다가 서로 눈이 마주쳤습니다. 그녀가 굉장한 미인이었으므로 그는 자기도 모르게 자꾸만 쳐다보는 동안 어디서 만난 적이 있는 여자 같다는 생각이 들었으나, 그것이 어디였는지 도무지 머리에 떠오르지 않았습니다.

오랫동안 운명의 노리개가 되어 온 아름다운 공주의 불행도 이제 사라질 때가 되었는지, 공주는 안티고누스를 보자 그가 알렉산드리아에서 아버지를 섬기며 그리 낮지 않은 지위에 있었던 사람이라는 것이 생각났습니다. 그래서 그에게 의논하면 아버지가 있는 자기 나라로 돌아갈 수 있을지도 모르겠다고 생각하고, 다행히 남편이 집에 없으므로 얼른 안티고누스를 집 안에 불러들였습니다.

"저는 그런 생각이 듭니다만, 당신은 파마고스타의 안티고누스 님이 아니신지요."

안티노누스는 그렇다고 대답하고는 덧붙였습니다.

"부인, 저도 부인을 뵌 적이 있는 듯한 느낌입니다만, 어디서 뵈었는지 아무리 해도 생각이 나지 않는군요. 만일 상관없다면, 누구신지 말씀해 주시지 않겠습니까?"

공주는 그가 안티고누스가 틀림없다는 것을 알자 목에 매달리며 울음을 터뜨렸습니다. 그리고 잠시 후, 공주는 놀란 그에게 알렉산드리아에서 자신을 본 적이 없느냐고 물었습니다. 이 질문을 받고 안티고누스는 그녀가 바다에 빠져 죽은 줄로 알고 있는 술탄의 공주 알라티엘이라는 것을 곧 깨닫고 공손히 예를 드리려고 했습니다.

그러나 공주는 그것을 막으면서 그대로 그 자리에 앉아 있어 달라고 부탁했습니다. 그래서 안티고누스는 자리에 앉은 채, 이집트에서는 오래 전에 바다에 빠져 죽은 줄 알고 있고, 벌써 몇 해나 지났는데 언제 어디서 어떻게 이곳으로 왔느냐고 정중하게 물었습니다.

"지금까지 이렇게 비참한 생활을 하며 살아 있느니 차라리 그때 빠져 죽었던 편이 좋았을 거예요. 아버님이 아시면 역시 똑같은 생각을 하실 거예요."

이렇게 말하고 그녀는 다시 애처롭게 울기 시작했습니다.

그래서 안티고누스가 말했습니다.

"공주님, 그렇게 한탄하지 마십시오. 무슨 일이 일어났으며, 또 어떤 생활을 해왔는지 상세히 들려주실 수 없겠습니까? 경우에 따라서는 하느님의 가호로 그 보상을 얻을 수 있는 방법이 있을지도 모르니까요."

"안티고누스! 당신을 만나니 아버님을 뵙는 듯한 기분이 들어요. 내가 아버님에게 품고 있는 애정과 친밀감에 마음이 움직여서 숨겨 둘 수도 있는 것을 당신에게 그만 털어놓고 말았어요. 내가 누구보다 먼저 당신을 만나서 당신이라는 것을 알았을 때 나는 얼마나 기뻤는지……. 좀처럼 만날 수 없는 분을 만나게 되었으니까요. 그러니 불운한 변을 당하는 동안 줄곧 남에게는 숨겨 온 일을 아버님처럼 여겨지는 당신에게 죄다 털어놓기로 하겠어요. 내 얘기를 들으시고 예전 신분으로 돌아갈 수 있는 방법이 있다고 생각하시거든 그 방법을 강구해 주세요. 만일 없거든, 나를 만났다는 말은 아무에게도 하지 말아 주세요. 또 내가 하는 얘기도 절대로 누구에게든 말하지 않도록 부탁드리겠어요."

이렇게 말하고 계속 눈물을 훔치면서 마주르카 섬에서 조난당한 이후 지금까지 겪은 사건을 남김없이 얘기했습니다. 안티고누스는 그것을 듣고 너무나 슬퍼져서 그만 울고 말았습니다. 이윽고 한참 생각하다가 안티고누스는 말했습니다.

"공주님, 그런 불행에도 불구하고 감쪽같이 신분을 감추어 오셨으니 아버님은 필시 공주님을 지금 이상으로 귀엽게 생각하실 것입니다. 그리고 다시 가르보의 왕에게 왕비로서 보내시게 될 겁니다."

어떻게 그런 일을 할 수 있겠느냐는 공주의 질문에 안티고누스는 그 방법을 일러 주었습니다. 그리고 우물쭈물하고 있다가는 또 어떤 방해가 생길지 모르는 일이었으므로 안티고누스는 즉각 파마고스타로 돌아가 키프로스 왕 앞에 나가서 말했습니다.

"왕께서 만일 마음에 드신다면 즉시 최대의 명예를 받으실 수 있는 일이 있습니다. 그리고 가난에도 굽히지 않고 왕을 모시고 있는 저도, 왕께 손해를 끼쳐 드리지 않고 최대의 이익을 얻을 수 있습니다."

왕은 그게 어떤 일이냐고 물었습니다. 안티고누스는 대답했습니다.

"실은 꽤 오래 전에 바다에서 익사하셨다는 소문이 돌았던 술탄님의 젊고 아름다운 공주께서 지금 바파에 살아 계십니다. 공주님은 정조를 지키기 위해 오랫동안 무척 고생을 하셨습니다. 그리고 지금은 가엾은 처지에 빠져서 부왕 곁으로 돌아오고 싶어하십니다. 만일 왕께서 공주를 모셔 오는 호위 역으로 저를 임명해 주신다면, 왕께도 명예가 될 뿐 아니라 저에게도 대단한 행운입니다. 왕께서도 이만한 일은 생각해 주셔도 마땅하실 줄 압니다만."

왕은 참으로 왕다운 관용으로 괜찮겠지, 하고 금방 허락했습니다. 그리고 공주를 맞이하기 위해 그를 사자로 파견하여 공주를 파마고스타로 모시고 오게 했습니다. 공주는 거기서 왕과 왕비로부터 왕족다운 성대한 환영을 받았습니다. 그리고 지금까지 일어난 일을 물었을 때 안티고누스가 가르쳐 준 대로 했습니다.

며칠 후 왕은 공주의 소원대로 안티고누스를 사신으로 왕가의 신분에 걸맞은 화려하게 차려 입은 남녀 수행원들을 딸려 술탄에게 공주를 보내 주었습니다. 술탄이 이게 꿈이냐 생시냐, 하고 기뻐하며 공주를 맞이한 것은 두말할 것도 없고, 안티고누스도 하인들과 더불어 매우 융숭한 대접을 받았습니다.

공주가 잠시 숨을 돌리자 이윽고 술탄은, 어떻게 하여 살아올 수 있었고, 그렇게 오랫동안 어디서 살고 있었으며, 어째서 아무 소식도 알려 주지 않았느냐고 공주에게 물었습니다. 공주는 안티고누스의 지시를 잘 납득하고 있었으므로 아버지 앞에 가서 말했습니다.

"아버님, 제가 배를 타고 떠난 후 아마 20일쯤 되는 날이었을 거예요. 심한 폭풍이 휘몰아쳐서 배는 부서지고, 어느 날 밤 아이게스모르테세라는 곳에서 가까운 서쪽 해안에 표착하고 말았어요. 배에 타고 있던 사람들이 어떻게 되었는지 지금도 저는 모르겠어요. 그러는 동안에 실신하여 죽은 듯이 쓰러져 있던 사람들이 난파한 배를 발견하고 사방에서 달려와 약탈하기 시작하지 않겠어요? 저와 두 시녀는 해안의 모래사장으로 끌려갔고, 젊은 사람들이 우리를 붙잡더니 한 사람은 이쪽으로, 한 사람은 저쪽으로 시녀들을 가로채서 달아나 버렸어요.

그 후 시녀들이 어떻게 되었는지 저는 알지 못해요. 저는 저항했습니다만, 두 젊은이가 머리칼을 움켜쥐고 질질 끌고 가는 바람에 비명을 지르면서 울부짖었어요. 그런데 저를 끌고 가던 남자들이 깊은 숲으로 들어가는 길목에 이르렀을 때 마침 말을 탄 네 명의 남자들이 지나갔어요. 저를 끌고 가던 사람들은 그 사람들을 보더니 그만 저를 버리고 달아나 버렸어요. 말을 탄 네 사람은 매우 높은 분들 같았는데, 그 광경을 보고 제 앞으로 달려와서 여러 가지를 물었어요. 저는 일일이 대답했지만 그 사람들에게는 통하지 않았고, 그 사람들이 하는 말을 저는 알아들을 수가 없었어요.

그 사람들은 무언가 오랫동안 의논하더니, 저를 그들이 믿는 종교상의 법도에 따라 어느 여자 수도원으로 데려갔어요. 거기서 그들이 뭐라고 했는지는 모르겠지만, 저를 친절하게 맞이해서 정중히 대접해 주었어요. 그곳에서 저는 그 지방 부인네들이 모두 깊은 신앙을 바치고 있는 성 크레시 님에게 수녀들과 함께 정성껏 기도를 드리게 되었어요. 그렇게 해서 그곳에 살고 있는 동안에 말도 얼마간 통하게 되자 수녀들은 제 신분이 무엇이며 어디서 왔느냐고 물어 보지 않겠어요? 그래서 저는 그때 제가 있는 장소도 알고 있었고, 만일 사실을 그대로 말했다가는 종교의 적이라 하여 추방당할지 모른다는 걱정에 나는 어느 키프로스 귀족의 딸인데, 크레타 섬에 있는 남편 될 사람에게 시집가는 도중에 폭풍우를 만나 난파하는 불행을 당했다고 대답했어요.

저는 더 이상 불행을 당하고 싶지 않아서 기회 있을 때마다 무슨 일이든 그 사람들의 풍습을 배웠어요. 그러는 동안에 수도원장이라는 제일 높은 분이 키프로스로 돌아가고 싶지 않느냐고 묻기에 무슨 일이 있더라도 돌아가고 싶다고 대답했어요. 하지만 수도원장은 제 신상을 걱정해서 키프로스로 가는 사람이 있어도 저를 맡기지 않았어요. 그러다가 두 달쯤 지났을까요. 프랑스의 신분 높은 사람들이 부인들을 데리고 그곳에 도착했어요. 그 가운데는 수도원장의 친척 되는 분도 있었는데, 그분들이 유대인에게 살해당하여 구세주로서 숭앙받고 묻혀 있는 분의 묘소를 참배하러 예루살렘으로 가는 길이라는 말을 듣고, 원장은 저를 그분들에게 소개하여 키프로스에 있는 아버지에게 데려다 주면 좋겠다고 부탁하셨어요.

그분들이 얼마나 저를 소중히 대해 주고, 부인들과 함께 얼마나 반가이 맞이해 주었는지 다 말씀드리자면 끝이 없을 거예요. 아무튼 배를 타고 며칠인가 지나서 바파에 도착했어요. 도착하기는 했지만 아무도 저를 아는 사람도 없고, 원장이 부탁한 대로 저를 아버님에게 데려다 달라고 어떻게 말해야 할지 몰라서 난처해하고 있는데, 아마 하느님께서 저를 불쌍히 여겼나 보죠. 우리가 바파에 상륙하자마자 곧 바닷가에서 안티고누스를 만나게 해 주신 거예요. 곧 저는 그 사람을 불러서 귀족들과 부인들이 눈치채지 못하게 우리말로, 자기 딸처럼 해서 저를 데려가 달라고 부탁했지요.

안티고누스는 즉각 제 사정을 눈치채고 저를 껴안아 기뻐하면서 그 사람들에게 딸을 만나게 해 주어 고맙기 이를 데 없다고 정중히 치하했어요. 그리고 저를 키프로스 왕 앞에 데리고 가니 왕은 저를 정중히 맞이해 주시고는 이렇게 아버님 앞으로 보내 주신 거예요. 혹시 다 말씀드리지 못한 일이 있으면, 제 재난에 대해서는 여태까지 몇 번이나 얘기했으니 안티고누스에게 물어 주세요."

그러자 안티고누스가 술탄에게 말했습니다.

"폐하, 공주님이 저에게 몇 번이나 털어놓으신 일과 함께 오신 귀족 내외분들이 제게 말한 일을 사실 그대로 공주님은 말씀드렸습니다. 다만 일부 말씀드리시지 않은 대목이 있습니다. 제가 짐작컨대 그것은 말씀드리기 어려워서 하지 않은 것으로 여겨집니다. 그것은 실은 함께 온 그 사람들이 전해 준 말입니다만, 얼마나 공주님이 수녀들과 정결한 생활을 하고 계셨는가, 또 공주님이 얼마나 미덕의 소유자이었는가, 얼마나 예의범절을 터득하고 계셨는가 하는 점이고, 또 그분들이 제게 공주님을 돌려주면서 얼마나 눈물을 흘리며 이별을 슬퍼했는가 하는 점입니다. 만일 제가 그런 일에 대해서 그분들이 제게 얘기해 준 대로 말씀드리려고 한다면, 오늘 낮은 고사하고 밤이 되어도 다 말씀드리지 못할 것입니다. 그분들의 말대로, 또 제가 본 대로, 현재 왕관을 쓰고 계시는 어느 왕보다도 폐하께서는 가장 아름답고 가장 정결하고 가장 훌륭한 분을 공주로 두고 계신다는 것을 자랑하셔도 된다는 이 말씀을 드리고 싶을 뿐입니다."

이런 말을 듣고 술탄은 더욱 기뻐했으며, 몇 번이나 공주를 잘 보살펴 준 모든 사람들, 특히 공주를 돌려준 키프로스 왕에게 그에 합당한 은총을 내려 주십사고 신께 기도를 드렸습니다. 그리고 며칠 후, 안티고누스에게 선물을 산더미처럼 주어 키프로스로 돌려 보냈으며, 왕에게는 공주에게 베풀어 준 호의의 보답으로 특사에게 친서를 보내 감사의 뜻을 전했습니다.

그것이 끝나자 술탄은 처음 계획을 다시 실행하려고, 말하자면 공주를 가르보의 왕에게 왕비로 보내려고 여러 가지 보고를 받은 다음, 만일 왕비로서 맞이할 생각이 있으면 그녀를 보내겠다고 알렸습니다. 가르보의 왕은 무척 기뻐하면서 훌륭한 사신을 보내어 공주를 기꺼이 맞이했습니다.

그런데 공주는 아홉 남자들과 아마 만 번은 관계했을 텐데도, 숫처녀로서 왕과 잠자리를 하고 또 그렇게 믿게끔 했습니다. 그리고 왕비로서 오래오래 즐겁게 살았답니다.

그러니 세상에는 '키스를 받은 입은 빛이 바래기는커녕, 달처럼 더욱 윤기가 난다.'고 말하고 있지요.

여덟 번째 이야기

앙베르의 가우티에르 백작은 억울한 누명을 쓰고 영국으로 망명한 뒤, 두 아이를 따로따로 남에게 맡긴다. 그 후 돌아와 보니 아이들이 행복한 처지에 있었으므로 자기는 프랑스 왕의 군대의 말구종으로 들어간다. 나중에 그의 얼울한 죄가 밝혀져서 원래의 자리로 돌아간다.

팜필로의 이야기는 부인들을 한숨짓게 하였는데, 그것은 아마도 가여워서가 아니라 부러워서였을 것입니다. 그리고 그가 마지막 말을 했을 때는 모두 소리 내어 웃었습니다. 여왕의 명령을 받고 엘리사가 미소를 지으며 입을 열었습니다.

우리가 오늘도 산책하고 있는 이 들판은 광막한 원야(原野 : 인가도 없고 개척되지 않은 들판)예요. 누구든지 한 번은커녕 열 번이라도 가볍게 마상 창 시합을 하면서 돌아다닐 수 있을 만큼 넓고 넓은 들판이죠. 그러니 이런 곳에는 운명의 신이 색다른 사건이나 이 세상의 중대한 사건을 수없이 발생시키고 있는 거예요. 그래서 저는 많은 얘기 중의 하나를 집어 얘기해 볼까 합니다.

로마 제국의 권력이 프랑스로부터 독일로 옮겨가고부터 두 민족 사이에는 심한 적의가 생겨 끊임없이 전쟁이 벌어졌습니다. 그래서 프랑스의 왕과 왕자는 조국의 방위와 적을 토벌하기 위해 나라의 총력을 기울이고 더욱이 가능한 데까지 친구와 친척의 힘을 빌려 적국에 침입하려고 대군을 편성했습니다. 그리고 진격하기 전에 통치자 없이 나라를 비워 둘 수 없으므로 앙베르의 백작 가우티에르가 훌륭하고 총명한 귀족이며, 신의가 깊고 부하로서도 믿을 만한 인물인 데다 전술에도 능하다는 것을 알고 있었지만, 싸움터의 고생보다는 정치 같은 복잡하고 세밀한 직무를 맡기는 편이 적격이라고 생각하고,

왕국 정부의 수석으로서 남겨 놓고 출진했습니다.

가우티에르는 언제나 만사를 왕비 및 왕자비와 의논하면서 질서 있고 슬기롭게 정치상의 일을 처리했습니다. 왕비와 왕자비가 그의 감시와 권한 아래에 있다고는 하지만, 그는 두 사람을 주인으로서 그리고 상사로서 받들었습니다.

가우티에르는 나이가 마흔 살 정도밖에 안 되는 대장부로서, 예의범절이 밝고 행동거지도 세련되어 있어 어떤 귀족도 미치지 못할 만큼 호감을 가질 수 있는 인물이었습니다. 더욱이 당대 제일가는 우아하고 품위 있는 기사였을 뿐 아니라, 복장도 세련되게 갖추어 입을 줄 아는 사람이었습니다.

그런데 국왕과 왕자가 출정 중에 가우티에르의 부인이 세상을 떠나자 부인과의 사이에 태어난 어린 사내아이와 여자아이만이 남게 되었습니다. 그런데 앞에서 말씀드린 대로 그가 왕비와 궁정에서 정무에 종사하며 여러 가지 얘기를 나누는 동안, 왕자비가 그를 그윽하게 바라보게 되었습니다. 그리고 그의 사내다운 용모와 품위 있는 우아한 태도에 반하여 남몰래 애를 태우고, 드디어는 그것이 불타는 연정으로 변해 버리고 말았습니다.

왕자비는 젊었으며 백작에게는 부인이 없었으므로 쉽게 자기의 뜻을 이룰 수 있겠거니 생각했습니다. 방해가 되는 것은 자기의 수줍음 정도일 뿐 달리 아무것도 없다고 생각하여 용기를 내어 사랑을 고백할 결심을 했습니다.

그리하여 어느 날, 그가 혼자 있는 것을 좋은 기회라 여기고, 정무를 떠나 할 말이 있다면서 그에게 시동(侍童 : 지체 높은 사람 밑에서 시중을 들던 아이)을 보냈습니다.

백작은 왕자비가 그런 생각을 갖고 있는 줄은 꿈에도 모른 채 곧 그녀를 찾아갔습니다. 그리고 그녀가 권하는 대로 단둘이서 긴 의자에 앉은 뒤, 오늘 두 번이나 자기를 입궁시킨 까닭을 물었으나 왕자비는 잠자코 있었습니다. 그러나 마침내 자신의 감정을 억누르지 못하고 부끄러운 나머지 얼굴을 새빨갛게 물들이고는 곧 울음을 터뜨릴 듯이 몸을 떨면서 더듬더듬 말하기 시작했습니다.

"정다우신 백작님, 당신은 총명한 분이므로 사람은 저마다 이유는 다르더라도 남녀의 마음이 얼마나 허약한 것인가 잘 알고 계실 거예요. 그러니 공정한 재판에서는 같은 죄라도 사람마다의 차이에 따라 똑같은 벌을 주지 않는다고 생각해요. 제 생각으로는 생활에 필요한 것을 피땀 흘려 벌어야 살아갈 수 있는 가난한 남녀가 사랑에 넋을 잃는다면, 돈도 있고 여가도 있고, 갖고 싶은 것은 뭐든지 손에 넣을 수 있는 여자에 비해서, 그런 사람들은 조금도 비난을 받지 않아도 좋다고 생각하는 사람이 있을까요? 저는 물론 비난받아야 한다고 생각해요. 그러니 여가나 돈을 가진 여자가 그 덕분에 어쩌다 사랑에 몸을 태우게 되더라도, 관대하게 용서해 주어야 한다고 생각해요. 하물며 사랑한 상대가 총명하고 훌륭한 분이라면 더더욱 그렇지요.

저는 그 두 가지를 다 가졌다고 생각되고, 또 아직 젊고 남편은 멀리 있으니, 당신 앞에서 제 사랑의 불타는 마음을 입 밖에 내더라도 용서받을 수 있으리라 믿어요. 사물을 아는 분들 앞이라면 반드시 용서받을 줄 알고 있으며, 따라서 제가 부탁드리는 것에 대해서 충고나 원조를 해 주시면 좋겠어요. 제발 잘 부탁드리겠어요. 실은, 남편이 없어서 사랑의 힘에 항거하지 못할 만큼 저는 참을 수 없는 욕망을 느끼고 있어요. 그 사랑의 힘은 너무나 강렬해서, 옛날부터 건강한 남자(연약한 여자가 아니에요)도 이따금, 아니 날마다 지고 있는 거예요. 아시다시피 저는 안락하게 살고 시간도 너무 많아서 그런 사랑의 포로가 되어 사랑의 기쁨에 잠기고 싶을 때가 많답니다. 이런 것이 세상에 알려진다면 부정한 여자라는 말을 듣게 된다는 것도 알고 있어요. 하지만 남에게만 알려지지 않는다면 부정한 여자라는 소리를 들을 까닭이 없지 않겠어요?

게다가 사랑의 신도 제게 매우 호의를 보여 주었으니 사랑하는 사람을 고르는 데 제 눈이 틀리지 않게 해 주었을 뿐 아니라 힘을 빌려 주었고, 저 같은 여자에게 사랑을 받을 만한 가치가 있는 분으로서 당신을 제게 보여 주신 거예요. 제 눈이 틀림없다면, 당신이야말로 온 프랑스를 다 찾아도 얻을 수 없을 만큼, 이 나라 제일가는 미남이시고, 호감을 가질 수 있으며, 가장 고상하고 총명한 기사라고 생각해요. 지금의 저는 남편이 없는 거나 마찬가지 몸이고, 당신은 부인이 안 계세요. 그러니 저의 이 같은 사랑을 위해서 저에 대한 당신의 감정을 부정하지 마시도록, 그리고 제 젊음이 불 앞의 얼음처럼 녹아가는 기분이니, 제발 그 젊음이 힘차게 타오를 수 있도록 제 마음에 호응해 주시기를 부탁드리겠어요."

이렇게 말하면서 왕자비는 계속 넘쳐흐르는 눈물을 닦았습니다.

그래서 더 많은 말을 하고 싶었지만 그 이상은 말을 할 수가 없었습니다. 하지만 그녀는 울면서 힘이 다 빠진 듯이 고개를 숙이더니 백작의 가슴에 머리를 갖다 댔습니다.

그러나 백작은 결백한 기사였으므로 엄숙한 말투로 불륜의 사랑을 꾸짖고, 목에 매달리려 하는 그녀를 밀어냈습니다. 그리고 그와 같이 주군의 명예를 손상하는 짓을 나에게든 남에게든 허용하는 자가 있다면, 그자부터 먼저 갈기갈기 찢어 줘야 한다고 단호히 말했습니다.

이 말을 들은 왕자비는 사랑을 협박으로 바꾸어 미친 듯이 말했습니다.

"어머, 비겁한 기사도 다 봤네. 가슴속을 다 털어놨다고 해서 내가 왜 당신에게 그런 모욕을 받아야 하나요? 당신이 나를 상사병으로 죽게 하고 싶어도 그렇게는 안 될 걸요. 하느님도 내가 당신을 죽이거나 감옥에 처넣는 걸 기뻐하실 거예요."

이렇게 말하고는 두 손을 자기 머리에 쑤셔 넣어 마구 헝클어뜨리고 쥐어뜯더니 이어 옷을 갈기갈기 찢고 비명을 지르기 시작했습니다.

"사람 살려, 사람 살려! 가우티에르 백작이 나를 강간하려 해요!"

백작은 이 모양을 보고 아무리 사람들이 자기에 대한 신뢰가 강하다 하더라도 이 궁전 안에서 왕족의 질투를 이기지는 못할 것이고, 자기의 결백보다 왕자비의 거짓말을 더 곧이들을지 모른다고 생각하고, 벌떡 일어나 잽싸게 방을 뛰쳐나가 궁 밖으로 내달렸습니다. 그리고 집으로 달려가 뒷일은 아무것도 생각지 않고 아이들을 말에 태운 뒤 되도록 빨리 칼레를 향해 달렸습니다.

한편, 궁전에서는 그녀가 외치는 소리에 많은 사람들이 달려가 그녀로부터 까닭을 듣고는 그 말을 믿었을 뿐 아니라, 백작이 오랫동안 점잔을 뺀 것도 이와 같은 속셈 때문이었다고 간주해 버렸습니다. 그리고 백작을 체포하려고 부랴부랴 그의 집으로 달려갔으나 보이지 않자 마음껏 약탈하고는 마침내 주춧돌까지 뽑아 버렸습니다.

이 고약한 소문은 곧 전쟁터에 있는 왕과 왕자의 귀에도 들어갔습니다. 불같이 화난 두 사람은 백작과 그 아이들을 영원히 추방하고, 살았거나 죽었거나 간에 그를 붙잡아 온 자에게는 막대한 상금을 내리겠다고 발표했습니다.

백작은 죄도 없는데 달아남으로써 오히려 죄를 짓고 만 셈이 된 것을 후회했지만, 신분이 밝혀지지도 않고 밀고나 신고당하는 일 없이 무사히 칼레에 도착하여 곧 영국으로 건너갔습니다. 그리고 누더기 차림으로 런던으로 향했는데, 그는 떠나기 전에 어린 두 자식을 잘 타이르고 다음 두 가지 일을 명심하라고 일렀습니다.

첫째는 죄도 없는데 이런 운명에 빠진 가엾은 처지를 끝내 참고 견딜 것, 둘째는 목숨이 소중하다면 자기들이 누구의 자식이며 어디서 왔는지를 아무에게도 말하지 말 것을 몇 번이나 일렀습니다.

루이라는 이름의 사내아이는 아홉 살 정도였고, 비올랑테라는 여자아이는 아직 일곱 살이 채 되지 않았습니다. 두 아이는 아직 어렸지만 아버지의 말을 잘 이해하고 그 말을 어김없이 지켰습니다. 그는 되도록 사람들에게 알려지지 않도록 아이들의 이름을 바꿀 필요가 있다고 생각하고, 사내아이 이름은 피에르로 바꾸고, 여자아이의 이름은 자네트로 바꾸었습니다. 그리고 세 사람은 초라한 몰골로 런던에 들어가서는 프랑스 부랑자들처럼 걸식을 하며 돌아다녔습니다.

어느 날 아침, 이렇게 거지 노릇을 하면서 성당 앞에 이르니 한 귀부인(이분은 영국 왕을 섬기는 군단장의 부인이었습니다만)이 성당에서 나와 구걸을 하고 있는 백작과 두 아이를 보았습니다. 부인은 백작에게 어디서 왔으며 이 아이들은 친자식들이냐고 물었습니다. 그는 피카르디에 사는 큰아들이 나쁜 짓을 했기 때문에 두 어린 자식들을 데리고 그곳을 떠나 왔다고 대답했습니다.

동정심이 많은 부인은 여자아이를 한참 바라보고 있더니, 어딘지 귀한 집 딸의 모습에 아이가 매우 예쁘고 무척이나 마음에 들어서 말했습니다.

"여보세요, 이 여자애를 나한테 맡기지 않겠어요? 너무 귀여워서 데려다 기를까 하고 생각하는데……. 훌륭한 아가씨로 키워 좋은 집안에 시집을 보내 주겠어요."

백작은 이 말을 듣고 매우 기뻐하며 즉각 승낙하고는 눈물을 흘리면서 제발 잘 돌봐 달라고 부탁했습니다. 이렇게 딸을 맡기게 되고 그 집도 알았으므로, 이곳에는 이제 더 머물지 않는 편이 좋겠다고 생각했습니다. 그래서 걸식을 계속하며 워낙 걷는 데는 익숙했으므로 아들과 함께 영국 본토를 가로질러 큰 고생을 하면서도 웨일스에 이르렀습니다.

이곳에는 국왕을 섬기는 군단장으로서 매우 높은 지위에 앉아 하인들도 많이 거느리고 있는 사람이 있었습니다. 백작과 아들은 이따금 그 저택의 정원에 가서 음식물을 구걸하여 얻어먹곤 했습니다.

고관의 정원에서는 흔히 그 댁의 몇몇 아이들과 다른 귀족 집 아이들이 뛰놀면서 놀이를 하고 있었으므로 피에르도 그들 사이에 끼어서 노는 일이 많았습니다. 그런데 피에르는 무슨 놀이를 해도 다른 아이들보다 잘했습니다. 이따금 그것을 보게 된 군단장은, 피에르가 하는 모든 태도가 매우 마음에 들었으므로 저 아이는 누구의 아이냐고 옆에 있는 사람에게 물었습니다. 옆에 있는 사람은 이따금 걸식하러 정원에 오는 거지의 아들이라고 대답했습니다. 군단장은 그 아이를 자기가 맡아 기르겠다고 나섰습니다. 백작은 이 이상의 은혜는 없다고 생각하고, 헤어지는 것은 쓰라렸으나 기꺼이 승낙했습니다.

이렇게 해서 두 아이들을 좋은 집에 맡겼으므로 백작은 이제 영국에 더 있으려고 하지 않았습니다. 그래서 되도록 손을 써서 아일랜드로 건너갔다가 다시 스탠포드로 가서, 그곳의 한 백작 기사의 말구종이 되어 자기의 정체를 드러내지 않고, 갖은 고생을 견디면서 그곳에 오랜 세월 머물러 있었습니다.

한편, 자네트라고 이름을 바꾼 비올랑테는 런던의 귀부인에게 양육되어 자라는 동안 갈수록 점점 아름다워져서 부인과 그 남편을 비롯하여 온 집안사람들과 그녀를 아는 모든 사람들이 보면 볼수록 놀랄 만큼 우아한 처녀가 되어 갔습니다. 그리고 세월이 지날수록 아름다운 자태 못지않게 예의범절을 아는 훌륭한 태도와 고귀한 품성을 알게 되어 사람들은 그녀야말로 최고의 영예와 행복을 차지할 권리가 있고 또 그렇게 될 것이라고 믿었습니다.

한편 그녀를 맡은 귀부인은 아버지의 입으로 들은 것 이외에 그 근본을 모른 채 대강 신분을 설정하고, 설정에 걸맞은 결혼을 시킬 생각을 하고 있었습니다.

하지만 사람의 모든 것을 잘 보고 계시는 하느님은 그녀가 명문 출신이며 죄도 없는데 그 보상을 강요당하고 있다는 것을 잘 알고 계셨으므로, 다른 길을 마련하시게 된 것입니다. 그러므로 그 후 그녀에게 일어난 일은 귀족의 딸이 천한 사나이의 희롱물이 되지 않도록 그녀의 행복을 위해서 그런 것을 허락하셨다고 믿지 않으면 안 됩니다.

그런데 자네트를 맡은 귀부인에게는 남편과의 사이에 아들 하나가 있었습니다. 물론 자기들의 자식이므로 무척 사랑하고 있었습니다. 아들은 다른 사람에 비해서 예의범절도 바르고 행동도 훌륭하고 사내다운 기백도 한층 뛰어났으므로 그 인품으로 보나 행동으로 보아 양친에게 사랑을 받는 것은 당연한 일이었습니다.

이 아들은 자네트보다 여섯 살 위였습니다. 그런데 그는 그녀가 차츰 아름다워지고 품위를 갖춰 가는 것을 보자, 오직 그녀만 생각하게 되어 그녀 이외의 여자는 아예 거들떠보지도 않을 정도였습니다.

그런데 그는 자네트를 신분이 낮은 여자로 알고 있었으므로 감히 양친에게 아내로 삼겠다는 말을 꺼내지 못했을 뿐 아니라, 그런 천한 여자를 사랑한 데 대해서 꾸중을 들을까 두려워 속마음을 감추고 있었습니다. 그렇게 고백하는 것 이상으로 자기 마음을 괴롭힌 것이지요. 그 때문에 애를 태우다 못해 아주 중병에 걸리고 말았습니다. 그를 치료하기 위해서 많은 의사들이 불려와 여러모로 진찰을 했지만 모두가 하나같이 나을 가망이 없다고 두 손을 들어 버렸습니다.

부모님은 더할 수 없이 슬픔에 잠겨 낙심하며, 몇 번이나 다정하고도 애원하듯이 아들에게 병의 원인을 물었지만, 그는 땅이 꺼질 듯 한숨만 쉴 뿐, 몸은 점점 더 쇠약해져 기력이 없었습니다.

그런데 어느 날, 나이는 젊지만 의학에 조예가 깊은 한 의사가 환자를 진찰하고 있었는데, 막 진맥을 하고 있을 때 그의 어머니를 도와 열심히 간호를 하고 있던 자네트가 병실에 들어왔습니다.

환자는 말도 하지 않고 몸도 움직이지 않았으나 그 순간 가슴에 사랑의 불길이 심하게 타올라 맥박이 갑자기 강하고 빠르게 뛰기 시작했습니다. 의사는 금세 깨닫고 놀라면서 그것이 언제까지 계속되는지 가만히 그대로 맥박을 짚고 있었습니다.

그런데 자네트가 방에서 나가자 맥박이 이내 가라앉았습니다. 의사는 젊은이의 병명을 알 것 같은 생각이 들었으므로 무슨 다른 볼일이 있는 체하며 맥을 짚은 채 다시 그녀를 불러 달라고 했습니다.

그녀가 다시 방 안에 들어서는 순간 환자의 맥박은 다시 높아졌고, 나가 버리자 맥박은 또 본래대로 돌아갔습니다. 의사는 이것으로 확신하고 양친을 한쪽으로 불러 말했습니다.

"아드님의 병을 고치려면 의사의 힘으로는 어떻게 할 도리가 없습니다. 오히려 자네트의 손에 달려 있는 것 같군요. 나는 그 증거를 똑똑히 잡았기에 말씀드립니다만, 아드님은 자네트를 무척 사랑하고 있습니다. 하기야 내가 보건대 아가씨는 그것을 조금도 깨닫지 못하고 있습니다만……. 아드님의 목숨이 소중하시면, 어떻게 하셔야 하는지 이제 잘 아셨을 줄 압니다."

이 말을 듣자 그의 부모님은 아들의 목숨을 살릴 수 있다는 희망을 갖게 되어 매우 기뻤습니다. 물론 그러기 위해선 자네트와 결혼시켜야 하는 어려운 문제가 남아 있었으나 어쨌든 아들의 목숨이 더 중한 것이 아니겠습니까. 그래서 의사가 돌아가자 어머니는 아들의 머리맡에 앉아 말했습니다.

"얘야, 네가 네 마음을 이 어미에게까지 숨기리라고는 꿈에도 생각지 않았구나. 더욱이 이렇게 말 한 마디 못하고 병까지 나다니……. 설혹 신분이 다르더라도 네가 기뻐하는 일이라면(나 자신을 위해서라면 하고 싶지 않은 일이다만), 내가 너를 위해서 못할 일이 이 세상에 어디 있겠느냐. 하느님은 네 자신보다 네 병을 가엾게 여기셨단다. 이 병으로 네가 죽지 않도록 그 원인을 내게 가르쳐 주셨어. 네 병은 다름이 아니라, 그게 누구든 어느 여자를 사랑하다가 너무나 사랑하는 나머지 일어난 병이라는구나. 너는 그걸 털어놓는 것을 부끄럽게 생각한 모양인데 네 나이로는 사랑을 하는 것이 당연한 일이지. 오히려 네가 사랑도 하지 않고 있었더라면, 나는 너를 모자라는 사람으로 생각했을 게다. 자, 나한테 체면 차릴 것 없으니 네 소망을 모두 말해 보아라. 네가 공연히 울적해 가지고 기쁨을 느끼지 못하고 이것저것 골똘히 생각하다가 병이 난 것이니, 그런 것은 모두 털어 버리고 가슴속을 후련하게 비워 버려라. 나한테 고백하는 것 이외에 네가 만족할 수 있는 것은 아무것도 없으니, 내게 털어놓아라. 나는 내 목숨보다도 너를 더 사랑하고 있으니 할 수 있는 모든 일을 다 해 주마. 글쎄, 부끄럽다든가 걱정이 된다든가 하는 기분은 다 버리고 네 사랑을 위해서 내가 어떻게 해 주면 좋겠는가를 말해 보렴. 만일 내가 네 마음을 이해하지 못하고, 또 일이 뜻대로 되지 않을 때는, 나를 아들 가진 어머니 중에서 가장 못난 어머니라고 생각해도 상관없다."

아들은 어머니의 말을 듣고 처음에는 부끄러워했지만, 이윽고 자기의 소원을 이뤄줄 수 있는 사람은 어머니밖에 없다고 생각하고 수치심을 뿌리치고 말했습니다.

"어머니, 제가 어머님에게 제 사랑을 감추고 있었던 것은 다른 까닭이 아닙니다. 사람은 나이를 들면 자기가 젊었을 때의 일을 잊는다고 들었기 때문입니다. 하지만 어머님은 이런 일에 무척 이해심이 많으시다는 것을 알았으니 어머님이 눈치채신 것이 사실이라고 말씀드립니다. 또한 어머님이 그것을 실현시켜 주시겠다고 약속해 주신다면 상대가 누구라는 것도 밝히겠습니다. 그렇게만 해 주신다면 저도 건강해지리라 생각합니다."

그래서 어머니는(이미 아들의 마음을 알고 있었으므로) 안심하고 네 소망을 말해 주면 좋겠고, 네가 기뻐하도록 만들어 주마고 대답했습니다.

"어머니, 자네트의 고상한 아름다움, 정숙한 태도에 반했습니다. 그런데도 그녀에게 말을 건네지 못하고 제 사랑을 전하지 못했다는 것, 그리고 아무에게도 그것을 고백할 용기가 없었다는 것이 어머님이 보시는 이런 상태에 빠진 원인입니다. 만일 어머님께서 약속하신 일이 끝내 실현되지 않는다면 저도 더 이상 살아갈 자신이 없습니다."

라고 아들은 말했습니다.

어머니는 아들을 꾸짖기보다 위로해 주어야 할 때라고 생각하고 정답게 웃으며 말했습니다.

"아아, 겨우 그만한 일로 병이 다 났느냐? 힘을 내렴. 나한테 맡겨 두면 곧 잘될 테니까."

아들은 밝은 희망이 싹텄으므로 순식간에 완쾌의 조짐이 보이기 시작했습니다. 이에 대해 어머니도 매우 기뻐하면서 어떻게 하면 약속을 지켜 줄 수 있을까 시험해 보자고 생각했습니다. 그래서 부인은 어느 날 자네트를 불러 누군가 마음에 드는 사람이라도 있느냐고 농담이라도 하듯이 상냥하게 물었습니다.

자네트는 얼굴이 새빨개지면서 대답했습니다.

"마님, 저같이 집에서 쫓겨나 남의 집에서 일하고 있는 가엾은 여자는 사랑 같은 것은 기대할 수 없고, 또 그런 짓을 해서는 안 된다고 생각하고 있어요."

이에 대해서 부인이 다시 말했습니다.

"그럼, 네게 연인이 없다면 한 사람 소개해 줄까 생각한다만. 그러면 너도 즐겁게 살 수 있고, 네가 아름답다는 것에 너 스스로도 더욱 기뻐질 게 아니냐. 왜냐하면, 너처럼 아름다운 처녀에게 연인이 없다니 될 말이 아니거든."

그러자 자네트는 대답했습니다.

"마님, 마님께서는 아버지가 가난해서 곤란에 빠져 계실 때 저를 맡아 주셔서 이토록 처녀가 될 때까지 길러 주셨어요. 그러니 마님께서 기뻐하실 일이라면 저는 무엇이든지 하지 않으면 안 돼요. 하지만, 이 일만은 그것이 비록 좋은 일이더라도 마님의 말씀대로 할 수는 없어요. 하지만, 만일 연인이 아니고 남편을 골라 주신다면 저는 그 사람을 사랑할 생각이에요. 하지만 그것은 남편 이외의 사랑이어서는 안 되겠어요. 제게 남겨진 유산이라면 정조 이외에 아무것도 없으니, 목숨이 붙어 있는 한 그것을 지켜 나갈 작정이에요."

이 말은 아들에 대한 약속을 지키기 위해 부인이 의도하고 있었던 것과 정반대의 것처럼 여겨졌으며 일이 좀 어려워지겠구나 하면서도 속으로는 꽤 생각이 깊은 처녀라고 생각하고 다시 물었습니다.

"그렇다면, 만일 아직 젊고 훌륭한 기사이신 국왕 폐하께서 네가 아름다운 처녀라 사랑의 위안을 얻고 싶다고 말씀하셔도 너는 거절하겠느냐?"

그러자 그녀는 서슴지 않고 대답했습니다.

"아무리 폐하이시더라도, 제가 동의하지 않으면 그렇게 하실 순 없어요. 만일 그것이 올바르지 못한 일이라면 더더욱 못하실 거예요."

부인은 처녀의 마음이 굳세다는 것을 알았으므로, 그 이야기는 이 정도로 하고 이번에는 실제로 시험해 보자고 생각했습니다. 그래서 부인은 아들에게 병이 나으면 그녀를 한 번 방에 보내 줄 테니 뜻을 이루도록 궁리해 보라고 말했습니다. 그리고 뚜쟁이처럼 너를 치켜세우고 그 애를 미리 달래 놓고 하는 일은 불쾌한 일이며, 아무래도 내키지 않기 때문에 해 줄 수 없다고 덧붙였습니다.

이런 방식에 아들은 만족할 수 없었습니다. 그래서 금세 병이 악화

되어 버렸습니다. 그것을 안 부인은 자네트에게 자기 생각과 상황을 죄다 털어놓았습니다. 그러나 자네트의 마음이 변하지 않았으므로 자기가 한 일을 남편에게 얘기했습니다. 양친으로 봐서는 참으로 곤란한 일이었지만 장가를 보내지 않고 아들을 죽이느니 균형은 맞지 않더라도 아내를 갖게 하여 살게 하는 편이 낫다고 생각하고, 결혼시키자는 데 의견이 모아졌습니다. 그래서 여러 가지로 의논한 끝에 그렇게 하게 되었던 것입니다.

이에 대해 자네트도 매우 기뻐하면서 자기를 버리지 않은 하느님께 진심으로 감사했습니다. 그러나 그렇게 된 후에도 자기가 피카르디에서 태어난 여자라는 것 이외에는 아무것도 밝히지 않았습니다.

그리하여 아들의 병은 씻은 듯이 나았습니다. 그리고 어느 남자보다도 행복한 결혼을 하여 그녀와 더불어 즐거운 날을 보내게 되었습니다.

한편, 웨일스에서 영국 왕의 군단장 밑에 있던 피에르도 주인 덕분에 누이동생과 마찬가지로 훌륭하게 자라 미남 청년일 뿐만 아니라 영국에서는 어깨를 겨룰 자가 없게 되었으며, 마상 창 시험에 있어서나 검술에 있어서나 그 밖에 어떤 무술에 있어서도 온 나라 안에서 그를 당해 낼 자가 없을 정도였습니다. 도처에서 피카르디 태생의 피에르는 천하에 이름을 떨쳤던 것입니다.

이렇게 하느님은 누이동생을 잊지 않았던 것처럼, 그도 잊지 않으셨습니다. 마침 그 지방에 무서운 흑사병이 발생하여 주민의 반이 저세상으로 가고, 살아남은 사람들도 거의가 다른 곳으로 달아나서 그

지방에는 사람의 그림자가 하나도 남지 않은 듯이 보였습니다.

이와 같은 전염병 때문에 그의 주인인 군단장도 부인도 아들도, 그리고 그 밖에 군단장의 형제와 친척들도 모두 죽어 버리고, 나이가 찬 딸과 몇몇 하인들과 피에르만 남게 되었습니다.

전염병이 얼마쯤 가라앉았을 때, 딸은 살아남은 몇몇 사람들이 충고하는 대로 용감하고 훌륭한 청년인 피에르를 남편으로 맞이했습니다. 그리하여 그녀가 물려받은 유산이 모두 그의 지배를 받게 되었습니다.

그 후 얼마 안 되어 영국 왕은 군단장이 세상을 떠났다는 말을 듣고, 피카르디 출신의 피에르의 진가를 알고 있었으므로 그를 죽은 군단장의 후임으로 앉혔습니다.

이상 간단히 말씀드렸습니다만, 가우티에르 백작이 남에게 맡긴 철없는 아이들이 겪은 얘기입니다.

한편, 가우티에르 백작이 파리에서 달아난 지 어언 18년의 세월이 흘렀습니다. 그동안 아일랜드에 살면서 슬프고 비참한 생활을 하고 있었지만, 이제 너무 늙어 버렸기에 가능하다면 죽기 전에 아이들의 소식이라도 알고 싶다는 생각을 하게 되었습니다.

백작은 옛날에 비해서 모습이 완전히 변했지만, 오랫동안 심한 노동으로 인하여 젊어서 편안히 지내던 때보다 몸은 군건해졌다고 생각하고, 오래 신세를 진 사람들 곁을 떠나 초라한 몰골로 영국으로 건너가 피에르를 맡겨 둔 곳을 찾아갔습니다. 가 보니 아들은 군단장으로 그 지방의 영주가 되어 있었고, 더욱이 늠름한 체격에다 무척 건강한 미남 청년으로 자라 있었습니다.

백작은 그것을 알고 매우 기뻤지만, 자네트의 일을 알 때까지는 자기 신분을 밝히고 싶지 않았습니다. 그래서 그대로 그곳을 떠나 런던에 도착할 때까지 조금도 쉬지 않았습니다. 런던에 도착하여 딸을 맡겨 둔 귀부인에 관한 얘기며 그 후의 소식을 넌지시 사람들에게 물어보고, 자네트가 그 집 며느리가 되었다는 것을 알았습니다. 백작은 무척 기뻐하면서 자식들이 살아 있을 뿐 아니라 저마다 귀한 신분이 되어 있다는 것을 알고, 여태까지 자기가 겪어 온 고생 따위는 이제 아무것도 아니라는 생각이 들었습니다.

그리고 이렇게 되니 아무래도 딸이 만나 보고 싶어져서 걸식을 하며 그녀의 집 근처를 서성거리기 시작했습니다. 그리하여 어느 날 재키스 라미엔스(자네트의 남편 이름)는 백작의 모습을 자기 집 가까이에서 보고, 그 처량한 몰골에 동정심이 우러나서 하인에게 집 안에 불러들여 먹을 것을 주라고 일렀습니다. 하인은 기꺼이 시키는 대로 했습니다.

자네트는 재키스와의 사이에 벌써 서넛의 아이를 두고 있었습니다. 큰아이가 여덟 살쯤 되었을까, 모두 보기 드물게 예쁘고 귀여운 아이들이었습니다. 아이들은 백작이 식사하는 것을 보더니 우르르 몰려와, 보이지 않는 힘에 끌려 자기들의 할아버지 같은 기분이 들었던지 좋아하며 와글와글 떠들기 시작했습니다.

백작은 그 아이들이 자기의 손자라는 것을 깨닫고, 못 견디도록 귀여워 쓰다듬어 주었습니다. 그런 까닭으로 아이들은 가정교사가 아무리 불러도 백작 곁을 떠나려 하지 않았습니다.

이 말을 듣고 자네트는 백작이 있는 방으로 들어갔습니다. 그리고 선생님의 말씀을 듣지 않으면 때려 주겠다며 아이들을 꾸짖었습니다. 아이들은 울면서 선생님보다 자기들을 더 귀여워해 주는 이 좋은 할아버지 곁에 있고 싶다고 저마다 말했습니다. 이 말을 듣고 어머니도 백작도 소리 내어 웃어 버렸습니다.

백작은 아버지라는 기색을 조금도 보이지 않고 조용히 귀부인을 대하듯 딸에게 공손히 절을 했습니다. 그리고 속으로 솟아오르는 기쁨을 누르지 못했습니다. 그러나 그녀는 그때도 그 후에도 그 거지가 자기 아버지라고는 꿈에도 깨닫지 못했습니다. 두말할 것도 없이 그가 너무나 늙고 백발이 되었으며, 수염을 덥수룩하게 기른 데다가 얼굴은 햇빛에 그을려 새까맣고, 앙상하게 여위어서 지난날의 모습은 아무데서도 찾아볼 수 없는, 자기 아버지와는 아주 딴 사람이 되어 있었기 때문입니다.

어머니는 아이들이 그에게서 떨어지려 하지 않고, 또 억지로 떼어 놓으면 울기 시작하는 바람에 가정교사에게 잠시 그대로 두라고 일렀습니다.

이렇게 아이들이 좋아하는 늙은 거지와 함께 있는 자리에 재키스의 아버지가 돌아와서 가정교사에게 사정 얘기를 들었습니다. 그는 원래 자네트를 업신여기고 있었으므로 씁쓸하게 말했습니다.

"그런 고약한 인연이니, 그대로 두는 수밖에. 혈통은 어쩔 수 없는 거야. 어미가 원래 거지 출신이니까 애들이 제 어미를 닮아 거지와 놀고 싶어하더라도 하등 이상할 게 없지."

백작은 이 말을 듣고 몹시 슬퍼졌습니다. 그러나 그런 모욕은 지금까지도 수없이 들어왔으므로 다만 어깨를 움찔할 뿐이었습니다.

재키스는 아이들이 그런 늙은이에게, 다시 말해서 백작에게 달라붙어 떨어지지 않는다는 말을 듣고 언짢게 생각했지만, 아이들을 무척 귀여워했으므로 우는 것을 보기보다는 낫다고 생각하고 그대로 내버려 두었습니다. 그리고 그 늙은이가 이 집에 살면서 일할 생각이 있으면, 그렇게 해도 좋다고 하인에게 알아보게 했습니다.

백작은 기꺼이 일하고 싶었지만, 자기가 여태까지 해온 일이라고는 말을 돌보는 것 정도이며, 그 밖에는 아무것도 할 줄 모르니 만약 필요하다면 고맙게 일하겠다고 대답했습니다.

그래서 그에게 말 한 필이 할당되었으므로, 그 뒷바라지가 끝나면 아이들과 놀아 줘야지, 하고 생각했습니다.

그런데 여태까지 말씀드렸듯이 가우티에르 백작과 아이들이 운명의 파도에 희롱당하고 있는 동안, 프랑스 왕은 독일과 몇 번이나 휴전 조약을 맺기도 했으나, 마침내 세상을 떠나고 뒤를 이어 왕자가 왕위에 올랐습니다. 두말할 것도 없이, 그 왕자비 때문에 백작은 추방을 당했던 것이죠.

새로운 왕은 독일과의 마지막 휴전 조약도 기한이 끝났으므로, 다시 격렬한 전쟁을 시작했습니다. 신임 프랑스 왕과 친척 관계에 있는 영국 왕은 군단장 페에르와 또 한 사람의 군단장 아들인 재키스 라미엔스의 지휘 아래 대규모 원군을 보냈습니다. 그래서 그 사람, 다시 말해서 가우티에르 백작도 라미엔스를 수행하여 출정하게 된 것입니다. 그리고 아무에게도 신분이 알려지지 않고 말구종으로서 오랫동안 주인 밑에서 일하고 있는 동안에, 역시 뭐니 뭐니 해도 훌륭한 기사였으므로 묘책을 건의하기도 하고 공훈을 세우기도 하여 신분 이상의 활약을 했습니다.

그런데 전쟁 중에 프랑스 왕의 왕비가 병이 들어 중태에 빠졌습니다. 왕비는 죽을 때가 가까워진 것을 알자, 자기가 저지른 모든 죄를 회개하여 선인으로서 그리고 성자로서 널리 알려진 프랑스의 대사교에게 진심으로 고해를 했습니다. 왕비가 고백한 죄 속에는 가장 나쁜 일로써 가우티에르 백작에게 뒤집어씌운 죄도 있었습니다.

왕비는 대사교에게 고백한 것에 그치지 않고, 많은 훌륭한 귀족들 앞에서 사실을 모두 털어놓은 다음, 백작이 아직 살아 있다면 백작과 아이들을 왕에게 얘기해서 본래의 신분으로 돌려주라고 부탁했습니다. 그리고 곧 이 세상에서의 생애를 마치고 엄숙히 장례가 치러졌습니다.

왕비의 고해가 왕에게 전해지자, 그와 같이 훌륭한 기사에게 성급하게 모욕을 준 것을 후회하고, 온 군대는 말할 것도 없이 모든 방면에 포고를 냈습니다. 그것은 가우티에르 백작이나 혹은 그 자식의 소식을 알려 주는 자에게는 막대한 상을 내리겠다는 것이었습니다.

왕비의 고백으로 백작이 억울하게 추방당했다는 것을 알았으므로 왕은 그에게 최고의 지위를 돌려주고 싶었기 때문이었습니다.

이 소식은 말구종 노릇을 하고 있는 백작의 귀에도 들어갔습니다. 그리고 그것이 사실이라는 것을 확인하고 즉각 재키스를 찾아가 피에르를 같이 찾아가자고 부탁했습니다. 백작은 왕이 찾고 있는 것을 두 사람에게 보여 주고 싶었기 때문이었습니다.

그리하여 세 사람이 한자리에 모이자, 백작은 이제 자기의 신분을 밝혀야 되겠다고 생각하고 피에르에게 말했습니다.

"피에르여, 여기 계시는 재키스는 네 누이동생을 아내로 맞이했지만 아직 조금도 지참금을 받지 않았다. 그러니 네 누이가 지참금 없이 결혼생활을 하는 일이 없도록 왕이 너를 위해 그렇게 약속하고 계시는 막대한 상금을 다른 사람이 아니라 이 재키스에게 받도록 하고 싶다. 그러니 너는 가우티에르 백작의 아들로서 네 누이이자 이 사람의 아내인 비올랑테를 위해서, 그리고 가우티에르 백작이자 네 아버지인 나를 위해서 왕에게 내 소식을 알려라."

피에르는 이 말을 듣고 그의 얼굴을 자세히 들여다보더니, 정말 아버지라는 것을 알고 울음을 터뜨리며 발아래 몸을 내던지며 매달렸습니다.

"아버지, 참으로 잘 오셨습니다."

재키스는 먼저 백작의 말을 듣고, 이어 피에르의 행동을 보고는 한동안 놀랍기도 하고 기쁘기도 하여 어떻게 해야 좋을지 몰라 그저 얼떨떨할 뿐이었습니다. 그러나 백작의 말이 사실로 여겨졌으며, 말구종이었던 그에게 여태까지 여러 가지 모욕적인 말을 한 것을 부끄럽게 여기고, 눈물을 흘리며 그 발아래 엎드려 지난날의 무례를 사과했습니다.

백작은 참으로 관대하게 그를 용서해 주고 일어서게 했습니다.

이렇게 하여 세 사람은 서로가 겪은 온갖 얘기를 주고받으면서 함

께 눈물을 흘리고 웃고 했습니다. 그리고 피에르와 재키스는 백작에게 옷을 갈아입도록 권했지만, 아무리 해도 듣지 않고, 우선 재키스가 틀림없이 상금을 받게 된 후에 이대로 말구종의 모습으로 왕 앞에 나아가 왕에게 좀 부끄러운 생각을 느끼게 하자고 말했습니다.

그래서 재키스는 백작과 피에르를 데리고 왕 앞에 나아가 포고대로 상금을 준다면 백작과 그 자식들을 데려오겠다고 말했습니다.

왕은 즉각 재키스의 눈앞에 눈이 둥그레질 만큼 많은 상금을 들고 나오게 했습니다. 그리고 백작과 자식들을 정말 자기 앞에 데려온다면 이 상금을 주겠다고 선언했습니다.

그러자 재키스는 뒤를 돌아보며 말구종 모습의 백작과 피에르에게 앞으로 나오라고 말했습니다.

"폐하, 여기 아버지와 그 자식이 있습니다. 딸은 제 처가 되어 이 자리에 없습니다만, 하느님의 도움으로 곧 폐하를 뵐 수 있게 되리라 생각합니다."

왕은 이 말을 듣고 백작을 가만히 바라보았습니다. 볼품없이 변해버린 백작에게는 옛 모습이 조금도 남아 있지 않았지만, 자세히 살펴보는 동안에 틀림없이 백작이라는 것을 알았습니다. 왕은 눈물을 글썽거리면서 무릎을 꿇고 있는 백작을 일어서게 하여 얼싸안고 입을 맞추었습니다. 그리고 피에르에게도 친히 신하에의 예를 갖추고, 백작에게는 즉각 그 신분에 알맞은 복장과 종자와 말과 무구를 갖추어 주라고 명령했습니다. 이 명령은 바로 실행되었습니다.

그런 다음 국왕은 피에르를 칭찬하고, 지금까지 일어난 일을 모두 얘기하라고 했습니다.

재키스가 백작과 그 자식의 소식을 알려 준 공적으로 막대한 상금을 받자, 백작은 그에게 말했습니다.

"국왕 폐하의 선물로서 받아 두게. 그리고 자네 부친에게, 아이들은 자네 부친과 나의 손자이며 결코 거지 출신이 아닌 귀족 어머니의 자식이라는 것을 잊지 말라고 말씀드려 주게."

재키스는 하사금을 받고 아내와 어머니를 파리로 불렀습니다. 피에르의 아내도 파리에 왔습니다. 그리고 백작을 위해 성대한 잔치가 베풀어졌습니다. 국왕은 그의 재산을 모두 본래대로 돌려주고, 전에 못지않은 높은 지위에 앉혔습니다.

그 후 저마다 자기 집으로 돌아갔으며, 백작은 파리에서 죽을 때까지 빛나는 여생을 보냈다고 합니다.

아홉 번째 이야기

베르나보는 암브로줄로에게 속아 재산도 잃고 아무런 죄도 없는 아내를 죽이라고 하인에게 명령한다. 그러나 그녀는 죽음의 위기에서 벗어나 남장을 하고는 술탄을 섬긴다. 그녀는 남편을 속인 사나이를 찾아내 술탄 앞에서 자백하게 한다. 사나이는 처형되고, 그녀는 남편과 함께 부자가 되어 제노바로 돌아간다.

엘리사의 슬픈 이야기도 끝이 나고 이제 오늘의 여왕이신 아름답고 기품이 넘치는 필로메나와 디오네오만 남았습니다. 여왕은 디오네오가 원하는 대로 마지막에 이야기를 하도록 은전을 베풀었고, 자신이 먼저 이야기를 시작했습니다.

옛날부터 흔히 '남을 속이는 자는 자기도 남에게 속는다.'는 말이 전해져 옵니다. 그러나 때로는 그 말대로 되지 않기 때문에 간혹 진실이 아닌 것처럼 생각되기도 합니다. 여러분, 저는 이 말이 얼마나 옳은가를 증명하고, 그러므로 제가 들려주는 이야기가 틀림없다는 것을 알게 하고 싶습니다. 또한 남을 속이려 하는 자를 어떻게 경계해야 하는지도 알게 될 것입니다.

언젠가, 파리의 한 여관에 이탈리아 대상인들이 함께 머문 일이 있었는데, 그 사람들은 물론 각각의 장사일이나, 각기 다른 볼일 때문에 와 있었습니다. 그러던 어느 날 여럿이 함께 식사를 하다가 우연히 세상의 이런저런 이야기를 서로 늘어놓으면서, 한 사나이가 농담 삼아 이런 이야기를 했습니다.

"저는 집사람이 제가 없는 동안에 무슨 짓을 하고 있는지는 잘 모르지만, 이것만큼은 잘 알고 있습니다. 마음에 드는 젊은 여자가 품 안에 들어왔을 때 아내로 삼을 만큼 사랑을 쏟고 마음껏 즐긴다는 말이죠."

그러자 다른 사나이가 말했습니다.

"저도 그렇습니다. 집사람이 바람을 피우고 있구나 하고 살펴보면 과연 바람을 피우고 있고, 제가 그렇게 느끼지 못할 때도 결국은 마찬가지입니다. 서로 피장파장이지요. 나귀에게 벽(나귀가 벽에 부딪쳐 보아도 벽이 다시 퉁겨 버린다는 비유)이란 말 그대로입니다."

세 번째 사나이도 가만히 생각해 보니 과연 그렇다고 하며, 모두들 집에 남아 있는 여편네들이 여유 시간을 그냥 보내지 않으리라는 것에 의견이 일치했습니다.

그러나 단 한 사람, 제노바의 베르나보 로멜린이란 사나이는 그 의견에 반대였어요. 그는 자신만만하게 하느님께서 은총을 내려주신 덕분에 자기는 다행하게도 모든 덕을 갖추고 완전무결한 여자를 아내로 삼고 있다. 즉, 그녀는 기사 기질 또는 기사적 위엄에 비할 만한 정신을 가졌으며, 아마 온 이탈리아를 찾아 헤매도 그런 여자를 발견할 수는 없다는 것이었지요.

그의 말에 의하면 그의 아내는 용모가 아름답고 젊었으며, 섹스에도 매우 강할 뿐만 아니라 손재주가 좋아서 여자가 하는 일이라면 무엇이든지 잘한다는 것이었어요. 가령 명주로 된 세공물이라든가, 그와 비슷한 것을 잘 만들고, 다른 여자가 할 수 있는 것이면 그 누구보다도 잘할 뿐만 아니라, 마부나 하인이 하는 일마저도 그녀만큼 잘하는 자를 본 일이 없다는 거예요. 하인들이 하는 식탁의 시중에 있어서도 그녀 이상으로 재치 있는 사람은 없을 것이며, 그녀야말로 예의범절을 잘 알고 대단히 총명하며 무슨 일이든 훌륭하게 해내는 여자라는 것입니다.

그뿐만 아니라 승마도 대단히 잘하고, 매를 부리는 데도 누구에게 뒤지지 않고, 읽고 쓸 수도 있으며, 웬만한 장사꾼보다 계산도 잘한다고 했지요. 그러고도 한참 동안이나 더 자기 아내를 칭찬하고는 다시 이야기를 되돌려, 그녀만큼 성실하고 정숙한 아내는 그 어디에서도 찾을 수가 없을 것이라고 말했습니다. 설사 자기가 10년, 또는 그 이상 집을 비운다 해도 다른 남자와 바람을 피우는 일은 절대로 일어나지 않는다고 딱 잘라 말했지요.

그러자 이들 가운데 피아첸차에 사는 암브로줄로라는 젊은 상인은 베르나보가 자기 아내를 극구 칭찬하며 마지막으로 한 말을 듣고, 큰 소리로 비웃으며, 그렇다면 황제가 다른 모든 사나이들에게 부여한 그 이상의 특권을 당신에게만 부여했느냐고 물었습니다.

베르나보는 약간 화가 치밀어, 그것은 황제가 한 일이 아니라 황제 이상으로 그 일을 주관하시는 하느님께서 은총을 베푸신 거라고 대꾸했습니다. 그러자 암브로줄로가 말했습니다.

"베르나보, 당신이 사실을 말하고 있지 않다고는 생각지 않지만 마음속으로 알고 있을 거요. 나는 그렇게 확신하고 있소. 내 생각에 당신은 사물의 본질을 조금도 생각지 않고 있거나, 부인의 부정을 눈치챌 만큼 머리가 예민하지 못한 것이라고 할 수 있소. 왜냐하면 이런 문제는 좀 더 신중하게 이야기해야 하기 때문이오. 우리가 아무리 여편네 이야기를 마음대로 지껄였다 하더라도 다른 여편네, 즉 당신이 말하는 그런 훌륭한 여자를 얻으려는 생각이 있다는 말이 아니라, 그저 어떤 자연스런 견해에서 한 말일 뿐이오. 그러므로 이 문제에 대해서는 당신과 더 이야기를 나누어 보고 싶소.

나는 예전부터 하느님이 만드신 생물 중에서 남자가 최고이며, 그 다음 자리를 차지하는 것이 여자일 거라고 생각해 왔소. 그러므로 일반적으로 생각하면 남자란 어떤 행동적인 면에서 여자보다도 완전하고 보다 완전에 가까울 뿐 아니라 믿을 수가 있지요. 그러나 여자는 흔히 일에 있어서도 흔들리기 쉬워 남자는 더욱 완전에 대해서 확실히 해야 하는 거요. 그 이유는 여러 가지로 설명이 되지만 오늘은 그만두겠소.

자, 이렇게 남자가 최고이며 마음이 확고부동한 남자라면 공연히 끈덕지게 달려드는 여자 따위는 돌아보지도 않을 거요. 그러나 자기 마음에 든 여자에게는 욕망을 가지게 되오. 욕망뿐 아니라, 그 여성과 함께 있기 위해서는 무슨 일이든 할 것이고 이런 일은 한 달에 몇 번이 아니라 하루에 천 번이라도 일어나고 있소.

이렇게 보면 마음이 움직이기 쉬운 여자가 남자로부터 선물을 받거나, 아첨을 하거나, 또는 은근한 구애를 한다면 여자는 어떻게 할 것 같소? 더욱이 그녀를 사랑하는 머리 좋은 남자가 수단방법을 가리지 않고 접근한다면, 어떻게 될 것 같소? 그녀가 몸을 굳게 지킬 수 있겠소? 물론, 당신이 믿는다고 단언할지라도 그것을 참으로 믿으리라고는 생각지 않소. 당신 자신도 당신 부인은 여자이고 다른 여자들처럼 뼈와 살로 되어 있다고 하지 않았소? 그러니 부인도 다른 여성들처럼 욕망을 가지고 있을 것이고, 자연의 욕망에 저항할 힘도 다른 여자들이 갖고 있는 힘 정도일 것이오. 그러니 당신 부인이 아무리 정숙한 여자라 하더라도 다른 여자와 마찬가지일 것이오. 당신처럼 그렇게 정색하고 부정하거나, 또는 반대하여 단언할 수는 없는 것이오."

베르나보는 그 사나이에게 이렇게 대답했습니다.

"나는 일개 상인이지 철학자가 아니오. 당신이 말하는 것은 전혀 수치심이 없는 어리석은 여자에게나 일어날 일이오. 총명한 여자는 자신의 명예를 매우 소중히 여기므로, 명예를 헌신짝같이 여기는 남자보다 훨씬 의지가 강할 거요. 우리 집사람은 그런 여자요."

그러자 암브로줄로가 말했습니다.

"여자가 남의 입에 오르내리거나 바람을 피울 때마다 증거로 이마에 뿔이라도 난다면, 그런 여자는 극히 드물 거요. 그러나 실제로 뿔 따위는 나지 않소. 영리한 여자들은 아무런 흔적도 남기지 않으며, 수치라든가 명예 따위는 그 일이 탄로가 난 경우의 문제지요. 즉, 은밀히 한다면 남정네들은 아무것도 모를 것이고, 위험하다면 안하는 거요. 그러니 여자는 혼자일 때가 결백한 편이오. 왜냐하면 남자로부터 한 번도 구애를 받지 않았거나, 울며불며 남자에게 퇴짜 맞은 경우이기 때문이오. 설사 내가 그럴싸하게 자연스러운 이유를 들어 설명한다 해도, 쉽게 믿지는 못하겠지만 그런 장면을 여러 번 목격했거나 또는 많은 경험이 없었다면 이렇게 자신 있는 이야기는 못하오. 당신에게 이런 이야기를 하는 것도 만일 내가 당신의 그 신성하기 짝이 없는 부인을 가까이 할 수 있다면 아주 짧은 시간에 다른 여자들을 데려갔던 곳으로 모실 자신이 있기 때문이오."

그러자 베르나보는 벌컥 화를 내며 말했습니다.

"입으로 아무리 씨름해 봐야 끝이 없소. 당신이 말하면 내가 또 부인하니 결국은 아무런 결론도 안 나오. 그러나 모든 여자는 남자 마음대로 할 수 있고, 또 당신의 솜씨가 그리도 좋으시다니 어디 내 아내의 정숙을 한 번 시험해 보시오. 만일 당신이 그 수완으로 내 아내를 유혹하는 데 성공한다면 내 목을 드리겠소. 그러나 성공하지 못한다면 금화 1천 피오리니를 나에게 내시오."

암브로줄로는 지금까지의 논쟁으로 이미 흥분하고 있었기 때문에 곧 이렇게 대답했습니다.

"베르나보 씨, 내가 이긴다고 해서 당신의 피를 보고 싶지는 않소. 그러나 내가 아까 말한 것에 대하여 증명하는 걸 보고 싶다면, 나의 1천 피오리니에 대하여 당신의 목숨보다는 싼값인 5천 피오리니를 거시오. 당신이 장소를 지정하지 않았으니 나는 제노바에 가서 이곳 파리를 떠난 지 석 달 안에 당시 부인을 내 생각대로 해 보이겠소. 그 증거로써 당신 부인께서 가장 소중하게 여기고 있는 것을 가져다 보여 드리겠소. 즉 그것을 보면 당신이 사실이라고 하지 않을 수 없는 여러 가지를 말이오. 단, 당신이 이 일에 대해 맹세코 부인께 편지를 하거나 하는 일은 없어야 하오."

베르나보는 좋다고 대답했습니다. 그 자리에 있던 사람들은 이러다가는 돌이킬 수 없는 큰일을 저지르게 된다고 타이르며 말렸지만 두 사람은 몹시 흥분해 있었기 때문에 막무가내였습니다. 두 사람은 말리는 사람들의 의사 따위는 무시한 채, 서로 자기 손으로 쓴 증서를 주고받았습니다.

증서로 약속을 하자, 베르나보는 파리에 남고 암브로줄로는 되도록 길을 재촉하여 제노바로 갔습니다. 그는 며칠 동안 묵으면서 조심스럽게 거리의 분위기와 베르나보 부인의 몸가짐 등을 알아보았습니다. 과연 베르나보가 말한 대로일 뿐 아니라 그 이상인 것을 알았습니다. 그는 자기가 내기에 지고 엄청난 손해를 보게 된 것을 알았습니다.

그러나 그는 베르나보 부인의 집에서 일하고 있는 한 가난뱅이 여자를 알게 되었습니다. 그 여자는 부인이 매우 신용하는 하인이었습니다. 처음 암브로줄로는 특별히 나쁜 일을 꾀하려는 목적도 없이 그 하녀에게 돈을 주어 매수했습니다. 그러나 얼마 뒤, 그는 아주 몹쓸 일을 꾸몄습니다. 그는 자기 몸만한 크기의 기다란 궤짝을 만들게 하고는 그 안에 들어갔습니다. 그것을 부인의 집, 그것도 침실로 운반하게 했습니다. 하녀는 암브로줄로가 일러준 대로 나들이를 할 테니 이삼일만 맡아 달라고 부인에게 부탁했습니다.

이렇게 되어 그 궤짝은 부인의 침실에 놓이게 되었습니다. 밤중이 되어 부인이 깊은 잠에 빠지기를 기다렸다가 여러 가지 도구를 써서 궤짝을 연 암브로줄로는 궤짝 밖으로 나왔습니다.

침실에는 등이 하나만 켜져 있었습니다. 그는 침실의 꾸밈새며, 벽에 붙어 있는 그림, 그리고 방 안에 있는 것들을 살피면서 꼼꼼히 기억했습니다. 침대에는 부인과 어린 여자아이가 깊은 잠에 빠져 있었습니다. 이불을 살짝 들춰 보니 부인의 몸은 옷을 입었을 때와 마찬가지로 눈부시게 아름다웠습니다. 그러나 그녀의 몸에는 증거로 댈 만한 아무것도 없었습니다. 그래도 혹시나 하고 살펴보니 왼쪽 젖가슴 밑에 점이 하나 있고, 그 주위에 금빛 털이 몇 개 나 있는 것이 보였습니다.

그는 그녀가 덮었던 홑이불을 가만히 도로 덮었습니다. 그녀의 육체는 너무나 아름다웠으므로 그 옆에 누워 보고 싶은 충동을 느꼈습니다. 그러기 위해서 목숨을 걸어도 좋다는 생각마저 들었습니다. 그러나 부인이 그런 정사에는 매우 엄격하다고 들었으므로 감히 모험을 할 수는 없었습니다.

그는 밤이 새도록 마음대로 살피며, 부인의 상자에서 손지갑과 윗옷을 꺼내고 또 두세 개의 반지도 꺼냈습니다. 그 밖에도 손에 닿는 대로 여러 가지 물건을 꺼내어 자기 궤짝 속에 넣었습니다. 그러고는 궤짝 속으로 돌아와 누운 후 안에서 자물쇠를 잠갔습니다. 이렇게 이틀 밤을 지냈지만 부인은 전혀 눈치채지 못했습니다.

사흘째가 되자, 좀 모자라는 그 하녀는 암브로줄로가 일러준 대로 부인에게 와서 그 궤짝을 도로 갖고 나왔습니다. 암브로줄로는 궤짝 속에서 나와 약속대로 하녀에게 돈을 지불한 뒤, 증거 물건들을 가지고 아직 약속한 기일이 남아 있었지만 되도록 빨리 파리로 돌아왔습니다.

그는 그때 논쟁과 내기에 입회했던 상인들을 모아 놓고, 자기가 해 보이겠다던 일을 했으니 이 내기에서 이겼다고 선언했습니다. 그 증거로써 침실의 꾸밈새며 그림이 걸려 있는 벽의 위치 등을 그림으로 그려서 설명하고, 가져온 여러 가지 물건을 보란 듯이 내보였습니다. 그는 이 물건들을 부인에게서 받았노라고 힘주어 말했습니다.

베르나보는 침실 모양이 그가 말한 대로이며 그 물건들도 아내 것임을 인정했습니다. 그러나 침실 모양 따위는 하인에게 들어서 알았는지도 모르고, 물건도 같은 방법으로 손에 넣었을지 모른다고 반박했습니다. 그러니 그 밖의 증거를 대지 않으면 자기가 내기에 진 것으로 생각할 수 없다고 주장했습니다.

그러자 암브로줄로가 말했습니다.

"증거는 이만하면 충분할 것이오. 그러나 증거가 더 필요하다고 우긴다면 이제부터 말하겠소. 당신 부인의 왼쪽 유방 밑에 비교적 큰 점이 하나 있소. 그리고 그 둘레에는 금빛 털이 아마 여섯 개인가 나 있었소."

베르나보는 이 말을 듣고 심장에 단도가 꽂히는 듯한 아픔을 느꼈습니다. 그리고 얼굴이 창백해진 채 아무 말도 못했습니다. 이것으로 암브로줄로의 말이 사실임을 증명하는 셈이 되었습니다. 잠시 후 베르나보는 무겁게 입을 열었습니다.

"여러분, 암브로줄로 씨가 한 말은 사실입니다. 그러니 이 내기는 그가 이겼습니다. 암브로줄로 씨, 언제든 좋으실 때 와 주십시오. 약속대로 돈을 지불하겠습니다."

다음 날 암브로줄로는 그 돈을 모두 받았습니다. 한편 베르나보는 아내에 대한 노여움에 치를 떨면서 파리를 출발하여 제노바로 향했습니다. 제노바 가까이에 이르렀을 때, 그는 거리로 들어가지 않고 그곳에서 약 20마일 떨어진 곳에 있는 별장에 짐을 풀었습니다. 그리고 매우 신뢰하는 하인에게 두 마리의 말을 내어 주며 제노바로 가게 했습니다. 하인은 베르나보의 전갈을 가지고 떠났습니다. 그 전갈에는 파리에서 돌아왔으니 하인과 함께 이곳으로 오라는 글이 적혀 있었습니다. 그러나 하인에게는 오는 길목의 적당한 곳에서 부인을 죽이고 돌아올 것을 몰래 명령했습니다.

하인은 제노바에 이르자 부인에게 전갈을 드렸습니다. 부인은 매우 기뻐하며 하인을 맞았고 이튿날 아침, 말에 올라 하인과 함께 별장으로 향했습니다.

함께 말을 몰면서 이런저런 이야기를 하는 사이에 어느덧 깊은 숲과 절벽에 둘러싸여 매우 쓸쓸한 곳에 이르렀습니다. 하인은 주인의 명령을 실행하기에는 안성맞춤인 곳이라 생각하고 갑작스럽게 단도를 뽑아 들며 덤벼들었습니다.

"마님, 각오해 주십시오. 이제 더는 못 가십니다. 마님의 목숨을 빼앗아야겠습니다."

부인은 단도를 빼어 든 하인의 말을 듣고 소스라치게 놀라며 말했습니다.

"정말, 부탁이야. 나를 죽이기 전에 내가 어째서 너를 노엽게 했으며, 내가 죽어야 하는 이유가 무엇인지 말해 다오. 부탁이야."

그러자 하인이 말했습니다.

"마님, 마님께서 저를 노엽게 하신 적은 한 번도 없습니다. 저로서는 아무것도 알 수가 없지만 주인어른께서 마님에게 몹시 노여운 일이 있으신 모양으로, 별장으로 오는 도중에 마님을 사정없이 해치우라고 저에게 명령하셨습니다. 만일 그렇게 하지 않으면 제 목을 졸라 죽이겠다고 하셨습니다. 제가 주인어른께 얼마나 신임을 받고 있는지는 마님도 아시지 않습니까? 그러니 주인어른의 분부를 거역할 수

는 없습니다. 제가 마님을 가엾게 생각하고 있는 것은 하느님께서도 아십니다. 그러나 저로서는 어쩔 도리가 없습니다."

부인은 눈물을 흘리면서 말했습니다.

"너에게 아무 짓도 안한 사람을 남의 부탁으로 죽이는 일 따위는 제발 하지 말아 다오. 하느님도 잘 알고 계신다. 내가 남편으로부터 이렇게 참혹한 일을 당할 짓을 한 일이 없다는 것은 너도 잘 알지 않느냐? 그러나 지금은 그런 이야기는 하지 않도록 하자. 네가 마음먹기에 따라서 하느님께도, 네 주인어른에게도 모두 죄를 짓지 않는 방법이 있다. 내 옷을 벗긴 다음, 네 윗도리와 그 덮어쓴 두건만 주면 돼. 너는 내 옷을 가지고 주인에게 돌아가 나를 죽였다고 말해라. 나는 네 호의에 맹세코 먼 곳으로 가버릴 테니. 남편에게도 너에게도 부근의 아무도 모르게 아주 먼 곳으로 숨어버릴 테니 말이야. 그러면 아무 소문도 안 날 게 아닌가."

하인은 부인을 죽이는 일이 싫었으며 마음속으로 불쌍한 생각이 들었습니다. 그래서 부인의 옷을 벗기고 자기 윗도리와 두건을 주었습니다. 그리고 말에서 내리게 한 후 깊은 골짜기에 남겨둔 채 가버렸습니다. 주인에게 돌아오자 그는 명령대로 했을 뿐 아니라, 부인의 시체는 늑대 밥이 되도록 버리고 왔다고 그럴듯하게 보고했습니다.

그로부터 얼마 동안 베르나보는 별장에 머물다가 제노바의 자기 집으로 돌아왔는데, 그 사실이 세상에 알려져 사람들로부터 몹시 비난을 받았습니다.

한편 혼자 남겨진 부인은 깊이 한탄하며 슬퍼했지만, 이윽고 밤이 되었으므로 아무도 몰라보도록 모습을 바꾸고 근처에 있는 한 오막살이로 찾아들었습니다. 그곳에서 그녀는 한 노파로부터 필요한 것들을 가능한 한 손에 넣은 후, 윗도리를 몸에 맞도록 자르고 속옷으로 짧은 바지를 만들어 입었습니다. 그리고 머리를 짧게 잘라 수병(水兵)처럼 꾸민 다음, 해안 쪽을 향해 떠났습니다.

해안에 닿자, 우연히 카탈로니아에 사는 엔카라르코라는 부유한 귀족을 만났습니다. 그는 가까운 곳에 닻을 내리고 자기 소유의 배에서 조금 떨어진 알바가에 있는 샘에 먹을 물을 떠가려고 나왔던 참이었습니다. 부인은 그에게 사정 얘기를 하고 그의 급사가 되었습니다. 배에 오르자 그녀는 피날레 태생의 시쿠라노라는 이름을 둘러댔습니다. 그녀는 배의 선장인 상인으로부터 고급 옷을 얻어 입었으며, 한눈파는 일 없이 부지런히 일을 잘했으므로 보통 이상의 대우를 받았습니다.

얼마 뒤, 이 카탈로니아 사람은 자신의 짐을 싣고 알렉산드리아로 가게 되었습니다. 그 짐 속에는 술탄에게 헌납하는 잘 길들인 값비싼 매가 몇 마리 있었습니다. 알렉산드리아에 닿은 뒤, 술탄의 초대로 카탈로니아 사람은 술탄과 두세 번 식사를 같이 했습니다. 그러는 동안 주인을 따라다니는 시쿠라노의 절도 있는 태도를 보고, 술탄은 시쿠라노를 자기에게 줄 수 없느냐고 졸랐습니다. 이렇게 되어 별수 없이 시쿠라노는 술탄과 함께 있게 되었습니다.

시쿠라노는 술탄의 신임을 받았으며, 카탈로니아의 선주가 대우했던 것보다 더 좋은 대우를 받게 되기까지 그리 많은 세월이 필요하지는 않았습니다.

이렇게 세월이 흐르는 동안, 1년에 한 번씩 기독교도들과 사라센의 상인들이 함께 아크리(산 조반니 다크리. 1291년 사라센 왕국 안에 있는 시리아의 도시)에서 대대적인 장을 여는 날이 다가왔습니다. 이 장은 술탄의 관할 아래 서게 되어 있었습니다. 술탄은 이 기간의 질서를 유지하며 상인과 상품의 안전을 도모하여 휘하의 병정들뿐만 아니라, 호위병을 대동한 귀족들도 몇 사람 파견하는 것이 관례로 되어 있었습니다. 술탄은 장이 설 기일이 다가오자 이미 이 나라의 말에 능통하게 된 시쿠라노를 파견하기로 하였습니다.

시쿠라노는 귀족, 상인, 상품의 경비 대장이었습니다. 아크리에 도착한 시쿠라노는 자신이 맡은 직무를 재치 있고 정확하게 처리하면서 늘 주위를 순찰하고 있었습니다. 많은 상인들 속에서 시칠리아 사람, 피사 사람, 제노바 사람, 베네치아 사람 등 이탈리아 사람들도 많이 만나게 되었으며, 시쿠라노는 고향 생각을 많이 하면서 그들에게 말을 걸기도 하며 친해졌습니다.

그러던 어느 날, 시쿠라노는 말에서 내려 베네치아 사람이 펴 놓은 옷감 가게에 들렀는데 보석을 늘어놓은 귀중품 가운데 그녀의 것이 틀림없는 손지갑과 띠가 눈에 띄었습니다. 그는 깜짝 놀랐지만 천연덕스럽게 그 물건은 누구의 것이며 팔 생각이 없냐고 정중하게 말했습니다.

그러자 베네치아 상품을 산더미처럼 가져온 피아첸차의 암브로줄로가 때마침 나타나서 경비 대장이 질문하는 것을 듣고는 그 물건을 끄집어내며 웃으면서 말했습니다.

"대장님, 이것은 제 물건입니다만 팔 것은 아닙니다. 그러나 대장님께서 마음에 드셨다면 기꺼이 팔겠습니다."

시쿠라노는 상인이 웃고 있는 것을 보고, 무엇인가 자기의 정체를 알아낸 것이 아닌가 하고 걱정이 되었지만 정색하며 말했습니다.

"나 같은 군인이 이런 부인의 물건에 흥미를 가지고 질문한다고 네가 웃고 있는 거냐?"

그러자 암브로줄로가 대답했습니다.

"대장님, 저는 그런 일로 웃은 것이 아닙니다. 다만 그 물건을 손에 넣은 상황이 생각나서 웃었던 것뿐입니다."

시쿠라노가 다시 말했습니다.

"흐음, 그렇게 우스운 일이라면 뭔가 재미있는 이야기가 있는 모양이군. 괜찮다면 그 물건을 손에 넣은 경위를 말해 주게나."

"네, 대장님." 하고 암브로줄로는 대답했습니다.

"실은 이 물건은 베르나보 로멜린의 아내인 지네브라라는 제노바의 귀부인으로부터 어느 날 밤 나와 정사를 즐긴 사랑의 증표로 다른 물건과 함께 선물로 받은 것입니다. 지금 제가 웃었던 것은 베르나보의 어리석음을 생각했기 때문입니다. 그가 얼마나 어리석은가 하면, 자기 아내가 저와 즐기는 일이란 있을 수 없다면서 제가 1천 피오리니를 건 데 대하여 그는 5천 피오리니를 걸었지요. 저는 그의 부인을 제 뜻대로 함으로써 내기에 이겼습니다. 그래서 그는 자기 부인이 다른 여자들이 다하는 일을 했을 뿐인데도 제노바로 돌아가자 남을 시켜서 부인을 죽였답니다. 사실은 아내의 음란한 행위보다 자신의 어리석음을 벌해야 하는데 말입니다."

그 말을 듣자, 시쿠라노는 베르나보가 자기에게 화난 이유를 알았습니다. 그리고 모든 불행의 원인이 이 사나이 때문이었음을 알고, 이런 자는 반드시 벌해야겠다고 마음속으로 다짐했습니다.

그러나 시쿠라노는 그 이야기가 매우 재미있는 듯이 가장하고 교묘하게 그와 더 친하게 사귀었습니다. 그는 장이 파하자, 암브로줄로의 물건을 모두 운반하게 하여 알렉산드리아로 돌아왔습니다.

알렉산드리아에 오자 시쿠라노는 암브로줄로에게 가게를 열어 주고 자신의 돈도 많이 대주었습니다. 암브로줄로는 크게 수지를 맞았다고 기뻐하며 그곳에서 살게 되었습니다.

그러나 시쿠라노는 마음이 초조했습니다. 한시라도 빨리 베르나보에게 자신의 결백을 밝히고 싶었습니다. 그래서 당시 알렉산드리아에 와 있던 몇 사람의 제노바 출신 상인들에게 손을 써서 적당한 구실을 만들어 베르나보를 불러오기까지 동분서주하며 잠시도 쉬지 않았습니다.

베르나보는 그때 매우 초라하고 궁핍한 생활을 하고 있었으므로, 시쿠라노는 친구에게 부탁하여 베르나보를 머물게 하고, 시기가 올 때까지 베르나보는 아무것도 모르게 했습니다.

한편 시쿠라노는 암브로줄로로 하여금 술탄 앞에서 그 이야기를 자랑하게 하여, 술탄이 그 이야기에 매우 흥미를 갖도록 해두었습니다. 그리고 베르나보가 이곳에 와 있었으므로 더 이상 주저할 것이 없다고 생각하며, 술탄에게 적당한 기회를 보아 암브로줄로와 베르나보를 불러 주십사고 부탁했습니다. 만일 베르나보의 면전에서 일이 잘되지 않으면, 암브로줄로에게 심문을 가해서라도 어떻게 베르나보의 아내를 꼬였는지, 다시 말해서 그 정사가 사실이었는가를 자백하도록 할 작정이었습니다.

이런 내막도 모르고 술탄 앞에 불려 나온 암브로줄로와 베르나보에게, 술탄은 많은 신하들이 있는 앞에서 어찌하여 베르나보가 내기에 졌으며, 5천 피오리니를 주고받게 되었는지 그 경위를 사실대로 아뢰라고 엄하게 호통을 쳤습니다. 암브로줄로는 그 자리에 자기가 믿고 있는 시쿠라노도 있었지만, 시쿠라노는 더 엄숙한 얼굴로 만일 솔직하게 이야기하지 않으면 매우 무서운 고문을 하겠다고 겁을 주었습니다. 양쪽에서 호통을 받고 잔뜩 겁을 집어먹은 암브로줄로는 그까짓 5천 피오리니의 금화와 훔친 물건만 돌려주면 무서운 벌까지는 받지 않겠지 하는 생각에 그때의 일을 사실대로 명명백백하게 자백했습니다.

암브로줄로의 자백이 끝나자, 술탄의 명령 집행관과 같은 지위에 있는 시쿠라노는 베르나보에게 물었습니다.

"이 거짓 사실에 대하여 그대는 아내에게 어떠한 일을 저질렀는가?"

베르나보는 아주 힘없이 대답했습니다.

"저는 많은 돈을 손해 본 노여움과 아내에게 받은 불명예와 굴욕과 배신감에서 하인을 시켜 아내를 죽이라고 했습니다. 하인의 보고에 의하면 아내는 곧 모여든 늑대들의 밥이 되었다고 합니다."

이러한 일련의 사건 전말이 술탄 앞에서 밝혀졌으며, 모든 사실을 명백히 알게 되었지만, 술탄은 이런 일을 꾸미고 심문해서 자백을 받으면 무엇을 할 작정인지 시쿠라노의 의도를 모르고 있었습니다. 시쿠라노는 술탄에게 말했습니다.

"폐하, 그 살해된 부인이 남편에게 얼마나 성실하고 훌륭했는지 아셨으리라 믿습니다. 그러나 이 사나이의 거짓말로 인해 그녀의 명예를 더럽혔을 뿐만 아니라, 그녀의 남편까지도 파산하였습니다. 또 그녀의 남편은 오랫동안 함께 살아온 경험으로 충분히 알고 있는 진실보다 다른 사람의 거짓을 믿고 말았습니다. 그래서 그는 아내를 참혹하게 죽이게 하고 늑대의 밥으로 만들었습니다. 그뿐이 아닙니다. 이 사나이와 남편은 어처구니없게도 그녀에 대한 사랑과 호의를 충분히 대하고 있으면서도 그녀의 진가를 알아보지 못했던 것입니다. 그러나 폐하께서는 두 사람이 받아야 할 벌을 잘 알고 계시리라 믿습니다. 만일 폐하께서 이 사기꾼을 벌하시고 사기당한 사나이를 용서해 주시는 특별한 배려를 저에게 주신다면, 저는 폐하와 이 두 사람 앞에 그 부인을 데려올까 합니다."

술탄은 처음부터 이 문제에 대하여는 모두 시쿠라노의 생각대로 할 작정이었으므로, 그대 생각대로 하고 그 여자를 데려오도록 하라고 말했습니다. 아내가 죽었다고만 생각했던 베르나보는 얼마나 놀랐겠습니까? 암브로줄로는 자기가 저질렀던 일에 대한 벌을 받게 되리라고 이미 각오는 하고 있었지만 이 자리에 그 여자가 나타나는 것에 희망을 가져야 할지, 더 무서운 사태가 일어날 것인지 도무지 알 수가 없었습니다. 그러나 베르나보의 아내가 나타나게 된다는 사실에는 놀라움이 앞섰습니다.

시쿠라노는 술탄의 허락을 받자, 술탄 앞에 무릎을 꿇으며 남자 목소리와 남자 흉내를 그치고 눈물 어린 목소리로 말했습니다.

"폐하, 제가 바로 그 가엾고 불행한 지네브라입니다. 고통을 참으며 6년 동안이나 남장을 하고 처참한 마음으로 살아왔습니다. 이자의 어처구니없는 거짓말 때문에 모욕을 받고, 또 이 잔인하고 부정한 사나이 때문에 하인의 손에 살해당하여 늑대 밥이 될 뻔했던 여자입니다."

외치듯이 말을 끝낸 시쿠라노는 윗옷 앞자락을 찢고 가슴을 드러냈습니다. 거기에는 틀림없는 여자의 상징이 역력히 보였습니다. 그녀는 다시 옷을 여미며 표독스런 표정으로 노여움에 떨며 암브로줄로를 향했습니다. 그리고는 의기양양하게 너는 아까 나와 잤노라고 자랑스러운 듯이 말하더라만, 언제 그런 일이 있었느냐고 다그쳐 물었습니다. 그는 그녀가 지네브라임을 확실히 알았으므로 부끄러워 아무 말도 못했습니다.

그녀를 남자라고만 생각했던 술탄은 갑자기 벌어진 일을 보고 들으며, 지나치게 놀란 나머지 지금까지의 일은 진실이라기보다 꿈이 아닌가 생각했습니다. 그러나 사실이 밝혀지고 놀라움이 가라앉자 지금까지 시쿠라노라 불리던 지네브라의 생활 태도며 굳은 의지, 그 밖의 훌륭한 예의범절과 미덕, 선행을 최고의 찬사로써 극구 칭찬했습니다.

술탄은 훌륭한 여자 의상을 가져오게 했습니다. 시녀들은 그 옷을 그녀에게 입혔습니다. 한편 그녀의 청으로 베르나보는 사형에 마땅한 죄를 용서받을 수가 있었습니다. 베르나보는 그녀가 아내임을 알고 아내 앞에 눈물을 흘리며 용서를 빌었습니다. 용서받을 수 없는 죄를 지은 그였지만, 그녀는 관대하게 용서하고 그를 일으켜 세우고는 남편에 대한 인사로 부드럽게 포옹했습니다.

술탄은 곧, 암브로줄로를 거리의 높은 언덕 위로 끌고 가서 기둥에 묶어 죽을 때까지 버려두라고 명령했습니다. 몸에는 꿀을 바르고 온갖 파리와 모기와 개미와 벌과 온갖 짐승들이 뜯어 먹도록 아무도 손대지 말라고 명령했습니다. 그 명령은 충실히 지켜졌습니다.

그 명령에 이어서 술탄은 암브로줄로의 전 재산을 지네브라에게 증여하도록 명했습니다. 그것은 금화 1만 도브레 이상에 해당하는 막대한 것이었습니다. 뿐만 아니라 술탄은 성대한 연회를 열어 지네브라의 남편으로서 베르나보를 초대하고 또한 지네브라에게는 부인의 귀감으로서 치하한 다음, 각종 보석과 금은으로 된 패물과 돈을 선물로 주었는데 이것도 1만 도브레 이상의 값어치가 있었습니다.

향연이 끝나자, 한 척의 배를 준비시키고 언제든지 가고 싶을 때에 제노바로 돌아가도록 허락했습니다. 두 사람은 큰 부자가 되어 매우 기뻐하며 제노바에 돌아갔으며 최고로 명예로운 영접을 받았습니다. 특히 죽었다고만 알고 있던 지네브라 부인에 대하여는 한결 뜨거운 환영을 했습니다. 그리고 부인은 평생토록 많은 사람들로부터 최대의 덕으로서 칭송되었다고 합니다.

그리고 그날로 꿀이 발라져서 기둥에 묶인 암브로줄로는 그 나라에 특히 많은 파리와 벌 등의 벌레가 달라붙어 최대의 고통 속에서 비참하게 죽어 갔으며, 뼈만 앙상하게 남도록 벌레 밥이 되고 말았습니다. 그리고 그 백골은 오랫동안 많은 사람들의 구경거리가 되었고, 나쁜 짓을 한 자의 말로로써 경종이 되었습니다. 이렇게 남을 속이면 자기도 언젠가 속게 된다는 예로써 그 이야기는 오늘까지도 전해 오고 있습니다.

열번째 이야기

파가니노 다 모나코는 리차르도 디 킨치카의 아내를 빼앗는다. 리차르도는 아내의 행방을 수소문하여 알아내고는, 파가니노의 친구가 되어 아내를 돌려 달라고 부탁한다. 그러자 그는 그녀가 바란다면 돌려주겠다고 대답한다. 그런데 그녀는 남편에게 가려고 하지 않고, 리차르도가 죽자 파가니노의 아내가 된다.

여왕의 이야기가 끝나자 행실 좋은 부인들의 칭찬이 이어졌으며, 특히 디오네오는 극찬해 마지않았습니다. 그리고 그날의 마지막 이야기를 시작했습니다.

여러분, 방금 저는 여왕님의 말씀을 듣고 그 내용 중의 한 부분이 제가 하고 있던 생각을 바꾸게 했으므로 다른 이야기를 할까 합니다.

내용의 한 부분이란 결과적으로 경사스럽게 끝나기는 했습니다만, 베르나보가 얼마나 어리석은가 하는 점입니다. 그리고 그의 확신을 그대로 무조건 받아들여서 믿어 버리는 사람들 또한 얼마나 바보스러운가 하는 점입니다. 다시 말해서 자신들은 세상을 돌아다니며 이 여자 저 여자와 즐기면서도 집에 두고 나온 아내들은 허리띠도 풀지 않고 단단히 몸을 지키고 있는 줄 알고 있으니 말입니다. 자신들이 여자에게서 나고 길러져서 현재와 같이 되었으면서도 여자들이 설득당하기 쉽다는 점에 대해서는 전혀 모르고 있기 때문입니다.

저는 그러한 얘기로 그들이 얼마나 바보인가, 또 그들이 얼마나 어리석은가, 다시 말해서 그들이 천성보다 힘이 위라고 생각하고 불가능한 것을 기상천외한 논증으로 가능케 할 수 있다고 생각하고 있거나, 아니면 천성을 어기고 남의 성질을 고치려고 애쓰는 모습을 드러내 볼까 생각합니다.

옛날 피사 시내에 리차르도 디 킨치카라는, 육체의 힘보다는 재치 있고 지혜로운 재판관이 있었습니다.

이 사람은 아마 학문을 하는 것과 마찬가지 방법으로 아내를 만족시킬 수 있다고 생각했던 모양이지요. 부자였으므로 매우 젊고 아름다운 여자를 아내로 맞이하려고 애쓰고 있었습니다. 만일 그가 남에게 하듯이 자기 자신에게도 충고할 수 있었더라면, 아내로서는 젊은 사람도 아름다운 사람도 다 피했어야 옳았습니다.

그런데 바라던 일이 실현되고 말았습니다. 말하자면, 로토 구알란디가 딸을 그의 아내로 주었기 때문입니다. 딸의 이름은 바르톨로메

아라고 했으며, 대단히 미인이었지만, 세상에서는 구더기를 먹는 가느다란 초록빛 도마뱀(행실이 나쁜 피사의 여자들을 표현한 속담)처럼 생각하는 사람들이 많았던, 아주 바람기가 많은 피사 여자들 중의 한 사람이었습니다.

재판관은 그녀를 집에 데리고 와서 성대한 잔치를 베풀고 매우 훌륭한 결혼식을 올렸는데, 첫날밤 간신히 그녀와 접촉하여 단 한 번 교합했지만 하마터면 큰 실패를 할 뻔했습니다. 왜냐하면 그는 앙상하게 마른데다가 정력이 부족한 사나이여서, 이튿날 강한 백포도주며 강장제며 그 밖의 많은 약제로 원기를 회복하지 않으면 안 되었기 때문입니다.

그래서 이 재판관은 자기 정력에 관해서 지금까지 없었던 배려를 하여, 아이들이 읽게 되어 있는 아동용 달력(이미 라벤나의 성당에서는 아이들에게 달력 보는 교육을 행하고 있었다)을 그녀에게 가르치기 시작했습니다.

그 까닭은 그가 보여 준 달력에 의하면 1년에 제삿날에 해당되지 않는 날이 하루도 없고, 그뿐 아니라 제사가 겹치는 날이 헤아릴 수 없이 많았기 때문입니다.

그는 그와 같은 제삿날을 숭앙하기 위해서 온갖 이유를 들어, 그런 날은 남녀가 잠자리를 같이하지 않도록 억제해야 한다고 가르쳤습니다. 게다가 각 계절 초마다 단식일이 있고, 사도(使徒)와 천 명에 이르는 성인들이 돌아가신 기일 전야의 금기가 있고, 금요일과 토요일이 있고, 주일이 있고, 사순절이 있고, 또 달이 차고 기우는, 그 밖에 여러 가지 예외를 다 든다면 휴일뿐이지, 여자와 잠자리를 같이할 수 있는 밤은 그가 어쩌다가 법정에서 웅변을 토할 때가 있는 것과 마찬가지로 거의 없게 되어 버렸습니다.

그래서 이와 같은 방법을 오랫동안 쓰고 있었으므로, 아내 쪽은 한 달에 겨우 한 번 접할까 말까 하는 정도로는 도무지 울적하고 재미가 없어 마치 병자처럼 되어 버렸으며, 남편은 남편대로 자기가 쉬는 날을 가르쳐 주듯이 누가 일하는 날을 가르쳐 주지나 않을까 하고 감시를 게을리하지 않았으며 초조해했습니다.

그러다가 우연히 이런 일이 일어났습니다. 마침 매우 무더운 날이 계속되었으므로, 리차르도는 돈테네로(리보르노 지방에 있는 도시)에서 가까운 자기의 아름다운 별장으로 기분 전환을 하러 가고 싶은 생각이 났습니다. 그리하여 그곳에 가서 며칠 묵으면서 신선한 공기나 쐬자고 아름다운 아내를 데리고 간 것입니다.

그곳에 머물고 있는 동안, 아내를 얼마간이라도 즐겁게 해 주려고 어느 날 낚시를 하러 나갔습니다. 그래서 두 척의 조각배를 내어 한 척에는 그가 고기잡이들과 함께 타고, 한 척에는 아내가 다른 부인들과 함께 타고 따라가며 구경했습니다. 그런데 무척 재미있었기 때문에 자기들도 모르는 사이에 앞바다로 멀리 나아가고 말았습니다.

이렇게 그들이 낚시에 정신이 팔려 있을 때, 그 당시 매우 이름이 높았던 해적 파가닌 다 마레(파가니노 다 모나코, 이야기 진행 중에 다 마레(바다라는 뜻)로 변하는데 제노바에서 가장 오래된 가문이다)의 갤리선이 별안간 나타나더니, 두 척의 조각배를 보고는 돌진해 왔습니다. 조각배는 갑자기 달아나지도 못하여 파가니노는 여자들이 타고 있는 배를 붙잡았습니다. 그리고 조각배에 타고 있는 한 미인을 보더니, 이때 벌써 육지에 올라가 있던 리차르도의 눈앞에서 다른 여자들은 거들떠보지도 않고 유유히 그녀를 자기 배에 태워 데려가고 말았습니다. 이 광경을 보고 공기의 움직임에도 질투심을 불태우는 재판관 양반이 얼마나 슬퍼했는지 새삼 말할 필요도 없을 줄 압니다.

그는 헛되이 피사나 그 밖의 도시에서 해적들의 악행에 푸념을 늘어놓으며 돌아다녔지만, 누가 아내를 가로채서 어디로 데려갔는지 도무지 알 수가 없었습니다.

한편 파가니노는 미녀를 얻게 되어 기분이 매우 좋았으며 마침 아내가 없었으므로 자기 곁에 붙들어 둘 생각으로, 울먹이는 그녀를 정답게 달래기 시작했습니다. 그리하여 낮의 상냥한 말만으로는 효과가 없을 것 같아 밤이 되자 물론 그는 달력 따위를 갖고 있지 않았고, 일체의 제삿날이나 휴일은 염두에 없었으므로 행동으로 달래 주자고 생각했습니다.

이 때문에 그녀는 모나코에 닿기도 전에 남편인 재판관도 그의 규정도 다 잊어버리고, 파가니노와 마치 꿈과도 같은 즐거운 생활을 하기 시작했습니다. 파가니노는 파가니노대로 모나코에 도착하자 이제 밤낮없이 그녀를 즐겁게 해 주었을 뿐 아니라 자기의 아내로서 소중히 다루었습니다.

그러는 동안 리차르도의 귀에 아내의 거처가 전해졌으므로, 자기 이외에 필요한 일을 할 수 있는 자는 없다고 생각하고, 희망에 불타서 몸값이라면 얼마를 내도 상관없으니 그녀를 찾아와야겠다고 결심했습니다. 그래서 바다를 건너 모나코로 갔습니다. 그리하여 그는 그녀를 만났고, 그녀도 그를 보았습니다. 그날 밤 그녀는 파가니노에게 이 얘기를 하고, 자기의 생각도 털어놓았습니다.

다음 날, 리차르도는 파가니노를 만나 이야기를 나누었습니다. 그리고 두 사람은 한 시간도 되기 전에 크게 뜻이 맞아 매우 친밀해졌는데, 파가니노는 그가 누구라는 것을 모르는 체하면서 그가 어떻게 말을 꺼낼지 은근히 기다리고 있었습니다. 리차르도는 상대편의 감정이 상하지 않도록 적당한 때를 보아 자기가 찾아온 까닭을 말하고, 아내를 돌려 달라고 부탁했습니다. 그러자 파가니노는 상냥하게 웃으면서 대답했습니다.

"아, 그렇습니까. 정말 잘 오셨습니다. 그럼, 간단히 말씀드리겠습니다. 그 일은 이렇게 됩니다. 그야 우리 집에는 젊은 여자가 있기는 합니다. 하지만 나는 그 사람이 과연 선생의 부인인지, 아니면 다른 사람의 마누란지 알지 못합니다. 실제로 나는 선생을 알지 못하고, 또 그 사람도 함께 살게 된 지 아직 얼마 되지 않아서 잘 알지 못합니다. 만일 선생이 말씀하시는 대로 그 사람의 남편이시라면, 뵙건대 온후한 신사 같으시니까 그 사람에게 안내해 드리지요. 그러면 아마 그 사람은 선생이 남편이라는 것을 인정하겠지요. 만일 그 사람이 선생 말씀이 틀림없다고 말하고 함께 돌아가고 싶어한다면 선생이 몸값으로 갖고 오신 돈을 기꺼이 받겠습니다. 그러나 만일 그렇지 않을 때는 선생이 나한테서 그 여자를 빼앗아 가는 심한 행위를 하시게 됩니다. 나는 아직 젊고, 남과 마찬가지로 여자 하나쯤 옆에 두고 살 수 있을 정도는 되기 때문에, 더욱이 그 여자는 지금까지 내가 본 여자 중에 가장 귀여운 여자니까요."

그러자 리차르도는 말했습니다.

"그 사람은 내 아내입니다. 만일 당신이 나를 그 사람에게 데려다 주신다면, 금방 아시게 됩니다. 당장 내 목에 매달리게 될 테니까요. 그러니 지금 당신이 생각하신 대로 해 주시기 바랍니다."

"그럼, 가십시다."

두 사람은 파가니노의 집으로 가서 응접실에 들어가자, 그녀를 불러오게 했습니다. 침실에서 나온 그녀는 남편이 왔는데도, 마치 파가니노의 집에 찾아온 낯선 사람에게 하는 듯한 인사를 리차르도에게 했습니다.

무척 기뻐하며 자기를 맞이해 줄 줄 알았던 재판관은 그것을 보고 기가 막혔습니다.

'자기를 잃고 내가 오랫동안 슬퍼하고 괴로워하는 동안에 얼굴이 상해서 나를 알아보지 못하는 모양이지.'

그래서 그는 말했습니다.

"여보, 당신을 낚시터에 데리고 나가서 많은 변을 다 당했소. 당신이 없어진 뒤로 나는 일찍이 그렇게 슬픈 생각을 한 적이 없었소. 그런데 당신은 나를 잊었는지 무척 쌀쌀하구려. 당신은 내가 리차르도라는 것을 모르겠소? 나는 이분이 바라는 것을 지불하러 이분 댁에 온 거요. 그리고 당신을 데리고 함께 집으로 돌아갈 생각이요. 친절하게도 이분은 내 희망대로 당신을 내게 돌려주시겠다고 말하고 있는 거요. 그것을 모르겠소?"

부인은 리차르도를 보고 방긋이 웃으며 대답했습니다.

"실례지만 저한테 하시는 말씀이세요? 무언가 착각을 일으키신 게 아닌가요? 저는 선생님을 뵌 적이 없는데요."

리차르도가 말했습니다.

"무슨 소리야? 나를 잘 봐요. 자, 생각해 봐요. 내가 당신의 리차르도 디 킨치카라는 것을 분명히 알게 될 테니까."

그러나 부인은 대답했습니다.

"실례가 된다면 용서해 주세요. 선생님을 그렇게 빤히 들여다본다는 것은 선생님은 어떻게 생각하실지 모르지만 저로서는 얌전한 짓이 못 돼서요. 아무튼 아무리 보아도 한 번도 뵌 적이 없는 분 같네요."

리차르도는 그녀가 이런 말을 하는 것은 파가니노가 무서워서 그의 면전에서는 자기를 인정하지 않기 위해서 그러는 것이라고 생각했습니다. 그래서 잠시 후 파가니노에게 그녀와 단둘이 그녀 방에서 얘기하게 해 달라고 정중히 부탁했습니다.

파가니노는 그것은 좋으나 그녀가 싫어하는데도 억지로 입을 맞추거나 해서는 안 된다고 다짐을 받았습니다. 그리고 그녀를 돌아보며, 그와 함께 방으로 가서 그의 말을 들어 보고 당신 좋을 대로 하라고 말했습니다.

그래서 부인과 리차르도는 그녀 방으로 갔습니다. 리차르도는 의자에 앉아 입을 열었습니다.

"아아, 당신은 나의 마음, 나의 영혼, 나의 희망이야. 그런 당신이 자기 목숨보다 당신을 사랑하는 리차르도를 모른단 말이오? 그런 일이 있을 수 있을까? 내가 그토록 변해 버렸단 말인가? 아아, 그 아름다운 눈으로 잠깐이라도 좋으니 나를 잘 봐 주오."

그러나 부인은 웃으면서 그가 나머지 말을 잇지 못하게 하고 말했습니다.

"당신도 아시잖아요. 내가 기억을 상실하고 있지 않다는 것쯤은. 나는 당신이 남편 리차르도 디 킨치카라는 것도 다 알고 있어요. 하지만 당신은 내가 당신과 함께 있었을 때는 조금도 나를 몰라주시는 것 같던데요. 왜냐하면, 만일 당신이 바라는 것처럼 당신이 정열적이고 머리가 좋은 분이시라면, 내가 아직도 젊고 싱싱하고 정력이 넘쳐흐른다는 것쯤은 아셨어야 하지 않았을까요. 그 결과 젊은 여자로서 좋은 옷을 입고, 맛있는 음식을 먹는 것보다 부끄러워서 입 밖에 낼 수 없는 것을 더 바라고 있다는 것쯤은 아셨어야 했어요. 그런데 당신은 어떻게 하셨는지……. 당신이 더 잘 알고 계시죠? 아내보다 법률 공부가 더 중요하다면, 결혼을 하지 말았어야지요. 더욱이 저는 당신이 법률가로 여겨지지 않았어요. 오히려 성당의 축제일이나 제삿날의 공보 담당자 같은 느낌이 들었어요. 그런 날을 잘 알고 계실 뿐 아니라, 단식일이며 제삿날 전야의 금기 같은 것을 참으로 잘 알고 계셨거든요. 그래서 당신에게 말씀드리고 싶은 것은, 만일 당신 농원에서 일하고 있는 농부들에게 내 조그마한 밭을 갈아야 할 자한테 나한테 부과한 것 같은 그 많은 축제일을 강요한다면, 당신은 한 톨의 보리도 거둬들이지 못하게 되실 거라는 거예요. 하느님은 제 젊음을 아깝게 보시고, 저와 만나도록 한 사람을 소개해 주셨어요. 저는 그 사람과 이 방에서 함께 지내면서, 오늘이 무슨 축제일인지 알 필요도 없고(똑똑히 말씀드리지만, 여자보다 하느님에 대한 봉사에 넋을 잃고 있는 당신이, 그토록 열심히 축하하신 그 헤아릴 수 없이 많은 축제일 말씀이에요) 그런 것들이 저 문간으로는 금요일이고 토요일이고 축제일 전야의 금기고, 사순절 초의 단식일이고, 그 긴 사순절이 고간에 절대로 들어오지 않아요. 오히려 밤이고 낮이고 일을 벌여서 양털의 먼지를 털고 있답니다. 오늘 아침에도 아침 종이 울린 뒤에 한 번 더 그 일을 한 것을 기억하고 있어요. 그래서 저는 그 사람과 함께 살면서 젊을 때는 열심히 그 일을 할 생각이에요. 그리고 축제일이라든가 순례라든가 단식이라든가 하는 것은, 나이를 먹은 뒤에 하도록 제쳐 놓을 생각이에요. 그럼 행복하게 한시바삐 여행을 떠나셔서 실컷 저 없는 축제일의 축하나 하시지요."

리차르도는 이 말을 들으면서 가만히 슬픔을 참고 있다가 그녀의 말이 끝나자 말했습니다.

"아아, 나의 귀여운 당신이 그런 말을 다 하다니? 당신의 친척이나 자기의 명예는 생각지 않고? 피사에서 내 아내가 되어 있기보다 죽을죄를 짓더라도 그자의 매춘부가 되어 여기에 머물러 있고 싶단 말이오? 그자는 당신이 싫증나면 당신에게 욕설을 퍼붓고 내동댕이쳐 버릴 거요. 나는 언제까지나 당신을 사랑하오. 비록 내가 당신을 싫어하게 되더라도, 당신은 언제까지나 나의 아내요. 아아, 당신은 나의 희망이오. 이제 그런 말은 하지 말아 주오. 나와 함께 돌아가 주오. 나도 이제 당신이 바라는 것을 알았으니, 지금부터는 열심히 노력하겠소. 그러니 아무 말 말고 나와 함께 돌아가 주지 않겠소? 당신이 납치당하고부터 나는 하루도 마음 편할 날이 없었소."

그러자 그녀는 말했습니다.

"제 명예는 이제 새삼 아무에게도 지킬 수 없다고 생각해요. 제 가족들은 당신에게 저를 시집보낼 때 그것을 생각했어야 했는데, 그 당시는 나를 조금도 생각해 주지 않았어요. 그래서 저도 지금 그 사람들을 생각하지 않아요. 만일 제가 지금 죽을죄를 짓고 있다면, 저는 이곳에 머물면서 기꺼이 그 일의 징역을 살겠어요. 그러니 이제 저에 관한 것은 걱정하지 마세요. 확실히 말씀드리면, 저는 여기서 파가니노의 아내라는 기분이 들지만 피사에서는 당신의 매춘부 같은 기분이 들었답니다. 달이 차고 기운다든가, 기하학의 사각 삼각으로 유성을 당신과 나 사이에서 결합시키려 했지만 파가니노는 밤새도록 저를 껴안아 애무하고 깨문답니다. 그리고 얼마나 나를 미치도록 즐겁게 만들어 주는지 하느님, 저 대신 말씀 좀 해 주세요. 당신은 열심히 노력하겠다고 말씀하시지만, 그게 무슨 뜻이지요? 세 번 하고 비기기로 해서 막대기로 두들겨 세우는 거예요? 당신하고 헤어진 후 당신이 훌륭한 기사가 되신 것을 잘 알겠어요. 자, 돌아가셔서 힘차게 사시도록 애써 주세요. 원체 당신은 비쩍 마르고 허약해서 살아 있다는 건 명색뿐인 것 같은 기분이 드니까요. 그리고 더 말씀드리지만, 만일 그 사람이 나를 버리는 일이 있더라도(제가 함께 있고 싶어하는 한 그런 일

이 있으리라고 생각되지 않지만), 당신 곁으로 돌아갈 생각은 없어요. 당신은 아무리 쥐어짜 봐야 한 쟁반분의 소스도 나오지 않을 테니까요. 당신과 함께 살게 된 후에 본전도 이자도 다 까먹어 버렸으니 이번에는 다른 곳에서 돈벌이를 찾겠어요. 다시 한 번 거듭 말씀드리지만, 여기서는 축제일도 그 전야의 기일도 없어요. 그러니 저는 여기 있을 생각이에요. 그럼, 한시바삐 하느님과 함께 돌아가세요. 돌아가시지 않으면, 당신이 폭력을 휘두른다고 크게 소리 지를 거예요."

이쯤 되고 보니 리차르도도 이건 도저히 불리하다고 생각하고, 체력도 없는데 젊은 아내를 맞이한 자기의 어리석음을 깨닫고, 슬픈 마음으로 고개를 푹 숙인 채 그녀의 방을 나왔습니다. 그리고 파가니노에게 구질구질하게 애원해 보았지만, 아무런 소용이 없었습니다. 그래서 마침내 하는 수 없이 아내를 남겨 놓고 피사로 돌아갔습니다.

그리하여 슬픔에 잠겨서 정신이 이상해진 그는 피사의 거리를 걸어가다가 누가 인사하거나 무엇을 물으면, "나쁜 구멍은 축제일을 싫어해서 말이야."라고 대답할 뿐, 그 밖에는 아무 말도 하지 않았습니다. 그리고 그는 곧 죽었습니다. 이 소식을 듣자 파가니노는 아내가 자기를 매우 사랑하고 있다는 것을 알았으므로, 정실로 삼아 축제일도 전야의 금기도 사순절 따위도 걷어차 버리고는, 허리 힘이 계속될 때까지 해 주어 서로 행복을 나누었습니다.

그런 까닭이니 친애하는 여러분, 베르나보는 암브로줄로와 언쟁을 벌여서 공연히 큰 실패를 한 것 같습니다.

부인들 모두 그 이야기에 너무 재미있어 했으며 크게 웃으면서 베르나보는 디오네오의 주장대로 정말 바보였다고 말했습니다.

디오네오의 이야기가 끝나고도 한동안 웃음은 계속되었는데 웃음이 그치자, 여왕은 밤도 깊어 오늘의 이야기도 끝나고 자기의 주재도 끝났으므로 네이필레에게 월계관을 씌워 주며, 이제 당신이 우리를 다스릴 차례가 되었다고 말하면서 미소를 지으며 물러났습니다. 네이필레는 아름다운 얼굴을 붉히며 상기된 목소리로 말했습니다.

"이전의 통치 방법에서 멀어지지 않도록 하겠으나 금요일은 주의 수난일이니 이야기보다는 기도를 드리는 것이 옳은 일이라 생각됩니다. 그리고 토요일은 부인들이 머리를 감고 한 주일의 찌든 때를 씻어내고 성모 마리아를 위한 단식을 하는 관례가 있습니다. 또한 주일을 위해 저마다 일을 쉬어야 합니다. 그래서 우리는 이곳에 며칠을 묵게 되는데 다른 사람들의 방해를 받지 않으려면 다른 곳으로 옮기는 편이 좋으리라 생각되며, 그 장소는 이미 준비되어 있습니다. 그곳에서 일요일 낮잠 시간 뒤에 모여서 폭넓은 이야기를 나누도록 할 것이므로, 다음 이야기를 충분히 생각할 여유가 있고 주제도 자유롭게 선택할 수 있어요. 그러므로 운명에 관련된 갖가지 일에 초점을 맞추어, 자기가 소망하던 것을 교묘히 얻었거나, 잃었던 것을 다시 되찾은 사람들의 이야기를 했으면 합니다. 그리고 디오네오의 특권은 그대로 유효합니다."

일동은 새로운 여왕의 말에 동의하고 그렇게 하기로 했습니다. 여왕은 하인과 하녀를 불러 식사를 차릴 장소와 그들이 해야 할 일들을

재확인하여 지시했습니다. 그런 후 각자에게 자유 시간을 갖도록 하였으며, 모두 정원으로 이동하여 즐거운 저녁 식사를 마친 다음, 에밀리아가 춤을 추고 팜피네아가 칸초네를 선창하며 모두 함께 불렀습니다. 그리고도 많은 노래와 여흥을 즐긴 후 여왕의 지시로 저마다의 침실로 돌아가서 관례대로 이틀을 보내고 일요일의 오후가 되기를 기다렸습니다.

셋째 날

네이필레가 주재하는 셋째 날이 밝았습니다. 그녀는 여왕으로서 사람들을 깨우고 그들이 이동할 장소로 하인들을 보냈습니다. 그녀도 곧 출발했으므로 일동은 그 뒤를 따랐습니다. 그들은 푸른 나뭇가지와 갖가지 꽃들로 뒤덮인, 사람이 별로 오가지 않는 오솔길을 따라 걸었습니다. 얼마 지나지 않아 그들은 언덕 위의 아름다운 저택에 다다랐습니다.

저택은 넓은 홀과 쾌적한 침실이 여러 개 있었고, 지하실에는 고급 포도주가 가득 저장되어 있었으며, 샘에서는 끊임없이 맑은 물이 솟고 있었습니다. 또한 만발한 포도꽃의 향기와 장미꽃, 자스민꽃은 물론 온통 뒤덮인 꽃들의 향기로 가득한 훌륭하고 말끔한 정원은 보는 이의 탄성을 자아냈습니다. 정원 가득 채워진 희귀한 수목과 특히 잘 손질된 잔디밭의 풀과 수천 종의 색색의 꽃과 식물과 거기에 매달려 있는 열매들의 자태와 이 모든 것에서 배어나는 향기에 취하여 모두

들 경탄해 마지않았습니다. 잔디밭 중앙에 있는 맑은 물이 솟아나는 대리석 분수대에서는 상쾌한 물이 연신 흘러내리고 있었으며, 아름다운 정원 곳곳을 통과하여 아름다운 수목을 촉촉이 적시도록 만들어 놓은 아름다운 물길은, 마지막에 한군데로 모아져서 맑은 시냇물을 만들며 평야로 흘러들고 있었습니다. 일곱 명의 부인과 세 명의 청년들은 낙원이 있다면 이러할 것이고, 여기에 아무것도 보탤 것이 없다고 생각할 정도였습니다.

그들이 황홀한 기분으로 근처를 산책하고 아름다운 새소리를 듣고 있는 동안에 정원 안에는 귀엽기 그지없는 하얀 토끼며, 암사슴 같은 백여 가지가 넘는 동물들이 여기저기 뛰어다니고 풀을 뜯고 있어서, 사람들에게 더 큰 기쁨을 주었습니다. 이러는 동안에 분수대 주위에 식탁이 마련되고, 여왕이 바랐던 대로 여유 있고 훌륭한 요리를 먹고, 충분한 휴식을 취한 다음, 악기를 연주하고 노래를 부르고 춤을 추었습니다. 잠잘 시간이 되어서 일부는 잠을 자러 갔으나 몇 사람은 정원의 아름다움에 취해 있었고, 남은 사람들은 책을 읽기도 하고 장기나 주사위 놀이를 하기도 하였습니다.

오후 3시가 되어 여왕의 지시에 따라 분수대 주위에 모여 앉아 여왕이 선택한 주제에 대한 이야기를 시작하였으며, 필로스트라토에게 가장 먼저 이야기를 하라고 여왕이 명했으므로 그가 첫 번째 이야기를 시작했습니다.

첫 번째 이야기

람포레키오 출신의 마세토는 벙어리로 가장하여 수녀원의 정원사가 되는데, 수녀들이 앞다퉈 그와 자려고 한다.

여러분, 세상의 많고 많은 어리석기 그지없는 사람들은 젊은 여자의 머리에 흰 천의 베일을 씌우고 검은 옷을 입히면 돌 같은 수녀가 되었다는 생각까지는 아니더라도, 여자가 아니라거나 여자의 욕정 같은 것은 느끼지 않을 것이라고 단정해 버립니다. 그리고 그 단정에 반박이라도 할라치면, 자신이 경멸당했다고 여기거나 최고의 악행을 저지른 것처럼 치부하기 일쑤입니다. 그러므로 그들 자신의 욕망을 위해서는 온갖 짓과 방법을 동원하고도 만족하지 못하면서도, 여자들만 있다거나 쓸쓸하다는 것이 얼마나 많은 영향을 미칠 것인가는 생각지도 않습니다. 또한 천한 농부는 곡괭이질이나 가래질을 심하게 하고 거친 음식을 먹고 자유롭지 못하므로, 음탕한 욕망을 가지지 못한다거나 생각과 지혜마저 없다고 생각하는 사람이 의외로 많은 것 같습니다. 이 어리석은 생각에 일격이 가해지는 것을 여왕께서 내리신 주제에서 벗어나지 않고 간단하게 보여드릴 작정입니다.

우리가 살고 있는 이 고장에 신성하기 짝이 없는 수녀원이 있었습니다. 조금이라도 명성을 더럽히지 않기 위해 그 이름을 밝히지는 않겠습니다만, 그 수녀원은 아직도 있습니다. 그런데 그다지 오래된 일은 아닙니다만, 당시 그 수녀원에는 젊은 여덟 명의 수녀와 원장 수녀밖에 없으며, 남자라고는 아름다운 정원을 손질하는 정원사가 있을 뿐이었습니다. 그는 사람이 매우 좋았으며 키가 작은 사나이였습니다. 그러나 그는 늘 급료가 적은 것을 불만스럽게 생각하다가 수녀원의 관리인에게 급료를 지불받고는 어느 날 갑자기 고향인 람포레키오(엠포리와 피스토이아의 중간에 있는 큰 마을)로 돌아와 버렸습니다.

마을에 돌아오자 그를 환영해 준 사람들 가운데 과연 사나이답고 억센 체격을 가진 젊은 농부가 한 사람 있었습니다. 그는 농부로서는 아까울 정도로 몸매가 좋았고 얼굴 생김새도 호감이 가는 마세토란 젊은이였습니다. 그는 마을로 돌아온 정원사에게 지금까지 어디 있었느냐고 성급히 물었습니다.

누토란 이름의 사람 좋은 그 정원사는 자기가 지금까지 있었던 곳을 말했습니다. 그러자 마세토는 그 수도원에서 무슨 일을 했느냐고 또 물었습니다. 누토는 이렇게 대답했습니다.

"그곳에 있는 넓고 아름다운 정원에서 일했지. 마당일 외에도 숲에 나무를 하러 가기도 하고 물도 긷고 뭐 자질구레한 일을 했지. 그런데 말일세, 수녀들이 월급을 적게 주니 구두 한 켤레를 살 수가 없거든. 어디 그뿐인가. 몽땅 젊은 수녀들뿐이니 이건 뭐 몸속에 악마가 깃들고 있는 것 같았어. 무엇을 하든 그 사람들 마음에 들지 않으니 말이야. 내가 뒷밭에서 일하고 있으면 한 사람이 와서 '이걸 여기다 놔 주세요.' 하고 시키기에 그렇게 하면 다른 사람이 와서는 '그것을 이쪽으로.' 하며 고친단 말이야. 그러면 또 다른 사람이 내 손에서 괭

이를 빼어 들고는 '그렇게 하면 안 돼요.'라고 한단 말이야. 그런 일이 어디 한두 번이라야지. 하도 시끄럽게 하니까 그만 밭에서 나와 일을 팽개치고 말았지. 이런 일 저런 일이 겹쳐서 나와 버렸지. 하지만 내가 떠날 때 관리인 녀석이 혹시 적당한 사람이 있으면 보내 달라고 하더군. 그래서 약속은 하고 왔지만, 바보가 아닌 다음에야 그런 약속 따위를 뭐하러 지켜."

마세토는 누토의 이야기를 듣고 그런 수녀들과 함께 살아 보고 싶다는 달콤한 욕망이 고개를 들었습니다. 왜냐하면 누토의 말하는 폼으로 보아 자신이 원하던 소원이 이루어질 것같이 판단되었기 때문이었습니다. 그러나 그런 소리를 입에 올려서는 성공할 수 없다고 생각하며 이렇게 말했습니다.

"정말 잘 돌아왔어. 남자 혼자서 많은 여자와 함께 살다니, 말도 안 되는 소리야! 차라리 악마와 함께 사는 편이 낫지. 여자들이란 일곱 번 가운데 여섯 번은 제가 무엇을 원하고 있는지 모르는 것들이니까."

그러나 말이 끝난 순간부터 마세토는 어떻게 하면 수녀들과 함께 살 수 있을까 생각하기 시작했습니다. 그는 누토가 말한 것 같은 일은 충분히 해낼 자신이 있었으나 그가 너무 젊고, 잘생겼기 때문에 써 주지 않을지도 모른다는 걱정이 있을 뿐이었습니다. 그래서 여러 가지로 궁리하던 끝에 좋은 생각이 떠올랐습니다.

'그 수녀원은 여기서 상당히 먼 곳에 있지 않은가. 아무도 나를 아는 사람이 없을 거야. 그러니 벙어리로 가장한다면 틀림없이 써 줄 거야.'

그는 이렇게 생각하자 온다간다는 말도 없이 도끼 한 자루를 어깨에 둘러메고 수녀원을 향해 떠났습니다. 수녀원에 닿자 그는 서슴없이 안마당까지 걸어 들어갔습니다. 때마침 그곳에는 관리인이 나와 있었습니다. 그는 벙어리 흉내를 내며, 제발 먹을 것을 주십시오, 그 대신 괜찮다면 장작을 패 드리겠노라고 손짓을 해 보였습니다.

관리인은 좋아하며 먹을 것을 주고는 누토가 패지 못했던 나뭇단을 끌어왔습니다. 마세토는 힘이 세므로 한 시간도 못 되어 그 나뭇단을 잘게 패놓았습니다. 관리인은 또 숲에 갈 일이 생겼으므로 그를 데리고 가서는 장작을 패게 한 다음, 나귀를 끌고 와 장작을 수녀원으로 실어 나르도록 손짓으로 시켰습니다. 마세토가 그런 일들을 재치있게 해치우자 관리인은 그때까지 밀렸던 여러 가지 일을 더 시키려고 마세토를 며칠 동안 머물게 했습니다.

그러던 어느 날, 원장 수녀가 그를 보았습니다. 원장은 관리인에게 누구냐고 물었습니다. 관리인은 이렇게 대답했습니다.

"원장님, 이 사나이는 가엾게도 벙어리에다 귀머거리입니다. 며칠 전에 밥을 얻으러 왔기에 하도 불쌍해서 구제해 주려고 밀린 일을 시키고 있는 중입니다. 만일 이 사나이가 밭일도 할 수 있고 여기에 있을 생각만 있다면 우린 좋은 하인을 두게 되는 셈입니다. 마침 이런 사나이가 필요했고 또 힘도 세니 여러 가지 시킬 일도 많고 특히 이 안의 젊은 수녀님들을 놀릴 걱정은 하나도 없으니 말입니다."

원장은 이렇게 대답했습니다.

"정말 그렇군요. 이 사나이가 일을 잘할 것 같으면 붙들어 두세요.

듣기 좋은 말로 달래고 맛있는 것을 먹여 주어요."

관리인은 그렇게 하겠다고 했습니다.

마세토는 이때, 그리 멀지 않은 곳에서 마당을 쓰는 척하면서 그 이야기를 듣고 마음속으로 옳지 됐구나 하면서 혼자 중얼거렸습니다.

'여기 있게 해 주면 지금까지는 없었던 훌륭한 밭일을 해 보이지.'

관리인은 마세토에게 이곳에 있을 생각이 있느냐고 손짓으로 물었습니다. 마세토 역시 손짓으로 원하신다면 나도 이곳에 있고 싶다고 했습니다. 관리인은 그를 고용하기로 결정하고 밭일을 하도록 일렀습니다. 그리고는 그 밖의 일들을 자세히 설명하고는 다른 일을 보러 가버렸습니다.

마세토가 이런 나날을 보내며 일하고 있노라니 벙어리들이 흔히 당하듯이 수녀들은 그를 따라다니며 놀려대기 시작했습니다. 그녀들은 그가 듣지 못하는 줄 알고 지극히 상스러운 말마저 퍼부었습니다. 그러나 원장은 그에게 혀가 없듯이 꼬리도 없으리라 여기고 그런 것쯤은 조금도 개의치 않았습니다.

그러던 어느 날, 일이 벌어졌습니다. 마세토가 좀 지나치게 일한 탓으로 고단하여 마당에 누워 있는데, 마당에 나온 두 명의 수녀가 가까이 다가왔습니다. 그가 잠자는 척하고 있었더니 그녀들은 그를 이리저리 뜯어보기 시작했습니다. 그러더니 조금 대담해 보이는 수녀가 다른 수녀에게 이렇게 말했습니다.

"당신이 비밀을 지켜 준다면 평소에 내가 생각하고 있던 것을 말할까요? 그것은 틀림없이 당신 마음에도 들 거예요."

그러자 또 다른 수녀가 곧장 대답했습니다.

"안심하고 말하세요. 절대로 아무에게도 말하지 않을 테니."

이에 대담해 보이는 수녀가 말했습니다.

"당신은 못 느끼고 있는지 모르지만 이 안에 있는 남자라곤 저 늙은 관리인과 이 벙어리밖에 없을 정도로 우리 생활은 메말라 있어요. 이곳에 잘 오는 부인에게 들었는데, 이 세상에는 남녀가 하는 그것보다 더 즐거운 것은 없대요. 그렇지만 우린 다른 남자와 그런 것을 할 수는 없으니까, 난 이 벙어리와 그것을 시험해 보려고 몇 번씩이나 생각했었어요. 그러기에는 이 사나이가 아주 안성맞춤이거든요. 저 녀석은 말하고 싶어도 남에게 말할 수가 없지 않아요. 더욱이 머리는 텅 비고 신체만 건강한 좀 모자라는 젊은이가 아녜요? 당신은 제 말을 어떻게 생각하세요? 솔직하게 말씀해 보세요."

"저런!" 하고 다른 수녀가 말했습니다. "무슨 망측한 소리예요? 우리는 하느님께 순결을 약속한 몸이잖아요?"

"하지만, 매일매일 정말 많은 약속을 해 왔어도 어느 것 하나라도 지켜진 것이 있나요? 우리가 약속한 것에서 단 하나나 둘이라도 지켜지고 있는 것이 있으면 말해 보세요."

그랬더니 그 수녀가 말했습니다.

"그러다가 혹시 배라도 부르면 어떻게 하지요?"

먼저 말을 꺼낸 수녀는 아무렇지도 않은 듯이 말했습니다.

"시작하기도 전에 그런 생각부터 할 필요가 어디 있어요? 일이 생기면 그때 가서 생각하지요. 저 사나이는 우리만 입 다물고 있으면 아무도 알 리가 없는 여러 가지 방법을 알고 있을 거예요."

그 소리를 듣자, 상대편 수녀는 말을 꺼낸 수녀 이상으로 남자란 어떤 동물인지 시험해 보고 싶어졌습니다.

"그건 그렇군요. 그럼 어떻게 하는 거예요?"

대담한 수녀가 말했습니다.

"보세요, 지금 오후 3시가 조금 지났잖아요. 그러니까 우리 말고는 모두 잠자고 있을 거예요. 그래도 혹시 모르니 밭에 누가 있는지 살펴보지요. 만일 아무도 없으면 우린 이 사나이의 손목을 잡아끌어서 저기 보이는 헛간 속으로 들어갑시다. 저 헛간은 이 사나이가 비를 피하는 곳이거든요. 그 안에 우리 중의 한 사람이 그를 데리고 들어가고 한 사람은 밖에서 망을 보면 돼요. 그는 바보니까 우리가 하자는 대로 할 거예요."

마세토는 이 이야기를 모두 들었습니다. 그리고 그녀들이 하자는 대로 해야겠다고 생각하며 자기를 데려갈 때를 고대하고 있었습니다. 주위를 잘 살펴본 두 수녀는 보는 사람이 아무도 없음을 알자, 먼저 이야기를 꺼낸 수녀가 마세토를 흔들어 깨웠습니다. 그는 곧바로 일어났습니다.

그 수녀는 애교를 부리는 것 같은 몸짓을 하며 그의 손을 잡았습니다. 그러자 그가 히죽히죽 웃고 있는 것을 보고는 헛간으로 데리고 들어갔습니다. 그는 그녀를 애태우지 않고 곧 그녀가 원하는 대로 해주었습니다. 그녀는 원을 풀자 곧 충실한 친구로서 다른 한 사람과 교대했습니다. 마세토는 여전히 바보인 척하며 그녀의 소원을 풀어

주었습니다.

이렇게 되자, 두 수녀는 헛간을 떠나기 전에 이 벙어리가 몇 번이나 그녀들을 탈 수 있는가를 시험해 볼 정도였습니다.

그 뒤, 두 사람은 들었던 것 이상으로 즐거웠다고 서로 이야기하며 기회만 있으면 이 벙어리와 즐기곤 했습니다.

그러던 어느 날, 두 수녀의 친구인 다른 수녀가 자기 방 창문으로 그 광경을 보고 말았습니다. 그녀는 다른 두 수녀에게도 그것을 보였습니다. 그녀들은 처음에는 원장에게 보고하여 벌을 받게 해야겠다고 고지식한 이야기를 하다가 도중에 생각을 바꾸어 친구인 수녀들처럼 마세토에게 밭을 갈게 하는 몸이 되었습니다. 그리고 그녀들 말고 또 세 사람의 수녀가 시간대를 바꾸어 가며 한패가 되었습니다.

이런 일을 끝까지 모르고 있던 원장은 어느 날, 혼자서 마당을 거닐고 있었습니다. 그날은 몹시 더웠으므로(하기야 밤의 말 타기가 지나쳐 낮에는 조그만 일에도 곧 피로해지곤 했지만) 마세토는 아몬드나무 그늘에서 늘어지게 누워 잠을 자고 있었습니다. 그런데 어디선가 시원한 바람이 불어오더니 마세토의 옷자락을 휙 들쳐 올렸습니다. 그러자 그것이 보였습니다.

아무리 원장이지만, 여자가 이런 것을 그것도 혼자서 보게 되었으니 원장도 제자들과 같은 욕정의 포로가 되고 말았습니다. 원장은 마세토를 깨워 자기 방으로 데리고 들어가 며칠을 붙들어 놓았습니다. 그녀는 자기가 제일 먼저 못하게 말렸을 그 달콤한 즐거움을 며칠 동안이나 되풀이하여 즐기며 독차지하고 있었습니다. 마침내 제자인 수녀들은 정원사가 밭일을 나오지 않으므로 비난을 퍼붓기 시작했습니다.

원장도 이에는 어쩔 수가 없어 그를 방으로 돌려보냈지만, 그 뒤에도 자주 자기 방으로 끌어들여 맡은 바 이상의 요구를 했습니다. 그러나 마세토는 그렇게 많은 여자들 모두를 계속하여 만족시킬 수는 없었으므로, 더 이상 벙어리로 있다가는 큰일 나겠다고 생각했습니다. 그래서 어느 날, 원장과 같이 있는 자리에서 일부러 혀 짧은 소리를 내며 말했습니다.

"원장님, 제가 들은 바로는, 한 마리의 수탉은 열 마리의 암탉을 만족시킬 수가 있지만, 열 사람의 남자로서도 한 사람의 여자를 만족시키기가 힘들고도 어려운 일이라고 했습니다. 그러나 저는 아홉 사람에게 봉사를 해야 합니다. 이래서는 돈이 산더미처럼 쌓이더라도 몸을 지탱할 수가 없습니다. 아니, 지금까지 그렇게 해온 탓으로 적든 많든 이젠 더 아무것도 할 수 없는 데까지 와 버렸습니다. 그러니 저를 내보내시든가 다른 좋은 방법을 가르쳐 주시든가 해 주십시오."

원장은 벙어리인 줄만 알았던 사나이가 갑자기 입을 열었으므로 깜짝 놀랐습니다.

"어떻게 된 일인가? 난 네가 벙어리인 줄만 알았는데."

"원장님." 하고 마세토는 대답했습니다. "저는 정말 벙어리였습니다. 그러나 나면서부터의 벙어리가 아니라, 병 때문에 말을 못하게 된 것입니다. 그러다가 오늘 저녁에 다시 말을 할 수 있게 되었습니다. 이 모두가 하느님 덕분이며 그 은총은 참으로 큽니다."

원장은 그가 말하는 것을 믿었습니다. 그리고 아홉 사람에게 서비스를 했다는 건 무슨 뜻이냐고 물었습니다. 마세토는 사실대로 밝혔습니다. 마세토의 이야기를 들은 원장은 젊은 수녀들이 자기보다 훨씬 영리하다는 것을 알았습니다.

이 여자 원장은 매우 빈틈이 없는 사람이었으므로 마세토가 수녀원에 대하여 나쁜 소문을 퍼뜨릴까 봐 걱정이 되었습니다. 그래서 그를 해고하지 않고 다른 수녀들과 함께 해결책을 찾아야겠다고 생각했습니다.

그러던 차에 마침 관리인이 죽었습니다. 수녀들은 서로 지금까지의 일을 털어놓고 의논한 결과, 근처 사람들이 의심하지 않도록, 마세토가 오랫동안 벙어리였지만, 수녀들의 기도와 이 수녀원에 이름 지어진 수호성인의 공덕으로 말을 할 수 있게 되었다고 하기로 합의를 보았습니다. 마세토는 매우 기뻐했고, 또 그는 관리인에 임명되었습니다. 그런 다음, 몸이 지탱할 수 있는 방법을 연구하여 피로하지 않도록 했습니다.

그는 수녀들과의 사이에 어린애를 낳게 하는 사태를 여러 번 빚었지만, 그때마다 비밀리에 처리했기 때문에 바깥세상에는 조금도 알려지지 않았습니다. 그러는 사이 원장이 세상을 떠났습니다. 그 때문만은 아니지만 마세토도 이제 나이가 들었으므로 고향에 돌아가고 싶어졌습니다. 그의 소원은 간단하게 허락을 받을 수가 있었습니다.

이렇게 되어 마세토는 노인이 되고, 또 아버지가 되어서 돈도 많이 가지고 금의환향했습니다. 그는 아이를 키우는 고생도 안 하고, 그 밖의 비용도 안 쓰고 선견지명으로 인해 청춘을 유효하게 지낼 수가 있었습니다. 그는 떠날 때와 마찬가지로 도끼 한 자루를 메고 돌아왔지만, 아무 걱정이 없었습니다. 그는 이렇게 된 것이 모두 예수님 덕분이라고 늘 말했다 합니다.

두 번째 이야기

어떤 마부가 아질루프 왕의 왕비와 관계를 맺는다. 그것을 눈치챈 왕은 그 사나이를 찾아내어 머리칼을 잘라 놓는다. 머리칼을 잘린 마부는 다른 마부의 머리칼도 똑같이 자르고 가까스로 화를 면한다.

필로스트라토의 이야기에 부인들은 민망해하거나 웃기도 하였습니다. 다음 차례인 팜피네아가 여왕의 명을 받아 미소를 지으며 이야기를 시작했습니다.

이 세상에는 별로 자신과는 상관없는 일임에도 불구하고 남에게 떠벌려서 창피를 당하게 하는 경우가 많이 발생합니다. 그러나 마부의 교묘한 꾀에 대처한 왕의 신중한 행동으로 왕비를 되찾을 수 있었다는 이야기를 들려드릴까 합니다.

랑고바르드의 국왕인 아질루프는 조상이 정해 준 대로 롬바르디아의 파비아에 도읍을 정하고, 역시 랑고바르드의 왕이었던 아우타리의 미망인인 왕비 테우델링가를 아내로 맞았습니다. 이분은 매우 아름답고 총명하며 성실한 분이었지만, 애정 생활은 그다지 행복하지 못했습니다.

아질루프 왕은 총명한 분으로 덕망도 아울러 갖추고 있었으므로 롬바르디아는 다소나마 번영하였고 평화로운 나날이 계속되고 있었습니다. 그런데 왕비의 마부 중에 태생이 천하고 비천한 직업을 가졌지만 그냥 보기에는 왕처럼 아주 당당한 체격을 가진 미남 청년이 있었습니다. 그는 그만 사리분별 없이 왕비를 연모하게 되었습니다.

그러나 자기의 낮은 신분으로는 이 사랑을 이루지 못하리라는 것을 알고 있었으며, 또 영리한 사나이였으므로, 그 이야기를 아무에게도 털어놓지 않았고, 왕비에게 추파를 보내어 자기 의중을 고백하려 하지도 않았습니다. 이렇게 그는 왕비의 사랑을 받을 희망도 없이 지내고 있었지만, 단 하나 고귀한 신분을 사모하고 있는 것을 자랑스럽게 생각하고 있었습니다. 그러나 왕비에 대한 사랑의 불길에 몸과 마음을 태우고 있는 만큼, 왕비가 기뻐할 일은 동료들 중 누구보다도 열심히 일했습니다. 왕비도 그가 열심히 일하는 것을 알게 되어 말을 탈 때는 다른 말보다도 그가 손질한 말을 즐겨 탔습니다. 그렇게 되는 날이면 그는 더없는 영광으로 알고 왕비가 발을 딛고 있는 등자(橙子) 옆을 떠나지 않았습니다. 그는 왕비의 옷자락에 스치기만 해도 하늘에나 닿은 듯한 마음이 되곤 했습니다.

그러나 흔히 세상에 있는 일이지만 가망이 없으면 없을수록, 그 연정은 더욱더 간절해지는 까닭에 이 가엾은 마부에게도 가망이 없음에도 불구하고 그 분수를 넘은 소원을 가슴속에 가만히 묻어 둘 수 없는 상황이 되고 말았습니다. 그는 이 연모에서 헤어나지 못한다면, 차라리 죽어 버려야겠다고 몇 번이나 생각하게 되었습니다.

그는 열심히 죽는 방법을 생각했습니다. 이렇게 죽는 방법을 생각한 끝에 자기의 죽음이 왕비에 대한 끊을 수 없는 연모 때문인 것을 남들이 알게 할 수 있는 방법을 택하기로 했습니다. 그리고 자기의 소원이, 전부는 아니더라도 일부만이라도 이루어질 수 있는지에 대하여 자신의 운명을 걸어 보기로 했습니다.

그러나 그는 왕비에게 이 생각을 말하거나 글로 옮겨 봤자 아무런 소용이 없음을 알고 있었으므로, 사랑을 고백하거나 글로 쓰지는 않았습니다. 하지만 어떻게 해서든지 왕비와 잠자리를 함께할 수 있는 방법을 시도해 보려고 생각했습니다. 그러기 위해서는 왕으로 가장하는 방법 이외에는 좋은 방법이란 없었습니다. 즉, 왕이 매일 왕비와 같이 자지 않는다는 것을 알고 있었으므로, 왕으로 가장하기만 하면, 왕비의 침실로 들어갈 수가 있기 때문입니다.

그는 왕이 왕비에게 갈 때 어떤 모습과 복장인가를 살펴보기 위해 깊은 밤이면 왕과 왕비의 방 사이에 있는 넓은 대청에 몇 번씩 숨어들곤 했습니다. 그러던 어느 날, 커다란 망토를 몸에 걸친 왕이, 한 손에 횃불을 들고 다른 한 손에는 지팡이를 든 채 방에서 나오는 것을 보았습니다. 왕은 왕비의 방 앞에 이르자, 아무 말도 없이 지팡이로 문을 두어 번 두들겼습니다. 그러자 곧 문이 열리며 누군가가 횃불을 받아 들었습니다.

그는 이 광경을 보고, 또 왕이 돌아가는 것까지 잘 보아두었다가 자기도 그렇게 해야겠다고 생각했습니다. 그는 왕이 입었던 것과 같은 망토를 구하고, 횃불과 지팡이도 손에 넣었습니다. 그리고 우선 뜨거운 물로 몸을 잘 씻어, 마구간 냄새로 인해 왕비가 불쾌하지 않도록 하고, 왕비가 눈치채지 못하도록 꾸민 다음, 왕과 같은 차림을 하고 넓은 대청에 몸을 숨겼습니다.

주위가 조용해지고 모두 잠들었습니다. 그는 자기의 소원이 이루어지든가, 외람된 생각이 원인이 되어 스스로 결심한 죽음이 주어지든가, 둘 중의 하나가 이루어질 때가 왔음을 느끼며 몸을 일으켰습니다. 돌과 쇠를 부싯돌 삼아 횃불에 불을 붙이고, 망토로 몸을 휘감은 그는 왕비의 방 앞으로 걸어가, 톡톡 하고 두 번 지팡이로 두들겼습니다. 그러자 선잠을 깬 시녀가 눈을 비비며 나와 횃불을 받아 들었습니다. 그는 한 마디도 말하지 않고 침대의 커튼을 들어 올리며 안으로 들어갔습니다. 그리고 망토를 벗고 왕비가 자고 있는 침대에 올라가 옆에 누웠습니다.

그는 참을 수 없는 욕정으로 왕비를 끌어안고(마음이 조급해지면 아무 말도 하지 않고 들으려고도 하지 않는 왕의 버릇을 알고 있었으므로) 말 한 마디 없이, 또 왕비에게도 말을 못하게 하며, 왕비의 육체를 몇 번씩 맛보았습니다.

그런 다음 방을 떠나기가 얼마나 서운했는지는 새삼스럽게 말할 필요도 없습니다. 그러나 어물거리고 있다가는 모처럼 맛본 기쁨이 슬픔으로 변할 우려가 있었으므로 일어나 망토를 걸친 후 아무 말도 없이 등불을 들고 방을 나왔습니다. 그는 되도록 빨리 자기 방으로 돌아와 침대 속으로 파고들었습니다.

그가 침대에 들었을까 말까 할 무렵, 이번에는 진짜 왕이 왕비의 방으로 갔습니다. 왕비는 무척 놀랐지만 침대에 들어온 왕이 기분 좋은 듯이 말을 걸어왔으므로 왕비도 기뻐하며 이렇게 말했습니다.

"오, 오늘 저녁에는 신기하기도 하십니다. 방금 돌아가시더니만 이렇게 또 오실 줄은 몰랐습니다. 그리고 다른 날보다 훨씬 더 저를 즐기셨는데 좀 과도하신 것 같습니다."

왕은 이 말을 듣자, 자기와 닮은 누군가가 왕비를 속인 것을 알아차렸습니다. 그러나 왕은 총명하였으므로 아직 왕비나 그 아무도 모르고 있는 것을 다행히 여기며, 그대로 덮어 두는 편이 낫겠다고 생각했습니다. 만일 그가 어리석은 사람이었다면, 그렇게 덮어 두지는 않았을 것입니다.

"그건 내가 아니오. 여기에 온 건 누군가? 왜 그렇게 되었는가? 도대체 누가 여기에 왔었단 말인가?"

라며 떠들어댔을 것입니다. 그렇게 되면 여러 가지 복잡한 문제가 일어나며, 뜻밖에 왕비를 슬프게 만들지도 모르고, 또 한 번 맛본 것에 대하여 왕비가 다시 한 번 해 보고 싶어질는지도 모르는 일입니다. 가만히 있으면 수치에 수치를 더하는 일 따위는 일어나지 않겠지만 공연히 입에 올림으로써 세상의 비웃음을 살 수도 있는 일이니까요. 왕은 마음이 혼란스러웠지만, 얼굴이나 말 어디에도 그런 내색을 보이지 않으며 이렇게 대답했습니다.

"그대여, 내가 다시 돌아와 또 그것을 할 수 없는 남자로 보이오?"

그러자 왕비가 말했습니다.

"그렇게 생각하지는 않습니다. 그러나 건강에 유의하시도록 부탁드리고 싶습니다."

이 말을 듣고 왕은 이렇게 대답했습니다.

"그럼, 기꺼이 그대 충고에 따르기로 하지. 그러니 오늘 저녁에는 이만 돌아가겠소."

왕은 이러한 결과가 된 것에 잔뜩 성이 났고, 괘씸한 생각이 치밀어 망토를 걸치며 방에서 나와 버렸습니다. 그리고 누가 이런 짓을 했는지, 범인이 아직 이 궁궐 안에 있을 것이며, 그리 멀리 가지는 못했으리라 생각하여 은밀히 찾아내리라 생각했습니다.

왕은 작은 등불에 희미하게 불을 붙인 다음, 궁궐의 마구간 위에 있는 좁고 긴 다락방으로 가 보았습니다. 그곳에는 하인들이 각자의 침대에서 잠들어 있었습니다.

왕은, 만일 왕비에게 그런 짓을 한 자가 있다면 과도한 피로 때문에 아직 심장의 고동이나 맥박이 높을 것이 분명하다고 생각했습니다. 왕은 방의 한쪽에서부터 가슴의 고동 소리가 높은 자를 찾아내기 위해, 잠자고 있는 자들의 가슴에 차례로 손을 대어 보았습니다.

그런데 모두 깊이 잠들어 있었지만, 왕비의 방에 왕을 가장하고 들어갔던 사나이만은 잠들지 못하고 있었습니다. 그는 왕이 들어온 것을 보자 그가 왜 왔는지를 알았습니다. 왕비와의 사이에 있었던 피로와 겹쳐 두려움에 싸인 그의 가슴은 더욱 고동치기 시작했습니다. 그는 왕이 눈치를 채면 즉석에서 죽임을 당하리라 생각했습니다. 하지만 이 궁리 저 궁리 머리를 짜 보았지만 별 뾰족한 수가 없었습니다. 다만 왕이 무기 비슷한 것을 가지지 않았으니, 자는 척하고 기다려 보는 수밖에 없었습니다.

왕은 차례로 여러 사람을 조사해 보았지만, 의심이 갈 만한 자를 찾지 못한 채 그에게까지 왔습니다. 그리고 그의 심장이 심하게 뛰는 것을 알자, '이 녀석이다.' 하고 생각했습니다.

그러나 왕은 자기의 생각을 다른 사람이 알게 되는 것을 원치 않았기 때문에, 가지고 있던 가위로 그의 머리칼을 조금 잘라 놓았을 뿐, 아무 일도 하지 않았습니다. 그 당시 천한 사람들은 머리를 길게 기르고 있었으므로 이렇게 표시를 해 놓으면, 이튿날 아침에 쉽게 찾아낼 수 있을 것 같았기 때문입니다. 왕은 이 일이 끝나자 다락방을 나와 자기 방으로 돌아갔습니다.

한편 머리칼을 잘린 마부는 약은꾀도 많았습니다. 왕이 표시를 해 놓은 것을 알자, 곧 일어나 마구간에 있던 가위 한 개를 찾아내어 방에서 자고 있는 모든 자의 귀 위에 있는 머리카락을 자기와 마찬가지로 조금씩 잘라 놓았습니다. 그는 아무도 모르게 그 일을 끝내고는 자기 침대로 돌아와 잠들었습니다.

이튿날 아침, 왕은 눈을 뜨자마자, 궁궐의 각 문을 열기 전에 모든 하인을 자기 앞에 모이도록 명령했습니다. 왕의 명령은 그대로 실행되었습니다.

하인들이 머리에 아무것도 쓰지 않고 왕 앞에 줄지어 서자, 왕은 자

기가 머리칼을 잘라 놓은 사나이를 가려내려고 훑어보기 시작했습니다. 그러나 대부분의 하인의 머리칼이 비슷하게 잘려 있어서 가려낼 수가 없었습니다. 왕은 은근히 놀라면서, "내가 찾아내려던 놈은 신분이 낮은 놈인 건 틀림없지만 퍽이나 머리가 좋은 놈이군." 하고 혼자 중얼거렸습니다.

왕은 한 차례 소동을 벌이지 않고는 그 사나이를 찾아낼 수가 없음을 알고, 작은 복수 때문에 큰 수치를 당할 것까지는 없다고 생각했습니다. 대신 한마디 꾸짖음으로써 이쪽에서 이미 알고 있다는 것을 알려 주는 것만으로 족하다는 생각을 했습니다. 왕은 모두에게 이렇게 일렀습니다.

"당치 않은 짓을 한 자는 두 번 다시 그런 짓을 해서는 안 된다. 모두들 물러가도록 해라."

만일 왕이 다른 사람이었다면, 목에 밧줄을 걸고 고문하고 조사하여 캐냈을 것입니다. 그럼으로써 누구나가 숨겨야 할 사실을 오히려 백일하에 드러내는 결과가 되었을 것입니다. 그렇게 되면 일이 분명하게 되고 충분한 복수를 했다손 치더라도, 스스로의 수치가 덜어지기는커녕 오히려 더해질 뿐, 왕비의 정숙함마저도 더럽히게 되었을 것입니다.

왕의 말을 들은 사람들은 매우 놀랐습니다. 그리고 왕의 진의(眞意)를 오랫동안 머릿속으로 이리저리 추측했지만, 이 일에 직접 관련된 자 이외에는 아무도 알 도리가 없었습니다.

이 마부는 현명한 사나이였으므로 왕이 살아 있는 동안 아무에게도 이 말을 하지 않았고, 또다시 그런 일에 목숨을 거는 일은 일어나지 않았습니다.

세 번째 이야기

어떤 중년 남자를 사랑한 부인이 고해를 가장하여, 거룩한 양심이란 미명 아래 근엄한 신부를 속이고, 그에게 눈치채이지 않고 자신의 쾌락을 한껏 누린다.

팜피네아의 이야기를 들으면서 마부의 담대하고 약삭빠른 재치와 왕의 관대한 포용력에 찬사를 보냈습니다. 여왕은 미소를 지으며 필로메나에게 이야기를 하도록 지시했으므로 그녀는 입을 열었습니다.

저는 이제부터 매우 아름다운 어느 부인이 근엄한 신부를 속인 이야기를 하려고 합니다. 이런 신부들은 쾌락에 빠지는 속세 사람들 이상으로, 더욱 어리석고 기묘한 풍습과 몸차림에 사로잡힌 사람들로서, 자신들이 모든 일에 박식하며 가치가 있다고 스스로 자랑하는 가장 바보스러운 사람들입니다. 뿐만 아니라 속세 사람들은 자기 힘으로 벌어먹고 살아가는 데 비해, 이 사람들의 마음은 아주 비겁하며 돈을 버는 방법을 모르는 자들과 마찬가지여서 돼지처럼 그저 먹을 것이 있는 곳으로만 찾아다닙니다.

자, 여러분. 이제부터 제가 말씀드리려는 이야기는 분부를 받았기 때문만이 아니라 우리들이 신뢰하고, 아니 너무나 지나치게 신뢰하고 있는 신부들조차도 남자는 물론 여자들에게 멋지게 놀림을 당하거나 교묘히 속아 넘어가는 그런 일이 있다는 이야기입니다.

그리 오래된 이야기는 아닙니다만, 사랑이라든가 신앙보다는 기만에 차 있는 우리 도시에 남보다 몇 갑절이나 잘생긴 미인이며 예의범절도 바르고, 고상한 정신과 앞을 내다보는 날카로운 눈을 가진 귀부인이 살고 있었습니다. 그분은 태생부터가 다른 사람과는 비할 수 없을 만큼 달랐습니다. 저는 이름을 알고 있습니다만, 이 이야기에 나오는 분들 중에 아직 살아 계신 분들도 있으며 웃어넘길 수만은 없는 이야기이기 때문에 이름을 밝히지는 않겠습니다.

자, 이분은 귀족 출신인데도 불구하고 직물 공장을 하는 사람과 결혼했습니다. 귀족 출신의 부인은 남편이 돈이 많기는 했지만, 남편을 경멸하는 마음을 지울 수는 없었습니다. 신분이 낮다고 하는 것은 아무리 돈이 많은 남자라 하더라도 귀부인에게는 어림도 없다고 생각했기 때문입니다. 그녀의 남편은 누구보다도 훌륭한 재력을 가지고 있으면서도, 자나 깨나 양털을 골라 천을 짜내는 지시를 하거나, 여직공과 직물 일로 입씨름을 벌이며 오직 직물에 대한 생각뿐이었습니다. 그래서 그녀는 만부득이할 때를 제외하고는 어떤 형태로든 남편에게 안기려 하지 않았습니다. 그러나 자신의 만족을 채우기 위해서 직물과 관계없는 그 이상의 남자를 물색하고 있었습니다. 그러다가 어느 중년 남자를 알게 되어, 그에게 빠진 그녀는 낮에 그를 만나지 못하면, 그날 밤에는 잠을 이루지 못하게 되었습니다.

그러나 그 남자(그도 귀족이었습니다만)는 그런 것을 알지 못했으므로 전혀 무관심했습니다. 또한 그녀도 극히 조심스러운 성격이었으므로 장래에 위험이 닥칠 것이 두려워, 남을 시켜서 전갈을 보내거나 편지를 써서 자기 마음을 알리는 것 같은 일은 하지 않았습니다.

그러던 중, 그가 어느 신부와 자주 왕래한다는 것을 알았습니다. 그 신부는 찬찬하지 못하고 좀 얼뜬 사람이었지만, 신앙심이 극히 높은 사람이었으므로, 사람들에게는 어디 하나 나무랄 데 없는 훌륭한 신부님이라는 평을 받고 있었습니다. 그녀는 이 신부야말로 그녀와 사랑하는 사람과의 사이를 중개해 주기에는 매우 편리한 사람이라고 생각했습니다. 그녀는 여러 가지 방법을 생각하다가, 적당한 때에 신부가 살고 있는 성당을 찾아가 신부님의 형편이 허락하실 때에 고해를 하고 싶다고 했습니다. 그녀가 귀족 출신인 것을 안 신부는 기꺼이 그 고해를 들어 주었습니다. 그녀는 신부에게 고해의 말을 시작했습니다.

"신부님, 제가 이제부터 말씀드리는 이야기에 대하여 도와주시고 의견을 들려주십시오. 저와 저의 가족과 남편에 대하여는 이미 들으신 바가 있을 겁니다. 저는 남편으로부터 매우 사랑받고 있습니다. 남편은 돈이 많기 때문에 원하는 것은 무엇이든지 사줄 수 있습니다. 저는 남편을 배반하지 않고, 나 자신보다도 남편을 더 사랑하고 있습니다. 자, 제 개인적인 생활은 그만 이야기하겠습니다. 만일 제가 남편의 명예나 즐거움을 배반하려는 생각만 했어도 그 어느 여자도 받아 본 일이 없을 만한 화형에 처해져야 마땅합니다.

그런데 최근에, 이름은 모릅니다만, 제가 잘못 본 것이 아니라면 정직해 보이는 인품에, 신부님에게 자주 드나드는 건장한 미남자로서, 잘 어울리는 다색(茶色 : 갈색) 옷을 입으신 분이 계십니다. 그분은 아마 제가 이런 여자인 줄을 모르기 때문이겠지만, 언제나 저를 기다리고 있는 듯, 제 앞에 잘 나타납니다. 저는 문 앞에 나갈 수도, 창문으로 얼굴을 내밀 수도, 집 밖으로 한 발자국도 나갈 수가 없습니다. 그러니 그분이 지금 바로 여기에 안 계시는 것이 이상할 정도입니다. 그러나 아무리 정숙한 여자라도 그런 일이 여러 번 일어나면 남의 비웃음을 사게 되지 않을까 걱정입니다.

그래서 저의 형제들에게 말해서 그런 일을 못하게 부탁할까 하고 몇 번을 망설였는지 모릅니다. 하지만 남자들에게 그런 부탁을 드렸다가 말이 잘못 오가면 폭력을 쓰게 될지도 모른다는 걱정이 들었습니다. 그래서 나쁜 결과나 추문이 일어나지 않도록 지금까지 입을 다물어 왔지만, 이제는 누구보다도 먼저 신부님에게 보고해야겠다고 결심했습니다. 신부님은 그분과 친구 사이이신 것 같고, 만일에 친구가 아닌 남남이라도 이런 문제에 대해서는 신부님이 대책을 세워 주실 수 있을 것 같아서 말씀드리는 것입니다. 이제는 신부님을 통해서 하느님께 빌 뿐이며, 신부님께서 대책을 세워 주심으로써 다시는 그런 일이 없도록 부탁드립니다. 하기는 이런 사랑의 모험에 몸을 맡기는 부인네들이 더러 있기는 합니다. 그런 부인네들은 그분이 쳐다보거나 따라다니면 좋아하겠지요. 그러나 저로서는 그런 일에 관심이 없으니 제발 저를 좀 도와주십시오."

이렇게 말하며 부인은 눈물을 흘릴 듯이 얼굴을 떨구었습니다.

신부는 부인이 말하는 남자가 누구인지 금방 알았으므로 그녀가 하는 말을 곧이들었습니다. 신부는 부인의 훌륭한 마음씨를 크게 칭찬하고 그 남자가 더 이상 그녀를 괴롭히지 않도록 대책을 세워 주겠다고 약속했습니다. 그러면서도 신부는 그녀가 매우 부자인 것을 알고, 자신의 형편이 궁핍함을 하소연하고는 기부와 성금을 내도록 권했습니다.

그러자 부인이 말했습니다.

"부디 잘 부탁합니다. 만일 그분이 그런 일이 없다고 부정하시면, 제가 직접 그렇게 고충을 말씀드려서 알게 되었노라고 분명히 말씀해 주십시오."

부인은 고해와 속죄를 끝낸 후, 신부가 권하던 기부나 성금 이야기를 생각하고는, 신부의 손에 몰래 돈을 쥐어 주었습니다. 그리고 죽은 가족들을 위해 미사를 올려 달라고 부탁한 다음, 자리에서 일어나 집으로 돌아갔습니다.

덕이 높은 이 신부에게 여느 때처럼 그 훌륭한 신사가 찾아왔습니다. 신부는 그와 함께 이것저것 이야기를 나누다가 한쪽 구석으로 그를 데려가서는 매우 정중한 태도로 나무랐습니다. 신부는 부인에게 매수되어 있었으므로 그 남자가 부인에게 추파를 던지는 일이 계속되어서는 안 된다고 말했습니다.

귀족은 깜짝 놀랐습니다. 그녀에게 추파를 보내기는커녕, 그 집 앞을 다닌 일도 없었기 때문입니다. 그래서 변명하려 하자 신부는 그의

말을 가로막으며 이렇게 말했습니다.

"허허, 그렇게까지 놀랄 건 없어요. 당신은 변명할 여지가 없으니 부정할 말도 안 나올 거요. 난 이 이야기를 소문으로 들은 게 아니야. 당사자인 부인이 눈물로 호소해 왔단 말이오. 설사 그 일이 당신에게 중요한 일일 수도 있지만 단적으로 말해서 그런 바보짓은 용서할 수 없소. 그녀도 마찬가지요. 그러니 당신의 명예를 위해서도 그녀를 위로하기 위해서도 그런 짓은 그만두시오. 그녀를 내버려 두란 말이오."

이 훌륭한 귀족은 덕이 높은 신부보다 사리에 더 밝았으므로, 부인의 영리함에 곧 생각이 미쳤습니다. 그는 약간 부끄러운 듯이 꾸미며 그런 짓을 앞으로는 하지 않겠노라고 대답했습니다. 그는 신부에게서 물러나와 부인의 집이 있는 쪽으로 발길을 돌렸습니다. 부인은 혹시 그가 지나갈지도 몰랐으므로 바깥이 보이는 작은 창문 앞에서 줄곧 기다리고 있었습니다.

그녀는 그가 오는 것을 보자, 애교를 부리며 기쁜 표정을 지었습니다. 그 모습을 보자, 그는 신부가 한 말의 뜻을 뚜렷이 이해하고 그녀의 숨은 뜻을 알아챘습니다. 그는 그날부터 조심스럽게 볼일이 있는 체하며, 그에게도 매우 큰 기쁨과 즐거움이 되고, 또한 부인을 즐겁게 하는 일이기도 했으므로 그 집 앞을 다니기 시작했습니다.

그녀는 그가 그녀에게 기쁨을 주듯이 그녀도 그를 매우 기쁘게 하고 있음을 알아차렸습니다. 그녀의 가슴은 더욱 뜨겁게 타올랐고, 그가 품고 있는 욕망을 확인하고 싶어진 나머지 기회를 보아 신부를 찾아갔습니다. 성당에서 신부를 만난 그녀는 다짜고짜로 그의 발밑에 엎드려 울음을 터뜨렸습니다. 신부는 그녀에게 무슨 변고가 있느냐고 부드럽게 물었습니다.

그 말에 부인은 대답했습니다.

"신부님, 변고라면 그 하느님의 저주를 받을 신부님 친구분의 일입니다. 그분은 이제 신부님 앞에 찾아와 엎드릴 수도 없게 하고, 또 제가 절대로 반가워하지 않을 곤란한 일을 하기 위해 태어난 것 같습니다. 그분은 정말 저를 못살게 굴기 위해 태어났다고 여겨집니다."

"뭐라고요!"

신부는 깜짝 놀라 말했습니다.

"이제 당신을 괴롭히는 일은 없지 않습니까?"

"당치도 않습니다. 신부님께 고해를 한 후부터 더욱더 불쾌해진 탓인지 저를 깔보는 듯이 우리 집 앞을 다닐 때마다 저를 괴롭히기 위해 일부러 짓궂게 굴고 있습니다. 그 뒤로 일곱 번은 지나갔을 겁니다. 지나가는 길에 저를 보는 것만으로 만족하면 좋겠는데, 점점 대담해지고 뻔뻔스러워 어제는 어떤 여자를 시켜서 어리석고 이상한 이야기를 시키는 등 정말 뻔뻔스럽고 예의를 모르는 분입니다. 게다가 마치 제가 손지갑이나 띠가 없기라도 한 것처럼 띠와 손지갑을 보냈습니다. 저는 아주 화가 나고 불쾌했습니다. 만일 제가 죄짓기를 마다하지 않았고, 또 신부님의 친절함에 생각이 미치지 못했다면, 그야말로 추문을 퍼뜨릴 뻔했습니다. 하지만 저는 꾹 참고 신부님에게 말씀드려야지 하고는 아무 말도 안하고 아무 짓도 안했습니다.

그리고 손지갑과 띠는 가지고 온 여자에게 돌려보냈지만, 그런 여자에게는 흔히 있는 일로써 물건을 자기가 가로채고는 그분에게 내가 받았다고 할 것 같아서 도로 불러서 물건을 받고는 사납게 쫓아 보냈습니다. 저는 하느님과 남편 덕분으로 손지갑과 띠는 묻혀 죽을 만큼 많이 가지고 있다고, 신부님 손으로 확실하게 돌려주십사 하고 이렇게 가지고 나왔습니다. 이제 더 괴롭히면, 저는 남편과 형제들에게 이야기할 수밖에 없습니다.

저는 신부님을 아버님처럼 믿고 있으므로 개의치 않으실 줄 믿습니다만, 그렇게 되면 어떤 불행한 일이 일어날지 모릅니다. 제 입으로 말씀드리기 거북합니다만, 제가 그분 때문에 수치를 당하기보다는 오히려 그분이 악평을 받게 되는 편이 훨씬 바람직한 일입니다. 신부님, 부디 선처해 주시기 바랍니다."

이렇게 말하면서 격하게 울기 시작한 부인은 교태를 부리면서 외투 안에서 매우 훌륭한 손지갑과 값비싼 띠를 꺼내어 신부의 무릎 위에 놓았습니다. 신부는 부인의 말을 곧이듣고 크게 노하여 말했습니다.

"부인, 부인께서 이 일로 괴로워하시다니, 놀랍고 또 새삼 부인을 나무랄 수는 없습니다. 오히려 저의 충고를 따라 주셨으니 크게 칭찬을 드립니다. 얼마 전에, 그를 나무랐는데 그는 저에게 약속한 것을 지키지 않았군요. 이번에야말로 먼저 일도 있고 하니 그의 마음을 돌릴 수 있으리라 생각합니다. 그러니 이후에는 다시 괴롭히지 않을 것입니다. 공연히 한때의 노여움으로 인해 어떤 나쁜 결과가 초래될지도 모르니 부디 가족 누구에게도 말씀하지 않도록 부탁드립니다. 저는 하느님 앞에서나 사람들 앞에서나 언제든지 부인의 고결함을 위해 증인이 되어 드리겠습니다. 그러니 이 일로 남에게 손가락질을 받는 일은 없을 테니 믿고 안심하십시오."

부인은 약간 위로를 받은 척하며 한 귀로 듣고 한 귀로 흘려버렸습니다. 그리고 이 신부나 다른 신부들의 탐욕스러움을 알고 있었기 때문에 이렇게 말했습니다.

"신부님, 요 며칠 동안 밤마다 죽은 가족의 혼령이 나타납니다. 대단한 괴로움을 만나고 있는 모양으로 성금을 내주기 원하고 있는 것으로 생각됩니다. 특히 어머니께서는 보기에도 딱할 만큼 슬퍼하며 탄식하고 있었습니다. 제가 이렇게 하느님의 적으로부터 괴로움을 당하는 것을 보고 가슴 아파하고 있는 것 같습니다. 그러니 죽은 식구들의 영혼을 불쌍히 여기시고, 하느님께서 그 불길의 고통으로부터 구원해 주시도록, 성 그레고리오 님에게 40회 미사를 올려 주시고 신부님의 기도도 간절히 부탁드립니다."

그녀는 이렇게 말하면서 신부의 손에 금화 1피오리니를 건네주었습니다. 성덕의 영예가 높은 신부는 그것을 받고, 종교상의 여러 가지 예를 들어서 부인의 신앙이 두터운 것을 인정하고 축복의 말을 한 다음, 집으로 돌려보냈습니다.

부인이 돌아가자, 자기가 놀림을 당하고 있다는 것을 추호도 알 길이 없는 신부는 그 남자에게 사람을 보냈습니다. 그가 와 보니, 신부는 매우 화가 나 있었습니다. 그는 부인으로부터 어떤 소식을 듣게 될 것을 알고 신부가 무슨 말을 하는지 기다렸습니다. 신부는 전에도 몇 번 했던 이야기를 되풀이하며, 자신에게 부인이 말한 그의 올바르지 못한 행위에 대하여 몹시 꾸짖었습니다. 신부의 말투에는 책망과 노여움이 뒤섞여 있었습니다.

그 귀족은 신부가 무슨 말을 하는지 자세히는 몰랐지만, 만일 부인이 자기에게 보내는 물건이라면 신부의 의심을 사지 않기 위해서 그런 것을 보낸 일이 없다고 어물어물 말했습니다.

그러자 신부는 얼굴이 빨개지며 소리쳤습니다.

"나쁜 사람이군. 어떻게 아니라고 할 수가 있나? 그 물건은 여기 있어. 그 부인이 울면서 손수 가져왔네. 어때, 알겠지?"

귀족은 아주 부끄러운 듯이 말했습니다.

"알겠어요. 내가 나빴어요. 부인의 마음을 안 이상 이런 일 때문에 당신을 성가시게 하지 않겠어요."

그리고는 여러 가지 이야기가 오고갔습니다. 마침내 그 어리석은 신부는 손지갑과 띠를 귀족에게 주었습니다. 그리고 다시는 이런 일이 일어나지 않도록 간곡히 설교하고 기도도 올리며, 그가 다시는 이런 짓을 하지 않겠다고 굳게 약속한 뒤에야 돌려보냈습니다.

귀족은 매우 기뻤습니다. 부인의 사랑을 확실히 알았고 아름다운 선물까지 받았으니 이젠 더 의심할 나위가 없었습니다. 신부 앞에서 물러나자 그는 그길로 부인을 찾아가 자기에게 보내진 두 물건을 넌지시 보였습니다. 부인은 기뻐하며 자기의 계획이 뜻대로 들어맞은 것에 크게 만족했습니다.

자, 이렇게 계획대로 되었으니 이제 마지막 성사를 위해서 남편이 어디로 가게 되기를 기다리는 수밖에 없었습니다. 그러자 마침 무슨 일이 생겨 남편이 제노바로 떠나게 되었습니다. 남편이 말을 타고 떠나 버리자, 부인은 신부를 찾아가 슬피 울면서 말했습니다.

"신부님, 저는 더 이상 참을 수 없다고 말씀드릴 수밖에 없습니다. 그래도 무슨 일이든지 신부님에게 말씀드리겠다고 약속했으므로 이렇게 찾아왔습니다. 이렇게 슬퍼하며 울더라도 제가 말씀드리는 것을 믿어 주시리라 생각하고, 오늘 아침 기도 시간에 조금 앞서서 신부님의 친구, 아니 지옥의 악마 녀석이 저에게 한 짓을 말씀드리겠습니다. 저의 남편이 어제 아침에 제노바로 떠난 것을 어떻게 알았는지 모르지만 오늘 아침, 아까 말씀드렸던 시간에 그가 우리 집 뜰에 들어와, 제 침실의 창 앞에 있는 나무에 올라왔습니다. 그 창문은 뜰을 향해 있었고 이미 열려 있었으므로 그는 제 침실에 들어오려 했던 것 같습니다. 그때 눈을 뜨고 있던 저는 일어나 소리치려고 했습니다. 하지만 아직 침실 안으로 들어오지 않았고 그가 신부님 이름을 대며, 제발 하느님과 신부님을 보아 용서해 달라고 사정하지 않았더라면 저는 소리를 지르고 떠들어 댈 뻔했습니다. 그러나 신부님의 이름을 듣자, 신부님의 친절이 생각나 소리치지 않았습니다. 그래서 하는 수 없이 저는 태어나던 때와 같이 벌거벗은 몸으로 뛰어가 창문을 꽝 닫아 버렸습니다. 그리고는 아무 소리도 못 들었는데 아마 무척 겸연쩍은 생각을 하며 돌아간 모양입니다. 자, 그런데 이런 일이 있어도 괜찮은지, 참아야 하는지 판단을 좀 해 주십시오."

부인의 말을 듣고 신부는 매우 화가 났습니다. 그래서 부인에게 그 사람이 틀림없는가, 잘못 보지 않았는가, 몇 번씩 다짐을 하는 것 외에는 아무 말도 못했습니다.

신부의 다짐에 부인이 말했습니다.

"하느님께 맹세하지만 제가 그 사람을 잘못 볼 리가 있겠습니까? 틀림없이 그 사람입니다. 그가 부정하더라도 믿지 마십시오."

부인의 말에 신부가 대답했습니다.

"부인, 이건 너무나 대담한 짓이며 비록 나쁜 짓을 저지르지는 않았다 해도 말이 안 되는 행위입니다. 당연한 일이지만, 잘 내쫓으셨습니다. 부인에게 다시 부탁드립니다만, 하느님께서는 부인을 치욕으로부터 지켜 주셨고, 또 두 번씩이나 제 충고를 들어주신 부인이니만큼 이번에도 가족에게 알리는 일일랑 하지 말아 주십시오. 저에게 맡겨 주십시오. 사슬에서 풀려난 악마를 반드시 붙들어 보이겠습니다. 본래 저는 그를 성인처럼 생각해 왔습니다. 그의 성품 속에 깃든 악마와 같은 근성만 뽑아 버리면 될 겁니다. 만일에 실패하면, 제가 축복의 기도를 올림과 동시에 부인의 마음이 판단하는 대로 하시도록 권하겠습니다."

"그럼, 그렇게 하겠습니다. 이번에는 신부님이 화를 내시거나, 신부님 말씀대로 따르지 않는 일이 없기를 빌겠습니다. 특히 그분이 더 이상 저를 괴롭히는 일이 없도록 잘 말씀해 주십시오. 이런 일 때문에 신부님을 찾는 일이 두 번 다시 없도록 하겠습니다."

그녀는 이렇게 말하며 매우 화를 내는 체하며 신부 앞에서 물러나 왔습니다.

부인이 돌아가자마자, 그 귀족이 성당으로 왔습니다. 신부는 한쪽 구석으로 그를 데리고 가서 지금까지 이런 이야기를 남에게 해본 일이 없다는 투로 그에게 최대의 욕을 퍼부었습니다. 나쁜 사람, 약속을 지키지 않은 녀석, 그리고 위선자라고 마구 나무랐습니다. 그는 지금까지 두 번씩이나 신부에게 꾸지람을 들은 일이 있었으므로 충분한 주의를 기울여, 충분한 대답을 하며, 신부로부터 자세한 이야기를 듣기 위해 애쓰면서 이렇게 물었습니다.

"왜 그렇게 욕을 하십니까? 제가 예수님을 십자가에 못 박기라도 했단 말입니까?"

신부는 버럭 화를 냈습니다.

"이 염치없는 녀석 같으니라고! 왜 시치미를 떼나? 1년이나 2년이 지난 이야길 하고 있는 게 아니야. 오랜 시간이 흘렀다면 자네의 슬픔이라든가 정직하지 못한 것을 잊었을지도 모르지만 말이야. 바로 오늘 아침, 그것도 아침 기도 시간에 앞서서 남에게 해를 끼친 일을 벌써 잊었단 말인가? 도대체 자네는 오늘 새벽에 어디 있었나?"

귀족은 대답했습니다.

"어디에 있었는지 모르겠습니다. 그건 그렇다 치고 무척이나 빨리 소식이 왔군요!"

"소식이 온 것은 사실이다. 부인의 남편이 집을 비웠으니까, 자네는 그 부인이 곧 자네를 두 팔로 안아 주리라 생각했겠지. 그래. 자넨, 그래도 신사인가? 그게 성실한 인간인가! 도둑고양이처럼 밤중에 남의 집에 들어가 나무에 오르다니, 그렇게 나무 위에서 부인의 방 안을 엿보고 있으면, 부인의 정숙함을 깰 수 있을 것 같던가? 자네만 같다면, 이 세상에 그녀를 불쾌하게 하지 않는 일이란 하나도 없을 걸세. 그래도 자네는 뉘우칠 줄 모르고 계속하고 있으니, 실제로 부인이 자네에게 어떠한 태도를 취했는가를 되풀이하고 싶지는 않지만 내 충고를 정말 잘 지켜 주었더군! 그래도 지금까지 그 부인이 나를 찾아 준 것은 자네에 대한 애정이 있어서가 아니라 자네가 한 일을 말하지 말아 달라고 내가 열심히 부탁했기 때문일세. 그러나 이제 부인은 더 이상 침묵을 지켜 주지는 않을 거야. 자네가 그 부인을 불쾌하게 한다면 부인 마음대로 하라고 내가 허락했네. 만일 부인이 자기 형제들에게 이야기한다면 자네는 어쩔 텐가?"

귀족은 더 들을 것이 없었으므로 되도록 부드럽게 갖가지 굳은 약속을 하며, 신부의 기분을 풀어 주었습니다. 그리고 신부에게서 물러나왔습니다. 다음 날 동이 틀 무렵, 그는 그녀의 뜰로 숨어 들어가, 창가의 나무 위로 올라갔습니다. 창문은 이미 열려 있었으므로 그는 침실로 들어가 재빨리 부인을 껴안았습니다. 부인은 온몸이 뜨거운 정열에 달아올라 그를 기다리고 있었으므로 그의 품안에 들자, 그보다 더 힘껏 끌어안으며 말했습니다.

"여기에 오는 방법을 알려 주신 신부님께 진심으로 감사를 드려야 해요."

그리고 두 사람은 쾌락 속으로 빠져 들어갔습니다. 신부의 어리석음을 이야기하고 웃어대며, 또 직물과 직조기와 나사지의 털을 세우는 것에만 정신이 쏠려 있는 남편을 비웃으면서 도저히 말로는 표현할 수 없는 쾌락을 마음껏 즐겼습니다.

이렇게 두 사람은 앞으로 만날 계획을 세워 다음부터는 신부에게 가는 일 없이, 며칠 밤이고 사랑의 기쁨을 누리곤 했습니다.

저는 하느님의 자비로우심을 믿습니다. 저를 비롯해서 같은 소원을 가진 모든 기독교도들에게 한시바삐 그런 즐거움을 내려 주시도록 간절히 바랍니다.

네 번째 이야기

돈 펠리체는 프라테 푸초에게 어떻게 하면 죄의 고해에 대한 의식을 올리고 하느님의 축복을 받을 수 있는가 가르쳐 준다. 푸초가 고행의 의식을 올리고 있는 동안, 돈 펠리체는 푸초의 아내와 가까운 사이가 된다.

필로메나가 교묘히 신부를 속여 귀족 출신의 중년 남자와 밀회를 즐긴 영악한 부인의 이야기를 끝내자, 디오네오는 부인의 영리함을 소리 높여 칭찬하면서 필로메나의 소원과 자신의 소원이 딱 일치한다고 말했습니다. 여왕은 팜필로에게 아주 재미있는 이야기를 명하였고 팜필로는 기꺼이 이야기를 시작했습니다.

여러분, 세상 사람들은 누구나 천당에 가려고 심혈을 기울이지만, 그 노력은 오히려 타인의 몫이 될 때가 종종 있습니다. 이건 제가 전에 들었던 이야기입니다. 성 브란카치오 사원(피렌체 시의 성 판크라치오 사원) 가까이에 푸초 리니에리란 이름의 마음씨 좋은 부자가 살고 있었습니다. 그는 오랫동안 깊은 신앙을 쌓고 성 프란체스코파의 제3회원(프라테)이 된 이후 프라테 푸초라 불리게 되었습니다.

그는 이렇게 독실한 신앙생활을 하고 있었지만, 가족은 아내와 하녀가 있을 뿐, 별다른 할 일이 없었으므로 언제나 성당에 다니는 것을 일과로 삼고 있었습니다.

그는 머리가 둔하고 성격이 투박한 사람이어서 주기도문을 외거나 설교를 들으며 미사에 참석하고, 다른 사람들이 찬송가를 부를 때에는 빠뜨리지 않고 반드시 참석했습니다. 더욱이 그는 단식을 하고 엄한 계율에 복종하기도 했기 때문에 세상 사람들은 그를 광신자라고 했습니다.

이사베타라는 그의 아내는 아직 서른이 안 된, 스물여덟 살의 젊은 나이였으며, 카졸라나(바르테르사 지방의 카졸레에서 생산되는 사과) 사과처럼 복스럽고 얼굴형이 둥글며 앳돼 보이는 미인이었습니다. 그러나 남편이 신앙에 골몰하고 나이가 많았던 탓이겠지만, 남편과 즐기지 못하는 날이 퍽 많았습니다. 그녀가 남편과 잠자리에 들고 싶거나, 장난을 치고 싶을 때에도 남편은 그리스도의 생애라든가 프라테 나스타지오의 설교자라든가, 막달라 마리아의 슬픔이며, 그와 비슷한 이야기를 들려줄 뿐이었습니다.

마침 그 무렵, 돈 펠리체라는 성 브란카치오 사원의 신부가 파리에서 돌아왔습니다. 그는 젊고 미남이었으며, 영리하고 학식도 많았습니다. 프라테 푸초는 이 사람과 매우 친밀해졌습니다.

돈 펠리체는 프라테 푸초가 의문으로 여기고 있는 것을 모두 풀어 주었고, 더욱이 그의 신분과 생활을 알자, 마치 성인처럼 행동해 보였습니다. 푸초는 가끔 그를 초대하여 식사 대접도 했습니다. 따라서 푸초의 아내도 푸초와 마찬가지로 그의 종이나 되는 양 그를 정중히 모셨습니다.

이렇게 푸초의 집에 다니는 동안, 돈 펠리체는 푸초의 아내가 아직 앳되어 보이고 사과처럼 혈색이 좋은 것을 보자, 그녀에게 가장 부족하고 그녀가 참고 있는 것이 바로 그 일이라는 것을 알아차렸습니다. 그래서 푸초의 수고를 덜어 주기 위해 자기가 푸초의 대리역을 해야겠다고 생각했습니다.

이런 속셈으로 그녀를 만날 때마다 은근한 눈빛을 보내 그녀도 자기와 같은 생각이 타오르게 만들었습니다. 그리고 기회가 무르익었다고 판단되자 얼씨구나 하며 자기의 뜻을 그녀에게 전했습니다.

그러나 아무리 그녀가 그 일을 실행에 옮기고 싶어도 신부에게 몸을 맡길 수 있는 곳은 자기 집 외에는 마땅한 장소를 찾을 수 없었습니다. 그러나 남편은 자기가 사는 동네 밖으로는 한 발자국도 나간 일이 없는 사람이었으니 자기 집에서 그런 일을 할 수도 없었습니다. 펠리체는 그런 사정을 알고 매우 우울해졌습니다.

그로부터 얼마가 지난 다음, 펠리체는 푸초가 집에 있어도 방해되지 않고 그녀와 함께 있을 수 있는 안전한 방법을 생각해 냈습니다. 그래서 어느 날, 푸초에게 이렇게 말했습니다.

"푸초 씨, 당신의 희망은 끝내 성인이 되려는 것임을 알았습니다. 그렇게 되는 데에는 좀 더 가까운 길이 있습니다만, 아무래도 푸초 씨는 먼 길을 돌고 계시는 것 같습니다. 교황님을 비롯하여 다른 대부분의 훌륭한 신부님들은 그것을 알고 가까운 길로 다니시지만, 그것을 남에게 가르쳐 주려고 하지는 않습니다. 그것은 아마 신부란 신분이 신자들의 성금으로 지탱해 나가는 것이니 성금과 기부를 하나도 하지 않는다면 하루아침에 무너져 버리기 때문일 것입니다. 하지만 당신은 저의 친구이며 저를 정중하게 대해 주시니, 당신이 절대로 비밀을 지켜 주시고 그 지름길을 다녀보고 싶으시다면 그것을 가르쳐 드리겠습니다."

푸초는 그 길이 몹시 알고 싶어져 부디 가르쳐 달라고 조르기 시작했습니다. 그러면서 신부님이 허락하시지 않는 한, 절대로 아무에게도 누설하지 않겠노라고 맹세했습니다. 그리고 자기로서 그 길을 갈 수 있다면 가보고 싶다고 굳은 결의를 나타내며 말했습니다.

"당신이 맹세를 하시니까 가르쳐 드리겠습니다. 학식이 높은 신부들은 하느님의 축복을 받는 신분이 되고 싶으면 내가 이제부터 말하는 고해의식을 해야 한다고들 말하고 있습니다. 그러나 잘 아시겠지만, 당신이 고해의식을 올린다고 해서 현재 죄인인 당신이 곧 죄인이 아닌 사람으로 된다는 것은 아닙니다. 그러나 이렇게는 될 것입니다. 즉, 의식을 올릴 때까지 당신이 지은 죄가 모두 깨끗이 씻기고 의식 덕분으로 용서를 받게 됩니다. 그리고 그 뒤에 죄를 짓는 일이 있다 해도 지옥에 떨어지는 일은 없을 것입니다. 또 지금까지, 가벼운 죄를 성수로 깨끗이 씻을 수 있었던 것처럼 그 죄를 씻게 될 것입니다.

자, 이제 방법을 말씀드리겠습니다. 고해의식을 하려면 먼저 열심히 그 죄를 고백하여야 합니다. 그러고 나서 엄격한 금욕과 단식을 해야 합니다. 그것을 40일 동안 계속해야 하는데, 그동안에는 다른 여성은 물론 부인에게도 손을 대지 않는 금욕을 필요로 합니다. 또한 당신은, 이 집 안에서 밤하늘이 잘 보일 만한 곳을 골라 밤의 고해 시간이 되면 그곳에 가야 합니다. 그곳에 널따란 판자를 준비해 두었다가 선 채로 등을 기대어 마치 십자가에 못 박힌 것처럼 해야 합니다. 만일, 받침이 필요하다면 말뚝을 박아 놓아도 됩니다. 당신은 이런 자세로 아침 기도 시간까지 하늘을 바라보며 가만히 서 있어야 합니다. 그런데 당신은 유식하지가 못하니 삼위일체의 하느님을 공경하기 위해 '아베 마리아'라고 말하면서 주기도문을 3백 번 외셔야 합니다. 하늘을 쳐다보면서 천지의 창조주이신 하느님을 생각하고, 또 당신은 예수님과 마찬가지로 십자가에 못 박힌 자세로 있으니 만큼, 예수님께서 받으셨던 고난을 생각하셔야 합니다. 그러다가 아침 기도의 종소리가 울릴 때, 원한다면 그 자리를 떠나 옷을 입은 채로 침대에 들어가 주무셔도 됩니다. 그러나 아침에는 교회에 가서 적어도 세 번의 미사에 참석하고 주기도문을 50번 외고, 또 그와 같은 횟수의 아베 마리아를 외야 합니다.

그 다음에는 아주 편안히 볼일을 보셔도 되고, 식사가 끝나면 밤 기도 시간이 가까워졌을 때 교회에 가서 제가 써 드리는 기도문을 외셔야 합니다. 이건 반드시 하셔야 합니다. 그 다음, 제가 아까 말씀드렸던 밤의 고행을 시작하시는 겁니다. 저는 이미 이런 고해의식을 했습니다. 당신도 이 의식을 올리는 중, 물론 헌신적으로 실행하셔야 합니다만, 영원한 축복을 받는 훌륭한 결과를 반드시 얻게 될 것입니다."

신부의 말이 끝나자 푸초는 말했습니다.

"그런 일이라면 뭐 대단한 것도 아니고, 그리 길지도 않습니다. 충분히 할 수 있습니다. 그럼 하느님께 맹세코 이번 일요일부터 시작하겠습니다."

이렇게 그는 신부 앞을 물러나와 집으로 돌아오자, 미리 신부에게 허가를 얻어 놓았으므로, 차례대로 아내에게 설명해 주었습니다.

아내는 아침 기도 시간까지 남편이 한자리에 가만히 있어야 한다는 말을 듣고 신부의 의도가 무엇인지를 알았습니다. 그녀는 매우 좋은 방법이라 생각했습니다. 그래서 남편에게, 영혼을 구원받을 수 있다면 그 모든 것이 매우 좋은 일이며, 하느님께서도 고해의 의식을 꼭 받아 주실 거라고 말했습니다. 그리고 다른 것은 못하겠지만 단식 정도는 함께 해드릴 수 있다고 했습니다.

이렇게 의견의 일치를 보아 일요일이 되자 푸초는 고해의식을 시작했습니다. 신부는 미리 그녀와 짜 놓았던 대로 아무도 알아볼 수 없는 어두운 시간에 그녀를 찾아가, 함께 식사를 하고, 술을 마시고, 그리고는 아침 기도 시간까지 그녀와 자다가 시간이 되면 일어나 돌아가곤 했습니다. 그 뒤에야 푸초는 침실로 돌아왔습니다.

푸초가 고해의식의 장소로 고른 곳은 아내의 침실 바로 옆이라 아내의 침실과는 얇은 벽으로 막아져 있을 뿐이었습니다. 따라서 신부와 그녀가 제멋대로 장난을 하면, 푸초에게는 마루가 온통 흔들거리는 것처럼 느껴졌습니다.

그래서 마침 백 번째의 주기도문을 외고 났을 때, 자세를 바꾸지 않은 채, 아내에게 무엇을 하고 있느냐고 물었습니다.

아내는 매우 꾀가 있는 여자였으므로 이렇게 대답했습니다.

"하긴 뭘 해요. 전 돌아누웠을 뿐인데요 뭐."

아마 이때, 그녀는 성 베네딕트나 성 조반니 구알베르토의 동물 위에 안장도 없이 타고 있었을 것입니다(종교적인 투로 표현한 외설. 성인들이 타는 동물은 나귀였다고 한다).

그러자 푸초가 다시 물었습니다.

"돌아눕다니? 그게 무슨 뜻이지?"

아내는 명랑한 성격에 빈틈이 없는 여자였으므로, 웃으면서(하기는 우스워 못 견딜 정도였겠지만) 말했습니다.

"무슨 뜻이라뇨? 그것도 모르세요? 저는 그런 이야기를 여러 번 들었는데요. 밤에 식사를 안하고 잠자리에 들면 밤새도록 돌아눕기만 한다고……."

푸초는 아내도 단식을 하고 있기 때문에 잠이 오지 않아서 침대 위에서 몸을 뒤척거리는 것이라 생각하고 기분이 좋아져서 이렇게 말했습니다.

"그러니까 당신은 단식하지 말라고 내가 그만큼 말했지 않소. 당신은 고집을 피우지만, 이젠 그런 생각일랑 하지 말고 어서 잠이나 자요. 여기까지 흔들리도록 침대를 들썩거리니 말이오."

그 말에 아내가 대답했습니다.

"그런 건 신경 쓰지 마세요. 전 제가 하고 있는 일을 잘 알고 있습니다. 당신 할 일이나 잘 하세요. 저도 잘해 볼 테니까요."

그 소리에 푸초는 잠자코 다시 기도문을 외기 시작했습니다.

아내와 젊은 신부는 그 다음부터는 침대를 다른 방에 준비했습니다. 그리고 푸초의 고행이 끝날 때까지 큰 소란을 피우며 장난과 애무에 빠지곤 했습니다. 시간이 되면 신부는 돌아가고, 아내는 자기 침대로 돌아갔습니다. 그러면 이윽고 의식을 끝낸 푸초가 침대로 돌아오는 것이었습니다.

이런 방법으로 그는 고행의 의식을 계속하고, 아내는 신부와 애욕의 수렁에 빠지곤 했지만, 그러면서도 그녀는 곧잘 신부에게 농담을 하곤 했습니다.

"당신이 푸초에게 고행의 의식을 올리게 한 덕분에 우리는 천국에 갈 수가 있었군요."

이리하여 아내는 즐거운 생활이라고 생각하면서, 신부가 먹여 주는 음식물에 아주 길이 들어 버렸습니다. 그러나 본디 남편으로부터 오랫동안 감식(減食)을 당해 왔기 때문에, 남편의 고행이 끝난 뒤에도 또 다른 장소에서 신부에게 음식을 얻어먹는 방법을 찾아내어 신중하게 그 후로도 오래도록 즐겼다는 이야기입니다.

다섯 번째 이야기

치마는 프란체스코 베르젤레시에게 한 필의 명마를 선물로 보내고 그 값으로써 그의 부인과 이야기를 나눌 수 있는 허가를 얻는다. 그러나 그녀는 아무 말도 하지 않으므로, 그녀 대신 그가 대답한다. 그리고 그가 대답한 대로의 결과가 된다.

팜필로의 이야기에 부인들은 즐거운 웃음을 터트렸고, 여왕은 품위를 지켜 천성이 새침한 엘리사에게 이야기를 하도록 명했습니다.

여러분, 세상에는 너무나 많은 지식이 풍부하지만, 자신이 알고 있는 것이 전부인 것처럼 다른 사람은 아무것도 모른다고 여기는 사람이 많습니다. 그래서 남을 시험해 보려 하고 무시하기도 합니다. 그래서 저는 피스토야에서 일어난 이야기를 해드릴까 합니다.

피스토야에 있는 베르젤레시 집안에 프란체스코란 기사가 있었습니다. 이 사람은 큰 부자였으며 총명하고 사물에 대한 통찰력도 대단했지만, 매우 욕심이 많았습니다.

그는 어느 때 밀라노의 장관으로 부임하게 되어 의기양양하게 그 자리에 부임하고자 여러 가지 짐을 챙겼습니다. 그런데 애석하게도 자기에게 어울리는 말이 없었습니다. 아무리 찾아보았지만 마음에 드는 말이 없어 난처해하고 있었습니다.

때마침 그 고장에 리차르도라는 젊은이가 있었습니다. 그는 신분이 낮은 사람이었지만 대단한 부자였고, 다른 사람들에게 치마(멋쟁이)라고 불릴 만큼 옷을 잘 차려입고 다녔습니다. 그는 불행하게도, 보기 드문 미인이며 정숙하기 그지없는 프란체스코 부인을 오랫동안 짝사랑해 오고 있었습니다.

그는 토스카나에서도 가장 아름다운 말을 가지고 있었으며, 그 말의 아름다움을 소중하게 여기고 있었습니다. 치마가 프란체스코 부인에게 품고 있는 연정은 세상 사람들이 다 알고 있는 일이었기 때문에, 이 소리를 들은 어떤 사람이 프란체스코에게, 당신이 원한다면 그 말을 줄지도 모른다고 했습니다. 프란체스코는 치마를 불러, 선물로 받아야지 하는 속셈은 숨기고, 말을 팔지 않겠느냐고 물었습니다. 그 말을 들은 치마는 기뻐하며 말했습니다.

"각하, 각하께서 전 재산을 저에게 주신다 해도 그 말을 팔 수는 없습니다. 다만 다음의 조건을 허락해 주신다면, 각하께서는 그 말을 선물로 드리겠습니다. 그것은 각하께서 말을 받으시기 전에 각하의 호의로써 각하가 보시는 앞에서, 마님과 두세 마디 말을 주고받게 해 주시면 됩니다. 그러나 다른 사람들은 멀리하시고 제 말이 다른 사람에게 들리지 않도록 해 주십시오."

기사는 욕심에 눈이 어두워, 이 사나이를 속일 수 있으리라 생각하고 이렇게 말했습니다.

"좋아, 자네가 하고 싶은 만큼 이야기하게."

프란체스코는 치마를 자기 저택의 큰 응접실에 남겨둔 채 아내의 방으로 갔습니다. 그는 자기가 말 한 필을 얼마나 손쉽게 입수할 수 있게 되었는가를 아내에게 설명했습니다. 그러나 어떤 일이 있어도, 그가 어떤 말을 해도 그에게 대답을 해서는 안 된다고 지시했습니다.

부인은 그 같은 거래를 매우 비난했지만, 남편을 기쁘게 하는 것이 좋겠다고 생각하고 그렇게 하겠노라 대답했습니다. 부인은 곧 남편 뒤를 따라 치마가 하려는 말을 들으러 응접실로 나왔습니다. 치마는 다시 한 번 굳게 약속한 다음, 응접실 한구석에, 다른 사람과 멀리 떨어져 부인과 마주앉게 되자 이야기를 시작했습니다.

"마님, 마님은 확실히 총명한 분이며, 제가 얼마나 오랫동안 마님의 아름다움을 사모해 왔는지 알고 계실 줄 압니다. 제가 만나 본 어느 누구보다도 칭송받아 마땅한 몸가짐과 순수하고 명쾌한 아름다움은 어떤 고매한 남자의 영혼이라도 매료시키는 힘을 가지고 계십니다. 그러니 남성으로서 부인에게 품은 최상의 열렬함 따위는 새삼스럽게 말씀드릴 필요도 없습니다. 그리하여 마님을 사모하는 저의 가엾은 사랑은 제 비참한 생명이 사지를 버티고 있는 한 사라지지 않을 것이고, 앞으로 더욱 오래도록 계속될 것입니다.

사람이 이 세상에서 지녔던 사랑을 저승에서도 지니게 된다면 저는 영원히 마님을 사랑할 것입니다. 그러니, 마님께서는 저 자신이나 저의 재산(그것이 마님에게 가치가 있는 것이든 아니든)이 무엇이든 마님 것임을 믿어 주십시오. 이 점에 대해선 마님이 믿을 수 있도록, 마님 생각대로 저에게 무슨 분부시든 내리시길 거듭 간곡히 부탁드립니다. 분부만 하시면 저는, 온 세계가 곧 제 뜻대로 되도록 만들겠습니다. 지금까지 마님에게 말씀드린 것처럼, 저는 이토록 마님 것이 되었으므로 감히 제 소원을 말씀드리도록 해 주십시오. 저는 마님에게 향하는 사랑 하나만으로 저의 모든 평화와 모든 행복과 건강을 얻고 있으며, 다른 것으로는 결코 얻을 수가 없습니다.

그렇습니다. 저는 마님의 가장 천한 종이 되고 싶습니다. 마님은 가장 가까운 행복의 원천이며, 제 영혼의 유일한 희망이십니다. 부디 마님의 사랑의 불길 속에 저의 희망과 행복을 키워 주시고, 지금까지 저에게 보여 주신 차가운 태도를 바꾸어 부드러운 자비를 보여 주십시오. 마님의 연민으로 해서 제가 다시 위로를 얻는다면 마님의 아름다움을 죽도록 사랑한 사람으로서는 삶의 보람을 되찾은 셈이 됩니다. 만일 제 소원에 마음을 움직이지 않으신다면 저는 삶의 희망을 잃고 자살해 버릴 것입니다. 그렇게 되면 세상 사람들은 마님이 저를 죽였다고 비난할 것입니다. 그러니 제가 죽는다손 치더라도 마님은 명예롭지 못하십니다. 또한 왜 그렇게 하도록 만들었을까 하고, 때로는 양심의 가책에 못 이겨 이렇게 말씀하실 겁니다. '아아, 치마를 불쌍히 여기지 않았다니, 얼마나 냉정한 일을 했는가?' 라고 말입니다. 그러나 때는 이미 늦어 깊은 고뇌의 씨가 될 것입니다. 그러니 그렇게 되지 않도록 지금이라도 저를 구하시고 저를 불쌍히 여겨 죽음의 어둠 속으로 빠뜨리지 말아 주십시오.

마님 한 분만을 바라보며 살고 있는 사나이를 기쁨의 꼭대기에 올려놓는 것도, 슬픔의 구렁텅이로 몰아넣는 것도 모두 마님 가슴속에 있습니다. 이런 저의 짝사랑에 대한 보답으로 죽음의 고통을 저에게 주지 말아 주십시오. 마님의 눈앞에서 두려움에 떨며 눈물짓고 있는 제 마음을 따뜻한 호의로 가득 채워 주십시오."

그는 말을 마치자 한 줄기 뜨거운 눈물을 흘리며, 깊은 한숨을 짓고 부인의 대답을 기다렸습니다.

오래도록 몇 번씩 구애받은 일이 있을 때에도, 아침 창가에서 사랑의 노래를 들을 때에도, 치마의 짝사랑에 대한 소문을 들었을 때에도 움직일 줄 모르던 부인의 마음은 사랑이 담긴 남자의 열띤 고백을 직접 들으면서 진실한 사랑에 대한 감동으로 동요하기 시작했습니다. 부인은 지금까지 한 번도 느끼지 못했던 감정을 느끼기 시작했습니다. 그러나 말을 해서는 안 된다는 남편의 지시에 따라 가는 한숨을 지을 뿐, 치마에게 기꺼이 자기의 생각을 나타낼 수는 없었습니다.

치마는 기다려 보았지만, 아무런 대답도 없으므로 마음속은 놀라움과 실망으로 가득 찼으나, 이윽고 프란체스코가 지시한 것을 알아차렸습니다. 그러면서 그녀의 얼굴을 바라보니 때때로 그를 향해 쏠리는 그녀의 눈빛이 밝게 반짝거리는 것을 보았습니다. 그리고 약하기는 하지만 그녀의 가슴에서 나오는 한숨을 몇 번이나 참고 있는 것을 보자 희망이 솟았습니다. 그 희망에 힘을 얻어 그녀를 대신하여 그에게 대답할 말을 스스로 말하기 시작했습니다.

"치마 씨, 저는 예전부터 저에 대한 당신의 사랑이 매우 크며 완전한 것으로 믿고 있었습니다. 지금 당신의 말씀으로 그것을 잘 알았고 매우 만족하고 있습니다. 설사 제가 고집스럽고 잔인한 여자로 보일지라도 하나에서부터 열까지 제 얼굴에 나타난 것과 마음속에 있는 것이 모두 같으리라고 믿으시면 곤란합니다. 오히려 언제나 당신을

사랑하고 다른 남자들보다 친근감을 느꼈지만 냉정한 척한 것은, 그것이 편하고 남의 눈이 두려웠으며, 내가 정숙하다는 명성을 유지하기 위함이었습니다. 그러나 이제는 내가 당신을 사모하고 있다는 사실을 분명히 하고 당신의 애정에 보답할 시기가 왔습니다. 그러니 부디 기운을 내시고 희망을 가지십시오. 즉, 당신이 나를 향한 사랑 때문에 아름다운 말을 그에게 주셨으니, 당신도 알다시피 프란체스코는 2, 3일 내에 그 말을 타고 밀라노의 장관으로 부임해 갈 것입니다. 그가 떠나가면 당신은 2, 3일 내에 저와 단둘이 만날 수 있고, 우리의 사랑을 기뻐하고 이룰 수 있다는 것을, 당신이 품고 있는 순수한 사랑을 위해 신념에 걸고 약속드립니다. 그 일에 대하여 다시 이야기하지 않기 위해서 우리 집 정원을 향해 있는 제 침실 창문에 두 장의 수건을 걸어 두겠습니다. 그것을 보시거든 그날 저녁 남의 눈에 띄지 않도록 조심하셔서 정원 입구로 들어와 저에게 와 주십시오. 거기서 기다리고 있겠습니다. 그리고 밤이 새도록 사랑을 마음껏 즐기고 기뻐합시다."

치마는 부인 대신 이렇게 대답한 후, 이번에는 자기 자신으로 돌아가서 말했습니다.

"사랑스러운 마님, 마님의 뜨거운 대답을 듣고, 온몸이 저려서 감사의 말씀도 못 드릴 지경입니다. 만일 마음대로 말이 된다 하더라도 제 마음이 흡족하도록 충분히 감사의 말씀을 드리려면 시간이 아무리 있어도 모자랍니다. 그러니, 말로 다하지 못하는 점은 마님의 현명한 판단으로 부디 깊이 헤아려 주시기 바랍니다. 다만 이것만은 말씀드리겠습니다. 저에게 약속해 주신 것은 어떤 일이 있어도 반드시 지키겠습니다. 저에게 내려 주신 마님의 선물을 확실히 받은 셈이므로, 그것은 저에게 더없는 기쁨이며 무슨 말로 감사의 말씀을 드려야 좋을지 모르겠습니다. 더 이상 말씀드릴 것이 없습니다만, 저의 사랑스러운 마님께 하느님께서 가장 크다고 생각하시는 행복과 기쁨을 내려 주시기를 두 손 모아 빌 뿐입니다."

이런 이야기를 하는 동안 부인은 한 마디도 입을 열지 않았습니다. 치마는 일어나 프란체스코가 있는 곳을 향해 걸어갔습니다. 그는 치마가 일어난 것을 보고, 그를 만나러 가까이 오면서 웃는 얼굴로 말했습니다.

"어떻소? 난 약속을 틀림없이 지키지 않았소?"

"아닙니다. 각하께서는 마님과 이야기를 나누게 해 주신다고 하고는 대리석과 이야기하게 하셨습니다."

그 말을 듣고 프란체스코는 매우 기뻐했습니다. 그는 부인에게 충고를 하기는 했지만, 혹시나 하고 걱정했던 것입니다. 그는 아내를 매우 기특히 여기면서 이렇게 말했습니다.

"자, 이제 당신의 말은 분명히 내 것이 된 셈이오."

그러자 치마가 대답했습니다.

"예, 각하. 이렇게 될 줄 알았다면 차라리 처음부터 각하의 호의를 받지 않고 쾌히 드렸을 겁니다. 그러나 이제 하느님의 뜻으로 말을 구하신 겁니다만, 저는 말을 판 것이 아닙니다."

프란체스코는 그 말을 듣고 웃었습니다. 그리고 준비를 갖추게 한 다음, 며칠 후 밀라노의 장관 자리에 부임하기 위해 길을 떠났습니다.

부인은 혼자 남아 자유롭게 되자, 자신에 대한 애정 때문에 무상으로 명마를 내준 치마를 생각하면서 가슴이 매우 아팠습니다. 더욱이 자주 집 앞을 서성이는 것이 눈에 띄자 혼자서 생각했습니다.

'도대체 난 뭘 하고 있지? 왜 내 청춘을 헛되이 보내고 있는 걸까? 남편은 밀라노에 가서 반년이나 돌아오지 않을 텐데 언제 내 생활을 충족케 해 줄 것인가? 내가 나이가 들어 늙은 뒤에? 그건 그렇다 하더라도 언제 다시 치마 같은 애인이 또 나설 것인가? 난 아무것도 두려워할 필요가 없지 않은가? 내가 마음대로 할 수 있는 다시없는 기회를 놓칠 건가. 내 자신을 나도 모르겠다. 지금과 같은 기회는 다시는 없을 거야. 이건 아무도 알 수 없고, 설사 알게 되었다 해도 이대로 있다가 후회하는 것보다는 낫지 않을까!'

그녀는 이런저런 생각에 잠기다가 어느 날, 치마가 말한 대로 두 장의 수건을 정원이 보이는 창문에 걸어 놓았습니다. 그것을 본 치마는 하늘에 오를 듯이 기뻐하며, 밤이 되자 몰래 정원 입구로 갔습니다. 집 안으로 들어가는 문은 열려 있었습니다. 얼른 들어서니 부인이 그를 기다리고 있었습니다.

그가 들어오는 것을 보자 부인은 일어나 크게 기뻐하면서 그를 맞았습니다. 그는 부인을 몇 번씩이나 껴안으며 입을 맞추고 그녀를 따라 계단을 올라갔습니다.

그는 주저 없이 부인과 함께 침대에 얼싸안고 누워 오랫동안 기다렸던 정욕의 절정을 끝없이 맛보았습니다. 이것은 그들에게는 처음으로 가지는 사랑의 열락이었으나, 최후가 아니라 시작에 불과했습니다. 남편이 밀라노에 가 있는 동안, 프란체스코 부인과 치마는 거의 하루도 빠짐없이 만났을 뿐만 아니라, 남편이 돌아온 뒤에도 치마는 자주 찾아와 사랑의 정사를 즐겼으므로 프란체스코 부인과 치마는 이 세상에 목숨을 지니고 태어난 자로서, 또 사랑하는 연인들로서 사랑의 기쁨을 오래 누렸습니다.

여섯 번째 이야기

리차르도는 필리펠로의 아내를 사랑한다. 그는 그녀가 질투심이 많다는 이야기를 듣고, 자기 아내가 이튿날 저녁 필리펠로와 함께 온천 여관에 있을 것이라고 속여 그녀를 그곳에 가게 한다. 그녀는 남편과 한자리에 들었다고 믿었으나 이윽고 리차르도와 누워 있는 것을 알게 된다.

엘리사의 이야기가 끝나자, 여왕은 치마의 재치를 칭찬하고 다음은 피암메타의 차례임을 알렸습니다. 그녀는 웃으며 이야기를 시작했습니다.

이 도시에는 갖가지 일이 일어나 이야깃거리가 매우 풍부합니다만, 엘리사처럼 저도 다른 고장에서 일어났던 일을 말씀드릴까 합니다. 사랑이 뭔지도 모르면서 사랑의 덫에 걸리지 않도록 여러분의 주의를 환기시키고, 또 즐거운 추억을 가질 수 있도록 한 여자의 이야기를 하겠습니다. 이것은 가장 전통 있는 도시이자 즐거운 일이 가득한, 어느 도시보다도 유쾌한 도시인 이탈리아의 나폴리에서 있었던 일입니다.

옛날, 나폴리에 리차르도 미누톨로라는 재산가이자 귀족 출신으로 집안도 좋은 젊은 남자가 있었습니다. 그는 젊고 아름다운 아내가 있었음에도 불구하고, 남의 여자를 사모하고 있었습니다. 그 여자는 세상 사람들이 오랫동안 나폴리 제일의 미인이라고 일컬었던 여자였습니다. 이름은 카텔라라고 했으며, 필리펠로 피기놀피라는 역시 젊은 귀족의 부인이었습니다. 부인은 정숙하기 짝이 없었으며, 누구보다도 남편을 사랑하고 있었습니다. 리차르도는 그녀를 연모하면서 애정이나 호의를 얻을 만한 모든 수단을 써 보았지만, 하나도 받아들여지지 않아 거의 절망하고 있었습니다. 그러나 이미 넋을 빼앗겼으므로 단념할 수도 없고, 그렇다고 죽을 수도 없어, 결국 살아가는 기쁨조차도 잃고 말았습니다.

리차르도가 이런 상태에 빠져 있을 때, 마침 친척뻘 되는 여자들이 찾아와, 그런 사랑은 공연한 짓이니 아예 단념하는 편이 낫다고 입이 닳도록 타일렀습니다. 그녀들의 말에 의하면, 카텔라야말로 남편 이외의 사람은 쳐다보지도 않을 뿐더러 질투심이 많아 하늘을 나는 새만 보아도 남편을 채어 가지나 않을까 걱정한다는 것이었습니다.

리차르도는 카텔라가 질투심이 많은 여자란 소리를 듣자, 곧 자기의 뜻을 이루기 위한 한 가지 계략을 생각했습니다. 그는 카텔라를 단념해 버린 척했습니다. 그는 이제 다른 부인을 사모하게 된 것처럼 보였고, 그 여성을 위해 검술 시합과 마상 창 시합을 하기 시작했습니다. 지금까지 카텔라를 위해 개최했던 모든 행사를 새로운 여성을 위해 베푸는 체한 것입니다. 이렇게 되자, 얼마 안 가서 나폴리 사람들은 물론 카텔라도, 리차르도가 자기를 단념하고 다른 여성을 사랑하게 되었다고 생각했습니다. 이제는 누구나 다 그가 제2의 여성을 사랑한다는 것을 의심치 않았으며 카텔라조차도, 지난날 그가 품고 있었던 사랑에 대한 경계심을 풀고, 가까이에서나 먼발치에서 만나면 다른 사람에게 하는 것처럼 다정한 인사를 하게 되었습니다.

그러는 동안에 여름이 되었습니다. 귀부인들과 기사들은 서로 그룹을 지어 나폴리 사람들의 습관대로 바다로 나가곤 했습니다. 그들은 바닷가에서 점심이나 저녁을 먹기도 하였습니다.

어느 날 리차르도는, 카텔라가 친구들과 함께 바다로 간 것을 알자, 자기도 친구들을 불러 모아 바닷가로 갔습니다. 그는 바닷가에 있는 것을 재미없는 체하면서, 카텔라의 친구들이 함께 놀아 줄 것을 요청하도록 만들었습니다. 그리하여 그는 그녀들 사이에 끼게 되었습니다.

그러자, 그녀의 친구들은 그가 새로 시작한 사랑에 대해 놀려대기 시작했습니다. 카텔라까지도 함께 놀려댔습니다. 리차르도는 새로운 사랑에 대해 매우 열을 올리고 있는 체하며 이것저것 화제를 만들어 냈습니다. 그러는 사이, 그런 장소에서 흔히 있듯이, 한 사람 두 사람 자리를 뜨더니 나중에는 리차르도와 카텔라와 몇 명의 부인만이 남게 되었습니다. 리차르도는 기회를 놓치지 않고, 그녀의 남편인 필리펠로가 어느 여성과의 사랑에 열중하고 있다는 것을 넌지시 비추어 이야기했습니다. 카텔라는 곧 참을 수 없는 질투심에 사로잡혀 리차르도가 차마 말하지 못하는 것을 모두 듣고 싶어서 몸이 달았습니다. 그녀는 잠시 참고 있었지만 마침내 참을 수가 없어서 남편과 그 부인의 얘기를, 그가 알고 있는 모든 것을 당신이 사랑했던 자신을 위해 들려 달라고 리차르도에게 부탁했습니다.

리차르도는 이렇게 말했습니다.

"그 여인과 필리펠로와의 사랑에 대하여 알고 싶다니, 모처럼의 부탁을 거절할 수도 없고 곤란하군요. 그렇다면 말씀드리겠는데, 제 이야기가 사실이라고 입증될 때까지는 필리펠로에게나 다른 사람에게 한 마디도 이야기하지 않겠다고 약속해 주십시오. 원하신다면 그 현장을 보실 수 있도록 해드릴 테니까요."

부인은 그의 부탁을 오히려 당연시하며 그의 이야기를 곧이듣고, 절대로 입 밖에 내지 않겠다고 약속했습니다. 두 사람은 다른 사람이 듣지 못하도록 한쪽 구석으로 갔습니다.

"부인, 제가 옛날처럼 부인을 사랑하고 있다면, 부인께서 불쾌하게 생각할지도 모를 일을 구태여 말씀드리지는 않았을 것입니다. 그러나 그 사랑은 이미 과거의 것이 되었으므로 저는 아무런 염려 없이 모두 말씀드릴 수 있습니다. 지난날 제가 부인에게 품고 있던 사랑에 대하여 필리펠로 씨가 불쾌하게 생각하셨는지, 아니면 부인이 저의 사랑을 받아들인 일이 있다고 생각하셨는지 그건 잘 모르겠습니다. 그러나 어느 쪽이든 간에 저에게는 아무 말씀도 없으셨습니다. 그러나 지금에 와서, 필리펠로 씨는 제가 그분에게 했던 일을 저에게 하려고 하고 있습니다. 아마 제가 부인을 잊게 될 때를 기다렸던 모양입니다. 즉 쉽게 말하면, 이번에는 필리펠로 씨가 저의 아내를 쾌락의 상대로 삼으려 한다는 것입니다.

그는 가끔 사람을 보내어 아내를 꾀어내려 하고 있습니다. 저는 그 일에 대하여 아내로부터 전부 이야기를 들었으며, 아내는 제가 시키는 대로 대답하고 있습니다. 오늘 아침에도 제가 떠나오기 전, 심부름 온 것으로 보이는 여자가 아내와 귓속말을 주고받는 것이 보였습니다. 저는 그 여자가 왜 왔는지 알았으므로 곧 아내를 불러 물었습니다. 아내는 '필리펠로 씨처럼 집요한 사람은 처음 보았어요. 공연히 당신이 제가 대답을 하게 만들기 때문이에요. 그가 저를 가까이하려는 희망을 가지게 되니까 자꾸 이러잖아요. 지금 그 여자가 필리펠로 씨의 말을 이렇게 전해 왔어요. 제 생각을 분명히 알고 싶으며, 생각이 있으면 이 거리의 온천 여관으로 몰래 와 줄 수 없느냐고요. 어떤 의도에서인지 모르지만, 당신이 공연히 거래를 하게 만들지만 않았다면 두 번 다시 그런 짓을 못하게 야단을 치는 건데 말예요.' 하는 것이었습니다.

저는 이건 너무 지나치다고 생각했습니다. 그래서 더 이상 참을 수가 없어서 부인께 말씀드려야겠다고 생각했습니다. 왜냐하면, 제가 목숨을 버리려고까지 생각했던 부인의 그 완전무결한 정숙과 결백이 결국 어떤 보답을 받게 되었는가 알려 드리기 위해서입니다. 그러니 이 이야기가 사실인지를 부인이 믿게 하기 위해서, 부인이 직접 그곳에 가서 확인하도록 해야겠다고 생각했습니다. 그래서 저는 아내를 시켜, 그 심부름 온 여자에게, 내일 오후 3시에 사람들이 낮잠 자는 시간에 그 온천 여관으로 가 뵙겠다고 대답하게 했습니다. 심부름을 온 여자는 크게 기뻐하면서 돌아갔다고 합니다. 그러나 제가 아내를 보내리라고는 생각지 마십시오. 제가 부인이라면 저의 아내 대신 그 장소에 가겠습니다. 즉, 함께 잔 다음, 남편이 실은 누구와 자고 있는가를 밝히면서 그런 불명예스러운 짓을 하는 데 대한 응분의 값을 치르게 할 것입니다. 그렇게 하면 그는 크게 창피를 당하는 셈인 동시에, 부인과 저를 모욕하려 했던 것에도 복수하게 되는 셈입니다."

리차르도의 이야기가 끝나자, 카텔라는 질투심이 강한 여자의 근성을 드러내며 전에도 두세 번 있었던 사건을 여기에 결부시켜 매우 화를 냈습니다. 그녀는 지금 자기에게 이야기를 들려주는 남자가 누구이며, 이 말이 거짓이라고는 꿈에도 생각지 않고, "반드시 그렇게 하겠습니다. 별로 힘 드는 일도 아니니까요."라고 대답했습니다. 그리고는 앞으로 어떤 여자를 만나도 얼굴을 들지 못할 정도로 심한 창피를 주어야겠다고 덧붙였습니다.

리차르도는 자기의 계획이 제대로 들어맞은 것을 알고 극히 만족했습니다. 그는 여러 가지 말을 하여 그녀로 하여금 확신케 하고, 또 자기에게 들은 것은 절대로 남에게 말하지 않도록 부탁함으로써 그녀의 신념을 더욱 굳게 했습니다.

다음 날 아침, 리차르도는 온천 여관을 경영하고 있는 부인에게 가서 자기가 하려는 일을 솔직히 말하고 도와 달라고 부탁했습니다. 그에게 호감을 가지고 있던 부인은 서슴지 않고 그렇게 하겠다고 했습니다. 두 사람은 그날 오후에 해야 할 일에 대하여 서로 의논하고 계획을 세웠습니다.

이 여관에는 목욕탕은 딸려 있으나 창문이 없어서 아주 캄캄한 방이 하나 있었습니다. 사람 좋은 여관 주인은 리차르도가 말하는 대로 이 방을 치우고 침대를 들여놓았습니다. 리차르도는 그 방에서 식사를 한 다음, 침대에 들어가 카텔라가 오기를 기다렸습니다.

카텔라는 리차르도의 말을 필요 이상으로 믿었습니다. 그녀는 화가 머리끝까지 치밀어 집에 돌아왔는데, 때마침 돌아온 필리펠로도 무슨 생각에 잠긴 듯 다른 때처럼 다정하게 굴지 않았습니다. 그러자 그녀는 지금까지 느껴 보지 못한 심한 의심에 사로잡혔습니다. 그래서 '이이가 정말 그 여자와 즐길 생각에 제정신이 아니군. 하지만 마음대로 안 될걸.' 하고 생각했습니다. 그녀는 이런저런 생각에 잠기며, 내일 남편을 어떻게 혼내 줄 것인가 하는 생각에 밤새도록 잠을 이루지 못했습니다.

그러니 그녀가 무엇을 할 수가 있었을까요? 이튿날 오후 3시가 되자, 그녀는 곧장 리차르도가 가르쳐 준 온천 여관으로 갔습니다. 그리고 마음씨 좋은 안주인에게 필리펠로가 와 있는지를 물었습니다. 주인은 리차르도가 일러 준 대로 대답했습니다.

"그분에게 볼일이 있으시다는 부인이십니까?"

카텔라는 대답했습니다.

"예, 접니다."

"그럼 그분이 계신 데로 가시죠."

카텔라는 만나고 싶지 않은 사람에게 온 것이었으므로, 리차르도가 있는 방으로 안내되자 모자도 벗지 않은 채 안으로 들어서자마자 자물쇠를 잠가 버렸습니다. 리차르도는 그녀가 온 것을 알자, 반가워하며 일어나 가슴에 끌어안고는 낮은 목소리로 말했습니다.

"잘 오셨습니다. 나의 귀여운 분이여."

카텔라는 다른 여자처럼 보여야 하기 때문에 역시 끌어안고 입을 맞추었습니다. 그리고 정체가 드러날까 봐 한 마디도 하지 않고 그를 즐겁게 해 주었습니다. 두 사람에게 극히 다행스러웠던 것은 방 안이 캄캄했던 일입니다. 오랫동안 안에 있었지만 눈에 보이는 것은 아무것도 없었습니다. 리차르도는 침대 위로 그녀를 데리고 갔습니다. 두 사람은 서로 다른 사람인 것이 발각될까 봐, 입을 꼭 다문 채 긴 시간 동안을 즐겼습니다. 이윽고 카텔라가 가슴속의 노여움을 터뜨릴 때가 왔구나 하여, 성난 어조로 입을 열었습니다.

"진정, 여자의 운명이란 가엾은 건가 봐요. 있는 힘을 다하여 사랑을 바치는 남편에게 이런 꼴을 당하다니! 저는 왜 이토록 비참해야 하나요. 당신을 제 목숨보다 더 소중히 여기고 사랑해 온 지도 벌써 8년이나 되었는데, 당신이 다른 여자에게 정신을 빼앗기고 있다니, 정말 염치없는 악인이군요. 지금 당신이 누구를 안고 있는 줄 아세요? 8년 동안이나 옆에서 같이 잔 여자하고 함께 있는 거예요. 엉터리 말로 애정을 속삭이고, 사랑하는 척하며, 그토록 오랜 세월을 함께 살아오면서도 밖에서 이런 사랑의 유희에 빠져 있다니. 저는 카텔라예요. 리차르도의 아내가 아니란 말이에요. 당신이 미친개라는 것을 알 수 있도록 어서 불을 켜세요.

아아, 나처럼 비참한 여자가 또 있을까! 이런 미친개한테 오랫동안 헌신적인 사랑을 바쳐 오다니! 당신은 다른 여자를 안고 있는 줄 알고, 여기서 이 짧은 시간에 내가 지금까지 겪은 그 어느 때보다도 힘차고 달콤한 애무를 해 주었지요? 아아, 이 짐승만도 못한 사람. 집에서는 병든 개처럼 언제나 맥없이 금방 끝나 버려 아무것도 못하는 주제에, 오늘은 제법 강해지셨군! 하지만 이 일은 감사해야지. 내 밭을 다른 사람의 밭인 줄 알고 갈아 주셨으니. 어제 저녁 당신이 나를 가까이하지 않은 이유를 알 만하네요. 다른 데서 짐을 내려놓으려 했으니까. 기운이 가득 찬 몸으로 전투에 임하신 셈이군요. 하지만 하느님의 은총과 저의 선견지명 때문에, 물이 낮은 곳으로 흐르듯 저에게 흘러온 거예요. 왜 대답이 없지요? 이 못된 양반 같으니! 왜 아무 말도 못해요? 제 목소리를 듣고 벙어리가 되셨나? 지금 당장 당신의 두 눈을 이 손으로 도려내고 싶지만 그렇게 하지 않는 것은 하느님 때문이에요. 당신은 이런 배신을 몰래 할 수가 있다고 생각해요? 흥! 자신이 알고 있는 것은 남도 알고 있는 법이에요. 당신은 실패했어요. 전 멋진 스파이를 쓰고 있거든요."

리차르도는 그녀가 하는 말들을 즐겼습니다. 그녀의 말이 끝나자 그녀를 다시 끌어안고 입을 맞추었습니다. 그토록 격렬한 애무란 없을 정도였습니다. 그러자 그녀는 말을 계속했습니다.

"뭐 이토록 치사한 개가 있을까? 이런 애무로 어물어물 넘기고, 나의 신용을 되찾고 나를 진정시키려 하는군요. 하지만 당신은 잘못 생각하고 있어요. 많은 친척과 친구와 아는 사람들이 있는 곳에서 당신의 불명예스런 행위가 폭로되고 싶진 않겠지만, 이렇게 한다고 내가 가만있을 줄 아세요? 자, 말해 봐요. 제가 리차르도의 부인보다 곱지 않아요? 저는 그만큼 귀부인이 못 되나요? 왜 대답하지 못해요. 정말 비겁한 개로군요. 그 부인에게 저 이상의 뭐가 있단 말이에요? 저리 가세요. 만지지 말아요. 흥, 오늘은 대단히 열심히 하시는군! 내가 누구인지 안 뒤라면, 지금쯤은 건성일 테지요. 하지만 하느님이 허락하신데도 앞으로 누가 상대해 줄 줄 알아요? 제가 왜 리차르도에게 쌀쌀맞게 대했는지 모르겠어요. 그분은 저를 그토록 사랑해 주셨는데 한 번도 쳐다보지 않았으니. 당신은 여기서 그분의 부인을 손에 넣었다고 생각하겠지만 천만의 말씀! 그 부인이 당신 손에 들어오지 않았더라도 그것은 당신 탓이 아니지요. 마찬가지로 내가 그분 것이 되어도 나를 탓할 이유는 없어요."

부인의 목소리는 점점 열을 띠고, 슬픔은 더할 나위 없이 절정에 이르렀습니다. 리차르도는 문득 겁이 났습니다. 이대로 놔두었다가는 돌이킬 수 없는 결과가 될지도 몰랐으므로 그는 사실을 밝혀야겠다고 생각했습니다. 그는 그녀의 팔을 잡아당겨서 달아나지 못하도록 꼭 붙든 다음 이렇게 말했습니다.

"사랑하는 카텔라, 노여워하지 마십시오. 이것은 사랑에 몸부림친 나머지 사랑의 신이 저에게 사랑의 꾀를 주셨기 때문입니다. 실은 저는 리차르도입니다."

그 목소리에 리차르도인 줄 알아차린 카텔라는 곧 침대에서 뛰어 내리려 했습니다. 그러나 붙잡힌 것을 알자, 비명을 지르려 했습니다. 리차르도는 한 손으로 그녀의 입을 막으며 말했습니다.

"부인, 부인께서 살아 계시는 한, 아무리 소리를 지르셔도 이미 일어난 일은 어쩔 수가 없습니다. 만일 소리를 지르거나, 또는 이 일을 다른 사람에게 알리는 어떤 방법을 취하신다면 두 가지 일이 일어날 것입니다. 하나는 부인의 명예와 그 좋은 평판이(그것은 부인에게 있어서 여전히 소중한 것이지만) 무너져 버린다는 것입니다. 즉, 아무리 부인께서 속임수에 넘어갔다 하더라도 저는 아니라고 우길 것입니다. 부인께서 제가 드리겠다고 약속한 돈이나 선물에 욕심이 나서 왔다고 하면 어떻게 하시겠습니까? 그리고 그 돈이나 선물이 부인이 생각했던 것보다 적고 충분하지 않았기 때문에 부인께서 화가 나 이렇게 떠들고 소란을 피우는 거라고 하면 어떻게 하실 겁니까? 더욱이 사람들은 좋은 일보다는 나쁜 일 쪽을 믿으려 한다는 것을 아시죠? 그러니 부인의 말보다는 제 말을 믿게 됩니다.

또 하나, 부인의 주인 양반과 제가 결투라도 하게 된다면 제가 그를 죽이거나 그가 저를 죽이게 되겠지요. 이건 부인에게 있어서 만족할 일도 기뻐할 일도 아닙니다. 그러니 부디 부인 자신을 형편없게 만들고, 동시에 주인 양반과 저를 다투게 하여 위험하게 만드는 일은 하지 말아 주십시오. 속은 것은 당신뿐만이 아니라 세상에서는 늘 속임수를 쓰고 있으니까요. 저는 부인의 사랑을 빼앗기 위해 속인 것이 아니라 제가 부인에게 항상 품어 왔던, 한없이 높은 사랑 때문에 부인의 가장 충실한 종이 되기 위해서입니다. 저는 오랫동안 제 자신과 재산과, 능력이나 뜻대로 할 수 있는 것은 모두 당신을 위한 것이라고 생각해 왔습니다. 지금은 더욱 그렇게 되길 바라고 있습니다. 자, 부인께서 다른 일에 총명하신 것처럼, 이번 일에 대해서도 잘 이해하시기 바랍니다."

카텔라는 리차르도가 말하고 있는 동안 줄곧 흐느꼈습니다. 얼마나 노엽고 후회스러웠겠습니까? 그러나 리차르도의 말에 일리가 있었고 그가 말한 대로 좋지 못한 일이 일어날 가능성도 있을 것 같았으므로 이렇게 말했습니다.

"리차르도 씨, 저는 당신이 저에게 하신 이런 모욕과 속임수를 참도록 하느님께서 허락하실지 모르겠습니다. 이렇게 된 것도 제가 너무 단순하고 질투심이 많았던 때문이니, 떠들어댈 생각은 없습니다. 그러나 어떤 방법으로든 당신이 한 일에 대하여 복수하지 않고는 못 견딜 것 같습니다. 그러니 제발 저를 놓아주십시오. 당신은 소원을 풀었고, 저를 마음껏 농락했습니다. 제발 이제는 저를 놓아주십시오."

그러나 리차르도는 아직도 그녀의 노여움이 풀리지 않은 것을 알고 있었으므로 화가 완전히 가라앉을 때까지는 결코 놓아주지 않으리라 결심했습니다. 그는 그녀의 노여움을 풀기 위해 부드러운 말로 달래기도 하고, 머리 숙여 부탁도 해보고, 또 여러 가지 맹세도 했습니다. 마침내 그녀는 그의 끈기를 이길 수가 없어 두 사람은 화해를 했습니다. 그리고는 서로의 동의 아래, 오랜 시간을 다시 즐기기 시작했습니다.

애인의 입맞춤이 남편보다 훨씬 좋은 것을 알고부터 부인은 지금까지의 완고함을 버렸습니다. 그리고 리차르도에게 달콤한 사랑의 정을 느끼며 시간을 맞추어 두 사람은 자주 사랑의 향락을 즐겼습니다. 하느님, 우리에게도 사랑을 즐길 수 있도록 은총을 내려 주소서.

일곱 번째 이야기

테달도는 연인에게 화가 나서 피렌체를 떠났다가 몇 년 후 순례자의 모습으로 되돌아온다. 그리하여 연인을 만나 그녀의 오해를 풀고, 그녀의 남편이 자기를 죽였다는 혐의로 사형을 받게 되자 그를 구해 준다. 이어 자기 형제들과 그를 화해시킨 다음 교묘하게 그녀와 사랑을 즐긴다.

피암메타가 모두의 박수를 받으며 이야기를 끝냈을 때 여왕의 명으로 곧바로 에밀리아가 이야기를 시작했습니다.

지금까지 두 사람의 얘기는 우리가 사는 도시가 아닌 곳에서 일어난 일이었습니다만, 저는 다시 우리 도시로 돌아와서, 어떤 사람이 연인과 헤어졌다가 어떻게 해서 또다시 만나게 되었나 하는 얘기를 할까 합니다.

피렌체에 테달도 델리 엘리세이(엘리세이 집안은 팔레르미니와 마찬가지로 피렌체의 가장 오래된 가문의 하나)라는 젊은 귀족이 살고 있었습니다. 이 사람은 알도브란디노 팔레르미니라는 사람의 아내인 에르멜리나 부인(과부가 된 후 제라르도 델리 엘리세이와 결혼했다는 이야기가 사케티의 《이야기집》에 나와 있다)을 연모하다 뜻을 이루었는데, 그것은 그의 품성이 뛰어났기 때문이었습니다.

행복의 절정에는 흔히 운명의 장난이 있기 마련입니다. 왜냐하면, 어찌된 셈인지 한때는 자진해서 테달도를 기쁘게 해 주던 부인이 전혀 그렇게 하지 않고, 사람을 보내도 귀를 기울이지 않을 뿐더러 만나 주지도 않았기 때문입니다. 그 때문에 그는 그만 우울해져서 비탄의 구렁텅이에 빠져 버렸습니다. 그러나 본시 그는 자기의 사랑을 남에게 조금도 눈치채게 하지 않고 숨기고 있었으므로 아무도 그가 왜 우울해하는지 원인을 알지 못했습니다.

그로서는 자기가 잘못해서 사랑을 잃게 되었다는 생각이 들지 않았으므로 모든 수를 써서 본래대로 돌리려고 했지만, 결국 아무리 애써 봐야 헛일이라는 것을 깨달았습니다. 그래서 자기를 이토록 슬프게 만든 그 여자에게 수척해 가는 자기의 모습을 보이고 싶지 않아 이 도시에서 멀리 떠나 버리자고 결심했습니다.

그래서 가져갈 수 있는 만큼 많은 돈을 갖고 모든 사정을 알고 있는 친구 한 사람을 제외하고는 친척들이나 친구들에게는 일절 알리지 않고 몰래 안코나로 가서 필리포 디 산로데치오라는 이름으로 바꾸었습니다. 그리고 그 도시에서 어느 돈 많은 상인을 알게 되어 그의 하인으로 들어가서 그를 따라 배를 타고 키프로스로 갔습니다.

그러는 동안에 그의 품성과 행동거지가 주인의 마음에 쏙 들었으므로, 품삯도 많이 주었으며 그의 친구가 되어 일의 대부분을 도맡았으며, 아주 조리 있고 성실히 일을 처리했으므로 그는 몇 해 안 가서 훌륭하고 돈 많은 상인으로 알려지게 되었습니다.

이렇게 일을 계속하면서도 그는 줄곧 매정한 연인을 생각했습니다. 그리고 자기가 얼마나 실연의 상처를 입었는가 생각하니 한 번 더 만나보고 싶은 생각이 간절했습니다. 7년 동안이나 꾹 참고 자기 마음과의 싸움을 이겨 나간 것입니다.

그런데 어느 날, 그는 부인과의 사랑의 기쁨을 노래한 자기가 지은 노래가 키프로스에서 불리고 있는 것을 들었습니다. 그래서 그녀도 자기를 잊을 수는 없을 것이라 생각하자 보고 싶은 생각이 불길처럼 솟아 더 이상 참을 수 없게 되었으므로 한시바삐 피렌체로 돌아가자고 결심했습니다.

그래서 모든 용무를 처리하고는 하인 한 사람만 데리고 안코나로 갔습니다. 거기에 그의 짐이 전부 도착했으므로 안코나에 사는 친구로 피렌체에 가 있는 아는 사람에게 그 짐을 부치고 자기는 예루살렘에서 돌아온 순례자 같은 행색으로 하인과 함께 몰래 피렌체로 향했습니다. 피렌체에 도착해서는 연인의 집 가까이에 그가 잘 알고 있는 두 형제가 경영하는 조그만 여관에 들었습니다.

그는 가능하다면 먼저 그녀를 보고 싶어서 집 앞에 가 보았습니다.

그런데 그가 본 것은 입구도 창문도 꼭꼭 닫혀 있는 집이었습니다. 그것을 본 그는 그녀가 죽어 버린 것은 아닐까, 아니면 다른 데로 이사를 간 것일까 하고 몹시 궁금했습니다.

깊은 시름에 잠긴 채 그는 자기 형제의 집으로 가 보았는데, 집 앞에 이르러 형제들이 모두 상복을 입고 서 있는 것을 보고 깜짝 놀랐습니다. 그는 자기가 출발할 때와는 모습이나 차림이 완전히 변해 있었으므로 설마 누가 눈치채진 않겠지 하고 태연스레 구두 가게로 들어가서 저 사람들이 왜 상복을 입고 있는지 물었습니다.

그러자 주인이 대답했습니다.

"저분들의 형제로 오래 전에 이 도시를 떠난 테달도라는 분이 살해당한 지 아직 보름도 안 되었기 때문에 저렇게 상복을 입고 있죠. 듣자니 알도브란디노 팔레르미니라는 사람이 그를 죽였다고 저 사람들이 호소를 해서 붙잡혔다는구려. 죽인 까닭은 그 사람의 마누라에 반한 테달도가 살며시 들어와서 몰래 만나려고 했다나 어쨌다나요."

놀란 테달도는 자기와 비슷한 누군가가 오인을 받았구나, 하고 생각했습니다. 불행한 알도브란디노를 생각하니 가슴이 아팠습니다. 그 반면에 부인은 건강하게 살고 있다고 들었고 밤도 깊었으므로 여러 가지 생각에 잠기면서 일단 여관으로 돌아갔습니다. 그리고 하인과 더불어 식사를 마친 다음, 이 집의 제일 높은 곳에 있는 방에 가서 잤습니다. 그런데 여러 가지 생각으로 흥분되어 있었던 탓인지, 침대가 너무나 딱딱한 탓인지, 아니면 저녁 식사가 시원찮았기 때문인지 한밤중이 되어도 좀처럼 잠이 오지 않았습니다. 그래서 눈이 말똥말

똥한 채 잠을 이루지 못하고 있는데, 지붕을 타고 누군가 집 안으로 들어오는 소리가 들렸습니다. 이어 침실 문 틈새로 불빛이 비쳐 들어오는 것이 보이지 않겠습니까.

그래서 그는 살며시 문틈으로 다가가서 무슨 일일까 하고 밖을 내다보았습니다. 매우 아름다운 여자 하나가 등불을 손에 들고 있었고, 지붕을 타고 들어온 세 사나이가 가까이 오는 것이 보였습니다. 그리고 서로 웃으며 좋아하더니 그중 한 사람이 젊은 여자에게 말했습니다.

"다행히 이제 안심이다. 테달도 엘리세이가 죽은 것은 알도브란디노 팔레르미니가 한 짓이라고 그 형제들이 증언했고, 그 녀석도 그렇다고 고백했거든. 이제 판결이 났단 말이야. 하지만 제발 입조심들 해라. 만일 우리가 했다는 게 밝혀지는 날에는 그야말로 알도브란디노 대신 우리가 위험한 꼴을 당하게 될 테니까."

이렇게 말하고 그들은 무척 기쁜 표정의 젊은 여자와 함께 아래로 자러 내려가는 듯했습니다.

테달도는 이것을 듣고, 어째서 이런 오류가 누구의 판단에 의해 일어난 것일까 하고 생각하기 시작했습니다. 먼저 머리에 떠오른 것은, 형제들이 잘 알지도 못하는 사람을 자기라고 착각하여 비탄 속에 매장했으며, 죄 없는 사람을 고소하여 사형을 받도록 증언했고, 또 법률이라든가 사법관들이 맹목적으로 엄격하다는 것이었습니다. 재판관은 흔히 진상의 규명을 너무 서두르는 나머지 냉혹해져서 그릇된 증명을 하고, 더욱이 정의와 신의 대변자 같은 소리를 하면서 실은 부정과 악의 집행자가 되고 있다고 생각했습니다. 그래서 그는 알도브란디노를 구해야겠다고 생각하고 계획을 세웠습니다.

이튿날 아침 그는 하인을 남겨 두고 혼자 시간을 보아 부인 집을 찾아갔습니다. 우연히 문이 열려 있었으므로 안으로 들어가 보니 부인이 아래층의 조그마한 방 안에 앉아 눈물을 흘리고 있었습니다. 그는 그만 측은해서 눈물을 글썽거리며 가까이 가서 말을 건넸습니다.

"부인, 울지 마십시오. 곧 마음이 가라앉게 될 것입니다."

부인은 이 말을 듣고 얼굴을 들어 울먹이며 대답했습니다.

"당신은 멀리서 오신 순례자 같은데, 어떻게 제가 슬퍼하고 있다는 것을 아세요?"

"부인, 저는 콘스탄티노플에서 온 사람입니다. 하느님이 보내 주셔서 이곳에 막 도착했습니다만, 부인의 눈물을 웃음으로 바꾸고 부인의 어른을 죽음에서 구하려고 왔지요."

"뭐라고요? 콘스탄티노플에 사시고 이곳에 막 도착한 분이 어떻게 제 남편 일이며 저희 사정을 알고 계시죠?"
라고 부인은 물었습니다.

순례자는 알도브란디노의 불행한 사건을 다 얘기한 다음, 다시 그녀가 어떤 사람이고 언제 결혼했으며, 또 자기가 잘 아는 그녀의 신상에 관한 여러 가지 일을 말했습니다. 그의 말을 듣자 부인은 무척 놀라면서 이분은 예언자가 틀림없다고 생각하고, 그의 발아래 무릎을 꿇고는 만일 알도브란디노를 구하러 오셨다면 우물쭈물하고 있을 수 없으니 서둘러 달라고 부탁했습니다. 순례자는 성자 같은 태도로 말했습니다.

"부인, 울지 말고 일어서십시오. 앞으로 내가 하는 말을 잘 들으시고 결코 아무에게도 입 밖에 내지 마십시오. 하느님의 계시에 의하면 부인이 지금 받고 계시는 고뇌는 부인이 과거에 저지른 죄 때문입니다. 하느님은 이와 같은 괴로움을 주셔서 부인을 깨끗이 해드리려고 하신 것입니다. 그리고 그것을 부인이 보상하기를 바라고 계십니다. 만일 그것을 하지 못하시면 다시 쓰라린 슬픔에 빠지게 될 것입니다."

그래서 부인은 대답했습니다.

"순례자님, 저는 지금까지 온갖 죄를 지었습니다. 그러니 하느님이 바라고 계시는 회개해야 할 일이 어떤 것인지 알 수가 없어요. 만일 알고 계시거든 제게 말씀해 주십시오. 그러면 저는 회개하기 위해서 할 수 있는 모든 일을 다 하겠어요."

"부인, 나는 그것이 어떤 것인지 잘 알고 있습니다. 그래서 더 이상의 질문은 하지 않겠습니다. 그러니 부인께서 깊이 회개하도록 부인 자신의 입으로 말해 주셔야겠습니다. 그러면 사실을 언급하기로 하지요. 부인에겐 전에 연인이 있었지요, 어떻습니까?"

부인은 이 말을 듣고 매우 놀라면서 깊은 한숨을 쉬었습니다. 테달도로 오인되어 매장된 사나이가 죽은 날, 두 사람 사이를 알고 있었던 테달도의 친구들이 경솔하게 조금 비친 적은 있지만, 아무도 그 일은 모르겠거니 하고 생각하고 있었기 때문입니다. 그래서 대답했습니다.

"하느님께서 인간의 비밀을 모두 순례자님께 교시하신 것 같으니,

제 비밀을 숨길 생각은 없어요. 제가 젊었을 때, 제 남편에게 살해당했다는 그 불행한 청년을 더없이 사랑한 적이 있어요. 그분의 죽음이 얼마나 저를 괴롭혔는지, 저는 그저 눈물로 지샐 뿐이랍니다. 비록 제가 그분이 떠나가기 전에 쌀쌀한 태도를 보이기는 했습니다만, 그분이 오래 떠나가 계시는 동안에도 그분의 불행한 죽음에 즈음해서도, 그분을 한시도 잊을 수가 없었어요."

순례자는 말했습니다.

"부인이 사랑하고 계신 분은 살해된 젊은 사람이 아니라 테달도 엘리세이입니다. 그런데 부인은 왜 그 사람에게 화를 내셨지요? 그 사람이 무얼 잘못했습니까?"

그러자 부인이 대답했습니다.

"아뇨, 그분은 결코 저를 화나게 하지는 않았어요. 그 원인은 제가 이 사랑을 고백한 어느 고약한 수도사가 한 말 때문이었답니다. 제가 그분에게 품고 있는 사랑이며 친애의 기분을 고백했더니 그 사람은 지금 생각해도 아찔한 심한 말을 했어요. 만일 제가 그 사랑을 단념하지 않으면, 지옥 밑바닥에 있는 악마의 입에 떨어져서 무서운 형벌 속에 던져지게 될 것이라고 위협하지 않겠어요? 그래서 저는 그만 무서워져서 그분과 친히 사귀는 것을 이제 그만두어야지 하고 결심한 거예요. 그리고는 그와 같은 기회의 원인을 만들지 않도록 그 후로는 그분의 편지도 심부름꾼의 전갈도 아예 받지 않도록 했던 거예요. 하지만 저는 생각하죠. 그분은 절망한 나머지(저는 그렇게 판단하고 있어요) 이 도시에서 떠나 버렸습니다만, 만일 좀 더 참아 주셨더라면 제 굳은 결심도 햇볕 아래 눈처럼 녹아 버렸을 것이라고 말이에요. 왜냐하면 저는 일찍이 이 세상에 없었을 만큼 깊은 애정을 그 분에게 느끼고 있었으니까요."

그래서 순례자는 대답했습니다.

"부인, 바로 그것이 지금 부인을 괴롭히고 있는 유일한 죄입니다. 나는 테달도가 무엇 하나 부인에게 강요한 일은 없다고 확신하고 있습니다. 부인이 그 사람을 좋아하시게 되었을 때는 그 사람이 마음에 쏙 들어서 부인 자신의 의사로 그렇게 하신 것입니다. 다시 말해서, 부인 자신이 바라셨기 때문에 그의 마음이 부인을 향한 것입니다. 그래서 부인은 점점 더 친근해져서 정다운 말과 애정이 깃든 태도로 그를 기쁘게 해 주셨고 처음에는 그 사람이 먼저 부인을 사랑했다고 하더라도 그 몇 천 배나 되는 애정을 부채질하시고 만 겁니다. 사실이 그렇게 되었는데(나는 그렇다고 생각합니다만), 어떻게 부인은 그토록 차갑게 그를 버릴 수가 있었을까요? 그런 일은 이렇게 되기 전에 잘 생각하셨어야 할 일입니다.

어쨌든 이렇게 해서 그 사람은 부인의 것이 되고, 부인은 그 사람의 것이 되었습니다. 만일 그 사람이 부인의 것이 되지 않았더라면, 부인 자신에만 관한 일이니 부인 자신의 생각대로 행동할 수 있었을 것입니다. 그러나 부인은 그 사람의 것이었으니, 그 사람한테서 부인을 빼앗아 버린다는 것은 그의 의사가 그렇지 않았을 때는 도둑질과 마찬가지로 좋지 않았다고 생각합니다.

그런데 보시다시피 저는 성직에 있는 몸이라 수도사들의 수법을 잘 알고 있습니다. 그래서 부인을 위한 것이라도 다소 내 멋대로 하는 말 같습니다만, 남의 일이라고 생각하고 들어 주십시오. 나는 수도사들에 대하여 부인이 과거에 경험했다고 생각하시는 것보다 앞으로 아셔야 할 일을 말씀드려 두는 편이 좋겠다고 생각합니다.

옛날에는 성덕이나 명성이 높은 훌륭한 성직자들이 많았습니다. 그러나 오늘날 성직자라고 불리거나 그런 취급을 받고 싶어하는 사람들은 성의(聖衣) 이외에 다른 것은 아무것도 몸에 지니고 있지 않습니다. 그 성의조차도 성직자의 옷이라고는 할 수 없지요. 왜냐하면, 전에는 성의를 나쁜 천으로 만들어 입으면 답답할 만큼 좁다랗게 만들었을 것이며, 그와 같은 소박한 천으로 몸을 감싸고 있을 때는 세상일을 가엾게 여기는 영혼을 나타냈습니다만, 요새는 품도 넉넉하고 이중으로 되어 있는데다 번쩍번쩍 빛나는 고급 천으로 만들어져 있으니까요. 그래서 모양도 우아하고 당당하며 그것을 입고 성당이나 광장에 나갈 때는 세상 사람들이 좋은 복장을 입고 나다닐 때처럼 어슬렁어슬렁 으쓱대고 걸어가며 조금도 겸손해하는 법이 없습니다. 더욱이 어부가 그물로 한꺼번에 많은 강물의 고기를 잡듯이, 큼직한 성의로 여자 신도나 과부나 그 밖의 많은 어리석은 남녀들을 감싸안는 일에만 전념하고 있어서 종교의 수행보다 그게 오히려 최대의 관심사가 되어 있습니다. 그런 까닭으로 성직자는 성의를 입고 있는 것이 아니라 성의의 빛깔을 몸에 걸치고 있는 데 지나지 않습니다.

옛날의 수도사는 사람을 구하기를 원했습니다만, 요즘의 수도사는 여자와 돈을 노리고 있습니다. 그리고 하느님께 몸을 바치기 위한 성직자가 된 것이 아니라, 천한 근성에서 성직자라는 직업으로 도피한 것입니다. 그리고 고생을 하고 싶지 않아 이 사람에게는 빵을, 저 사람에게는 포도주를, 그리고 또 다른 사람들에게는 죽은 망령을 위로한답시고 요리 쟁반을 배달시키고 있습니다. 확실히 성금이나 기도가 죄를 깨끗이 씻어 주기는 하겠지요. 그러나 성금을 내는 사람들이 만일 그것을 실제로 누구에게 기부하고 있는가를 안다면, 그 돈을 자기를 위해서 비축하거나 아니면 차라리 돼지에게나 줘 버리는 편이 낫다고 생각하게 될 것입니다. 그래서 그네들은 큰 재산을 가진 자가 줄면 줄수록 자기들이 편히 살 수 있다는 것을 알기 때문에 열변을 토하고 협박을 하며, 자기들만이 재물을 독점하고 싶어서 남을 접근시키지 않도록 하고 있는 것입니다. 그네들은 남자들에게 여색을 훈계합니다만, 그것은 훈계받는 자를 멀리 밀어냄으로써 훈계한 자신에게 여자가 남도록 하기 위해서입니다. 그네들은 고리대금업이며 부정한 돈벌이를 비난합니다. 그것은 그런 것을 자기들에게 환원시켜 훌륭한 성의를 만들고, 사제나 그 밖에 높은 지위에 앉을 수 있도록 하기 위해서입니다. 그렇게 하기 위해서 그런 것을 갖고 있으면 파멸이 온다고 협박하는 것입니다.

그런데 이런 일과 그 밖에 부정한 짓을 비난받으면 그들의 대답은 언제나 판에 박은 듯합니다. '우리의 가르침을 지키시오. 행위를 흉내 내면 안 되오.' 이렇게 말하며 무거운 책임을 면하고 있다는 생각을 가지고 있는 것입니다. 그것은 양치는 목자보다 양이 더 굳세고 강하다고 말하는 거나 같습니다. 그리고 성직자의 대부분은 자기들의 그런 대답을 그대로 이해하지 못하는 사람이 얼마나 많은지 잘 알고 있습니다.

오늘날의 성직자들은 부인 같은 사람들이 자기들의 지갑을 돈으로 가득 채워 주고, 자기들에게 비밀을 실토해 주고, 정결을 지키고, 참을성 있게 남의 모욕을 용서해 주고, 남의 욕을 하지 않기를 바랍니다. 물론 그것은 모두 좋은 일이며, 신성한 일입니다. 그런데 왜 그런 것들을 끊임없이 요구할까요? 세상 사람들이 그렇게 해 주면 자기들이 할 수 없는 일을 쉽게 할 수 있기 때문입니다. 돈이 없으면 안일한 생활을 할 수 없다는 것을 모르는 사람이 있겠습니까? 만일 부인이 자기 자신의 즐거움을 위해서만 돈을 쓴다면, 수도사들은 그 지위에 있으면서 안일을 향유할 수는 없을 것입니다. 만일 부인이 이웃 친구 집에 간다면, 수도사는 갈 곳이 없어질 것입니다. 부인이 인내심이 부족하고 남의 모욕을 용서치 않는다면, 수도사는 댁에 가서 감히 가정의 명예를 손상시키는 일을 하지 않게 될 것입니다.

내가 왜 소상하게 이런 얘기를 하고 있겠습니까? 그네들은 식자들 앞에서 변명할 때마다 자기 자신들을 자책합니다. 그네들이 만일 금욕적인 거룩한 생활을 할 수 없다면 왜 집에 틀어박혀 있지 않겠습니까? 혹은 또 어떤 생활이 하고 싶으면, 왜 복음서에 있는 '그리스도는 먼저 자기가 행한 다음 가르치기 시작했다.'는 말대로 실행하지 않을까요? 먼저 그네들 자신이 실행하고 그런 다음에 남에게 가르쳐야 하지 않겠습니까?

나는 오늘날까지 헤아릴 수 없이 많은 성직자들이 여자를 꾀고 여자에게 반하고 여자를 찾아다니고 하는 것을 내 눈으로 보아 왔습니다. 놀랍게도 그네들의 상대는 세상의 여자들뿐 아니라 수녀들에까지 이르고 있습니다. 그런 인간들이 설교대에서 열변을 토하고 있단 말입니다. 그런 인간들을 본받아야 합니까? 본받고 싶은 사람은 그렇게 하라지요. 하지만 하느님은 다 내려다보고 계십니다. 그것이 과연 현명한 일일까요.

그런데 성직자들이 큰 소리로 훈계한 일, 다시 말해서 결혼의 맹세를 깨는 것은 최대의 죄라고 말한 점을 지금 인정한다면 남에게서 훔친다는 것은 더 큰 죄가 아닐까요? 이것은 누구나 동의할 것입니다. 어떤 여자가 어떤 남자와 친해진다는 것은 자연의 죄입니다. 그러나 남에게서 훔치거나, 사람을 죽이거나, 추방하는 것은 인간의 악의에서 생기는 일입니다. 앞에서도 말씀드렸듯이 스스로 자진해서 테달도의 것이 되신 부인이 그 사람을 버렸다는 것은 그 사람한테서 도둑질을 한 것과 마찬가집니다. 더 똑똑히 말씀드리면 그 사람은 부인 것이었기 때문에 부인은 그를 죽인 것입니다. 그 사람이 자기 손으로 자기를 죽이고 싶었을 만큼, 그 사람을 점점 더 냉혹하게 다루어 부인 속에서 지워 버렸기 때문입니다. 법률은 악이 행해지는 원인이 되는 자는, 악을 범한 자와 마찬가지 죄를 범한 것으로 간주하고 있습니다. 그래서 말씀드립니다만, 그 사람을 추방하여 7년이나 비참하게 유랑시킨 원인이 부인 자신이 아니었다고 부정하실 수는 없습니다. 방금 말씀드린 세 가지 죄 가운데서 어느 하나를 들더라도(친했을 때

부인은 그런 짓을 하지 않았으니까) 부인은 최대의 죄를 범한 것이 됩니다.

그럼 테달도는 그런 변을 당해야 할 잘못이 있었을까요! 아니, 그런 것은 전혀 없었습니다. 그 점은 이미 부인 자신도 고백하고 계시고, 나도 그 사람이 자기 자신보다 부인을 더 사랑하고 있었다는 것을 알고 있습니다. 솔직히 아무에게도 의심받지 않고 부인 얘기를 할 수 있었을 무렵, 그는 누구보다도 부인을 존경하고 찬양하고 칭찬했습니다. 그 사람은 자기의 모든 행복, 명예, 자유를 부인의 손에 맡겼던 것입니다. 그는 훌륭한 귀족 청년이 아니었습니까? 다른 사람들에 비해 그 사람은 미남이 아니었던가요? 청년들이 하는 갖가지 경기에서 그 사람은 용감하지 않았던가요? 사람들에게 사랑을 받고 있지 않았던가요? 친밀감을 느끼게 하지 않았던가요? 환영받지 않았던가요? 부인은 결코 아니라고 말씀하시지는 못할 것입니다. 그렇다면 부인은 어째서 그 질투심 많고 짐승 같은 수도사의 말을 듣고 그에게 그런 냉혹한 태도를 취하셨을까요? 남자의 가치를 얕잡아 보고, 그들을 싫어하는 것이 얼마나 큰 과실에 속하는지는 잘 모르겠습니다. 그러나 여자가 자기들이 어떤 자들인가를 생각하고, 다른 모든 동물을 초월해서 하느님이 남성에게 부여한 고귀함이 얼마나 훌륭한 것인가를 생각했다면, 그 남성에게 사랑을 받고 있을 때는 무엇보다도 그에게 친절히 하여 결코 그 사랑을 물리치는 일이 없도록 모든 배려를 다하여 그를 기쁘게 해 주도록 애쓰지 않으면 안 될 것입니다.

그런데 부인은 부질없는 수도사의 말을 곧이듣고 무슨 짓을 했는지 부인 자신이 잘 아실 것입니다. 그 수도사야말로 확실히 악질 사기꾼입니다. 사람을 쫓아내려고 흉계를 꾸민 것을 보면 아마 자신이 그 자리를 차지할 생각이었던 모양이지요. 이 같은 죄야말로 인간의 모든 행위를 올바른 저울에 얹어서 재판하시는 하느님께서 반드시 벌을 내리고야 말 큰 죄라고 생각합니다. 이와 같이 아무 이유도 없이 부인께서 자기 자신을 테달도로부터 멀리하신 것처럼 부인의 남편도 까닭 없이 테달도 때문에 위험한 변을 당했으며, 그래서 부인은 괴로운 입장에 놓이게 되신 셈입니다. 만일 거기서 빠져나오고 싶으시면 부인은 다음의 것을 약속하고 실천에 옮기셔야 합니다. 그것은 만일 테달도가 오랜 추방의 여행에서 돌아오는 일이 있다면 부인의 상냥함과 애정과 호의와 친밀함을 그에게 바쳐 어처구니없게도 그 미친 수도사가 부인을 농락한 이전의 상태로 그를 돌려주는 일입니다."

순례자는 긴 설교를 마쳤습니다.

열심히 그 말을 듣고 있던 부인은 그의 말이 지당하다고 생각하고 확실히 그 죄 탓으로 자기가 괴로워하고 있다고 느꼈으므로 다음과 같이 말했습니다.

"순례자님, 그 말씀은 사실이라고 생각해요. 그 말씀으로 방금까지 신성한 분들이라고 생각했던 성직자들이 대부분 어떤 인간들인가 하는 것을 알았어요. 제가 테달도에게 취한 태도가 얼마나 큰 실수였는지도 확실히 깨달았어요. 그러기에 할 수만 있다면 기꺼이 순례자님이 말씀하신 것처럼 보상을 하겠습니다. 하지만 대체 어떻게 해야 할까요? 테달도는 이제 이 세상에 돌아오지 않아요. 그 사람은 죽었어요. 그러니 할 수 없는 일을 어떻게 순례자님께 약속할 수 있을지 모르겠어요."

그러자 순례자는 말했습니다.

"부인, 하느님의 계시에 의하면 테달도는 절대로 죽지 않았습니다. 만일 그 사람이 부인의 정다운 마음을 받게 된다면 되살아나서 건강을 회복하고 행복한 상태가 될 줄 압니다."

부인은 말했습니다.

"잘 아시고 말씀하세요. 저는 우리 집 문 앞에서 비수로 몇 번이나 찔려 죽은 것을 제 눈으로 직접 본 걸요. 저는 이 팔로 안아 들고 죽은 사람의 얼굴에 하염없이 눈물을 흘렸습니다. 그 때문에 세상 사람들한테서 부정하다는 비난과 욕설을 듣게 되었지만 말입니다."

그러자 순례자는 말했습니다.

"부인, 부인이 무슨 말씀을 하시더라도 테달도는 살아 있다고 단언합니다. 그러니 아까 하신 약속을 지킬 마음만 갖고 계신다면 부인은 언제라도 그 사람을 만나실 수 있습니다."

부인은 대답했습니다.

"물론, 기꺼이 약속하겠어요. 남편이 무사히 석방되고, 살아 있는 테달도를 만날 수 있다니 이런 기쁜 일이 어디 있겠어요."

테달도는 이제야말로 자기의 정체를 밝히고 그녀의 남편에 대한 밝은 희망으로 그녀를 위로해 줄 때가 왔다고 생각했습니다.

"부인, 주인 양반의 일로 부인을 기쁘게 해드리기 위해서 비밀 하나를 밝힙니다만, 그것은 한평생 입 밖에 내지 않도록 주의하지 않으면 안 됩니다."

부인은 순례자의 태도며 말 속에서 일종의 존엄성을 느끼고 있었으므로, 아까부터 아무도 없는 곳에 단둘이 있었던 것입니다. 이윽고 테달도는 부인과 보낸 마지막 밤, 그녀가 주었고 지금도 항시 몸에 지니고 다니는 반지를 꺼내어 부인에게 보이면서 말했습니다.

"부인, 이것을 기억하십니까?"

부인은 그것을 보니 금방 생각이 났습니다.

"예, 그것은 제가 테달도에게 준 거예요."

그러자 순례자는 자리에서 벌떡 일어나 순례자가 입는 망토를 벗고 두건을 벗어 던지면서 피렌체의 말투로 말했습니다.

"그럼, 나를 기억하십니까?"

부인은 그를 보고 테달도라는 것을 알자 까무러칠 듯이 놀랐습니다. 처음에는 죽은 사람인데 하고 떨기 시작했고, 곧 살아 있다는 것을 알자 더더욱 와들와들 떨었습니다. 그리고는 키프로스에서 일부러 만나러 온 테달도를 반가이 맞아 주기는커녕 무덤에서 송장이 나온 것처럼 무서워하며 달아나려고 했습니다. 그것을 보고 테달도는 말했습니다.

"부인, 무서워하지 마십시오. 나는 멀쩡하게 살아 있는 테달도입니다. 부인을 비롯해서 나의 형제들이 어떻게 생각하든 나는 죽지 않았고 살해되지도 않았습니다."

부인은 얼마간 마음을 놓으며 그의 말을 듣고 있는 동안, 다시 유심히 관찰해 보고는 테달도가 틀림없다는 것을 믿게 되었습니다. 그녀는 흐느껴 울며 그의 목에 매달려 입을 맞추었습니다.

"어머, 그리운 테달도 님, 정말 잘 돌아와 주셨어요."

테달도는 그녀를 꽉 껴안고 입을 맞추며 말했습니다.

"부인, 지금은 이렇게 우물쭈물하고 있을 때가 아닙니다. 나는 알도브란디노가 무사히 구출될 수 있도록 곧 다녀오겠습니다. 내일 밤까지는 부인에게 좋은 소식을 전해 드릴 수 있도록 노력하겠습니다. 그렇습니다. 내 생각대로 주인 양반의 구출에 대하여 좋은 소식을 전해 드릴 수 있으면, 오늘 밤에 다시 이리로 오겠습니다. 지금은 시간이 없지만, 그때는 천천히 여러 가지 얘기를 나눌 수 있을 줄 압니다."

그는 이렇게 말한 다음 순례자의 망토를 걸치고 두건을 쓰고는 다시 한 번 부인에게 입을 맞추었습니다. 그리고 밝은 희망을 갖도록 위로하고는, 그녀를 떠나 알도브란디노가 갇혀 있는 감옥으로 갔습니다.

알도브란디노는 살아날 희망도 없이 죽음의 공포에 떨고 있었습니다. 그래서 테달도는 사제를 가장하여 문지기의 허가를 얻어 안으로 들어가서 그의 옆에 앉았습니다.

"알도브란디노, 나는 당신을 구하기 위해 하느님이 파견하신 당신의 친구입니다. 하느님은 당신의 무고한 죄를 가엾게 생각하고 계십니다. 그러니 만일 당신이 하느님에 대한 경건한 마음으로 내가 부탁하는 조그만 선물을 해 주신다면, 틀림없이 당신은 사형 판결을 기다리지 않고 석방될 것입니다."

이 말을 듣고 알도브란디노는 대답했습니다.

"당신은 어쩌면 그렇게 훌륭한 분이실까요. 저는 당신을 모르고 또 뵌 적도 없는 것 같습니다만, 저를 살려 내려고 애쓰시는 걸 보면 말씀하신 것처럼 제 친구가 틀림없습니다. 실제로 저는 남이 말하는 것처럼 사형을 받을 만한 큰 죄를 절대로 짓지 않았습니다. 다른 여러 가지 죄를 지어 왔으니, 그런 터무니없는 짓도 했겠거니 하고 지레짐작을 한 것입니다. 하지만 만일 하느님께서 지금의 저를 가엾게 여기신다면, 하느님에 대한 경건한 마음으로 조그만 선물은 물론 무엇이든 기꺼이 약속드리겠습니다. 무엇을 바라시는지 말씀해 주십시오. 여기서 나가면 반드시 마련해 드리겠습니다."

그러자 순례자는 말했습니다.

"내 희망은 다른 것이 아닙니다. 형제를 죽인 하수인인 줄 알고 당신에게 이런 변을 당하게 한 네 사람의 형제를 용서하는 일입니다. 그리고 그네들이 용서를 빌거든 형제로, 벗으로 알고 앞으로 오래도록 사귀어 주시는 일입니다."

이 말에 알도브란디노는 대답했습니다.

"모욕을 받은 자라면 누구나 노여움에 불타서 복수하고 싶게 마련이지요. 그러나 하느님께서 저를 구하실 마음이니, 저는 기꺼이 그들을 용서하겠습니다. 아니, 벌써 용서하고 있습니다. 만일 제가 살아서 이곳을 나갈 수 있다면 당신의 마음에 드는 방법을 취하겠습니다."

이 말에 순례자는 기뻐했습니다. 그래서 다른 말은 하지 않고 내일 중으로 확실히 석방 통지를 받을 것이 틀림없으니 침착하게 기다리고 있으라고 부탁했습니다. 그리고 그와 헤어진 후 은밀히 장관을 찾아가 말했습니다.

"각하, 사람은 누구나 일의 진상을 분명히 밝히기 위해 자진해서 노력하지 않으면 안 된다고 생각합니다. 특히 각하가 관리하시는 관청을 맡은 사람들은 죄를 짓지 않은 자에게 벌을 주는 일 없이 꼭 진범을 처벌해야 합니다. 그렇게 시행되도록 저는 각하의 명예를 위해서 그리고 진범을 처벌하시도록 이렇게 찾아뵈었습니다. 아시다시피, 각하는 알도브란디노 팔레르미니에게 엄한 재판을 하셨고, 그가 테달도 엘리세이를 죽였으므로 처형하려 하고 있습니다. 그것이 잘못이라는 것을 저는 확신하고 있습니다. 그래서 오늘 한밤중까지 그 청년을 죽인 범인들을 인도해 드림으로써 그것을 증명할 생각입니다."

유능한 관리였던 장관은 전부터 알도브란디노에게 동정을 느끼고 있었으므로 이 순례자의 말에 기꺼이 귀를 기울였습니다. 그리고 다시 여러 가지를 물어 본 다음 그가 안내하는 대로 그 여관으로 가서 막 잠든 주인 형제와 하인을 무난히 체포했습니다. 그리고 진상을 밝히기 위해 그들을 고문하려고 했습니다만, 그렇게 할 것까지도 없이 저마다 한 사람씩, 그 뒤에는 함께 입을 모아 테달도 엘리세이를 자기들이 죽였다고 고백했습니다. 하기야 그 당시에는 죽인 것이 그 사람인 줄 몰랐다고 했습니다만. 죽인 까닭을 물으니, "저의 처에게, 제가 없을 때 달려들어 억지로 뜻을 이루려고 했기 때문입니다."라고 말했습니다.

이런 것을 알자, 순례자는 장관의 허가를 얻어 몰래 에르멜리나 부인 집으로 갔습니다. 사람들은 모두 잠들어 있었고, 그녀 혼자 남편에 대한 좋은 소식을 듣고 싶고, 또 테달도와 천천히 화해하고 싶어서 그를 기다리고 있었습니다. 테달도는 그녀 앞에 가 환하게 웃으면서 말했습니다.

"그리운 부인, 기뻐해 주십시오. 알도브란디노는 틀림없이 무사히 돌아오십니다."

이렇게 말하고는 자기 말을 더 한층 믿을 수 있게 자기가 한 행동을 상세하게 들려주었습니다.

부인은 뜻밖에도 두 가지 일이 일어났으므로, 말하자면 틀림없이 죽은 줄만 알고 있었던 테달도와 살아서 만날 수 있었다는 것, 그리고 2, 3일 후에는 사형을 당할 줄 알고 슬퍼하던 알도브란디노가 위기를 면하여 다시 만날 수 있게 되었다는 것을 알았으므로, 하늘에라도 오를 듯한 기분으로 테달도를 얼싸안고 열렬히 입을 맞추었습니다. 그리고 서로 껴안은 채 침대로 들어가 편안하고 즐겁게 사랑의 기쁨에 잠겼습니다.

아침이 되자 테달도는 일어나서 이미 자기가 한 일을 말한 다음, 이 일은 절대로 비밀로 해 달라고 부탁하고는 역시 순례자의 모습으로 부인 집에서 나갔습니다. 그것은 적당한 시기를 보아 알도브란디노에게 한 약속을 실현시키는 일에 착수해야만 했기 때문입니다.

이튿날, 장관은 사건에 대해서 충분히 증명이 되었다고 생각했으므로 즉각 알도브란디노를 석방하고, 며칠 후 그들이 사람을 죽인 그 장소에서 범인들을 처형했습니다.

알도브란디노의 기쁨은 두말할 것도 없었고, 아내와 친구들과 온 친척들의 기쁜 환영을 받았습니다. 그는 자유로운 몸이 되자, 순례자의 활동으로 이렇게 된 것을 똑똑히 알았으므로, 피렌체에서 얼마든지 머물고 싶은 만큼 있으라고 하고 그를 자기 집에 데리고 갔습니다. 그리고 그를 칭찬하며 극진히 대접했습니다. 부인은 누가 그런 일을 했는지를 잘 알고 있었으므로 더더욱 열심이었습니다.

며칠이 지나자, 테달도는 형제들이 알도브란디노가 무죄로 석방되어 명예회복을 위해 복수를 하지 않을까 초조해하고 있다는 말을 듣고, 꼭 화해시켜야 되겠다고 생각하고는 알도브란디노에게 그 약속을 언제 지키겠느냐고 물었습니다. 알도보란디노는 언제든지 준비가 되어 있다고 분명히 말했습니다.

그래서 다음 날 성대한 연회를 베풀도록 하고, 친척들과 부인들을 부를 때 그 네 형제도 함께 초대해 달라고 부탁했습니다. 그리고 자기는 형제들을 찾아가 화해를 위한 연회이므로 꼭 참석하도록 그의 대리인으로서 권하겠다고 말했습니다.

알도브란디노는 기꺼이 동의했으므로 순례자는 즉각 형제들을 찾아가서 사정을 소상하게 설명하고는 이유는 틀림없이 이러이러할 것이라고 일러 준 다음, 알도브란디노에게 용서를 빌고 그와의 우정을 되찾을 수 있도록 납득시켰습니다. 이렇게 되어 다음 날 아침 알도브란디노의 성대한 연회에 형제와 그 아내들을 초대했습니다. 그들은 안심하고 이 초대에 응했습니다.

한편 이튿날 아침이 되자, 테달도의 네 형제들은 평소와 같이 상복을 입고 몇 사람의 친구들과 더불어 정해진 시각에 알도브란디노의 집으로 갔습니다. 그리고 초대받은 사람들 앞에서 지니고 있던 무기를 방바닥에 내려놓고, 지금까지의 행위에 대해 용서를 빌면서 알도브란디노에게 자기들에 대한 처분을 맡겼습니다.

알도브란디노는 눈물을 흘리면서 정답게 그들을 맞이하고 그 입에 일일이 키스해 준 다음, 몇 마디 말로 지금까지 받은 모든 모욕을 용서했습니다. 그들 뒤에서 아내와 자매들이 갈색 상복을 입고 들어왔으며 에르멜리나 부인과 그 밖의 여자들이 상냥하게 맞아들였습니다.

식탁에서는 남녀가 모두 융숭한 대접을 받았습니다. 단 한 가지 흠을 제외한다면 아무리 찬양해도 다하지 못할 만큼 극진한 연회였습니다. 한 가지 흠이라면 테달도의 형제들이 아직 검은 상복을 입고 있어서 어두운 분위기가 감돌았으며 사람들의 말수가 적었다는 점입니다. 그 때문에 상복을 입은 사람들을 초대한 테달도의 계획과 이 연회를 비난하는 사람도 있었으므로, 그도 그것을 깨닫고 이제 그런 기분을 일소할 때가 왔다고 생각하여 사람들이 과일을 먹고 있을 때 일어나 말했습니다.

"여러분, 이 연회에 테달도만 있었더라면 이렇게 즐거운 모임은 없을 줄 압니다. 그런데 여러분은 줄곧 그와 함께 있으면서도 깨닫지 못하시는군요. 제가 즉시 그 사람을 여러분께 보여 드리지요."

이렇게 말하고 그는 망토와 순례자 복장을 벗어던지고 초록빛 옷차림이 되었습니다. 사람들은 눈이 둥그레지고 깜짝 놀라서 누군가가 테달도라고 말할 때까지 반신반의하며 한참 동안 그저 말똥말똥

쳐다보고만 있었습니다. 그것을 보고 테달도는 일의 경위와 그 밖의 사건과 자기가 겪은 온갖 일들을 얘기했습니다.

형제들은 물론 다른 사람들도 모두 기쁨의 눈물을 흘리며 그에게 우르르 몰려가서 얼싸안았습니다. 부인들도 달려가서 얼싸안고, 친척이 아닌 사람들도 에르멜리나 부인 이외에는 모두 그에게 달려가서 매달렸습니다. 이것을 보고 알도브란디노가 말했습니다.

"에르멜리나, 왜 그러시오? 어째서 당신은 다른 부인들처럼 테달도에게 기쁨의 인사를 드리지 않소?"

부인은 사람들에게 들리도록 말했습니다.

"저는 그분 덕분에 당신을 되찾았으니 어떤 분보다도 은혜를 입은 몸이라 자진해서 기쁨의 인사를 드리는 것이 옳기는 하지만, 지난번에 테달도가 죽은 줄 알고 제가 울었을 때 모두 이상한 소리를 한 일이 있어서요."

알도브란디노는 이 말을 듣고 대답했습니다.

"무슨 소릴, 임자는 내가 그런 소문을 믿는 줄 아시오? 저분은 내 목숨을 구해 주시고, 그게 다 거짓말이라는 것을 분명히 증명해 주셨단 말이오. 나는 그런 소문을 조금도 믿지 않소. 자, 어서 일어나 저분에게 인사하시오."

부인은 물론 진심으로 그것을 바라고 있었으므로 곧 남편의 말을 따랐습니다. 그래서 다른 부인들이 한 것처럼 그를 껴안고 기쁨의 인사를 했습니다. 알도브란디노의 관용에 테달도의 형제들은 매우 기뻐했으며, 그 자리에 있던 다른 남녀들도 마찬가지였습니다. 그리고 소문을 듣고 마음속에 지니고 있던 의심도 이것으로 모두 깨끗이 사라졌습니다.

한편 그들에게 축복을 받은 테달도는 형제들이 입고 있는 검은 옷을 벗게 하고, 또 누이들이나 형수들이 입고 있는 갈색 옷도 벗게 했습니다. 그리고 그 자리에 다른 옷을 갖고 오게 했습니다. 모두 옷을 갈아입은 후, 흥겹게 노래를 부르고 춤을 추고 그 밖의 놀이로 흥이 났습니다. 처음에는 침울했던 연회도 차차 명랑해졌을 뿐만 아니라 마침내 그들은 흥에 겨워 테달도의 집으로 몰려가 또 만찬을 같이했습니다. 그리하여 며칠 동안 잔치는 계속되었습니다.

한편, 피렌체 사람들은 오랫동안 죽었던 사람이 살아온 것처럼 이상한 듯이 테달도를 바라보았습니다. 그리고 많은 사람들은 물론 형제들까지도, 만일 살해된 사람의 신원이 확실히 밝혀지지 않았더라면, 틀림없이 그인지 확신을 갖지 못하고 반신반의로 오랫동안 완전히 믿을 수가 없었을 것입니다. 그런데 그 신원이 확인되었습니다.

어느 날 오후, 루니지아나의 군인들이 그들의 집 앞을 지나가다가 테달도를 보더니 가까이 와서, "파치울로, 잘 있었나?" 하고 말을 건넸습니다.

이 말을 듣고 테달도는 형제들 앞에서 대답했습니다.

"당신들, 착각하고 있는 것 아니오? 난 그런 이름이 아닌데."

군인들은 겸연쩍은 듯이 사과하고 말했습니다.

"정말 선생은 폰트레몰리 태생의 파치울로라는 친구와 쌍둥이처럼 닮았습니다. 그 사람은 약 보름 전에 이곳에 왔을 텐데, 그 후 도무지 소식을 듣지 못하겠네요. 하기야 우리처럼 그 사람도 용병이었으니까, 옷이 좀 이상하다고는 생각했습니다만……."

이 말을 듣고 테달도의 맏형이 앞으로 나서면서, 그 파치울로라는 사람이 어떤 복장을 하고 있었느냐고 물었습니다. 그들은 복장을 설명해 주었습니다. 그 말을 들으니 살해된 사나이가 바로 그런 복장을 하고 있었다는 것을 알았습니다. 결국 이것저것 종합해서, 죽은 사람은 테달도가 아니라 확실히 파치울로였다는 것이 확인되었습니다. 이렇게 해서 형제들과 다른 사람들은 테달도에 대한 의문을 풀게 되었던 것입니다.

한편 테달도는 예전처럼 부자가 되고 옛사랑을 되찾았으며, 그 후 부인과의 사이도 원만해져서, 두 사람은 몰래 만나 은밀한 사랑을 즐겼습니다. 하느님, 우리에게도 사랑을 즐기게 해 주소서.

여덟 번째 이야기

페론도는 어떤 가루약을 먹고 죽은 시체로 취급되어 매장된다. 그러다가 그의 처와 사랑을 즐기던 수도원장이 무덤에서 꺼내어 지하실에 넣어 버리는데, 그는 자기가 연옥에 들어가 있는 줄 안다. 나중에 이 세상으로 돌아와서 자기 처가 낳은 수도원장의 아이를 자기 아이인 줄 알고 기른다.

에밀리아의 이야기는 아주 길었는데 그 이야기는 변화무쌍하고 잘 구성되어 있어서 너무나 재미있었기 때문에 길게 느껴지지 않았고 지루하지도 않았습니다. 다음은 라우레타의 차례였는데 그녀가 얘기에 심취해 있어서 여왕은 그녀의 차례임을 알렸고 그녀는 이야기를 시작했습니다.

여러분, 너무 조작된 얘기 같아서 사실처럼 여겨지지 않겠지만 실제로 있었던 얘기를 하나 들려드릴까 해요. 그것은 방금 에밀리아의 얘기를 듣고 생각난 건데, 잘못 판단하여 매장된 사람의 얘기예요.

저는 어째서 살아 있는데도 죽은 자로서 매장을 당하고, 더욱이 그 후 되살아났는데도 살아 있지 않은 사람처럼 취급을 받아, 다른 사람들은 물론 당사자까지 무덤에서 나왔다고 믿게 되었는지, 그리고 죄인으로서 처벌을 받아야 할 수도사가 어째서 성인으로 숭앙을 받게 되었는지 그 경위를 말씀드리기로 하겠습니다.

피렌체에 한 수도원이 있었습니다. 그것은 지금도 있습니다만, 여러분도 아시다시피 수도원이란 것은 대개 멀리 인가에서 떨어진 장소에 있는 법이지요. 그곳의 수도원장은 여자를 농락하는 점을 제외하고는 만사에 덕과 명성이 높은 사람이었습니다. 원체 여자에 대해서도 신중히 했으므로, 아무도 깨닫지 못했을 뿐 아니라 의심을 품는 사람도 없었습니다. 성직자인 데다가 만사 올바른 일을 하는 사람이었으니까요.

그런데 페론도라는 돈 많은 농부가 이 수도원장과 매우 친하게 사귀고 있었습니다. 이 농부는 고지식하고 둔한 사람이었으므로, 수도원장으로서는 이따금 그 단순함을 놀리면서 재미있어 할 상대에 지나지 않았고, 그가 자기에게 친밀하게 구는 것이 싫고 못마땅했습니다.

그러는 동안에 수도원장은 페론도의 아내가 매우 미인이라는 것을 알고 그만 홀딱 반해서 밤낮 그녀만 생각하게 되었습니다. 그런데 페론도는 무슨 일에 있어서나 얼빠진 바보였는데도 아내를 사랑하고 감시하는 데 있어서는 머리가 잘 돈다는 말을 들었을 만큼 수도원장의 소망은 뜻대로 이루어지지 않았습니다.

그러나 그는 영리한 사나이였으므로, 페론도를 꾀어 이따금 아내를 데리고 수도원의 정원에 심심풀이삼아 산책하러 나오게 했습니다. 그래서 두 사람이 오면, 영원한 생명의 행복을 설교하기도 하고, 이미 저세상 사람이 된 남녀들의 독실한 신앙심을 제법 종교인답게 차근차근 설교해서 들려주곤 했습니다. 그 때문에 아내는 수도사를 찾아가 고해를 하고 싶은 생각이 나서 페론도의 허가를 얻게 되었습니다.

이렇게 하여 그의 아내가 수도원장에게 고해를 하러 왔으므로, 그의 기쁨은 이루 말할 수가 없었습니다. 그녀는 원장의 발아래 무릎을 꿇고 이렇게 입을 열었습니다.

"신부님, 만일 하느님께서 제게 남편을 주시지 않았더라면, 혹은 참으로 남편다운 남편을 주셨더라면 저는 기꺼이 신부님의 인도를 받아 신부님이 말씀하시는 영원한 생명으로 들어가는 길을 누구보다도 먼저 나아갔을 거예요. 하기야 페론도가 어떤 사람이고 얼마나 어리석은 사람인가 생각하면, 저는 마치 과부와 다름없다고 말할 수 있어요. 하지만, 남편이라는 것이 있고 그 사람이 살아 있는 이상, 다른 남자를 남편으로 삼을 수는 없어요. 남편은 미친 사람처럼 이유도 없이 질투하고 심술을 부려요. 덕분에 저는 줄곧 괴로워하면서 불행한 생활을 보내고 있답니다. 그래서 저는 고해를 하기 전에, 그 점에 대해서 무언가 좋은 말씀을 주실 것을 신부님에게 진심으로 부탁드리겠어요. 왜냐하면 제가 이 점에서 행복해지는 근원을 찾지 못하는 한, 아무리 고해를 해도, 또 다른 행복한 얘기를 들어도, 조금도 저를 기쁘게 할 수는 없을 테니까요."

이 고백을 듣고 수도원장은 매우 기뻐했습니다. 그리고 드디어 운이 돌아와서 최대의 소망을 이룰 수 있는 길이 트이기 시작한 것 같은 기분이 들어 말했습니다.

"내 딸이여, 나는 그대처럼 아름답고 더욱이 마음이 고운 분이 머리가 모자란 사나이를 남편으로 갖고 얼마나 괴로움을 겪는지 잘 알 수 있소. 더욱이 질투심이 강하다면 더더욱 그러리라 생각되오. 이 두 가지에 시달려서야 그대의 괴로움은 더 불어나기만 할 것이 틀림없소. 그의 질투심을 고치는 일 외에 다른 충고는 없소. 나는 그 치료법을 잘 알고 있으니 가르쳐 주겠지만, 이 일은 굳게 비밀을 지킨다는 결심을 해 주지 않으면 곤란하오."

이에 부인이 대답했습니다.

"신부님, 그 점은 안심하세요. 신부님께서 저더러 말하지 말라고 하시는 것을 남에게 말할 정도라면 그 전에 저는 죽어 보일 테니까요. 어떻게 비밀을 지키지 않을 수 있겠어요?"

그러자 수도원장이 말했습니다.

"만일 우리가 바깥양반의 질투를 고치려면, 그분은 연옥에 가야 하오."

"살아서 어떻게 그런 곳에 갈 수 있을까요?"

"죽어서 연옥에 가는 것이오. 거기서 실컷 쓰라린 꼴을 당하면 그의 질투심도 나을 것이오. 그런 다음 우리가 하느님께 기도를 드려서 이 세상에 되돌아오도록 하는 것이오. 하느님은 반드시 그렇게 해 주실 것이오."

"그렇다면 저는 과부가 되어야 하나요?" 하고 부인은 물었습니다.

"그렇소." 하고 수도원장은 대답했습니다. "잠시 동안이요. 그러니 그동안 재혼을 하지 않도록 하시오. 그렇지 않으면 하느님이 노하실 것이오. 페론도가 이 세상에 돌아오면 부인은 다시 그 사람에게 돌아가야 하는데, 그러면 전보다 더 질투를 하게 되니까 말이오."

부인은 말했습니다.

"남편의 병만 낫는다면 저는 감옥 같은 처지에서 벗어날 수 있으니, 만족이에요. 신부님 말씀처럼 해 주세요."

"그럼, 그렇게 하기로 하지요. 그런데 그 수고의 대가를 무엇으로 보답해 주시겠소?"

"신부님, 제가 할 수 있는 일이라면 무엇이든지 말씀하세요. 하지만 저 같은 사람이 신부님 같은 훌륭한 분의 마음에 드는 일을 할 수 있을는지 모르겠어요."

그러자 원장은 말했습니다.

"부인, 그것은 내가 지금부터 부인을 위해서 해 드리는 일을 해 주면 되오. 그것은 다름이 아니라, 내가 부인의 행복과 위안이 될 일을 해 드릴 생각으로 있으니 부인도 내 생명의 구원이 되고 행복이 될 일을 내게 해 주면 되겠소."

그러자 부인이 대답했습니다.

"그 일이라면, 얼마든지 그럴 생각이에요."

"나는 부인의 사랑을 얻고 싶소. 부인이 나를 기쁘게 해 주기를 바라고 있소. 나는 몸이 여윌 만큼 부인을 생각하고 있으니까요." 하고 원장은 말했습니다.

이 말을 듣고 부인은 깜짝 놀라면서 말했습니다.

"어머 신부님, 무슨 말씀을 하세요? 저는 신부님을 성자님으로 알고 있었습니다. 성자쯤 되시는 분이 가르침을 받으러 온 여자에게 그런 요구를 하셔도 괜찮을까요?"

그러자 원장은 말했습니다.

"아름다운 분이여, 그렇게 놀라시면 안 됩니다. 그만한 일로 신앙을 잃지는 않는 법이오. 신앙은 영혼 속에 있는 것이고 내가 바라는 것은 육체의 죄에 지나지 않는 것이오. 아무튼 부인이 너무나 아름다워서 사랑의 신이 억지로 내게 이런 짓을 시킨 것이오. 그래서 감히 말씀드리지만, 부인의 아름다움은 천국의 아름다운 분들을 줄곧 보아온 성인들의 마음에도 든다고 생각하니, 더더욱 부인을 어느 여성보다도 눈부시게 빛나는 인물로 만들고 있소. 게다가 나는 수도원장이기는 하나 다른 사람들과 조금도 다름없는 하나의 남자이고 보시다시피 아직 그다지 나이도 많지가 않소. 그러니 부인이 나에게 그런 일을 하신다고 해서 조금도 어렵게 생각하실 필요는 없으며, 오히려 기꺼이 그렇게 하셔야 하오. 페론도가 연옥에 들어가 있는 동안 밤에 주인 양반이 하실 위안을 대신 해 드리겠소. 그런 것은 아무도 눈치채지 못할 것이오. 아까 부인이 말씀하신 것처럼 세상에서는 나를 성인이라고 믿고 있으니까요. 제발 하느님이 주시는 이 은혜를 거절하지 말아 주시오. 부인이 내 충고를 들으시면 이 세상의 모든 여성들이 열망하고 있는 것을 손에 넣을 수 있으니까요. 게다가 나는 많은 아름다운 보석과 귀중한 물건들을 갖고 있는데, 결코 부인 이외의 사람에게는 주지 않을 작정이오. 내가 연모하는 마음 고우신 부인, 제발 나를 위해서 내가 바라고 있는 것을 허용해 주시기 바라오."

부인은 어떻게 거절해야 할지 몰라서 가만히 고개를 숙이고 있었습니다. 그에게 몸을 허락한다는 건 결코 좋은 일이라고 생각되지 않았기 때문이었지요.

수도원장은 그녀가 납득은 했지만 대답을 주저하고 있을 뿐이며, 절반은 승낙한 것이라고 생각하고 끈질기게 설득을 계속했는데, 마침내 성공했다는 자신을 가질 수 있게 되었습니다. 그녀가 수줍은 듯이, "그럼 무엇이든지 말씀대로 하겠습니다만, 페론도가 연옥에 가기 전에는 하지 못해요."라고 대답했기 때문입니다.

그러자 수도원장은 매우 흐뭇해져서, "그럼, 주인양반이 즉각 연옥에 가시도록 하지요. 내일이나 모레쯤 이리로 보내 주시오."라고 말하고 살며시 그녀의 손에 훌륭한 반지를 쥐어 주었습니다.

부인은 선물을 받고 매우 기뻐했으며 장차 다른 물건도 얻을 수 있겠다고 기대하면서, 아는 여자들이 모여 있는 곳으로 가서 원장의 높은 덕을 이것저것 이야기했습니다. 그리고 그녀들과 함께 집으로 돌아갔습니다.

그 후 며칠이 지나서 페론도가 수도원을 찾아왔습니다. 원장은 그를 보자 즉각 연옥으로 보내야겠다고 생각했습니다. 그래서 동방의 군주가 사용하던 매우 효과가 큰 가루약을 꺼내왔습니다. 그 가루약은 '산의 고로(古老)(전설상의 영주로서 회교도의 한 파의 우두머리. 이 일파는 한슈라는 마취 음료를 사용하여 '살인파'라고도 했다. 마르코 폴로의 《동방견문록》에 상세하게 쓰여 있다)'로 누군가를 잠든 채 낙원으로 보내거나 혹은 낙원에서 데려오거나 할 때 쓴다는 약이었습니다. 그 약을 적당히 먹으면 조금도 해를 주지 않고 양의 다소에 따라 잠재울 수 있으며, 효력이 있는 동안에는 그 잠자는 상태를 보고 아무도 그가 살았다고 말한 적이 없을 만큼 진기하다는 약입니다.

원장은 사흘간은 충분히 잠재워 둘 수 있을 만한 양을 꺼내어 독한 포도주에 타서 자기 방에 들어가 페론도에게 아무 의심 없이 먹일 수 있었습니다. 그리고 그를 회랑으로 데리고 나와 다른 수도사들과 함께 그의 어리석음을 놀리며 재미있어 했습니다. 그러나 그 시간은 오래 계속되지 않았으며, 약의 효력이 나타나 처음에는 꾸벅꾸벅 졸기 시작하다가 마침내 쓰러지고 말았습니다.

원장은 이 사건에 당황하는 체하면서 옷을 벗긴다거나, 찬물을 갖고 와서 얼굴에 끼얹는 등 법석을 떨었습니다. 그리고는 뱃속에서 무언가 독기 있는 나쁜 것을 토해 내게 하는 것처럼 여러 가지 치료를 하면서 의식을 회복시켜 다 꺼져 가는 생명을 소생시키려 했습니다. 그래도 의식이 회복되지 않고 맥박도 뛰지 않았으므로 수도사들은 그가 죽은 줄로만 알게 되었습니다. 그래서 심부름꾼을 보내어 그의 아내와 친척들에게 알렸으므로 모두 금방 달려왔습니다. 아내가 친척들과 훌쩍거리며 울고 있는 동안에 원장은 옷을 입힌 채 그를 묻게 했습니다.

아내는 집에 돌아오자 남편과의 사이에 난 어린아이 곁에서 절대로 떠나지 않겠다고 고집을 피웠습니다. 그렇게 집에서 나오지 않기로 하고 어린아이들을 기르면서 남편의 것이었던 재산을 관리하기 시작했습니다.

한편 원장은 그날 볼로냐에서 온 그가 매우 신용하는 수도사와 한밤중에 살며시 일어나 페론도를 무덤에서 파내어 캄캄한 지하실로 옮겼습니다. 그곳은 무언가 과오를 범한 수도사를 가두는 감방으로 만들어진 곳이었습니다.

두 사람은 페론도의 옷을 벗기고 수도사 같은 옷을 입히고는 짚단 위에 뉘었습니다. 수도사는 원장한테서 할 일을 지시받고 있었으므로 이렇게 해놓고는 페론도가 의식을 회복할 때까지 기다렸습니다.

원장은 다음 날, 몇 사람의 수도사를 데리고 애도를 표시하러 가는 체하며 그 아내의 집을 찾아갔습니다. 아내는 상복을 입고 눈물에 젖어 있었으므로, 원장은 몇 마디 위로의 말을 건넨 다음 나직한 소리로 그 약속에 관해 물어 보았습니다.

그녀는 페론도나 그 누구에게도 속박되지 않는 자유로운 몸이 되었으며, 또한 원장의 손가락에 아름다운 반지가 끼여 있는 것을 보고 언제든지 준비는 되어 있어요, 하고 대답하고는 오늘 밤에 찾아와 주시면 좋겠어요, 하고 덧붙였습니다. 그래서 원장은 밤이 되자 페론도의 옷으로 갈아입고는 그 수도사를 데리고 그녀의 집으로 갔습니다. 그리고 아침이 될 때까지 그녀와 다시없는 즐거움에 잠겼다가 수도원으로 돌아가곤 했는데, 그는 이와 같은 봉사에 매우 부지런했습니다.

이처럼 자주 왔다갔다하는 동안에 남의 눈에 띄게 되었으며, 그를 본 사람들은 페론도가 현세의 죄를 갚기 위해 이 근처를 서성거리고 있다고 생각하게 되었습니다. 이윽고 이 소문은 어리석은 마을 사람들 사이에서도 화제에 올랐으며, 진상을 알고 있는 아내의 귀에까지 들어왔습니다.

한편 수도사는 페론도가 의식을 회복하기는 했으나 자기가 어디에 있는지 아직 모르고 있는 것을 알자, 무섭게 소리를 지르며 그를 꽉 누르고 쥐고 있던 잔가지 다발로 심하게 때렸습니다.

페론도는 울부짖으면서, "저는 지금 어디에 있습니까?"라고 묻는 말밖에 하지 못했습니다.

"연옥에 있다."라고 수도사는 대답했습니다.

"왜요? 그럼 저는 죽었습니까?"

"그렇다."

이 말을 듣자 페론도는 자기 자신의 일이며 아이들 얘기를 하면서 울음을 터뜨리고 헛소리를 했습니다. 수도사는 먹을 것과 마실 것을 주었습니다.

페론도는 그것을 보고, "송장도 무엇을 먹습니까?" 하고 물었습니다.

"그렇다. 이것은 네 처였던 여자가 오늘 아침에 네 망령을 위로하기 위해서 성당에 보내온 것을 갖고 온 것이다. 그것은 하느님께서 너에게 주실 생각이 있기 때문이다."

"오오, 하느님. 아내에게 좋은 세월을 주소서. 저는 살아 있을 때 정말 그 사람을 귀여워해 주었습니다. 밤새도록 껴안고 입을 맞추어 주기도 했습니다. 또 다른 것을 해 달라면, 무엇이든지 해 주었습니다."

페론도는 그러다가 시장기를 느꼈으므로 먹고 마시고 했습니다. 그런데 포도주가 맛이 없자 이렇게 말했습니다.

"아아, 이건 너무하군! 못된 계집 같으니, 벽 옆에 둔 제일 좋은 술은 왜 신부님에게 드리지 않았담."

그가 식사를 끝내자 수도사는 다시 그를 누르고 예의 잔가지 다발로 심하게 후려쳤습니다. 페론도는 큰 소리로 울부짖었습니다.

"왜, 이렇게 심하게 때립니까?"

"하느님이 하루에 두 번, 이렇게 하라고 말씀하셨기 때문이다."

"무슨 까닭으로요?"

"그것은 네가 이웃에서 제일가는 마누라를 가졌으면서도 질투심이 많았기 때문이다."

"아아, 말씀대로입니다. 그 여자는 귀여운 여자입니다. 설탕과자보다 달콤하고 예쁜 여자입니다. 상냥한 여자입니다. 하지만 저는 남자가 질투를 한다고 해서 하느님이 화내실 줄은 몰랐지요. 그런 줄 알았더라면 질투를 하지 않았을 텐데."

"그런 것은 속세에 있을 때 깨닫고 고쳤어야지. 만일 네가 다시 속세로 돌아간다면, 내가 지금 너에게 한 것을 기억해서 절대로 질투하지 않도록 해야 하느니라."

"오오, 그럼 죽은 자가 되살아난단 말씀입니까?"

"그렇다. 하느님의 뜻으로 말이다."

"아아, 만일 다시 한 번 속세로 돌아갈 수 있다면 세계에서 제일가는 남편이 되겠습니다. 이제 결코 아내를 때리지 않을 것이고, 절대로 심한 짓을 하지 않겠습니다. 하지만 오늘 아침처럼 이런 포도주를 보낸대서야……. 게다가 초도 한 자루 보내지 않다니. 이래서야, 캄캄한 암흑 속에서 음식을 먹어야 하잖습니까?"

"아니, 초도 보내왔다. 그러나 미사 때 모두 써 버렸다."

"아아, 지당한 말씀입니다. 만일 속세로 돌아갈 수만 있다면 이번에는 꼭 아내가 바라는 대로 해 주겠습니다. 그건 그렇고, 이런 일을 하시는 당신은 대체 누구십니까?"

"나도 죽은 망령이다. 원래는 사르데냐에서 태어났는데, 질투심이 많은 주인을 극구 칭찬했더니 하느님께서 이런 벌을 주시고 말았다. 그러니 하느님께서 다른 명령을 내리실 때까지 이와 같이 네게 음식물을 주고 나뭇가지로 때리고 있어야만 한단 말이다."

"우리 둘 이외에 여기에는 아무도 없습니까?"

"아니, 몇 천이나 있다. 그러나 너는 그런 자를 볼 수도 목소리를 들을 수도 없다. 물론 그들도 너와 마찬가지다."

"아아, 우린 그 전에 살던 데서 얼마나 먼 곳에 있습니까?"

"굉장히 먼 곳에 와 있다. 몇 천 마일이라고 해 봐야 턱도 없는 일이다."

"예에! 그렇게 멉니까? 그렇다면 속세 밖으로 나온 모양이지요?"

이렇게 식사 중에 얻어맞으면서 페론도는 열 달쯤 지하실에 갇혀 있었습니다. 그동안 원장은 뻔질나게 아름다운 아내를 찾아가서 이 세상의 가장 좋은 시간을 그녀와 함께 보냈습니다.

그런데 뜻밖의 사태가 일어난다는 것은 언제나 세상에 있는 일입니다만, 그녀가 그만 임신을 해 버렸습니다. 그녀는 곧 원장에게 알렸습니다. 이렇게 되니 두 사람은 우물쭈물하고 있을 수 없었으므로 페론도를 이 세상에 다시 불러 그녀에게 돌아가서 자기 아이를 밴 것처럼 하는 수밖에 없겠다고 생각했습니다.

그래서 원장은 그날 밤, 지하실에 내려가서 목소리를 바꾸어 페론도에게 말했습니다.

"페론도여, 안심하라. 하느님은 그대를 본디의 세상으로 돌려주실 생각이시다. 그대가 돌아가면, 아내와의 사이에 아이를 점지하실 것이다. 그 아이에게는 베네딕트라는 이름을 지어 주어라. 그대가 믿는 덕과 명예 드높은 수도원장과 그대 아내의 기원으로, 아울러 또 성 베네딕트의 은혜로 이와 같은 경사가 이루어지는 것이니라."

이 말을 들은 페론도는 여간 기쁘지 않아서, "고마운 일이십니다.

하느님, 주 예수님, 그리고 원장님, 그리고 베네딕트 님, 그리고 가장 사랑하는 상냥하고 그리운 내 아내여!"라고 외쳤습니다.

원장은 네 시간쯤 잠재우는 그 가루약을 갖고 오게 하여 포도주에 타서 그에게 먹이고는, 들어올 때 입었던 옷을 입혀서 자기의 충실한 수도사와 함께 무덤에 살며시 다시 갖다 넣었습니다.

이튿날 아침 날이 샐 무렵, 페론도는 눈을 떴습니다. 그리고 열 달 이상이나 보지 못했던 밝은 빛을 보았습니다. 그래서 자기는 다시 살아났다고 생각하고 외치기 시작했습니다.

"열어 주십시오, 열어 주십시오!"

이렇게 부르짖으면서 머리로 무덤 뚜껑을 힘껏 밀어 올리니 뚜껑이 쉽게 움직였으므로 옆으로 밀쳤습니다. 마침 아침 기도를 마친 수도사들이 페론도가 부르짖는 소리를 듣고 달려가 보니, 그가 막 무덤에서 기어 나오려 하고 있는 중이었습니다. 이 광경에 새파래진 수도사들은 헐레벌떡 원장에게 달려갔습니다.

원장은 기도를 마치고 막 일어서는 참이었는데, "아들들이여, 무서워할 것 없다. 십자가와 성수를 들고 나를 따라오너라. 하느님께서 보여 주시는 기적을 보기로 하자."라고 말하고는 그대로 했습니다.

페론도는 오랫동안 햇빛을 보지 못하여 창백한 얼굴로 무덤에서 나왔습니다. 그는 원장의 모습을 보더니 발아래 무릎을 꿇고 말했습니다.

"신부님, 하느님의 계시대로 신부님을 비롯해서 성 베네딕트 님과 아내의 기도 덕분에 저는 연옥의 고통에서 구출되어 이 세상으로 돌

아올 수 있었습니다. 하느님, 신부님께 무한한 은총을 내려 주시옵고 내내 평안함을 누리게 하여 주시옵소서!"

그러자 원장은 말했습니다.

"오오, 하느님의 전능의 힘이요, 찬양될지어다. 하느님의 아들아, 하느님께서 그대를 이 세상에 되돌려 주셨으니 가서 아내를 위로해 주어라. 그대의 아내는 그대가 저세상에 간 이후 밤낮 울음으로 지새고 있었느니라. 앞으로는 하느님의 충실한 종으로 살아가도록 하라."

페론도는 대답했습니다.

"신부님, 잘 말씀해 주셨습니다. 제게 맡겨 주십시오. 아내를 만나면 실컷 입을 맞춰 주겠습니다."

원장은 페론도의 말을 크게 칭찬해 주고 제자들과 함께 시편을 엄숙히 부르게 했습니다.

페론도가 마을로 돌아가자 사람들은 그를 보더니 무서운 유령을 만난 듯 달아나려고 했습니다만, 그는 마을 사람들을 다시 불러 자기는 되살아난 것이라고 열심히 설명했습니다. 아내도 마을 사람들과 마찬가지로 무섭게 생각한 것은 두말할 것도 없습니다.

그러나 차츰 마을 사람들도 안심하게 되어 그가 정말로 살아 있다는 것을 알았으므로 온갖 질문을 퍼부었습니다. 그는 저세상에 갔다 온 후 좀 영리해졌는지 일일이 대답해 주고, 이미 죽은 마을 사람들의 망령에 관한 얘기며 연옥에서 일어난 일에 대해서 터무니없는 얘기를 꾸며서 들려주기까지 했습니다. 그리고 어리석은 마을 사람들 전부를 앞에 놓고, 되살아나기 전에 천사 가브리엘의 입으로 계시를 받았다고 말했습니다.

이렇게 그는 집으로 돌아와서 아내와 함께 살게 되었고, 본래대로 재산을 자기 것으로 했으며, 그리고 아내를 자기가 임신시켰다고 믿었습니다. 다행히도 여자는 아홉 달 만에 아이를 낳는다고 믿고 있는 어리석은 마을 사람들의 생각대로 아내는 아홉 달 만에 사내아이를 낳았습니다. 그 아이는 베네딕트 페론도라고 이름 지어졌습니다.

페론도는 사실상 이 세상에 돌아왔고, 그의 말대로 누구나 다 그가 죽었다 되살아났다고 완전히 믿었으므로 수도원장의 명성은 점점 올라갈 뿐이었습니다.

그리고 질투심 때문에 단단히 혼이 난 페론도는 그 버릇도 없어지고, 원장이 아내에게 약속한 말대로 그 후부터는 시샘을 하지 않게 되었습니다. 마누라는 매우 기뻐하며 원래의 정숙한 아내로서 그와 더불어 살았습니다만, 사실 적당한 기회가 있을 때마다 기꺼이 원장과 밀회를 거듭했습니다. 원장은 부지런히 육체의 가장 절정의 기쁨을 그녀에게서 얻고 있었던 것은 말할 나위도 없습니다.

아홉 번째 이야기

질레트 디 네르보나는 프랑스 왕의 종기를 고쳐 주고 그 대가로써 벨토라모 드 로실리오네를 남편으로 삼게 해 줄 것을 원한다. 벨토라모는 자기의 의사가 아닌 결혼을 하고는 화가 나서 피렌체로 가 버린다. 그리고 그곳에서 어느 아가씨에게 사랑을 느낀다. 그러나 질레트는 교묘하게 그 아가씨로 가장하여 그와 잠자리를 같이하여 두 아이를 낳는다. 그 결과 벨토라모는 그녀에게 감탄하게 되고 마침내 아내로서 대우하게 된다(전설적인 이 이야기는 중세 작품에 여러 형식으로 나온다. 직접적은 아니지만 셰익스피어의 《끝이 좋으면 모두 좋아》도 이 소설에 의해 창작되었다).

라우레타가 이야기를 마치자 디오네오가 마지막에 이야기할 수 있는 특권을 인정하여 다음은 여왕의 차례가 되었습니다.

라우레타의 이야기가 너무 재미있어서 제 얘기가 재미없게 들릴 것 같아 걱정이에요. 그러나 주제에 합당하므로 들려 드리겠습니다.

프랑스 왕국에 로실리오네 집안의 백작으로 이스나르도라는 분이 계셨습니다. 이분은 건강이 여의치 못해 언제나 제라르드 네르보나라는 의사에게 치료를 받곤 했습니다. 백작에게는 벨토라모라는 외아들이 있었는데, 그는 매우 유머가 풍부한 미남이었습니다. 그는 같은 또래의 다른 아이들과 함께 자랐는데 그 가운데 질레트라고 하는 앞에서 말씀드린 의사의 딸이 있었습니다.

이 딸은 벨토라모를 아주 열렬히 좋아하고 있었습니다. 그러다가 백작이 세상을 떠나자 벨토라모는 프랑스 왕이 맡아 키우게 되었습니다. 얼마 뒤에 의사인 그 아가씨의 아버지도 세상을 떠났으므로 그녀는 어떤 정당한 이유만 있으면 벨토라모가 있는 파리로 떠나려 했습니다. 그러나 막대한 재산이 있는데다가 혼자인 몸이 되어 남의 눈이 두려울 뿐더러 정당한 이유가 없었습니다.

그리하여 이럭저럭 세월이 흘러 그녀는 결혼 적령기에 접어들었습니다. 많은 친척들이 그녀에게 결혼을 권했지만 벨토라모를 잊을 수 없는 그녀는 특별한 이유도 없이 결혼 권유를 굳이 거절해 오고 있었습니다.

그녀의 벨토라모를 향한 애정은 날이 갈수록 더해갔고, 벨토라모가 더 훌륭한 미남 청년이 되었다는 소문과 함께, 때마침 새로운 뉴스가 들려왔습니다. 프랑스 왕이 가슴에 종기가 났는데 치료를 잘못하여 매우 괴로움을 당하고 있다는 소식이었습니다. 많은 의사들이 이것저것 치료를 해 보았지만 낫기는커녕 점점 더 악화되어 가고 있다는 것이었습니다. 국왕은 이제 아주 절망하여, 누구의 의견이나 도움도 청할 생각조차 없어졌다는 것입니다.

이 소식을 들은 질레트는 매우 기뻐하며 그로 인해 파리로 갈 수 있는 좋은 구실이 생겼고, 더욱이 그 병이 그녀가 알고 있는 병이라면 벨토라모를 남편으로 맞을 수도 있다고 간단하게 생각했습니다.

그녀는 세상을 떠난 부친으로부터 의사로서의 지식을 많이 배웠으므로, 국왕의 병이 자기가 상상하는 병인 경우를 생각하고 병에 잘 듣는 약초를 가루로 만들어 말을 타고 파리로 향했습니다. 그녀가 파리에 닿아서 가장 먼저 하고 싶은 일은 벨토라모를 만나는 일이었지만, 곧 왕 앞에 나아가 부스럼이 있는 환부를 보여 달라고 말했습니다. 국왕은 그녀가 젊고 미인이었으므로 거절하지 못하고 환부를 보였습니다. 환부를 보자 그녀는 곧 나으실 거라고 위로하며 말했습니다.

"폐하, 원하신다면 고통도 고생도 겪지 않으시고 8일 이내에 이 병을 고쳐 드릴 수가 있습니다."

국왕은 그녀가 놀리는 것으로 생각하고 마음속으로 이렇게 뇌까렸습니다. '세계의 명의란 명의가 모두 고칠 수 없었던 것을 젊은 여자가 어떻게 고친단 말인가?' 그래서 호의는 감사하지만 어떤 의사의 충고도 듣지 않기로 했노라 대답했습니다.

국왕의 대답에 대하여 그녀는 말했습니다.

"폐하, 폐하께서는 제가 젊은 여자이므로 제 솜씨를 믿지 않고 계십니다. 저는 의학이 아니라, 하느님의 가호와 생전에 유명했던 저의 아버지 제라르드 네르보나의 의술로 고쳐 드리려 하는 것입니다."

그녀의 말을 들은 국왕은 혼잣말로 중얼거렸습니다.

'이 아가씨는 어쩌면 하느님께서 보내셨는지도 몰라. 짧은 시일에 아프지도 않게 고친다고 하니 그녀의 솜씨를 시험해 보는데 꺼릴 건 아무것도 없지 않은가?'

이리하여 국왕은 그녀의 치료를 받기로 했습니다.

"그래, 그대가 짐의 결심을 바꾸게 만들고도 만일 고치지 못하면 그대는 어떻게 하겠는가?"

"폐하, 꼭 저를 감시해 주십시오. 그리고 만일 8일 안에 고쳐 드리지 못하면 저를 불태우십시오. 그러나 만일 고쳐 드리게 되면 어떤 상을 내려 주시겠습니까?"

그 말에 왕이 대답했습니다.

"보아하니 그대는 아직 미혼인 것 같구나. 아주 신분이 좋은 사람과 결혼시켜 주겠다."

그러자, 그녀는 대답했습니다.

"폐하, 저를 결혼시켜 주신다니 참으로 기쁩니다. 하지만 제가 원하는 이를 지아비로 삼게 해 주셨으면 합니다. 그이는 결코 폐하의 왕자님도 아니고 왕가의 분도 아닙니다."

국왕은 곧 그렇게 하겠다고 약속했습니다.

그녀는 즉시 치료를 시작했습니다. 그리고 기한보다 빨리 병을 치료했습니다. 병이 완쾌된 것을 안 국왕은 그녀에게 말했습니다.

"자, 이제 그대는 훌륭한 남편을 얻게 되었군."

"폐하, 저는 벨토라모 로실리오네를 지아비로 맞고 싶습니다. 실은 어렸을 때부터 그를 사모하였고 줄곧 사랑해 왔습니다."

국왕은 그녀와 벨토라모를 결혼시키는 것은 그리 용이한 일이 아니라고 느꼈습니다. 그러나 일단 약속한 이상 그녀와의 약속을 어기고 싶지 않았으므로 곧 그를 불러 말했습니다.

"벨토라모, 그대는 이미 성년이 되었고 훌륭한 교양도 익혔다. 짐은 이제 그대가 영지로 돌아가 백성을 잘 다스려 주기를 바란다. 그리고 한 아가씨를 그대의 아내로서 주노라. 그 아가씨를 데리고 돌아가도록 하라."

벨토라모는 국왕에게 물었습니다.

"폐하, 그 아가씨란 어떤 사람입니까?"

"짐을 치료하여 건강하게 해 준 사람이다."

벨토라모는 그녀를 만나기도 했고 잘 알고 있으며, 매우 아름답다고는 생각했지만, 귀족 출신이 아니었으며 자신의 가문과는 적합하지 않다고 여겨 기분이 상하여 국왕에게 말했습니다.

"폐하, 폐하께서는 저를 그 의사와 결혼시키려는 것입니까? 그것은 하느님께서도 좋아하지 않으실 것입니다."

그러자 국왕은 말했습니다.

"그러면, 짐이 약속을 어기는 자가 되란 말인가? 짐이 건강하게 되는 대가로써 그대를 남편으로 맞고 싶다기에 그렇게 하겠다고 약속을 했도다."

"폐하, 폐하께서는 제가 가진 것을 도로 가져가실 수도, 또 신하인 저를 뜻대로 다른 사람에게 하사하실 수도 있습니다. 그러나 이 결혼에 제가 만족할 수 없다는 것을 분명히 말씀드립니다."

"짐의 생각으로는, 그대보다 신분이 높은 여자를 맞는 것보다 충분히 행복한 생활을 할 수 있을 것이다. 무엇보다도 그 아가씨는 아름답고 총명하며, 그대를 매우 사랑하고 있으니 말이야."

벨토라모는 더 이상 아무 말도 할 수가 없었습니다. 국왕은 그들의 결혼식을 위해 성대한 준비를 명령했습니다. 벨토라모는 그날이 되자 마음이 내키지는 않았지만 국왕 앞에서, 그녀 자신보다 벨토라모를 더 사랑해 온 아가씨와 결혼식을 올렸습니다. 결혼식이 끝나자, 그는 미리 작정해 두었던 대로 국왕에게 영지로 돌아가 그곳에서 결혼 생활을 하고 싶다고 말했습니다. 그는 국왕의 허락을 받고 국왕에게 하직인사를 드린 후, 말에 올랐습니다. 그러나 자기의 영지로 향하지 않고 토스카나로 향했습니다.

때마침 피렌체 사람들이 시에나 사람들과 전쟁 상태에 들어간 것을 안 벨토라모는 피렌체 사람을 도와 싸우려는 결심을 했습니다. 피렌체에서는 기꺼이 그를 맞아 명예로운 대우와 함께 한 지역의 지휘관으로 임명했습니다. 그는 많은 부하와 상당한 보수를 받았으며 그들을 위해서 일하면서 좋은 나날을 보내고 있었습니다.

그러나 신부는 이런 모험을 좋아하지 않았고 남편의 행복을 위해 성심껏 일하면서 하루 빨리 남편을 영지로 모셔올 생각을 하며 로실리오네로 돌아왔습니다. 영지에 돌아와 보니, 오랫동안 주인이 없었던 탓에 모든 것이 황폐하기 짝이 없었고 질서도 극히 문란해져 있었습니다. 그녀는 총명한 여자였으므로 부지런하고 재빠르게 질서를 회복했습니다. 그렇게 되자 백성들은 매우 기뻐하며 그녀와 친밀해지고 그녀를 존경했으며, 그녀를 싫어하는 백작을 비난하였습니다. 그녀는 영지를 정리하고 나자, 백작에게 두 사람의 기사를 사자로 파견하여 만일 자기가 있기 때문에 영지로 돌아오시지 않는 것이라면, 원하시는 대로 자기가 영지에서 떠나겠노라는 말을 전했습니다.

그러나 백작의 대답은 냉담하고도 뜻밖의 것이었습니다.

"그런 일은 그녀가 좋을 대로 하라고 하라. 나로서는 그녀가 이 반지를 손가락에 끼고 팔에 내 아이를 안게 된다면 함께 살아 주기 위해 돌아갈 것이다."라면서 자기 손가락에 낀 반지를 보여 주었습니다.

백작은 그 반지를 매우 소중히 하고 있었으며 손가락에서 빼는 일이란 한 번도 없었습니다. 그 반지에는 무엇인가 신비한 힘이 숨어 있다고 믿는 것 같았습니다.

백작의 대답은 거의 불가능하고 무리한 조건으로, 두 기사는 백작이 억지를 쓰는 것이라고 느꼈습니다. 그러나 백작의 말투를 보아 백작의 결심을 바꿀 수 없다는 것을 알고 부인에게 돌아가 그대로 보고했습니다. 부인은 매우 슬퍼하다가 오래도록 곰곰이 생각한 끝에, 남편을 돌아오게 하기 위하여 그 두 가지 조건을 이룰 수 있는 방법을 이리저리 궁리해 보았습니다.

그녀는 자기가 행할 바를 먼저 생각하고 영지 안의 귀족과 유력한 인사들을 모았습니다. 그녀는 자기가 남편을 사랑하기 때문에 지금까지 해야 했던 일들과 해야 할 일들을 차근차근 조리 있게 말하면서 여러 가지 성과도 있었다고 말했습니다. 그리고 마지막으로 이제 자기가 영지 안에 있는 한, 남편은 영원히 돌아오지 않을 것이므로, 자기는 순례자가 되어 여생을 보내려 한다고 말했습니다. 여러 나라를 순례하며 스스로의 영혼을 구하기 위해 자선 사업을 하며 여생을 마치고 싶다고 했습니다. 그녀는 그들에게 영지의 관리와 함께 그녀의 모든 재산을 남편에게 양도하며 이제 로실리오네로 다시는 돌아오지 않을 것이라고 굳은 결의로써 말했습니다.

그녀의 말을 듣고 그곳에 모였던 선량한 사람들은 눈물을 흘리며 슬퍼했습니다. 그리고 부디 생각을 바꾸어 그냥 머물러 있기를 간곡히 부탁했지만, 그녀의 마음은 변하지 않았습니다. 이윽고 부인은 그들에게 신의 가호가 있기를 빌며, 사촌 동생과 시녀 한 사람만을 데리고 순례자의 모습을 하고 길을 떠났습니다. 그녀는 많은 돈과 값진 보석들을 지니고, 어디로 간다는 말도 없이 떠났으며, 피렌체에 닿기까지는 한 번도 쉬는 일조차 없었습니다.

그녀는 피렌체에 도착하여 운 좋게도 마음씨 좋은 미망인이 경영하는 어느 여관에 머물게 되었습니다. 그녀는 그곳에서 겸손하고 검소한 순례자로 인정받으며 어떻게 해서든지 남편의 소식을 들으려고 애썼습니다.

그러던 어느 날, 때마침 여관 앞을 지나는 벨토라모의 모습이 보였습니다. 그는 말을 타고 있었으며 한 사람의 하인을 대동하고 있었습니다. 그녀는 곧 그를 알아보았으므로 여관 주인에게 그가 누구냐고 물었더니 여주인은 이렇게 대답했습니다.

"저분은 다른 나라의 귀족이신 벨토라모 백작이라고 하는데, 예의 바르고 또 매우 친절하시기 때문에 이 고장 사람들의 사랑을 받고 있습니다. 저분은 지금 이 근처에 있는 귀족 집안의 딸에게 열중해 있다는 소문이 있는데, 그녀는 귀족이긴 하지만 돈이 없어 가난합니다. 그 딸은 매우 정숙한 아가씨지만 가난하기 때문에 아직 시집을 못 가고, 매우 총명하며 기품 있는 어머니와 함께 살고 있습니다. 아마 그 어머니가 안 계셨다면 그 아가씨도 백작이 원하는 대로 되었을지 모릅니다."

백작 부인은 여관 주인의 말로 모든 것을 이해할 수가 있었습니다. 그녀는 사람을 놓아 좀 더 자세한 것을 조사하여그 밖의 여러 가지도 알게 되어, 무엇인가를 굳게 결심하고 나섰습니다. 그녀는 그 집의 위치와 귀부인의 이름, 그리고 백작이 사랑하고 있는 아가씨의 이름도 알아냈습니다. 그리고 여행 중인 순례자의 모습으로 그 부인의 집을 방문했습니다. 인사를 나누면서 보니 모녀가 매우 가난한 것을 알게 되었으므로 그녀는 용기를 내어 조용히 말씀드릴 것이 있다고 했습니다. 그 어머니는 들어오라고 말하면서 그녀를 방으로 안내하여 마주 앉았습니다. 백작 부인이 먼저 입을 열었습니다.

"부인, 부인께서는 저와 마찬가지로 불행하신 것 같습니다. 만일 부인께서 제 말씀대로 해 주신다면 부인께서도 행복해지시고, 저도 위안을 얻게 될 것이 틀림없습니다."

그러나 그 어머니는 정직하게 살고 있으며 별로 바라는 것이 없다고 했습니다. 백작 부인은 말을 이었습니다.

"저에게는 지금 부인의 도움이 필요합니다. 그래서 이곳에 왔으며 부인께서 저를 신뢰하시고 말씀을 들어주신다면, 저는 본래의 신분으로 돌아갈 수가 있지만, 만일 부인께서 저를 배신하시면 저도 부인도 파멸을 초래하기 때문입니다."

"그런 일은 없을 겁니다. 무슨 말씀이든지 하십시오. 저는 결코 당신을 배신하지는 않습니다."

그리하여 비로소 백작 부인은 자기의 첫사랑에서부터 자기가 누구이며, 어떻게 하여 이렇게 되었는가를 차분히 이야기했습니다. 이 귀부인은 그 일에 대하여 대강 들은 바가 있었으므로 그녀의 말을 신용하고 깊이 동정했습니다. 백작 부인은 그 밖에도 최근의 자기 사정을 이야기하고 나서 이렇게 말했습니다.

"여러 가지 제 괴로움을 들어주셔서 고맙습니다. 지금 제게는 남편을 되찾기 위한 가장 긴박한 두 가지 어려운 문제가 있습니다. 그 문제는 부인 이외에 저를 도와주실 분이 없습니다. 만일 제가 들은 바가 사실이라면, 남편이 부인의 따님을 깊이 사랑하고 있습니다."

그러자 그 귀부인은 대답했습니다.

"백작 부인, 백작님께서 저의 딸을 사랑하고 있다 해도 그건 우리와는 무관한 일입니다. 다만, 백작님이 제 딸을 원하고 계신다는 것은 압니다. 하지만 백작 부인께서 원하시는 바를 어떻게 도울 수가 있겠습니까?"

"부인, 그것을 말씀드리지요. 그 전에 부인께서 힘을 빌려 주신다면 제가 해 드릴 수 있는 것을 먼저 말씀드리고 싶습니다. 제가 보기에 따님은 매우 아름답고 또한 결혼할 나이도 된 것 같습니다. 그러나 제가 들은 바와 생각으로는 결혼 준비가 충분치 못하여 댁에 있는 줄 압니다. 저를 도와주시는 보답으로 훌륭하게 혼인할 수 있을 만한 지참금을 따님께 드릴 수 있기를 바랍니다."

귀부인은 그 필요를 절실하게 느끼고 있었으며 백작 부인의 그러한 제의가 너무나 기뻤지만, 결국 귀부인다운 품위를 지켜야 한다고 생각하고 이렇게 대답했습니다.

"백작 부인, 제가 부인을 위해 할 수 있는 일을 말씀해 주십시오. 저에게 불명예스런 일이 아니라면 기꺼이 돕겠습니다. 그 다음에는 백작 부인께서 좋을 대로 하십시오."

그러자 백작 부인이 말했습니다.

"부인께서는 이렇게 해 주시면 됩니다. 믿을 만한 사람을 백작님께 보내시어, 백작님의 평소 행동에서 제 딸을 좋아하고 있다는 것은 느낄 수 있지만, 그 사랑을 확인할 수만 있다면 백작님의 뜻을 받아들이겠다고 하면서, 백작님께서 언제나 손가락에 끼고 소중히 하신다는 반지를 보내 주시면 따님이 백작님을 믿을 것이라고 전해 주세요. 그리고 백작께서 반지를 선물로 주시게 되면 그것을 저에게 주신 후에, 따님이 백작의 뜻에 따를 준비가 되었음을 알리고, 백작님을 은밀히 이곳으로 오게 하여 제가 따님 대신에 그와 자도록 해 주세요. 그렇게 된다면 아마 저는 하느님의 은총으로 임신을 할 것이며, 그의 반지를 끼고 그의 아이를 팔에 안고 그를 다시 지아비로 맞아 같이 살게 될 것입니다. 이 모두가 부인의 덕분으로 말입니다."

귀부인은 그런 일을 하게 되면 딸에게 좋지 않은 소문이 나게 될 것이 걱정되어 여간 어려운 일이 아니라고 생각되었습니다. 그러나 이 일은 정숙한 백작 부인의 남편을 다시 돌아오게 하는 것이고, 백작 부인의 목적이 옳을 뿐만 아니라 또 백작 부인의 선량하고 성실한 애정을 생각하니 아무래도 백작 부인을 도와야겠다고 생각했습니다. 귀부인은 백작 부인에게 그렇게 하겠다고 약속하고, 며칠 후 백작에게 사람을 보내어 그 반지(백작은 그 반지를 선물로 보내는 것이 조금 아쉬운 듯이 보였지만)를 받아다 백작 부인에게 전하고, 백작 모르게 딸 대신 잠자리에 들도록 했습니다.

백작은 그토록 원했고 백작으로서는 최고의 애정이 담긴 몇 차례의 교합을 가졌으며, 하느님의 뜻이었는지 부인은 남자 쌍둥이를 임신했습니다. 물론 이것은 아기를 분만한 뒤에 알게 되었지요. 또한 귀부인은 백작 부인이 남편 품에 안기어 기쁨을 맛보게 한 것은 한 번이 아니라 여러 번이었지만, 극히 은밀하게 일을 처리했으므로 어떠한 소문도 없었습니다. 백작은 그가 사랑하고 있는 여인과 자는 것으로만 알았지, 자기 아내라는 것은 전혀 몰랐습니다. 백작은 날이 샐 무렵이 되면 소중하고 아름다운 보석들을 주었으며, 백작 부인은 그것을 모두 깊이 간직해 두었습니다.

백작 부인은 임신한 것을 알게 되자, 더 이상 귀부인에게 폐를 끼칠 수는 없다고 생각하여, 어느 날 귀부인에게 말했습니다.

"부인, 하느님과 부인 덕으로 저는 원하는 것을 모두 손에 넣게 되었으며, 이곳을 떠날까 합니다. 이제 제가 할 일이라곤 부인에게 폐를 끼친 데 대한 감사를 드리는 일만 남았습니다."

귀부인은 매우 궁핍하고 난처한 상태였으므로 백작 부인의 말을 반기면서도, 자기가 한 일은 보답을 받을 목적이 아니라 좋은 일이기 때문에 했을 뿐이라고 말했습니다.

그래서 백작 부인은 대답했습니다.

"부인, 부인의 말씀은 저를 매우 기쁘게 합니다. 그러나 저는 부인께서 보답을 바라기에 드리는 것이 아니라, 부인이 행복해하는 좋은 일을 하기 위해서입니다. 그것이 당연하고 옳다고 생각하니까요."

그러자 귀부인은 하는 수 없다는 듯 매우 부끄러워하며 딸의 혼인 준비를 위해 1백 리라쯤 있었으면 좋겠다고 말했습니다. 백작 부인은 그녀의 수줍고 겸손한 요구에 감동되어 5백 리라의 돈과 함께 아마 그 정도 이상의 가치가 있는 아름답고 값비싼 보석들을 주었습니다. 귀부인은 더할 나위 없이 기뻐하며 백작 부인에게 몇 번씩이나 거듭 고맙다는 말을 했습니다. 백작 부인은 마침내 그 집에서 나와 여관으로 돌아왔습니다.

한편 귀부인은 백작 부인이 떠나자 벨토라모가 다시는 귀부인의 집으로 사람을 보내거나, 찾아오는 일이 없도록 딸을 데리고 시골 친척집으로 이사를 가버렸습니다. 때마침 벨토라모에게 백작 부인이 어디론가 떠나갔다는 전갈과 함께 영지로 돌아와 달라는 신하들의 요청도 있었으므로 그는 고향으로 돌아갔습니다.

백작 부인은 그가 피렌체를 떠나 고향으로 돌아갔다는 소식을 듣고 매우 기뻐했습니다. 그녀는 아기를 낳을 때까지 피렌체에 머물면서 남편을 쏙 빼닮은 사내아이 쌍둥이를 낳았으며, 두 아이를 열심히 키웠습니다.

얼마가 지나 이제는 시기가 되었다고 생각한 백작 부인은 길을 떠나 아무도 모르게 몽페리에에 닿았습니다. 그곳에 며칠 묵으면서 백작의 근황과 거처를 살펴보니, 그가 오는 만성절(萬聖節 : All Saints' Day)에 로실리오네에서 많은 귀족들과 귀부인들을 초대하여 성대한 연회를 베푼다는 소식이 들렸습니다. 그녀는 지금까지와 마찬가지로 순례자의 모습을 한 채, 로실리오네로 출발했습니다.

영지에 이르러 백작의 저택에 모인 귀족들과 귀부인들이 막 식탁에 앉을 즈음, 백작 부인은 순례자의 복장을 한 채로 두 아이를 팔에 안고 연회장으로 나아갔습니다. 그녀는 사람들 틈을 헤치며 백작 앞에 나아가 무릎을 꿇고 뜨거운 눈물을 흘리면서 말했습니다.

"영주님, 저는 당신의 불행한 아내입니다. 영주께서 집으로 돌아와 지내시도록 오랜 세월을 비참한 여행을 계속하며 살았습니다. 이제 영주께서 제가 보냈던 두 기사에게 하신 약속을 지켜 주시도록 하느님께 빕니다. 제 팔에 안긴 하나가 아니라 둘이나 되는 당신의 아들을 보아 주십시오. 그리고 손에는 이렇게 당신의 반지도 끼고 있습니다. 이제 약속대로 저를 아내로서 받아 주십시오."

백작은 깜짝 놀랐습니다. 반지는 자신의 것이 틀림없었고 아이들도 자기를 쏙 빼닮았으니 어리둥절하지 않을 수가 없었습니다. 그러나 이렇게 물었습니다.

"어찌하여 이런 일이 일어나게 되었는가?"

백작 부인은, 백작과 그곳에 있던 모든 사람이 놀라지 않을 수 없는 신기하고도 눈물겨운 이야기를 차근히 들려주며, 그렇게 할 수밖에 없었던 자기의 심정을 하소연했습니다. 백작은 그녀의 말이 틀림없는 사실임을 인정하고 그녀의 강한 인내와 끈기, 그리고 뛰어난 두뇌에 감탄하며, 귀여운 두 아들에게 성큼성큼 걸어갔습니다. 마침내 백작은 자기의 약속을 지키고 정실부인으로서 그녀를 맞아들였으며, 그 높은 기개를 영예롭게 대접해야 한다는 모든 신하들을 기쁘게 하기 위해 자신의 심술궂은 고집을 버렸습니다.

그는 부인을 일으켜 입을 맞추고는 정실부인으로서 인정하고 두 아이도 틀림없는 자기의 아들로 인정했습니다. 그는 백작 부인에게 어울리는 정장을 손수 지시하여 독촉해서 입혔으며, 그 자리에 있던 사람들의 기쁨은 물론이거니와 달려온 신하들의 기쁨도 이만저만이 아니었습니다. 축하와 연회는 며칠 낮밤 동안 계속되었습니다. 백작은 그날 이후, 그녀를 신부로서, 그리고 아내로서 아끼고 사랑하며 더없이 다정하게 지냈다고 합니다.

열 번째 이야기

알리베크가 수도를 하기 위해 찾아오자, 루스티코는 악마를 지옥으로 쫓아 버리는 방법을 그녀에게 가르쳐 준다. 이윽고 그녀는 고향으로 돌아가 네르발레의 아내가 된다(이 작품은 《성인의 생애》에 나오는 신부가 유혹을 당하는 이야기를 윤색하여 코믹하게 만들었다. 사케티의 《이야기집》에도 이런 이야기가 있다).

여왕의 이야기에 귀 기울이고 있던 디오네오는 이야기가 끝나자 마지막으로 자기 차례가 된 것을 알고 바로 이야기를 시작했습니다.

어진 마음을 가진 여러분, 여러분은 악마가 어떻게 지옥으로 쫓겨 가는지에 대한 이야기를 들은 일이 없을 것입니다. 그래서 오늘은 여러분이 원하는 주제에서 그리 벗어나지 않게 악마를 지옥으로 쫓아 보내는 이야기를 해 드리겠습니다. 여러분도 늘 이러한 마음가짐을 갖는다면 영혼을 구원받는 데 많은 도움이 될 것입니다.

흔히 우리가 생각하기에는 사랑의 신이라면 가난한 오막살이보다 훌륭한 궁궐이나 아름답게 장식된 방을 좋아하는 것 같습니다만, 때로는 어두컴컴한 숲 속이나, 깊고 험한 알프스의 계곡이나, 황폐한 동굴 속에서도 그 힘을 발휘하기도 합니다. 말하자면, 사랑의 힘이야말로 모든 것을 복종시킨다는 것을 알게 될 것입니다.

자, 이제 제 이야기를 시작하겠습니다. 옛날 바르베리아에 있었던 카프사(튀니지에 있는 카프사)의 거리에 큰 부자가 살았는데, 아들은 여럿이 있었지만, 딸은 하나밖에 없었으며 그녀는 성품이 얌전한 미인으로서 이름은 알리베크라 했습니다.

그녀는 기독교인은 아니었지만, 그 거리에는 기독교를 찬양하고 하느님에게 봉사하고 있는 사람이 많다는 것을 듣고, 어느 날 어떻게 하면 방해를 받지 않고 하느님께 봉사할 수가 있느냐고 이웃 사람에게 물었습니다.

그러자, 그 사람은 많은 사람들이 하고 있는 것처럼 테베의 사막, 인가에서 멀리 떨어진 곳에 가서 번거로운 세상으로부터 벗어나는 것이 그 방법이라고 가르쳐 주었습니다.

소녀는 아직 순진하였고, 나이도 열네 살밖에 되지 않았으므로 이렇다 할 뚜렷한 결심도 없이 즉흥적으로 이튿날 아침 아무에게도 알리지 않고 홀로 테베의 사막을 향해 떠났습니다.

그녀는 출발할 때의 마음이 지독한 고생으로 자꾸 흔들리는 것을 참으며, 며칠 뒤에야 그 쓸쓸한 사막에 도착했습니다. 그러자 모래뿐인 벌판 저쪽으로 집이 한 채 보였습니다. 그녀가 그 집으로 찾아가 보니 성자처럼 보이는 사람이 문 앞에 서 있었습니다.

그 사람은 이런 곳에서 여자아이를 보게 된 것에 매우 놀라워하며,

왜 왔느냐고 물었습니다. 소녀는 하느님의 계시를 받아, 하느님에게 봉사하기 위해 훌륭한 가르침을 줄 사람을 찾아왔다고 대답하며 어떻게 하면 자기가 봉사할 수 있느냐고 물었습니다.

그 훌륭한 성자는 소녀가 매우 어리고 아름다운 것을 보고, 만일 그녀를 머물게 했다가는 자기가 사탄의 포로가 될는지도 모른다고 염려하면서, 그녀의 기특한 결심을 칭찬한 다음, 먹을 수 있는 풀뿌리와 야생의 과일, 열매, 물 등을 주면서 이렇게 말했습니다.

"아가씨, 여기서 멀지 않은 곳에 성자가 계십니다. 그분은 나보다 훨씬 뛰어난 스승이니 그곳에 가서 길을 구하도록 하십시오."

그러면서 가는 길을 소녀에게 가르쳐 주었습니다.

그러나 그녀가 그 성자를 찾아가자, 그도 역시 같은 대답이었습니다. 그녀는 다시 길을 재촉하여 가다가, 한 사람의 젊은 수도자가 있는 오두막에 닿았습니다. 이 사람은 선량하고 매우 신앙이 두터운 사람으로 이름을 루스티코라 했습니다. 소녀는 다른 성자에게 했던 것과 같은 질문을 수도자에게도 했습니다. 그러자 이 젊은 수도자는 자기 스스로의 의지와 신앙심이 얼마나 굳은지 시험해 보고 싶어서, 그녀를 좋은 말로 쫓아 보내거나 딴 곳으로 가라고 하지 않고 오두막에 머물도록 했습니다.

밤이 되자 그는 방 한쪽 구석에 종려나무 잎으로 침상 같은 것을 만들어 잘 수 있도록 해 주었습니다. 이렇게 보내는 동안 갖가지 유혹이 순식간에 그의 의지에 도전해 왔습니다. 자신의 신앙심을 오랫동안 과신해 왔던 그는, 그 세찬 유혹의 공세를 뿌리치지 못하고 오히려 항복하고 말았습니다. 그토록 신성하던 명상과, 기도와, 규율이 순식간에 무너져, 그녀의 젊음과 아름다운 자태만이 눈앞에 떠오르는 것이었습니다. 더욱이 육체를 탐하는 타락한 인간이라는 말을 듣지 않으면서 자기의 뜻대로 그녀를 가질 수 있을까를 궁리하기에 이르렀습니다.

루스티코는 그녀에게 두세 가지 질문으로 탐색을 하고 그녀가 아직 한 번도 남자와의 경험이 없는 것을 알았습니다. 그가 짐작한 대로 매우 순진한 소녀였습니다. 그는 다시 하느님에게 봉사한다는 구실을 붙여, 어떻게 하면 그녀가 자기와의 쾌락에 응하게 할지 묘안을 생각해 냈습니다. 처음에는 여러 가지 다른 이야기를 하다가 악마란 하느님의 얼마나 큰 적인가를 가르치고, 이어서 악마를 지옥으로 쫓아 버리는 일이 하느님의 마음에 드는 봉사이며, 하느님에 대한 감사를 잘 드러내는 것이라고 몇 번씩 강조했습니다.

소녀는 어떻게 하면 그런 봉사를 할 수 있느냐고 물었습니다. 소녀의 질문에 루스티코는 대답했습니다.

"곧 알게 됩니다. 제가 하는 대로 하시면 됩니다."

이렇게 말하면서 입고 있던 몇 가지 안 되는 옷을 모두 벗어 버리고 알몸이 되었습니다. 그것을 보자 소녀도 마찬가지로 알몸이 되었습니다. 루스티코는 기도를 드릴 때처럼 무릎을 꿇고 앉아 소녀를 자기 앞에 앉게 했습니다.

눈앞에 이렇게 알몸이 된 여자가, 그것도 더없이 아름다운 그녀의 자태를 보자, 일찍이 느껴 보지 못했던 심한 욕정에 사로잡힌 루스티코는 육체의 일부에 변화가 일어나고 두 무릎 사이에 무엇인가 움씰대며 일어서고 있었습니다. 그것을 보고 소녀는 깜짝 놀라면서 물었습니다.

"루스티코 님, 그 사이에서 튀어나오는 게 무언가요? 저에게는 그런 것이 없는데요."

루스티코는 말했습니다.

"오오, 귀여운 사람이여. 이것이 아까 말한 악마입니다. 알겠어요? 지금 이 악마가 나에게 도저히 참을 수 없는 최대의 괴로움을 주고 있습니다."

그러자 소녀가 말했습니다.

"오오, 하느님, 고맙습니다. 저는 루스티코 님보다 훨씬 행복해요. 저한테는 그런 악마가 없으니까요."

루스티코는 말했습니다.

"그렇습니다. 그러나 그 대신 나에게는 없지만 그대에겐 또 다른 것이 있습니다."

"저런, 그게 어떤 거예요?"

"그대는 지옥을 가지고 있습니다. 그래서 나는 내 영혼을 구해 주시기 위해 하느님이 그대를 나에게 보내 주셨다고 믿습니다. 왜냐하면 이토록 악마가 나를 괴롭힐 때, 그대가 나를 불쌍히 여겨 이 악마를 지옥으로 몰아넣어 준다면 나에게는 더없이 큰 위안이 되기 때문입니다. 만일 그대의 지옥 속으로 이것을 넣어 준다면, 그대는 하느님이 크게 기뻐하실 일을 하게 되고 훌륭한 봉사를 하게 되는 것입니다."

선량하고도 신앙이 두터운 소녀는 이렇게 대답했습니다.

"오오, 루스티코 님, 내 지옥을 쓰실 수 있다면 좋도록 하세요."

"소녀여! 그대에게 하느님의 축복이 있기를. 그럼, 가십시다. 어서 악마를 지옥 속에 넣어 버립시다."

그는 소녀를 침대로 데리고 가서 하느님으로부터 저주받은 것을 지옥 속에 몰아넣으려면 어떻게 해야 하는가를 가르쳤습니다. 어떤 악마도 지옥 속에 넣어 본 일이 없는 소녀는 적잖이 통증을 느끼고 말했습니다.

"루스티코 님, 이 악마는 확실히 나쁜 녀석이에요. 정말 하느님의 적임에 틀림없습니다. 지옥까지 아프게 하는걸요."

라며 소녀는 루스티코에게 말했습니다.

"매번 그렇지만은 않습니다."

그래서 루스티코는 소녀가 아픔을 느끼지 않도록 침대에서 몸을 움직여 여섯 번이나 더 악마를 지옥 속으로 몰아넣었습니다. 그러자 그렇게 거만하던 악마도 머리를 숙이고 얌전해졌습니다. 그러나 그 후에도 자주 악마가 돌아오고 그녀는 그가 하자는 대로 악마의 머리가 숙여지도록 지옥에 넣어주곤 했습니다. 그렇게 되자 소녀는 이 놀이가 즐거워져서, 루스티코에게 이렇게 말했습니다.

"카프사의 훌륭한 분들이 하느님께 봉사하는 일은 매우 즐겁다고 말했었는데, 이제 보니 정말 그렇군요. 아무리 다른 일을 해 보아도 악마를 지옥에 몰아넣었을 때처럼 기분이 좋을 때가 없어요. 그러니 하느님에게 봉사하지 않고 다른 일을 하는 사람들은 참 불쌍해요."

이처럼 즐거운 일을 하기 위해 소녀는 자주 루스티코에게 말했습니다.

"루스티코 님, 저는 하느님에게 봉사하기 위하여 이곳에 왔어요. 조금도 게을리하고 싶지 않아요. 어서 악마를 지옥으로 몰아넣어 주세요."

그러면서 때로는 이렇게 말하기도 했습니다.

"루스티코 님, 저는 악마가 왜 지옥에서 달아나는지 알 수 없어요. 지옥이 악마를 기분 좋게 받아들여서 기꺼이 넣은 채로 즐겁고, 악마는 또 마치 나가고 싶지 않은 것처럼 기뻐하는데 말이에요."

소녀가 이렇게 자주 젊은 루스티코를 졸라 하느님을 섬기는 봉사로써 그를 위로했으므로 그는 점점 쇠약해지고, 오한을 느끼며 가만히 있어도 땀을 흘렸습니다. 그래서 그는 악마가 그 거만한 머리를 들지 않는 이상 지옥에 넣어서 벌할 필요는 없다고 소녀에게 말했습니다.

"우리는 지금까지 하느님의 은총으로 악마를 심하게 징계했으니, 이제부터는 좀 가만히 놓아두길 바라시는 것 같습니다."

그러면서 그는 소녀에게 당분간 그 일을 쉬도록 했습니다. 그러나 그 뒤로는 루스티코가 한 번도 악마를 지옥에 넣자고 하지 않았으므로 참다못한 소녀가 어느 날 루스티코에게 말했습니다.

"루스티코 님, 그 악마는 이제 충분히 벌을 받아서 루스티코 님을 괴롭히는 일이 없겠지만요, 제 지옥을 이대로 버려둘 수는 없습니다. 제가 제 지옥으로 루스티코 님의 거만한 악마를 몰아넣은 것처럼, 루스티코 님의 악마로 제 지옥이 화난 것을 가라앉게 해 주세요."

그러나 루스티코는 풀뿌리와 물만 마시고 지냈으므로 이 요구를 들어줄 수가 없었습니다. 그래서 지옥의 화를 가라앉히기 위해 매우 많은 악마가 필요하다고 말하며, 지옥을 위해 할 수 있는 한 애쓰겠노라고 했습니다. 그러나 때때로 지옥을 만족시키긴 했지만 그것은 마치 호랑이 입에 애벌레 정도였고 그것도 극히 드물었습니다. 그렇게 되자 소녀는 하느님께 자기가 바라는 만큼 충분히 봉사할 수 없게 되었다고 투덜거리기 시작했습니다.

이렇게 루스티코의 악마와 알리베크의 지옥 사이에 너무나 왕성한 욕망과 쇠약해진 정력으로 인해 문제가 일어나고 있을 무렵, 카프사의 거리에 큰 화재가 일어났으며, 가엾게도 알리베크의 아버지와 많은 아들들과 친척들이 모두 불에 타서 숨지고 말았습니다. 따라서 알리베크는 자기 아버지의 유일한 재산 상속자였지만, 어디에 있는지 소식을 알 수가 없었습니다.

때마침 온갖 방탕한 생활 끝에 모든 재산을 다 탕진해 버린 네르발레란 젊은이가, 그녀가 어디엔가 살아 있다는 소문을 듣고 알리베크를 찾아 나섰습니다. 당시에는 유산 상속자가 없는 경우 그 재산을 정부가 몰수하도록 되어 있었는데, 재산이 몰수되기 전에 그녀를 찾아냈으며, 이에 루스티코도 뛸 듯이 기뻐했습니다. 네르발레는 가지 않으려는 그녀를 이끌고 카프사로 돌아와서 그녀를 아내로 삼아 버리고 막대한 재산도 둘이서 같이 상속했습니다.

그런데 그녀가 아직 네르발레와 잠자리를 하기 전이었는데 아낙네들로부터 사막에서 무엇을 했느냐는 질문을 받자, 그녀는 악마를 지옥에 몰아넣는 일을 했다고 대답했습니다. 그리고 네르발레는 하느님을 위한 봉사를 하지 못하게 했으므로 엄청난 죄를 저질렀다고 말했습니다. 여자들은 사막에서의 봉사에 대해서 저마다 물었습니다.

"어떻게 악마를 지옥으로 몰아넣었는지 얘기해 줘요."

소녀가 말과 몸짓으로 설명해 주자, 여자들은 그것을 보고 웃음을 그칠 줄 몰랐습니다.

"그 일이라면 걱정할 것 없어요. 여기서도 그것은 잘할 수 있고, 네르발레도 그것으로 당신과 함께 열심히 하느님에게 봉사할 게 틀림없어요."

이윽고 그 소문이 거리에 퍼지자, 하느님을 위한 가장 첫 번째 봉사는 악마를 지옥에 몰아넣는 일이라는 점잖지 못한 속담이 퍼지게 되었습니다. 그 속담은 그 뒤, 바다를 건너 이 고장에까지 전해졌습니다.

그러니 젊은 여러분께서는 하느님의 은총을 받기 원하시면 그 전에 악마를 지옥에 몰아넣을 준비를 해 두어야 합니다. 악마를 지옥에 보내는 힘은 하느님과 같을 정도로 강하고, 하느님의 뜻에도 맞는 일입니다. 거기에서 많은 행복이 생겨나고 언제까지나 계속되는 것입니다.

디오네오는 이렇게 이야기를 마쳤습니다. 디오네오의 말솜씨는 얌전한 부인들을 몇 번이나 웃게 했습니다. 이야기가 끝나자 여왕은 필로스트라토에게 이야기의 주관을 하도록 월계관을 벗어 머리에 얹어 주며 지금까지는 양이 주관했으나 내일부터는 이리가 양을 이끌게 되었다고 말했습니다. 그러자 필로스트라토는 웃으며 자신의 말을 믿었다면, 앞의 얘기에서처럼 이리가 양들에게 악마를 지옥에 몰아넣는 일을 가르치고 있었을 거라고 하면서, 부인들이 자신을 믿지 않는 것을 보니 양이 아니었던 것이라고 말했습니다. 그러자 네이필레는 필로스트라토를 보며 우리에게 가르칠 생각이었다면, 오히려 벙어리 농부 마세토가 수녀들에게 배웠듯이 우리에게 배웠을 것이므로 아마도 체력이 모두 소진되어 버렸을 것이라고 맞받았습니다. 그는 부인들의 신랄함을 알고 농담을 접으면서 왕국을 맡겨 주셨으니 자신의 경험처럼, 많고도 다양한 사람들의 결말이 불행한 사랑 이야기를 해야 한다고 선언하였으며, 저녁 식사 시간이 될 때까지 일동에게 자유를 허락했습니다. 그러나 정원이 너무나 아름답고 훌륭했으므로 모두 그대로 머물러 있었으며, 피암메타와 디오네오는 노래를 부르고 필로메나와 팜필로는 장기를 두었고 저마다 흥겨운 시간을 보낸 후 아름다운 분수대 옆에서 즐거운 저녁 식사를 마쳤습니다. 전날 여왕들의 형식에서 벗어나지 않도록 라우레타의 춤과 칸초네를 듣고 또 다른 노래를 부르고 복창하며 즐기다가 각자의 침실로 돌아갔습니다.

넷째 날

필로스트라토가 주관하는 넷째 날이 밝았습니다.

친애하는 여러분, 시기 질투라는 광기의 바람은 높은 탑이나 높은 나무의 가지가 흔들리는 정도로 생각하기 쉬우나, 온갖 염려와 주의에도 불구하고 오히려 뿌리째 뽑혀 산산조각으로 흩어지니 어떻게 막을 길이 없습니다. 세상 사람들은 내가 천둥벌거숭이로 여성에게 지나친 호의를 가지며 위로를 할 뿐 아니라 아부하며 그 속에 뒤섞여 쓸데없는 이야기를 한다고 하며, 타이르기보다는 경멸하며 그 꽁무니를 따라다니지 말고 빵을 얻는 방법을 생각하는 것이 현명하다고 말합니다. 나를 이렇게 혹평하고 날카로운 이빨로 물고 뜯어 목숨이 위태로운 지경이므로 나를 위한 변명을 해 주실 분은 사려 있는 여성 여러분뿐이라고 생각합니다. 그런 까닭으로 나를 공격하는 사람들에게 반박하기 위해 아직 완성되지 않은 이야기를 들려 드리려 합니다.

피렌체의 시민인 필리포 발두치는 신분이 낮고 부자이며 세상일에도 사리가 밝았으며 부인과는 서로 아끼고 사랑하며 즐겁고 걱정 없이 살아가고 있었습니다. 그러나 어질고 착한 부인이 죽자 두 살배기 사내아이가 남겨졌는데, 그는 사랑하는 아내를 잃고 혼자 남은 것을 슬퍼하며 지내다가 세상을 버리고 신에 봉사하리라 결심했습니다. 그래서 모든 재산과 재물을 희사한 후 사내아이를 데리고 산으로 올라가 암굴에서 단식과 기도를 드리며, 영원한 생명, 신이나 신의 구원, 성인들의 이야기만 들려주고, 그 외에는 아무것도 가르치지 않았으며 심지어 듣거나 보지도 않았습니다. 그렇게 그가 열여덟 살의 청년으로 성장하여 처음으로 피렌체 시내에 도착하자, 이것저것 끊임없이 질문을 던졌으나 여자를 보게 된 순간, 다른 것은 모두 잊어버리고 그것만을 원하고 갖고자 했으니 자연의 힘은 인간의 지혜보다 강함을 느끼며 아들을 도시에 데려온 것을 후회했답니다.

그러므로 여러분, 나를 여자들을 좇아 찬양하고 즐겁게 하는 천둥벌거숭이라고 비난하는 자들은 전혀 사랑을 하지 않거나 사랑받은 일이 없는 자, 다시 말하면 인간이 갖는 자연스러운 애정이나 즐거운 환희 따위는 느끼지도 알지도 못하는 자들이므로 나는 마음 쓰지 않고 오히려 목숨이 다할 때까지 떳떳하게 그 일을 해야 한다고 대답하겠습니다. 내가 그들에게 빵을 구하면 나를 쫓아내면 될 것이고, 다행하게도 나는 아직 굶주리지도 않고 혹시 부족한 때가 있다면 참아낼 수도 있습니다. 그러므로 하느님의 은총과 부인 여러분의 호의와 성원으로 그들의 비방을 막아 주신다면 나는 질투의 바람 따위는 무시하며 앞을 보며 나아갈 것입니다. 자연의 법칙에 대항하는 것은 대단한 힘이 필요하고 심한 충격을 받거나 쉽게 수포로 돌아가기 일쑤이므로 나에 대해서는 짧은 생애 동안 그냥 이대로 두어 두시길 부탁드립니다. 얘기가 주제를 벗어난 것 같습니다만, 다시 처음으로 돌아가, 나는 우리의 법칙대로 불행한 결말의 사랑 이야기를 진행하겠다고 했으므로 그렇게 진행시키겠습니다.

날이 밝아오자 필로스트라토가 일동을 깨워 한가롭게 아름다운 정원을 거닐다가 맑은 물이 솟아나는 분수대 옆에서 식사를 했습니다. 전날처럼 즐겁고 여유로운 시간을 보낸 후에 낮잠을 자러 갔으며, 오후 3시가 되자 지금까지와 마찬가지로 아름다운 분수대 옆에 둘러앉았습니다. 필로스트라토의 주재가 시작되어 가장 먼저 피암메타에게 이야기를 하도록 명했으며, 그녀는 부드럽게 이야기를 시작했습니다.

첫 번째 이야기

살레르노의 탄크레디 공은 딸의 애인을 죽이고, 그 심장을 황금으로 된 술잔에 넣어서 딸에게 보낸다. 그것을 안 딸은 술잔에 독을 넣은 다음 그것을 마시고 죽는다.

오늘 우리의 왕이신 필로스트라토는 즐겁게 지내려고 여기에 온 우리에게 참으로 어려운 주제를 주셨으나, 지금까지의 들뜬 마음을 진정하면서, 가여움을 넘어 처참한 이야기를 들려 드리겠습니다.

살레르노의 탄크레디 공은 말년에 그 딸이 사랑한 연인의 피로 자신의 손을 더럽히는 일만 저지르지 않았다면, 매우 인간적이고 성격이 착한 분이었습니다. 공은 평생에 그 딸 하나밖에 얻지 못하였지만, 차라리 그 딸마저도 없었더라면 더 행복했을지도 모릅니다.

이 딸은 아버지로부터 매우 사랑을 받았습니다. 그 사랑이란 어느 부모의 딸이라도 이러한 사랑을 받은 일이 없을 정도였습니다. 공은 그 딸을 너무나 사랑했기 때문에, 딸이 결혼할 나이가 훨씬 지났음에도 그 곁에 두고 싶어서 결혼을 시키지 않았습니다. 하지만 언제까지 그렇게 둘 수만은 없었으므로 마침내 카프아의 한 공작 집안에 시집을 보내기는 했으나 얼마 되지 않아 남편이 죽고 미망인이 되어 돌아왔습니다.

그녀는 얼굴도 자태도 다른 여성에게서는 볼 수 없을 만큼 아름답고, 재치가 있었으며 매우 총명한 사람이었습니다. 그녀는 마음씨 착한 아버지와 함께 귀부인답게 언제나 조용히 정숙하게 지냈습니다. 또한 아버지가 자기에게 쏟은 애정 때문에 재혼하려는 생각은 없었지만, 가능하다면 그럴듯한 연인이 있었으면 했습니다.

그래서 남몰래 저택에 출입하는—우리들도 저택에서 자주 만나는—귀족이나 다른 사람들을 잘 관찰했습니다. 그들의 언행이나 태도, 품성을 잘 가려 그중에서 아버지를 모시는 젊은 비서를 마음에 두었습니다. 그의 이름은 귀스카르도라 했고 비록 낮은 신분이었지만, 그의 기품 있는 모습은 다른 사람보다 훨씬 귀족적이었으므로 아주

마음에 들었습니다. 딸은 그 뒤에도 남몰래 관찰을 계속했으며, 점점 그의 많은 장점에 끌려 마침내 뜨거운 연정을 품게 되었습니다. 한편 젊은이 쪽에서도 그녀의 뜻을 눈치채고 그도 똑같이 그녀의 마음을 받아들였습니다. 그는 어떤 동요도 없이 그녀를 사랑하는 것만이 그의 전부였습니다.

이렇게 서로 남몰래 마음을 태우며 사랑했고, 딸은 어떻게 해서든지 그와 단둘이 있고 싶었습니다. 그러나 이 사랑을 남에게 이야기하고 싶지 않았으므로 골똘히 생각한 끝에 둘만이 있을 수 있는 한 가지 방법을 생각해 냈습니다. 그녀는 그가 그녀와 만나기 위해 해야 할 방법을 편지로 적었습니다. 그리고 그 편지를 갈대 속에 넣어서 귀스카르도에게 주면서 농담처럼 말했습니다.

"오늘 저녁 하녀더러 이것을 불 피울 때 써 보라고 하세요. 아마 불이 잘 피워질 거예요."

귀스카르도는 그것을 받아들고 왜 그런 이야기를 했을까 하면서 집으로 돌아왔습니다. 그 속에는 그녀의 편지가 들어 있었습니다. 그는 편지를 읽고 자기가 어떻게 해야 하는가를 알았습니다. 그는 인간이 상상할 수도 없을 만큼 기뻐하면서 그녀가 일러 준 방법대로 숨어들어갈 준비를 했습니다.

공작의 저택 가까이에는 아주 옛날에 파 놓은 오래된 동굴이 있었는데, 그 동굴에는 높은 언덕을 뚫어 만든 공기통로가 있었고, 거기에는 약간의 광선이 비칠 때도 있었습니다. 그러나 오랫동안 방치되어 있어서 가시덤불과 잡초가 무성하게 자라났습니다. 또 그 동굴에는 비밀 계단이 있었는데, 그 계단은 그녀가 살고 있는 저택의 일층으로 통해 있었습니다. 하지만 그 계단은 너무나 오래도록 사용된 일이 없었으므로 모두 잊고 있었습니다. 다만 그녀만이 기억하고 있었습니다. 사랑의 힘은 위대했습니다. 사랑의 눈은 무엇이든지 꿰뚫어 보는 힘이 있었던 모양입니다. 왜냐하면 그녀가 그 힘으로 생각해 낼 수 있었으니 말입니다.

그녀는 아무도 모르게 며칠 동안 여러 가지 도구를 사용하여 그 문을 열었습니다. 그리고 안으로 들어가, 공기통로를 발견하고는 그곳으로 드나들 수 있으며 높이가 얼마나 되는가를 조사하여 그에게 알렸던 것입니다.

귀스카르도는 곧 오르내릴 수 있도록 매듭과 고리를 많이 만든 밧줄을 하나 준비했습니다. 그리고 가시덤불에 긁히지 않도록 가죽옷을 입은 다음, 아무도 모르게 동굴의 공기통로가 있는 곳으로 왔습니다. 그는 구멍 가까이 있는 나무에다가 밧줄의 한쪽 끝을 단단히 붙들어 맸습니다. 그리고는 밧줄을 타고 내려와 그녀가 오기를 기다렸습니다.

한편 딸은, 그날 저녁 특별히 졸린 듯이 꾸며서 시녀들을 물러가게 한 다음, 비밀 문을 통해 동굴 속으로 들어갔습니다. 그녀는 귀스카르도를 만나자 어린애처럼 기뻐하며, 함께 그녀의 방으로 올라가 이튿날까지 하루 종일 사랑의 즐거움에 잠겼습니다. 그리고는 두 사람의 사랑이 누구에게도 눈치채이지 않도록 세심한 일까지 서로 의논을 했습니다. 그런 다음 귀스카르도는 다시 동굴로 돌아가고 그녀는 비밀 문을 잠근 뒤 시녀들이 있는 곳으로 갔습니다. 어둠이 깔리자, 귀스카르도는 밧줄을 타고 밖으로 나와 집으로 돌아갔습니다. 그 뒤로 이 비밀 통로를 통해 두 사람의 밀회는 계속되었습니다.

그러나 운명은 늘 남의 행복을 질투하는 모양입니다. 두 연인 사이에 뜻하지 않은 불상사가 일어나고 안타까운 슬픔 속에 두 사람 모두 불길한 운명의 수렁으로 빠져들었습니다.

탄크레디 공은 때때로 딸의 방에 찾아와서 단둘이 시간을 보내며 이런저런 이야기를 나누다가 돌아가곤 했습니다. 어느 날, 공이 식사를 마치고 아래층에 와 보니, 딸 기스몬다가 시녀들과 함께 정원에서 놀고 있었으므로 공은 누구의 눈에도 띄지 않게 딸의 방에 들어갔습니다. 공은 딸이 정원에서 놀고 있는 것을 방해하고 싶지 않았고, 방의 창문도 닫힌 채, 커튼도 내려져 있었으므로 방구석에 있는 침대 옆 의자에 앉았습니다. 그리고 머리를 침대에 기댄 뒤, 커튼을 자기 앞으로 잡아당겼더니 공교롭게도 몸이 완전히 가려지게 되었습니다. 공은 딸을 놀려 줄 생각으로 그렇게 앉아 있다가 깊이 잠들어 버렸습니다.

이렇게 공이 방 안에서 자고 있는 줄도 모르고 기스몬다는 운 나쁘게도 그날 귀스카르도와 만나는 날이었으므로 시녀들을 정원에 둔 채, 몰래 방으로 돌아왔습니다. 그리고 방 안에 누가 있으리라고는 생각지도 않고 귀스카르도를 위해 비밀 문을 열어 주었습니다. 두 사람은 언제나처럼 방으로 들어오자 침대에 누워 장난을 치며 깊은 사랑의 즐거움에 빠져들기 시작했습니다. 그 소리에 그만 탄크레디 공은 잠이 깨고 말았습니다.

공은 귀스카르도와 딸이 하는 짓을 처음부터 끝까지 보고 들었습니다. 공의 가슴은 터질 듯이 슬펐으며, 두 녀석을 당장에 꾸짖어 벌하고 싶었습니다. 그러나 한편 이대로 모른 척하고 숨을 죽이고 있다가 아무도 모르게 일을 처리하는 것이 좋겠다는 생각이 떠올랐습니다. 좀 더 신중하게 일을 처리하여, 이미 마음에 작정한 방법으로 자신의 명예를 최대한으로 지켜보려는 생각 때문이었습니다.

두 사람의 연인은 탄크레디 공이 있으리라고는 꿈에도 생각지 못하고, 다른 날처럼 오랫동안 침대 위에서 같이 지냈습니다. 이윽고 이제 돌아가야 할 시간이라고 생각한 귀스카르도는 동굴로 돌아가고, 기스몬다는 방에서 나와 정원으로 갔습니다.

탄크레티 공은 이미 노령이었지만, 혹시 딸의 방에서 나오는 것을 누가 볼까 두려워서 아무도 모르게 창문을 넘어 자기 방으로 돌아왔습니다. 공의 가슴은 찢기는 듯이 아팠고 그 슬픔은 마치 죽음과도 같았습니다.

그날 밤, 가죽옷으로 몸을 무장하고, 모두 잠든 시간에 공기통로를 통해 밖으로 나오던 귀스카르도는 공의 명령을 받은 두 명의 부하에게 붙잡혀 은밀히 공에게로 끌려왔습니다. 그를 보자 공은 눈물을 흘리면서 말했습니다.

"귀스카르도, 나는 너를 매우 특별히 돌보아 주었는데, 너는 그 보답으로 나를 모욕하는구나. 정말 네가 그토록 나에게 치욕을 줄 줄 몰랐다. 나는 오늘 일을 똑똑히 보았다. 더 할 말이 있느냐."

귀스카르도는 다만 이렇게 대답할 뿐이었습니다.

"사랑은 대공께서나 저로서도 어떻게 할 수 없을 만큼 강한 것입니다."

공은 부하에게 저택 안의 구석방에 감시인을 두어 감금시키라고 분부하였습니다. 그리고 모든 일은 아주 비밀리에 그대로 실행되었습니다.

이튿날 기스몬다는 아직 아무것도 모르고 있었습니다. 공은 곰곰이 생각한 끝에 다른 때처럼 딸의 방에 가서 그녀와 마주 앉았습니다. 그리고 방문을 잠근 다음 눈물을 흘리며 말하기 시작했습니다.

"기스몬다, 나는 네가 얼마나 품행이 바르고 정숙한가에 대해서 누구보다도 믿어왔다. 그러니 내 눈으로 보지 않았다면, 누가 뭐라 해도 네가 남편도 아닌 사나이에게 몸을 맡기고 있으리라고는 생각조차 할 수가 없었다. 이제 나는 나이가 들어 살아 있을 날도 얼마 남지 않았지만 그동안은 그 일을 생각할 때마다 한없이 슬픔에 잠기게 될 것이다. 네가 이런 실수를 저지를 것이라면 네게 걸맞은 귀족 출신의 상대를 골랐어야 했다. 그런데 우리 집에 드나드는 많은 사람들 중에 하필이면 귀스카르도를 고르다니! 그 녀석은 내가 불쌍히 여겨서 어렸을 때부터 키워온 가장 신분이 천한 녀석이다. 정말 너는 나를 고뇌의 구렁 속에 몰아넣었다. 귀스카르도는 어젯밤, 구멍에서 나오는 것을 붙잡아 가두어 놓았으니 이미 처리는 취한 셈이다. 그러나 신이 아닌 나로서는 너를 어떻게 처리해야 좋을지 정말 모르겠구나. 한쪽으로는 애정에 끌리면서도 다른 한쪽으로는 네 어리석은 행동에 속이 뒤집힐 것만 같구나. 사랑하는 마음은 너를 용서하라 하고, 반대로 노여운 마음은 엄벌을 내리라 한다. 그러나 나는 처분을 내리기 전에 이번 일에 대한 너의 생각을 알고 싶다."

공은 이렇게 말하고 나서 고개를 숙이며 야단맞은 어린애처럼 엉엉 소리 높여 울기 시작했습니다.

기스몬다는 아버지의 말을 듣고 자기의 은밀한 사랑이 탄로 났을 뿐더러 귀스카르도가 감옥에 갇힌 것을 알자, 깊은 슬픔에 사로잡혀 자기도 모르게 흔히 다른 여자들이 하는 것처럼 그만 악을 쓰며 눈물을 흘릴 뻔했습니다. 그러나 씩씩한 기상으로 슬픔을 견디며 숙연한 모습으로 이제 귀스카르도가 죽었을지도 모른다고 생각하자 나만 살려고 용서를 비느니 차라리 죽어 버려야겠다고 결심했습니다.

그리하여 슬픔에 빠져 잘못을 책망하는 여자가 아니라, 오히려 슬기롭고 훌륭한 여자처럼 조금도 당황하는 빛이 없이 태연한 낯빛으로 아버지에게 말했습니다.

"아버님, 저는 아버님의 말씀을 부정하거나 변명하지 않고, 또 용서를 빌지도 않겠습니다. 부정해도 소용이 없고 용서를 빌고 싶지도 않기 때문입니다. 저는 아버님의 관대한 마음이나 애정에 매달리고 싶은 생각은 조금도 없습니다. 그러나 있는 그대로를 말씀드리면, 먼저 정당한 이유로써 제 명예를 지키고, 다음에 사실로써 품위를 잃지 않았음을 밝히려고 합니다. 제가 그리 오래 살지는 못하겠지만 살아 있는 한 그를 사랑할 것입니다. 만일에 죽어서도 사랑할 수가 있다면 저에게는 사랑하는 것밖에 아무것도 남아 있지 않습니다.

그리고 오늘 이러한 상황에 처한 것은 제가 여자로서 약하기 때문이 아니라, 제 결혼에 아버님의 배려가 모자랐고, 또한 그분의 덕이 높았기 때문입니다. 아버님께서도 살아 있는 육체를 갖고 있고, 돌이나 쇠가 아닌 살아 있는 육체를 가진 딸을 낳으셨을 것입니다. 아버님은 지금은 연세가 많으시지만 청춘의 힘이 어떻게 왕성하게 솟아오르는지 아실 것이고, 몸소 느낄 때도 있었을 겁니다. 그리고 남자로서 한창일 때는 갑옷을 입고 몸을 단련하는 한편, 노년이 되어서도 한가할 때나 위안을 원할 때 무엇을 하게 되는지 알고 계시리라 믿습니다. 저는 아버님의 자식으로서 살아 있는 육체를 지녔고, 또한 젊습니다. 그래서 이 두 가지 이유로 저도 욕망에 불타오를 수 있고, 더구나 결혼을 했던 몸이라 욕망을 채우는 것이 얼마나 즐거운가 알고 있습니다. 그래서 더욱 격렬한 불길에 사로잡힌 것입니다.

이리하여 젊은 여자의 몸은 그 강렬한 힘에 거역할 수 없이 끌려들어가 몸을 맡기고 사랑에 빠졌던 것입니다. 물론 그런 천성의 죄에 마음이 끌렸기 때문에 되도록 아버님에게나 저에게 수치스러운 일이 되지 않도록 노력했습니다. 그러자 자비로우신 사랑의 신과 너그러운 운명이 저에게 비밀의 길을 열어 주고 가르쳐 주었습니다. 그래서 저는 아무도 모르게 제 소원을 이룰 수가 있었습니다. 그것을 아버님에게 누가 고자질했는지, 또는 어떻게 알게 되었는지 저로서는 알 길이 없습니다. 그러나 저는 많은 여자들이 그렇듯이 즉흥적으로 귀스카르도를 선택한 것이 아닙니다. 이모저모로 생각한 끝에 누구보다도 훌륭하다고 생각하여 제 자신이 선택한 것입니다. 저는 실수 없이 그이를 끌어들이고, 그와 저는 인내하면서 오랫동안 둘이서 즐겨 왔습니다. 아버님께서는 제가 바람을 피우는 잘못을 저지른 것보다, 신분이 낮은 사람과 그렇게 되었다고(만일 그가 아니라 귀족 출신을 골랐다면 이렇게 성내지는 않으셨을 것처럼) 저를 엄하게 꾸짖으시는 것 같습니다. 그러나 그것은 진실이 아니라 비속(卑俗)한 생각에 따라 신분을 차별하시는 것이라 생각됩니다. 또 아버님께서는 제 죄가 아니라 운명을 나무라고 계신다는 것을 모르십니다. 운명은 늘 아무런 품격도 없는 사람을 높이 평가하기도 하고, 참으로 품격 있는 사람을 낮게 평가하기도 합니다. 그러나 지금은 그런 것을 따지지 않고, 사물의 이치를 조금 생각해 보겠습니다.

우리는 모두 육신의 덩어리이고, 한 창조주에 의해서 모든 심정(心情)이 동일한 힘, 동일한 재능, 동일한 덕으로 만들어져 있습니다. 이렇게 평등하게 태어났고, 앞으로도 평등하게 태어날 우리를 구별하는 것은 무엇보다도 그 마음속의 덕일 것입니다. 마음속에 덕을 많이 지니고 있으며 그 덕의 힘을 많이 발휘한 사람은 귀하게 되고 그렇지 못한 사람은 귀하게 되지 못했던 것입니다. 그 뒤 이 법칙에 반하는 인간 세속의 악습에 의해서 은폐되긴 했지만, 아직 자연 속에서나 양속(良俗)에서 완전히 없어진 것은 아닙니다. 그러므로 그런 분을 천하다고 하시는 것은 그렇게 불린 사람이 아니라 그렇게 말한 사람이 잘못을 범하고 있는 것입니다. 귀스카르도의 인격과 가치에 대하여 저는 아버님의 말씀과 제 눈으로 본 판단 이외에 누구의 판단도 믿지 않았습니다. 그가 앞에 말씀드린 점에서 뛰어났다는 것을(그러니까

품격 있는 사람으로서 칭찬하셨겠지만) 아버님만큼 칭찬하신 분이 또 계셨습니까? 아버님 말씀은 틀림없으셨습니다. 설혹 아버님이 그에 대해서 아무런 칭찬의 말씀을 하시지 않았더라도, 또 아버님께서 말로 비할 수 없을 만큼 그를 칭찬하신 것을 제가 몰랐다 하더라도 제 눈은 저를 속이지 못했던 것입니다. 만일 얼마라도 속았다면 그것은 아버님 때문에 속은 것일 뿐입니다. 그래도 아버님께서는 제가 언제까지나 신분이 낮은 자와 관계를 맺었다고 하시겠습니까? 그렇다면 아버님은, 진실을 말하자면, 그런 품격이 없는 사나이인 줄 알면서 비서로 쓰신 것은 아버님의 수치가 됩니다. 아무리 가난해도 그 고결함을 인간으로부터 빼앗지는 못합니다. 오히려 부유함이야말로 그 고결을 앗아가는 법입니다. 많은 왕이나 대공께서도 원래는 가난했습니다. 땅을 일구거나 양을 치는 사람들 대부분이 원래는 부자였거나, 지금도 부자인 경우가 많습니다.

아버님은 마음이 흔들리고 계십니다. 즉 저를 어떻게 하면 좋을지 최후의 처리를 망설이고 계십니다. 부디 그런 망설임은 모두 버리십시오. 아버님께서 젊으셨을 때에도 쓰지 않았던 잔인한 형벌을, 지금 비록 나이가 드셨지만 내리려고 결심하고 계십니다. 그대로 처리하십시오. 만일 제가 한 일이 죄라면 저는 최대의 원인을 만들었으므로 어떤 참혹한 벌을 내리셔도 달게 받겠습니다. 아버님께서 귀스카르도에게 이미 하신, 또는 이제부터 하시려는 것과 같은 형벌을 주시지 않으면 저는 분명히 제 손으로 실행해 보이겠습니다. 자, 가십시오. 가셔서 시녀들과 눈물을 흘리십시오. 그리고 우리가 한 일이 벌을 받아야 한다면 그와 저를 잔인하게 죽여 주십시오."

탄크레디 공은 딸의 마음이 얼마나 훌륭한가를 알았습니다. 그러나 그녀가 말하는 것처럼, 결심이 굳지는 않으리라 생각했습니다. 공은 딸의 방에서 나오자, 딸에게 잔인한 처벌을 하려던 생각을 고치고, 그 대신 그녀의 열렬한 사랑에 다른 방법으로 타격을 주어야겠다고 생각했습니다. 그래서 귀스카르도를 감시하고 있는 두 부하에게 오늘 저녁 아무도 모르게 그를 목 졸라 죽이고 그 심장을 꺼내서 가져오도록 명령했습니다. 두 부하는 명령대로 했습니다.

이튿날, 공은 크고 아름다운 황금 잔을 가져오게 하여 그 안에 귀스카르도의 심장을 넣은 다음, 심복 부하를 시켜 딸에게 보내도록 지시했습니다. 그리고 그 잔을 딸에게 전할 때, 다음과 같이 전하도록 했습니다.

"이것은 대공으로부터의 선물입니다. 아가씨가 대공께서 가장 사랑했던 것으로 위로해 드렸듯이, 대공께서도 아가씨가 가장 사랑했던 것으로 아가씨를 위로해 드리라는 말씀입니다."

한편 기스몬다는 자신의 굳은 결심을 바꾸지 않고 공이 방에서 나가자 독이 들어 있는 풀과 나무뿌리를 가져오게 하여 그것을 달여서 독액을 만들어 놓았습니다. 그리고 자기가 두려워하는 사태가 벌어지면 그 독액을 마셔야겠다고 결심을 굳히고 있었습니다.

공의 부하가 들어와 공의 말씀과 선물을 전했으므로 그녀는 딱딱한 표정으로 그 황금 잔을 받았습니다. 뚜껑을 열어 보니 그 속에는 심장이 들어 있었고, 아버지의 전언이 무슨 뜻인지도 이해되었으므로, 그 심장이 귀스카르도의 것임을 확인하게 되었습니다. 그녀는 얼굴을 들어 그 부하에게 말했습니다.

"이 속에 들어 있는 심장에 어울릴 만한 것은 황금 잔밖에 없습니다. 아버님께서는 이 속에 참으로 잘 넣으셨습니다."

그녀는 그 심장에 입을 맞추고 나서 말했습니다.

"저는 태어나서부터 지금까지, 그리고 제 목숨이 다할 때까지 무엇보다도 아낌없이 저에게 쏟아 주신 아버님의 한없고 친절한 사랑을 뼈저리게 느끼고 있습니다. 이제 이와 같이 훌륭한 선물을 보내 주신 데 대하여 마지막 감사를 드린다고 전해 주십시오."

그가 물러가자 그녀는 껴안을 듯이 들고 있던 잔 위로 얼굴을 숙여 귀스카르도의 심장을 바라보면서 말했습니다.

"오오! 내 모든 기쁨이었던 다정한 내 보금자리여, 내 눈으로 그대를 보게 하는 자의 잔인함을 저주하리라! 언제나 마음의 눈으로 이 다정한 보금자리를 바라보며 살아왔습니다. 이제 그대는 이승을 떠나셨습니다. 운명이 정해 준 생명의 길에서 해방된 것입니다. 누구나 다다를 길 끝에 닿고 말았습니다. 그대는 이승의 비참함과 고생을 떠나, 그대에게 어울리는 무덤을 그대의 적으로부터 선사받은 것입니다. 그대가 살아 계실 때, 사랑하는 여인의 눈물만 있으면 장례식에는 더 이상 아무것도 소용이 없다고 하셨습니다. 그래서 하느님은 그대가 내 눈물을 받을 수 있도록 저 잔인한 아버지의 마음속에 그대를 저에게 보내 줄 생각을 갖게 한 것입니다. 저는 눈물 한 방울 흘리지 않고, 조금도 동요하지 않는 표정으로 죽으려 했습니다. 그러나 이제 그대의 영혼과 영원히 만날 수 있으므로 그대를 위하여 실컷 눈물을 흘리겠습니다. 이제 아무런 주저함 없이 내 영혼이 그대 영혼과 함께 하므로 기꺼이 저세상으로 갈 수가 있습니다. 그대의 영혼은 아직 이 속에 있어서 그대와 나의 기쁨이었던 것을 바라보고 있는 것이 틀림없습니다. 그리고 아직 나를 사랑하며, 그토록 사랑했던 내 영혼을 틀림없이 기다리고 있을 테니까요."

그녀는 흔히 다른 여자들이 하는 것처럼 소리 내어 울지 않았습니다. 그리고 마치 머릿속에 눈물의 샘이라도 있듯 놀랄 만큼 많은 눈물을 흘리면서 죽은 심장에 몇 번이고 입을 맞추었습니다. 주위에 있던 시녀들은 그것이 누구의 심장인지, 그녀의 말이 무슨 뜻인지 전혀 알 길이 없었습니다. 어떤 시녀가 그녀에게 왜 그러시느냐고 물었지만 대답을 들을 수는 없었으며, 그녀를 위해 위로의 말밖에 아무것도 할 수가 없었습니다.

이윽고 실컷 울고 난 그녀는 얼굴을 들고 눈물을 닦으면서 이렇게 말했습니다.

"오오, 사랑하는 내 심장이여. 그대를 위한 나의 임무는 모두 끝났습니다. 이제 제가 할 일은 아무것도 없습니다. 그대의 영혼과 제 영혼이 함께 있도록 하는 것뿐입니다."

그녀는 전날 만들어 두었던, 독액이 들어 있는 항아리를 가져오게 했습니다. 그리고 눈물에 씻긴 심장이 들어 있는 잔 속에 그 독액을 부어 넣었습니다. 두려운 기색도 없이 단숨에 그것을 들이마신 그녀는 잔을 손에 든 채 침대 위로 올라갔습니다. 되도록 단정한 몸가짐을 하고, 자기 심장 가까이에 그의 심장을 놓은 후, 조용히 죽음을 기다렸습니다.

시녀들은 이 모든 일을 직접 보고 들었으며, 또 그녀가 마신 것이 무엇인지 알 수가 없었지만, 아무래도 심상치 않은 일임을 직감하고 곧 탄크레디 공에게 알렸습니다. 공은 깜짝 놀라 달려왔습니다. 그녀는 침대 위에 누워 있었으나 이미 아무 소용이 없었습니다. 공은 딸에게 죽음의 그림자가 짙게 깃든 것을 보고 가슴을 쥐어뜯으며 슬피 울었습니다.

기스몬다는 아버지에게 말했습니다.

"아버님, 눈물은 이보다 더 슬픈 일이 생길 때까지 거두어 주세요. 저를 위해 흘리지는 마세요. 저는 아버님의 눈물을 원치 않습니다. 자신이 바라던 일로 우시는 건 아버님밖에 없습니다. 그러나 저에게 쏟으셨던 애정이 아직 조금이라도 남아 있다면, 저와 귀스카르도가 비밀히 남의 눈을 속여 만난 것이 못마땅하시더라도 아버님의 마지막 선물로써 그의 주검을 버린 곳에 저를 같이 묻어 주세요."

공은 너무나 큰 슬픔으로 아무 말도 할 수가 없었습니다. 그녀는 최후의 시간이 다가온 것을 알자, 귀스카르도의 심장을 가슴에 꼭 껴안으며 말했습니다.

"부디 행복하십시오. 저는 먼저……."

그녀의 눈길이 허공에 머물더니 곧 모든 감각이 사라지며 그다지도 슬펐던 생명은 이승에서 떠나가 버렸습니다.

지금 여러분께서 들으신 것처럼 귀스카르도와 기스몬다의 사랑은 애끓는 종말을 고하고 말았습니다. 탄크레디 공은 뒤늦게 두 사람의 죽음을 몹시 슬퍼하고 자신의 잔인한 처벌을 몹시 후회했습니다. 이 일을 안 살레르노의 시민들은 너나없이 깊은 감동과 슬픔에 젖었으며, 공은 두 사람의 영원한 사랑을 기리기 위해서, 두 사람을 한 무덤에 묻어 주었다고 합니다.

두 번째 이야기

알베르토 신부는 어느 부인에게 천사 가브리엘이 그녀를 사랑하고 있다고 믿게 한 다음, 때때로 그녀와 관계를 맺는다. 그러다가 그녀의 친척에게 발각되어 두려운 나머지 창문으로 도망하여 어느 가난한 사람의 집에 숨는다. 그 사람은 그를 야만인처럼 꾸며 광장으로 데려가고, 그것이 동료 신부들에게 알려져 감금된다.

피암메타의 애달픈 연인의 이야기에 부인들은 눈물을 흘렸으며, 이야기를 마쳤을 때 왕이 말을 이었습니다. 기스몬다와 귀스카르도처럼 뜨거운 사랑을 맛볼 수 있다면 목숨이라도 걸고 싶습니다. 어떠한 사랑도 못하였고 느껴 보지도 못하였으므로 죽고 싶은 고통에서 벗어나지 못하고 있습니다. 이러한 나의 상황과 닮은 이야기를 팜피네아에게 부탁합니다. 이러한 왕의 명령에 따라 팜피네아의 차례가 되어 주제에서 벗어나지 않도록 우스운 이야기를 시작했습니다.

'악인인데도 선인으로 알려져 있는 자는 나쁜 짓을 해도 남들이 나쁜 짓을 했다고 생각하지 않는다.'라는 속담이 예로부터 전해져 오고 있습니다.

이 속담은 제가 여러분에게 이야기해 드려야 할 과제에 아주 요긴한 재료를 제공해 주고 있습니다. 그리고 또 종교가들의 위선이 어떤 것이며 얼마나 많은가에 대한 것도 보여 주고 있습니다. 그들은 폭넓고 긴 옷을 입고 창백하고 엄숙한 얼굴을 하고서, 남에게 부탁할 때는 겸손하게 허리를 굽혀 달콤하고 부드러운 목소리를 냅니다. 그러나 남의 죄를(자기도 지은 죄를) 추궁할 때나, 남의 것을 빼앗고, 즉 성금을 함으로써 영원한 구원을 얻는 것이라고 설득할 때는 성급하고 까랑까랑한 메마르고 높은 목소리를 냅니다. 어디 그뿐인가요, 우리처럼 천국을 찾고 있는 사람과 달리, 마치 천국의 소유자며 군림하는 자인 것처럼 죽어가는 자들이 각각 기부하는 금액의 다과에 따라 천국의 좋고 나쁜 장소를 정해 주며(그들이 그렇게 믿고 있으므로), 그렇게 함으로써 먼저 자기를 속이고, 다음에는 자기들의 말을 믿고 있는 사람들을 속이려 드는 것입니다.

그들 신부들에 대해서 좀 더 얘기해도 된다면, 그들의 그 헐거워 보이는 옷 속에 숨기고 있는 것을 단순하기 짝이 없는 신도들에게 속속들이 폭로하고 싶습니다. 그러나 이번만은 하느님께서도 용서를 하셨다면 그들의 거짓말이 어떤 것인가를 알 수 있도록, 어느 수도사에게 일어난 일이 모든 신부들에게 일어나기를 바랍니다. 요컨대 저는 기스몬다의 슬픈 죽음에 대하여 동정으로 가득 차 있는 여러분의 마음에 다소나마 웃음과 기쁨을 채워 드릴까 합니다.

자, 정숙하신 숙녀 여러분, 이몰라의 거리에 베르토 델라 마사라는 아주 타락하여 치사하고 썩어빠진 생활을 하고 있는 사나이가 있었습니다. 그 사나이의 파렴치한 행실은 이몰라 거리의 사람들에게 너무나 잘 알려져 있어 거짓말은 물론 사실을 말한다 해도 믿는 사람이 없을 정도였습니다.

그는 이 거리에서 자기의 속임수가 통하지 않는다는 것을 알고, 아직 여러 가지 나쁜 짓이 활개치고 있는 베네치아로 옮겨갔습니다. 그곳에서 그는 악행의 방법을 바꿔 나쁜 짓을 해 보려는 것이었습니다.

그는 지금까지 저질러 온 죄업을 진심으로 회개하고 겸허한 생각이 든 것처럼 꾸몄을 뿐 아니라, 누구보다도 신앙이 두터운 가톨릭 신자인 척하며, 성 프란체스코파 교단의 수도사가 되어 알베르토 다 이몰라 신부라고 불리게 되었습니다. 그는 신부 옷을 입고 표면상으로는 고해 성사나 단식을 권하고, 육식도 하지 않았으며, 포도주조차 마음에 없는 듯 마시지 않고, 엄격한 계율과 참회와 금욕의 절제 생활을 가장하고 있었습니다. 사실은 남몰래 먹고 마시고 즐겼으며 금식이나 절식은 식욕이 없거나 배가 부를 때뿐이었습니다.

이렇게 하여 그가 전에 도둑·포주·화폐 위조범·살인자였다는 것을 아는 사람은 아무도 없었으며 훌륭한 대설교사가 되었습니다. 그러나 남몰래 나쁜 짓을 할 수 있을 때에는 여전히 계속되었고, 미사를 드릴 때는 많은 사람들 앞에서 그리스도의 수난을 생각하는 척하고 거침없이 눈물을 흘리곤 하였습니다.

그는 이렇게 짧은 기간에 그럴듯한 설교와 언제든지 마음먹은 대로 나오는 눈물을 무기로 하여 사람들로부터 완전히 신임을 받았을 뿐만 아니라 모든 유언장의 작성자가 되고 위탁자가 되었으며, 많은 사람들의 금전 관리자가 되었습니다. 그리고 대부분의 선남선녀로부터 고해 성사를 듣고 충고자가 되었습니다. 그는 이렇게 늑대에서 양으로 탈바꿈을 하고는 베네치아 사람들을 농락하였습니다. 그리하여 이 고장에서 성자로서의 그의 명성은 성 프란체스코보다도 더 높아졌습니다.

자, 그런데 이 고장에 리제타 다 카 퀴리노라는 매우 어리석고 바보스러운 여자가 있었습니다. 그녀는 플랑드르 지방에 갤리선을 타고 무역을 하러 간 대상의 아내였습니다. 어느 날 이 여자는 다른 많은 여자들과 함께 그 성스러운 신부에게 고해를 하러 갔습니다. 모든 베네치아 사람이 바보였지만 그녀 역시 어리석은 베네치아 사람으로, 신부의 발밑에 꿇어앉아 자기 신상을 조금씩 고백하기 시작한 그녀에게 알베르토는 혹시 애인이 있느냐고 물었습니다.

그녀는 얼굴을 찡그리며 말했습니다.

"어머나 신부님, 신부님은 눈이 어디에 붙어 있으세요? 제 아름다움이 다른 여자와 같은 것으로 보이십니까? 애인 따위를 가지려면 몇 명이라도 가질 수 있지요. 그러나 저의 아름다움은 누구에게나 함부로 사랑을 받을 수 없습니다. 천국에 가더라도 아름다울 것으로 생각되는 저만한 미인을 보신 일이 있으세요?"

그녀는 듣는 사람이 싫증나도록 자신의 아름다움에 대하여 잔뜩 자랑을 늘어놓았습니다. 알베르토는 한눈에 이 여자의 어리석음을 알아차리고 내심 자기의 구미에 딱 맞는 여자라고 좋아하면서, 유혹하는 것은 나중에 하기로 하고 지금은 성인처럼 보여야 했으므로 아름다움을 자랑하는 것은 공연한 허영이며, 또 부인의 이야기는 모두 지어낸 것이라고 타이르는 설교 정도로 그쳤습니다.

그러자 그녀는, "신부님은 짐승 같군요. 아름다움이란 어떤 것보다도 뛰어난 것임을 모르시는군요."라고 대답했습니다. 그러나 신부는 그녀를 난처하게 하지 않고 고해를 적당히 끝낸 후 다른 여자들과 함께 돌려보냈습니다.

그로부터 며칠이 지난 뒤, 알베르토 신부는 뜻이 잘 통하는 친구와 함께 리제타 부인의 집을 방문했습니다. 이윽고 응접실 한쪽 구석에서 그녀와 단둘이 마주 앉게 되자, 다른 사람이 보지 못하도록 그녀 앞에 꿇어앉아 이렇게 말했습니다.

"부인, 지난 일요일에 부인께서 자신의 아름다움을 말씀하셨을 때, 제가 부인께 말씀드린 많은 실례를 깊이 사과드립니다. 실은 그날 밤부터 일어나지도 못할 만큼 심한 벌을 받고 말았습니다."

"누가 그런 벌을 주셨어요?"
라고 그 바보스런 부인이 물었습니다.

"이제 말씀드리겠습니다. 그날 밤, 제가 여느 때처럼 기도를 드리고 있는데 갑자기 환한 빛이 방 안에 비쳤습니다. 처음에는 얼떨떨했는데 뒤돌아보니 손에 굵은 지팡이를 든 미남 청년이 서 있었습니다. 그리고 돌연 제 옷자락을 잡더니 발아래 눕히고 뼈가 으스러지도록 지팡이로 저를 내려쳤습니다. 그래서 제가 왜 그러느냐고 물었더니, '그대가 오늘 리제타 부인의 거룩할 만큼 아름다운 미모를 비난하는 고약한 행동을 했기 때문이다. 나는 하느님을 제외하고는 그녀를 누구보다도 사랑하고 있다.'라고 하지 않겠습니까? 제가 다시 '당신은 누구십니까?'라고 물었는데 그는 자기가 천사 가브리엘이라는 것이었습니다. 저는 '오오, 천사님. 제발 저를 용서하여 주십시오.'라고 외쳤습니다. 그랬더니 그가 말했습니다. '그럼 이런 조건으로 용서해 주마. 속히 부인에게 가서 용서를 빌어라. 만일 부인이 용서하지 않으면 나는 또 나타나 그대의 목숨이 남아나지 않도록 칠 것이다.' 그 다음에 무슨 말을 하셨는지는 부인께서 먼저 저를 용서해 주시지 않으면 말씀드릴 수가 없습니다."

머리가 우둔하기 짝이 없는 이 바보 부인은 신부의 말에 하늘에 오를 것 같은 기분이 되어, 신부의 말이 모두 정말인 줄로 믿었습니다. 한참 뒤 부인은 말했습니다.

"알베르토 신부님, 그러니까 제 아름다움이야말로 거룩할 정도라고 말하지 않았어요. 그러나 신부님께 미안하네요. 그러니 이제부터는 신부님이 벌 받지 않으시도록 용서해 드리겠어요. 어서 천사가 한 말을 들려주세요."

알베르토 신부는 다시 말을 이었습니다.

"부인, 부인께서 저를 용서해 주신다니 기쁜 마음으로 말씀드리겠습니다. 그러나 꼭 한 가지 부탁드리고 싶은 것이 있습니다. 그것은 부인께서 자신을 형편없이 만들지 않으시려면 이 세상 사람에게는 절대로 이야기하지 않아야 된다는 점입니다. 특별히 주의해 주십시오. 부인은 지금 이 세상에서 가장 행복한 분이십니다. 실은 천사 가브리엘이 저에게 말씀하시길, 부인이 매우 마음에 들었기 때문에 부인을 놀라게 하는 일이 아니라면, 한밤중에 때때로 부인께 찾아갔으면 하는 뜻을 전하라고 하셨습니다. 그리고 천사님은 오늘 저녁에 부인을 찾아와 잠시 함께 지내고 싶다는 말씀도 하셨습니다. 그러나 천사의 모습으로는 부인께 손도 댈 수 없으니 사람의 모습으로 오고 싶다는 것입니다. 그래서 부인을 즐겁게 해 드릴 것이니 부인께서 천사님이 오시는 것을 원하신다면 저에게 전갈을 하라는 겁니다. 그러면 천사님이 이곳에 오실 것이고, 당신은 이 세상의 어떤 여성보다 행복해질 수 있습니다."

바보 부인은 그 말을 듣자, 가브리엘 천사님이 그토록 자기를 좋아하신다니 이렇게 기쁠 수가 없으며, 또한 자신도 천사님을 사랑하고 있으므로 초상 앞에는 언제나 값비싼 양초를 바치지 않은 적이 없을 정도라고 했습니다.

또 천사님이 나에게 오고 싶다면 자기는 침실에 혼자 있으므로 기다리고 있다가 기쁘게 맞이하겠으나, 성모마리아님 때문에 자신을 저버리는 일이 없도록 약속해 주셨으면 좋겠다는 것이었습니다. 즉, 천사님은 마리아님을 지극히 좋아하시며, 마리아님이 계시는 곳이면 어디에서나 천사님이 옆에 꿇어앉아 있다는 것을 누구나 알고 있기 때문이라고 했습니다. 그리고 덧붙여서 천사님이 어떤 모습으로 나타나시든 자기는 조금도 겁내지 않을 것이라고 대답했습니다.

"부인, 부인께서는 사려 깊은 말씀을 해 주셨습니다. 부인의 말씀을 천사님께 잘 전하겠습니다. 그러나 저에게 한 가지 특별한 은혜를 베풀어 주십시오. 그것은 결코 부담이 되는 일이 아닙니다. 즉 천사님이 저의 몸을 빌어서 이곳에 오시도록 원해 주시는 겁니다. 왜 그것이 저에게 은혜가 되는가 하면, 천사님이 저의 몸에서 영혼을 빼내어 천국에 보낸 뒤, 천사님이 제 몸에 들어오시게 되기 때문입니다. 그리고 천사님이 부인과 오랜 시간을 보내실수록 저는 천국에 오래 있을 수 있기 때문입니다."

그러자 좀 모자라는 그 부인이 말했습니다.

"좋아요. 저 때문에 천사님에게 매를 맞으셨으니 신부님이 원하시는 기쁨을 받도록 해 드리겠습니다."

그러자 알베르토 신부는 말했습니다.

"그럼 오늘 밤에 천사님이 들어오실 수 있도록 문을 열어 놓으십시오. 사람의 몸으로 오시니, 문으로 들어오셔야 하지 않겠습니까?"

부인은 그렇게 하겠노라고 대답했습니다. 신부가 돌아가고 혼자 있게 되자, 그녀는 발이 땅에 닿지 않을 정도로 기뻐하며 일각이 여삼추 같은 마음으로 가브리엘 천사가 오기를 기다렸습니다.

알베르토는 그날 밤은 천사가 아니라 기사가 될 생각이었으며, 말에서 떨어지지 않도록 정력에 좋다는 음식과 그 밖에 도움이 될 만한 것들을 잔뜩 먹었습니다. 이윽고 밤이 되자 그는 외출 허가를 얻어 밖으로 나왔으며, 친구와 함께 이전에도 즐기기 위해 언제나 들르곤 하던 어떤 여자의 집으로 갔습니다. 그곳에서 적당히 시간을 보낸 다음, 옷을 바꿔 입고 부인의 집으로 갔습니다. 집에 들어가기 전에 그는 가지고 온 천사용 장식을 달고 위층으로 올라가 부인의 방으로 들어갔습니다.

부인은 새하얀 장식들을 보자 그 앞에 무릎을 꿇었습니다. 천사는 부인에게 축복을 내린 뒤 일으켜 세워 침대로 가도록 눈짓을 했습니다. 부인은 천사가 시키는 것을 소원했으므로 곧 그대로 했습니다. 천사는 이 신앙심이 두터운 여자 옆에 몸을 뉘었습니다.

알베르토는 억세고 건장한 육체와 그 몸을 버티고 있는 두 다리도 튼튼했습니다. 그런 남성의 몸에 접하게 되자, 아주 희고 탄력 있는 피부를 가진 부인의 발랄한 육체는 지금까지 남편 이외의 남자와는 잠자리를 한 일이 없었으므로 매우 흥분했습니다.

부인은 몸도 마음도 허공에 뜨는 것 같았으며 너무나 황홀한 나머지 비명을 지를 정도였습니다. 더욱이 알베르토는 그녀에게 천상의 영광을 그 위에서 들려주었습니다.

이윽고 새벽이 밝아 왔으므로 그는 다음 방문 절차와 날짜를 부인과 의논한 후, 천사의 깃털을 손에 들고 밖으로 나왔습니다. 그리고 혼자서 자지 않도록 마음씨 좋은 여자 친구가 상대해 주었던 친구들에게 돌아왔습니다.

한편 부인은 아침 식사를 마치자, 친구들과 함께 알베르토를 찾아왔습니다. 그리고 천사 가브리엘이 나타난 일을 말하고, 그가 들려준 영원한 생명의 영광이며, 천사의 모습에 대하여 낱낱이 늘어놓았을 뿐만 아니라 그럴듯한 거짓말까지 덧붙여 이야기하였습니다.

부인의 이야기를 듣고 난 알베르토가 말했습니다.

"부인, 저는 부인이 천사님과 어떤 일을 하셨는지 모르겠습니다. 그러나 어젯밤에 천사님이 오셨을 때 부인의 말씀을 전해 드린 후 곧 장미꽃과 갖가지 꽃이 만발한 곳으로 제 영혼을 데려다 주신 것은 기억합니다. 그곳은 지금까지 한 번도 본 일이 없는 아름다운 곳이었는데 그토록 아름다운 곳에 오늘 아침까지 있었으므로 제 육체가 어떻게 되었는지 전혀 모르겠습니다."

"제가 그 말씀을 드리지 않을 수가 없어요. 신부님의 육체는 가브리엘 천사님과 함께 밤새도록 제 팔에 안겨 있었어요. 만일 믿기지 않으시면 신부님의 왼쪽 젖가슴을 보세요. 며칠은 없어지지 않을 만큼 제가 뜨거운 키스를 해 두었으니까요."

그러자 알베르토는 모른 척하고 말했습니다.

"저는 오랫동안 그 일을 해 본 일이 없습니다만, 어디 부인의 말이 사실인지 아닌지 이따가 벌거벗고 살펴보겠습니다."

그리고도 부인은 마음이 들뜬 상태로 여러 가지 이야기를 늘어놓고는 돌아갔습니다. 알베르토는 그 뒤에도 아무런 방해를 받지 않고 그녀의 집에 드나들었습니다.

그러던 어느 날 리제타 부인은 그녀의 대모(代母, god mother)와 함께 여인들의 아름다움에 대하여 이야기하던 중, 생각이 좀 모자라는 그녀는 자기가 다른 여성보다 아름답다는 것을 강조하고 싶어서 이렇게 말했습니다.

"제 아름다움이 어느 분의 마음에 들었는지 아시게 되면, 이 세상

에 저보다 더 아름다운 미인이 있다고는 못하실 거예요."

그 대모는 그녀를 잘 알고 있었으므로 호기심에 이렇게 말했습니다.

"저런, 부인의 말이 거짓이 아니라고 생각하지만, 그래도 결국 그가 누구인지 모르는 한, 아무도 그 얘기를 가볍게 믿지는 않을걸요."

그 말을 듣고 부인은 참지 못하고 이렇게 말했습니다.

"대모님, 그분은 자기 이름이 밝혀지는 것을 원하지 않았어요. 그는 바로 가브리엘 천사님이에요. 천사님은 자신보다도 저를 사랑하신대요. 천사님 말씀은 제가 이 세상뿐 아니라 천상의 어느 곳에서도 제일 미인이라고……."

그녀의 대모는 자기도 모르게 웃음이 터질 뻔했지만 억지로 참으면서 이야기를 더 들으려고 계속 말을 시켰습니다.

"오오라, 가브리엘 천사님이 부인의 연인이고, 또 그분이 그렇게 말씀하셨다면야 틀림없겠지요. 그러나 내 생각에는 천사님이 그런 일을 할 것 같지는 않은데요."

부인은 더 기를 쓰며 말했습니다.

"대모님, 그건 아니에요. 하느님께 맹세하고 말씀드리는데 그분은 우리 집 양반보다도 더 능숙해요. 그런 일은 천상에서도 하신대요. 하지만 천상에 있는 누구보다도 제가 아름답기 때문에 저를 좋아하게 되었대요. 그래서 자주 제게로 오시는 거예요. 아셨어요?"

리제타 부인의 집에서 돌아온 그녀의 대모는, 이런 어리석고 터무니없는 이야기를 한바탕 웃음거리로 만들고 싶어 몸살이 날 지경이었으며, 한시바삐 그런 날이 오기를 손꼽아 기다렸습니다. 그러다가 어느 축제일에 많은 여자들과 만나게 되었는데, 리제타의 이야기에 덧붙여 과장하여 떠벌렸습니다. 여자들은 그 이야기를 남편과 또 다른 여자들에게 옮겼습니다. 그렇게 되어 그 이야기는 이틀도 채 되기 전에 온 베네치아에 퍼지고 말았습니다.

그런데 이 이야기를 들은 사람들 가운데 리제타 부인의 친척도 몇 사람 있었습니다. 그들은 리제타 부인에게는 아무 말도 하지 않고, 부인의 말을 확인하고 그 천사를 한 번 봐야겠다고 생각했습니다. 정말 하늘을 날 수 있는지도 궁금하였으므로 그들은 며칠 밤을 몰래 숨어서 감시했습니다.

이를 알 리 없는 알베르토는 부인을 만나기 위해 어느 날 밤 어슬렁거리며 찾아갔으며, 침실에서 알베르토가 막 옷을 모두 벗은 순간이었습니다. 그가 들어가는 것을 본 친척들이 곧 침실 문을 열려고 하는 상황이 발생했습니다.

그 소리를 들은 알베르토는 무엇인가 잘못된 일이 생긴 것을 알아채고는, 얼른 침대에서 일어나 숨을 만한 곳을 둘러보았지만, 숨을 곳이 없자 운하를 향해 나 있는 창문을 열고 물속으로 뛰어들었습니다. 운하는 물이 깊었고, 또 그는 헤엄도 잘 쳤으므로 부상을 당하지는 않았습니다. 그는 건너편 강기슭으로 빠져나와 마침 문이 열려 있는 집으로 뛰어 들어갔습니다. 마침 그 집에 사람이 좋아 보이는 사나이가 있어서 왜 이런 시간에 벌거벗은 몸으로 헤엄쳐 왔는가를 엉터리로 꾸며 대고는 제발 살려 달라고 애원했습니다. 사나이는 그를 불쌍하게 생각하고 자기 침대에서 쉬게 한 다음, 자기는 밖에 볼일이 있어서 나갔다 올 테니 자기가 돌아올 때까지 있으라고 말하고는 문단속을 한 뒤 나가 버렸습니다.

부인의 친척들이 방 안에 들어가 보니 가브리엘 천사는 날개를 남겨둔 채 창문으로 뛰어내린 뒤였습니다. 그들은 그녀에게 온갖 욕을 퍼부으며 창피를 주었습니다. 그리고 훌쩍훌쩍 울고 있는 부인을 버려 둔 채, 천사의 소품들을 가지고 집으로 돌아가 버렸습니다.

그러는 사이에 날이 밝아, 사람 좋은 그 사나이는 거리의 중심에 있는 리알토 다리에 갔는데, 가브리엘 천사님이 어제 저녁 리제타 부인과 잠자리를 같이하려다가 친척들에게 발견되어, 벌거벗은 몸으로 운하에 뛰어들었으며, 그 뒤 행방을 모르겠다고 사람들이 수군거렸습니다. 사나이는 집에 두고 온 자가 그 녀석이 분명하다고 생각했습니다. 집에 돌아와 따져 보니 정말로 천사를 가장했던 자임이 틀림없었습니다. 사나이는 부인의 친척들에게 그를 넘겨주지 않는 대신 금화 50장을 요구하였고, 합의가 이루어져 돈이 지불되었습니다.

그러고 나서 알베르토가 집으로 돌아가겠다고 하자 사나이는 이렇게 말했습니다.

"방법은 하나밖에 없습니다. 오늘 축제를 벌이는데, 축제에는 곰으로 변장한 사나이를 데려오거나 야만인으로 분장한 사나이를 데리고 오기도 하죠. 저마다 머리를 짜내어 색다른 것을 데리고 와서 성 마르코 광장에 모여 가장무도회나 사냥놀이 비슷한 것을 하는데, 모든 놀이가 끝나면 축제도 끝나고 각자 제 갈 길로 가죠. 당신이 근처에 있는 걸 감시하고 있을지도 모르니 이런 방법으로라도 나가시겠다면 원하는 곳으로 데려다 드리죠. 그렇지 않다면 여기서 빠져나가기란 어렵겠는데요. 그 부인의 친척들이 당신을 찾으려고 이 근처를 감시하고 있으니 말입니다."

알베르토는 그런 꼴로 바깥에 나간다는 것은 매우 괴로운 일이었지만 부인의 친척들이 두려웠기 때문에 그렇게 해 달라고 했습니다.

사나이는 신부의 온몸에 꿀을 바르고, 그 위에 새의 솜털을 가득 붙였습니다. 또 얼굴에는 탈 같은 것을 씌우고 목에는 쇠사슬을 맸습니다. 그리고 알베르토의 한쪽 손에는 굵은 지팡이를 들게 하고 다른 손에는 도살장에서 끌고 온 두 마리의 개를 묶어 놓았습니다. 그리고는 사람을 시켜 가브리엘 천사님을 보고 싶은 사람은 모두 성 마르코 광장에 모이라고 소문을 퍼뜨리고, 이것이 베네치아 사람의 신에 대한 성의라고 말했습니다.

이렇게 준비를 끝낸 사나이는 알베르토를 끌어내어 앞세우고 자기는 뒤에서 쇠사슬을 쥐고는 광장을 향해 걸어갔습니다. 그러자 "저건 뭐지? 저게 뭐야?" 하며 많은 사람들이 뒤따랐습니다. 광장에는 그들을 뒤따라 온 사람들과 소문을 듣고 모여든 사람들로 온통 붐비고 있었습니다.

사나이는 광장에 당도하자, 한층 높은 곳에 세워 둔 기둥에 야만인을 묶어 놓고, 가장무도회가 시작되는 것을 기다리는 척했지만, 꿀을 발라 놓은 알베르토의 몸에 파리와 하루살이 따위가 달려들어 괴롭고 고통스럽기 짝이 없었습니다.

이윽고 광장을 메울 듯이 사람들이 모여들자, 야만인의 쇠사슬을

푸는 척하면서 가까이 다가간 사나이는 거룩한 수도사 알베르토의 얼굴에 씌운 탈을 잡아 벗기면서 큰 소리로 말했습니다.

"여러분, 아직 돼지가 도착하지 않아 축제를 열지 못하고 있습니다. 그래서 여러분이 헛걸음하시지 않도록 가브리엘 천사님을 보여 드리겠습니다. 천사님은 어젯밤, 베네치아의 여성들을 위안해 주시려고 저 천상에서 이 지상으로 내려오셨습니다."

탈이 벗겨졌으므로 곧 그가 거룩한 수도사 알베르토라는 것이 탄로 나고 말았습니다. 그러자 군중은 일제히 고함을 치며 저마다 욕설을 퍼부었으며, 어떤 악당도 들어본 일이 없는 온갖 험한 저주와 악담을 하고, 어떤 사람들은 오물을 던지기도 했습니다.

이렇게 오랜 시간 소란이 계속되자 이 사실은 그의 동료인 수도사들까지도 모두 알게 되었습니다. 그러자 여섯 명의 신부가 그곳으로 와 그에게 옷을 입히고 사슬을 풀고는 군중의 욕설이 계속되는 가운데 수도원으로 데리고 돌아갔습니다. 알베르토 신부는 곧 어두운 감방에 갇혔으며 그 속에서 비참하게 지내다가 죽었다고 합니다.

이렇게 그는 착한 사람을 가장하여 성인으로까지 추앙받고도 온갖 악행을 여전히 행했으며, 대담하게도 천사 가브리엘로 가장하여 자신의 욕심을 채우기까지 했습니다. 그리고 그로 인해 당연한 대가로서 야만인이 되어 끌려다니고 결국은 굴욕을 당했습니다. 그는 자기가 저지른 죄를 한탄하며 뉘우쳤지만 이미 때가 늦었지요.

바라건대 이런 짓을 아직도 계속하고 있는 다른 자들에게도 인과응보의 죄과로서 똑같은 벌이 주어지기를 바랍니다.

세 번째 이야기

세 사람의 청년이 세 자매를 사랑하여 함께 크레타 섬으로 사랑의 도피를 한다. 첫째는 질투 때문에 자기 연인을 죽이고, 둘째는 섬의 영주에게 몸을 맡기고 언니의 목숨을 구한다. 그러자 자기 연인이 그녀를 죽이고 언니와 도망치고 만다. 셋째와 그 연인은 죄를 뒤집어쓰고 옥에 갇히는데, 간수를 매수하여 로데스 섬으로 달아난다. 그리고 그곳에서 비참하게 살다 죽는다.

팜피네아의 이야기에 필로스트라토는 잠시 생각에 잠기더니 결론이 감동적이었다고 하면서 주제에서 조금 벗어난 듯하다고 평가하고, 라우레타에게는 더 나은 이야기를 주문하였습니다. 그녀는 처음에는 사랑을 나누었지만 결국에는 비운에 빠진 세 자매의 이야기를 시작했습니다.

여러분, 여러분도 아시다시피 나쁜 짓을 하면 그 짓을 저지른 자에게 보복이 돌아오는 것입니다만, 종종 남에게도 그 불똥이 튀기도 합니다. 그리고 여러 가지 나쁜 일 가운데 억제하지 않고 자유로이 제멋대로 놔두면 우리를 위험한 처지에 빠뜨리는 것이 있는데, 노여움도 그것에 해당하는 것처럼 여겨집니다.

노여움은 갑자기 맛본 불쾌감에서 솟아오르는 돌발적이고 무분별한 충동과 다름없습니다. 그 충동은 온갖 이성을 초월하고 마음의 눈을 흐리게 하고 사람의 마음을 광포한 격정 속에 몰아넣습니다.

그리고 이것은 종종 남자들에게 일어나는 것으로 치부되는데 사람에 따라 다소의 차이는 있는 것 같습니다. 여자들에게도 그러한 폐해가 심심찮게 일어나고 있습니다. 이렇게 말하는 것은 여자들은 그 충동의 불이 가볍게 일어나지만 곧 심하게 번져가서 억제할 수 없을 만큼 마음을 치솟게 하기 때문입니다.

그것은 별로 이상하지 않습니다. 생각해 보면 불이 타는 것은 성질상 굳거나 무거운 것보다는 가볍고 부드러운 것이 불붙기 쉽기 때문입니다. 게다가 우리는(남자들은 나쁘게 해석하지 마세요) 남자들보다도 훨씬 섬세하고 민감하니까요.

이러한 이유로 우리는 그러한 경향에 있으며 동시에 우리의 부드러움과 상냥함은 남자들에게 마음의 휴식과 기쁨을 주고 있습니다만, 그것과 마찬가지로 우리의 광포한 노여움이 남자들에게 심한 고뇌와 위험을 초래하고 있다는 것도 알고 있습니다. 그래서 강한 의지를 갖고 그러한 결과가 되지 않도록, 먼저 말씀드린 대로 세 젊은 남녀의 사랑이 한 사람의 충동적인 노여움 때문에 행복의 절정에서 불행의 밑바닥으로 떨어진 이야기를 이제부터 말씀드리려고 합니다.

여러분, 마르세유는 잘 알다시피 프로방스에 있는 지중해에 접한 오래되고 고상한 전통 있는 도시입니다. 이곳에는 부호나 대상인이 많이 살고 있었습니다. 그들 가운데 나르날드 클루아다라는 분이 있었습니다. 이분은 평민 출신이었으나 신앙심이 두터운 훌륭한 상인으로 넓은 토지와 막대한 돈을 갖고 있었습니다. 부인과의 사이에 몇 명의 아이를 낳았는데 그중 셋은 여자아이로 뒤의 사내아이들보다 훨씬 나이가 위였습니다.

여자아이 중 둘은 쌍둥이로 이미 열다섯 살이 되었고, 또 하나는 열네 살이었습니다. 그래서 친척들은 장사일로 스페인에 여행하고 있는 나르날드가 돌아오면 무슨 일이 있어도 그녀들을 혼인시키려고 그가 돌아오기만을 고대하고 있었습니다.

쌍둥이 자매는 니네타와 막달레나라 하고 셋째는 베르텔라였습니다. 귀족 청년 레스타뇨네는 니네타보다는 가난했지만 그녀를 대단히 사랑하고 있으며 그녀 역시 그를 사랑했습니다. 두 사람은 눈치 있게 행동하고 있었으므로 아무도 모르게 사랑을 만끽하고 있었습니다. 이렇게 하며 꽤 오래도록 서로 즐기고 있었던 때의 일입니다만, 같은 무렵에 부친의 유산으로 부호가 된 청년 두 사람이 있었습니다. 한 사람은 폴코라 하고, 또 한 사람은 우게토라는 청년이었는데, 이들은 막달레나와 베르텔라를 사랑하고 있었습니다.

레스타뇨네는 이 사실을 니네타에게 듣고 알았는데, 두 사람의 사랑을 이용하여 가난에서 벗어나야겠다고 생각했습니다. 그래서 그들과 친하게 지내면서 하루는 이쪽 청년, 다른 날에는 저쪽 청년, 때로는 두 사람 모두 함께 그들의 연인이나 자기 연인을 만나러 데리고 다녔습니다. 이리하여 그들과 아주 친한 친구가 되었다고 생각했으므로, 어느 날 레스타뇨네는 자신의 집으로 두 사람을 불러 말했습니다.

"여보게, 내가 자네들에게 기울이는 애정이 얼마나 깊은지, 자네들을 위해서 나 자신을 위하는 것 이상으로 생각하고 있다는 것을 알아 주었으면 하네. 그래서 나는 자네들을 사랑하기 때문에 생각한 것을 하나 말하려고 하는데, 자네들과 의논하여 가장 좋다고 여겨지는 방법을 취할 생각이라네. 자네들의 말에 거짓이 없다면, 또 평소 행동에서도 알 수 있지만 자네들이 그 두 자매에게 열중해 있는 것을 나는 알고 있네. 나 또한 두 자매의 언니를 사랑하고 있으므로 자네들이 동의해 준다면, 나의 열렬한 사랑에 즐겁고 달콤한 결과가 생길 방법을 강구해 주길 바라네. 즉 자네들은 대단한 부자이지만 나는 그렇지 않으니 자네들의 재산을 통합하여 그 삼분의 일을 내 것으로 하고, 그것을 갖고 세 자매와 지내기 위하여 어딘가 다른 세계로 사랑의 도피를 하자는 걸세. 그렇게 하면 나는 틀림없이 그녀들에게 아버지 재산의 대부분을 빼내게 하고, 다른 고장에서 우리 세 사람은 형제처럼 연인과 함께 행복하게 살아갈 수 있을 거야. 자, 어떤가. 그러한 즐거운 생활 방식을 취하느냐, 아니면 그만두느냐, 그 뜻은 자네들 마음에 달렸어."

두 청년은 모두 사랑에 열중하고 있었으므로 연인이 품안에 들어온다고 하자 깊이 생각할 것도 없이 그렇게 하자는 마음이 들었습니다.

레스타뇨네는 두 청년으로부터 대답을 들은 후 2, 3일이 지나 겨우 니네타를 만났습니다. 물론 그 역시 그녀를 쉽게 만날 수 있는 것이 아니었으며, 잠시 함께 즐거운 시간을 보낸 다음 두 청년과 의논한 것을 모두 털어놓고 여러 가지 이유를 들어 이 일에 찬성해 주길 바란다고 부탁했습니다.

그러나 이것은 별로 어려운 일이 아니었습니다. 그녀 쪽에서 오히려 세상을 피하여 둘만의 생활을 하고 싶다고 진작부터 바라고 있었기 때문입니다. 그런 까닭에 그녀는 그 계획이 마음에 들었다고 대답하고 동생들도 찬성하여 자기 뜻대로 될 것이라고 대답했습니다. 그뿐만 아니라 될 수 있는 대로 빨리 실행에 옮길 시기를 결정하자고 했습니다. 레스타뇨네는 이 일을 빨리 서둘자고 재촉해 온 두 젊은이한테로 돌아와 그녀들도 찬성했다고 전했습니다.

두 젊은이는 크레타 섬으로 가기로 결정하고, 돈을 갖고 장사하러 간다는 구실 아래 집과 땅을 팔고 다른 여러 가지 물건을 모두 돈으로 바꾸었습니다. 또 소형 쾌속선을 사들여 필요한 물건은 물론이고, 어마어마한 무장까지 몰래 갖추고 약속한 날이 오기를 기다렸습니다.

한편 동생들의 마음을 잘 알고 있었던 니네타는 교묘한 말로 그녀들을 부추겼으므로 동생들은 그날이 올 때까지 안절부절 못하고 있었습니다.

이윽고 배를 타야 할 밤이 오자, 세 자매는 아버지의 커다란 금고를 열어 그 안에 있는 많은 돈과 값나가는 보석을 꺼내 손에 넣고는, 미리 약속한 대로 집을 빠져나와 기다리고 있는 연인들 곁으로 갔습니다. 그리고 곧 쾌속선을 타고 출발했습니다. 이리하여 아무데에도 닻을 내리지 않고 다음 날 밤 제노바에 당도하자, 비로소 세 쌍의 연인들은 저마다 사랑의 환락을 맛보았습니다. 그리고 필요한 것을 보급하고 제노바를 떠났으며 항구에서 항구를 거쳐 여드레도 되지 않은 사이에 무사히 크레타 섬에 도착했습니다.

섬에 닿자 그들은 경치 좋고 아름다운 광대한 땅을 사서 칸디아 거리 부근에 커다란 집을 지었습니다. 그리고 많은 하인을 두고 개와 매와 말을 기르고 축제 기분에 빠져 연회를 벌이고 흥청망청 마음껏 놀았습니다. 마치 왕후 귀족인 양 이 세상에서 가장 행복하게 연인들과 달콤한 생활을 즐겼습니다.

이 같은 생활은 계속되었는데(아무리 좋아하는 것이라도 너무 많이 가지면 물리게 되듯이) 일이 벌어졌습니다. 니네타를 더없이 사랑하고 있었던 레스타뇨네였으나 아무런 걱정 없이 그녀와 사랑의 환락에 흠뻑 빠지고 나니 곧 싫증이 났던 것입니다. 이즈음 그는 어느 연회에서 이 고장에 사는 대단히 예쁜 귀족의 딸을 보고 반하고 말았습니다. 그리하여 갖은 수단을 다하여 그녀에게 달라붙어 왕녀를 모시듯 친절을 베풀기 시작했습니다.

니네타는 그것을 눈치채고 심한 질투의 불길을 태우기 시작했습니다. 그 때문에 그는 그녀의 허락 없이는 한 발짝도 외출할 수 없게 되었고, 그녀는 잔소리를 해대고 짜증을 늘어놓으며 그를 괴롭혔습니다.

그러나 세상일이란 지나치게 많으면 싫증이 나는 법이고, 저지당하는 바람은 더욱더 큰 소망으로 간절해지기 마련입니다. 니네타의 잔소리나 짜증은 도리어 레스타뇨네에게 새로운 사랑의 정념을 더욱 부채질하는 결과가 되었으며, 시일이 갈수록 그것이 어떤 결과가 될지, 즉 레스타뇨네가 그 여인과의 사랑을 이룰 수 있게 될지 아직 분명하지 않았으나, 말하는 사람마다 두 사람 사이가 맺어졌다고 쑥덕

거렸으므로 니네타는 그대로 믿고 말았습니다.

그 때문에 그녀는 깊은 비탄에 빠졌고, 심한 분노를 느꼈으며 그 결과 광란 상태가 되어 지금까지 레스타뇨네에 대해서 품고 있었던 사랑이 심한 증오로 변했습니다. 그리하여 자기가 받은 치욕은 레스타뇨네를 죽임으로써 복수하는 길밖에 없다고 생각했습니다.

그래서 그녀는 독약을 만드는 명수라고 일컬어진 그리스인 노파를 만나 뇌물을 준 다음 여러 가지 달콤한 약속을 하고, 마시면 반드시 죽는 독약을 만들게 하였습니다. 그녀는 아무에게도 의논하지 않고 어느 날 밤, 더위에 허덕이고 있는, 그런 일을 당하리라고는 생각조차 하지 않는 레스타뇨네에게 독약을 먹였습니다. 약의 효과는 대단하여 아침이 되기도 전에 그는 죽고 말았습니다. 폴코와 우케토와 그들의 연인은 그가 독살당했다고는 생각지도 못하고, 니네타와 함께 슬퍼하며 정중히 장사지냈습니다.

그런데 그로부터 며칠 지나지 않아, 니네타에게 독약을 만들어 준 그리스인 노파가 다른 나쁜 짓으로 잡혀 고문을 당하던 중 이 사실을 함께 고백하였고, 그 결과가 어떻게 되었는지도 말했습니다.

크레타 공은 이 사실을 밝히지 않고 어느 날 밤, 폴코의 저택을 포위하여 아무런 소동이나 저항 없이 니네타를 체포해 연행했습니다. 그리고 고문할 것까지도 없이 그녀에게 듣고자 했던 레스타뇨네 독살 사건의 진상을 알아냈습니다.

폴코와 우게토는 니네타가 체포된 이유를 공으로부터 은밀히 듣고 그것을 연인들에게 전했습니다. 이 말에 그녀들은 매우 슬퍼했습니다. 그래서 언니를 화형에서 구하기 위해 할 수 있는 모든 공작을 시도했습니다. 그녀가 엄청난 짓을 저질렀으므로 그 같은 극형에 처해질 것이 틀림없다고 생각되었기 때문입니다. 또한 화형에 처하려는 공의 결심이 매우 결정적이어서 무슨 짓을 해도 허사라고 여겨졌습니다.

그런데 아직 젊고 예쁜 막달레나는 오랫동안 공으로부터 사랑의 호소를 받아 왔던 것을 생각해 냈습니다. 그녀는 그 호소에 이때껏 귀도 기울이지 않았으나 공의 청을 들어주면 언니를 화형에서 구할 수 있으리라 생각했습니다. 그래서 입이 무거운 사자를 보내어 두 가지 일을 실행해 준다면 무슨 일이든 공의 의향에 따르겠다고 전하게 했습니다. 두 가지 일이란 언니를 무죄 석방하여 돌려줄 것, 또 하나는 절대로 비밀로 해 달라는 것이었습니다.

공은 사자의 말을 듣고 무척 기뻐하면서도 잠시 동안 어떻게 할지 망설이다가 마침내 그렇게 하겠다고 했습니다. 공은 막달레나에게도 동의를 얻어 이번 사건에 대해서 폴코와 우게토를 더 조사할 일이 있는 것처럼 가장하고, 그들을 연행하여 하룻밤 동안 관청에서 지내게 한 후 남몰래 그녀에게로 갔습니다.

공은 밤을 기다려 돌을 넣은 부대를 니네타인 것처럼 꾸며 바다에 던지고, 니네타를 큰 자루에 넣어 동생에게로 운반하여 그날 밤의 대가로 막달레나에게 주었습니다. 그리고 아침이 되자 지난밤이 두 사람의 최초의 밤이었지만 최후의 밤이 되지 않도록 그녀에게 당부했습니다. 이 일로 공이 나쁜 소문에 휩싸인다거나 다시 한 번 그녀를 잔혹한 형에 처해야 하는 일이 없도록 죄인을 어떻게든 먼 곳으로 추방해 주기 바란다고 일렀습니다.

이튿날 아침, 폴코와 우게토는 니네타가 한밤중에 바다에 던져졌다는 말을 듣고 그것을 그대로 믿었습니다. 그리고 곧 언니의 죽음을 알면 슬퍼할 것이 틀림없는 동생들을 위로하려고 집으로 돌아갔습니다. 그런데 막달레나가 언니를 감추려고 애를 썼으나 폴코는 그녀가 살아 있다는 것을 알아챘습니다. 그는 몹시 놀라(오래 전부터 공이 막달레나를 연모하고 있는 것을 듣고 알고 있었으므로) 아무래도 수상하다 여기고 니네타가 살아서 여기에 있는 까닭을 따져 물었습니다. 막달레나는 그럴듯한 얘기를 늘어놓으며 속이려고 했으나 눈치 빠른 그는 도무지 믿지 않고 사실대로 말하라며 다그쳤습니다. 그래도 그녀는 계속 속이려고 했으나 마침내 사실을 털어놓지 않을 수 없었습니다.

폴코의 가슴은 슬픔으로 찢어질 듯했습니다. 분노의 불길이 활활 타올라 용서를 비는 그녀의 울음소리도 듣지 않고 칼을 뽑아 그녀를 죽여 버렸습니다. 그리고 공의 노여움과 처벌이 두려워 시체를 방 안에 내버려둔 채 니네타가 있는 방으로 갔습니다. 그리고 아주 기쁜 듯이 이렇게 말했습니다.

"막달레나가 안전한 장소를 마련해 놓고 기다리고 있으니 빨리 갑시다. 여기 있다가 공에게 붙잡히면 살아나기 힘드니까요."

니네타는 그 말을 믿었습니다. 그녀는 공포에 질려 어딘가로 달아나고 싶었으므로 동생들에게 작별인사도 하지 못하고, 또 이미 밤이었기 때문에 다행이라 생각하며 폴코와 함께 도망쳤습니다. 몸에 지닌 것이라고는 폴코가 갖고 나온 얼마 안 되는 돈뿐이었습니다. 그들은 해안으로 가 작은 배를 탔으나 어디로 가는지 그녀는 전혀 알 길이 없었습니다.

이튿날 막달레나가 살해된 것이 발견되자 우게토에 대해 평소부터 질투와 미움을 갖고 있던 사람들이 곧 그 사실을 공에게 알렸습니다. 막달레나를 깊이 사랑하고 있던 공은 불같이 노하여 그녀 집으로 달려와 우게토와 그의 연인을 체포했습니다. 공은 이 일 즉, 폴코와 니네타의 도망에 대해서 아무것도 모르고 있는 두 사람에게 막달레나 살해의 책임을 묻고는 공범으로 몰아세워 억지 자백을 시키고 말았습니다. 이 같은 자백을 한 이상 두 사람은 사형을 면치 못할 것이었으므로, 그들은 교묘한 계책을 꾸며 얼마쯤의 돈으로 옥지기들을 매수했습니다. 그 돈은 만일의 경우에 대비하여 집에 감추어 두었던 것이었습니다. 그리하여 재산도 다 버린 채 작은 배를 얻어 어둠을 틈타서 로데스 섬으로 달아났으나, 그 땅에서 비참한 생활을 하다가 죽고 말았습니다.

이처럼 레스타뇨네의 광적인 사랑과 니네타의 질투는 자기들을 비참한 꼴로 만들었을 뿐 아니라 다른 사람들마저도 불행에 빠뜨렸던 것입니다.

네 번째 이야기

제르비노는 조부인 굴리엘모 왕이 보증한 서약을 깨뜨리고 튀니스 왕의 배를 습격하여 공주를 탈취하려 한다. 공주는 배에 타고 있던 신하들에게 살해되고, 제르비노는 그들을 죽이지만 결국 그도 목이 잘려 죽게 된다(이 이야기는 막연하기는 하지만, 역사적 사실에 근거를 두고 있다. 로베르토 디 트리니의 《연대기》에 적혀 있다).

라우레타의 이야기에 빠져 있다가 깨어난 부인들은 니네타의 질투와 연인들의 엄청난 불행을 한탄하였고, 왕도 깊은 느낌에서 빠져나오며 엘리사에게 다음 이야기를 명령했습니다. 엘리사는 조용하고 공손하게 이야기를 시작했습니다.

여러분, 오늘은 사랑의 시작에 대한 이야기를 주제로 말씀드리겠습니다. 사랑이란 어디까지나 상대방을 직접 눈으로 보고 나서야 그 불길이 타오르고 그리움의 화살을 던지게 된다고 믿는 사람들이 있습니다. 이런 사람들은 소문만 듣고 사랑을 하게 된다는 사람들을 비웃고 있습니다. 그러나 이 생각이 잘못이라는 것은 이제부터 제가 말씀드리는 이야기로써 분명히 알 수가 있습니다.

이 이야기를 들으시면, 서로 한 번도 만난 일이 없지만 소문만으로 사랑하게 되었을 뿐 아니라 그로 인해 비참하게 죽어야 했던 사실을 알 수가 있습니다.

시칠리아 사람들의 말에 의하면 시칠리아 국왕 굴리엘모 2세(부노 굴리엘모 왕(1152~1189)과, 그의 아들 마로 굴리엘모)는 슬하에 루지에리라는 왕자와 고스탄차라는 공주가 있었습니다. 루지에리 왕자는 부왕보다 먼저 세상을 떠났는데 그 혈육으로 제르비노라는 사내아이가 있었습니다. 제르비노 왕자는 조부인 굴리엘모 왕으로부터 매우 엄격하게 교육을 받으며 자라났습니다. 그는 미남 청년으로 성장했고, 무술에도 뛰어났으며 왕자다운 예의범절과 품위는 비할 자가 없었습니다.

그의 명성은 시칠리아의 국내에서뿐만 아니라 다른 나라 곳곳에 전해져 있었으며, 당시 시칠리아 왕에게 조공을 바치고 있던 바버리에서도 대단한 평판이었습니다.

제르비노의 무용(武勇)과 높은 기품에 대하여 소문을 들은 사람들 중에 튀니스의 공주가 있었습니다. 그녀를 만나본 사람의 말에 의하면 이 공주 또한 지금까지 조물주가 만든 그 무엇보다도 아름다웠으며, 행실은 정숙하고 기품이 넘쳤을 뿐 아니라 마음도 너그러웠습니다.

공주는 훌륭하고 용맹한 사람들의 이야기를 좋아했습니다. 그러다가 여러 사람이 들려주는 제르비노의 갖가지 무용담을 듣다 보니 매우 마음이 끌리게 되었고, 이런저런 상상을 하면서 사랑을 느끼게 되었으며, 어떻게 생기신 분일까 하고 마음속에 그려 보며 아주 깊이 그를 사랑하게 되었습니다. 그리고는 스스로 왕자 이야기를 하기도 하고, 그의 새로운 이야기에 가만히 귀를 기울이곤 했습니다.

한편, 다른 고장과 마찬가지로 시칠리아 지방에도 튀니스의 공주가 매우 아름다우며 기품이 높은 분이라는 소문이 나 있었습니다. 이 소문은 왕자의 귀에도 솔깃하게 들렸고, 어떻게 보면 오히려 공주보다 더 그리움을 태우게 되었습니다.

그러나 왕자는 튀니스로 갈 만한 정당한 이유가 없어 조부인 왕으로부터 허가를 받을 수 없었습니다. 그러나 그녀를 만나고 싶은 나머지 튀니스에 가는 모든 친구들에게 자기의 마음과 깊은 그리움을 전해 달라고 부탁하였고, 또 모든 최선의 방법으로 그녀의 소식이 자기에게 이르도록 했습니다. 그중 한 사람이 공주를 만나기 위해 상인으로 가장하고 귀한 보석들을 구경시키면서 즉, 제르비노의 뜨거운 사랑을 모두 전한 다음 왕자와 왕자의 뜻대로 할 수 있는 재산을 모두 주고 싶어한다는 말도 전했습니다.

공주는 아주 기뻐하며, 자기도 똑같이 왕자에 대해 뜨거운 사랑을 불태우고 있으며 깊은 안타까움을 느끼고 있다고 대답했습니다. 그 증거로써 자기의 귀중한 보석 하나를 사나이를 통해 왕자에게 보냈습니다. 왕자는 이 세상에서 그토록 반가운 것을 받아 본 적이 없는 것처럼 기뻐하며 선물을 받았습니다. 그 후에도 그는 친구를 통해 종종 편지를 보내고 값비싼 선물을 보냈으며, 운명만 허락한다면 어서 속히 만나 뜨겁게 포옹하자고 굳은 약속을 주고받았습니다.

일이 이렇게 진척되어 제르비노의 마음이 끝없이 타오르고 공주의 마음도 이에 못지않게 타오르고 있을 무렵, 튀니스의 왕은 그녀를 그라나다의 왕에게 시집보내기로 결정했습니다. 공주는 왕자로부터 멀리 떠나게 되었을 뿐 아니라 이제는 전혀 만날 길조차 없게 되었음을 생각하고 밤낮 없이 깊은 비탄에 빠져 있었습니다. 왕으로부터 도망쳐 제르비노에게 갈 수 있는 방법이 있었다면 그렇게 했을 것입니다.

한편 제르비노 역시 이 소식을 듣고 깊은 슬픔 속에 나날을 보내고 있었습니다. 그리고 공주가 바다를 건너 그라나다의 왕에게 갈 것이 틀림없으니, 방법을 찾아내어 힘으로라도 그녀를 빼앗아야겠다고 생각했습니다.

튀니스 왕은 두 사람의 사랑과 제르비노 왕자의 의도를 어느 정도 눈치채고 있었고, 그의 용맹스러움도 두려웠으므로 공주를 시집보낼 때가 되자 굴리엘모 왕에게 사신을 보내 공주의 결혼을 전했습니다. 사신은 튀니스 왕의 염려를 전하면서 제르비노 왕자나 다른 동조자들로부터 공주가 가는 길을 방해하지 않겠다는 보장을 요청한 후 확약을 받고 돌아갔습니다. 튀니스 왕은 그렇게 한 이후에 공주를 그라나다 왕의 신부로 보내려는 것이었습니다.

굴리엘모 왕은 이미 연로하였고, 또 제르비노의 사랑에 대하여는 아무것도 모르고 있었으니 제르비노의 사랑 때문에 그런 확약을 받아 갔으리라고는 전혀 생각지도 못하고 한가로운 기분으로 약속을 했던 것입니다. 그리고 그 증거로써 튀니스 왕에게 장갑(매를 다룰 때 사용)을 보내기까지 했습니다.

튀니스 왕은 보증품인 장갑을 손에 넣자, 서둘러 카르타지네의 항구에 아름답게 단장한 큰 배를 준비했습니다. 그리고 함께 갈 자들과 공주가 그라나다에 가는 데 필요한 충분한 물자를 싣고, 한층 더 단장을 돋보이게 하는 장식물까지 붙인 다음 떠날 날을 기다리게 했습니다.

이 모든 것을 보고 들은 공주는 시녀 한 사람을 몰래 팔레르모(시칠리아의 서울)에 보냈습니다. 그리고 제르비노에게 정중한 인사를 전함과 동시에 며칠 안에 그라나다로 시집가게 되었음을 알리고, 지금이야말로 세상에서 이야기하고 있는 왕자의 용맹스러움과 자기에 대한 사랑의 증거를 보고 싶다고 전하게 했습니다. 명령을 받은 시녀는 훌륭하게 그 책임을 다하고 돌아왔습니다.

제르비노는 공주의 전갈을 듣기는 했지만 조부인 굴리엘모 왕이 튀니스 왕에게 보증을 서약했다는 것을 알고 처음에는 어떻게 해야 할지 몰랐습니다. 그러나 사랑의 힘을 이길 수가 없었고, 공주의 뜻하는 바를 깨달은 이상 비겁한 사나이란 말을 들을 수는 없었습니다. 그는 메시나로 가서 두 척의 경쾌한 갤리선을 무장시키고, 많은 용사들과 함께 공주의 배가 틀림없이 지나리라 생각되는 사르데냐 섬의 앞바다로 갔습니다. 그의 예상은 빗나가지 않았으며, 섬 앞바다에서 기다린 지 며칠이 지나자, 공주의 배가 미풍을 받으며 그리 멀지 않은 곳을 유유히 지나가고 있었습니다. 그것을 보자 제르비노는 용사들에게 말했습니다.

"제군, 내가 믿고 있는 바와 같이 제군들이 진정 용감하다면, 또한 사랑을 해본 자이거나, 또는 지금 하고 있는 자라면, 내 소원을 이해하는 것은 아주 쉬운 일인 줄 안다. 나는 지금 사랑을 하고 있다. 나 자신으로 미루어 보건대, 사랑이 없다면 어느 누구든 용맹을 발휘할 일도 없고, 또 행복을 얻을 수도 없을 것이다. 그 사랑이 나를 지금 이 고난의 길로 끌어들이고 있다. 내가 사랑하는 사람이 지금 눈앞을 지나고 있는 저 배에 타고 있다. 저 배에는 내가 원하는 사람과 막대한 재물과 금은보화가 실려 있다. 제군이 용감한 자라면 그 훌륭한 솜씨로 저 재물을 쉽게 얻을 수 있다. 승리를 거두어도 내가 바라는 전리품은 여인뿐이다. 그 여인에게로 향하는 사랑 때문에 나는 손에 무기를 들었다. 다른 모든 것은 지금부터 제군들이 자유롭게 가져도 좋다. 자, 출발이다. 행운을 빌며 저 배를 공격하자. 신이여, 우리 일에 호의를 보이시어 바람을 멈추고 저 배를 정선케 하소서."

행동을 같이하고 있던 메시나의 용사들은 제르비노의 연설에 용기백배하였습니다. 더 이상 제르비노는 아무 말도 할 필요가 없었습니다. 제르비노의 말이 끝나자, 그들은 일제히 함성을 지르며 나팔을 불었습니다. 그리고 무기를 손에 쥐고 휘두르며 힘차게 노를 저어 공주가 탄 배를 향해 돌진했습니다.

먼발치에서 갤리선이 가까워지는 것을 보자 배 위에서는 방어 준비를 서둘렀습니다. 뱃머리에 있던 용감한 제르비노는 공주가 탄 배를 향하여, 싸우고 싶지 않으므로 배의 지휘자를 포로로 넘기라고 명령했습니다. 사라센 사람들은 상대편이 누구이며 요구사항이 무엇인가를 확인하고는, 자신들의 국왕이 보증한 서약을 어기고 습격할 수 있느냐고 물으며 그 증거로 굴리엘모 왕에게 받은 장갑을 내보였습니다. 그러면서 절대로 항복하지 않겠으며 배에 있는 것을 내어줄 수도 없다고 대답했습니다.

제르비노는 뱃전에 서 있는, 상상했던 것 이상으로 아름다운 공주를 보자, 더욱 의기충천하여 여기엔 매도 없고 바람이 없어 매를 움직일 수도 없으므로 장갑 따위는 필요가 없다고 말했습니다. 그리고 공주를 보내지 않는 한 싸움만이 있을 뿐이라고 외쳤습니다.

이렇게 된 이상 이제 지체할 수 없게 된 배 위의 사람들은 서로 활을 쏘고, 돌을 던지며 싸움을 벌였습니다. 이 싸움은 오래 계속되어 쌍방에 많은 부상자가 발생하고 많은 손실이 생겨났습니다. 길게 끌면 불리하겠다고 생각한 제르비노는 마침내 사르데냐에서 끌고 온 작은 배에 불을 붙여 갤리선과 함께 상대편 배로 접근하여 쳐들어갔습니다. 이를 본 사라센 사람들은 항복 아니면 죽음이 될 것으로 판단하고, 갑판 아래서 울고 있던 공주를 뱃전으로 끌어내어 살려 달라는 공주를 칼로 베어 바닷속에 던져 버리고 소리쳤습니다.

"자, 가져라. 너에게 주마. 우리가 할 수 있는 것은 이것뿐이다. 너의 불신행위에는 이것이 마땅하리라."

그들의 잔인한 행동을 목격한 제르비노는 죽음을 무릅쓰고 빗발치는 화살과 돌을 헤치며 적선에 뛰어올랐습니다. 그는 굶주린 사자처럼 사라센 사람들을 쳐부수었고 종횡무진으로 날뛰는 그의 칼 앞에 사라센 사람들은 시체더미를 쌓으며 쓰러졌습니다. 배는 이미 사나운 불길에 휩싸이기 시작했습니다. 제르비노는 되도록 많은 물건을 약탈하게 하고 승리를 거두었으나 그의 얼굴빛은 침통하기 그지없었습니다.

그는 아름다운 공주의 시체를 바닷속에서 건져 냈습니다. 그는 하염없는 눈물에 젖어 시칠리아로 향했습니다. 돌아오는 도중 트라파니의 맞은편에 있는 작은 섬 우스티카에 공주를 극진하게 장사지낸 왕자는 마치 사람이 달라진 듯 슬픔에 잠겨 궁전으로 돌아왔습니다.

얼마 뒤, 이 소식을 들은 튀니스 왕은 상복을 입힌 사신을 굴리엘모 왕에게 파견하여, 자신과의 서약 위반에 항의하고 일의 전모를 전하면서 약속을 깬 연유를 물었습니다. 사신의 말을 들은 굴리엘모 왕은 매우 진노했습니다. 왕은 사신의 제재 요구에 대한 정당한 이유를 부정할 방법이 없어 제르비노를 체포하였습니다. 신하들이 결심을 바꾸도록 종용했지만 왕은 신하들의 의견을 무시한 채 자기가 보는 앞에서 제르비노의 목을 치게 했습니다. 약속을 어긴 왕이 되기보다는 손자를 잃는 편이 낫다고 생각했던 것입니다.

이렇게 되어 며칠 사이에 두 연인은 그 열매를 맺어 보지도 못하고 슬프고 비참한 최후를 맞고 말았습니다.

다섯 번째 이야기

리사베타의 오빠들은 그녀의 연인을 죽인다. 연인의 망령이 그녀의 꿈에 나타나 자기가 묻혀 있는 곳을 가르쳐 준다. 그녀는 연인의 머리를 파내어 동백꽃 화분 속에 묻고 매일 눈물을 쏟으며 지낸다. 오빠들이 그것을 빼앗아 버리자 그녀는 너무나 슬퍼 결국 죽고 만다.

왕은 엘리사의 이야기에 다소 만족하였으며, 필로메나에게 다음 이야기를 명하였습니다. 엘리사의 이야기에 동정한 필로메나는 슬픈 듯이 한숨을 쉬고는 이야기를 이었습니다.

저는 메시나의 상인 세 형제의 이야기를 하려 합니다. 신분이 고귀한 자들은 아니지만, 메시나에서 일어난 사건이고 엘리사의 얘기에 뒤지지 않는 비통한 이야기입니다.

세 형제의 아버지는 산 지미냐노에서 태어났는데, 아버지가 죽자 세 형제는 유산을 물려받아 부자가 되었습니다. 그들에게는 매우 아름답고 얌전하고 착한 리사베타라는 누이동생이 있었습니다. 그런데 웬일인지 아직 시집을 보내지 않고 있었습니다.

이 집에는 이들 형제 외에 로렌초라는 피사 태생의 젊은이를 고용하고 있었습니다. 이 젊은이는 가게의 모든 일을 처리하고 있었는데 퍽 잘생긴 데다가 쾌활한 사나이였으므로 리사베타는 이 사나이와 얼굴을 자주 대하는 사이에, 이 젊은이가 좋아지고 말았습니다. 로렌초 쪽에서도 주인집 딸의 눈치를 알아차리고 다른 처녀들과의 관계를 모두 끊고 그녀에게 열중하기 시작했습니다. 이렇게 서로 좋아하는 사이인 데다가 갈수록 마음이 통하게 되어, 두 사람이 사랑을 즐기기까지 그리 오랜 시간이 걸리지 않았습니다.

그들은 이렇게 사랑을 즐기며 행복한 나날을 보내고 있었지만, 마침내 더 이상 은밀한 만남은 계속할 수가 없게 되었습니다. 왜냐하면 어느 날 밤에 리사베타가 로렌초의 침실에 숨어 들어가는 것을 큰오빠에게 들키고 말았기 때문입니다. 큰오빠는 마음이 매우 아팠지만 영리한 사람이었으므로 이것저것 생각한 끝에 그 자리에서는 아무 말도 하지 않고 이튿날까지 덮어두었습니다.

이윽고 날이 밝자, 큰오빠는 어젯밤에 본 리사베타와 로렌초의 일을 아우들에게 말했습니다. 그리고 오랜 시간 이런저런 의논을 한 결과 결국 나쁜 소문이 나지 않도록 모른 척하기로 했습니다. 그러나 그렇게 모른 척하다가 만일 이 수치스런 일이 더 진행되어 자기들에게 손해나 타격이 온다면 그때에는 은밀하게 처리해 버리기로 의견을 모았습니다.

형제들은 약속한 대로 지금까지처럼 로렌초와 웃기도 하고 말도 했지만 점점 사태가 나빠지자, 어느 날 세 형제는 교외로 놀러 가는 척하면서 로렌초를 꾀어 데리고 갔습니다. 이윽고 인가에서 멀리 떨어진 한적한 곳에 이르자, 세 형제는 아무것도 모르고 있는 로렌초를 죽여 남몰래 땅에 묻어 버렸습니다. 메시나에 돌아온 세 사람은 로렌초를 장사일로 다른 곳으로 보냈노라고 사람들에게 이야기했습니다. 지금까지 그런 일이 자주 있었으므로 아무도 의심하지 않았습니다.

그러나 리사베타는 로렌초가 돌아오지 않고, 시일이 너무 오래 걸리므로 걱정이 되어 몇 번이나 오빠들에게 캐어물었습니다. 그러자 그녀가 너무 집요하게 물어 보는 것에 화가 난 오빠 중 한 사람이 말했습니다.

"도대체 어떻게 된 거냐? 그렇게 로렌초에 대해서 캐물으니 로렌초하고 무슨 관계라도 있느냐? 이 이상 더 자꾸 물어 본다면 네가 납득하도록 대답을 해 주마."

그녀는 무슨 일이 있었는지 두려움이 앞서 슬픈 듯 고개를 숙이며 더 이상 묻지 못했습니다. 밤이 되어 그녀는 그의 이름을 수없이 부르며 속히 돌아오도록 빌었습니다. 때로는 하염없이 눈물을 흘리면서 빨리 돌아오지 않는 로렌초를 원망하기도 했지만, 그럴수록 점점 불안한 마음은 커져가고 오직 그가 돌아오기만을 기다릴 뿐이었습니다.

어느 날, 그녀는 돌아오지 않는 로렌초를 기다리다 그대로 잠이 들었습니다. 그랬더니 머리를 풀어 헤치고 창백한 얼굴에 더러워지고 다 해진 옷을 입은 로렌초가 나타나 말했습니다.

"오오, 나의 리사베타. 그대는 내 이름을 불러대며 오지 않는다고 울면서 눈물 젖은 눈으로 나를 원망하고 있지만, 이제 나는 이 세상에는 다시 되돌아가지 못한다오. 그대가 나를 마지막 본 그날에, 나는 그대의 오빠들에게 죽임을 당했으니……."

그리고 그는 자기가 죽어 묻힌 곳을 가르쳐 주면서 이제는 내 이름을 부르거나 돌아오길 기다리지 말아 달라고 하더니 연기처럼 사라졌습니다.

꿈에서 깨어난 리사베타는 이것은 틀림없이 그가 현몽한 것이라 생각하고 더욱 슬프게 울었습니다. 이윽고 날이 밝자 오빠들에게는 이야기하지 않고 로렌초가 꿈에 가르쳐 준 장소를 찾아가 꿈의 사실 여부를 알아보기로 작정했습니다.

그녀는 교외로 바람을 쐬러 가고 싶다고 오빠들에게 말했습니다. 허락을 받은 그녀는 오래 전부터 자기 집에서 일하고 있으며, 자기의 일이라면 무엇이든지 알고 있는 하녀를 데리고 빠른 걸음으로 그 장소에 갔습니다. 그리고 땅 위에 덮인 낙엽을 헤치고는 짐작이 가는 곳을 파기 시작했습니다. 땅은 그다지 단단하지 않았습니다.

얼마 파지 않았는데 그녀는 아직 썩지 않은 채 묻혀 있는 가엾은 연인의 시체를 발견했습니다. 그녀는 꿈에 나타나 이야기한 그의 말이 현실인 것을 눈으로 확인하고 말았습니다. 그녀는 슬픔에 통곡하며 몸부림치다 쓰러지기까지 했지만 이렇게 울고만 있을 수는 없다고 생각하고, 적당한 방법으로 그의 시체를 장사 지내야겠다고 생각했습니다. 할 수만 있다면 시체를 송두리째 가져가고 싶었지만 그것은 불가능한 일이었습니다. 그녀는 용기를 내어 칼로 시체의 머리를 잘라내 모포에 싼 다음 시체를 흙으로 덮었습니다. 그리고 모포에 싼 것을 하녀에게 숨겨서 아무도 모르게 집으로 돌아왔습니다.

그녀는 그 머리를 자기 방으로 가지고 갔습니다. 그리고 눈물로 씻으려는 듯 하염없이 눈물을 흘리며 머리의 이곳저곳에 몇 번씩 입을 맞추었습니다. 이윽고 그녀는 꽃나무를 심는 큰 항아리를 가져다가 깨끗한 천으로 싼 머리를 그 속에 넣은 후 흙을 덮고 그 위에 살레르노에서 가져온 아름다운 동백꽃을 심었습니다. 그 화분에 주는 것은 장미꽃물이나 오렌지꽃물, 그리고 그녀의 눈물뿐이었습니다.

그녀는 언제나 화분 옆에 앉아 거기에 로렌초가 있기라도 한 듯이 화분에게 끝없는 추억을 말하곤 했습니다. 그러다가 추억의 넋두리도 끝이 나면 화분 위에 엎드려 울었습니다. 그녀가 울 때면 화분의 동백나무는 눈물로 목욕한 듯이 젖어 버렸습니다.

동백나무는 그녀가 오랫동안 들인 정성과 그 속에 묻힌 머리가 썩어 흙이 비옥했기 때문에 건강하게 자라 아름다운 꽃이 피었으며 향기는 이루 말할 수 없이 향기로웠습니다. 그런데 그녀의 이런 모습이 이웃 사람들의 눈에 자주 띄게 되었고, 이를 이상하게 생각한 사람들이 오빠 중의 한 사람에게 리사베타의 행동을 말하면서 어떻게 된 거냐고 물었습니다. 오빠들 역시 그녀의 아름다움이 눈에 띄게 시들었고 눈도 움푹 들어가 이상하게 여기던 참에 그 말을 듣고 찬찬히 관찰하기로 하였습니다. 오빠들은 누이동생이 그러지 못하도록 몇 번이나 꾸짖었지만 그녀는 그만두려 하지 않았습니다. 그래서 오빠들은 그 화분을 몰래 감추어 버렸습니다. 화분이 없어지자, 그녀는 오빠들에게 돌려달라고 끈질기게 졸라댔습니다. 그러나 그녀가 아무리 애원해도 화분을 돌려주지 않자, 마침내 그녀는 병들어 눕고 말았습니다. 그녀는 앓아누워서도 계속 화분을 돌려 달라고 오빠들에게 졸랐습니다.

오빠들은 그녀가 그토록 화분에 집착하는 것이 수상하여 그 속에 무엇이 있는지 조사해 보기로 했습니다. 화분에 든 흙을 쏟으니 그 속에서 천으로 싸여진 것이 나왔습니다. 펼쳐 보니 사람의 머리였고, 아직 완전히 썩지는 않았으므로 머리카락의 곱슬거리는 모양으로 보아 로렌초의 머리가 틀림없다는 것을 알았습니다.

비록 잔인한 형제들이었지만 이에는 놀라지 않을 수가 없었습니다. 그들은 이 일이 발각될까 두려워 해골을 땅에 묻어 버리고는 아무에게도 알리지 않고 몰래 메시나를 떠났습니다. 그리고 적당한 구실을 붙여 메시나에서의 장사를 그만두고 나폴리로 옮겨 갔습니다.

그러나 그녀는 울음을 그치지 않았으며 끊임없이 화분을 돌려 달라고 애원하다가 끝내 세상을 떠나고 말았습니다. 이리하여 그녀의 불행한 사랑은 종말을 고했습니다. 뒷날, 이 슬픈 사연이 많은 사람들에게 알려져, 누군가가 다음과 같은 노래를 지었습니다.

내 동백꽃 화분
앗아간
그 못된 사람은 누군가요…….

그리고 이 노래는 오늘날까지 전해져 내려오고 있으며 이 고장에서도 불리고 있습니다. 또 제가 지금 이렇게 전하고 있습니다.

여섯 번째 이야기

안드레올라는 가브리토를 사랑하고 있다. 그녀는 자기가 꾼 꿈 이야기를 하고 그 역시 자기의 꿈 이야기를 한다. 그러다 갑자기 그가 그녀의 품에 안긴 채 숨지고 만다. 그녀는 연인의 시체를 집으로 운반하던 중 경관에게 잡혀 시경 국장 앞으로 가지만, 국장은 억지로 야욕을 채우려 하고 그녀는 저항한다. 다행히 그녀는 석방되지만 이 세상을 혐오하고 결국 수녀가 된다.

필로메나의 이야기에 부인들은 감탄하였는데, 리사베타의 애끓는 이야기에서 여인들은 가끔 들어왔던 노래의 숨은 내력을 알게 되었고 그 점은 특히 감흥을 받았습니다. 왕은 팜필로에게 다음 이야기를 하도록 명령을 내렸습니다.

필로메나가 들려준 꿈에 관한 부분에서 비슷한 꿈 얘기가 생각났는데, 저도 꿈에 대한 이야기를 해볼까 합니다. 이 이야기에는 두 가지 꿈에 대한 이야기가 나옵니다. 앞에서의 꿈이 과거에 일어났던 일에 대한 꿈인 데 반해, 이 이야기에서의 꿈은 앞으로 일어날 일에 대한 꿈 이야기입니다. 그리고 그 꿈을 꾼 사람들이 꿈 이야기를 하면 그 이야기가 끝난 순간에 바로 꿈이 사실로 나타나는 것입니다. 그러나 여러분, 꿈속에서 여러 가지 사물을 보게 되는 것은 인간 누구나가 지니고 있는 당연한 현상입니다. 즉 꿈은 자고 있는 본인에게는 모두 사실인 것 같이 느껴집니다. 그리고 깨어나서 보면 현실인 것 같은 꿈이 있고, 또 사실과는 동떨어진 꿈인 때도 있습니다. 그럼에도 불구하고 많은 꿈이 사실로 일어나는 경우가 많습니다.

그래서 많은 사람들이 깨어 있을 때 본 것과 마찬가지로 꿈에 본 것을 믿습니다. 따라서 길몽이냐 흉몽이냐에 따라 기뻐하기도 하고 슬퍼하기도 하지만, 반대로 꿈에서 미리 위험을 예시하고 경고함에도 불구하고 그 위험에 조금도 주의하지 않는 사람도 있습니다.

저는 어느 쪽에도 찬성하지 못합니다. 왜냐하면 꿈이란 반드시 진실일 수도 없고, 거짓이라고 단정할 수가 없기 때문입니다. 꿈이 모두 진실이 아니라는 것도 잘 알고 있으며, 또 모두 거짓이 아니라는 것도 필로메나의 이야기 속에 잘 나타나 있었습니다. 그래서 저의 이야기 속에서 그 점을 밝혀 볼까 합니다.

도리에 어긋나지 않는 생각과 올바른 행동으로 열심히 살고 있다면, 흉몽을 꾸었다고 해서 훌륭한 일을 위한 계획이나 결심을 바꿀 필요는 없습니다. 또 아무리 길몽이고 재수가 좋은 꿈이었다고 해도, 도리에 어긋난 나쁜 일을 하는 경우에는 조금도 믿을 수가 없는 것입니다. 하지만, 반대로 좋은 일을 할 때는 길몽을 믿어도 되겠습니다만, 아무튼 제 이야기 속에서 어떻게 되는지 두고 보기로 합시다.

옛날, 브레시아의 거리에 네그로 다 폰테 카르라로란 귀족이 있었습니다. 그는 자녀가 많았으며 그중 아직 결혼하지 않은 안드레올라라는 젊고 아름다운 딸이 있었습니다. 이 딸은 가브리토라는 신분이 낮은 이웃 청년과 사랑에 빠졌습니다. 청년은 비록 신분은 낮았지만 품행이 반듯하고 체격이 건장하며 쾌활하여 많은 사람이 호감을 가졌습니다. 안드레올라는 하녀를 통해 가브리토에게 여러 번 자기 뜻을 전했으므로, 그녀가 자기를 사랑하는 마음을 알게 되었고 그녀의 아름다운 정원에서 사랑을 즐기기도 하였습니다.

죽음이 갈라놓지 않는 한, 두 사람의 깊은 사랑을 갈라놓을 것이라고는 아무것도 없었습니다. 둘은 서로 지아비와 지어미로서 굳은 언약을 했으며, 이렇게 두 사람의 사랑의 밀회는 계속되었습니다. 그러던 어느 날 밤, 안드레올라는 꿈을 꾸었는데 정원에서 가브리토를 만나 서로 껴안고 즐기며 최고의 쾌락을 맛보며 기쁨의 시간을 보내고 있을 때 가브리토의 몸에서 시커먼 괴물이 나타났습니다. 그 모습은 잘 보이지 않았지만 매우 무서운 괴물이었습니다. 그런데 뜻밖에도 이 괴물이 가브리토를 잡더니 무서운 힘으로 그녀의 품에서 빼앗은 다음, 그를 끌고 땅속으로 사라지더니 흔적도 보이지 않았습니다. 그녀는 너무나 무서운 슬픔으로 몸부림치다 꿈에서 깨어났습니다. 깨어 보니 꿈에서 본 일은 일어나지 않았으므로 안심이 되기는 했지만 꿈이 마음에 걸려 걱정이 되었습니다.

이런 일로 해서 그녀는 다음 날 밤에 가브리토가 오고 싶어하는데도 그러지 않기를 권했습니다. 그러나 그는 기어이 오려고 했고, 그녀도 불필요한 의심을 사고 싶지 않았기에 그를 정원으로 맞아들였습니다. 때마침 정원에는 꽃이 피는 계절이라 붉고 흰 장미를 꺾어 한 아름 안고서 그와 분수대 옆에 앉았습니다. 두 사람은 맑은 물이 아름다운 곡선을 그으며 뿜어 나오는 분수대 옆에서 시간 가는 줄도 모르고 즐거움에 빠졌습니다. 그러다 한참 만에 가브리토는 왜 어제는 못 오게 했느냐고 이유를 물었습니다. 안드레올라는 전날 밤에 꾸었던 꿈 이야기를 들려주며, 그것이 마음에 걸려서 그랬다고 말했습니다.

그 이야기에 가브리토는 큰 소리로 웃으며, 꿈을 믿는다는 건 지극히 어리석은 일이며, 음식을 너무 많이 먹었거나 공복인 때에 꾸는 것이므로 아무 의미 없는 것이라고 하면서 이렇게 덧붙였습니다.

"만일 꿈이 사실이라면, 지난번에 나는 당신의 꿈보다 더 무서운 꿈을 꾸었으니 그런 걸 믿었다면 지금 여기에 오지 않았을 것이오. 꿈에서 난 아름답고 기분 좋은 숲 속에서 사냥을 하고 있었는데 짐승을 찾아 숲 속 깊이 들어가, 지금껏 보지 못한 예쁘고 귀여운 산양을 잡았소. 그 산양은 암컷이었는데 털은 눈보다 희고 금방 나를 따르더니 잠시도 나와 떨어지려 하지 않았어요. 어찌나 나를 따르는지 너무 귀여워서 나는 산양 목에 금목걸이를 달고 금으로 된 사슬을 매고 데리고 다니려 했어요. 그런데 돌아오는 길에 산양이 멈춰 서며 내 가슴에 머리를 기대는 것이 아니겠소. 그때 어디서 나타났는지, 보기에도 무서운 시커먼 사냥개가 나타나 몹시 굶주린 듯 나를 향해 으르렁거렸어요. 나는 몸이 굳어 버려 저항하지 못하고 있는데 그 개가 내 왼쪽 가슴에 달려들어 심장을 도려내듯이 콱 물어뜯어 심장을 꺼내 입에 문 채로 사라져 버렸소. 나는 심한 아픔 때문에 눈을 뜨고는 당황하여 곧 왼쪽 가슴을 더듬어 보았어요. 그러나 심장은 내 손 아래서 정확하게 움직이고 있지 않겠소? 나는 심장이 있는지 더듬어 본 자신이 우스워서 혼자 한참 웃었소. 그러나 이런 꿈에 무슨 의미가 있겠소? 나는 이보다 더 무서운 꿈을 지금까지 몇 번이나 꾸었지만 특별히 아무 일도 일어나지 않았어요. 그러니 꿈 얘기는 잊어버리고 좀 더 즐겁게 지낼 생각을 합시다."

자기가 꾼 무서운 꿈에 무척 놀라 있던 그녀는 그 이야기를 듣고 더욱 걱정이 되었습니다. 그러나 가브리토를 불쾌하게 하지 않으려고 되도록 걱정하는 빛을 감추면서 그를 끌어안고 입을 맞추고, 또 그에게 안기어 즐거운 쾌락에 몸을 내맡겼습니다. 하지만, 그녀는 다른 때와는 달리 무엇인가 마음이 꺼림칙하여 몇 번이고 그의 얼굴을 쳐다보기도 하고 공연히 정원을 두리번거리기도 했습니다.

그녀가 이렇게 불안해하고 있을 때, 가브리토가 갑자기 깊은 한숨을 쉬면서 그녀를 끌어안으며 숨 가쁘게 소리쳤습니다.

"아, 나 좀 살려 줘요. 나 죽을 것 같아."

그러고는 잔디 위로 맥없이 쓰러졌습니다. 그녀는 그를 무릎 위로 안아 올리며 당황해서 말했습니다.

"아니, 가브리토, 왜 그래요?"

가브리토는 아무 말도 못하고 땀을 비 오듯 흘리며 헐떡거리더니 곧 숨을 거두고 말았습니다. 그를 더없이 사랑한 그녀로서는 정말 놀랍고 슬픈 일이었습니다. 그녀는 왈칵 울음을 터뜨리며 그의 이름을 수없이 불렀지만 아무 소용이 없었습니다. 그녀는 그가 진짜 숨을 거둔 것인지 그의 온몸을 매만지며 마구 흔들어 보았습니다. 그러나 그의 몸은 점점 식어갈 뿐이었습니다. 그녀는 슬픔과 괴로운 충격으로 당황한 나머지 어쩔 줄 몰라 하며 그들의 사랑을 가장 잘 알고 있는 하녀를 부르러 갔습니다. 그녀는 하녀를 붙잡고 자기의 슬픔과 비통한 사건을 이야기했습니다. 두 사람은 함께 가브리토의 얼굴에 비 오듯 눈물을 흘렸습니다. 이윽고 그녀는 얼굴을 들며 하녀에게 말했습니다.

"그를 하느님이 불러 가셨으니 나는 더 살고 싶은 생각이 없다. 그렇지만 내 목숨을 끊기 전에 내 명예를 더럽히지 않고 우리의 비밀이 세상에 알려지지 않도록 하고 싶구나. 영혼이 떠나가 버린 마음 착한 이분의 유해를 장사 지내도록 하고 싶구나."

그러자 하녀가 대답했습니다.

"아가씨, 죽는다는 생각을 하시면 안 돼요. 이 세상에서 그분을 잃었다고 자살한다면 저세상에서도 만나기 어려울 거예요. 그분의 영혼은 구원을 받아 천국에 있지만 자살을 하면 지옥에 가니까요. 그러니 기도를 드리거나 자선을 베풀도록 하세요. 약간의 죄라도 있다면 그것이 필요하니까요. 그리고 그가 여기 온 것은 아무도 모르니 즉시 이 정원에 매장하거나 아니면 정원 밖에 두는 것이 좋겠어요. 내일 아침이면 누군가 발견하고 그의 집으로 옮겨 장사를 지낼 수가 있지 않을까요?"

그녀는 마음이 아프고 고통스러워 슬픈 눈물을 계속 흘리면서 조용히 하녀의 말을 듣고 있었습니다. 그리고 이렇게 말했습니다.

"아니, 무슨 말을 그렇게 하느냐? 그토록 사랑했고 남편처럼 모셨던 분을 개처럼 파묻거나 길바닥에 내버려 두다니. 내가 이렇게 눈물을 쏟았으니, 집안의 친척분들도 눈물을 흘려 드려야지. 우리가 어떻게 할지에 대해 결심했어."

그러면서 하녀에게 자기 방 장롱 속에 간직해 두었던 명주 천을 가져오게 한 다음 그것을 땅에 펴놓고 가브리토의 시체를 그 위에 눕히고 머리에는 베개를 베어 주며 하염없이 울면서 그의 눈을 감겼습니다. 그리고 장미꽃으로 화환을 만들어 올려놓고 다시 장미꽃을 가득히 뿌렸습니다.

"여기서 이분 집까지는 그리 멀지 않아. 그러니 나하고 둘이 그 집 문 앞까지 모셔다 놓자. 이제 곧 날이 샐 테니 집 안으로 들여가겠지. 이렇게 했다고 이분 집안사람들에게 무슨 위안이 될까마는 내 팔에

안겨서 돌아가셨으니 내 마음은 조금 위안이 되는구나."

그녀는 다시 그의 얼굴 위에 눈물을 쏟으며 오랫동안 울었습니다. 이윽고 새벽이 다가오자, 하녀의 독촉을 받은 그녀는 일어났습니다. 그녀는 가브리토와 결혼을 약속했을 때 주고받았던 반지를 그의 손가락에 끼워 주며 마지막 이별을 서러워했습니다.

"그리운 분, 당신의 영혼이 제 슬픔을 보시고, 사물을 분별하고 감정을 느끼는 영혼의 힘이 있다면 누구보다 사랑했던 여인의 마지막 선물을 마다하지 않겠지요."

그녀는 말을 맺지 못하고 시체 위에 쓰러져 정신을 잃었습니다. 잠시 후, 정신을 차린 그녀는 하녀와 함께 그의 시체를 싼 명주 천을 들고 정원을 나와 그의 집을 향해 똑바로 걸어갔습니다.

그때 때마침 어떤 사건으로 순찰을 하던 시의 경관과 마주쳤고, 이들을 수상히 여긴 경관에게 붙잡혔습니다. 살기보다는 죽기를 원하고 있던 그녀는 경관에게 숨김없이 말했습니다.

"저는 당신이 누군지 압니다. 달아날 생각 따위는 추호도 없습니다. 모든 사실을 말할 테니 저에게 손끝도 대지 마십시오. 또 저에게 비난받는 것이 싫으시다면 시체도 그대로 가만히 두어 주십시오."

경관은 그녀의 말대로 했습니다. 그녀는 아무런 방해도 받지 않은 채 가브리토의 시체와 함께 시경 국장 사무실로 왔습니다.

국장은 사건의 내용을 보고받고 곧 일어나 거실로 나왔으며, 그녀를 자기의 개인용 방으로 들어가게 한 후 두세 명의 의사를 불렀습니다. 국장은 즉시 의사들에게 이 사나이의 죽음이 독살인지 타살인지를 살펴보게 했습니다. 그러나 의사들은 심장 가까이에 나 있던 종기가 터져서 죽은 것이라고 증언했습니다.

국장은 그녀에게 아무런 죄가 없음을 알았습니다. 그래서 당연히 석방되어 마땅했으나 큰 은혜를 베풀기라도 하듯 생색을 내며, 만일 자기의 뜻을 따른다면 석방해 주겠다고 말했습니다. 그러나 그녀는 국장의 말 따위는 안중에도 없었습니다. 그러자 한심스럽게도 그녀를 폭력으로 정복하려 했습니다. 안드레올라는 몹시 화를 내며 큰 소리로 꾸짖었으며, 이미 사랑하는 연인을 잃은 굳센 여인으로서 국장을 밀쳐 버리고 용감하게 몸을 지켰습니다.

날이 밝자, 아버지 네그로 씨에게 이 소식이 전해졌습니다. 그는 놀라움과 슬픔을 금치 못하고 많은 친구들을 데리고 시청으로 갔습니다. 그리고 국장으로부터 사정 이야기를 듣고는 눈물을 떨어뜨리면서 딸을 석방시켜 달라고 부탁했습니다. 국장은 자기가 그녀를 폭행하려 한 행위로 그녀에게 비난받기 전에, 먼저 그녀가 얼마나 정숙한가를 칭찬하며 자기에게 대처한 행동으로 증명되었다고 말했습니다. 그리고 그녀가 정말 굳은 의지를 가진 여인임을 알았으니, 만일 아버님께서 이의가 없으시다면 그 굳은 의지에 반했으므로 신분이 낮은 남자를 정부로 삼았던 일은 무시하고 결혼을 신청하고 싶다고 말했습니다.

국장이 이런 이야기를 하는 동안에 안드레올라는 부친 앞에 나타나 쓰러져 울며 말했습니다.

"아버님, 이제 새삼스럽게 제가 저지른 불행에 대해서 이야기하려는 생각은 없어요. 이미 모든 것을 들어서 알고 계실 테니까요. 그러니 되도록 너그러운 마음으로 제 행위의 잘못을 용서해 주세요. 저는 아버님 몰래, 제가 좋아하는 사람을 지아비로 삼았어요. 제가 이렇게 아버님께 애원하는 것은 제 목숨을 용서해 달라는 것이 아니라, 아버님의 원수가 아닌 사랑하는 딸로서 죽기를 바라기 때문입니다."

그녀의 눈에서는 하염없이 눈물이 흘렀습니다.

네그로는 이미 나이도 많았고 또 매우 착한 분이었으므로 딸의 이야기를 듣고 함께 눈물을 흘리며 딸을 부드럽게 안아 일으키면서 말했습니다.

"딸아, 네가 만일 내가 원하는 사람을 남편으로 맞아 주었다면 나는 더 기뻤을 것이지만, 네 마음에 드는 사람을 남편으로 골랐다 해도 역시 나에게는 기쁜 일이다. 다만 네가 내 눈을 속여서 그런 짓을 했다는 것은 참으로 슬프구나. 하지만 그보다 더 슬픈 것은 내가 그 남자를 만나 보기도 전에 그가 죽어 버린 일이다. 일이 이렇게 되었으니 네가 만족할 수 있도록 그가 살아 있는 것으로 하고 그 사람에게 사위로서의 명예를 주어 성대한 장례를 치러 줄 것이다."

이렇게 말하고 그는 아들들과 친척들을 모두 모아 성대하고도 명예로운 장례식을 거행하도록 분부했습니다.

그러는 사이에 소문을 들은 가브리토 집안의 사람들이 모여들고 또 거리의 많은 남녀들이 모여들었습니다. 안드레올라가 명주천에 싸고 또 그녀가 장미꽃을 뿌려 놓은 시체가 시청의 안뜰 한가운데에 놓이자, 청년의 시체 위에는 새삼스럽게 쏟아지는 그녀의 눈물뿐만 아니라 많은 사람들의 애도의 눈물이 흘렀습니다. 그의 장례식은 귀족과 같이 치러졌습니다. 시청 안뜰에서 나온 관은 신분이 높은 귀족의 어깨에 메어져 성대한 행렬을 이루며 묘지로 운구되었습니다.

그로부터 며칠 뒤, 시경 국장이 그녀에게 청혼을 해와 네그로 씨는 그것을 딸에게 알렸지만 그녀는 들은 척도 하지 않았습니다. 부친은 딸이 마음대로 하도록 내버려 두었습니다. 그녀는 하녀와 함께 덕이 높았던 유명한 어느 수도원에 들어갔으며 수녀가 되어 깨끗한 일생을 마쳤다고 합니다.

일곱 번째 이야기

시모나와 파스키노는 사랑하는 사이다. 두 사람이 공원에서 만나고 있을 때, 파스키노는 멋모르고 샐비어 잎으로 이를 문질러 그로 인해 파스키노는 죽고 시모나는 살인 혐의로 체포된다. 시모나는 재판관에게 어떻게 하여 파스키노가 죽었는가를 설명하려고 역시 샐비어 잎으로 이를 문지르고 그녀도 결국은 죽는다.

왕은 팜필로의 슬픈 이야기가 끝났지만 아무런 동정도 표하지 않고 에밀리아를 보며 이야기를 명했습니다. 에밀리아는 자신의 이야기도 앞의 이야기와 비슷하지만 법정에서 석방되는 이유가 용감한 힘 때문이 아니라 여인의 죽음으로 인한 것이었고, 사랑은 귀족이나 대부호의 집에 기꺼이 머물지만 때로는 그 반대로 가난한 사람들의 집에서도 귀족이나 대부호가 무서우리만큼 큰 힘을 갖는다는 것을 이 이야기로 보일 생각이라고 말했습니다.

오늘 많은 이야기가 진행되었고 장소도 다른 고장으로 옮아갔으나 이 이야기는 우리 고장의 이야기입니다. 그리 오래된 이야기는 아닙니다만, 피렌체의 거리에 가난한 아버지를 모시고 사는 시모나란 이름의 아가씨가 있었습니다. 그 아가씨는 신분은 낮았지만 정말 아름답고 마음씨도 고왔습니다. 그런데 그녀는 자기 힘으로 벌어서 먹고 살아야 했으므로 그 가냘픈 팔로 물레질을 하여 생계를 이어 나가고 있었습니다. 그렇다고 마음속에 사랑의 신을 받아들이지 못할 만큼 메마르거나 마음의 여유가 없는 것은 아니었습니다.

그녀의 사랑의 신이라면, 주인인 양털 상인의 양털을 운반하여 그녀에게 가져오는 파스키노란 젊은이였습니다. 그는 그녀와 마찬가지로 신분이 낮았지만, 그녀에게 올 때마다 달콤한 말을 걸기도 하고, 힘든 일을 도와주기도 하며 그녀의 관심을 끌려고 애썼습니다.

한편 그녀는 자기에게 애정을 쏟고 있는 이 파스키노란 젊은이의 믿음직한 태도에 마음이 끌려 어느덧 열렬한 연모에 사로잡혔습니다. 그러나 그것은 마음뿐이고 두 사람의 관계에는 아무런 진전도 없었습니다. 그녀는 마음이 달아올라 실타래에 털실이 감겨 오를 때마다 양털을 가져온 사나이를 생각하고 물레를 돌리면서 얼마나 많은 한숨을 쉬었는지 모릅니다.

또한 젊은이는 주인의 양털을 잘 뽑도록 자주 재촉하러 왔습니다.

그는 마치 양털을 물레질하고 있는 것은 세상에 그녀 하나뿐인 양 시모나에게 매우 빈번하게 오는 것이었습니다.

그러는 사이 그가 재촉을 하면 그녀는 재촉받는 것을 기뻐하게 되고, 그런 상태가 계속되면서 젊은이는 점점 대담해졌습니다. 그러자 그녀도 타고난 부끄러움이나 두려움을 쫓아 버리고 드디어 두 사람은 즐겁고 깊은 사랑의 관계를 맺고 말았습니다. 그것은 서로 견딜 수 없도록 즐거운 일이었습니다. 둘은 누가 먼저랄 것도 없이 서로 유혹하고 찾으면서 밀회는 계속되고 있었습니다. 이렇게 두 사람은 날마다 비길 데 없는 사랑의 기쁨을 맛보고 있었고, 그 사랑의 불꽃은 갈수록 더 뜨거워졌습니다.

그러던 어느 날, 파스키노는 시모나에게 공원에 갈 수 있도록 허락을 얻어 보라고 말했습니다. 그곳에서라면 마음 놓고 누구에게 의심받을 염려 없이 함께 있을 수 있기 때문이었습니다. 시모나는 기쁜 마음으로 가겠노라 했습니다. 그리고 어느 일요일 오후 식사가 끝난 뒤, 산갈로의 축제에 가보고 싶다고 아버지에게 허락을 받은 시모나는 친구인 라지나와 함께 파스키노가 가르쳐 준 공원으로 갔습니다.

그곳에는 파스키노가 친구와 함께 와 있었습니다. 그 친구의 이름은 푸치노였지만 모두들 스트람바라 불렀습니다. 스트람바와 라지나는 얼마 지나지 않아 새로운 사랑의 불장난을 시작하였으므로, 그들은 스트람바와 라지나를 공원 구석에 그대로 둔 채 다른 구석진 곳을 찾아 자기들의 쾌락에 잠겼습니다.

파스키노와 시모나가 간 곳에는 샐비어 나무가 무성했습니다. 두

사람은 나무 밑동 옆에 앉아 오랜 시간을 즐겼습니다. 그러다가 공원에서 재미있게 지내며 먹으려고 가져온 도시락이 생각났습니다. 그녀가 파스키노에게 그 이야기를 하자 파스키노는 샐비어 나뭇잎을 한 잎 땄습니다. 그리고 식사 후에는 샐비어 잎으로 이 사이에 낀 음식물을 후벼내면 아주 편리하다고 하면서 이와 잇몸 사이를 나뭇잎으로 문질렀습니다.

그는 이렇게 잠시 문지르며 도시락 이야기를 하고 있었는데, 갑자기 얼굴이 창백해지며 눈이 감기더니 말 한 마디 못하고 쓰러져 죽고 말았습니다.

시모나는 어쩔 줄 몰라 울음을 터뜨리며 큰 소리로 스트람바와 라지나를 불렀습니다. 스트람바와 라지나가 달려와 보니 파스키노가 쓰러진 채 얼굴은 통통 부어오르고 거뭇거뭇한 반점이 얼굴과 몸에 돋아나 있었습니다.

"이런! 나쁜 계집애. 독약을 먹였구나."

스트람바가 떠들며 큰 소리로 욕설을 퍼붓자, 공원 가까이에 있던 많은 사람이 몰려왔습니다. 소란을 피우는 통에 모여든 사람들은 스트람바가 울고불고 하며 시모나를 책망하는 것을 보았고, 또한 눈앞에서 순식간에 벌어진 연인의 죽음 때문에 얼이 빠지고 넋이 나간 시모나로서는, 정상적인 판단력을 잃고 우왕좌왕 어찌할 바를 모르고 아무 말도 못하고 있었으므로, 스트람바의 말이 틀림없다고 믿었습니다.

그래서 엉엉 울고만 있던 그녀는 사람들에게 끌려 시경 국장이 사는 저택으로 갔습니다. 그러자 스트람바를 비롯한 파스키노의 다른 친구들까지 달려와 그녀를 험악하게 몰아대기 시작했습니다. 재판관은 즉시 법정을 열어 사실을 심리하기 시작했습니다. 그러나 재판관은 그녀가 이 사건에서 과연 유죄가 되는 행위를 했는가의 여부를 확인할 길이 없었으므로(그녀의 증언만을 들어서는 알 수가 없어), 시체와 그 현장을 직접 보면서 어떻게 된 일인가를 그녀로 하여금 세세히 증언케 하려고 생각했습니다.

이렇게 되어 그들은 술통처럼 몹시 부풀어 오른 파스키노의 시체가 있는 곳으로 갔습니다. 재판관은 시체를 보고 매우 놀라며 곧 그녀를 입회시켜 도대체 어떻게 된 일이냐고 물었습니다. 그녀는 샐비어 나무가 있는 숲으로 가서, 일의 자초지종을 자세히 설명한 뒤 파스키노가 한 대로 샐비어 잎을 따서 이를 문질렀습니다. 스트람바와 파스키노의 친구들은 그것은 무의미하고 쓸데없는 것이라고 비웃으며, 재판관 앞에서 그녀를 맹렬히 비난하면서 이런 악질 범죄자는 마땅히 화형에 처해야 한다고 소리쳤습니다.

그러나 순식간에 연인을 잃은 슬픔과 함께 스트람바와 군중들이 떠드는 화형의 두려움에 넋을 잃은 이 불행한 여인은, 샐비어 잎을 이에 문질렀기 때문에 파스키노와 마찬가지로 그 자리에 쓰러져 죽고 말았습니다.

그 자리에 있던 사람들의 놀라움은 이만저만한 것이 아니었습니다만, 그러나 이 얼마나 행복한 연인들입니까? 그 이글거리던 뜨거운 사랑과 한정된 인간의 삶을 같은 날 함께 종말을 고하였으니! 더욱이 두 사람은 같은 곳으로 가게 되었으니 그 행복이란 더 바랄 나위도 없을 겁니다. 저세상에서도 이 세상에서처럼 서로 사랑을 나눌 수가 있을 테니까요.

지금도 삶의 굴레를 지고 목숨을 잇고 있는 우리의 생각으로는, 시모나의 영혼은 더욱 오래오래 행복했으리라 여겨집니다. 그녀의 순결한 마음이 스트람바나 그 밖의 양털 가공 직공들과 보다 더 천한 사람들의 악의에 찬 증언과 비방을 피하여 굴욕적인 운명을 당하지 않고, 연인과 같은 방법으로 죽음을 택하여 결백해졌으며 그토록 열애한 파스키노의 영혼을 따라 같은 곳으로 갔으니 말입니다.

재판관과 그 자리에 있던 사람들은 이 갑작스런 변고에 아무 말 못하고 그저 망연할 뿐이었습니다. 한참 만에 제정신을 되찾은 재판관이 말했습니다.

"이 샐비어에는 독이 있는 것 같다. 보통 샐비어라면 이런 일이 일어나지 않을 텐데……. 앞으로 다른 사람에게 이런 일이 일어나지 않도록 이 샐비어는 뿌리째 뽑아서 불태우도록 하라."

공원지기가 재판관이 보는 앞에서 곧 작업을 시작했습니다. 공원지기가 샐비어 나무를 뿌리까지 캐내자 그 순간 두 연인을 죽게 한 원인이 드러났습니다. 샐비어의 뿌리에서 놀랄 만큼 커다란 두꺼비가 모습을 나타냈던 것입니다. 그러니 그 두꺼비가 뿜어낸 독에 의해서 샐비어 잎도 독을 지니게 되었음이 분명해졌습니다. 이 커다란 두꺼비에 가까이 하려는 자는 아무도 없었습니다. 하는 수 없이 그 주위에 장작을 쌓아 샐비어 나무와 함께 불태워 버렸습니다. 이리하여 불행한 파스키노의 죽음에 대한 심리는 끝이 났습니다.

파스키노의 퉁퉁 부어오른 시체는 똑같은 모양인 시모나의 시체와 함께 스트람바와 다른 친구들에 의해 두 사람이 모두 속해 있던 교구였던 산파올로 수도원(큰 사원에는 대개 그 교구의 신도들을 위한 묘지가 있다)에 묻히게 되었습니다.

여덟 번째 이야기

지롤라모는 살베스트라를 사랑하고 있었는데 어머니의 부탁으로 파리에 갔다 오니 그녀는 이미 결혼한 뒤였다. 그는 몰래 그녀의 집에 들어가 그녀 옆에 누워서 죽는다. 시체가 교회에 운반되자 살베스트라가 찾아와 그의 시체 옆에서 죽고 만다.

에밀리아가 이야기를 마치자 다음은 네이필레가 왕의 지명을 받고 이야기를 시작했습니다.

여러분, 제 생각으로는 무엇이든지 많이 알고 있다고 자만하는 사람이 오히려 더 모르는 게 많은 경우가 있습니다. 이런 사람들은 남의 충고를 듣지 않음은 물론, 자연의 이치도 거스르고 자기 생각대로 대항하려 합니다. 이런 잘못된 판단에서 비롯된 추측이 지난날 많은 재앙을 초래하였으며, 좋은 결과를 가져온 일은 절대로 한 번도 없었습니다. 그런데 이러한 자연의 이치와는 어긋나며 남의 의견이나 행동을 받아들이지 않는 것이 사랑입니다. 그러므로 남의 의견으로는 아무리 제거하려 해도 안 되지만 때가 되면 스스로 사라지는 것이 사랑의 성질이기도 합니다.

그래서 저는 이런 이야기를 할까 합니다. 본래 그다지 영리하지도 못하며 자신의 마음을 억제하지도 못하는 주제에 언제나 영리한 척하며 자연의 이치를 어기면서 자신의 판단에 의지하려는 어느 부인이, 아들의 운명적인 사랑을 제거하려다가 그 생명까지도 잃게 한다는 이야기입니다.

우리 고장에 연세가 높으신 분들의 말에 의하면, 어느 때 레오나르도 시기에리라는 부호가문의 상인이 있었다고 합니다. 그에게는 부인과의 사이에 지롤라모라는 아들이 있었는데 아들이 태어나자 레오나르도 시기에리는 곧 세상을 떠났지만 다행히 신변을 잘 정리해 놓았다고 합니다. 그래서 아들의 후견인들은 미망인과 함께 아들을 바르고 선량하게 잘 키웠습니다.

아들은 근처 아이들과 어울려 잘 지내곤 했는데 특히 같은 나이 또래인 재단사의 딸과 사이가 좋았습니다. 그들은 자라면서 우정이 열렬한 연인의 사랑으로 변하였고, 지롤라모는 하루라도 그녀의 얼굴을 보지 못하는 날이면 기분이 언짢을 정도였습니다. 물론 그녀도 그에 못지않을 만큼 그를 사랑하고 있었습니다.

아들의 어머니는 그것을 알고 여러 번 꾸짖으며 엄한 벌을 주곤 했습니다. 그래도 아들은 막무가내였으므로 어머니는 매우 속상하여 후견인들에게 이 일을 털어놓았습니다. 자신의 아들만큼 돈이 많으면 어떠한 일도 불가능한 것은 없다고 생각한 어머니는 어느 날 후견인들에게 말했습니다.

"우리 애는 아직 열네 살도 안 되었는데 살베스트라란 재단사의 딸과 사랑에 빠지고 말았습니다. 지금 단념시키지 않으면 언젠가는 아무도 모르게 아내로 삼아 버릴 것입니다. 그렇게 된다면 나는 정말 못 견딜 것입니다. 그렇다고 그 여자아이가 다른 남자와 결혼하리라는 걸 생각하면 아들 녀석은 병이 들어 죽게 될지도 모릅니다. 그러니 그렇게 되지 않도록 여러분이 장사에 필요한 일처럼 꾸며 아들을 멀리 보냈으면 합니다. 그 아이를 만나지 못하게 하면 자연히 잊게 되고, 그 뒤에 집안이 좋은 가문의 딸에게 장가를 보내는 게 좋을 것 같습니다."

후견인들은 좋은 생각이라며 연구해 보겠다고 약속했습니다. 그들은 지롤라모를 가게에 불러 그중 한 사람이 부드러운 목소리로 말했습니다.

"도련님, 이제 도련님께서는 어른이 다 되었으므로 스스로 장사를 배우고 집안을 돌봐야 할 나이가 되신 겁니다. 그래서 우리는 도련님께서 잠시 파리에 갔으면 하고 생각합니다. 파리에 가시면 도련님 재산이 어떻게 거래되고 있는가를 직접 보실 수가 있습니다. 또 그곳에는 대부호나 신사, 귀족이 많아서 이곳에서는 익힐 수 없는 그들의 예의범절을 익히고 배우실 수가 있습니다. 그곳에 다녀와 한층 훌륭하고 고상한 몸가짐을 가진다면 더욱 행복해질 것입니다."

소년은 얌전히 듣고 있다가, 자기는 다른 사람들처럼 피렌체에서 살 것이며 그것이 행복하기 때문에 파리에 갈 필요가 없다고 잘라 말했습니다.

그러자 후견인들은 더욱 어조를 높여 설득하려고 애를 썼습니다. 그러나 지롤라모의 대답은 마찬가지였으므로 마침내 그들도 단념하고 어머니에게 그 사실을 알렸습니다. 어머니는 아들을 불러 매우 화를 내며 파리에 가지 않겠다는 것보다 어리석은 사랑을 들추며 크게 책망하고 꾸짖었습니다. 그러다가 부드러운 말로 달래기도 하고, 후견인들의 충고가 얼마나 바람직한가를 타이르고 아들이 호기심을 갖도록 갖가지 말로 애원하기도 했습니다. 이리하여 지롤라모도 하는 수 없이 1년 정도의 기한으로 파리에 가서 많은 걸 배워오겠노라고 승낙했습니다.

지롤라모는 곧 파리로 떠나게 되었습니다. 한없이 타오르는 그리움의 불길에 마음을 태우면서 파리로 떠나간 지롤라모는 하루하루 날짜를 보내는 동안 결국 2년이라는 세월이 흘러 버렸습니다. 그래서 그전보다 더 애끓는 그리움을 안고 파리에서 돌아와 보니, 살베스트라는 이미 천막을 만드는 선량한 젊은이와 결혼한 뒤였습니다. 그는 안타깝고 비통하여 가슴이 터질 듯하였으나 이제 와서 돌이킬 수도 없었으므로, 그 사랑을 단념키 위한 방법을 찾아 헤맸습니다. 그리고는 사랑에 빠진 젊은이가 흔히 그러듯이 그녀의 집을 찾아가서 그녀의 집 앞을 오가기 시작했습니다. 자기가 그녀를 잊지 않았듯 그녀도 자기를 잊지 않았으리라 생각했던 것입니다.

그러나 결과는 오히려 반대였습니다. 그녀는 마치 그를 만난 일이 없는 것처럼 그를 알아보지 못했고 생각하고 있지도 않았습니다. 또 조금은 기억이 났을 수도 있지만 그녀는 전혀 모르는 사람처럼 대했습니다. 얼마 지나지 않아 그것을 알아챈 지롤라모는 상심했습니다. 그래도 그녀의 마음을 돌이켜 보려고 있는 힘을 다했지만, 그런 모든 것이 아무런 보람이 없게 되자, 목숨을 걸고라도 그녀와 이야기를 해야겠다고 결심했습니다.

그는 근처 사람들에게 그녀의 집안 사정을 익혀두었다가 어느 날 밤에 그녀와 남편이 이웃 사람들과 함께 밤놀이를 하러 간다는 것을 알았습니다. 그는 그녀의 집에 숨어 들어가 그녀의 침실 커튼 뒤에 숨었습니다. 오랜 시간을 기다린 뒤에 부부가 돌아와 침대에 들었는데 남편이 곤한 잠에 빠진 것을 알고 그는 살베스트라 옆으로 다가가 가만히 그녀의 가슴에 손을 얹고 낮은 목소리로 말했습니다.

"살베스트라, 자?"

아직 잠들지 않았던 그녀는 놀란 나머지 소리를 지를 뻔했습니다. 그러나 지롤라모가 그것을 막으며 말했습니다.

"제발 소리치지 마. 난 너의 지롤라모야."

그의 말에 그녀는 몸을 떨면서 말했습니다.

"어머, 지롤라모? 하지만 나가 줘요. 어릴 시절 좋아했던 시간은 이미 지나가 버렸어요. 보다시피 저는 남의 아내예요. 그러니 남편 이외의 남자를 만나는 것은 나쁜 일이에요. 제발 부탁이니 나가 줘요. 만일 남편이 깨어 듣기라도 한다면 어떤 무서운 결과가 될는지 몰라요. 지금은 남편의 사랑을 받으며 행복하고 조용한 생활을 하고

있으니 방해하지 말아 주세요."

그녀의 말을 들으며 그에겐 견딜 수 없는 아픔이 몰려왔습니다. 옛날 즐겁던 생각을 하고 멀리 떨어져서도 애타게 그리워하던 자신의 사랑을 생각하며 갖가지 말로 애원하고 여러 가지 약속으로 달래 보았지만 아무 소용이 없었습니다.

그는 더 살아 있기도 싫어져서 마지막으로 애원했습니다.

"난 지금까지 줄곧 살베스트라만을 사랑해 왔어. 내 마지막 소원이야. 사실은 너를 기다리고 있는 동안 몸이 얼어 추워 죽겠어. 네 곁에 좀 누워 몸을 녹이게 해 줘. 그동안 몸에는 손도 대지 않을 것이고 아무 말 없이 누워 있다가 몸이 녹으면 곧 갈 테니."

살베스트라는 그가 약간 불쌍한 생각이 들어 그렇다면 좋다고 허락했습니다. 그는 그녀 곁에 누웠으나 그녀의 몸에 닿지 않도록 조심했습니다. 그녀 곁에서 지나간 여러 가지 추억과 현재의 냉정함을 생각하면서 모든 희망이 사라지고 더더욱 죽고 싶기만 했습니다. 그리하여 차라리 여기서 죽어야겠다고 생각한 그는 주먹을 쥐고 스스로 숨을 멈추어 정말로 그녀 곁에 누워 죽어 버리고 말았습니다.

잠시 뒤, 그의 기색이 이상하다고 생각한 그녀는 남편이 깨어나지 않도록 조심하며 물었습니다.

"이봐요, 지롤라모. 왜 가지 않나요?"

그러나 아무 대답이 없으므로 깊이 잠든 모양이라고 생각하여 손을 뻗쳐 그의 몸을 흔들었습니다. 그러나 아무 반응이 없을 뿐더러 몸이 얼음장처럼 싸늘하여 그녀는 가슴이 섬뜩했습니다. 다시 거세게 흔들었지만 꼼짝도 하지 않았습니다. 몇 번을 흔들어 본 후에야 그가 죽었다는 것을 알았습니다. 그녀는 그제야 가슴 아픈 슬픔을 느끼며 어떻게 하면 좋을지 한참 동안 생각했습니다.

이런저런 궁리 끝에 그녀는 한 가지 묘안이 떠올랐습니다. 남의 일인 양 얘기를 하여 어떻게 하면 좋은가를 남편에게 물을 생각이었습니다. 그녀는 남편을 깨워 남에게 있었던 일인 것처럼 말하며 그런 일이 나에게 일어나면 당신은 어떻게 하겠느냐고 물었습니다. 마음씨 좋은 그녀의 남편은 죽은 사람을 은밀하게 그의 집으로 운반하여 조용히 버려두고 오는 것이 좋겠다고 했습니다. 당신에게 잘못이 있는 건 아니니, 당신을 책망하지는 않을 것이라고도 했습니다. 그의 젊은 아내는 고개를 끄덕이며 말했습니다.

"우리도 그렇게 하는 것이 좋겠군요."

그녀는 이렇게 말하며 남편의 손을 끌어당겨 죽은 젊은이의 몸에 닿게 했습니다. 남편은 몹시 놀라 당황하여 일어났으며, 재빨리 등불을 켜고는 아내에게 불필요한 말을 건네지도 않고 시체를 어깨에 메고 나가 지롤라모의 집 앞에 놓고 돌아왔습니다. 그는 아내의 결백을 믿었습니다.

아침이 되어 집 앞에 놓인 시체가 발견되자, 지롤라모의 집에서는 큰 소란이 벌어졌습니다. 특히 그의 어머니는 미친 듯이 소란을 피웠습니다. 온몸을 조사해 보았지만 아무런 상처도 없었습니다. 의사가 와서 진찰해 보아도 갑작스런 충격으로 죽었을 것이라고 말했습니다. 시체는 성당으로 운구되었고 슬픔에 젖은 어머니와 이웃 사람들과, 집안 여자들은 함께 성당으로 갔습니다. 그리고 그 고장의 풍습대로 아들의 시체 위에 또다시 하염없이 눈물을 쏟았습니다.

이렇게 성대하지만 쓸쓸한 장례식이 거행되고 있을 때, 살베스트라의 집에서 마음씨 좋은 남편은 그녀에게 이렇게 말했습니다.

"당신도 망토를 뒤집어쓰고 지롤라모의 장례식이 있는 성당에 가보지 그래. 그러면 다른 여자들 틈에서 이 사건에 대하여 어떤 소문이 퍼지고 있는지 들을 수 있잖아? 나도 남자들 틈에 가보려고 하는데. 우리한테 불리한 이야기를 하는지 들어 봐야지."

어젯밤 이후로 그의 죽음을 애처롭게 여기던 그녀는, 살아서 입맞춤의 기쁨 한 번 주지 못했으므로 죽은 시신이라도 한 번 보고 싶었던 참이라 남편의 제의를 쾌히 승낙하고 성당으로 갔습니다.

그러나 사랑의 힘을 확인하는 것이 얼마나 힘든 것인지 생각도 못한 일이었습니다. 지롤라모의 즐거운 인생을 접게 만들었던 그 완고한 마음이 이 비참한 사건으로 해서 비로소 눈뜨게 될 줄 누가 알았겠습니까. 그녀는 죽은 지롤라모의 모습을 보는 순간, 아련하던 옛사랑의 추억이 세차게 타오르는 연민으로 바뀌었습니다. 그녀는 망토로 얼굴을 숨긴 채 여인들 사이를 헤치고 시체 옆까지 당도했습니다. 그리고 갑자기 날카로운 소리를 지르며 시체 위에 얼굴을 묻고 깊은 비탄에 젖은 울음을 토했습니다. 그리고 지롤라모가 비련으로 격렬히 애를 끓이다 숨을 거둔 것처럼 그녀도 숨을 거두고 말았습니다.

그녀가 너무 오랫동안 그렇게 있는 것을 보고 다른 여자들은 그녀를 달래어 일어나도록 권했지만 그녀는 꼼짝도 하지 않았습니다. 그래서 그녀가 누구인가 하고 일으켜 보니, 다름 아닌 살베스트라였으며 이미 숨이 끊어진 뒤였습니다. 여자들은 이중의 슬픔에 잠겨 모두 더욱 가슴 아프게 슬피 흐느꼈습니다.

이 일은 속속들이 성당 밖에 모여 있던 사람들과 남자들 속에 있던 그녀의 남편에게도 전해졌습니다. 그는 여러 사람에게 둘러싸여 누구의 위로도 듣지 않고 오랫동안 구슬프게 울었습니다. 그리고 어젯밤에 지롤라모와 자기 아내 사이에 일어났던 일을 이야기했습니다. 그제야 모든 사람들은 두 사람이 죽은 이유를 알게 되었으며, 누구나 할 것 없이 모두 슬픈 생각에 잠기지 않을 수 없었습니다.

살베스트라의 시체는 이제 정중한 장례식을 올리기 위해 지롤라모의 시체 곁에 나란히 뉘어졌습니다. 많은 사람이 성당을 찾아 두 젊은이의 애달픈 사연에 눈물짓고 애도를 표했으며, 두 사람은 같은 무덤에 고이 묻혔습니다. 살아 있을 때 맺어지지 못한 그들이었지만, 죽음은 두 사람을 결합시켜 영원히 같이 있도록 하였으며, 불멸의 애총(연인끼리 한 무덤에 묻히는 것은 각종 로맨스나 사랑의 노래 속에 많이 나온다.《트리스탄과 이졸데》에도 나오며, 이탈리아의 베로나에도 로미오와 줄리엣의 불멸의 애총이라 불리는 곳이 있다)에 묻히게 되었던 것입니다.

아홉 번째 이야기

굴리엘모 로실리오네는 아내가 사랑하고 있던 굴리엘모 과르다스타뇨를 살해하고, 그 심장을 아내에게 먹인다. 아내는 그 사실을 알자, 창문 밖으로 몸을 던져 죽는다. 결국 아내는 연인과 함께 묻히게 된다(이 이야기는 시인 기욤 드 카베스탄의 오래된 전기 중 심장을 먹는 전설적 테마에서 취재되었다고 한다).

모두에게 깊은 감명을 준 네이필레의 이야기가 끝나자 왕의 이야기가 이어졌습니다. 그것은 디오네오의 마지막 차례의 특권을 왕도 깨뜨리고 싶지 않았기 때문입니다.

여러분, 불행했던 애달픈 사랑 이야기에 가슴 아파하는군요. 그래서 저는 그보다 더 슬픈 이야기를 소개하려 합니다. 이야기의 주인공들은 신분도 매우 높았고, 상황 또한 더욱 심각했습니다.

자, 프로방스 사람들의 이야기에 의하면 옛날 프로방스에 귀족 신분인 두 사람의 기사가 있었다고 합니다. 이들은 모두 여러 개의 성을 가지고 있었으며 많은 신하를 거느리고 있었습니다. 한 사람의 이름은 굴리엘모 로실리오네(본명은 레이몽, 프랑스어로는 루실롱, 프로방스에 있는 루실롱의 성주), 또 다른 사람의 이름은 굴리엘모 과르다스타뇨(로실리오네의 신하. 페르피냐노에서 멀지 않은 곳의 영지에서 이름을 따온 것이다)라 했습니다. 두 사람은 누가 더 뛰어나다고 할 수 없을 정도로 경지 높은 무예 솜씨를 가지고 있었으며 사이도 매우 좋았습니다. 그들은 언제나 똑같은 복장을 하고 각종 검술 시합이나, 마상 창 시합 등에 나가곤 했습니다.

두 사람은 각기 자기의 성에 살고 있었으며 성과 성의 거리는 10마일 정도 떨어져 있었습니다. 로실리오네의 아내는 절세의 미인일 뿐만 아니라 매우 우아한 여성이었습니다. 그런데 과르다스타뇨는 친구 사이임에도 불구하고 로실리오네의 아내를 깊이 연모하고 있었습니다. 그녀도 그가 끊임없이 유혹의 뜻을 전해 오자, 그 뜻을 눈치챘고 그가 훌륭한 기사라는 것도 알았으므로 그녀도 마음이 끌려 사랑으로까지 발전하고 말았습니다. 그리하여 그녀는 그가 아니면 사랑도 희망도 없다는 듯이 닿기만 하면 불이 붙을 만큼 그의 사랑을 기다리게 되었습니다. 그러니 두 사람 사이에 사랑의 밀회가 이루어지고 거듭하여 만나 서로 정을 통하게 되었습니다.

그러나 두 사람은 주의를 기울이지 않은 탓에 그만 남편에게 발각되고 남편은 화가 머리끝까지 올라, 지금까지 과르다스타뇨에게 품고 있던 깊은 우정은 반드시 그를 죽여야겠다는 증오로 변하였습니다. 그러나 두 사람의 정사를 모른 척하며 자기의 감정을 교묘히 숨기고 절호의 기회를 노려 그를 죽여야겠다고 결심했습니다.

로실리오네가 이러한 결심을 하고 있을 때, 프랑스의 모든 기사들이 겨루는 마상 창 시합이 열린다는 소식이 전해졌습니다. 로실리오네는 곧 과르다스타뇨에게 사람을 보내 자기 성으로 와서 출전하는데 대한 여러 가지 의논을 하자고 전했습니다.

과르다스타뇨는 다음 날 저녁 식사에 반드시 가겠다고 쾌히 회답을 보내왔습니다. 로실리오네는 회답을 듣고 이제야 그를 죽일 수 있는 기회가 왔다고 생각했습니다. 이튿날, 그는 두세 명의 신하와 함께 무장을 한 다음 말을 타고 성에서 1마일 정도 떨어진 숲에서 과르다스타뇨가 지나가기를 기다렸습니다. 매복을 하고 있을 때 거의 무장도 하지 않은 두 사람의 종과 함께 그가 오는 것이 보였는데 그는 전혀 경계하지도 않는 것 같았습니다. 이윽고 그를 습격하기에 알맞은 장소에 이르자, 노기충천한 로실리오네는 분노와 증오에 차서 창을 머리 위로 휘두르며 그의 앞으로 달려들며 외쳤습니다.

"죽어라, 이 고약한 놈!"

로실리오네의 창은 똑바로 그의 가슴에 꽂혔습니다. 과르다스타뇨는 불시에 당한 일이라, 저항은커녕 말 한 마디 못하고 말에서 떨어져 즉사하고 말았습니다. 그의 하인들은 무슨 일이 일어났는지 분간도 못한 채 말머리를 돌려 오던 길로 허겁지겁 도망쳐 갔습니다.

로실리오네는 말에서 내려, 단도로 과르다스타뇨의 가슴을 가르고 그 심장을 손으로 끄집어내어 창끝에 매달린 작은 깃발로 싼 다음 신하에게 가지고 가도록 명령했습니다. 그리고 두 신하에게는 이 일을 아무에게도 말하지 않도록 명령한 뒤, 어두워질 무렵에 다시 말을 몰아 성으로 돌아왔습니다.

부인은 과르다스타뇨가 저녁 식사에 온다고 들었으므로 내심 크게 기뻐하며 기다리고 있다가 남편이 혼자 오는 것을 보고 물었습니다.

"아니, 왜 혼자 오세요? 과르다스타뇨 님은 오시지 않나요?"

남편은 아내의 질문에 이렇게 둘러댔습니다.

"응, 그가 내일 온다고 전갈을 보냈더군."

부인은 마음이 조금 상했지만 그렇다고 그것을 누구에게 말할 수도 없었습니다.

로실리오네는 말에서 내리자, 요리사를 불러 말했습니다.

"이건 멧돼지의 심장이다. 네 솜씨를 최고로 발휘하여 가장 맛있고 특별한 요리를 만들어 다오. 테이블에 가져올 때는 은접시에 담아 오도록 해라."

요리사는 그것을 가지고 조리실로 갔습니다. 주의를 기울여 온갖 솜씨를 발휘하며, 잘게 썰고 고급 향료를 듬뿍 곁들여 다시없는 일품요리를 만들었습니다.

굴리엘모 로실리오네는 저녁 식사 때가 되자, 부인과 함께 식탁에 앉았습니다. 요리가 식탁에 놓였지만 자신이 저지른 일을 생각하니 식욕도 나지 않고 생각에 잠겨 식사를 할 수가 없었습니다. 요리사가 그 일품요리를 가져왔으나, 그는 어쩐지 입맛이 없다며 요리를 부인 앞에 놓게 했습니다. 그리고 이건 매우 맛있는 거라고 칭찬했습니다. 부인은 식욕이 전연 없지 않았으므로 한 조각 입에 넣어 봤습니다. 비교적 맛이 있는 것 같아 부인은 그 요리를 모두 먹어치웠습니다. 부인이 요리를 다 먹은 것을 보자 그는 말했습니다.

"당신, 그 요리를 어떻게 생각하오?"

"상당히 맛이 있었어요, 여보."

"하느님의 은총으로 나도 그러리라고 생각하오. 결코 놀라지는 않소. 살아 있을 때 가장 좋아했으니 죽은 다음에도 마음에 들 것이라는 것을 말이오."

그 이야기를 들은 부인은 잠시 침묵을 지킨 다음 겨우 물었습니다.

"그건 무슨 뜻인가요? 제가 먹은 것은 뭐죠?"

"당신이 먹은 것은, 부정한 아내로서 당신이 무척이나 사랑하던 굴리엘모 과르다스타뇨의 심장이오. 내가 돌아오기 조금 전에 이 손으로 친히 그의 가슴에서 도려내 왔으니 틀림없소."

누구보다도 사랑하던 사람의 심장이라는 말에 부인의 슬픔은 땅이 꺼지는 듯했습니다.

"당신은 비열하고 악랄하기 짝이 없는 바보 같은 짓을 했어요. 그분이 억지로 내게 다가온 것이 아니라 내 편에서 사랑을 먼저 드렸으니, 이런 포악한 보복은 그가 아니라 내가 받아야 했어요. 그토록 무예에 뛰어나고, 예절바른 굴리엘모 과르다스타뇨 님과 같은 훌륭한 기사의 심장으로 만든 요리를 시시한 요리와 함께 내는 일을 하느님은 용서하지 않을 겁니다."

그렇게 말하며 일어선 부인은 뒤에 있는 창문으로 다가가 아무런 주저함 없이 아래로 몸을 던졌습니다. 창문은 매우 높은 곳에 있었으므로 부인은 떨어져 죽었을 뿐만 아니라 몸이 산산조각이 났습니다. 굴리엘모 로실리오네는 비명을 질렀습니다. 그는 프로방스의 주민들과 프로방스의 백작(프로방스 지방의 전기에 따르면 아르곤 가의 알폰소 왕을 말하며, 실제로는 1197년에 죽었다. 즉, 굴리엘모 로실리오네와 베레몬다드. 베레몬다드가 결혼하기 1년 전에 해당된다)의 일을 두려워하여 말을 타고 멀리 도망쳐 버렸습니다.

이튿날 아침, 모든 진상이 부근 일대에 알려졌습니다. 두 성에서는 눈물 속에 두 사람의 시체를 거두고 부인의 성에 있는 성당 묘지에 함께 장사를 지냈습니다. 그 위에는 두 사람이 죽은 이유와 죽은 형상을 노래한 시를 새긴 묘비가 세워졌습니다.

열번째 이야기

어느 의사의 아내가 마취약을 먹고 잠든 연인을 죽은 줄 알고 궤에 넣는다. 그 궤를 두 사람의 고리대금업자가 훔쳐 간다. 사나이는 마취약에서 깨어나지만, 도둑으로 오인되어 체포된다. 의사의 아내를 섬기는 하녀는 궤 속에 남자를 넣은 것이 자기라며 재판관 앞에 나선다. 사나이는 교수형을 면하게 되고 고리대금업자는 궤를 훔친 죄로 벌금형을 받는다.

마지막으로 디오네오의 차례가 되었고, 왕은 이야기를 시작하도록 하였습니다.

불행한 사랑 이야기는 우리 모두를 슬픈 감정에 젖게 하므로, 또 내일부터 시작되는 이야기의 보기가 되길 바라면서 저는 유쾌하고 즐거운 이야기를 할 생각입니다.

친애하는 여러분, 그리 오래되지 않은 옛날, 살레르노에 마치오 델라 몬타냐(1300년대 나폴리의 로베르토 왕의 궁정의였던 마테오 몬타노를 가리킨다. 《의학전서》를 썼다)라는 아주 고명한 외과 의사가 살고 있었습니다. 그는 이미 나이가 많았지만 그 거리에서도 미인으로 이름 높은 젊은 처녀를 아내로 맞이하여 다른 여인들은 가져 보지도 못할 사치스런 옷이나 값비싼 보석, 장신구로 단장시켜 주었으며, 그 보석이나 장신구는 여자라면 누구나 좋아할 것들이었습니다. 그러나 사실 그녀는 침대에서 남편에게 안기는 일이 드물었으므로 늘 춥고 허전함에 떨어야만 했습니다.

늙은 고명한 의사는 예전에 이야기한 리차르도 드 킨치카가 그의 젊은 아내에게 축제일을 가르쳤던 것과 마찬가지로, 여자와 한 번 자면 며칠 걸려 힘이 회복된다든가, 또는 그와 비슷한 일들을 반복하여 주지시키곤 했습니다. 그래서 부인은 항상 견딜 수 없는 불만에 가득 차 있었습니다. 부인은 영리하고 대담하기도 했으므로 집에서 남편과의 사이는 줄이고 밖에 나가 다른 젊은 상대를 구해야겠다고 생각했습니다. 그러면서 이리저리 물색하다가 드디어 마음에 드는 한 사나이를 찾았습니다. 그녀는 마음속에 모든 희망과 애정과 행복이 솟구치는 것을 느꼈습니다. 그 젊은이도 같은 생각으로 기뻐하며 그녀에게 애정을 쏟았습니다.

이 젊은이는 루지에리 다 제롤리라 하며 본래 귀족 태생이었으나 방탕한 생활로 타락하여 아주 초라하게 되었으며, 친척이나 친구들도 그에게 호의를 베풀거나 만나려 하는 사람은 아무도 없었습니다. 그가 도둑질을 하거나 세상의 악행과 천하기 그지없는 나쁜 짓을 한다는 소문이 온 살레르노에 퍼져 있었지만, 부인은 그런 것에는 아랑곳하지 않고 다른 목적으로 마음에 들었으므로 하녀를 시켜 좋은 말로 이르게 하여 그를 만날 수 있게 되었습니다.

그리하여 얼마 동안 사랑의 뜨거운 쾌락을 맛보고 밀회를 거듭하는 동안, 부인은 그의 과거 생활을 비난했습니다. 그리고 자기의 사랑을 위해 이제부터 그런 짓을 그만하도록 부탁하고 그에게 돈을 주기도 하고, 또 어떤 때는 다른 물품으로 도와주기도 했습니다.

이렇게 두 사람이 아무도 모르게 밀회를 계속하던 어느 날이었습니다. 한쪽 다리가 썩어 들어가는 환자가 운반되어 왔는데 다리를 진찰하고 난 의사는 환자를 데리고 온 친척에게, 썩은 뼈를 잘라 내지 않으면 다리 전체를 아주 잘라 버려야 한다고 말하며, 썩은 뼈만 잘라 내면 낫게 될지도 모른다고 했습니다. 그러나 수술하지 않으면 죽게 될 거라고 덧붙였습니다. 그러자 친척들은 수술하는 데 동의했습니다.

의사는 환자를 마취시키지 않으면 고통을 견딜 수 없을 테고, 또 마취하지 않고는 수술을 하지도 못할 것이라 생각했습니다. 그래서 저녁에 수술할 작정으로 아침나절에 먹으면 저녁에 수술을 받는 동안 아무 고통도 느끼지 않고 잠잘 수 있을 만한 분량의 물약을 만들었습니다. 그는 그 약을 침실 창문 위에 놓고는 누구에게도 주의를 주지 않았습니다.

저녁이 되어 의사가 환자에게 갈 준비를 하고 있는데 말피에 있는 친구로부터 심부름꾼이 도착하였습니다. 그들의 말로는 말피에서 큰 폭동이 일어나, 많은 부상자가 생겼으니 만사를 제쳐놓고 속히 와 달라는 것이었습니다.

의사는 다리 환자의 수술을 내일로 미루고 곧 배를 타고 말피로 떠났습니다. 그것을 알게 된 부인은 남편이 오늘 저녁에는 집에 돌아오지 않으리라 생각하고 언제나처럼 몰래 루지에리를 오게 하여 침실로 끌어들였습니다. 그리고는 집안의 하인들이 잠자리에 들 때까지 침실에 자물쇠를 잠가 루지에리를 가두어 놓았습니다.

침실에서 부인을 기다리던 루지에리는 낮 동안의 피로 때문인지 짠 음식을 먹은 때문인지 몹시 갈증이 났습니다. 창가를 보니 의사가 환자를 위해 만들어 놓은 마취약이 들어 있는 병이 눈에 띄었습니다. 음료수인 줄로 안 그는 그 물약을 단숨에 들이켰습니다. 그러자 곧 잠이 몰려와 세상모르게 잠들어 버렸습니다.

부인이 급히 일을 마치고 침실로 와서 보니 루지에리가 잠들어 있으므로 작은 소리로 부르며 흔들어 깨웠지만 아무 소용이 없었습니다. 대답은커녕 꼼짝도 하지 않았습니다. 화가 난 부인은 힘을 주어 그를 밀며 말했습니다.

"이 잠꾸러기 같으니라고. 자고 싶으면 자기 집에 가서 자지 여기는 왜 온담."

부인이 힘껏 미는 바람에 루지에리는 침대에서 떨어졌지만, 마치 죽은 사람처럼 아무런 감각도 없는 것 같았습니다. 당황한 부인은 그를 깨우려고 더 세게 흔들면서, 코를 쥐어 보기도 하고 수염을 잡아당겨 보기도 했습니다. 그러나 무슨 짓을 해도 소용이 없었습니다. 그는 아주 깊이 잠들어 있었기 때문입니다.

부인은 혹시 그가 죽은 것이 아닌가 하고 의심하기 시작했습니다. 이번에는 힘을 주어 살을 꼬집기도 하고 촛불로 태워 보기도 했지만 역시 헛수고였습니다. 남편은 비록 의사였지만 부인은 의학에 대하여 아는 것이 없었으므로 그가 죽었다고 여겼습니다. 그녀는 사나이를 열렬히 사랑했으므로 심한 충격에 휩싸였으나, 큰 소리를 낼 수도 없어 그의 몸에 엎드려 얼굴을 묻고 훌쩍훌쩍 울면서 이렇게 불행한 사태가 일어난 것을 한층 더 서러워하고 있었습니다.

한참 동안 그러고 있다가 잘못하다가는 망신을 당하거나 자기가 크게 의심받을 일이 걱정이 되어 어떻게 하면 죽은 루지에리를 집 바깥으로 끌어낼 수 있는지 방법을 생각하기 시작했습니다. 그렇다고 남에게 의논할 수도 없고 방법도 없어 몰래 하녀를 불러 뜻하지 않았던 불행한 현장을 보이며 의견을 물었습니다. 하녀도 아주 놀라며 루지에리의 몸을 꼬집기도 하고 잡아당겨 보기도 했으나 전혀 살았다는 반응을 나타내지 않으므로 부인이 말한 대로 정말 죽어 버렸으니 어서 그를 밖으로 운반해야겠다고 대답했습니다.

하녀의 말에 부인이 물었습니다.

"어디로 가져가지? 내일 아침 사람들에게 우리가 운반한 것이 들키지 않으려면?"

하녀는 자기 의견을 말했습니다.

"마님, 아까 저녁 늦게 이 근처 목공소 앞에 그다지 크지 않은 기다란 나무 궤짝이 하나 놓여 있었어요. 목수가 그걸 가게에 들여놓지 않았다면 우리에게는 아주 안성맞춤일 거예요. 이 시체를 칼로 한두 번 찌른 다음, 궤짝 속에 넣어 두면 아무도 우리가 넣은 줄 모를 거 아니겠어요? 이 사람은 본래 나쁜 짓을 많이 했으니 또 어디서 나쁜 짓을 하다가 원한을 품은 사람에게 살해되었다고 생각하겠지요."

부인은 하녀 의견에는 대체로 찬성했으나 시체에 상처를 주어 평생토록 마음을 괴롭히게 될지도 모르니 그 점은 반대했습니다. 그래서 아무튼 그 궤짝이 아직 그대로 놓여 있는지 보고 오게 했습니다. 하녀는 돌아와 아직 그대로 있다고 전했습니다. 젊고 힘센 하녀는 부인의 도움으로 루지에리를 어깨에 짊어지고, 누구에게도 들키지 않도록 주의하며 궤짝이 있는 곳으로 가서 시체를 넣고 뚜껑을 덮은 후 곧 집으로 돌아왔습니다.

한편 이런 일이 일어나기 며칠 전, 고리대금업을 하는 두 사람의 형제가 이 근처로 이사를 왔습니다. 두 사람은 무조건 돈을 절약하여 모으는 것을 매우 좋아했습니다. 그러던 참에 새로 이사를 왔으니 가구가 필요했으며, 마침 궤짝이 길가에 놓여 있는 것을 보았고, 만일 그 궤짝이 한밤중에도 그대로 있다면 집에 가져다가 쓰자고 의논을 했습니다. 밤이 깊어 그곳에 가보니 궤짝이 있었으므로 안에 들은 것은 살펴보지도 않고 서둘러 집으로 메고 왔습니다. 조금 무겁다고 생각하면서, 그들은 궤짝을 부인들이 자고 있는 방 옆에 놓고 나중에 다시 정돈하리라 생각하며 침실로 들어가 잤습니다.

루지에리는 꽤 오랜 시간을 자고 난 뒤에 약기운이 풀려 눈을 떴습니다. 이미 아침이 되었고 비록 잠에서 깨어나 대부분의 감각을 되찾았지만, 아직 맑은 기분은 아니었으며, 머리가 무겁고 어렴풋한 상태가 상당히 오래 지속되었습니다. 차차 회복이 되면서 팔다리를 움직여 보니 아무래도 상자 속 같았습니다. 눈을 떴으나 아무것도 보이지 않았습니다. 그는 지난 일을 여러 가지로 생각하며 혼자 중얼거렸습니다.

"도대체 이게 어떻게 된 걸까? 난 지금 어디에 있는 거지? 자고 있는 건가? 눈을 뜬 건가? 가만있자, 그날 저녁 나는 부인의 침실에 있었는데 지금은 궤짝 속에 들어 있으니 무슨 까닭이지? 남편이 돌아왔나? 아니면 뭔가 뜻하지 않은 사건이 일어나 잠든 나를 이 속에 숨긴 걸까? 그래, 그렇게 된 것이 분명할 거야."

그런 생각을 하며 무슨 소리가 들리는지 귀를 기울이며 소리도 내지 않고 가만히 있었습니다. 다시 밤이 되었습니다. 좁은 상자 안에서 부자유스럽게 견디고 있으려니 몸의 반쪽이 저려 왔습니다. 그는 돌아누우려다가 그만 허리뼈를 궤짝에 부딪치고 말았습니다. 그러자 운수 사납게도 궤짝이 불안하게 놓여 있어 기우뚱하는 순간 뒤집히고 말았습니다. 동시에 커다란 소리가 났으며 자고 있던 부인들은 잠을 깼습니다. 그들은 무서워 벌벌 떨면서 숨을 죽이고 가만히 있었습니다.

루지에리는 궤짝이 뒤집혀 매우 걱정이 되었지만 마침 뚜껑이 열린 것을 알고 안에 있는 것보다는 밖에 나가는 편이 낫겠다고 생각하고 밖으로 나왔습니다. 그러나 그는 자기가 지금 어디에 있으며 어떻게 해야 하는지를 몰라 계단이나 입구가 있으면 바깥으로 나가려고 집 안 여기저기를 더듬으며 걷기 시작했습니다.

한편 잠을 깬 부인들은 사람의 발자국 소리를 듣고 "누구요?"라고 소리를 쳤습니다. 그러나 루지에리로서는 그 목소리를 들은 일이 없으므로 아무 대답도 할 수가 없었습니다. 그러자 부인들은 제각기 남편을 부르며 소란을 피웠는데, 남편들은 전날 밤늦게 잠자리에 들었으므로 아주 깊이 잠들어 있어 깨어나지 않았습니다. 남편들이 잠을 깨지 않자, 부인들은 더욱 무서운 생각이 들어 창문을 열고 소리쳤습니다.

"도둑이야! 도둑!"

그 소리에 놀라 잠을 깬 이웃 사람들이 여기저기서 몰려왔습니다. 또 남편들도 잠이 깨어 일어났습니다.

루지에리는(이렇게 소동이 나고 남의 집에 있는 것을 알고 너무나 놀라, 어떻게 어디로 달아나야 하는지 짐작도 못한 채) 여러 사람에게 붙잡혀 시경 경관에게 인계되었습니다. 그가 악당인 것은 온 시내가 모두 아는 일이었으므로 즉시 고문을 받고, 고리대금업자의 집에 도둑질하기 위해 들어갔다고 강제로 자백시켰으며, 재판관은 주저 없이 그를 교수형에 처하려고 생각했습니다.

날이 밝자 루지에리가 고리대금업자의 집에서 도둑질하려다 붙잡혔다는 소문이 온 살레르노에 퍼졌습니다. 그 소문을 들은 부인과 하녀는 크게 놀라며 이상한 생각이 들었습니다. 지난밤에 자기들이 한 일은 실제가 아니라 꿈이었나 하고 머리가 이상할 정도였습니다. 뿐만 아니라 루지에리의 목숨이 위험해졌으니 부인의 마음은 미칠 듯이 아팠습니다.

그때 뜻밖에도 말피에서 일이 끝난 남편이 돌아왔습니다. 그는 돌아오자마자 환자를 위해 만들어 놓은 물약을 어쨌느냐고 물었습니다. 그리고 병이 비어 있는 것을 보자 이 집안에서는 무엇 하나 제대로 있는 것을 못 보았다고 화를 냈습니다. 그렇지 않아도 슬픔과 괴로움으로 애가 타던 부인은 짜증을 내면서 대답했습니다.

"아니 당신도, 그까짓 병의 물이 없어졌다고 그런 말씀을 하세요? 그게 뭐 그리 대단해요. 이 세상에 물은 그것밖에 없나요?"

그 말에 의사는 어처구니없다는 듯 말했습니다.

"뭐라고? 당신은 그 물이 그냥 물인 줄 알았소? 그건 잠자는 약, 마취제란 말이오."

의사는 부인에게 그것을 만든 까닭을 설명해 주었습니다. 남편의 이야기를 들은 부인은, 루지에리가 그것을 마셨기 때문에 죽은 사람처럼 되었던 것을 알고 남편에게 말했습니다.

"저는 그런 줄은 전혀 몰랐어요. 어쩔 수 없이 한 번 더 만들어야겠군요."

의사는 달리 방법이 없었으므로 다시 약을 만들었습니다. 잠시 뒤, 루지에리에 대한 정보를 들으러 나갔던 하녀가 돌아왔습니다.

"마님, 루지에리 씨에 대해서 모두 악평만 하고 있어요. 제가 듣기로는 친구나 친척에 이르기까지 그를 구하거나 돕기 위해 애쓰려는 사람은 하나도 없는 것 같아요. 내일이면 재판관이 그를 교수형에 처할 것이 틀림없어요. 그런데 이건 새로운 사실인데요, 그분이 어째서 고리대금업자의 집에 있었는지 알 것 같아요. 우리가 목공소 집 앞에 있는 궤짝 속에 그분을 넣었는데, 목수가 그 궤짝의 주인처럼 보이는 사나이와 서로 맞붙어 큰 싸움을 벌이고 있었어요. 그는 궤짝의 대금을 요구하고 있었고 주인으로 짐작이 갔거든요. 그러나 목수는 그 궤짝을 도둑맞았다고 하더군요. 그러자 그 사나이는 '그럴 리가 없어.

그 젊은 고리대금 형제는 목수에게 샀다고 했단 말이야. 루지에리가 붙잡히고 그들의 집에서 궤짝에 대하여 물었더니 그렇게 대답했어.' 라고 대답했는데, 목수는 '아니야, 그 녀석들이 거짓말을 하고 있어. 난 절대로 판 일이 없으니 밤중에 훔쳐간 게 틀림없어. 녀석들한테 같이 가자.'라고 하지 않겠어요. 그들은 고리대금 형제에게로 가고 저는 집으로 왔어요. 그러니 들으신 것처럼 루지에리 씨는 그렇게 되어 그 집으로 옮겨졌던 것 같은데 그가 어떻게 다시 살아났는지 저로서는 알 수가 없군요."

부인은 그때서야 사건의 전후 사정을 알 수가 있었습니다. 그래서 하녀에게 남편으로부터 들은 걸 이야기하고 루지에리를 구하는데 도와 달라고 부탁했습니다. 그렇게만 된다면 루지에리가 살게 될 뿐 아니라 자기의 명예도 지킬 수가 있다고 설득했습니다.

하녀가 말했습니다.

"마님, 제가 어떻게 해야 되는지 알려 주세요. 저는 기쁜 마음으로 그렇게 하겠어요."

부인은 일이 매우 다급한 것을 알고, 무슨 일을 어떻게 해야 하는지 차근차근 알려 준 후 서두르도록 일렀습니다. 하녀는 부인의 남편을 찾아가 울면서 말했습니다.

"주인님, 주인님께 큰 잘못을 저지른 저를 죽여 주세요."

"무슨 일이냐?"

의사인 주인이 말했습니다. 하녀는 울면서 말했습니다.

"주인님, 주인님은 저 젊은 루지에리 다 제롤리를 아시지요. 그 사람이 저를 좋아하게 되었는데 저도 두렵긴 했지만 그가 좋았어요. 그래서 오래도록 그와 좋아지내게 되었어요. 그런데 그만 엊그제 밤에 주인님이 집을 비우신 것을 알고 그가 갖가지로 저를 꾀기에 그와 함께 자려고 침실로 끌어들였지요. 그러다가 밤중에 목이 마르다기에 갑자기 물이 어디 있는지도 모르겠고, 또 마님에게 들킬까 봐, 그만 주인님 침실에 있던 그 병의 물을 먹게 했어요. 그 일로 주인님께서 마구 야단치신 것도 알고 있어요. 그래서 저는 제가 저지른 짓을 솔직히 고백하는 거예요. 사람은 누구나 실수할 때가 있지 않아요? 저는 지금 제가 한 짓을 몹시 후회하고 있어요. 그런데 그만 그 일로 사건이 생겨 지금 루지에리는 목숨을 잃게 되었어요. 그러니 제발 저를 용서해 주시고, 저 때문에 그가 죽게 되었으니 주인님이 허락하시면 루지에리를 구하러 가고 싶어요."

의사는 하녀의 말에 처음에는 화가 났지만 나중에는 놀리듯이 말했습니다.

"그런 것을 자업자득이라고 하는 거야. 그날 저녁에 젊은 녀석이 실컷 즐겁게 해 주리라 생각하고 좋아했는데 그만 잠꾸러기를 곁에 두게 되었단 말이지. 그렇다면 네 연인을 구하러 가거라. 그러나 이제 다시는 그런 자를 집에 끌어들이면 안 돼. 그렇지 않으면 이 일의 몫과 약값을 치르게 할 테야."

하녀는 우선 첫 문제는 잘 해결되었다고 생각하며 급히 교도소로 갔습니다. 하녀는 지키는 사람을 잘 구슬려서 루지에리와 만날 수가 있었습니다. 그녀는 루지에리에게 살아 나오고 싶으면 재판관에게 어떻게 대답해야 되는가를 일러준 다음 재판관을 찾아갔습니다. 재판관은 그녀의 진술을 듣기 전에, 보아하니 매우 싱싱하고 살도 알맞게 쪄서 한 번 자보고 싶은 생각이 들었습니다. 또 하녀도 자기 이야기를 잘 들어주길 바라는 마음에서 거절하지 않았습니다. 그렇게 되어 오랜 시간에 걸친 맷돌질과 방아 찧기가 끝나자 하녀가 말했습니다.

"재판관님, 재판관님께서는 루지에리를 도둑으로 알고 잡아 가두셨지만 사실은 그렇지 않습니다."

그리고 처음부터 끝까지 자초지종을 이야기했습니다. 자기가 그 애인을 어떤 방법으로 의사의 집에 끌어들였는가, 그리고 왜 마취약을 먹게 되었는가, 또 죽은 줄 알고 궤짝 속에 넣은 이야기도 했습니다. 목수와 궤짝 주인 사이에 있었던 일도 이야기했습니다. 그리고 그런 이유로 루지에리가 고리대금업 형제의 집에 있게 된 것이라고 말했습니다.

재판관은 그녀의 말이 거짓인지 아닌지 조사하는 것은 간단하다고 생각했습니다. 먼저 의사에게 물약 이야기를 물었더니 사실인 것을 알았고, 또 목수와 궤짝 주인도 심문을 하여 사실을 알아냈습니다. 나중에 고리대금 형제를 불러 따져 묻자 두 사람이 그날 밤, 궤짝을 훔쳐서 집으로 옮겨 놓은 사실도 알았습니다. 재판관은 마지막으로 루지에리를 불러 그날 밤 어디에 있었는지 물었습니다. 그는 어디에 있었는지 기억이 없다고 대답하며, 다만 기억하고 있는 것은 하녀와 자기 위해 갔던 것, 목이 말라 의사의 침실에 있던 물을 마신 것은 기억하고 있으며, 그러나 자기에게 어떤 일이 일어났으며, 왜 그 형제의 집에 있게 되었는지 모르겠다고 대답했습니다. 재판관은 사실을 명백히 밝히게 된 것을 매우 기뻐하였고 아주 재미있어 하며, 하녀와 루지에리, 그리고 목수와 고리대금 형제 등에게 몇 번이나 되풀이하여 말하게 했습니다.

드디어 루지에리는 죄가 없음이 밝혀져 석방되었고, 궤짝을 훔친 두 형제에게는 금화 10피오리니의 벌금형이 언도되었습니다. 루지에리가 얼마나 기뻐했는지는 말할 것도 없거니와 특히 부인의 기쁨이란 상상할 수조차 없었습니다.

부인과 하녀와 루지에리는 서로 만나 즐겁게 담소하였고 그 이야기를 할 때마다 웃었습니다. 또한 두 사람의 사랑의 정사는 더 요령 있고 즐겁게 계속되었다고 합니다.

그런 일이 저에게도 일어나 주기를 바랍니다만, 궤짝 속에는 들어가고 싶지는 않군요.

지금까지의 이야기에 슬픈 마음에 빠져 있던 부인들에게 디오네오의 이 마지막 이야기는 즐거움을 선사하였습니다. 특히 재판관이 하녀를 희롱하려 할 때의 말들은 여인들을 크게 웃게 만들었습니다. 왕은 날이 저물자 자신의 주재가 다했음을 알고 아름다운 부인들에게 슬픈 연인들의 비통하고 잔인한 이야기를 하게 하여 슬픔에 젖도록 했음을 사과했습니다. 그리고 월계관을 벗어 피암메타의 금발 머리에 씌워 준 후, 오늘 같은 슬픈 이야기보다 내일은 즐거운 이야기를 부탁했습니다.

그녀의 피부는 백합처럼 희고 뺨은 장미처럼 붉었으며, 빛나는 눈과 귀여운 입술로 아름다운 얼굴에 미소를 띠었습니다. 그리고 내일의 이야기는 참혹하고 불행한 일을 당하지만 결국은 행복해진다는 이야기를 할 수 있도록 주문했습니다. 일동은 모두 환영하였으며, 저녁 식사 시간까지 자유로운 시간이 주어졌습니다. 일동은 완벽하리만큼 훌륭한 정원을 거닐기도 하고 즐거운 시간을 가졌으며, 아름다운 분수 옆에서 식사를 마친 후에는 저마다 노래를 부르고 춤을 추었습니다. 필로메나가 일어나 춤을 추는 것을 보고 여왕인 피암메타는 지금까지 해오던 방법대로 모두 노래를 부른 뒤 마지막으로 필로스트라토에게 슬픈 칸초네를 부르게 하였는데 그는 기꺼이 노래를 들려주었습니다. 그의 구슬픈 노래에 유독 얼굴을 붉히는 부인이 있었으며, 잇따라 다른 여러 노래들을 부른 후 여왕의 명령에 따라 저마다 침실로 물러갔습니다.

다섯째 날

피암메타가 주재하는 다섯째 날은, 참혹하고 불행한 일들을 겪게 되지만 결국은 연인들이 행복하게 되는 이야기가 펼쳐집니다.

아침 햇살이 밝을 무렵 피암메타는 즐거운 새소리에 눈을 뜨고 일어나 다른 부인들과 청년들을 깨웠습니다. 그들은 해가 떠오를 때까지 이슬에 젖은 풀잎을 밟으며 넓은 들판을 거닐었습니다. 그러나 차츰 햇볕이 뜨거워져 별장 쪽으로 걸음을 옮겼습니다. 홀에 이르러 포도주와 과자를 가볍게 먹고, 모두 홀에 모여 잘 갖춰진 흥겨운 아침식사를 하고, 잠시 동안 춤과 노래를 부른 다음 낮잠을 자거나 정원을 산책했습니다. 오후에는 언제나 그랬듯이 전날 방식대로 분수대 옆에 모두 모여 앉아 여왕의 뜻에 따라 팜필로가 첫 번째 행복한 이야기를 시작했습니다.

첫 번째 이야기

바보 취급을 당하던 시몬은 여인을 사랑하게 되자 현명해지고, 연인인 에피제니아를 해상에서 약탈한다. 로데스 섬에서 감옥에 갇히지만 리시마쿠스가 그를 구해 내고 함께 결혼식장에 쳐들어가 에피제니아와 카산드라를 빼앗아 크레타 섬으로 달아난다. 두 여인은 그들의 아내가 되어 각자의 마을로 돌아간다.

여러분, 저는 오늘 반드시 즐거운 첫 번째 이야기를 시작해야만 하기 때문에 그것에 알맞은 많은 이야기를 생각했습니다. 그중에서 마음에 드는 것이 하나 있습니다. 이제 들으면 아시겠지만 이제부터 여러분이 이야기하시는 '행복한 결말'일 뿐만 아니라, 많은 사람들이 까닭도 모르고 욕을 하고 험담을 하는 사랑의 신의 힘이 얼마나 신성하고 강한 것인가, 그리고 그 힘이 얼마나 남김없이 속속들이 미치는가를 잘 나타내고 있습니다. 만약 잘못된 생각이 아니라면 여러분도 틀림없이 사랑을 하고 계실 테니 저의 이야기는 크게 환영받으리라 믿습니다.

여러분도 옛이야기 속에서 이미 읽으셨을 테지만, 키프로스 섬에 아리스티푸스라는 훌륭한 귀족이 있었는데 그는 모든 점에서 남들보다 뛰어났고, 아무도 그에 비할 사람이 없을 정도로 대부호였습니다. 단 한 가지, 운명이 그를 괴롭히지만 않았다면 그는 이 세상에서 가장 행복한 사람이었을 것입니다.

그에게는 여러 자식이 있었는데, 그중 갈레수스라는 아들은 체격이 크고 훌륭하여 다른 형제나 젊은이들보다 뛰어났지만 머리가 좀 모자라 앞으로 무엇을 시켜야 할지 걱정거리였습니다. 게다가 아버지가 부드럽게 달래거나 매질을 하고 가정교사가 아무리 애를 쓰거나 또 다른 사람들이 여러모로 연구해 보아도, 초보적인 학문이나 예의범절조차도 깨닫지 못할 뿐만 아니라, 저속하고 품위 없는 말씨에다가 인간이라기보다는 짐승 같이 행동이 거칠고 사나웠기 때문에, 그는 사람들에게서 바보 취급을 당하여 시몬이라고 불렸습니다. 시몬은 이 고장 말로 '커다란 짐승'이라는 뜻이었습니다.

아버지는 이 장래성이 없는 아들이 보기 싫어 죽을 지경이었습니다. 그리고 아들에 대한 일말의 희망마저 가질 수 없고, 늘 자기의 슬픔의 원인을 눈앞에 두고 보고 싶지 않았으므로 그에게 시골 별장에 가서 농부들과 함께 지내도록 분부했습니다. 시몬은 농장의 거칠고 천한 농부들의 풍습이나 행동이 도시 사람들에 비하여 훨씬 마음에 들었으므로 시골에 가는 것을 몹시 기뻐했습니다.

이리하여 시골에 간 시몬은 자기에게 맞는 생활을 하고 있었는데 어느 날 일이 일어났습니다. 이미 정오가 넘은 시각, 시몬은 굵은 지팡이를 어깨에 메고 자신의 소유지인 밭을 걸어가다가 그 근처에서 가장 아름다운 숲에 들어가게 되었습니다. 마침 5월이었으므로 나무들은 잎이 무성했습니다.

그는 숲 속으로 들어가자, 행운의 인도란 이런 것을 말하는 것일까요, 높은 수목들에 싸인 어느 초원으로 나가게 되었습니다. 그 한 모퉁이에는 차디찬 맑은 샘물이 철철 솟아나오고, 그 옆 푸른 잔디 위에 속까지 들여다보일 듯한 엷은 옷을 걸친 눈같이 흰 젊은 처녀가 자고 있지 않겠습니까. 더구나 허리 아래는 새하얀 엷은 천으로 덮여 있을 뿐이었습니다. 발밑에는 처녀의 하인들로 여겨지는 두 여인과 한 사나이가 같은 모양으로 자고 있었습니다.

시몬은 젊은 처녀를 보자 지금까지 여인의 그러한 모습을 본 일이 없었으므로 굵은 지팡이에 기대어 한 마디 말도 없이 감탄한 눈으로 가만히 바라보고 있었습니다. 그리고 지금까지 어떠한 교육을 통해서도 사람의 교양 따위는 무엇 하나 받아들이지 않았던 그의 거칠고 사나운 마음속에 무지한 지능으로도 알 수 있는 어떤 감각에 눈을 떠 여태까지 본 적이 없는 가장 아름다운 것으로 비쳤던 것입니다.

그는 그녀를 하나하나 관찰하기 시작했습니다. 눈부시게 물결치는 금발이며 수려한 이마, 오뚝한 코, 귀여운 입, 가느다란 목, 날씬한 두 팔, 그뿐만 아니라 봉긋이 솟아 있는 가슴에 그저 감탄할 뿐이었습니다. 이런 까닭으로 농부에서 일변하여 미의 감상가가 된 그는 깊은 잠에 빠져 감고 있는 두 눈을 뜨게 해보려는 생각에 몇 번이나 흔들어 깨우고 싶었는지 몰랐습니다.

그는 지금까지 이렇게 아름다운 여성을 본 일이 없었으므로 이것은 여신이 틀림없으리라 생각했습니다. 물론 그에게도 신성한 것은 더럽혀진 속계의 것보다는 값어치가 있다는 감정은 있었으므로, 가만히 참고 그녀가 스스로 눈을 뜨기를 기다리고 있었습니다. 기다리는 것이 너무 오래라고는 생각했지만 유달리 즐거운 기분 때문에 그 자리를 떠날 수 없었습니다.

그러는 동안 꽤 시간이 지나 에피제니아라는 이름의 그 젊은 처녀가 먼저 잠에서 깨어나 눈을 뜨고 고개를 들었습니다. 그녀는 지팡이에 기대어 자기를 멍하니 보고 있는 시몬을 보고 놀라서 말했습니다.

"시몬, 이 시각에 이 숲에 뭘 찾으러 왔나요?"

이 근처에서는 그 커다란 몸집이나 거친 성격, 아버지가 귀족이고 부자라는 것 등으로 누구 하나 시몬을 모르는 사람이 없었습니다.

그는 에피제니아의 말에 아무 대답도 없이 그녀의 눈을 가만히 쳐다보았습니다. 그러자 그 눈에서 뭔가 달콤한 느낌이 솟아 나와서 지금까지 맛보지 못했던 이상한 기쁨으로 가슴이 가득 찼습니다. 처녀는 그것을 눈치채고 이러한 것이 자기의 수치가 되는 난폭한 행위를 야기할지 모른다고 걱정하여, 하녀와 하인들을 불러 깨우고 그를 향해 이렇게 말했습니다.

"시몬, 그럼 천천히……."

그러자 시몬은 "나도 같이 돌아가겠어." 하고 대답했습니다.

처녀는 여전히 그에 대한 공포심이 사라지지 않았으므로 그와 함께 돌아가는 것을 거절했으나 어쩔 수 없이 끝끝내 자기 집까지 따라오게 되었습니다.

이런 일이 있은 다음, 시몬은 아버지에게 돌아가 이젠 절대로 시골에 돌아가고 싶지 않다는 뜻밖의 말을 했습니다. 아버지와 가족들에게 있어서 이러한 불상사는 없었으나 하여간 무슨 까닭으로 그런 마음이 생겼는지를 관찰하기로 하고 그냥 집에 있으라고 했습니다.

그런데 지금까지 어떤 가르침도 받지 않으려 하던 시몬의 마음에 에피제니아의 눈부신 아름다움에 대한 사랑의 화살이 꽂힌 이후 완전히 생각이 달라졌으며, 부친을 비롯하여 가족이나 지금까지 그를 알고 있는 사람들을 아주 놀라게 하고 말았습니다. 그는 우선 형제들처럼 의복이나 신변의 것을 훌륭한 것으로 해달라고 아버지께 부탁했습니다. 그래서 아버지는 몹시 기뻐하며 그대로 해 주었습니다.

그리고 그는 교양 있는 청년들과 사귀기 시작하여 신사들이 몸에 지녀야 할 예의범절을 배우고 특히 사랑할 때의 예법을 배웠습니다. 이에는 모두들 놀라움으로 눈이 휘둥그레졌습니다. 사실 그는 짧은 시간에 초보적인 학문을 깨우쳤을 뿐만 아니라 철학을 논할 수 있을 만큼 훌륭한 발전을 보였습니다.

이어서(이 같은 원인은 모두 에피제니아에 대한 사랑에서 비롯된 것이었지만) 거칠고 시골뜨기 같은 말투를 버리고 점잖고 부드러운 말을 쓰게 되었고, 노래를 부르고 악기도 연주할 수 있게 되었으며, 승마나 육지와 바다의 군사에도 정통한 훌륭한 청년이 되었습니다.

시몬의 이러한 발전을 일일이 말할 수는 없으므로 세세한 점은 생략합니다만, 처음으로 사랑을 느낀 이후 4년쯤 흐른 뒤에는 그는 키프로스 섬에 사는 어떤 젊은이보다도 뛰어난 청년이 되어 우아한 마음가짐과 여러 가지 재주를 겸비하게 되었던 것입니다.

여러분, 우리는 이 놀라운 변화를 뭐라고 설명하면 좋을까요? 그것은 그의 마음 한구석에 훌륭한 영혼 속에 갇혀 있었던 천부의 재능

이 시새움 많은 운명의 신에 의해 단단한 굴레로 동여매져 있었던 것을, 운명의 신보다도 강한 사랑의 신이 그것을 끊어 버렸다고 생각할 수밖에 없습니다. 그리고 잠들어 있던 재능을 이끌어 내는 위치에 있는 자로서 사랑의 신은 최대의 지배력을 발휘하여 잔혹한 암흑으로부터 밝은 빛 속으로 그를 인도했다고 생각해야 옳을 것입니다.

그런데 시몬은 에피제니아를 그리워하는 마음 때문에 어떤 점에서는 사랑에 빠진 젊은이로서 종종 정상을 벗어나는 일을 했습니다만, 아버지 아리스티푸스는 짐승이나 다름없는 상태에서 인간으로 돌아와 주었다고 생각하고 끈기 있게, 잔소리 없이 참았을 뿐만 아니라 뭐든지 아들이 하고 싶은 대로 내버려 두었습니다.

그런데 시몬은 에피제니아로부터 시몬이라 불린 것이 생각나서 본명인 갈레수스라고 불리고 싶지 않았을 정도였으며, 자기 소망에 정당한 결말을 붙이고 싶은 마음으로 에피제니아를 아내로 맞이하고 싶다는 뜻을 여러 번 그녀의 아버지 키프세우스에게 전했습니다. 그러나 그럴 때마다 키프세우스는 로데스 섬의 귀족 청년 파시몬다스에게 시집보내기로 약속이 되어 있으므로 그 약속을 깨뜨릴 수 없다고 대답해 왔습니다.

그러는 동안 에피제니아의 결혼식 날이 다가와 파스몬다스는 그녀를 맞이하러 사람을 보냈습니다. 그것을 알게 된 시몬은, "오오, 에피제니아. 내가 너를 얼마나 사랑하고 있는지 드디어 보여 줄 때가 왔다. 나는 네 덕택으로 훌륭한 남자가 되었다. 이로써 너를 손에 넣을 수 있다면 어떤 신보다도 영광에 빛나는 자가 될 것이 틀림없다. 반드시 너를 내 손에 넣고야 말 테다. 그렇지 않으면 차라리 죽어 버리자."라고 중얼거렸습니다.

그는 조용히 친구인 젊은 귀족들을 모아들이고 해전용의 온갖 무기를 갖춘 한 척의 배를 마련한 후 바다로 나아가 에피제니아를 로데스 섬에 있는 신랑에게 보낼 배를 기다리고 있었습니다. 한편 신랑이 될 청년의 친구들은 에피제니아의 아버지로부터 많은 축복을 받고 배를 바다에 띄우자 뱃머리를 로데스 섬으로 돌려 출발했습니다.

한숨도 못 잔 시몬은 이튿날 그의 배로 에피제니아를 실은 배를 쫓아가 뱃머리에 버티고 서서 큰 소리로 외쳤습니다.

"서라. 돛을 내려라. 그렇지 않으면 헛되이 죽어 바닷속 먼지로 사라질 뿐이다."

그러자 상대편은 갑판 위에 무기를 내놓고 방어 태세를 갖추었습니다. 그것을 본 시몬은 쇠갈고리를 들고 전속력으로 달리고 있는 로데스 섬 사람들의 배 끝으로 가 온힘을 다하여 자기 배의 앞쪽으로 잡아당겼습니다. 그리고 마치 성난 사자와도 같이 단신으로 상대편 배에 뛰어올랐습니다.

이리하여 사랑의 신으로부터 박차가 가해진 듯 눈이 휘둥그레질 정도의 힘을 발휘하여 칼을 휘두르며 적의 한복판에서 좌우 양쪽으로 닥치는 대로 마치 양이라도 베듯이 상대편을 베어 쓰러뜨렸습니다. 그것을 본 로데스 섬 사람들은 무기를 내던지고 항복했습니다.

시몬은 그들에게 말했습니다.

"제군들, 내가 무기를 들고 바다 한복판에서 배를 습격하고 키프로스를 출범한 것은 전리품을 바라서도 아니고 제군들을 미워해서도 아니다. 내가 이렇게 움직여 손에 넣으려고 한 것은 나에게 있어서는 최대의 것이지만 그것을 순순히 내게 인도하는 것은 제군들에게는 아주 사소한 일에 불과하다. 그것은 무엇보다도 내가 사랑하고 있는 에피제니아이다. 나는 그녀 아버지로부터 친구로서 그녀를 받을 수 없었기 때문에 사랑의 신이 부득이 내게 무기를 잡게 하여 제군들로부터 탈취하지 않으면 안 되게 되었다. 그런 이유로 나는 제군들의 파시몬다스와 같은 자격으로 그녀를 맞을 작정이다. 자, 보내다오. 그리고 제군들은 신의 가호 아래 고향으로 돌아가 주기 바란다."

로데스 섬 젊은이들은 상대의 저돌적인 강한 힘에 압도당하여, 울고 있는 에피제니아를 시몬에게 넘겨주었습니다.

시몬은 울고 있는 에피제니아를 보자 이렇게 말했습니다.

"아가씨, 울지 마시오. 나는 당신의 시몬이오. 나는 당신을 오랫동안 연모해 왔소. 파시몬다스는 단지 말만으로 언약한 상대일 뿐이지만, 나야말로 내 모든 것을 바쳐 당신을 사랑하고 있으니 누가 더 당신을 아내로 맞을 자격이 있을 것 같소?"

이렇게 우선 달래 놓은 시몬은 그녀를 자기 배에 태우고 로데스 섬 사람들의 배에 실은 물건에는 손 하나 대지 않고 무사히 돌려보낸 후 동료들과 함께 마을 쪽을 향해 떠났습니다.

시몬은 이 같이 귀중한 전리품을 손에 넣은 것으로 정신없이 기뻐하고 있었지만, 잠시 동안은 비탄하는 그녀를 계속 위로하지 않으면 안 되었습니다. 그래서 당장에는 키프로스로 돌아가지 않는 편이 낫지 않을까 하고 동료들과 의논했습니다.

일동의 의견도 같았으므로 그는 뱃머리를 크레타 섬으로 돌렸습니다. 그곳에는 다른 사람들도 그랬지만 특히 시몬에게는 오래된 친척과 새 친척도 있고 친한 벗들도 있었으므로 에피제니아를 데리고 가도 안전하다고 여겨졌기 때문입니다.

그러나 운명은 에피제니아를 뺏는 데까지는 기꺼이 도와주었지만 갑자기 변덕을 부려 사랑을 얻은 젊은이의 크나큰 기쁨을 쓰디쓴 슬픔으로 바꿔 버리고 말았습니다.

시몬이 로데스 섬 사람들을 보낸 지 네 시간도 지나지 않아서 밤이 되었습니다. 그날 밤이야말로 시몬은 여태껏 맛보지 못했던 사랑의 환희를 기대하고 있었는데, 날이 어두워질수록 하늘은 시커먼 구름으로 뒤덮이고 미친 듯이 강풍이 불어 대더니 맹렬한 폭풍우가 몰려왔습니다. 그 때문에 어찌했으면 좋을지, 어느 쪽으로 진로를 잡아야 할지 당황할 뿐, 배를 움직일 수조차 없는 형편이 되었습니다.

시몬이 얼마나 슬퍼했는지는 말할 필요도 없습니다. 신들이 그를 도와주어 그에게 희망의 실마리를 얻게 한 것은, 사랑의 기쁨을 잠깐 맛보게 함으로써 전에는 두려워해 본 적도 없는 죽음이라는 것을 뼈저리게 느끼며 받아들이도록 꾸민 것 같았습니다.

마찬가지로 그의 동료들도 슬퍼했습니다. 또한 에피제니아의 슬픔은 대단하여 배가 큰 파도에 흔들릴 때마다 공포에 떨며 울었습니다. 울면서 시몬의 사랑을 저주하고 그의 분별없는 처사를 꾸짖었습니다. 신이 그의 소망을 바라고 있었다면 이러한 폭풍우는 일어날 리

없다고 말하며, 이것은 신들의 뜻을 어기고 강제로 자기를 아내로 삼으려는 그 분수에 넘치는 욕망을 미워했기 때문이며, 우선 자기가 죽는 것을 보여 준 다음에 그에게 무참한 죽음을 내리려는 것이라고 욕을 퍼부었습니다.

이렇게 슬픔과 공포와 악담이 뒤섞인 가운데 뱃사람들조차 배를 어떻게 다루어야 할지 몰라 쩔쩔매고 있었습니다. 그러는 동안 바람은 더욱 세차게 불어 대고 배는 어디로 가는지 목표도 없이 헤매다가 로데스 섬 근처로 오게 되었습니다. 그들은 거기가 로데스 섬인 줄은 꿈에도 모르고 그저 살려는 일념에 갖은 힘을 다하여 해안에 배를 대기 위해 애썼습니다.

이 일에는 운명의 신도 호의를 보여 주어 작은 만으로 배를 인도해 주었습니다. 그런데 그 만에는 그보다 조금 전에 시몬에게 습격당했던 로데스 섬의 사람들도 배를 대고 있었습니다. 새벽녘이 되어 사방이 분간될 만큼 훤해지자 화살이 닿을 수 있는 가까운 거리에 전날 놓아 보내 준 배가 있는 것을 보고 시몬은 자기들이 로데스 섬에 와 있다는 것을 알았습니다.

시몬은 두려워했던 일이 일어날 것 같은 느낌이 들어 몹시 당황하며 전력을 다해 이곳을 탈출하여 운을 하늘에 맡기고 어디로든지 가자고 명령했습니다. 여기보다 위험한 곳은 또 없었기 때문입니다. 뱃사람들은 좁은 만에서 빠져 나가려고 몹시 애를 썼지만 실패하고 말았습니다. 강한 바람이 반대로 불고 있어 만에서 나가기는커녕 싫든 좋든 육지 쪽으로 배를 밀어 보내는 것이었습니다.

이런 까닭으로 물에 떠밀린 순간 이미 배에서 내리고 있던 로데스 섬의 뱃사람들에게 발견되고 말았습니다. 이 사실을 안 그들 중 몇몇은 곧 로데스 섬의 젊은 귀족들이 와 있던 근처 별장으로 달려가 에피제니아를 빼앗아간 시몬이 자기들과 마찬가지로 폭풍우에 밀려 배를 이곳에 대고 있다는 것을 알렸습니다.

그 이야기를 들은 그들은 매우 기뻐하며 별장의 많은 하인들을 이끌고 황급히 해안으로 달려왔습니다. 이미 동료들과 해안에 내려섰던 시몬은 어딘가 근처의 숲으로 도망치자고 의논하고 있다가 에피제니아와 함께 모두 붙잡혀 별장으로 끌려가게 되었습니다.

그러자 로데스 섬의 최고 사법관의 지위에 있던 리시마쿠스가 많은 병사를 거느리고 와서 시몬과 그의 동료들을 체포하여 감옥에 집어넣고 말았습니다. 소식을 듣고 달려온 파시몬다스가 로데스 섬의 재판부에 고소하여 그 같은 명령이 내려졌기 때문입니다.

이렇게 해서 가련한 시몬은 금방 손에 넣은 에피제니아에게 두세 번 키스하고 다시 잃고 말았습니다.

에피제니아는 로데스 섬의 많은 귀부인들로부터 환영을 받았고, 납치당하여 받은 고통이나 폭풍우의 바다에서 겪은 괴로움에 대해 크게 동정을 받았습니다. 그리고 결혼식 날까지 그 사람들과 같이 머물게 되었습니다.

시몬과 그의 동료들에 대해서는 파시몬다스가 그들을 사형에 처해 달라고 강력히 요구했으나, 재판부에서는 로데스 섬의 젊은이들을 해상에서 무사히 돌려보낸 일을 참작하여 사형은 면하고 종신형에 처했습니다. 그들이 감옥에 갇혀 어떠한 희망도 가질 수 없이 얼마나 큰 슬픔에 잠겼는가는 새삼스레 말씀드릴 필요도 없을 것입니다.

한편 파시몬다스는 다가올 결혼식 때문에 몹시 분주하게 준비를 서두르고 있었습니다. 그러나 운명의 신은 너무나 빨리 시몬에게 모욕을 가한 것을 후회했는지 다시 그를 도와주려고 새로운 사건을 만들어 냈습니다.

파시몬다스에게는 오르미스다스라는 동생이 있었습니다. 아직 나이는 젊었으나, 인품에 있어서 형에 뒤지지 않았습니다. 그는 꽤 이전부터 미인으로 이름난 카산드라라는 젊은 귀족 처녀와 결혼하기로 되어 있었는데 이 처녀에게 리시마쿠스가 몹시 연정을 느끼고 있었습니다.

그런데 파시몬다스는 평소 자기 결혼식을 성대히 하려고 생각하고 있었으므로 자기 결혼식과 같은 날에 동생 오르미스다스가 결혼하도록 만들면 비용도 그다지 들이지 않고 성대하게 치를 수 있게 되어 일거양득이 되리라 생각했습니다. 그래서 카산드라의 양친에게 제의하여 설득시키고 같은 날에 파시몬다스는 에피제니아와, 오르미스다스는 카산드라와 결혼식을 올리기로 양가와 합의가 이루어졌습니다.

이 사실을 안 리시마쿠스는 오르미스다스가 카산드라와 결혼하지 않으면 틀림없이 자기의 여자가 된다는 희망을 품고 있었으므로 걱정하지 않을 수 없었습니다. 그러나 원래 빈틈없는 사람이었으므로 자기의 불쾌감을 표면에 나타내지 않고, 어떻게 하면 이 결혼을 방해

할 수 있을까를 생각하던 끝에 결국 그녀를 약탈하는 이외에는 좋은 방법이 없다고 결론을 내렸습니다.

이 같은 일은 그의 직책으로 보아 쉽게 할 수 있는 일이었으나 그러한 직책을 이런 일에 이용하는 것은 좀 비겁한 짓이란 생각이 들었습니다. 그러나 오랫동안 궁리를 해 보아도 결국 정의도 사랑에는 질 수밖에 없어 나중에야 어떻게 되든 실행하여 카산드라를 탈취하기로 결정했습니다. 이것을 실행하기 위한 동지나 그 수단과 방법을 생각하고 있을 때 문득 감옥에 있는 시몬을 생각해 냈던 것입니다. 그리고 이 일을 하는 데 있어 시몬 이외에 그 이상 믿을 만한 동지는 없다고 생각했습니다. 그래서 다음 날 밤 가만히 그를 자기 방에 불러서 다음과 같이 말했습니다.

"시몬, 신들은 인간에 대해서 여러 가지 사건을 자유로이 내리시는 분인 동시에 인간의 진가에 대해서도 가장 뛰어난 시험관이시라네. 그리고 어떠한 경우에도 마음이 동하지 않는 의연한 사람들을 발견한 경우에는 그들에게 최고의 상으로 보답하신다네. 자네의 부친께서 굉장한 부자라는 것을 나도 알고 있네. 지금 신들은 자네가 집에 있을 때 했던 것보다 더욱 큰 시련으로써 자네를 시험하고 계시는 중이네. 내가 생각해 보건대 신들은 우선 자네에게 아름다운 에피제니아를 보여 줌으로써 사랑에 눈을 뜨게 하고, 그 사랑의 힘으로 짐승이나 다름없는 존재에서 하나의 훌륭한 사람으로 만들어 주셨고, 사랑하는 에피제니아를 손에 넣게 해 주셨다가 폭풍의 시련과 지금 자네가 당하는 것 같은 감옥에서의 쓰라린 고통으로써 자네를 시험하시는 걸세.

그리하여 자네가 최고의 행운에 도달했다고 여기고 있을 즈음, 지금처럼 괴로운 시련을 당할 때 그 마음가짐이나 신들에 대한 믿음이 조금이라도 달라지지 않는지 그것을 보시려는 것이네. 그래서 자네의 신념이 행복했을 때나 불행에 처해 있을 때나 달라진 것이 없다면 신들은 더할 수 없이 크나큰 은총을 베푸실 것이네. 자, 용기를 되찾고 내 말을 들어 보게. 지금 파시몬다스는 변덕스러운 운명이 처음에는 자네에게 주었다가 곧 다시 빼앗아 버린 그 포획물, 즉 자네의 에피제니아와 결혼식을 올려 실컷 즐기려고 서두르고 있네. 내가 믿고 있듯이 자네가 그녀를 대단히 사랑하고 있다면 그것이 얼마나 고통스러운가를 나도 잘 알고 있네. 그뿐만 아니라 운명은 자네와 같은 모욕을 나에게도 가하려고 동생인 오르미스다스가 같은 날, 내가 사랑하는 카산드라와 결혼식을 올리려 하고 있다네.

그래서 운명의 이 같은 모욕이나 장난에서 벗어나기 위해서는 우리의 용기와 정의의 힘에 의지하는 이외에 운명을 개척할 길은 없다고 생각하네. 우리는 칼을 휘둘러 길을 터놓은 다음 우리의 두 여자 가운데 자네는 두 번째의 포획물을, 나는 최초의 포획물을 손에 넣는 거야. 설사 자네가 감옥을 나가 봤자, 아니 나는 석방이라는 말을 쓰고 싶지 않지만, 자네 연인이 없다면 별로 기쁘지 않으리라 생각하네. 반대로 자네가 연인을 되찾게 된다면 얼마나 기쁘겠나. 나의 뜻에 따를 생각이라면 신들은 그것을 자네 손에 다시 넘겨줄 것이 틀림없네."

그의 이러한 말은 시몬의 침울했던 마음을 희망에 부풀게 했습니다. 그는 주저하지 않고 이렇게 대답했습니다.

"리시마쿠스 님, 당신이 그런 생각을 갖고 계신다면 그 일에 나만큼 신뢰할 수 있는 강력한 동지는 없으리라 생각합니다. 그럼 당신이 내게 시키려고 하는 것을 말해 주시오. 그러면 멋지게 한 번 힘을 발휘해 보겠습니다."

그러자 리시마쿠스는 말했습니다.

"오늘부터 사흘째 되는 날 두 신부가 신랑 집으로 갈 것이네. 자네는 무장한 동지들과 함께, 그리고 나는 가장 신뢰할 수 있는 수명의 부하를 데리고 해가 저물 무렵 그들의 집에 쳐들어가는 것이네. 그리고 두 여자를 탈취하여 내가 은밀히 준비해 둔 배에 태워 덤비는 놈이 있으면 닥치는 대로 죽이고 그 자리를 떠나는 걸세."

시몬은 이 계획이 대단히 마음에 들었습니다. 그래서 그날이 하루 빨리 오기를 기다리며 조용히 감옥 속에 있었습니다.

결혼식 당일이 되자 그 연회의 성대함이란 눈이 휘둥그레질 정도였습니다. 그리고 형제의 집안은 온통 축제의 기쁨에 넘쳐 있었습니다.

리시마쿠스는 빈틈없이 준비를 갖춘 다음 옷 속에 무기를 감추고 대기하고 있는 시몬과 그의 일행을 세 조로 나누었습니다. 한 조는 아무도 배에 접근하지 못하도록 은밀히 항구로 가게 하고, 다른 한 조는 파시몬다스의 집으로 가서 일동을 가두어 탈출을 막도록 출입구가 있는 곳에 배치하였고, 나머지 한 조와 함께 현관의 계단을 뛰어올라갔습니다.

홀에 들어가니 두 신부는 많은 부인들과 담소하며 연회석에 앉아 바야흐로 식사를 하려는 참이었습니다. 시몬과 그의 일행은 거침없이 뛰어들어가 식탁을 뒤집어엎었습니다. 하객들이 놀라고 있는 틈을 타 리시마쿠스와 시몬은 각각의 연인을 붙잡고는 부하들에게 곧 준비해 둔 배로 데려가도록 명령했습니다.

신부들은 울부짖기 시작했습니다. 같은 모양으로 부하들과 하녀들도 울부짖으며 당장 대소동이 일어나 울음소리가 홀 전체에 가득 찼습니다. 그러나 시몬과 리시마쿠스와 부하들이 칼을 뽑자 아무 저항도 없이 길을 내주어 계단 있는 데까지 왔습니다. 그들이 계단을 내려가는데 소동을 들은 파시몬다스가 굵은 나무 몽둥이를 들고 달려왔습니다. 시몬이 주저하는 빛도 없이 단번에 머리에 일격을 가하자 그는 머리 깊숙이 칼을 맞고 시몬의 발밑에 쿵 쓰러져 죽었습니다. 동생인 오르미스다스가 형을 구하러 달려왔으나 그 역시 같은 모양으로 시몬의 일격에 가엾게도 죽고 말았습니다. 그리고 덤벼들던 다른 자들도 리시마쿠스와 시몬의 동지들에게 격퇴되었습니다.

그들은 소동과 울음소리와 슬픔으로 가득 찬 집을 뒤로 하며 아무런 방해도 받지 않고 신부와 함께 배가 있는 데까지 왔습니다. 그리고 배에 여자들을 태우고 자기들도 배에 타자, 뒤늦게 여자들을 도로 빼앗으려고 달려온 무장한 사람들로 해안이 가득 찼습니다. 그들은 급히 노를 저어 성공을 기뻐하면서 앞바다로 나아갔습니다.

그들이 크레타 섬에 당도하자 친척과 친구들과 많은 사람들의 환영을 받았습니다. 시몬과 리시마쿠스는 곧 두 여인과 결혼하여 성대한 잔치를 벌이고 함께했던 동료, 부하들과 즐거운 나날을 보냈습니다.

키프로스 섬과 로데스 섬에서는 이런 그들의 행동에 대해 오랫동안 요란한 비난의 소리가 쏟아졌지만, 양쪽 섬에서 친구들과 친척들이 중재 역할을 해 주었기 때문에 잠시 동안의 추방형을 마친 다음 용서해 주었습니다. 시몬은 에피제니아를 데리고 기쁨에 넘쳐 키프로스로 돌아오고, 마찬가지로 리시마쿠스도 카산드라를 데리고 로데스 섬으로 돌아가 자기들의 고장에서 오래도록 행복하게 살았습니다.

두 번째 이야기

고스타차는 마르투치오 고미토를 사랑하고 있는데 그가 죽었다는 말을 듣고 절망한 나머지 혼자 작은 배를 타고 나갔다가 바람에 밀려 스사에 이른다. 그런데 그가 튀니스에 건재하다는 것을 알고 그의 앞에 모습을 나타낸다. 마르투치오는 국왕에게 여러 가지 유익한 조언을 드렸기 때문에 높은 신분이 되어 있었다. 그는 리파리로 돌아와 그녀와 결혼한다.

팜필로가 이야기를 마치자 여왕의 명으로 다음 차례인 에밀리아가 계속해서 이야기하였습니다.

보답은 누구에게나 기쁜 일이며 특히 사랑은 슬퍼하는 시간보다 기빼하는 것에 가치가 있는 것이므로 어제 왕의 명령에는 흡족하게 하지 못하였으나, 오늘 여왕의 명에 충실한 이야기를 시작하겠습니다.

상냥하신 여러분, 시칠리아 근처에 있는 리파리라는 작은 섬을 아시리라 믿습니다. 그 섬에 그다지 먼 옛날의 일은 아닙니다만, 명문 출신의 고스타차라는 대단히 예쁜 처녀가 있었습니다. 그런데 같은 섬에 사는 마르투치오 고미토라는 품성이 고상하고 예절바르고 일솜씨도 좋은 청년이 그녀를 연모했습니다. 처녀 쪽에서도 마찬가지여서 뜨거운 연정을 불태우게 되어 청년의 얼굴을 보지 않으면 심기가 불편할 정도였습니다.

마르투치오는 그녀를 아내로 맞으리라 생각하고 사람을 시켜 그녀 아버지께 아내로 삼고 싶다고 전했습니다. 그러나 그녀의 아버지는 그가 가난하기 때문에 딸을 줄 수 없다며 거절했습니다.

마르투치오는 가난 때문에 거절당한 일에 몹시 분격하여, 친구들과 친척들을 모아 한 척의 작은 배에 무장을 한 다음 부자가 되지 않으면 리파리에 돌아오지 않겠다고 결심했습니다.

섬을 출발하자, 그는 자기보다 약해 보이는 배들을 닥치는 대로 약탈하며 바버리의 해안에서 해적질을 일삼기 시작했습니다. 그런데 만약 그가 자기의 행운의 한도를 분간하고 있었더라면 운명은 그러한 행위에 호의적이었을 텐데, 그와 동료들은 짧은 기간에 부호가 되었는데도 만족하지 않고 더욱더 부자가 되려고 욕심을 부리다가 어느 날, 사라센 사람들이 탄 수척의 배에 습격당하여 있는 힘을 다해 싸웠지만 동료들과 함께 붙잡히고 배 안의 물건도 모조리 약탈당하고 말았습니다. 그리고 대부분의 동료들은 목에 추를 단 채 부대에 넣어져 바다에 던져졌고, 배는 침몰했습니다. 그러나 그만은 튀니스로 끌려가 감옥에 갇힌 뒤 엄중히 감시당하는 비참한 생활을 하게 되었습니다.

그러던 동안 리파리에는 한두 사람이 아니라 많은 사람의 입에서 마르투치오와 함께 배에 타고 있던 사람들은 한 사람도 남김없이 익사했다는 소문이 전해졌습니다.

마르투치오가 배로 떠나 버린 것을 몹시 슬퍼하던 처녀는 그가 동료들과 함께 죽었다는 말을 듣고는 오랫동안 슬퍼하며 자기도 죽어 버리려고 결심했습니다. 그러나 심장에 칼을 꽂아 고통을 느끼면서 죽고 싶지는 않았으므로 뭔가 색다른 확실한 방법으로 죽으려고 생각했습니다. 그래서 어느 날 밤 가만히 집을 빠져나와 항구로 가서 우연히 다른 배와 떨어져 있는 작은 어선 한 척을 발견했습니다. 그 작은 배는(배에 탔던 사람들이 뭍에 금방 올라갔는지) 돛대도 돛과 노도 모두 그대로 있었습니다.

그녀는 곧 배에 올라 다소 노를 저을 줄(섬 여자들은 일반적으로 그렇지만) 알았으므로 노를 저어 앞바다로 나갔습니다. 그리고 돛을 올린 다음 노와 방향키를 팽개치고 그냥 바람 부는 대로 가게 내버려 두었습니다. 그렇게 하면 짐도 싣지 않고 키잡이도 없는 이 작은 배는 바람에 뒤집히거나 바위에 부딪치고 부서져 살아난다는 것이 불가능하므로 바라는 대로 익사하게 되리라고 생각했습니다. 그녀는 머리에서부터 망토를 푹 뒤집어쓰고 갑판에 누워 울었습니다.

그런데 그녀의 생각과는 달리 폭풍 같은 것은 일어나지 않았고 대신 알맞은 북풍이 불어와, 노도 키도 없는 작은 배는 이튿날 저녁, 튀니스에서 백 마일쯤 떨어진 스사라는 거리 근처의 해안에 그녀를 안전하게 표착시켰습니다.

그녀는 배 안에 누운 채 무슨 일이 생겨도 머리를 들지도 않고 일어날 생각도 없었으므로 바다 위에 있는 건지 물 위에 있는 건지 전혀 눈치채지 못했습니다.

그런데 배가 물가를 향하여 밀려왔을 때 마침 한 가난한 여인이 해안에서 고기잡이에 쓰는 그물을 걷고 있었습니다. 여인은 웬 작은 배가 돛을 팽팽히 단 채 뭍을 향하여 부딪칠 듯이 돌진해 오는 것을 보고 놀랐습니다. 그래서 아마 어부가 배 안에서 자고 있는 모양이라고 생각하고 달려가 보니, 배에는 한 아가씨밖에 타고 있지 않았습니다.

여인은 곤히 잠들어 있는 아가씨에게 여러 번 소리친 후에야 겨우 잠에서 깨울 수 있었습니다. 여인은 그녀의 차림새로 보아 기독교도임을 알았으므로 어떻게 해서 이런 작은 배를 타고 이곳까지 오게 되었느냐고 이탈리아어로 물어 보았습니다. 그녀는 여인이 이탈리아어로 말하는 것을 듣자 풍향이 바뀌어 배가 또다시 리파리에 되돌아온 것이 아닌가 하고 의아해했습니다. 그래서 곧 일어나 사방을 살폈으나 본 기억이 없는 곳인지라 여기가 어디냐고 사람 좋아 보이는 그 여인에게 물었습니다. 그러자 여인은 이렇게 대답했습니다.

"아가씨, 당신은 바바리의 스사 근처에 있어요."

그 말을 듣자 그녀는 신이 자기를 죽게 하지 않은 것을 슬프게 여기고, 욕을 당하게 되지는 않을까 하고 걱정이 되어 어찌할 바를 몰라 작은 배 곁에 털썩 주저앉아 울기 시작했습니다.

여인은 그것을 보자 그녀가 불쌍해져서 부탁하듯 자기 오막살이로 데려가 친절히 달랬으므로, 마침내 그녀는 어떻게 이곳에 닿게 되었는가를 말하였습니다. 여인은 그녀가 아무것도 먹지 않은 것을 알고서 딱딱한 빵과 생선과 물을 곁들여 내놓았습니다. 그녀는 여인이 자꾸 권하므로 조금 입에 넣었습니다.

고스타차는 이처럼 이탈리아 말을 쓰는 당신은 어떤 분이냐고 친절한 여인에게 물었습니다. 그러자 여인은, 자기는 트라파니 사람으로 이름은 카라프레사라 하며 여기서 기독교도인 어부의 일을 돕고 있다고 대답했습니다. 그녀는 아직 슬픈 연정에서 벗어나지 못하고 있었지만, 카라프레사라는 이름을 듣는 순간 좋은 전조인 듯 느껴졌습니다. 그리고 자기의 이름과 고향은 밝히지 않았지만 제발 자기 젊음을 불쌍히 여겨 좋은 지혜를 빌려 주시고, 창피를 당하지 않도록 해 주었으면 고맙겠다고 그 친절한 여인에게 부탁했습니다.

카라프레사는 그 말을 듣자 그야말로 사람 좋은 여자답게 그녀를 집에 남긴 채 해안에 나가 그물을 마저 거둔 후 곧 돌아왔습니다. 그리고 자기 망토로 그녀의 얼굴을 가린 채 스사로 데리고 나갔습니다. 그녀는 이렇게 말했습니다.

"고스타차, 이제부터 아가씨를 아주 친절한 사라센 부인 댁에 데려가겠습니다. 저는 그분의 여러 가지 일을 도와드리고 있는데 연로하지만 아주 동정심이 많은 분입니다. 저는 될 수 있는 대로 아가씨를 잘 부탁하겠습니다. 그분은 기꺼이 아가씨를 딸 같이 대해 줄 것입니다. 그러니 아가씨도 그분을 가능한 한 정성을 다해 잘 모셔서 신이 아가씨에게 행운을 내리실 때까지 그분의 마음에 들도록 하세요."

그들은 곧 사라센 여인의 집에 갔습니다. 나이가 많이 든 부인은 그녀의 이야기를 듣자 얼굴을 물끄러미 쳐다보더니 눈물을 흘리며 이마에 키스했습니다. 그리고 손을 잡고 집 안으로 데리고 들어갔습니다. 그 집에서 부인은 남자는 하나도 없고 몇 명의 여자들과 살고 있었는데 모두 명주나 종려나무 잎, 가죽 등으로 수공예품을 만들고 있었습니다.

고스타차는 며칠 사이에 만드는 법을 익혀 함께 일을 시작했습니다. 그리고 곧 부인이나 다른 여인들의 마음에 들게 되었고, 놀랍게도 얼마 안 가서 그 고장 말까지 배우게 되었습니다. 그러나 이렇게 스사에 살고 있는 동안 그녀의 마을에서는 모두 그녀가 죽은 줄로만 알고 슬퍼하고 있었습니다.

그 무렵 튀니스의 왕은 마리압델라라는 분이었는데, 그라나다에 큰 세력을 펴고 있던 한 청년이 튀니스는 자기가 지배해야 할 나라라고 선언하고는 대군을 이끌고 국왕을 쫓아내려고 진격해 왔습니다. 이 소문은 옥중에 있던 마르투치오 고미토의 귀에도 들렸습니다. 그는 이 미개국의 말에 익숙해 있었는데 튀니스의 왕이 전쟁 방어태세에 열중하고 있다는 말을 듣자 그와 동지들을 감시하고 있는 한 옥지기에게 이렇게 말했습니다.

"만약 국왕을 배알할 수 있다면 한 가지 진언할 게 있네. 내 말대로 하면 이 싸움에서 반드시 이길 수 있으리라 믿네."

옥지기가 그 말을 상관에게 전하자 상관은 곧 왕에게 전했습니다. 왕은 곧 마르투치오를 데려오도록 명하고 어떤 의견인지를 물었습니다. 그는 이렇게 대답했습니다.

"폐하, 저는 지금까지 튀니스에 몇 번 온 일이 있으므로 이 나라의 싸움에서 어떤 전법을 쓰고 있는지 알고 있습니다. 여기서는 다른 어떤 무기보다도 활과 화살을 많이 사용하고 있는 것 같습니다. 그러니 적에게는 화살이 떨어지고 아군에게는 화살이 충분히 남아 있게 되는 그러한 방법을 쓴다면 싸움은 폐하의 승리가 되리라고 생각합니다."

그 말에 왕은 대답했습니다.

"그런 일이 가능하다면 확실히 승리할 수 있으리라 믿는다."

마르투치오는 계속해서 말했습니다.

"폐하, 폐하께서 그럴 생각이 있으시다면 성공은 의심할 바 없습니다. 그럼 방법을 말씀드리겠습니다. 군사들에게 지금까지 쓰고 있는 것보다도 훨씬 가는 줄의 활을 만들게 하는 겁니다. 그리고 그 가는 줄에 맞는 화살촉의 화살을 만듭니다. 이것은 적에게 알려지지 않도록 특히 조심해야 하며, 만약 알려지면 모든 것이 헛일이 될 테니 극히 비밀리에 만들게 해야 합니다. 제가 이런 말씀을 올리는 것은 다음과 같은 이유입니다. 적의 군사는 자꾸 활을 쏠 테고 폐하의 군사도 활을 쏘겠지요. 그렇게 싸우고 있는 동안에 적의 군사는 여기서 쏜 화살을 줍지 않으면 싸울 수 없게 되고, 폐하의 군사도 적의 화살을 줍지 않으면 안 되는 것은 폐하께서도 아시는 바와 같습니다. 그러나 적은 폐하의 화살을 사용할 수 없습니다. 화살촉이 작아서 지금 쓰고 있는 굵은 줄에는 맞지 않기 때문입니다. 그런데 가는 줄은 굵은 화살촉의 화살을 받아들일 수 있으므로 폐하의 군사는 적의 화살을 사용할 수가 있습니다. 이리하여 폐하의 군사는 적이 화살이 모자라 쩔쩔맬 때 충분한 화살을 지니게 되는 결과가 되는 것입니다."

왕은 총명한 분이었으므로 마르투치오의 진언을 받아들여 그대로 한 결과 대승리를 거두었습니다. 그리하여 마르투치오는 왕의 마음에 들게 되어 높은 신분에 오름과 동시에 큰 부자가 되었습니다.

이 소문은 곧 온 나라 안에 퍼졌습니다. 마르투치오가 죽은 줄로만 알고 있었던 고스타차의 귀에도 그가 살아 있다는 것이 전해졌습니다. 그리하여 그녀 가슴속에서 이미 오래 전에 식어 버렸던 그에 대한 그리움이 단번에 세차게 타오르며 사라졌던 희망도 되살아났습니다.

그녀는 지금까지 신세를 져 온 친절한 부인에게 자기 신상을 모두 털어놓고 모든 것을 눈으로 확인하고 싶으니 튀니스에 보내 달라고 간청했습니다. 부인은 그녀의 희망을 몹시 칭찬했을 뿐만 아니라 친딸이나 다름없이 사랑하고 있었으므로 배를 타고 함께 튀니스로 갔습니다. 부인의 친척 집에 도착한 부인과 고스타차는 정중한 환영을 받았습니다. 그리고 카라프레사도 동행했으므로 그녀를 시켜 마르투치오가 소문대로 진짜 살아 있는지 어떤지 알아보러 보냈습니다. 하녀는 곧 돌아와 실제로 그가 살아 있을 뿐만 아니라 훌륭한 인물이 되어 있더라고 전해 주었습니다. 부인은 마르투치오에게 연인인 고스타차가 와 있다는 것을 알리려고 어느 날 마르투치오를 찾아가 이렇게 말했습니다.

"마르투치오 님, 당신의 옛 하인 한 사람이 리파리에서 와서 저희 집에 머물고 있는데 은밀히 당신께 여쭐 말씀이 있다고 합니다. 그 사람의 부탁으로 남에게 알려지지 않도록 제가 직접 전갈하러 왔습니다."

마르투치오는 감사의 뜻을 표하고 함께 부인의 집으로 갔습니다. 고스타차는 그의 얼굴을 본 순간 기쁜 나머지 숨이 막혀 죽을 것 같았습니다. 그녀는 더 이상 참을 수 없어 곧 두 팔을 벌리고 달려들어 그의 품에 안겼습니다. 그녀는 연인을 만난 기쁨과 과거의 수많은 불행과 불운에 대한 회상들이 한데 뒤엉켜 말 한 마디 못하고 눈물만 흘렸습니다. 마르투치오도 그녀를 본 순간 너무나 놀라 한동안 정신 나간 사람처럼 멍하니 서 있었습니다. 이윽고 제정신으로 돌아온 그는 깊은 한숨을 쉬고 나서 이렇게 말했습니다.

"아아, 고스타차, 그대가 살아 있었단 말이오? 꽤 오래 전에 바다에서 실종되었단 말을 들었을 뿐, 그 뒤로 아무런 소식이 없어 죽은 줄만 알고 있었지."

그는 눈물을 흘리면서 다정하게 그녀를 껴안고 키스했습니다.

고스타차는 지금까지의 일을 모조리 이야기하고 친절한 귀부인으로부터 친딸처럼 사랑을 받으며 별 걱정 없이 지내왔다고 말했습니다. 두 사람은 그동안의 일을 서로 이야기하며 자신들의 운명적인 만남을 기뻐했습니다. 마르투치오는 곧 왕에게 가서 자신과 그녀의 신변에 일어난 사건을 모조리 털어놓고, 허락하신다면 자기들 종교의 규율을 좇아 그녀와 결혼하고 싶다고 말했습니다. 왕은 그 이야기에 몹시 놀랐습니다. 그리하여 처녀를 불러 다시 한 번 확인한 다음 이렇게 말했습니다.

"참으로 그대는 훌륭한 남편을 얻었도다."

왕은 많은 값진 선물을 가져오게 하여 절반은 그녀에게, 나머지 절반은 마르투치오에게 나누어 주고 둘의 생각대로 하도록 모든 것을 맡겼습니다. 마르투치오는 고스타차를 맡아 주었던 귀부인에게 경의를 표하고 친절한 대우에 깊은 감사를 드리고 많은 선물을 했습니다. 부인은 그녀의 행복을 빌었으며 고스타차와 눈물 속에 작별을 했습니다. 두 사람은 왕에게 인사를 한 후, 카라프레사와 함께 배를 타고 순풍에 돛을 올려 리파리로 돌아왔습니다.

리파리에서 그들은 이루 말할 수 없을 정도의 대대적인 환영을 받았습니다. 마르투치오는 그녀와 결혼하여 성대한 피로연을 베풀었고, 그 후 그녀와 함께 평화롭게 오랫동안 서로의 사랑을 즐기며 살았습니다.

세 번째 이야기

피에트로 보카마차는 아놀렐라와 사랑의 도피행을 한다. 그러나 병사의 습격을 받아 여자는 숲으로 피했다가 마음씨 좋은 노인의 안내로 성으로 간다. 피에트로는 병사들에게 잡히지만 겨우 벗어나 다행히 아놀렐라가 있는 성에 다다른다. 그곳에서 그녀와 만나 결혼한 후 함께 로마로 돌아간다.

에밀리아가 이야기를 끝냈을 때 일동은 모두 칭찬을 하고 박수를 보냈습니다. 그러자 여왕은 다음 차례인 엘리사에게 이야기를 명하였고 그녀는 기쁜 마음으로 이야기를 시작했습니다.

여러분, 연인이었던 철없는 두 젊은 남녀가 사랑의 도피를 하다 무섭고 끔찍한 밤을 견디어 내고 즐거운 나날을 맞게 되는 이야기로, 오늘 여왕의 뜻에 합당하다고 생각되어 들려 드리려고 합니다.

옛날에는 세계 제일의 도시였지만, 지금은 쇠락해 버린 로마에서 그리 오래되지는 않았지만 명예로운 가문에서 태어난 피에트로 보카마차(로마의 귀족. 1309년 아비뇽에서 죽은 조반니 추기경은 이 집안 출신이다)란 청년이 살고 있었습니다. 그는 질리오초 사울로라는 평민이지만 로마 사람들로부터 매우 친근하게 존경받아 오던 사람의 딸인 아놀렐라를 사랑했습니다. 그녀는 매우 아름답고 귀여운 아가씨였습니다.

이처럼 아가씨를 사랑하면서 그녀를 위하여 여러 가지 노력을 하였으므로 마침내 그녀도 그를 사랑하게 되었습니다. 피에트로는 사랑하는 마음이 점점 격렬하여 그녀에게로 향하는 욕망의 괴로움에 더 이상 견딜 수가 없었으므로 아내가 되어줄 것을 그녀에게 간청했습니다.

이 이야기를 들은 그의 친척들은 모두 그에게로 몰려와 그를 몹시 비난하는 한편, 질리오초 사울로에게도 사람을 보내어 "피에트로의 청혼을 받아들여서는 안 된다. 만일 그렇게 되면 피에트로를 친구로서도 친척으로서도 상대하지 않겠다" 라고 엄중하게 전했습니다.

피에트로는 자기의 소원을 이루는 길은 결혼밖에 없다고 생각해 왔는데 그 길이 막혀 버리자 죽고 싶도록 안타까웠습니다. 만일 질리오초가 피에트로의 친척들의 반대를 무릅쓰고라도 그의 결혼 신청을 받아 주었다면, 그는 어떻게 해서라도 그녀를 아내로 맞았을 것입니다. 그러나 이젠 그녀의 아버지도 친척들의 반대에 굴복해 버렸으니 남은 길이란 하나밖에 없었습니다. 그녀만 동의한다면 실현될 수 있다고 믿으면서 둘이 함께 로마를 떠나 사랑의 도피를 하기로 결심했으며, 중매쟁이를 통하여 그녀의 승낙도 받아냈습니다.

준비가 끝나자 어느 날 아침, 피에트로는 아주 일찍 일어나 그녀와 함께 로마를 뒤로 하고 사랑의 도피 길에 올랐습니다. 두 사람은 말을 타고 피에트로와 대단히 가까운 사이인 친구들이 두셋 있는 알라냐(아나아니를 가리킨다)로 향했습니다. 두 사람은 가족이 뒤쫓아 올지도 모른다는 걱정에 결혼식을 올릴 틈이 없었습니다. 그러나 나란히 말을 몰면서 사랑의 이야기를 주고받았고, 뜨겁게 입을 맞추기도 했습니다.

그런데 그만 길을 잘 모르는 피에트로는 로마에서 약 8마일(1마일은 약 1.6km이다)쯤 떨어진 갈림길에서 오른쪽으로 가야 하는데 왼쪽으로 가고 말았습니다. 거기서 약 2마일쯤 더 갔을 때 두 사람 앞에 작은 성이 나타났습니다. 그러자 성에서 두 사람을 발견한 병사들이 12명 정도 달려 나왔습니다. 두 사람이 그것을 알아차렸을 때는 이미 병사들이 아주 가까운 곳에 와 있었습니다. 그녀는 큰 소리로, "피에트로, 어서 도망쳐요! 습격당하겠어요!"라고 외치더니 재빨리 말머리를 울창한 숲 쪽으로 돌렸습니다. 그리고 말의 옆구리에 박차를 가하며 몸을 앞으로 숙였습니다. 아무리 늙은 말이지만 박차의 아픔에 못 견딘 말은 한달음에 숲 속으로 달려가 버렸습니다.

한편, 피에트로는 길보다도 그녀의 얼굴만 보며 가고 있었으므로 병사들을 발견하는 것이 그녀보다 늦었습니다. 어느 쪽에서 병사들이 오는가 하고 두리번거리는 사이에 병사들에게 포위되어, 말에서 끌려 내려와 붙잡히고 말았습니다. 병사들이 누구냐고 묻자, 그는 자기의 이름을 대고 집안을 설명했습니다. 병사들은 서로 의논하더니 한 사람이 이렇게 말했습니다.

"이 녀석은 우리의 적과 한패야. 녀석의 옷을 벗기고 말을 빼앗은 다음, 오르시니 녀석들에게 본때를 보이기 위해 저 나무에 매달아 놓자."

병사들은 모두 찬성하며 피에트로에게 어서 옷을 벗으라고 명령했습니다. 피에트로는 옷을 벗으면서 '큰일 났군, 이건 정말 최악의 사태에 빠졌나 보다.'라고 생각하고 있는데, 갑자기 25명은 넘어 보이는 복병의 무리가, "해치워라! 해치워라!" 하고 외치면서 덤벼들었습니다.

불의의 기습을 받은 성의 병사들은 피에트로를 버려둔 채 방어하기에 바빴습니다. 그러나 자기들의 수가 습격자들보다 적은 것을 알자, 사방으로 흩어져 제각기 날 살려라 하고 도망쳤습니다. 복병들은 그들을 추격해 쫓아갔습니다.

그렇게 되자 피에트로는 곧 자기의 소지품을 챙겨 재빨리 말에 오른 후, 되도록 빠른 속력으로 그녀가 갔으리라고 짐작되는 쪽을 향해 달렸습니다. 그 숲은 길은커녕 오솔길도 없었으며 말의 발자국도 보이지 않았고 그녀도 찾을 수가 없었습니다. 그는 자신을 습격했던 성의 병사들과 또 그 병사들을 기습한 자들의 손에서 완전히 빠져나왔다고 생각했지만, 그녀를 찾을 수가 없어 복받치는 설움과 안타까움에 엉엉 울기 시작했습니다. 그녀의 이름을 부르며 숲 속을 이리저리 헤매고 다녔습니다. 그러나 아무런 대답도 들리지 않았고, 그렇다고 해서 이제 와서 다시 되돌아갈 기력도 없어서 그저 정처 없이 앞으로 나아가기만 했습니다. 더구나 숲에 살고 있는 사나운 맹수들에 대한 생각이 나자, 자신과 그녀의 안전이 걱정되어 곰이나 늑대에게 잡아먹히는 광경이 눈앞에 떠오르는 지경이 되었습니다.

자, 이렇게 불운한 가운데 큰 소리로 그녀의 이름을 외치며 하루 종일 숲 속을 헤매던 피에트로는 앞으로 나아간다는 것이 사실은 뒷걸음질하는 때도 많았습니다. 그렇게 종일토록 소리를 지르기도 하고, 눈물을 흘리며 헤매고, 게다가 공포와 공복으로 떨었기 때문에 나중에는 지칠 대로 지쳐서 결국 꼼짝도 못하게 되었습니다.

그러는 사이 날은 저물고 어떻게 해야 좋을지 난처해진 피에트로는 커다란 떡갈나무를 발견하고 말에서 내렸습니다. 그 나무에 말을 매어 두고 맹수의 밥이 되지 않으려고 나무 위로 올라갔습니다. 이윽고 달이 떠올라 숲 속이 환하게 밝아졌지만, 나무에서 떨어질까 봐 잠을 이룰 수가 없었습니다(하긴 더 안전한 곳을 발견했더라도 그녀에 대한 걱정과 슬픔으로 잠을 이루지는 못했을 것입니다). 그는 한숨을 쉬기도 하고 울기도 하며, 또 자신의 불행을 저주하기도 하며 깨어 있었습니다.

한편 그녀도 말씀드린 바와 같이 마구 달아나긴 했지만 어디로 가야 할지 모른 채 어느새 숲 속 깊이 들어오고 말았습니다. 결국 어느 쪽에서 이 숲으로 들어왔는지 방향조차 분간할 수 없게 되었습니다. 그렇게 되자, 그녀도 피에트로와 마찬가지로 그날 종일토록 말을 멈추기도 하고, 앞으로 나아가 보기도 하고, 그의 이름을 부르며 울기도 하고, 자신의 불행을 한탄하기도 하며 황량한 숲 속을 헤매고 있었습니다.

그러는 사이에 이젠 피에트로가 나타나길 단념하고, 황혼이 깃들 무렵이 되었는데, 뜻밖에 한 가닥 오솔길을 발견했습니다. 그녀는 그 길을 따라 말을 달렸습니다. 약 2마일쯤 왔을 즈음에 먼발치로 한 채의 낡은 집이 보였습니다. 말을 급히 몰아 그 집에 다다르니, 거기에는 정말 마음이 좋아 보이는 노인과, 같은 연배로 보이는 부인이 있었습니다.

노부부는 그녀가 혼자인 것을 보자, "아니 아가씨, 어떻게 지금 이런 곳을 헤매고 있는가요?" 하고 물었습니다.

그녀는 훌쩍거리면서 동행과 떨어져 숲 속에서 길을 잃었노라고 말하고는 알라냐로 가려면 얼마나 걸리느냐고 물었습니다. 노인은, "아가씨, 여긴 알라냐로 가는 길이 아니오. 알라냐는 여기서 10마일 이상이나 되는데요."라고 대답했습니다. 그녀는 다시, "그럼, 이 근처에 묵을 만한 집은 없을까요?" 하고 물었습니다. 그러자 "밤이 되기 전에 갈 만한 곳에는 집이 없어요."라고 그 마음씨 좋아 보이는 노인이 대답했습니다.

그녀는 어쩔 수 없이 정색을 하고 부탁했습니다.

"그렇다면 도저히 더 못 가겠어요. 그러니 오늘 저녁 댁에서 좀 묵어가도록 해 주세요. 부탁이에요."

그러자 노인은 이렇게 말했습니다.

"아가씨, 아가씨께서 오늘 저녁 우리 집에 묵는 것은 괜찮습니다만, 특히 알아 두셔야 할 점은 이 근처에는 밤낮없이, 적인지 한패인지 구별도 없이, 작당을 한 자들이 출몰하여 해를 끼치고 도둑질하기도 다반사입니다. 만일 불행하게도 아가씨가 이 집에 묵고 있을 때, 그런 녀석들이 찾아와 아가씨 같이 아름다운 처녀를 본다면 그냥 두겠어요? 아가씨를 괴롭히거나 욕보일 것이 분명하다 그 말입니다. 하지만 우리 늙은이에겐 아가씨를 구해 드릴 만한 힘이 없답니다. 그러니 나중에 원망하시지 않도록 미리 말씀드리는 겁니다."

그녀는 노인의 말을 듣고 놀랐지만, 이미 해는 지고 어두워지기 시작했으므로 이렇게 말했습니다.

"만일 하느님의 뜻이 계신다면 그런 불행에서 저를 지켜 주시겠지요. 또 혹시 무슨 일이 일어난다 해도 숲 속에서 맹수에게 잡아먹히기보다는 사람에게 변을 당하는 편이 나을 것 같아요."

그녀는 말에서 내려 그 빈곤해 보이는 노인의 집으로 들어갔습니다. 그리고는 그들과 함께 간단한 식사를 마친 다음, 옷을 입은 채로 그들과 함께 침대에 들어가 누웠습니다. 침대는 무척 딱딱했습니다. 그녀는 자신의 불행과 피에트로의 불운을 생각하니 한숨과 눈물을 가눌 길이 없었고, 또 피에트로에게 어떤 최악의 사태가 일어난 것으로 생각되어, 밤새도록 잠을 이룰 수가 없었습니다.

어느덧 날이 샐 무렵에 사람들의 발자국 소리가 들려오므로 그녀는 벌떡 일어나 넓은 뒷마당으로 나갔습니다. 뒷마당 한쪽 구석에는 마른풀이 산더미처럼 쌓여 있었습니다. 그녀는 급히 그 속으로 몸을 숨겼습니다. 그 안에 숨어 있으면, 작당을 한 녀석들이 와도 쉽사리 발견되지는 않을 것 같았습니다.

그녀가 겨우 몸을 숨겼을까 말까 할 즈음에 많은 도둑의 무리가 이 집에 당도했습니다. 그들은 뜰에 들어서자 아직 안장이 놓여 있는 채 서 있는 말을 발견하고 누가 왔느냐고 물었습니다. 마음이 좋은 노인은 그녀가 침대에 없는 것을 보고 대답했습니다.

"이 집엔 우리밖에 없는뎁쇼. 이 늙은 말은 어디선가 제 발로 걸어왔는데, 늑대에게 잡아먹히지 않도록 마당에 끌어들여 놓았습죠."

"그래. 임자가 없다면 내가 가져가도록 하겠다."

라고 도둑의 우두머리가 말했습니다. 그리고는 혹시나 하여 몇 패로 나누어 집 안을 뒤진 다음, 제각기 흩어져 쉬었습니다. 그중의 몇 명은 뒷마당으로 나왔습니다. 그들은 창과 나무로 된 방패 따위를 땅에 놓았는데 누군가가 그만 아무 생각 없이 마른풀 위로 창을 던졌습니다. 그녀는 하마터면 목숨을 잃고 들킬 뻔했습니다. 창끝이 그녀의 왼쪽 가슴의 옷을 찢으며 스치고 지나갔기 때문입니다. 그녀는 아차 죽었구나 싶어서 비명을 지를 뻔했지만, 자기의 입장을 생각하여 오들오들 떨면서 가까스로 참았습니다.

도둑의 무리는 이리저리 흩어져 산양 새끼며 그 밖의 고기를 불에 구워 먹고 술을 마시면서 떠들다가, 날이 훤히 밝자 그녀의 말을 몰고 어디론가 가버렸습니다. 그들이 멀어져간 뒤 마음씨 좋은 노인은 늙은 부인에게 물었습니다.

"어젯밤의 그 처녀는 어떻게 된 걸까? 우리가 깬 다음으로는 한 번도 못 보았으니……."

할머니는 자기도 모른다며 찾으러 나섰습니다. 그녀는 도둑들이 모두 물러간 것을 알고 마른풀 더미에서 나왔습니다. 그녀를 본 노인은 대단히 기뻐하며, 특히 도둑들의 손에 넘어가지 않은 것을 더욱 기뻐했습니다. 그리고 날이 이미 밝은 것을 보고는 이렇게 말했습니다.

"자, 날이 아주 밝았군. 괜찮다면 여기서 5마일 정도 떨어진 곳에 있는 성까지 내가 안내를 해 드리지. 거기라면 안전하지만 걸어가야겠는걸. 그 악당 녀석들이 아가씨의 말을 가져가 버렸으니."

그녀는 말을 단념하고 성까지 데려다 줄 것을 부탁했습니다. 두 사람은 곧 길을 떠나 해가 아주 높아지기 전에 성에 닿았습니다.

그 성은 오르시니 가(家)의 일족인 리엘로 다 캄포 디 피오레(오르시니 가의 일족인 라파엘로로 추정. 당시 그들은 피오레에 각자 성이 있었다)라는 사람의 성으로, 다행히 신앙이 두터우며 마음씨가 훌륭한 부인이 있었습니다. 부인은 그녀를 보자, 첫눈에 아놀렐라를 알아보았습니다. 부인은 그녀를 반가이 맞아들이며 어떻게 된 일인지 자세하게 말해 달라고 했습니다. 그녀는 사실대로 모두 말했습니다.

부인은 남편의 친구인 피에트로도 잘 알고 있었으므로 이 일을 크게 슬퍼했습니다. 그리고 병사들이 습격해 온 장소를 듣고는 이미 살해되었을 거라고 생각했습니다. 그래서 아놀렐라에게 말했습니다.

"당신으로서는 피에트로가 어떻게 되었는지 알 길이 없을 테니, 내가 로마로 안전하게 보낼 때까지 이곳에 계셔야 해요."

한편 피에트로는 그토록 비참하고 비탄에 빠진 상태로 나무 위에서 밤을 지새우다가 언뜻 나무 아래를 내려다보았습니다. 그런데 스무 마리는 넘어 보이는 늑대의 무리가 말을 둘러싸고 있었습니다. 말은 늑대를 피하기 위해 고삐를 끊으려고 머리를 마구 흔들며 몸부림쳤습니다. 그러나 고삐가 끊어지지 않아 오랫동안 발길로 차고 이빨을 드러내며 늑대들을 막아 보았지만, 끝내 늑대들에게 물어뜯겨 땅바닥에 쓰러졌습니다. 늑대들은 눈 깜짝할 사이에 말의 배를 가르고 굶주린 듯 마구 파먹더니 뼈만 앙상하게 남기고는 어디론가 달아나 버렸습니다.

이 광경을 나무 위에서 바라본 피에트로는 소중한 길동무이자 고생을 덜어 줄 말이 죽어 없어졌으므로 크게 상심하고, 이제 이 숲을 빠져나가기는 틀렸다고 생각했습니다.

이윽고 새벽이 다가오자, 나무 위에서 추위에 벌벌 떨며 여기저기 사방을 둘러보고 있는데, 약 1마일쯤 앞에서 모닥불이 모락모락 불타고 있는 것이 보였습니다. 날도 이미 완전히 밝았으므로, 그는 조심조심 나무에서 내려와 연기가 나는 쪽으로 갔습니다. 이윽고 그곳에 이르러 보니, 양치기들이 불을 피워 놓고 식사를 하며 한가롭게 이야기를 하고 있다가 그를 보고 반가워하며 그들 틈에 끼워 주었습니다.

이리하여 피에트로는 그들과 함께 식사를 하고 몸도 녹일 수 있었습니다. 그리고 자기의 불행한 사건을 이야기하고 왜 이런 곳에 오게 되었는가를 설명한 뒤, 이 근처에 자기가 갈 만한 별장이 없겠느냐고 물었습니다.

양치기들은 여기서 약 3마일 되는 곳에 리엘로 다 캄포 디 피오레의 성이 있는데 지금 부인이 와 계실 거라고 했습니다. 피에트로는 매우 기뻐하며 누군가 그곳까지 데려다 줄 수 없느냐고 부탁했으며 두 사람의 양치기가 스스로 나서서 피에트로를 성까지 데려다 주었습니다. 성에 이르자 몇몇 아는 친지를 만나게 되어, 숲 속에서 행방불명된 아가씨를 찾아낼 방법이 없겠느냐고 의논하고 있는데, 부인께서 부르신다는 전갈이 왔습니다. 부인에게 가니 그 옆에 아뇰렐라가 있었습니다. 그것을 보고 피에트로가 얼마나 기뻐했는지는 이루 헤아릴 수 없을 정도였습니다.

그는 그 자리에서 그녀를 끌어안고 기쁨을 나누고 싶었지만, 부인이 보는 앞이라 부끄러워서 그럴 수는 없었습니다. 피에트로가 그토록 기뻤으니 그녀의 기쁨도 그에 못지않았으며, 그의 품에 안기고 싶은 것은 말할 나위도 없었지요.

마음씨 착한 부인은 그를 매우 반갑게 맞으면서, 그의 이야기를 듣고 나자, 그가 부모님 곁을 떠나 사랑의 도피를 꾀한 것은 옳지 않다고 책망했습니다. 그러나 그의 결심이 변함없으며, 그녀도 그것을 바란다는 것을 알자 이렇게 말하였습니다.

"공연히 제가 반대할 필요가 없는 것 같군요. 두 분은 서로 잘 알고 사랑하고 있으며, 두 분 모두 우리 주인 양반의 친구이시고 더욱이 두 분의 마음은 아주 순수합니다. 그러니 하느님께서도 한 분은 교수형을 면하게 해 주셨고, 또 한 분은 창끝의 재난을 피하게 해 주신 것이며, 그래서 사나운 맹수의 이빨을 피하여 자신을 지켰으니 두 분 좋을 대로 하세요."

그리고는 덧붙여 말했습니다.

"만일 두 분께서 진심에서 우러나오는 소망이 지아비와 지어미가 되는 것이라면 결혼하세요. 저도 그렇게 되기를 바랍니다. 결혼식 비용은 리엘로가 내도록 준비를 하지요. 그리고 두 분의 집안 사이는 제가 다 좋게 되도록 노력하겠어요."

피에트로의 기쁨은 하늘에 오를 것 같았고, 아놀렐라 역시 그 이상으로 기뻐했습니다. 그들은 그곳에서 무사히 결혼식을 올렸습니다. 부인은 비록 시골이었지만 되도록 화려한 결혼식을 마련해 주었습니다. 그렇게 되어서야 비로소 두 사람은 달콤하고 즐거운 사랑의 열매를 처음으로 맛볼 수가 있었습니다.

그로부터 며칠 뒤, 부인은 두 사람과 함께 많은 하인을 데리고 성을 떠나 로마로 돌아왔습니다. 로마에서는 피에트로의 친척들이 그가 저지른 일로 소란이 있었지만, 부인의 주선으로 원만하게 해결이 되었습니다. 이리하여 피에트로는 아놀렐라와 함께 오래도록 평화롭고 즐거운 행복을 맛보며 백년해로했다고 합니다.

네 번째 이야기

리차르도 마나르디는 리치오 다 발보나에게 그의 딸과 함께 있다가 발각된다. 그러나 그녀와 결혼하여 장인과도 사이좋게 지내게 된다.

엘리사의 이야기에 부인들은 칭찬의 말을 건넸습니다. 그러자 여왕은 필로스트라토에게 이야기하도록 지시했으며, 그는 빙그레 웃으며 이야기를 시작했습니다.

저는 지금까지 여러분에게 슬픈 이야기만 들려 드려서 여러분의 항의를 여러 번 받았습니다. 그래서 그런 애달픈 생각을 조금이나마 덜어 드릴 심산으로 다소 웃긴 이야기를 해드리기로 결심했습니다. 그래서 오늘은 매우 짧은 이야기로써 한숨을 짓게 하거나, 쑥스러움이 뒤섞인 걱정거리가 조금 있을 수 있겠지만, 행복한 결말을 맞는 즐거운 연인들의 이야기를 들려 드릴까 합니다.

여러분, 그리 먼 옛날이야기는 아닙니다. 로마냐에 리치오 다 발보나(리치오는 라나에 의해 '관대하고 예의바르며 법률에 밝은 사람'으로 쓰여졌다. 아르리고 마나르디는 단테의 작품 및 사케티의 《이야기집》에도 인용되었다)라는 부자이며 품행도 아주 올바른 기사가 살았습니다. 그에게는 자코미나란 부인이 있었는데, 나이가 들어서야 여자아이를 하나 얻었습니다. 아이는 성장함에 따라 그 근처에서는 매우 보기 드문 아름답고 귀여운 아가씨가 되었습니다. 또 하나밖에 없는 딸이었으므로 지극한 사랑과 보살핌을 받았으며 조심조심 키웠습니다. 그리고 언젠가는 매우 좋은 가문에 시집을 보내야겠다고 기대를 걸고 있었습니다.

이 리치오의 집에 젊고 훤칠한 미남 청년이 가끔 찾아와서 리치오와 허물없이 긴 시간을 이야기하곤 했습니다. 그는 마나르디 다 브레티노로 가(家)의 귀족 혈통을 받은 리차르도(리차르도 베르티노로의 귀족인 마나르디 가문의 사람. 단테는《연옥편(제14곡)》에서 아르리고를 품행이 바르고 명예로운 기사라고 칭하고 있다)란 이름의 청년이었습니다. 리치오와 부인은 이 청년을 마치 친자식과 같이 대했으며 조금도 그 행동을 경계하거나 감시하는 일이 없었습니다.

청년은 그 집에 드나들며, 매우 아름답고 정숙한 그 딸을 몇 번 보았고 그녀의 예의범절이 더할 나위 없이 바르고 또 성숙하여 이제 혼기에 접어들었으므로 아주 열렬히 사모하게 되었습니다. 그러나 그런 내색을 비치지 않으려고 매우 조심하고 있었지만 그녀도 그 눈치를 알아차리고, 그의 뜻을 싫어하는 빛을 보이지 않았으며 오히려 결국에는 그를 사랑하기 시작했습니다. 리차르도는 여간 기쁘지 않았습니다.

그는 몇 번인가 그녀에게 말을 붙여 보려 했지만, 만일 모른 척해 버리면 어쩌나 하고 입을 열지 못하고 있다가 마침내 기회를 보아 말을 건넸습니다.

"카테리나, 부탁입니다. 나를 애태워 죽게 하지 마십시오."

그러자 그녀도 곧 대답했습니다.

"어머, 리차르도 님이야말로 제가 애가 타서 죽게 하지 마세요."

이 대답은 리차르도를 기쁘게 하고 용기를 주었기에 다시 말을 이었습니다.

"저는 당신 마음에 드는 일이라면 무엇이든 하겠습니다. 하지만 당신과 제 목숨을 구하는 길은 당신 뜻에 달려 있습니다."

그녀가 대답했습니다.

"리차르도 님, 당신은 제가 얼마나 감시를 받고 있는지 아실 거예요. 그러니 어떻게 해야 당신께서 제게 오실 수 있는지 저도 모르겠어요. 하지만 제가 부끄럽지 않을 방법이 있으면 말씀해 주세요. 저는 그 말씀에 따르겠어요."

리차르도는 늘 여러 가지 방법을 생각하고 있었으므로 곧 대답했습니다.

"오오, 나의 사랑하는 카테리나. 어떤 다른 방법이 있는지 모르겠지만 당신이 아버님의 방 앞에 있는, 정원 뜰 쪽의 발코니에서 주무시거나 아니면 밤중에 그곳으로 오셨으면 합니다. 당신이 그곳에 계시겠다고 하면 저는 아무리 높더라도 틀림없이 찾아 올라갈 궁리를 하겠습니다."

그리하여 카테리나가 대답했습니다.

"오실 마음이 있으시다면, 저도 발코니에서 자도록 최선을 다하겠어요."

리차르도는 고개를 끄덕였습니다. 그는 카테리나에게 가볍게 키스를 하고는 도망치듯 그 자리에서 물러갔습니다.

다음 날, 때는 이미 오월의 막바지에 이르렀는데, 딸은 어머니에게 가서 어젯밤은 너무 더워 잠을 이루지 못했다고 투덜거렸습니다.

어머니는 말했습니다.

"아니, 더워…, 더웠다니? 하나도 덥지 않았는데 그러니?"

그러나 카테리나는 말했습니다.

"어머니, 그 말씀은 '내 생각으로는'이라고 말씀하셔야 해요. 어머님 말씀은 아마 사실이겠지만, 어머니는 젊은 처녀들은 나이가 많으신 분들보다 몸이 아주 뜨겁다는 것을 아셔야 해요. 안 그러면 정말 곤란해요."

그녀의 어머니도 딸의 말이 옳은 듯싶어서 말했습니다.

"오, 과연 그렇구나. 하지만 아무리 네가 원해도 내 힘으로 날씨를 덥게 하거나 춥게 할 수는 없구나. 사람들은 계절의 변화를 견디면서 살아야 하는 것이 아니겠니? 이렇게 여기면 오늘 저녁엔 조금 덜 덥겠지. 괜찮을 거야."

"그럼 얼마나 좋을까요." 하고 카테리나는 말했습니다. "그런데 어머니, 이제부터 여름이 한창일 텐데 어떻게 덜 더울 수가 있겠어요?"

"그럼, 어떻게 했으면 좋겠니?"

카테리나는 기회를 놓치지 않고 대답했습니다.

"아버님과 어머님께서 괜찮으시다면 저기 침실 앞에 정원을 향해 난 발코니에 작은 침대를 놓아 주세요. 전 거기서 자고 싶어요. 그러면 밤 뻐꾸기의 노랫소리도 들을 수 있고 제 방에서보다는 훨씬 시원하게 잘 수 있을 것 같아요."

그래서 어머니가 말했습니다.

"그래, 그렇다면 걱정이 없겠지. 네 아버지께 여쭈어 보마."

그러나 그 이야기를 부인으로부터 들은 리치오는 약간 불만스러운 듯이 말했습니다.

"흐음, 그건 어떤 밤 뻐꾸기지? 어떤 노래를 들으며 잠이 든다는 거야? 나는 매미 소리로 잠들게 해 주지."

그 이야기를 어머니로부터 전해들은 카테리나는 더위보다도 화가 나서 그날 밤 내내 자지 않고 덥다고 불평을 늘어놓으며 어머니를 못살게 굴었습니다. 딸에게 밤새껏 시달린 어머니는 아침이 되자 리치오에게 말했습니다.

"여보, 당신은 그 애가 귀엽지 않아요? 그 애가 발코니에서 잔다고 뭐 어떻게 되나요? 밤새도록 '아이 더워, 아이 더워.' 하면서 한잠도 못 잤어요. 그리고 이젠 어린애가 아니니 밤 뻐꾸기의 소리를 듣고 싶어한다고 놀랄 건 없잖아요? 젊은 애는 젊은 애에게 어울리는 걸 바라는 법이에요."

리치오도 어쩔 수 없다는 듯이 말했습니다.

"할 수 없군. 발코니에 놓일 만한 침대를 하나 구해 주구려. 그리고 명주 커튼을 치고 자도록 해요. 어디 제 마음에 들도록 실컷 밤 뻐꾸기 소리를 듣도록 말이오."

딸은 아버지가 승낙했다는 말을 듣자 곧 발코니에 침대를 놓게 하고 그날 저녁에는 거기서 자기로 했습니다. 저녁이 되어 기다리던 리차르도의 모습이 보였습니다. 두 사람은 서로 미리 짜두었던 신호를 했습니다. 리차르도는 자기가 어떻게 해야 하는지 알고 있었습니다.

리치오는 딸이 침대에 들어간 것을 알자, 자기 침실에서 발코니로 통하는 문을 잠그고 역시 침대에 들었습니다.

리차르도는 주위가 조용해지자 사다리를 놓고 벽을 타고 올라갔습니다. 그리고 떨어지는 위험을 감수하며 고생을 거듭한 끝에 겨우 그 튀어나온 발코니에 이르렀습니다. 리차르도가 발코니 위로 기어오르자 카테리나는 소리를 내지 않고 그를 환영했습니다. 두 사람은 뜨거운 키스를 몇 번씩 주고받은 뒤, 함께 침대에 들어가 뻐꾸기 소리를 흉내 내면서 밤새껏 사랑의 쾌락과 환희를 교환했습니다.

밤은 짧고 즐거움은 끝이 없어 두 사람은 이미 날이 밝기 시작한 것도 모르고 있었습니다. 또 사랑에 몸을 불태웠을 뿐 아니라 초여름의 더위 탓도 있었으므로 사랑의 환희에 잔뜩 취한 두 사람은 그만 벌거벗은 채 잠이 들고 말았습니다. 카테리나는 오른손으로 리차르도의 아래를 안았고, 또 왼손으로는 남자끼리도 말하기 부끄러운 그것을 쥔 채였습니다.

이렇게 잠이 깊이 들어 있는 사이에 날이 아주 밝아 버렸습니다. 리치오는 일어나면서 딸이 어젯밤 발코니에서 잔 것을 생각하고 혼자 중얼거렸습니다.

"어디, 밤 뻐꾸기란 녀석이 카테리나를 어떻게 잠재웠는지 좀 볼까."

리치오는 발코니로 나와 둘러친 명주 커튼을 가만히 젖혔습니다. 거기엔 리차르도와 카테리나가 알몸이 되어 잠들어 있었고, 더욱이 카테리나의 손은 말씀드린 바와 같았습니다. 리치오는 사나이가 리차르도임을 확인하고는 침실로 돌아와 아내를 깨우며 말했습니다.

"여보, 어서 일어나 발코니에 가 보오. 그 애가 그렇게 원하던 밤 뻐꾸기를 꼭 붙잡고 자고 있으니."

부인은 이상하다는 듯 남편에게 물었습니다.

"아니, 어떻게 그런 것을 잡았을까요?"

리치오는 대답했습니다.

"응, 가 보면 곧 알 거요."

부인은 서둘러 옷을 입고 리치오를 따라 발코니로 갔습니다. 둘이서 침대 놓인 곳으로 가자, 리치오는 커튼을 젖혔습니다. 부인은 그렇게도 울음소리를 듣고 싶어하던 밤 뻐꾸기를 딸이 꼭 붙잡은 채 자고 있는 것을 보았습니다. 부인은 리차르도 녀석이 딸을 꾀었을 거라고 생각하여 큰 소리로 꾸짖어 깨우려고 했습니다. 그러나 리치오는 부인을 말리며 말했습니다.

"이봐요, 당신이 내 애정을 기쁘게 생각한다면 아무 소리도 말아 주었으면 좋겠소. 저렇게 꼭 붙잡았으니 사내는 이미 카테리나 것이야. 리차르도는 훌륭한 청년이고 돈도 많지 않소? 이렇게 훌륭한 사윗감은 그리 쉽지 않아. 그러니 리차르도가 조용히 물러간다면 아무 소리 말고 둘을 결혼시킵시다. 그렇게 되면 결국 밤 뻐꾸기를 자기 둥우리에 넣은 셈이니까 잘된 일이 아니오."

부인은 이 사건에 남편이 화를 내지 않는 이유를 짐작하고, 마음을 안정시켰습니다. 딸이 즐거운 밤을 보내고 곤하게 푹 잠들었으며 또한 밤 뻐꾸기를 잘도 붙잡았다고 생각하며 입을 다물었습니다.

이런 대화가 오가는 동안에 리차르도는 언뜻 잠이 깼습니다. 이미 아침이 밝아 있었고 일이 발각되면 죽음을 면할 수 없다고 생각하여 카테리나를 부르며 말했습니다.

"아아, 카테리나. 어떻게 하면 좋을까? 날이 이렇게 밝았고 이런 일이 발각되면?"

이렇게 말할 때 리치오가 걸어와 커튼을 젖히며 대답했습니다.

"염려 말게, 잘 처리해 주지."

리차르도는 그를 보자 심장이 터지는 것 같았습니다. 그는 침대 위에 꿇어앉으며 말했습니다.

"잘못했습니다. 저는 도리를 저버린 나쁜 자이므로 죽여도 할 말이 없습니다. 좋을 대로 하십시오. 그러나 가능하다면 자비를 베푸셔서 저를 죽이지 말아 주십시오."

리치오는 그의 말에 대하여 이렇게 대답했습니다.

"리차르도, 자네는 내가 품고 있던 애정이나 신뢰에 대하여 배신을 하고 말았네. 그러나 이렇게 된 이상, 또한 젊은 혈기에 저질러진 일이니 자네 자신을 구하고 내 수치를 씻어 주려면 카테리나를 정식 아내로 삼아 주게. 내 딸이 어젯밤에 자네 것이 된 것처럼 즉, 내 딸이 일생 동안 이런 기쁨을 즐길 수 있도록 말일세. 그렇게 되면 나는 자네를 용서해 줄 것이고 자네도 죽음을 면하게 될 걸세."

이런 대화가 계속되는 동안 카테리나는 밤 뻐꾸기를 잡았던 손을 놓고 홑이불을 뒤집어쓰더니 와아 울음을 터뜨리며 리차르도를 용서해 달라고 아버지께 애원하기 시작했습니다. 또 리차르도도 오랫동안 이런 밤이 계속될 수 있도록 리치오의 말씀대로 하겠다고 빌었습니다. 한편으로는 자신의 잘못과 그것을 보상하려는 심리에서, 또 한편으로는 죽음의 공포에서 벗어나 불타는 사랑과 그 사랑을 쟁취하고 싶은 욕망으로 망설일 새도 없이 즉시 그의 제안에 동의하면서 빌었습니다.

그러나 그리 오래 빌 필요는 없었습니다. 리치오는 부인의 손가락에서 반지를 하나 빼내어 그것을 리차르도에게 주었습니다. 그리고 아무런 벌도 내리지 않고 그 자리에서 카테리나를 아내로 삼도록 허락해 주었습니다. 그렇게 일이 대강 정리되자, 리치오 부부는 그 자리에서 나가며 말했습니다.

"지금은 여기서 그대로 쉬어라. 너희에겐 아마 그 편이 나을 거야."

두 부부가 나가자 젊은 두 사람은 또 껴안고 어젯밤에는 여섯 번밖에 하지 못했으므로 다시 일어나기 전에 두 번을 더 했습니다. 그것으로 첫날의 마지막을 장식했습니다.

두 사람은 일어나 리치오와 이야기를 정식으로 매듭지은 다음, 며칠 뒤에는 친척들과 친구들 앞에서 성대한 결혼식을 올렸습니다. 그것은 편의상 필요한 결혼식이었습니다만, 그들의 피로연은 축제 분위기로, 많은 손님들을 초청하여 화려하고도 훌륭하게 치렀습니다. 그리고 두 사람은 오래도록 즐겁게 밤 뻐꾸기를 붙잡고 밤 뻐꾸기를 울게 했다고 합니다.

▌성 낙 수▐

한국교원대학교 교수, 연세대학교 졸업, 동 대학원에서 석사·박사 학위 받음

▌오 은 주▐

서울여고 교사, 현재 한국교원대학교 대학원 재학, 국민대학교 졸업

▌김 선 화▐

홍천여고 교사, 현재 한국교원대학교 대학원 재학, 강원대학교 졸업

중학생이 보는

데카메론 1

초판1쇄 인쇄 2012년 2월 25일
초판1쇄 발행 2012년 3월 5일

엮 은 이 성낙수 · 오은주 · 김선화
지 은 이 G. 보카치오
옮 긴 이 허 인
펴 낸 이 신원영
펴 낸 곳 (주)신원문화사

주 소 서울시 영등포구 당산동 121-245 신원빌딩 3층
전 화 3664—2131~4
팩 스 3664—2130

출판등록 1976년 9월 16일 제5－68호

* 잘못된 책은 바꾸어 드립니다.

ISBN 978－89－359－1587－3 44800
ISBN 978－89－359－1582－8 (세트)